本书由贺州学院2022年中国语言文学硕士点建设项目经费资助出版

温子昇集系年校注

牟华林 | 著

九州出版社
JIUZHOUPRESS

图书在版编目（CIP）数据

温子昇集系年校注 / 牟华林著 . -- 北京：九州出
版社，2024.4
ISBN 978-7-5225-2953-0

Ⅰ.①温… Ⅱ.①牟… Ⅲ.①温子昇-文集 Ⅳ.
①I213.922

中国国家版本馆 CIP 数据核字（2024）第 103532 号

温子昇集系年校注

作　　者	牟华林　著	
责任编辑	黄明佳	
出版发行	九州出版社	
地　　址	北京市西城区阜外大街甲 35 号（100037）	
发行电话	（010）68992190/3/5/6	
网　　址	www.jiuzhoupress.com	
印　　刷	唐山才智印刷有限公司	
开　　本	710 毫米×1000 毫米　16 开	
印　　张	19	
字　　数	338 千字	
版　　次	2024 年 4 月第 1 版	
印　　次	2024 年 4 月第 1 次印刷	
书　　号	ISBN 978-7-5225-2953-0	
定　　价	89.00 元	

序

多年来，在我国古典文学研究中，魏晋南北朝文学始终是一个薄弱环节，这其中，北朝文学尤甚，留下了一大片研究空白。近年来情况虽有所改变，但总体来说进展不大。苏轼在《潮州韩文公庙碑》中赞扬韩愈"文起八代之衰"，这句话从另一个角度看就是在贬低八代文。自此以往，人们对魏晋南北朝文学存在着偏见，认为其时靡丽之风甚炽，研究价值不大，这是其研究阻滞的一个原因。另外，由于种种历史灾难造成的魏晋南北朝文学资料匮乏，则是其研究阻滞的又一个原因。

有鉴于此，牟华林同志在四川大学中文系古典文献学专业攻读硕士学位时，就将北朝文学作为研究方向，选择了"北地三才"之一的温子昇，将其诗文集整理作为研究课题。华林同志不惮劳烦，旁搜远绍，辑佚、辨伪、校勘、笺注，三易寒暑，数易其稿，终成三十万字之《温子昇集校注》。现书稿即将付梓，华林同志向我求序，辞之不得，聊书数语，权充作序。

罗国威
二〇〇二年十一月于四川大学竹林村

目 录
CONTENTS

凡　例

一、书名依《隋书·经籍志》所著录的《温子昇集》而附以"系年校注"四字。

二、本集子乃一辑录本，其中从上海图书馆藏宋绍兴浙江刊本《艺文类聚》（以下均简称宋本《艺文类聚》）辑录二十一篇，其中十八篇文字乃以宋本《艺文类聚》为底本，参校本别详各篇头条注文。又从中华书局校点本《魏书》（以下均简称《魏书》）录得五篇（其中一篇宋本《艺文类聚》已录入，惜乎不全。其文字处理情况详下所述），其中四篇乃用《魏书》作底本，参校本详各篇头条注下。从中华书局校点本《北齐书》（以下均简称《北齐书》）录得一篇，中华书局校点本《初学记》（以下均简称《初学记》）录得一篇，罗国威师《日藏弘仁本〈文馆词林〉校证》（以下均简称《文馆词林》罗校本）录得三篇并用作底本，参校本详各篇头条注。

三、本集子按先诗后文予以编排。所录入的十一首诗（含乐府七篇，诗四首），编次以逯钦立先生辑校《北魏诗》卷二所录入次第为准，并参考相关资料尽量予以系年。所录入的二十九篇文章（含存目），其编排次第大体以子昇写作时间先后为准。

四、各篇正文之下，先系年后校注。各篇写作时间，一般以罗国威师《温子昇年谱》（以下均简称《年谱》）所考订年数为准。《年谱》未系者，参考其他资料（主要为康金声《温子昇集笺校全译》所附《温子昇年表》，后简称《年表》）予以补系。其馀仍不可考者，则付诸阙如。

五、仿汉唐旧注体式，融校与注于一体。先校后注，校语与注文之间以双圈号"◎"隔开。

六、一个校注序号中若包含多条校语、多个注释项，则各条校语、各注释项之间以实心圈号"●"隔开。若每个注释项下还有小项，则小项之间隔以空心圈号"○"。

七、注文中一般是先释文字，次指出用事用典，次例证，必要时作简明疏通。注释过程中，于康金声《温子昇集笺校全译》有借鉴参考处，已随文说明，谨此致谢。

八、避讳字（含缺笔字）、简体字、异体字 、俗别字一般径改不出校。一些影响文意的错讹字、俗字，则在正文中予以保留，而在注文中出校语说明。

九、底本脱漏之文字，有据可补入者，则所补文字用"［ ］"匡入，并于校语中说明据何本补入。其无可补足者，则以方框号"□"空出其位置。

一〇、底本错讹文字，有据可正者，则误文置于小括号"（ ）"中，改正之文置于尖括号"< >"中，并于校语中说明校改依据。

一一、其他文献有引用子昇诗文者，如所引文字可资参校，亦录之作参校。

一二、文献整理过程中，整理者的案语之前或用"按"字、或用"案"字提示，皆各随其习惯。本集子整理者的案语前一律使用"案"字，而在引用他人案语时，如他人所用为"按"字，则径引而不改。

一三、本集子附录内容有六项：《魏书》《北史》都有子昇本传，今收入《魏书》子昇本传，是为附录一。明张燮《七十二家集·温侍读集》题辞（王京州笺注）、张溥《汉魏六朝百三名家集·温侍读集》题辞（殷孟伦注），皆有助于了解子昇生平和创作，故收为附录二、附录三。我粗略搜集到子昇诗、文佚句数条，题为"温子昇集佚句辑存"，是为附录四。《温子昇年谱》对子昇作品创作年月考订详明，准确。在征得罗国威师同意后予以收录，是为附录五。又翻查相关文献，搜集到一些子昇研究资料，乃甄选部分以为进一步研究之助，题为"温子昇研究资料选辑"，是为附录六。

一四、本书参考文献中，古代作者的时代信息，各出版社标注不同，如东汉作者，或标注"东汉"，或标注"后汉"，或径标一个"汉"字；又如梁代作者，或标注"南朝梁"，或仅标一个"梁"字。凡此等古代作者时代信息，反映出不同出版社对古代作者时代信息的认知差异，为尊重不同出版社意见，本次皆径录而不改。

前　言

温子昇（495—547），字鹏举，北朝著名文学家。祖籍太原（今山西太原），自云为晋大将军温峤之后[一]。其祖父温恭之因避时难，乃居于济阴冤句（今山东菏泽西南）。其父温晖，亦供职于济阴郡。子昇虽出身官宦之家，然其家世贫寒，这可能与当时北魏朝臣无俸禄有关。据《魏书·高允传》载，直到魏文成帝时，还是"时百官无禄，（高）允常使诸子樵采自给"的局面。温子昇出生的时代，距离文成帝的时代不过三、四十年，这种"百官无禄"的局面即便是改变，也难有多大的起色。这种贫穷的局面可能正是促使温子昇自小勤苦学习的一个动因。温子昇五岁左右便受学于崔灵恩、刘兰（罗国威《温子昇年谱》），且"以夜继昼，昼夜不倦"（《魏书》本传）。从小的学识修养使他长大后能托身于广阳王元渊的门下成为一名"贱客"，"在马坊教诸奴子书"（《魏书》本传）。此间，子昇曾作有《侯山祠堂碑文》，其文今亡，不可得见。常景见此文，乃于渊前盛赞"温生是大才士"（《魏书》本传），时子昇十九岁（《温子昇年谱》）。始此，温子昇其人及其才学方为元渊所知。北魏孝明帝熙平元年（516），温子昇二十二岁，凭借自己的才学从八百余人中脱颖而出，补为御史中尉、东平王元匡的御史，开始了自己的宦途。孝明帝正光五年（524），广阳王元渊为东北道行台，遂召温子昇为郎中，军国文翰皆出其手，时子昇三十岁。孝庄帝建义元年（528），子昇为南主客郎中，与邢昕、崔鸿等撰修《后魏起居注》（《魏书》本传；又见杜士铎等编《北魏史》，山西高校联合出版社，1992年版，第521页）。曾因一日不当值，几遭时为录尚书事的元天穆鞭笞，子昇惧，乃逃遁。元天穆奏请孝庄帝以他人代子昇之职事，幸庄帝惜其才，事乃作罢。庄帝永安二年（529），元天穆出讨邢杲，召子昇从行，子昇不得已而从之，遂加其官为伏波将军，并任行台郎中。及元颢入洛，子昇劝天穆讨伐元颢，天穆善其计而不从，后有悔意。庄帝还宫，征子昇为中书舍人。此时，子昇已成为皇帝身边之近臣。永安三年（530）九月，孝庄帝诱杀尔朱荣、元天穆，子昇乃参与其谋并拟其诏。十二月，尔朱兆入洛，子昇惧祸逃匿。自孝武帝永熙三

1

年（534）起，子昇历官侍读兼舍人、镇南将军、金紫光禄大夫，又迁散骑常侍、中军大将军，领本州大中正。东魏孝静帝元象元年（538），齐文襄王高澄引子昇为大将军府咨议参军。孝静帝武定五年（547），元瑾、刘思逸、荀济等图谋除掉高澄，事败，文襄疑子昇知其谋，乃因子昇于晋阳（今山西太原）狱，子昇遂饿死。

一

　　子昇一生，志不在文。从小家世贫穷，使他渴望能建功立业。这与当时北朝人普遍"重武轻文"的心态有关。不仅统治者如此，文人亦如斯。比如北魏前期文人崔浩，就羡慕曾在边塞建立功勋的汉代名将卫青、霍去病。据《魏书·崔浩传》载，崔浩在与太武帝拓跋焘对话时，就这样说："何必读书，然后为学！卫青、霍去病亦不读书，而能大建勋名，致位公辅。"又如北魏后期文人李琰之，虽亦云自己学问博而且精，然又颇以自己"家世将种"为荣。案《魏书·李琰之传》："琰之虽以儒术自业，而每语人，言吾家世将种，自云犹有关西风气。及至州后，大好射猎，以示威武。"在这种大的社会心态影响下，子昇也当然渴望成为一名武将，建立功名，故云自己为晋大将军温峤之后。尽管南北朝人多喜假托自己为名门之后，但子昇乃托己于武将温峤之后，则正是当时那种特殊社会心态的反映。子昇虽志不在文，却最终还是通过从文的方式成了广阳王元渊的门客，渐渐走上仕途。在宦途上，子昇仍然没忘建功立业。元颢入洛时，子昇劝元天穆攻打元颢，迎回孝庄帝，实际上就是这种思想的反映。当然，另一方面，也因为在温子昇的心目中，孝庄帝才应当是北魏王朝的正宗统治者。弄清了温子昇的这一渴望建立功业的心态，对其积极参与谋划杀尔朱荣、元天穆以及后来参与谋划除掉高澄的两次行动也就能够理解了。并非如魏收所谓子昇"内深险，事故之际，好预其间"。关于这一点，明代张溥可算是了解温子昇的人，他在《汉魏六朝百三名家集·温侍读集》题辞中云：

　　　史言温鹏举外静内险，好预事故，终致祸败。今据史，魏庄帝杀尔朱荣，元瑾等背齐文襄作乱，鹏举皆预谋。此二事者，柔顺文明，志存讨贼，设令功成无患，不庶几其先大将军（谓温峤）之诛王敦乎？《魏书》目为深险，佛助何无识也？……元颢之变，策复京师，计之上也。上党即不能为桓、文，鹏举之言，管、狐许之矣。

真可谓有识见者。

子昇虽热衷于建功立业，但使其知名当时且传名于后世的还是他的文学才能。对于子昇的文学才能，魏收也是很推崇的。其《魏书》虽因评价人物多挟私心、有失公允而被后世目为"秽史"，但《文苑传》却以大量的笔墨来称举温子昇的文学才能，其云：

> 黄门郎徐纥受四方表启，答之敏速，于渊独沉思曰："彼有温郎中，才藻可畏。"……萧衍使张皋写子昇文笔，传于江外。衍称之曰："曹植、陆机复生于北土。恨我辞人，数穷百六。"阳夏太守傅标使吐谷浑，见其国主床头有书数卷，乃是子昇文也。济阴王晖业尝云："江左文人，宋有颜延之、谢灵运，梁有沈约、任昉，我子昇足以陵颜轹谢，含任吐沈。"

此等言语，虽不免过誉，但子昇在当时的影响亦可窥一斑。唐代李延寿修《北史》，在《魏收传》中云：温子昇、邢子才与魏收，"时号三才"。置子昇于"三才"之首，亦可见子昇在当时北方文坛所处的主导地位。另外，《北史·文苑传》中又云：

> 乐安孙彦举、济阴温子昇，并自孤寒，郁然特起。咸能综采繁缛，兴属清华，比于建安之徐、陈、应、刘，元康之潘、张、左、束，各一时也。

这种评价，再次对子昇的文学才能作了充分的肯定。明代张溥《汉魏六朝百三名家集·温侍读集》题辞亦云："吐谷小国，蓄书床头，梁武知文，叹穷百六，济阴寒士，何以得此？"对子昇之才能，亦是相当肯定的。不过，他又说："表碑具在，颇少绝作，'陵颜轹谢，含任吐沈'，亦硗确自雄，北方语耳。"这话就甚失公允。对于子昇之文，自然不应以衡量南朝文人作品的标准去加以衡量。正如曹道衡先生所指出的那样："用南方文学的成就去要求北方文学，执此非彼，并非公允之论。"（《南朝文学与北朝文学研究》，江苏古籍出版社，1998年版，第276页。下引此书皆为此本，不再注明）为什么呢？这涉及一个衡量标准的问题。在衡量一个封建时代的文学家的文学成就时，应该考虑到他所处的时代背景及其所写作的文体，这才可能得出一个较为妥当的结论。评价温子昇的文学成就，更应该考虑到这两个因素。从时代背景来看，温子昇所处的北魏王朝的早期统治者是在马背上打下江山社稷，而守成之职多以武将担当，故而朝廷上下普遍形成一种"重武轻文"的观念，这在前文已经论及，这种观念其实在整个北魏王朝都存在，只不过不同时期，其表现的程度有轻有重而已。在这种社会风气下，要求北朝文人如南朝文人一样在作品中刻意雕琢词句，追奇出新，这不仅不符合统治者的口味，还可能为自己招致杀身之祸，这是有前车之鉴的。比如，贺狄干曾奉魏道武帝拓跋珪之命出使后秦，而被后秦统治者扣留，于是便在长安学习《论语》《尚书》诸经，归国后，仅因"举止风流，有似儒者"而被杀（《魏书·贺狄干传》）。再如，拓跋珪攻打中山时，因六军乏粮，崔逞乃向拓跋珪建议采桑葚以代军粮，但以引用《诗经》，意存讽刺而被杀（《魏书·崔逞传》）。这些血的教训迫使文人不得不全身远祸，哪还愿在自己的文章中如南朝人一样卖弄文采呢？再从创作文体来看，温子昇流传下来的文章无外乎就是一些诏书、敕文、让表、祝文等，这些文体偏重实用，基本特点是简明通俗、质朴无华。《隋书·文学传序》云："河朔词义贞刚，重乎气质。气质则理胜其词……理深者便于时用。"正概括了这些文体的特点。子昇文章以这些文体创作出来，自然难以文采斐然。因此，张溥才说温子昇的文章"硗确自雄"（《汉魏六朝百三名家集·温侍读集》题辞）。所谓"硗确自雄"，就是指子昇文章缺乏辞采。鉴于上述原因，子昇文章缺乏文采，也是事出必然。但是，温子昇还写了一些很有特色的碑文，这些碑文亦骈亦散，介乎骈、散之间，引典用事，细加雕琢，对句工整，辞藻华丽，文风古朴，气势高昂。读之让人或生油然之叹，以其感悟真切；或发幽远之思，以其韵味厚重。这些正是南方文人作品所不具备的。至于子昇的诗歌，写游子行人者，"出语率真，格调开朗，全无愁苦之音"（郭预衡《中国古代文学史》第二册，上海古籍出版社，1998年版，第103页），如《凉州乐歌》《燉煌乐》；写游侠少年者，动感十足，活泼如画，如《白鼻騧》；写思妇者，画面清美，意境空灵，笔触柔婉，情思浮荡，如《捣衣诗》。总之是各有特色。这在下文中将作分析。

二

下面谈谈温子昇诗、文的内容。

先说诗。录入本集子的这些诗从内容上可分为两类：

一曰刻画人物形象。在这类诗中，子昇刻画了少年游侠、思妇、诸侯王公、妓女等多种形象。如《白鼻騧》刻画的便是一群"少年游侠"的形象，这一些人虽轻浮放浪，无所追求（因为他们骑着高头大马到居住在"狭斜路"上的妓女那儿忘情销魂，饮酒作乐），但也意气风发。《捣衣诗》描绘了一个个思妇在秋夜忙着捣衣，为远在边关的亲人赶制寒衣的场景；在这首诗中，子昇以细腻的笔触写出了这群女人们对自己的丈夫或意中人的相思相忆，也寄托了她们渴望边关战事及早结束的良好意愿。《安定侯曲》刻画的乃是一个生活糜烂的诸侯王形象：在热闹的钟鼓声中，安定侯正一手端着酒杯，心情愉悦地欣赏妖艳美女们的歌舞。这些诗篇，描绘手法各异。或刻画人物动作，如《白鼻騧》中用"揽（辔）""驻（马）""诣（当垆）"这样一些动词展示人物的身份，刻画人物的性格，显示人物的精神风貌。或描绘人物的形态，如《捣衣诗》"鸳鸯楼上望天狼"刻画的是一个不胜思念和孤独的妇人形象，这样一个"登楼望天狼"的形象，该包含多少难以言说的情感啊！或正面描写，如《安定侯曲》中，歌妓们在"当窗舞"，在"掩扇歌"。或侧面着笔，如《白鼻騧》中的"狭邪路"，就是通过写居处环境来描写妓女的。又如《安定侯曲》中，正是通过热闹的钟鼓和翩翩起舞的歌妓来侧面烘托奢侈糜烂的"安定侯"形象。

　　二曰描绘景物。这类诗歌的代表作品有《从驾幸金墉城诗》《春日临池诗》《咏花蝶诗》三首。在《从驾幸金墉城诗》中，温子昇从动态和静态两个角度描绘了金墉城的景致。如"昭峣阌流景，御沟属清洛，驰道通丹屏。湛淡水成文，参差树交影"这几句诗，"流景"是指水中流动的光景，"御沟"是河道，其水流流动通过"流景"表现出来。"水成文"，指水面上泛起圈圈涟漪。"树交影"指那倒映在河水中的道旁树，由于水面上荡起的圈圈涟漪而交错其影，参差不齐。这是描绘动态景致。而"飞甍自相并"，"细草缘玉阶"，"高枝荫桐井"，"微微夕渚暗"几句诗，则从静态着笔，描绘了"飞扬的栋宇"，"纤细的小草"，"高挑的树枝"，"夕阳下的水中沙丘"等景观。不同的景致，采用不同的描写角度，既使景物内容丰富，又显示出景物的层次感。在《春日临池诗》中，子昇将春日黄昏的美丽景色诉诸感官，诗中写道："光风动春树，丹霞起暮阴。嵯峨映连璧，飘飘下散金。"这几句诗刻画了春日夕照里的几种景物：池塘边树儿在夕阳中随风摇荡；暮色中，红霞挂在天边；巍峨的远山，在夕阳映照下，如同镶上了金边的玉璧，倒映在水池中。春风吹拂水面，山影飘散，碎光点点，如同在池中铺洒了碎金。诗歌巧妙地把景物的自然色彩和自然动态相融合，描绘了一幅意象鲜明、色彩荡漾的春景图，读之让人感受真切，如临其境。在《咏花蝶诗》中，温子昇写出了两种层次的亲和感。一是自然景物的亲和，这通过诗句"素蝶向林飞，红花逐风散。花蝶俱不息，红素还相乱"体现出来：

白色的蝴蝶在风中翩翩飞向花丛，红色的花瓣儿在风中飘落，蝴蝶和花瓣飞舞不止，让人分不清哪是蝴蝶，哪是花瓣儿。原本色彩对立的两种景物，在这种情况下竟能亲和无间，显得妙不可言。一是自然景物与人的亲和，"芬芳共袭予，葳蕤徒可玩"两句写出了诗人对眼前景物的欣赏和喜爱。"芬芳共袭予"表明诗人已被景物的芳香所围绕，"葳蕤徒可玩"则展示了诗人置身茂盛的景物之中而忘却自我的真实感受。至此，人和自然景物已经亲密融合在一起，难分彼此。美中不足的是，诗的最后两句"可慰行客心，遽动离君叹"如异峰突起，破坏了诗歌的亲和气氛，难免有狗尾续貂之憾。

再说文。本集子录人子昇文三十一篇（含存目及残句），从内容上大致可分为三类：

一为记事类。从文体上来看，子昇文多为诏书、敕答、让表、祝文、碑文，这就决定子昇之文主要是记录他所处环境中发生的大大小小的事情。大事情如皇帝诛除乱臣贼子、北魏边境战事绵绵等，小事情如臣子让封爵、臣子上书统治者鸣己之屈等，无不在子昇笔下得到细致展现。子昇本就是北魏王室宗族或皇帝身边的文人，其记事较为客观公正，基本是以写史的笔法来记事，因此，他所记录的这些事情在今天看来就是当时的历史。我们要更好地了解北魏王朝的方方面面，子昇的这些记事性文字自然就是很好的参考资料。一些官修史书（如《魏书》《北齐书》《北史》等）皆从子昇文中选取一些篇章入史，正是看到了子昇文章的"史料"价值。在子昇文中大致记录了这样一些事情：世宗宣武帝崩后，于忠专权，滥杀宰辅之事（《为御史中尉元匡奏劾于忠》）；尔朱荣、元天穆拥立孝庄帝一事，尔朱荣于河阴屠杀北魏宗族及百官卿士之事，胡太后专权之事，孝庄帝诛戮尔朱荣、元天穆之事（《孝庄帝杀尔朱荣诏》）；孝庄帝喜得皇太子之事（《魏庄帝生皇太子赦诏》）；孝明帝时代，六镇军人起义事件（《为广阳王渊上书言边事》）；北魏王室宗族间的矛盾（《为广阳王渊言城阳王徽构隙意状》）；魏静帝迁都邺城事件（《迁都拜庙邺宫赦文》）；大臣之死（《司徒元树墓志铭》《司徒祖莹墓志》）；君臣之间的矛盾（《孝武帝答高欢敕》）；高欢平定尔朱家族叛乱之事（《寒陵山寺碑》《印山寺碑》），等等。透过这些事实，我们对北魏的历史会有更全面的了解。

二为记人类。记人往往与记事是不可分割的，子昇所记之人，正是以其事为基础的。同时，子昇通过这些记事，传达出他对这些人的鲜明情感态度，也表明了自己基本的立场观点。概括起来，有以下两个方面：

首先，子昇对乱臣贼子予以无情鞭挞，揭露他们的罪恶行径。比如，世宗宣武帝崩后，于忠专权，擅自除假，滥杀宰辅，这些行为让子昇深深愤怒。在子昇看来，于忠世荷皇恩，值此关键时刻，理应报效朝廷，安定大局，方显为臣之道。而于忠却依仗拥立孝明帝之功，把持朝政，作出诸多危害朝政之事，弄得朝野惶遽不安。于是，子昇在弹文中写道：

> 臣忠世以鸿勋盛德，受遇累朝，出入承明，左右机近。幸国大灾，肆其愚蠚，专擅朝命，无人臣之心。裴、郭受冤于既往，宰辅黜辱于明世。又自矫旨为仪同三司、尚书令、领崇训卫尉，原其此意，便欲无上自处。既事在恩后，宜加显戮。请御史一人、令史一人，就州行决。

明确指出于忠背恩忘德，目无君主，这样的人就应公开处死。这样弹劾一个操持生杀大权的大臣，无疑是要冒生命危险的，但子昇就有这种勇气。这表明了子昇对于忠之类危害朝纲的乱臣贼子的无比憎恶，同时也表达了对国家安定的渴望。与此相类似，尔朱荣、元天穆曾拥立孝庄帝，事后，封赏有加。但尔朱荣此举无外乎是要立一傀儡以达到控制北魏政权的目的，不仅于河阴大杀魏宗室和百官以树威望，而且身处封地时，还广树党羽，遥控政权。这样的人，在子昇眼中，简直就是罪恶累累，该当天诛地灭。于是，当孝庄帝欲除掉尔朱荣、元天穆时，子昇不仅积极参与谋划，而且欣然拟诏。在诏文中，子昇揭露了尔朱荣所犯下的种种罪恶，指出尔朱荣等被杀正是以其悖逆天道、人伦，不杀不足以快天下人之心。他这样写道：

> 盖天道忌盈，人伦疾恶，疏而不漏，刑之无舍。是以吕、霍之门，祸谴所伏；梁、董之家，咎征斯在。

开篇指出恶贯满盈者，天所不容。接着极写尔朱荣之罪恶：

> 河阴之役，安忍无亲。王公卿士，一朝涂地。宗戚靡遗，内外具尽。假弄天威，殆危神器。……既位极宰衡，地逾齐、鲁，容养之至，岂复是过？但心如猛火，山林无以供其暴；意等漏卮，江河无以充其溢。既见金革稍宁，方隅渐泰；不推天功，谓为己力。与夺任情，臧否肆意。无君之迹，日月已甚。拔发数罪，盖不足称；斩竹书愆，岂云能尽？方复托名朝宗，阴图衅逆。睥睨天居，窥觎圣历。乃有裂冠毁冕之心，将为拔本塞源之事。

真可谓淋漓酣畅。这种所作所为谁能容忍呢？自当遭天杀：

> 天既厌乱，人亦悔祸。……将而有闻，罪无攸纵。……是而可怀，孰不可忍？并以伏辜，自贻伊戚。

其次，子昇一方面鞭挞丑恶，揭露叛上作乱者之罪行；另一方面，又对平定叛乱、给社会以安定局面的人予以讴歌。这突出表现在他对高欢的赞美和歌颂。尔朱荣被杀，尔朱家族遂发动叛乱，所到之处，杀戮掠夺，无恶不作。当此之时，齐献武王高欢乃率部平叛。于是子昇在其文中盛赞高欢。在《寒陵山寺碑序》中，子昇写道：

> 永安之季，数锺百六，天灾流行，人伦交丧。尔朱氏既绝彼天网，断兹地纽，禄去王室，政出私门，铜马竞驰，金虎乱噬，九婴暴起，十日并出，破璧毁珪，人物既尽，头会莫（当作箕）敛，杼柚其空。大丞相渤海王，命世作宰，惟机成务，标格千仞，崖岸万里，运鼎阿于襟抱，纳山岳于胸怀，拥玄云以上腾，负青天而高引。

在《印山寺碑》中，又写道：

> 大丞相渤海王，膺岳渎之灵，感辰象之气，直置与兰桂齐芳，自然共珪璋比絜。加以体备百行，智周万象，道兼语嘿，思极天人，固以兆云非虎，自怀公辅之德，世称卧龙，实在王佐之器，道足以济天下，行足以通神明，表立人之上才，含广途之大量。永安之末，时各异谋，蜂虿有毒，豺狼反噬，毂弩临城，抽戈犯跸，世道交丧，海水群飞。既而苍龙入隐，白虎出见，命世有期，匡时作宰，拯沈溺以援手，涉波澜而濡足，悬曒日于胸怀，起大风于衿袖，动之以仁义，行之以忠贞，附之者影从，应之者响起。

上述两篇文章中，子昇运用鲜明的对比，极写叛乱势力所带来的深重灾难，这为他对高欢的礼赞作了有力的铺垫。在子昇看来，高欢值此乱世，积极率众平叛，拯救几近崩颓的北魏王朝，示忠诚于朝廷，还社会以安宁和稳定的局面，他的出现，使子昇仿佛看到了国泰民安的盛世景象。对这样的人，子昇毫不吝惜笔墨，字里行间，无不透出对高欢热情洋溢的赞美和歌颂。

　　三为碑志类。北朝的作家创作了许多碑志类作品，这也正是北朝文学家在文体写作上的优势。曹道衡先生就指出了这一点，他说："其实北朝人对某些文体的写作，未必就没有长处。例如碑志一类的文章，在北方有其悠久的传统。相反地，南朝对立碑的限制却十分严格。……事实上，我们现在所能见到的南朝碑志远比北朝碑志为少。现在我们所见的魏碑，称得上好的作品并不多，但确实也不无特色。……这些碑志大抵是纪事之文，因此北朝的纪事文学形成了较好传统。"（《南朝文学与北朝文学研究》22 页）在这种写作传统的影响下，温子昇也写了一些碑志类文章。这类文章流传至今，尚存有六篇，分别是：《寒陵山寺碑序》《常山公主碑》《舜庙碑》《大觉寺碑》《印山寺碑》《定国寺碑序》。另据《魏书》本传，子昇还写有《侯山祠堂碑文》《献武王碑文》，惜皆不传。温子昇的这些碑文，在当时就影响颇大，为时人所称许。高步瀛先生《南北朝文举要·后魏文》引《太平寰宇记》云："东魏丞相高欢破尔朱兆兄弟于此（韩陵山）。山下仍立碑，即温子昇之词。陈尚书徐陵尝北使邺，读《韩陵碑》，爱其才丽，手自录之归陈。士人问陵：'北朝人物何如？'曰：'唯韩陵片石耳。'"又引《朝野金载》卷六曰："梁庾信从南朝初至北方，时温子昇作《韩陵山寺碑》，信读而写其本。南人问信曰：'北方文字何如？'信曰：'惟有韩陵一片石堪共语。'"从这些后人的记述中，亦可窥见温子昇在碑志类文体方面的创作成就。再则，近代刘师培在《南北文学不同论》中也称赞说："温子昇长于碑版，叙事简直，得张、蔡之遗规。"（引自《南朝文学与北朝文学研究》22 页）曹道衡先生也认为："（刘氏的这种评价）绝非过誉。试看他的《韩陵山寺碑》气势宏大，而雕藻亦不在南朝文人之下。"（《南朝文学与北朝文学研究》22 页）另外，子昇的其他碑志也很富美感，比如《常山公主碑》，无论从辞藻的华美，用典的雅致，还是从赞誉之情的流布，娴静柔婉气氛的渲染来看，都有如涓涓细流般沁人心脾。《南北朝文举要·后魏文》引彭甘亭评此碑云："按济阴王晖业云子昇文'足以陵颜轹谢，含任吐沈'，虽属过情之誉，然即以是碑论，其渊雅之致正不易，几能掩之者，惟兰成诸夫人墓志耳。"又引谭复堂蠡评此碑曰："泠泠叩玉之音。"说明该碑确实写得雅丽别致且音律优美。

三

　　一般而言，作家的创作特色总是与他的学识修养、生活的时代环境、上层统治者对文学的需求以及创作文体有着十分密切的关系。对于子昇而言，从小受学于当时的学术大师崔灵恩和刘兰。崔灵恩，《梁书·儒林传》载其事，史云：灵恩少笃学，从师遍通《五经》，尤精《三礼》《三传》。聚徒讲授，听者常数百人。性拙朴无风采，及解经析理，甚有精致，京师旧儒咸称重之。刘兰，《魏书·儒林传》记其事，史云：兰读《左氏》，五日一遍，兼通《五经》。兰推《经》《传》之由，甚为精悉。又明阴阳，博物多识，为儒者所宗。生徒甚众，海内称焉。子昇受学于此二人，其学识之广博、修养之深厚，亦可想而知。子昇生活的时代，北魏王朝统治者已经历了汉化的过程，对于文学亦有所看重，对于文人在作品中展示文采亦能容忍。子昇创作时所使用的文体实用性较强，但他亦努力修饰词句，尽可能写得典雅些。所以整体来看，子昇的诗文还是有文采、有特色的。

子昇之诗有以下两个特色：

一是意象鲜明，写景如画，使人如身临其境。如《春日临池诗》：

　　光风动春树，丹霞起暮阴。嵯峨映连璧，飘摇下散金。

使人仿佛在春风吹拂的黄昏，置身池旁，仰头看天，红霞烂漫；俯身临池，那云霞却又在池中化作万点碎金，晶莹明亮，微微浮荡。让人心都醉了。又如《从驾幸金墉城诗》：

　　湛淡水成文，参差树交影。长门久已闭，离宫一何静。细草缘玉阶，高枝阴桐井。微微夕渚暗，萧萧暮风冷。

这给我们描绘的是一幅萧条、阴冷而又没有多少生机的画面：树影在微微动荡的水中参差交错，城门紧闭，城内已无昔日喧嚣之声，门前的台阶上，长满了小草，还有那口井，包围在一片树荫中，天色已暗，一阵寒风吹来，使人倍添凉意。子昇之诗，大率如此，或浓墨重彩，或随意勾勒，或记其声，或状其形，或写其静，或描其动，总能让人产生如在看一幅幅图画的愉悦感。

二是语言质朴，情感真实，可谓以情写诗。这些情感或热情豪放，如《燉煌乐》《白鼻䯂》；或委婉细腻，如《捣衣诗》，以细致的笔触将思妇对远在边关的丈夫或意中人的思念化作那一声声远远近近的捣衣声以及那鸳鸯楼上独自看天狼的身形。或凄凉、无奈，如《从驾幸金墉城诗》。或虽愤怒而又不动声色，如《安定侯曲》，几乎以白描的手法展示出王公诸侯沉醉于犬马声色中的糜烂生活，看似冷静着笔，实则表达出对这种生活的鄙视和愤慨。或惆怅而无奈，如《从驾幸金墉城》，子昇给我们极力营造出一个寂静、萧条、凄冷的画面，这画面也象征着北魏王朝的衰败。在这画面中，该包含着子昇的几多惆怅、几多叹息和无奈啊。

子昇之文则体现出下列特色：

一是情感真实，爱憎分明。这一点在前面分析其作品内容时已交代过，此不赘述。

二是持论鲜明，论证严密。如《孝庄帝杀尔朱荣诏》一文，先亮明观点：凡恶贯满盈者，天所不容。接着以历史上的吕太后、霍光、梁冀、董卓四家族的夷灭为例论证此观点。再接着揭露尔朱荣肆意杀戮、目无君主、伺机篡夺皇权的种种罪恶行径，最后表明：诛除尔朱荣乃是合天道、顺民意之举，也是尔朱荣罪大恶极的应得下场。

三是文风古朴，造语典雅，反映出北方文化特有的厚重感。如他写《舜庙碑》，将《尚书》之中关于舜的事迹精心剪裁，加以有机组合，就给我们展示了一幅远古时代的洪荒画面；在这画面中，我们又看到了大舜以德治天下而万国归顺的盛大场景。这篇文章，子昇选取的是一古老题材，而以骈文进行写作，读来让人似有一种经历上古时代洗礼的庄严肃穆感。

四是气势磅礴，境界空灵。如《寒陵山寺碑序》中，写高欢军队同尔朱家族叛乱势力作战的场面：

> 钟鼓嘈嘈，上闻于天。旌旗缤纷，下盘于地。壮士懔以争先，义夫愤而竞起。兵接刃于斯场，车错毂于此地。轰轰隐隐，若转石之坠高崖；硠硠礚礚，如激水之投深谷。

写得声势浩大，士气高昂，场景壮观，气势不凡。又看战争结束的场景：

> 俄而雾卷云除，冰离叶散。靡旗蔽日，乱辙满野。

这战争留下的是一片死寂、狼藉的场面，给人留下广阔的思索空间。

五是子昇之碑文多为骈文，笔触流畅，偶对工整，声律和谐，读来给人以美的享受。这些佳句，在其文中，信手拈来皆是。如"昆山西跱，爰有夜光；汉水东流，是生明月""自然秘远，若上元之隔绛河；直置清高，类姮娥之依桂树""令淑之至，比光明于宵烛。幽闲之盛，匹穠华于桃李""立行洁于清冰，抗志高于黄鹄"（《常山公主碑》）；"直置与兰桂齐芳，自然共珪璋比絜""虽改张罗之呪，未易衅钟之牲""悬曤日于胸怀，起大风于衿袖"（《印山寺碑》）。即使在一些让表中，也能找出这样的佳对，如"才非会稽之竹，质谢昆吾之金""蕴朱蓝以成彩，立规矩以为式""垂二行丁贵游，扬六艺于胄子"（《为安丰王延明让国子祭酒表》）。

<h2 style="text-align:center">四</h2>

作为一介文人，温子昇对整个中国文学是有贡献的。

首先，在北朝这一特定的历史阶段，在北魏那特殊的社会风气和社会心态下，子昇能自觉师法南朝文人的创作技巧和方法，模仿南朝文人的创作习惯进行创作，在这种继承和创新的过程中，形成自己独到的风格，以他的文章和诗歌给原本荒芜的北朝文学带来了新鲜的理念和丰富的内容，使北朝文学逐渐成熟和发展起来，这对南北文化的融合产生了积极影响和极大推动。单凭这一点，就已是很了不起的。曹道衡先生对温子昇在北朝的文学贡献就予以很高的评价，他说："北朝文人诗的成熟，其实是在魏齐间的'三才'（温子昇、邢劭和魏收）出现以后。至于真正的名作，甚至更晚些……至于北朝的骈文，大体上也是到温子昇等人出现时才趋于成熟，前此文字，虽亦用骈句，但辞采远不及南朝人文章。"（《南朝文学与北朝文学研究》206、208 页）

其次，从文学传承和发展的角度看，子昇诗文承前启后的桥梁作用也值得一提。如南朝乐府民歌《子夜四时歌·秋歌》之一："风清觉时凉，明月天色高。佳人理寒服，万结砧杵劳。"就是通过明月、秋风、杵衣之佳人几个意象传达出一个女性对远在他方的心上人的悠悠情思。到了温子昇《捣衣诗》中，一个女性变成了千万个女性，又增加了捣衣的声音和鸳鸯楼上望天狼的女性两个意象，不仅丰富了诗歌的内容，也增加了诗歌的情感分量。唐李白《子夜吴歌》："长安一片月，万户捣衣声。秋风吹不尽，总是玉关情。何日平胡房，良人罢远征。"正是化用自温子昇此诗。又如子昇写有《结袜子》一诗，唐李白亦写有《结袜子》诗云："燕南壮士吴门豪，筑中置铅鱼隐刀。感君恩重许君命，太山一掷轻鸿毛。"（录自宋郭茂倩《乐府诗集》卷七四《杂曲歌辞》，中华书局，1979 年版）子昇写有《白鼻騧》诗，而唐李白《白鼻騧》："银鞍白鼻騧，绿地障泥锦。细雨春风花落时，挥鞭且就胡姬饮。"唐张祜《白鼻騧》："为底胡姬酒，长来白鼻騧。摘莲抛水上，郎意在浮花。"（录自宋郭茂倩《乐府诗集》卷二五《横吹曲辞》，中华书局，1979 年版）虽有所改造和创新，成就也更高，但皆承子昇之诗而有所发展。然子昇诗写在前，其开创之功就更不可没。

再次，子昇的文章开辟了"上梁文"这一新的写作领域。这一点，宋代的王应麟早已指出，他说："后魏温子昇《闾阖门上梁祝文》云：'惟王建国，配彼太微。大君有命，高门启扉。良辰是简，枚卜无违。雕梁乃架，绮翼斯飞。八龙杳杳，九龙巍巍。居宸纳祜，就日垂衣。一人有庆，四海爱归。'此上梁文之始也。"（《困学纪闻》卷二十《杂识》）

总之，从文学史的层面看，北朝文学之所以能占有一席之地，以自己的独特风格和南朝文学对峙数百年，而没有出现断层的情况，也同温子昇等人的贡献不无相关。今天，我们对于北朝文学的研究还远远不够。对于子昇这样一位贡献突出的北朝文学家，收集、整理他的诗文集，并为之作校注，应该说是一件非常有意义的工作。

五

关于温子昇的创作情况略记如下：北齐魏收《魏书》及唐李延寿《北史》子昇本传并云："（宋游道）又为集其文笔为三十五卷。"《新唐书·艺文志》集部别集类著录同。《隋书·经籍志》集部别集类云："后魏散骑常侍《温子昇集》三十九卷。"《旧唐书·经籍志》集部别集类云："《温子昇集》二十五卷。"《新唐书·艺文志》集部别集类云："《温子昇集》三十五卷。"《宋史·艺文志》未见著录，大约其集宋时已散佚。以上是自北齐至唐宋之正史对《温子昇集》的著录情况。值得注意的是：《魏书》本传提及《温子昇集》乃是由他人搜集而成。那么，温子昇的诗文被漏辑的情况肯定存在，这也可能是各史对《温子昇集》篇目数记载不尽相同的一个原因。如果这种推测成立，那么光凭我们现在所见到的温子昇诗文就对其创作内容或创作技巧作十分肯定的结论，如认为其文没有辞采，其诗少有佳句，则难免有武断之嫌。关于这一点，明代张溥已经指出过，他说："'桐华引仙露，槐影丽卿烟'，鹏举逸句尚佳，世以其诗少，即云不长于诗，寒山片石，当不其然。"

现就我所翻阅的书目记载温子昇的创作情况略作说明。

子昇所存之文：《魏书》本传记有《侯山祠堂碑文》《献武王碑文》二篇名，文无所载。《北史》本传后一篇题作《神武碑》，余同。《魏书·广阳王建传》附《元渊传》载子昇文三篇，又《于忠传》载其文一篇，《北齐书·神武帝纪下》载其文一篇，文今存。唐人欧阳询《艺文类聚》载其文二十一篇，个别篇章有删节，如卷五二载《孝庄帝杀尔朱荣诏》，卷七七载《大觉寺碑》（此碑文在北魏杨衒之《洛阳伽蓝记》卷四"大觉寺"条下存二逸句："面山背水，左朝右市。"），卷一六《魏庄帝生皇太子赦诏》（全文见罗国威师《日藏弘仁本〈文馆词林〉校正》，中华书局，2001年版）。至于《艺文类聚》所载温子昇文的篇题及卷数已在各篇头条注中加以说明，此不赘言。原唐写本《艺文类聚》今不可得见，今所见最早者当数上海图书馆所藏宋绍兴年间浙江刊本《艺文类聚》，我的这个注本多数篇章即以这个宋刊本为底本。唐人徐坚《初学记》载其文四篇，详各篇头条注下。日僧遍照金刚所撰《文镜秘府论·西卷·文二十八种病》记录温子昇《广阳王碑序》逸句四句："少挺神姿，幼标令望。显誉羊车，称奇虎槛。"同书同卷《文笔十病得失》引温子昇《寒陵山碑序》（今通作《寒陵山寺碑序》）四句："并寂漠消沉，荒凉磨灭。言谈者空知其名，经过者不识其地。"唐人许敬宗《文馆词林》载其文三篇（详罗国威师《日藏弘仁本〈文馆词林〉校正》，中华书局，2001年版）。宋人李昉等所编《太平御览》卷二百六记载温子昇《为上党王穆让太宰表》一篇。明代张燮《七十二家集》辑录《温侍读集》二卷附录一卷。明代张溥《汉魏六朝百三名家集·温侍读集》一卷辑录温子昇文二十五篇，详各篇头条注。清代严可均《全上古三代秦汉三国六朝文·全后魏文》辑录温子昇文二十九篇（此数是将《为广阳王渊上书言边事》之"深后上言"部分单列为一篇，又存《侯山祠堂碑文》《献武王碑文》二篇之目），详各篇头条注。清代吴汝纶《汉魏六朝百三家集选·温侍读集选》一卷。

子昇见存之诗：唐人欧阳询《艺文类聚》卷九载《春日临池诗》一首。唐人徐坚《初学记》载四首，即卷八载《梁州乐歌》二首，卷二四载《从驾幸金墉城诗》一首，卷一四载《相国清河王挽歌》一首（罗国威师认为此诗不全，见《温子昇年谱》）。宋人李昉等编《文苑英华》载二首，即卷一六五载《春日临池诗》一首，卷三二九载《咏花蝶诗》一首。宋人郭茂倩《乐府诗集》载其诗四首。明代冯惟纳《诗纪》载其诗十一首（详逯钦立先生《先秦汉魏晋南北朝诗·北魏诗》卷二）。明代张溥《汉魏六朝百三名家集·温侍读集》载其诗十一首，又在《温侍读集》题辞中记其逸诗二句"桐华引仙露，槐影丽卿烟"，然未名诗题及出处，故不可考。今人逯钦立辑校《先秦汉魏晋南北朝诗·北魏诗》卷二（下称《北魏诗》卷二）从上述诸典籍中辑录温子昇诗为十一首。

子昇其他撰著：①《后魏起居注》编者之一。《魏书》本传："建义初，为南主客郎中，修起居注。"杜士铎等所编《北魏史》云："隋代尚传的有汉献帝及晋代以来的起居注四十四部一千一百八十九卷……北魏的起居注有《后魏起居注》三百三十六卷。北魏参加起居注修撰的有邢昕、崔鸿、温子昇等人。"（第十二章第二节）据上所述，则温子昇同邢昕、崔鸿等人合撰有《后魏起居注》。案《隋书·经籍志》史部起居注类载："《后魏起居注》三百三十六卷。"《旧唐书·经籍志》史部起居注类载："《后魏起居注》二百七十六卷。"②撰《永安记》三卷。《魏书》及《北史》本传："又撰《永安记》三卷。"《隋书·经籍志》史部地理类著录："《魏永安记》三卷，温子昇撰。"《新唐书·艺文志》史部故事类著录："温子昇《魏永安故事》三卷。"③同邢劭合撰《麟趾新制》十五篇。《洛阳伽蓝记》卷三"景明寺"条："暨皇居徙邺，民讼殷繁，前革后沿，自相与夺，法吏疑狱，簿领成山，乃敕子才与散骑常侍温子昇撰《麟趾新制》十五篇。"《魏书·孝静帝纪》："兴和三年（541）冬十月癸卯齐文襄王自晋阳来朝，先是诏文襄王与群臣于麟趾阁议定新制，甲寅班于天下。"

下面就我这个注本所搜录温子昇诗文情况略作说明。本集子搜录子昇诗十一首，文二十七篇，悉为之系年校注。又据《魏书》及《北史》本传，存子昇所撰《侯山祠堂碑文》《献武王碑文》之目。另外有乐府古辞《艾如张》一篇，以作者有争议，故入附录四"温子昇集佚句辑存"之中。

[注释]

[一] 温峤：《晋书》卷六七有传。案：2001年2月，南京市下关区郭家山发掘出温峤墓，墓内所附《墓志》（载《文物》2002年第7期，文物出版社）云："祖，济南太守恭，字仲让。夫人，太原郭氏。父，河东太守襜，字少卿，夫人颍川陈氏，夫人清河崔氏。使持节、侍中、大将军、始安忠武公，并州太原祁县都乡仁义里温峤，字泰真，年卅二。夫人高平李氏，夫人琅邪王氏，夫人庐江何氏。息，放之，字弘祖；息，式之，字穆祖。息女胆，息女光。"

诗

白鼻騧[一]

少年多好事[二]，揽辔向西都[三]。相逢狭斜路[四]，驻马诣当垆[五]。

[系年]

康金声曰："此诗约作于正光三年（522）。《洛阳伽蓝记》卷三记高阳王元雍'正光中叶''贵极人臣，富兼山海'，'连宵尽日'追欢逐乐事。《白鼻騧》既为雍乐人所作，当在此时，温子昇曲词盖亦同时所制。'正光'历六年（520-525），其'中'约为第三年。"今从康说。

[校注]

[一] 录自中华书局校点本《乐府诗集》（以下均简称《乐府诗集》）卷二五。●白鼻騧：古乐府名。郭茂倩题解引智匠《古今乐录》："（高阳乐人歌，）魏高阳王乐人所作也。又有《白鼻騧》，盖出于此。"○騧：黑嘴的黄马。《诗经·秦风·小戎》："骐骝是中，騧骊是骖。"毛传："黄马黑喙曰騧。"

[二] 少年：年轻男子。本诗或指年轻的贵族子弟。《鲍照集·拟古》八首之三："幽并重骑射，少年好驰逐。"●好事：好生事端。《孟子·万章上》："好事者为之也。"朱熹集注："好事，谓喜造言生事。"

[三] 揽辔：挽住马缰绳，指骑马。《楚辞·九辩》："揽辔而下节兮，聊逍遥以相伴。"《曹植集·赠白马王彪》："欲还绝无蹊，揽辔止踟蹰。"●西都：谓长安。东汉都洛阳，故称西汉旧都长安为西都。其故地在今陕西长安西北。《文选·班固<西都赋>》："汉之西都，在于雍州，实惟长安。"

[四] 狭斜路：曲街小巷，此诗指歌妓舞女所居之处。《乐府诗集》卷三五《长安有狭斜行》诗十来首，多是写游子行人与歌妓舞女忘情销魂的生活。其中一首云："少年重游侠，长安有斜路。路窄时容马，枝高易度车。眼高同落照，

1

巷小共飞花。相逢夹绣毂，借问是谁家？"与本处意极近。●康金声以为此句是写高阳王元雍的享乐生活，其云："《洛阳伽蓝记》记元雍享乐生活云：'僮仆六千，妓女五百，隋珠照日，罗衣从风……出则鸣驺御道，文物成行，铙吹响发，笳声哀转；入则歌姬舞女，击筑吹笙，丝管迭奏，连宵尽日……海陆珍馐，方丈于前。'与《长安有狭斜行》古辞所写豪贵家生活极相似。"亦可备一说。

　　[五] 驻：马止而立。《玉篇·马部》："驻，马立止也。"●诣当垆：谓到酒店饮酒作乐。○诣：到。○当垆：《史记·司马相如列传》："相如与（文君）俱之临邛，尽卖其车骑，买一酒舍酤酒，而令文君当鑪。相如身自着犊鼻裈，与保庸杂作，涤器于市中。"裴骃《集解》引韦昭曰："鑪，酒肆也。以土为堕，边高似鑪。"此处"当垆"指酒店。辛延年《羽林郎》："胡姬年十五，春日独当垆。"《鲍照集·游思赋》："贱卖卜以当垆。"典出并同。

结袜子[一]

谁能访故剑[二]，会自逐前鱼[三]。裁纨终委箧[四]，织素空有馀[五]。

[系年]

　　本诗以前鱼被弃、纨扇委箧、织素无用等典故，抒发旧人被弃的感慨。据《魏书》子昇本传，北魏孝庄帝时，子昇曾受重用。东魏孝静帝元象元年（538），齐文襄王高澄引子昇为大将军府咨议参军。孝静帝武定五年（547），元瑾、刘思逸、荀济等图谋除掉高澄，事败。文襄疑子昇知其谋，乃囚子昇于晋阳狱，子昇遂饿死。则本诗似应作于子昇被囚禁之时，故系于孝静帝武定五年（547）。

[校注]

　　[一] 录自《乐府诗集》卷七四。●结袜子：乐府歌曲名，《乐府诗集》归入杂曲歌辞。郭茂倩题解引《帝王世纪》曰："文王伐崇侯虎，至五凤墟。袜系解，顾左右无可使者，乃俯而结之。武王至商郊牧野，誓众，左仗黄钺，右秉白旄。王袜解，莫肯与王结，王乃释旄，俯而结之。"又引《汉书》曰："王生者，善为黄老言，处士。尝召居廷中，公卿尽会立。王生老人曰：'吾袜解。'顾谓张释之：'为我结袜。'释之跪而结之。既已，人或让王生：'独奈何廷辱张廷尉如此！'王生曰：'吾老且贱，自度终亡益于张廷尉。廷尉方天下名臣，吾故聊使结袜，欲以重之。'诸公闻之，贤王生而重释之。"李白亦有《结袜子》诗，郭茂倩以为："唐李白辞大抵言感恩之重而以命相许也。"●康金声曰："此

诗似以寻'访故剑'、不弃'前鱼'隐指魏庄帝重情义、念旧臣也。永安二年（529）元颢入洛，子昇曾受其'中书舍人'之封。及元颢败走，庄帝还京，复使子昇为舍人。"其说可从。子昇作此诗，一方面是感念孝庄帝对自己的知遇之恩，另一方面则可能是表达自己被文襄王高澄弃置囚禁的复杂心情。

　　[二] 访故剑：谓汉宣帝立旧妻为皇后事。《汉书·外戚传》：汉宣帝微时，娶许广汉女。及即位，女为婕妤，公卿议立霍光女为后。"上乃诏求微时故剑。大臣知指，白立许婕妤为后。"诗中此句盖借以抒发故人不再被赏识的感慨。

　　[三] 会自：犹应当。宋之问《题梧州司马山斋》："流芳虽可翫，会自立长沙。"●逐前鱼：放弃前所得之鱼。典出《战国策·魏策四》："魏王与龙阳君共船而钓，龙阳君得十余鱼而涕下。"问之，曰："臣之始得鱼也，臣甚喜，后得又益大，今臣直欲弃臣前之所得鱼……四海之内，美人亦甚多矣，闻臣之得幸于王也，必褰裳而趋王。臣亦犹曩臣之前所得鱼也，臣亦将弃矣。"后以此典喻指旧人遭弃逐。

　　[四] 此句化用自《文选·班婕妤<怨歌行>》："新裂齐纨素，鲜絜如霜雪。裁为合欢扇，团团似明月。出入君怀袖，动摇微风发。常恐秋节至，凉风夺炎热。弃捐箧笥中，恩情中道绝。"李周翰注："纨素，细绢，出于齐国。"以合欢扇被委弃喻指旧人终遭弃逐。●裁纨：裁剪纨素制成合欢扇。●委箧：弃置于竹筐中。《文选·陆倕<石阙铭>》："悬书有附，委箧知归。"

　　[五] 此句感叹故妻被丈夫抛弃。典出《玉台新咏》卷一《古诗》八首之一："上山采蘼芜，下山逢故夫。长跪问故夫，新人复何如。新人虽言好，未若故人姝。颜色类相似，手爪不相如。新人从门入，故人从阁去。新人工织缣，故人工织素。织缣日一匹，织素五丈馀。将缣来比素，新人不如故。"与新人相比，故妻虽能"织素五丈馀"，但毕竟难免被丈夫抛弃的命运。子昇此句亦借以感叹故人终将遭弃逐的命运。

安定侯曲[一]

封疆在上地[二]，钟鼓自相和[三]。美人当窗舞[四]，妖姬掩扇歌[五]。

[系年]

康金声曰："北魏后废帝元朗逊位后，封安定郡王，邑一万户。"又曰："元朗受封安定郡王在太昌元年（532），当年被杀。若该曲事关元朗，当作于此年。"今从康说。

3

[校注]

[一] 本诗录自《乐府诗集》卷七四。●康金声曰:"安定侯曲,乐府歌曲名。《乐府诗集》归入杂曲歌辞,历代歌辞仅存此一首。歌名来源不详。"又曰:"歌辞之意,盖谓侯王领地肥腴,生活安定,自可观美人歌舞,尽情享乐,悠悠卒岁,无需它虑。或为事关元朗之感愤歌辞,待考。"

[二] 封疆:古代诸侯王分封土地时垒土为界叫作封疆。《史记·商君列传》:"为田开阡陌封疆,而赋税平。"司马贞《索隐》:"封,聚土也;疆,界也。谓界上封记也。"崔豹《古今注》卷上《都邑》第二:"封疆、画界者,封土为台,以表识疆境。画界者,于二封之间,又为墙埒,以画分界域也。"●上地:上等田地,土壤肥沃,所产丰饶,养人众多。《周礼·地官·小司徒》:"上地家七人,可任也者家三人。"郑玄注:"一家男女七人以上,则授上地,所养者众也。"诗中盖指安定侯所封为膏腴肥沃之地。

[三] 此句之下三句,谓安定侯之类权贵在钟鼓相和中,听着美妙的歌声,观看曼妙的舞姿,生活过得安乐舒适。《礼记·乐记》:"钟鼓管磬,羽箭干戚,乐之器也。"又曰:"钟鼓干戚,所以和安乐也。"

[四] 当窗:对着窗子。《乐府诗集》卷二五引《木兰诗二首》之一:"当窗理云鬓,对镜帖花黄。"●此句谓女子对窗起舞。《徐陵集·杂曲》:"舞衫回袖胜春风,隔扇当窗似秋月。"与此句之意颇近。

[五] 妖姬:妖艳的女子,多谓权贵的侍女、婢妾。《阮籍集·咏怀》之六四:"念我平居时,郁然思妖姬。"●掩扇歌:以团扇遮面而歌。《何逊集·拟轻薄篇》:"倡女掩扇歌。"《鲍参军集·中兴歌》之四:"美人掩轻扇,含思歌春风。"

燉煌乐[一]

客从远方来[二],相随歌且笑。自有燉煌乐,不减安陵调[三]。

[系年]

康金声曰:"此诗约作于正光五年(524)随元渊北征时。"今从康说。

[校注]

[一] 本诗录自《乐府诗集》卷七八。●燉煌乐:乐府歌曲名,《乐府诗集》归入杂曲歌辞。郭茂倩题解:"《通典》曰:'燉煌,古流沙地,黑水之所经焉。秦及汉初为月支、匈奴之境。武帝开其地,后分酒泉置燉煌郡。燉,大。

煌，盛也。'"案《汉书·地理志》："敦煌郡，武帝后元年分酒泉置。"北魏孝昌二年（526）于此郡置为瓜州。燉煌乐，盖即流传于这一带的乐歌名。隋代王胄亦以"燉煌乐"为题写诗二首，见《乐府诗集》卷七八。

[二] 语出《文选·古诗十九首》："客从远方来，遗我一端绮。"又《鲍参军集·拟客从远方来》诗："客从远方来，赠我漆鸣琴。"

[三] 不减：不次于，不少于。《文选·陆机·<演连珠>五十首》之四八："臣闻虐暑熏天，不减坚冰之寒。"●安陵：汉时蓨县，属渤海郡，北魏改名安陵县，故地在今河北吴桥县西北。安陵调，盖即流行于这一带的乐歌名。康金声曰："盖亦歌曲也，其声自必动人。《魏书·乐志》载：太岳令崔九龙言于太常卿祖莹，议将'今古杂曲''将五百曲'存之于乐府。'至于谣俗、四夷杂歌'，亦'记其声折'。安陵调或为魏时谣俗杂歌，大约流行于安陵境内，故名。"

凉州乐歌二首[一]

远游武威郡[二]，遥望姑臧城[三]。车马相交错，歌吹日纵横[四]。
路出玉门关[五]，城接龙城坂[六]。但事弦歌乐，谁道山川远[七]。

[系年]

康金声曰："其作年当在子昇随广阳王北讨时。正光五年（524），元渊受命北讨；孝昌二年（526）战死。姑系此诗于孝昌元年（525）。"今从康说。

[校注]

[一] 此二首录自《初学记》卷八，以《北魏诗》卷二比勘。●凉州：古州郡名，汉置，治陇县（今甘肃张家川县），魏晋时移治姑臧（今甘肃武威市）。《魏书·地理志》："凉州，领郡十，县二十。"凉州乐歌，盖即流传于这一带的乐歌名。康金声曰："晋末西凉传中原旧乐，杂以胡羌之声，其歌曲谓之《凉州》。至唐开元时，又进于朝廷，名曰《凉州破》，即《凉州词》也。温子昇《凉州乐歌》乃晋时西凉曲也。"

[二] 武威郡：汉武帝元狩二年置，三国至唐为凉州武威郡，故地在今甘肃武威县。《魏书·地理志》："武威郡，汉武帝置，领县二，户三百四十。"

[三] 姑臧城：为武威郡治所，三国魏以后为凉州治所，故址在今甘肃武威县城。

[四] 车马相交错：车马往来貌。●歌吹日纵横：谓日日歌吹之声不断，此

起彼伏。〇歌吹：歌唱与吹奏。引申指歌声和乐声。《汉书·霍光传》："引内昌邑乐人，击鼓歌吹作俳倡。"《谢宣城集·同谢谘议咏铜爵台》："郁郁西陵树，讵闻歌吹声。"〇日纵横：康金声曰："日日纵其心意，任其取乐也。《后汉书·李同传》'宾客纵横'句，即言宾客恣意所为也。"●案："车马"二句极写姑臧城行人车马往来交错，城中歌吹之声此起彼伏的热闹场景。

[五] 玉门关：古关名，在今甘肃敦煌西北。阳关在其东南。古通西域有二要道：一曰北道，即从玉门关出；一曰南道，乃从阳关出。《后汉书·班超传》："臣不敢望到酒泉郡，但愿生入玉门关。"李贤注："玉门关，属敦煌郡，今沙州也，去长安三千六百里，关在敦煌县西北。"

[六] 龙城：古地名，汉时为匈奴君长祭祀天地鬼神之处。《史记·匈奴列传》："岁正月，诸长小会单于庭祠；五月，大会龙城，祭其先天地鬼神。"司马贞《索隐》："崔浩云：'西方胡皆事龙神，故名大会处为龙城。'《后汉书》云：'匈奴俗岁有三龙祠，祭天神。'"●坂：山坡，斜坡。《龙龛手镜·阜部》："阪，大坡不平也。"●康金声以"龙城坂"为北魏地名，其云："后魏龙城县之大坂，地在今甘肃岷县。《水经注》：'洮水北还龙桑城西……俗名龙城。'《魏书》卷一〇六下《地形志下》：'河州，领郡四，县十四。'其'临洮郡领县三'，首曰'龙城'。注曰：'太和十年置。'"亦可备一说。

[七] 但：逯钦立校云："《初学记》作阻。"◎弦歌乐：以琴瑟伴歌来乐情。《宋书·乐志三》引魏明帝《步出夏门行》："日月不居，谁得久存。善哉殊复善，弦歌乐情。"●此二句谓一行人走出玉门关，一路上弹琴鼓瑟而歌，心情快乐，没有人认为山川路途遥远。

捣衣诗[一]

长安城中秋夜长，佳人锦石捣流黄[二]。香杵纹砧知近远[三]，传声递响何凄凉。七夕长河烂，中秋明月光[四]。蠮螉塞边绝候雁[五]，鸳鸯楼上望天狼[六]。

[系年]

康金声曰："此诗约作于正光五年（524），时子昇为广阳王渊郎中，随渊北讨破六韩拔陵。"今从康说。

[校注]

[一] 本诗录自《北魏诗》卷二。●篇题，张燮《七十二家集·温侍读集》（后简称张燮本）无"诗"字。●捣衣：妇女把布帛铺在平滑砧板上，用木棒

捶打，使其柔软平整，便于裁制衣服，称为捣衣。多于秋夜进行。明杨慎《丹铅总录·捣衣》："古人捣衣，两女子对立执一杵，如春米然。尝见六朝人画捣衣图，其制如此。"《文选·谢惠连<捣衣>》诗刘良注："妇人捣帛裁衣，将以寄远也。"《江文通集·悼室人》之五："秋至捣罗纨，泪满未能开。"○捣衣作为古乐曲名，起源甚早，曲辞所传达的多是对远方之人的思念之情。《乐府诗集》卷九四《捣衣曲》郭茂倩题解："班婕妤《捣素赋》曰：'广储县月，晖木流清。桂露朝满，凉衿夕轻。改容饰而相命，卷霜帛而下庭。于是投香杵，加纹砧。择鸾声，争凤音。'又曰：'调无定律，声无定本。任落手之参差，从风飚之近远。或连跃而更投，或暂舒而长卷。盖言捣素裁衣，缄封寄远也'。"康金声曰："《乐府诗集》收有《捣衣曲》，解题溯源至汉班婕妤之《捣素赋》，谓其辞旨为'捣素裁衣，缄封寄远'。此解得其要矣，然该书未收温子昇《捣衣》诗，并将《捣衣曲》归入'新乐府'中，则似失其当。《乐府诗集》杂曲歌辞部收有《锦石捣流黄》曲辞，其曲名直袭温氏原句，说明唐以前《捣衣》曲流行已久矣。"

［二］佳人：美貌的女子。《汉书·外戚传》载李延年歌云："北方有佳人，绝世而独立。"●锦石：有纹理的石头。《太平御览》卷三九引《郡国志》："衡山，南岳也。《南岳记》云：'当翼轸，度机衡，谓之衡山。山有锦石，斐然成文。'"●流黄：褐黄色的物品。其意义随文而异。《淮南子·本经》篇："甘露下，竹石满，流黄出而朱草生。"《文选·左思<吴都赋>》："紫贝流黄。"刘渊林注："流黄，土精也。《淮南子》曰：'夏至而流黄泽。'"上述之"流黄"谓玉。《乐府诗集》卷三五《长安有狭斜行》："中妇织流黄。"则指黄色的丝织品，与本诗义同。●案："锦石捣流黄"后遂发展为一种诗体，《乐府诗集》卷七七载隋炀帝《锦石捣流黄》曰："汉使出燕然，愁闺夜不眠。易制残灯下，鸣砧秋月前。今夜长城下，雪昏月应暗。谁见倡楼前，心悲不成惨。"

［三］香杵：指捣衣棒。○《说文·木部》："杵，春杵也。"●纹砧：纹理细密的捣衣石。《玉篇·石部》："砧，知林切。捣石。"○或作"玟砧"，同。《古文苑》卷三引班婕妤《捣素赋》："于是投香杵，扣玟砧，择鸾声，争凤音。"

［四］七夕：指七月七日，传说这一天，牛郎织女相会。《文选·谢惠连<七月七日夜咏牛女>》李善注："《齐记》记曰：桂阳城武丁有仙道，常在人间。忽谓其弟曰：'七月七日织女渡河，诸仙悉还宫。吾向已被召，不得停，与尔别矣。'弟问：'织女何事渡河，兄何当还?'答曰：'织女暂诣牵牛，吾去后三千年当还耳。'明日，失武丁所在。世人至今犹云：'七月七日，织女嫁牵牛。'"●长河：指银河，俗谓之天河。《文选·谢庄<月赋>》："列宿掩缛，长

河韬映。"●烂:光明貌。谓星光烂漫。《广韵·翰韵》:"烂,明也。"●此二句谓七月七日银河星光烂漫,八月中秋明月朗照。

[五] 蠮螉塞:地名,即今居庸关。以在塞上筑土室以候望,如蠮螉之掇土为房,故名。《晋书·慕容皝载记》:"于是率骑二万出蠮螉塞,长驱至于蓟城。"●候雁:即大雁,雁于冬季南来,夏初北归,往来有定时,故云候雁。《吕氏春秋·孟春纪》:"候雁北。"高诱注:"候时之雁从彭蠡来,北过,至北极之沙漠也。"古人以候雁传递书信,故多借以代指边关的音讯。〇绝候雁:谓边关音讯断绝。

[六] 鸳鸯楼:汉长安未央宫内有鸳鸯殿。本诗代指佳人所居。《徐陵集·杂曲》:"宫中本造鸳鸯殿,为谁新起凤凰楼。"●天狼:星名。《楚辞·九歌·东君》:"举长矢兮射天狼。"王逸注:"天狼,星名。以喻贪残。"《晋书·天文志》:"狼一星在东井东南,狼为野将,主侵掠。"故借以代指战争。〇望天狼:传达出对边关战争中男儿的思念与盼归。●《鲍参军集·学陶彭泽体》:"提瑟当户坐,叹息望天河。"与本句意境相似。

从驾幸金墉城诗[一]

兹城实佳丽,飞甍自相并[二]。胶葛拥行风[三],岧峣阆流景[四]。御沟属清洛[五],驰道通丹屏[六]。湛淡水成文[七],参差树交影[八]。长门久以闭,离宫一何静[九]。细草缘玉阶[一〇],高枝荫桐井[一一]。微微夕渚暗[一二],肃肃暮风冷[一三]。神行扬翠旗[一四],天临肃清警[一五]。伊臣从下列[一六],逢恩信多幸[一七]。康衢虽已泰[一八],弱力将安骋[一九]。

[系年]

康金声曰:"此诗写金墉景物,特地点出'长门闭',似隐指灵太后出北宫事。据《魏书·皇后传》及《肃宗纪》,灵太后为元叉、刘腾囚禁于北宫,其出离冷宫再行称制在孝昌元年(525)夏四月辛卯。故此诗约作于该年。"今从康说。

[校注]

[一] 录自《初学记》卷二四。●从驾:康金声注:"随从皇帝车驾。帝当为肃宗孝明帝元诩。"●金墉城:三国时魏明帝所筑,故址在今河南洛阳市东北。《水经注·谷水》:"金谷水又东南流入于谷,谷水又东迳金墉城北,魏明帝于洛阳城西北角筑之,谓之金墉城。"《嘉庆重修一统志》第二二九八册《河南

府·金墉城》:“在洛阳县东，三国魏所筑。延禧二年，魏主禅位于晋，出舍金墉城。晋杨后及愍怀太子贾后之废，皆徙金墉。永康二年，赵王伦迁惠帝于金墉城。其后每有废置，辄于金墉城内。永和十一年，桓温救洛阳，屯故太极殿前，寻徙屯金墉，置戍而还。太和五年，秦王猛克洛阳，使邓羌戍金墉。宋元嘉八年，到彦之北伐，下河南，留杜骥守金墉，为河南四镇之一。后魏太和十七年至洛阳，幸金墉城。十九年，金墉宫成。东魏天平四年，西魏将独孤信据金墉。元象元年，高欢毁金墉城。隋开皇十四年于金墉城置总监。炀帝即位，废。唐初，以洛阳县治故金墉城。贞观元年，移入郭下，金墉遂废。《通典》:金墉城在洛阳故城西北角，魏明帝筑。”●幸：蔡邕《独断》卷上：“幸者，宜幸也。世俗以幸为侥幸。车驾所至，民臣被其德泽，以侥幸，故曰幸也。先帝故事，所至见长吏、三老官属，亲临轩，作乐，赐食、皁帛、越巾，加珮带，民爵有级数，或赐田租之半，是故谓之幸。皆非其所当得而得之。”

［二］佳丽：此处指土地景物的美好。《文选·谢朓<鼓吹曲>》:“江南佳丽地，金陵帝王州。”●飞甍：房屋的栋宇。以其尾端向上挑起，故云飞甍。《文选·左思<吴都赋>》:“飞甍舛互。”吕向注：“飞甍舛互，言栋宇相交互也。”○飞甍相并：极写金墉城楼宇交互、屋檐飞接的繁华风貌。《洛阳伽蓝记》卷一“瑶光寺”条：“城东北角有魏文帝百尺楼，年虽久远，形制如初。高祖在城内作光极殿，因名金墉城门为光极门。又作重楼飞阁，遍城上下，从地望之，有如云也。”

［三］胶葛：建筑物深远广大之貌。《文选·左思<吴都赋>》:“东西胶葛，南北峥嵘。”李善注：“胶葛，长远之貌。《鲁灵光殿赋》曰：‘洞胶葛其无垠。’”○案：字或作“轇輵”。《文选·张衡<东京赋>》:“戟闔轇輵。”●拥：遮蔽，遮挡。《礼记·内则》:“女子出门，必拥蔽其面。”●行风：流动的风。《鲍参军集·与荀中书别》诗：“劳舟厌长浪，疲旆卷行风。”●此句谓密集的楼宇群落遮挡住了流风。

［四］岧峣：高峻，高耸。《广韵·萧韵》:“岧，岧峣，山高貌。”《曹植集·九愁赋》:“践蹊径之危阻，登岧峣之高岑。”●閟：掩闭。《玉篇·门部》:“閟，闭也。”《江文通集·别赋》:“春宫閟此青苔色。”●流景：指太阳。《文选·曹植<杂诗>》之二：“愿为南流景，驰光见我君。”张铣注：“南流景，日也。”此处指落日。《江文通集·袁太尉从驾》:“羽卫蔼流景。”●此句谓高耸的楼宇群落遮挡住了落日的馀晖。

［五］御沟：流入宫内的河道。崔豹《古今注》卷上《都邑》第二：“长安御沟，谓之杨沟，谓植高杨于其上也。又曰羊沟，谓羊喜能触墙垣，故为沟以

隔之，故日羊沟。"《文选·谢朓<鼓吹曲>》："飞甍夹驰道，垂杨荫御沟。" ●属：连缀、连接。 ●清洛：清澈的洛水。《文选·潘岳<藉田赋>》："清洛浊渠。"同书谢朓《齐敬皇后哀策文》："度清洛而南游。"

[六] 驰道：君王驰马所行之道。《礼记·曲礼下》："驰道不除。"孔颖达疏："驰道，正道，如今御路也。是君驰走车马之处，故日驰道也。" ●丹屏：帝王宝座之后的屏风。借以指帝宫。本诗即用此义。《艺文类聚》卷三引梁萧子云《岁暮直庐赋》曰："霰的皪于彤庭，霙蔌蔌于丹屏。"后来泛指红色的屏风。《太平御览》卷一八五引《汉官典职》曰："省阁下大屏称日丹屏，尚书郎含鸡舌香伏其下奏事。"

[七] 湛淡：迅疾貌。《文选·左思<吴都赋>》："湛淡羽仪，随波参差。"刘渊林注："湛淡，迅疾貌。"本诗指水迅速流动。 ●水成文：水面泛起波纹。《江文通集·刘仆射东山集学骚》："石戋戋兮水成文。"《乐府诗集》卷四七引张若虚《春江花月夜》："鱼龙潜跃水成文。"

[八] 参差：不齐貌。《诗经·周南·关雎》："参差荇菜。" ●交影：影相交错。《大唐西域记》卷七《五国》："花池交影，台阁连甍。"《法苑珠林》卷三八《圣迹部》引《西域传》云："塔基角相连，林池交影。"

[九] 长门：汉宫名。《文选·司马相如<长门赋序>》："孝武皇帝陈皇后时得幸，颇妒，别在长门宫，愁闷悲思。闻蜀郡成都司马相如天下工为文，奉黄金百斤为相如文君取酒。因于解悲愁之辞。而相如为文以悟主上，皇后复得幸。"《三辅黄图》卷三："长门宫、离宫，在长安城。孝武陈皇后得幸，颇妒，居长门宫。"陈植《校证》："又《陕西通志》卷七十二，长门宫遗址，在故长安城东。"后以长门宫代称冷宫。康金声注："《读史方舆纪要》之《河南府洛阳县》：'晋杨后及愍怀太子至贾后之废，皆迁金墉。'可见金墉确有冷宫。此处'长门已闭'似隐指胡太后出离冷宫、反政称制。" ●以：通"已"，已经。《三国志·魏书·杜袭传》："吾计以定，卿勿复言。" ●离宫：古代帝王于正式宫殿之外别建宫室，以便巡游时居处，谓之离宫。《文选·司马相如<长门赋>》："期城南之离宫。"李善注："离宫，即长门宫也。"《汉书·贾山传》："秦起咸阳，西至雍，离宫三百。"颜师古注："凡言离宫者，皆谓于别处置之，非常所居也。"《三辅黄图》卷六《杂录》："离宫，天子出游之宫也。" ●一何：何其，多么。《三国志·魏书·刘放传》："太祖大悦，谓放曰：'昔班彪依窦融而有河西之功，今一何相似也！'"《鲍参军集·松柏篇（并序）》："已没一何苦。"

[一〇] 细草：小草。《何逊集·石头答庾郎丹诗》："高树荫楼密，细草绿成被。" ●缘：向上爬，攀缘。《孟子·梁惠王上》："以若所为，求若所欲，犹

缘木而求鱼也。"《鲍参军集·行药至城东桥》："蔓草缘高隅。"●玉阶：玉石砌成或装饰的台阶，亦作为台阶的美称。《文选·班固<西都赋>》："玄墀扣砌，玉阶彤庭。"张铣注："玉阶，以玉饰阶。"

[一一]荫：遮蔽。《左传》文公七年："本根无所庇荫矣。"字亦作"廕"。《国语·晋语》："若君实庇廕膏泽之。"●桐井：周边栽有梧桐树的水井。古人认为梧桐树为凤凰所栖，井中有龙，故井边栽植梧桐以象征龙凤呈祥。《艺文类聚》卷八八引梁简文帝《赋得双桐生空井》诗："季月双桐井，新枝杂旧株，晚叶藏栖凤，朝花拂曙乌。"

[一二]微微：幽静深远貌。《文选·张衡<南都赋>》："章陵郁以青葱，清庙肃以微微。"李善注："微微，幽静貌。"《文选·嵇康<琴赋>》："疏肃肃以静谧，密微微其清闲。"李周翰注："微微，幽邃也。"●夕渚：傍晚之沙洲。李世民《秋日斅庾信体》："晨浦鸣飞雁，夕渚集栖鸿。"○渚：水中小沙丘。《尔雅·释水》："小洲曰渚。"

[一三]肃肃：疾速貌。《诗经·召南·小星》："肃肃宵征，夙夜在公，寔命不同。"毛传："肃肃，疾貌。"《鲍参军集·绍古辞》："瑟瑟凉海风，竦竦寒山木。"钱仲联注："瑟瑟，凉貌。竦竦，寒貌。"案：肃肃，瑟瑟，竦竦，并声近义同。

[一四]神行：神人游动。《文选·张衡<东京赋>》："飞阁神行，莫我能形。"薛综注："人不见行往，故曰神。"《文选·颜延之<应诏观北湖田收>》："神行埒浮景。"刘良注："言天子与神明俱行。"本诗指皇帝出行。●翠旗：饰以翠羽的旗帜。《艺文类聚》卷四引夏侯湛《禊赋》："擢翠旗，垂繁缨。"《广弘明集》卷三〇下引卢思道《从驾经大慈照寺诗·序》："翠旗扬斾，雕玉徐轮。"

[一五]天临：如上天照临下土。《文选·颜延年<应诏宴曲水作诗>》："太上正位，天临海镜。"李善注："潘岳《鲁公诗》曰：'如地之载，如天之临。'"本诗指天子降临。●清警："清道警跸"之省，谓皇帝出行时清道戒严。《三辅黄图》卷六《杂录》："清道，谓天子将出，或有斋祀，先领道路打扫清净。"《古今注》卷上《舆服》第一："警跸，所以戒行徒也。《周礼》：跸而不警。秦制，出警入跸，谓出军者皆警戒，入国者皆跸止也。故云出警入跸也。至汉朝梁孝王，出称警，入称跸，降天子一等焉。一曰跸路也，谓行者皆警于涂路也。"

[一六]伊臣：即臣，"伊"无实义，凑足音节。《艺文类聚》卷二九引梁刘孝绰《侍宴饯庾于陵应诏诗》曰："伊臣独无伎，何由奉吹息。"●下列：末

位，下位。《陆机集·赠弟士龙》诗之四："守局下列，譬彼飞尘。"

[一七] 信：副词，的确。杨树达《词诠》卷六："信，表态副词。《说文》云：信，诚也。按今语言'真'。"●多幸：犹言多侥幸。《左传》宣公十六年："谚曰：'民之多幸，国之不幸也。'是无善人之谓也。"本诗则有多福的意思。

[一八] 康衢：四通八达之道路。《尔雅·释宫》："四达谓之衢，五达谓之康。"《列子·仲尼篇》："尧乃微服游于康衢。"●泰：畅通。《周易·泰卦》："天地交泰。"

[一九] 弱力：力气小。《汉书·董仲舒传》："至使弱力少智之子，被穿帷败，寄死不敛，冤枉穷困，不敢自理。"本诗指气力小的劣马。●骋：马儿奔跑。《说文·马部》："骋，直驰也。"

春日临池诗[一]

光风动春树，丹霞起暮阴[二]。嵯峨映连璧[三]，飘飖下散金[四]。徒自临濠渚，空复抚鸣琴。莫知流水曲，谁辩游鱼心[五]。

[系年]

康金声曰："此诗作年，盖在温怀才不遇、不为人知时也。本传云：'长乃博览百家，文章清婉。为广阳王渊贱客，在马坊教诸奴子书。'后作《侯山祠堂碑文》，为常景激赏，才名始大。至'熙平初，中尉东平王匡博召辞人'，温乃得为御史。元渊袭广阳王爵在永平四年（511），则此诗当作于永平四年至熙平元年（516）之间，权系于延昌二年（513）。"今从康说。

[校注]

[一] 录自宋本《艺文类聚》卷九，以《文苑英华》卷一六五（中华书局影宋本《文苑英华》此卷系用明隆庆元年闽刻补入）、张燮本、《北魏诗》卷二比勘。

[二] 光风：雨过日出时所起之风。《楚辞·招魂》："光风转蕙。"王逸注："光风，谓雨已日出而风，草木有光也。"《艺文类聚》卷七六引梁武帝《游锺山大爱敬寺诗》："朝日照花林，光风起香山。"●丹霞：红霞。《曹丕集·芙蓉池作》："丹霞夹明月，华星出云间。"《鲍参军集·还都至三山望石头城》："攒楼贯白日，摛堞隐丹霞。"●暮阴：傍晚之阴云。《艺文类聚》卷六五引谢庄《北宅秘园》诗曰："夕天霁晚气，轻霞澄暮阴。"

[三] 峨：《文苑英华》同，《北魏诗》卷二作"峩"，异体字。◎嵯峨：山

高峻貌。《楚辞·招隐士》："山气龍嵸兮石嵯峨。"王逸注："嵯峨，巉嶮，峻蔽日也。"此处指倒映在水中如山形的云霞。●连璧：并连的两块璧玉。《庄子·列御寇》："吾以天地为棺椁（椁），以日月为连璧。"《太平御览》卷三引《易坤灵图》曰："至德之萌，日月若连璧。"此处喻倒映水中的云霞如并连的玉璧一般。

　　[四] 飖：《北魏诗》卷二同，《文苑英华》作"摇"。《文选·江淹<恨赋>》"摇风忽起"李善注："飖与摇同。"◎飘飖：风吹貌。《文选·班彪<北征赋>》："风猋发以飘飖兮，谷水灌以扬波。"刘良注："飘飖，风驰皃。"《玉篇·风部》："飘飖，上行风也。"此处指水面微微动荡。●散金：指云霞倒映于动荡的水中，星星点点，如碎金一般闪闪发亮。《文选·张翰<杂诗>》："青条若总翠，黄花如散金。"

　　[五] 辩：《北魏诗》卷二同，《文苑英华》、张燮本作"辨"。《说文通训定声·坤部》："辩，叚借为辨。"◎此四句以协韵需要而乱其序。从诗意看，当作"徒自临濠渚，谁辩游鱼心。空复抚鸣琴，莫知流水曲。"●前两句化用庄子与惠施辩鱼之乐这一典故。《庄子·秋水》："庄子与惠子游于濠梁之上。庄子曰：'儵鱼出游从容，是鱼之乐也。'惠子曰：'子非鱼，安知鱼之乐?'庄子曰：'子非我，安知我不知鱼之乐?'惠子曰：'我非子，固不知子矣；子固非鱼也，子之不知鱼之乐，全矣。'"○濠：水名，在今安徽凤阳县东北。●后两句化用锺子期听伯牙弹琴的典故。《吕氏春秋·本味》篇："伯牙鼓琴，锺子期听之。方鼓琴而志在太山。锺子期曰：'善哉乎鼓琴，巍巍乎若太山。'少选之间而志在流水。锺子期又曰：'善哉乎鼓琴，汤汤乎若流水。'锺子期死，伯牙破琴绝弦，终身不复鼓琴，以为世无足复为鼓琴者。"又见《淮南子·修务篇》《列子·汤问篇》。《寒山诗·寒山深》："泉声响，抚伯琴。有子期，辨此音。"典出并同。●案：上四句诗传达出一种知音难觅的情绪，也符合温子昇未获得当朝赏识的境遇。

咏花蝶诗[一]

　　素蝶向林飞，红花逐风散[二]。花蝶俱不息，红素还相乱[三]。芬芳共袭予[四]，葳蕤徒可玩[五]。可慰行客心[六]，遽动离君叹[七]。

[系年]

　　康金声曰："此诗约作于孝昌三年（527）春日。据温本传，元渊为葛荣害后，'子昇亦见羁执。荣下都督和乐兴与子昇相识，以数十骑潜送子昇，得达冀州，还京'。元渊之死在孝昌二年（526）九月。《魏书·肃宗纪》：孝昌二年'九月辛亥，葛荣败都督广阳王渊、章武王融于博野白牛逻，融没于陈'。又《广阳王传》：葛荣'东攻章武王融，战败于白牛逻'。元渊'遂退走，趋定州。闻刺史杨津疑其有异志，乃止于州南佛寺，停三日夜……津遣谥讨'元渊，渊走出，为葛荣部执而害之。子昇被执当亦在其时。及和乐兴潜送子昇，辗转于定州、冀州，终至京师，时必在孝昌三年春日也。"今从康说。

[校注]

[一] 录自中华书局影宋本《文苑英华》卷三二九（此卷系用明隆庆元年闽刻《文苑英华》本补入），以张燮本、《北魏诗》卷二比勘。●篇题，张燮本无"诗"字。

[二] 素蝶：白色的蝴蝶。《初学记》卷三〇引有梁刘孝绰《咏素蝶诗》，则"素蝶"为当时习用语。《姜斋诗集·鼓棹二集·生查子（秋感）》："素蜨（蝶）不知愁，波影弄金粉。"●逐风散：谓花瓣随风飘落。《鲍参军集·春羁》："风起花四散。"与此句意境极近。

[三] 息：止也。●红素：谓红色的花和白色的蝴蝶。它处用"红素"，则意义又别。《杜工部诗集》卷一二《春远》："肃肃花絮晚，菲菲红素轻。"朱鹤龄注："红言花，素言絮也。"

[四] 逯钦立校云："予，《诗纪》作手。"张燮本亦作"手"。案：应是作"予"。◎此句化用自《楚辞·九歌·少司命》："绿叶兮素华，芳菲菲兮袭予。"王逸注："袭，及也。"

[五] 蕤：张燮本作"狨"。案：《说文·艸部》："蕤，艸木华垂貌。"《说文·生部》："狨，草木实狨狨也。"段玉裁注："狨之言垂也。"统言之，则二字无别。析言之，则蕤谓草木之花下垂，狨谓草木之实下垂。〇徒：张燮本、《北魏诗》卷二作"从"。案：当作"徒"。《何逊集·酬范记室云诗》："清谈莫共理，繁文徒可玩。"◎葳蕤：茂密繁盛貌。《楚辞》载东方朔《七谏》："上葳蕤而防露兮。"王逸注："葳蕤，盛貌。"《文选·左思<蜀都赋>》"敷蕊葳蕤，落英飘飘。"张铣注："葳蕤，花鲜好貌。"

[六] 可：张燮本、《北魏诗》卷二作"不"。◎慰：抚慰，使人内心舒适。《鲍参军集·与荀中书别》："敷文免征念，发藻慰愁容。"●行客：行旅之人。《淮南子·精神训》："是故视珍宝珠玉犹砾石也，视至尊穷宠犹行客也。"高诱注："行客，犹行路过客。"《丹渊集》卷一七《嘉川》："清香满马去未休，赖尔春风慰行客。"其末句殆即化用自子昇此句。

[七] 君：《文苑英华》原校："疑作居。"案：张燮本、《北魏诗》卷二作"居"。◎遽：迅速，快速。《玉篇·辵部》："遽，疾也。"●离居：离开居所，流离失所。《尚书·盘庚下》："今我民用荡析离居，罔有定极。"孔颖达疏："播荡分析，离其居宅，无安定之极。"

相国清河王挽歌[一]

高门讵改辙[二]，曲沼尚馀波[三]。何言吹楼下[四]，翻成薤露歌[五]。
[系年]
康金声曰："灵太后淫乱后宫，逼幸元怿。正光元年（520）七月，领军元叉、长秋卿刘腾等幽太后于北宫，囚怿门下省，并于禁中杀怿。怿死年34岁。《魏书·肃宗纪》载，正光四年（523）'春二月壬辰，追封……清河王怿为范阳王，以礼加葬'。故挽歌当作于是年。"今从康说。

[校注]
[一] 录自《初学记》卷一四。●清河王：指元怿，魏孝文帝拓跋宏之子。明帝元诩正光元年（520）七月，被领军元叉、长秋卿刘腾等囚杀于禁中。卒年三十四岁。详见《魏书》卷二二、《北史》卷一九本传。●挽歌：哀悼死者的丧歌。《晋书·礼志中》："汉魏故事，大丧及大臣之丧，执绋者挽歌。新礼以为挽歌出于汉武帝役人之劳歌，声哀切，遂以为送终之礼。"

[二] 高门：高贵者所居，其门高大，故借指富贵之家。《庄子·达生》："有张毅者，高门县薄，无不走也。"成玄英疏："高门，富贵之家也。"本诗指清河王所居。●讵：殆假借为"遽"字，突然之意。●改辙：本指改变行车路线。《曹植集·赠白马王彪诗》："中逵绝无轨，改辙登高岗。"后指发生变故、变化，本诗即用此义。

[三] 曲沼：即曲折迂回的池塘。《洛阳伽蓝记》卷四"冲觉寺"条："斜峰入牖，曲沼环堂，树响飞嘤。"●馀波：余势未尽之波浪。《文选·郭璞<江赋>》："鼓洪涛于赤岸，纶馀波乎紫浔。"李善注："馀波，涛之馀波也。"

[四] 何言：犹言"谁料到"。《何逊集·道中赠桓司马季珪》："本愿申羁旅，何言异翔集。"●吹楼：即吹台，相传为春秋时期师旷吹乐之台，汉梁孝王扩建之后称明台，也叫吹台。故址在今河南开封市东南禹王台公园内。《水经注》卷二二《渠水》："渠水又北屈，分为二水。《续述征记》曰：汳沙到浚仪而分也。汳东注，沙南流。其水更南流，迳梁王吹台东。《陈留风俗传》曰：县

15

有苍颉、师旷城，上有列仙之吹台，北有牧泽，泽中出兰蒲，上多俊髦，衿带牧泽，方十五里，俗谓之蒲关泽，即谓此矣。梁王增筑以为吹台，城隍夷灭，略存故迹。今层台孤立于牧泽之右矣，其台方百许步，即阮嗣宗《咏怀诗》所谓：'驾言发魏都，南向望吹台。箫管有遗音，梁王安在哉?'晋世丧乱，乞活凭居，削堕故基，遂成二层。上基犹方四五十步，高一丈余，世谓之乞活台，又谓之繁台城。"《嘉庆重修一统志》第二二九一册《开封府·吹台》："《册府元龟》：梁孝平中，以高明门外繁台为讲武台。《九域志》：本梁孝王吹台，其后有繁姓，居其侧里，人乃以姓呼之。本朝乾隆十五年，高宗纯皇帝巡幸河南，御制诗，勒石其上。"本诗指清河王观赏歌舞之处。

[五] 翻成：反倒成为。《拾得诗·后来出家子》："博钱沽酒喫（吃），翻成客作儿。"项楚注："翻成，反倒成为。司空曙《峡口送故人》：'来时万里同为客，今日翻成送故人。'元稹《赋得玉卮无当》：'共惜连城宝，翻成无当卮。'卢仝《杂兴》：'岂期福极翻成祸，祸成身诛家亦破。'《云门匡真禅师广录》卷上：'醍醐上味，为什么翻成毒药?'"●薤露歌：丧歌，挽歌。崔豹《古今注》卷中《音乐》："《薤露》《蒿里》，并丧歌也。田横自杀，门人伤之，为作悲歌，言人命如薤上之露，易晞灭也，亦谓人死魂魄归乎蒿里，故有二章。至李延年乃分为二曲，《薤露》送王公贵人，《蒿里》送士大夫庶人，使挽柩者歌之，世呼为挽歌。"

文

为御史中尉元匡奏劾于忠[一]

臣闻事主不以幽贞革心[二]，奉上不以趣舍亏节[三]。是以倚秦宫而恸哭，复楚之功已多[四]；陟卢龙而树勤，广魏之勋不浅[五]。而申包避赏，君子于是义之；田畴拒命，良史所以称美[六]。窃唯宫车晏驾[七]，天人易位，正是忠臣孝子致节之秋[八]。前领军将军臣忠不能砥砺名行[九]，自求多福[一〇]。方因矫制[一一]，擅相除假[一二]。清官显职，岁月隆崇[一三]。臣等在蕃之时[一四]，乃心家国[一五]。书诮往来，愤气成疾[一六]。伤礼败德，臣忠即主[一七]。谨案臣忠世以鸿勋盛德，受遇累朝[一八]，出入承明[一九]，左右机近[二〇]。幸国大灾[二一]，肆其愚戆[二二]，专擅朝命，无人臣之心[二三]。裴、郭受冤于既往[二四]，宰辅黜辱于明世[二五]。又自矫旨为仪同三司、尚书令、领崇训卫尉[二六]，原其此意，便欲无上自处[二七]。既事在恩后，宜加显戮[二八]。请御史一人[二九]、令史一人，就州行决[三〇]。崔光与忠虽同受召[三一]，而谓光既儒望，朝之礼宗，摄心虚远，不关世务[三二]。但忠以光意望崇重逼光[三三]，光若不同，又有危祸[三四]。伏度二圣钦明，深垂昭恕[三五]。而自去岁正月十三日世宗晏驾以后[三六]，八月一日皇太后未亲览以前[三七]，诸有不由阶级而权臣用命[三八]，或发门下诏书[三九]，或由中书宣敕[四〇]，擅相拜授者[四一]，已经恩宥，正可免其叨窃之罪[四二]。既非时望，朝野所知[四三]，冒阶而进者，并求追夺[四四]。

[系年]

《年谱》《年表》俱系本篇于北魏孝明帝熙平元年（516），今从。

[校注]

[一] 本篇录自《魏书·于忠传》，原书校勘记（简称"校记"）有可资采用者，一并录入；并以严可均辑《全后魏文》（以下均简称《全后魏文》）比

17

勘。●御史中尉：北魏以前称御史中丞，其职掌殿中图籍秘书，内领侍御史，外督部刺史，以纠察百官，为协助御史大夫起监察的主要长官，北魏改称御史中尉。《魏书·官氏志》：御史中尉，官从第三品。案《魏书·神元平文诸帝子孙·子思传》："案《御史令》云：'中尉督司百僚，治书侍御史纠察禁内。'又云：'中尉出行，车辐前驱，除道一里，王公百官避路。'"●元匡：字建扶，性耿介，有气节。世宗时，累迁给事黄门侍郎。肃宗初，为御史中尉，进号安南将军，后加镇东将军。孝昌初，卒，改封为济南王。《魏书》卷一九上、《北史》卷一七有传。●于忠：字思贤，本字千年，太和中，授武骑侍郎。世宗时，以平定元禧之功，封魏郡开国公。后迁侍中、领军将军。世宗崩后，于忠居门下，总禁卫，秉执朝政，权倾一时，诏命生杀，皆出于忠。孝明帝神龟元年（518）三月辛巳，卒，年五十七。本传载《魏书》卷三一、《北史》卷二三。

[二] 臣：指御史中尉元匡。●事主：侍奉君主。《文选·祢衡<鹦鹉赋>》："女辞家而适人，臣出身而事主。"●幽贞：指高洁坚贞的节操。《周易·履》："九二，履道坦坦，幽人贞吉。"《文选·颜延年<拜陵庙作>》："幼壮困孤介，末暮谢幽贞。"●革心：改变自己的想法。贾谊《新书·先醒》："于是革心易行，衣苴布。"此处指侍奉君主的想法。

[三] 奉上：与前"事主"同义，侍奉君上。《汉书·游侠传序》："于是背公死党之议成，守职奉上之义废矣。"●趣舍：趣，通"取"。趣舍，即"取舍"。《荀子·修身》："趣舍无定，谓之无常。"多指人生的进退取舍。《文选·袁宏<三国名臣序赞>》："源流趣舍。"刘良注："取舍，谓进退也。"●亏节：亏损名节。《太平御览》卷四四〇引《列女传》曰："妇人以不污身为高，不亏节为美，岂可委身待辱哉？"

[四] 此二句谓申包胥哭于秦庭而救楚也。事见《左传》定公四、五年。《新序·节士》第七："申包胥者，楚人也。吴败楚兵于柏举，遂入郢，昭王出亡在随。申包胥不受命，而赴于秦乞师，曰：'吴为无道，行封豕长虵（蛇），蚕食天下，从上国使于楚。寡君失社稷，越在草莽，使下臣告急曰："吴，夷狄也。夷狄之求无厌。灭楚则西与君接境。若邻于君，疆场之患也。逮吴之未定，君其图之！若得君之灵，存抚楚国，世以事君"'秦伯使辞焉，曰：'寡君闻命矣，子其就馆，将图而告子。'对曰：'寡君越在草莽，未获所休，下臣何敢即安？'倚于庭墙立哭，日夜不绝声，水浆不入口，七日七夜。秦哀公为赋《无衣》之诗，言兵今出。包胥九顿首而坐。秦哀公曰：'楚有臣若此而亡。吾无臣若此，吾亡无日矣。'于是乃出师救楚。"●复楚：恢复楚国。据《史记·楚世家》，秦国出兵救楚，打败了吴国，流亡在外的楚昭王得以重回郢都。

[五] 卢龙：古山名，即今南京市内狮子山。●树勤：建立功劳。●此二句谓田畴为曹操献计平乌丸，建立了大功。《三国志·魏书·田畴传》：太祖北征乌丸，军次无终，不得进。畴曰："此道，秋夏每常有水，浅不通车马，深不载舟船，为难久矣。旧北平郡治在平冈，道出卢龙，达于柳城；自建武以来，陷坏断绝，垂二百载，而尚有微径可从。今虏将以大军当由无终，不得进而退，懈弛无备。若嘿回军，从卢龙口越白檀之险，出空虚之地，路近而便，掩其不备，蹋顿之首可不战而禽也。"太祖令畴将其众为乡导，上徐无山，出卢龙，历平冈，登白狼堆，去柳城二百余里，虏乃警觉。●广魏：扩大魏国领土。

[六] 申包避赏：申包胥躲避楚王的赏赐。《左传》定公五年："王赏斗辛、王孙由于、王孙围、钟建、斗巢、申包胥、王孙贾、宋木、斗怀。……申包胥曰：'吾为君也，非为身也。君既定矣，又何求？且吾尤子旗，其又为诸？'遂逃赏。"《新序·节士》第七："吴师既退，昭王复国，而赏始于包胥。包胥曰：'辅君安国，非为身也。救急除害，非为名也。功成而受赏，是卖勇也。君既定，又何求焉？'遂逃赏，终身不见。"《史记·范睢蔡泽列传》载范睢语曰："昔者楚昭王时而申包胥为楚却吴军，楚王封之以荆五千户，包胥辞不受，为丘墓之寄于荆也。"●义之：认为他（申包胥）是道义之士。●田畴拒命：谓田畴多次拒绝曹操的封赏。《三国志·魏书·田畴传》："军还入塞，论功行封，封畴亭侯，邑五百户。畴自以始为居难，率众遁逃，志义不立，反以为利，非本意也，固让。太祖知其至心，许而不夺。……从征荆州还，太祖追念畴功殊美，恨前听畴之让……于是乃复以前爵封畴。畴上书陈诚，以死自誓。太祖不听，欲引拜之，至于数四，终不受。"●良史所以称美：史官陈寿因此称赞田畴的美德。《三国志·魏书·田畴传》陈寿评曰："田畴抗节，王修忠贞，足以矫俗。"

[七] 唯：通"惟"，思虑。《尔雅·释诂下》："惟，思也。"●宫车晏驾：宫中车驾晚出，乃皇帝崩殂的委婉说法。《史记·范睢蔡泽列传》王稽谓范睢曰："宫车一日晏驾，是事之不可知一也。"裴骃《集解》引韦昭曰："凡初崩为晏驾者，臣子之心犹谓宫车当驾而晚出。"本文指称世宗宣武帝元恪之死。

[八] 天人易位：天子的位置上换了人。指宣武帝元恪卒而明帝元诩立。〇天人：洞悉宇宙、人生真理的人。《庄子·天下》："不离于宗，谓之天人。"本文特指天子。〇易位：地位发生改易，多指重大的政治变化。《诗经·小雅·十月之交》："高岸为谷，深谷为陵。"毛传："言易位也。"郑玄笺："易位者，君子居下小人处上之谓也。"●致节：归还符节。《左传》襄公二五年："祝祓社，司徒致民，司马致节，司空致地，乃还。"引申指臣子向君主尽忠效节。

[九] 《全后魏文》"忠"下有一逗。◎领军将军：三国时魏文帝所置，掌

五教、中垒、武卫三营。魏晋南北朝时期为禁军的统领，若大驾出则领军于前，止则守卫宫殿。《魏书·官氏志》，领军将军，官第三品。●砥砺：二字皆本磨石之名。《尚书·禹贡》："砺砥砮丹。"孔传："砥细于砺，皆磨石也。"《山海经·西山经》："西南三百六十里曰崦嵫之山……其中多砥砺。"郭璞注："磨石也，精为砥，麤为砺也。"后用作动词，指磨制刀具等。《尸子·劝学》篇："夫昆吾之金，而铢父之锡，使于越之工铸之以为剑，而弗加砥砺，则以刺不入，以击不断，磨之以蜃砺，加之以黄砥，则其刺也无前，其击也无下。自是观之，砺之与弗砺，其相去远矣。今人皆知砺其剑，而弗知砺其身。夫学，身之砺砥也。"引申指品行的修炼。《说苑·指武》："砥砺其节，以高其气。"●名行：名望和品行。《司马法》卷中《定爵》："凡人之形，由众之求。试以名行，必善行之。"《王粲集·酒赋》："贼功业而败事，毁名行以取诬。"

　　[一〇] 自己去寻求更多的福祉。《诗经·大雅·文王》："永言配命，自求多福。"毛传："我长配天命而行，尔庶国亦当自求多福。"

　　[一一] 矫制：假托君命以行事。《说苑·臣术》："五曰，专权擅势，持抔国事以为轻重，于私门成党以富其家，又复增加威势，擅矫主命以自贵显，如此者贼臣也。"《曹植集·魏德论》："擒矫制于退川。"赵幼文《校注》："矫制，案《大戴礼·曾子立事》：'非其事而居之，矫也。'"又《制命宗圣侯孔羡奉家祀碑》赵幼文《校注》："《独断》：'制者不，王者之言必为法制也。'"

　　[一二] 擅相：擅自。《庄子·渔父》："诸侯暴乱，擅相攘伐。"●除假：授官与摄政。〇假：代理政事。《吕氏春秋·审分》篇："假乃理事也。"高诱注："假，摄也。"

　　[一三] 清官：又称清资官、清职。魏晋南北朝时，将职位清闲、手握重权以及接近皇帝的清要之职视为清官。《南齐书·东昏侯纪》："诏三品清资官以上应食禄者，有二亲或祖父母年登七十，并给现钱。"《太平御览》卷二二〇引《齐书》曰："王延之代张绪为中书令，何点叹曰：'晋以子敬、季琰为此职，今以王延之、张绪为之，可谓清官。后接之者，实为未易。'"●显职：地位显赫的官职。《后汉书·董卓传》："卓所亲爱，并不处显职，但将校而已。"●隆崇：受到推崇、器重。《后汉书·李固传》："琼久处议郎，已且十年，众人皆怪始隆崇，今更滞也。"李贤注："隆，高也。崇，重也。"●案：上四句言于忠趁世宗初崩，肃宗新立之际，总揽朝政，擅封自己或同党高位，随意罢黜异己。《魏书·于忠传》："忠既居门下，又总禁卫，遂秉朝政，权倾一时。……忠白高阳王雍，自云世宗本许优转。雍惮忠威权，便顺其意，加忠车骑大将军。忠自谓新故之际，有安社稷之功，讽动百僚，令加己赏。于是太尉雍、清河王怿、广

平王怀难违其意，议封忠常山郡开国公，食邑二千户。百僚咸以为然。忠又难于独受，乃讽朝廷，同在门下者皆加封邑。尚书左仆射郭祚、尚书裴植以忠权势日盛，劝雍出忠。忠闻之，逼有司诬奏其罪。……忠并矫诏杀之。……又欲杀高阳王雍，侍中崔光固执，乃止，遂免雍太尉，以王还第。"又曰："太傅清河王等奏曰：'又忠专权之后，擅杀枢纳，辄废宰辅，令朝野骇心，远近怪愕。'"

[一四] 蕃：蕃国，谓诸王之封地。字或作"藩"，乃"蕃"之借字。颜元孙《干禄字书·平声》："蕃藩：上蕃隅，亦音繁；下藩屏。"●在蕃：谓在封地任职。《宋书·后妃传·孝武文穆王皇后》："世祖在蕃，后甚有宠。"

[一五]《论语·季氏》："丘也闻有国有家者，不患寡而患不均，不患贫而患不安。"案：诸侯封地曰国，大夫封地曰家。后国、家连用，义遂不别。本文"家国"指北魏王室。●乃心家国：谓心系王室之安危盛衰，示忠于朝廷之意也。《尚书·康王之诰》："虽尔身在外，乃心罔不在王室。"王符《潜夫论·三式》篇："且夫列侯皆剖符受策，国大臣也，虽身在外，而心在王室。"

[一六] 书诮：谓于忠以书信的方式责备（元匡不尽职守）。〇诮：责备。《吕氏春秋·疑似》篇："丈人归，酒醒而诮其子。"高诱注："诮，让。"●愤气：激愤之气，怒气。《文选·赵景真<与嵇茂齐书>》："若乃顾影中原，愤气云踊。哀物悼世，激情风烈。"●疢：疾病。《尔雅·释诂上》："疢，病也。"

[一七] 此二句谓于忠毁伤礼法，败坏道德，把自己当成了一国之主，肆意妄为。●败德：败坏德义。《尚书·大禹谟》："侮慢自贤，反道败德。"

[一八] 鸿勋：伟大的功勋。《古文苑》卷一八引汉樊毅《修西岳庙记》："遂刊玄石，铭勒鸿勋。"●盛德：深厚的恩德。《周易·系辞上》："盛德大业，至矣哉。富有之谓大业，日新之谓盛德。"●受遇：受到恩遇，即受到宠任。《晋书·陆云传》："常思收迹自替，以避贤路。退惟受遇，微报未效。"●案：《魏书·于忠传》："于氏自曾祖四世贵盛，一皇后，四赠三公，领军、尚书令，三开国公。"即于忠"累世受遇"之证。

[一九] 承明：即承明殿，又叫承明庐。《说苑·修文》："天子左右之路寝，谓之承明何也？曰：承乎明堂之后也。"《三辅黄图》卷三："承明殿，未央宫有承明殿，著述之所也。班固《西都赋》（陈植《校证》：赋下原有"序"字，今删。）云：'内有承明、金马（陈植《校证》：此二字据《西都赋》补。）著作之庭。'即此也。《汉书》，武帝谓严助曰：'君厌承明之庐。'又成帝鸿嘉二年，雉飞集承明殿屋。"〇北魏又有承明门。《洛阳伽蓝记》原序："西面有四门……次北曰承明门。承明者，高祖所立，当金墉城前东西大道。迁京之始，宫阙未就，高祖住在金墉城，城西有王南寺，高祖数诣寺与沙门论议，故通此

门，而未有名，世人谓之'新门'。时王公卿士常迎驾于新门，高祖谓御史中尉李彪曰：'曹植《诗》云："谒帝承明庐。"此门宜以"承明"为称。'遂名之。" ●此处"出入承明"，意谓被皇帝接见，示受宠于帝也。《文选·江淹<诣建平王上书>》："日者谬得升降承明之阙，出入金华之殿。"《元或墓志铭》："出入承明，逶迤复道。"皆其义。

[二〇] 左右机近：谓陪伴于皇帝左右，处于机密近要的地位。《曹操集·请爵荀或表》："陛下幸许，或左右机近。"

[二一] 大灾：重大的灾难。本文指世宗崩殂。●幸国大灾：以国家有大灾为幸事。此处谓于忠以世宗崩殂为自己总揽朝政的好时机。

[二二] 肆：放任。《玉篇·长部》："肆，放也，恣也。" ●戆：愚蠢。《说文·心部》："戆，愚也。"〇愚戆：愚蠢无知。《墨子·非儒下》："则戆愚甚矣。"《汉书·霍光传》："王西面，拜曰：愚戆不任汉事。" ●此句谓于忠恣意做愚蠢无知的事情。

[二三] 专擅朝命：谓独揽朝政。《太平御览》卷一一八引《吴志》曰："灵帝崩，董卓专擅朝政，诸州郡举义兵讨卓。"

[二四] 谓裴植、郭祚被于忠矫诏杀害。《魏书·肃宗纪》："（永平四年）八月乙亥，领军于忠矫诏杀尚书左仆射郭祚、上书裴植。"《魏书·于忠传》："尚书左仆射郭祚、尚书裴植以忠权势日盛，劝雍出忠。忠闻之，逼有司诬奏其罪。郭祚有师傅旧恩，裴植拥地入国，忠并矫诏杀之。" ●裴植：字文远，世宗时除大鸿胪卿，迁度支尚书，加金紫光禄大夫。植为尚书，志意颇满，欲以政事为己任，入参议论，时对众官面有讥毁。时于忠专擅朝政，对植所为表奏览而切齿。会韦伯昕诬植欲谋废黜，忠乃矫诏杀之。时年五十。《魏书》卷七一有传。●郭祚：字季祐，太原晋阳（今山西太原西南）人，高祖时迁尚书左丞，长兼给事黄门侍郎。世宗时为侍中、金紫光禄大夫，迁尚书左仆射。领军于忠恃宠骄恣，祚心恶之，乃遣子景尚说高阳王雍，令出忠为州。忠闻而大怒，矫诏杀祚，时年六十七。《魏书》卷六四有传。

[二五] 宰辅：宰相的别称。●黜辱：贬斥受辱。《后汉书·列女传·曹世叔妻》："战战兢兢，常惧黜辱，以增父母之羞，以益中外之累。" ●明世：政治清明的世道。《云笈七签》卷一九引《老子中经》下《神仙》："即遭乱世，远去深藏。圣主明世，道可照而行也。" ●此句记高阳王元雍被于忠罢黜之事。《魏书·于忠传》："又欲杀高阳王雍，侍中崔光固执，乃止，遂免雍太尉，以王还第。自此之后，诏命生杀，皆出于忠。……灵太后引门下侍官于崇训宫，问曰：'忠在端右，声听何如？'……太傅清河王等奏曰：'又忠专权之后，擅杀枢

纳，辄废宰辅，令朝野骇心，远近怪愕。'"又《魏书·元雍传》曰："肃宗初……又诏雍为宗师，进太傅、侍中，领太尉公，王如故。……领军于忠擅权专恣，仆射郭祚劝雍出之。忠怒，矫诏杀祚及尚书裴植，废雍以王归第。……忠寻复矫诏，将欲杀雍，以问侍中崔光，光拒之，乃止。未几，灵太后临朝，出忠为冀州刺史。雍表曰：'……忠规欲杀臣，赖在事执拒。又令仆卿相，任情进黜，迁官授职，多不经旬。斥退贤良，专纳心腹。威振百僚，势倾朝野。臣见其如此，欲出忠为雍州刺史，镇抚关右。在心未行，反为忠废。忝官尸禄，孤负恩私。臣之罪三也。……'"

[二六] 《全后魏文》"尚书令"属上为一句。◎矫旨：假托帝王诏命。●《魏书·于忠传》："既尊灵太后为皇太后，居崇训宫，忠为仪同三司、尚书令、领崇训卫尉，侍中、领军（将军）如故。"●仪同三司：古官名，始置于东汉，指享受与三公同等待遇而并非三公的官员。至南北朝末期，遂以之为一种官号，并置有开府仪同大将军、仪同大将军等官。《艺文类聚》卷四七引《东观汉记》曰："邓骘，字昭明。延平元年，拜为车骑将军，仪同三司。仪同三司始自骘也。"又引《齐职仪》曰："开府仪同三司，秦汉无闻，始建初三年。马防为车骑将军，仪同三司。魏以黄权为车骑开府，此后甚众。将军开府，依大司马，朱服；光禄大夫开府，依司徒，皂服。"《魏书·官氏志》仪同三司，官从第一品。●尚书令：《后汉书·百官志》："尚书令一人，千石。……承秦所置，武帝用宦者，更为中书谒者令，成帝用士人，复故。掌凡选署及奏下尚书曹文书众事。"《魏书·官氏志》尚书令，官第二品。●卫尉：古官名，始于战国，汉代为九卿之一，掌宫门警卫，景帝时曾一度改称中大夫令，后复称卫尉。《后汉书·百官》："卫尉，卿一人，中二千石。……掌宫南阙门，凡吏民上章，四方贡献，及征诣公车者。"《魏书·官氏志》"三卿"有卫尉之官，列第三品；而"三少卿"亦有卫尉之官，列第四品。

[二七] 原：推究。《汉书·薛宣传》："原心定罪。"颜师古注："谓寻其本也。"●此二句谓于忠就想目无君主，自居为君。

[二八] 显戮：明正典刑，陈尸示众。《尚书·泰誓下》："功多有厚赏，不迪有显戮。"《说苑·谈丛》："进贤受上赏，蔽贤蒙显戮，古之通义也。"后泛指处死。《文选·潘岳<西征赋>》："加显戮于储贰。"

[二九] 御史：古官名。《周礼·春官宗伯·御史》："御史掌邦国都鄙及万民之治令，以赞冢宰，凡治者受法令焉。掌赞书，凡数从政者。"案：御史主掌赞书与邦国都鄙畿内万民的治令，战国时各国有之，主管宫廷文书档案，成为国君的秘书兼有监察性质的官员。秦汉以后，御史为专职监察官，皆以其所充

职事系名。

[三〇] 令史：掌文书案牍的官员，秦汉时有之。令史限满可补郎、丞、尉。魏晋南北朝沿置，且有品秩，亦可升补为郎。●就州行决：到于忠任职的冀州执行（处死于忠的）决定。案：灵太后临朝后，即出于忠为冀州刺史。《魏书·于忠传》："灵太后临朝，解忠侍中、领军、崇训卫尉，止为仪同、尚书令，加侍中。忠为令旬余……乃出忠使持节、都督冀定瀛三州诸军事、征北大将军、冀州刺史。"

[三一] 召："诏"之误。《魏书》校记："《册府》'召'作'诏'。……据《传》文和卷六七《崔光传》别无'同受召'的事。疑'召'字为'诏'字之讹。"此处谓二人加爵封地之事。◎崔光：本名孝伯，字长仁。甚为高祖所知待，赐名为"光"。世宗正始四年（507）除中书令，进号镇东将军。延昌元年（512），迁中书监。延昌三年（514），迁右光禄大夫，侍中、监如故。肃宗立，封光博平县开国公。寻迁车骑大将军、仪同三司。于忠擅权，光依附之。正光四年（523）十一月，光卒，年七十三。《魏书》卷六七、《北史》卷四四有传。

[三二] 儒望：博学多识，受人仰望的儒者。《魏书·崔光传》："甚为高祖所知待。（高祖）常曰：'孝伯之才，浩浩如黄河东注，固今日之文宗也。'"●礼宗：后汉皇甫规妻不受董卓威逼，坚贞不屈而死，后人号为"礼宗"。《后汉书·列女传·皇甫规妻》载：规卒时，妻犹年盛而色美。董卓为相，以重礼聘娶，规妻乃轻服诣卓门，辞请。卓威逼之曰："孤之威教，欲令四海风靡，何有不行于一妇人乎！"规妻知不免，乃立骂卓，遂被鞭扑而死。后人图画，号曰"礼宗"。子昇此文则借以称赞崔光坚守自持，可为礼法宗师。●摄心：收敛心神，亦即静心。《鬼谷子》卷下："摄心守义。"○虚远：清虚超逸。○摄心虚远：谓崔光心态平和，清虚超逸。《魏书·崔光传》："光宽和慈善，不逆于物，进退沉浮，自得而已。"●不关世务：不关注世情、局势。袁宏《后汉纪·孝桓皇帝纪下》："韦著，字休明，京兆杜陵人。隐居讲授，不修世务。"

[三三]《魏书》校记："《册府》'意望'作'声望'，'逼光'下有'为助'二字。按文义作'声望'较长，'逼光'下有二字语意也较完足，怀疑此《传》讹脱。但如《传》文亦可通，今不改。"◎意望：犹声望。《唐诗纪事》卷五："（颜）师古，字籀。自之推以来居关中，性简峭，自负其才，意望甚高。"●崇重：尊崇贵重。《后汉书·窦融传》："肃宗即位，以公主修敕慈爱，累世崇重，加号长公主。"●此句谓于忠认为崔光声望好、地位尊崇，而逼迫崔光相助。《魏书·崔光传》："于忠擅权，光依附之。"又曰："始领军于忠以光旧德，甚信重焉，每事筹决，光亦倾身事之。"则"逼光"之说似难成立。

[三四] 危祸：危难灾祸。《北齐书·叱列平传》："平常虑危祸，会高祖起义，平遂归诚。"

[三五] 伏度：康金声注："同'伏惟'。度，忖度。"●二圣：指世宗宣武帝元恪及灵太后。●钦明：敬肃明察。《尚书·尧典》："若稽古帝尧，曰放勋。钦明文思安安。"陆德明《释文》引马融曰："威仪表备谓之钦，照临四方谓之明。"●深垂昭恕：康金声注："盛降恩惠，明断宽恕之也。"

[三六] 晏驾：见本篇注 [七]。●世宗：指宣武帝元恪。《魏书·世宗纪》："（延昌）四年（515 年）春正月甲寅帝不豫，丁巳，崩于式乾殿，时年三十三。"

[三七] 皇太后：指胡充华。《魏书·肃宗纪》：（延昌四年）二月己亥，尊胡充华为皇太妃。八月丙子，尊皇太妃为皇太后。八月壬辰，群臣奏请皇太后临朝称制。九月乙巳，皇太后亲览万机。●未亲览以前：谓皇太后未临朝听政之前。

[三八] 不由阶级：指不因循加官晋爵的步骤。《谢灵运集·辨宗论》："有新论道士以为，寂鉴微妙，不容阶级。"李运富注："不容阶级，搁不下阶梯，意谓不是一步一步达到的。"●权臣用命：掌权的大臣任命官员。此处权臣指于忠、崔光。世宗崩，肃宗新立，于忠把持朝政，擅自为与己同政见者封官晋爵。

[三九] 门下：门下省的简称。清梁章钜《称谓录》卷一七"通政司"条："门下省，《叩钵斋官职考》：'汉黄门侍郎，唐宋门下省，准今通政司也。'《文献通考》：'门下省，后汉谓之侍中寺。'"案：此时门下省大权已由于忠把持。

[四〇] 中书：中书省的简称，其长官汉时称中书谒者令，三国魏文帝时改为中书令，增设中书监，同掌机密。此一机构魏晋始设，梁、陈时总管国家政事。中书省有中书舍人五人，统领主书、书吏等，分别掌管二十一局的事务。北魏时或又称为西台。清梁章钜《称谓录》卷十二"内阁"条："中书省，《通典》：'中书之官谓之中书者，有分掌二十一局事。'"案：世宗延昌元年（512），崔光除官中书监。●宣敕：发布命令。《后汉书·耿弇传》："弇乃严令军中趣修攻具，宣敕诸部，后三日当悉力攻巨里城。"本文指发布官员任免的命令。

[四一] 擅相：犹擅自。《庄子·渔父》："诸侯暴乱，擅相攘伐。"●拜授：授予官职。《汉书·翟方进传》："遣使者持黄金印……即军中拜授。"●擅相拜授：指于忠擅自任命官员、授予官职。《魏书·于忠传》："忠自谓新故之际，有安社稷之功，讽动百僚，令加己赏。……忠又难于独受，乃讽朝廷，同在门下者皆加封邑。"

[四二]恩宥：降恩宽宥。《宋书·郑鲜之传》：“夫恩宥十世，非不隆也；功高赏厚，非不报也。”《江文通集·萧骠骑让封第二表》：“如蒙恩宥，实生之幸。”●叨窃：贪慕窃取，谓不当得而得。《说文·食部》：“饕，贪也。从食，号声。叨，饕或从口，刀声。”是饕、叨本一字，今则有别耳。《魏书·萧衍传》：“小人叨窃，遂忝名位。”《太平御览》卷二三八引《蜀志》曰：“诸葛亮上疏曰：臣以弱才，叨窃非据。”

[四三]《全后魏文》“望”下不逗，疑非。◎时望：当时有威信有名望者。《晋书·桓冲传》：“或劝冲诛除时望，专执权衡。”

[四四]冒阶：本谓跨越台阶。本文指由于忠擅自提拔而跨越官位升迁步骤，从而荣登高位的人。●追夺：追究剥夺。

为安丰王延明让国子祭酒表[一]

臣闻宝剑未砥[二]，犹乏切玉之功[三]。美箭阙羽，尚无衝石之势[四]。况才非会稽之竹[五]，质谢昆吾之金[六]。至于敷教东序，流训上庠[七]，置樽候酌，悬锺待叩[八]。必须蕴朱蓝以成彩，立规矩以为式[九]。垂三行于贵游[一〇]，扬六艺于胄子[一一]。而臣学媿聚沙[一二]，问惭攻木[一三]，虽历文史[一四]，不治章句[一五]。于兹旷官[一六]，青衿何仰[一七]？

[系年]

《年谱》系本篇于北魏孝明帝正光五年（524）。康金声以为“元延明约于肃宗正光二年被命兼国子祭酒”，系本篇于正光二年（521）。二氏之说有差异。俟再考。

[校注]

[一]本篇以宋本《艺文类聚》卷四六为底本，以张燮本、清光绪三年滇南唐氏寿考堂所刊明张溥《汉魏六朝一百三家集·温侍读集》（以下均简称《温侍读集》）、《全后魏文》比勘。●安丰王延明：安丰王元猛之子。肃宗初，为豫州刺史，累迁给事黄门侍郎。后迁侍中，诏为东道行台徐州大都督节度诸军事。复迁都督徐州刺史。庄帝时，兼尚书令、大司马。及元颢入洛，乃与临淮王或率百僚备法驾迎颢。颢败，遂将妻子奔梁，死于江南。《魏书》卷二〇有传、《梁书》卷三二《陈庆之传》附传。〇案：据《元延明墓志》，延明曾两为国子祭酒，《墓志》云：“又除卫将军，仍侍中，领国子祭酒。……仍除侍中、骠骑大将军，领国子祭酒，开府仪同三司，兼尚书令。”●祭酒：古官名。清梁

章钜《称谓录》卷一八"祭酒"条："《叩钵斋官职考》：'汉吴王濞为刘氏祭酒，谓其齿长，执祭酒也。光武以名侍中、常侍之久次者。魏晋有军咨记室祭酒。晋始设国子监，祭酒掌之，遂定为制。'……胡广曰：'凡官名祭酒，皆一位之元长。古者宾得主人馔，则老者一人举酒以祭地，故以祭酒为称。汉之侍中，魏之散骑常侍，功高者并为祭酒，用其义也。'此当为祭酒得名之始。《晋·职官志》：'咸宁四年，武帝初立国子学，定置国子祭酒、博士各一人，助教十五人。'此为祭酒立官之始。"○案：《后汉书·百官志》："博士祭酒一人，六百石。本仆射，中兴转为祭酒。"《魏书·官氏志》：国子祭酒，官从第四品。

[二] 宝剑：特别锋利而珍贵的剑。《古今注》卷上《舆服》第一："吴大帝有宝刀三，宝剑六。宝剑六：一曰白蛇，二曰紫电，三曰辟邪，四曰流星，五曰青冥，六曰百里。宝刀三：一曰百炼，二曰青犊，三曰漏影。"●砥：本为磨刀石。后用作动词，义为"磨"。《说苑》卷一三《权谋》："晋人已胜智氏，归而缮甲砥兵。"

[三]《尸子》卷下："昆吾之剑可以切玉。"《河图·龙鱼河图》："流州在西海中，地方三千里。上多山川积石，名为昆吾石。冶其石为铁，作剑，光明照洞如水精。以割玉，如土。"●功：效果。

[四] 衝：《温侍读集》作"衡"，乃与"衝"形近致误。◎美箭阙羽：好的箭缺少箭羽。●衝石：谓箭射入石中。《史记·李将军列传》："广出猎，见草中石。以为虎而射之，中石没镞，视之，石也。因复更射之，终不能复入石矣。"《新序·杂事》第四："楚熊渠子夜行，见寝石，以为伏虎。关弓射之，灭矢饮羽。下视，知石也。却复射之，矢摧无迹。"●势：威力。

[五] 才：即"材"，谓材质。●会稽：古地名，故地在今浙江绍兴会稽山。○会稽之竹：质地美好的竹子。《尔雅·释地》："东南之美者，有会稽之竹箭焉。"郝懿行《义疏》引戴凯之《竹谱》云："箭竹高者不过一丈，节间三尺坚劲中矢，江南诸山皆有之，会稽所生最精好。"《淮南子·墬形》篇："东南方之美者，有会稽之竹箭焉。"高诱注："竹箭，今会稽郡出好竹箭是也。"阳承庆《字统》佚文："箭者，竹之别形。大身大叶曰竹，小身大叶曰箭。箭竹主为矢，因谓矢为箭。"（载朱祖延《北魏佚书考》）《太平御览》卷三四九引《开元文字》："东南之美者，有会稽之竹箭焉。箭，箓也，自关而东谓之矢，自关而西谓之箭。"○案：后遂以会稽之竹喻俊杰之士。

[六] 质：材质。●谢：不如，赶不上。●昆吾：或作"锟铻"，古地名，故地在今新疆哈密市。○昆吾之金：制作美剑的金属。《山海经·中山经》："昆吾之山，其上多赤铜。"郭璞注："此山出名铜，色赤如火，以之作刀，切玉如

割泥。"《列子·汤问篇》:"周穆王大征西戎,西戎献锟铻之剑,火浣之布。其剑长尺有咫,练钢赤刃,用之切玉如切泥焉。"《河图·河图括地象》:"瀛洲多积石,其名曰昆吾,炼之成铁以作剑,光明如水晶石,盖铁屺也。"

[七] 敷:布施。○流:传授。●敷教、流训:俱谓传授学业。○敷教:布施教化。语出《尚书·舜典》:"帝曰:'契,百姓不亲,五品不逊,汝作司徒,敬敷五教,在宽。'"《群书治要》卷四七引蒋济《蒋子万机论·政略》:"有虞明目,元恺敷教。"○流训:传布说教。《太平御览》卷五一六引《晋书》曰:"庾冰,字季坚。兄亮,以名德流训。冰以雅素垂风。诸弟相率,莫不好礼。"●东序、上庠:古代养老之处。有虞氏时期称"庠",夏代曰"序",商代称"学",周代则称"胶"称"庠"。《礼记·王制》:"有虞氏养国老于上庠,养庶老于下庠。夏后氏养国老于东序,养庶老于西序。殷人养国老于右学,养庶老于左学。周人养国老于东胶,养庶老于虞庠。虞庠在国之西郊。"后则泛称古代大学。《大戴礼记·保傅》:"周五学,中曰辟雍,环之以水;水南为成均,水北为上庠,水东为东序,水西为瞽宗。"

[八] 樽:酒器,字或作"尊"。《玉篇·木部》:"樽,酒器也。"○置樽候酌:摆设酒器等候酌酒。《淮南子·缪称》篇:"圣人之道,犹中衢而设尊邪,过者斟酌,多少不同,各得其所宜。"●悬锺待叩:悬挂钟磬等待叩响。《礼记·乐记》:"善待问者如撞钟,叩之以小者则小鸣,叩之以大者则大鸣,待其从容而后尽其声。"●案:置樽候酌、悬锺待叩俱应是聘用国子祭酒的礼仪。《庾子山集·周上柱国齐王宪神道碑》云:"置樽待酌,悬锺听叩。"与本文同义。

[九] 朱蓝:朱色和蓝色,是两种正色。故以喻纯正的品德和文风。《江文通集·杂体诗·序》:"譬犹蓝朱成彩,杂错之变无穷。"《文心雕龙·情采》:"正采耀乎朱蓝,间色屏于红紫。"《南齐书·文学传·论》:"颜谢并起,乃各擅奇;休鲍后出,咸亦标世。朱蓝共妍,不相祖述。"●规矩:规则,制度。《文选·离骚经》:"偭规矩而改错。"王逸注:"圆曰规,方曰矩。"吕延济注:"规矩,法则也。"●式:准则,法式。●案:此二句意谓国子祭酒应当有高尚的品德,纯正的文风,懂规矩礼法,为师者楷模。

[一〇] 垂:垂范,谓传授以为范式。●三行:三种行为规范,即孝行、友行、顺行。《周礼·地官·师氏》:"教三行:一曰孝行以亲父母,二曰友行以尊贤良,三曰顺行以事师长。"●贵游:贵族子弟。《周礼·地官·师氏》:"凡国之贵游子弟学焉。"郑玄注:"贵游子弟,王公之子弟;游,无官司者。杜子春云:'游当为犹,言虽贵犹学。'"《文选·陆机<谢平原内史表>》:"服冕乘轩,

仰齿贵游。"《颜氏家训·勉学》篇："贵游子弟，多无学术。"王利器《集解》引卢文弨曰："《周礼·地官·师氏》：'凡国之贵游子弟学焉。'郑玄注：'贵游子弟，王公之子弟；游，无官司者。杜子春云："游当为犹，言虽贵犹学"。'"

[一一]六艺：六种技能。《周礼·地官·保氏》："保氏掌谏王恶，而养国子以道。乃教之六艺。一曰五礼，二曰六乐，三曰五射，四曰五驭，五曰六书，六曰九数。"案："六经"亦可称作"六艺"。《史记·孔子世家》："孔子以诗、书、礼、乐教弟子，盖三千焉，身通六艺者七十有二人。"《汉书·儒林传》："古之儒者，博学乎六艺之文。"颜师古注："六艺，谓《易》《礼》《乐》《诗》《书》《春秋》。"清厉荃《事物异名录》："六艺：《庄子》：'六经者，圣人之糟粕也。'按：六经，至汉儒变其说曰六艺。"然本文似以《周礼·地官·保氏》之义为长。●胄子：即贵族子弟。《尚书·舜典》："帝曰：夔，命汝典乐，教胄子。"陆德明《释文》："王云：'胄子，国子也'。马云：'胄，长也。教长天下之子弟'。"案：本文"胄子"之意当从王说。

[一二]媿：张燮本和《温侍读集》《全后魏文》作"愧"，字同。颜元孙《干禄字书·去声》："愧媿：并正。"◎媿：羞惭。《盐铁论·毁学》："商人不媿耻辱。"王贞珉注："媿，同愧，羞惭。"●聚沙：即聚沙成塔，将沙子堆聚起来形成佛塔。此为童子指游戏，故借以指称童子。《法华经·方便品》："乃至童子戏，聚沙为佛塔。"●案：此句是说自己学识浅薄，有愧于教授童子。

[一三]惭：张燮本、《温侍读集》作"慙"，字同。◎攻木：打治木料，制作木器。《周礼·考工记·序》："凡攻木之工七，攻金之工六。"康金声注："《考工记》尚述及攻金之工、攻皮之工、设色之工、刮摩之工、抟埴之工等，皆古代各业工匠，与'坐而论道'之王公，'作而行之'之士大夫地位悬绝，知识不可等观。"●案：此句是说自己学问少，还不及那些制作木器的工匠。

[一四]历：涉猎。《翻译名义集·宗翻译主篇》："傍涉文史，工缀典词，不过鲁拙。"

[一五]章句：经学家解释经典的一种方法。刘师培《国语发微》："章句之体，乃分析经文之章句者也。"案汉儒以章句解经，往往局限于寻章摘句，而不能透彻理解文章、通达大义，因而显得支离破碎，不免被斥为"章句小儒"或"章句之徒"，故而一般人也多"不为章句"。《汉书·夏侯胜传》："建所谓章句小儒，破碎大道。"《汉书·扬雄传》："雄少而好学，不为章句，训诂通而已，博览无所不见。"《后汉书·桓谭传》："博学多通，遍习五经，皆训诂大义，不为章句。"

[一六]旷官：空居官位。指不称职。《尚书·皋陶谟》："无旷庶官，天工

人其代之。"孔传："旷，空也。位非其人为空官。"《论衡·艺增》篇："旷，空。庶，众也。毋空众官，置非其人，与空无异，故言空也。"《北齐书·邢邵传》："臣又闻官方授能，所以任事，事既任矣，酬之以禄。如此，则上无旷官之讥，下绝尸素之谤。"

[一七]《诗经·郑风·子衿》："青青子衿，悠悠我心。"毛传："青衿，青领也。学子之所服。"《颜氏家训·书证》篇："古者斜领下连于衿，故谓领为衿。孙炎、郭璞注《尔雅》，曹大家注《列女传》，并云：'衿，交领也。'"后遂以青衿指读书人。●青衿：又可作"青领"。《洛阳伽蓝记》卷三"景明寺"条："青领之生，竞怀雅术。"周祖谟《校释》："青领犹青衿也，谓国子生徒也。"●案：上二句大意是说，对于这样一位才不配位的国子祭酒，国子们还能指望些什么呢？

为广阳王渊上书言边事[一]

边竖构逆[二]，以成纷梗[三]，其所由来，非一朝也[四]。昔皇始以移防为重[五]，盛简亲贤[六]，拥麾作镇，配以高门子弟[七]，以死防遏[八]，不但不废仕宦，至乃偏得复除[九]。当时人物，忻慕为之[一〇]。及太和在历[一一]，仆射李冲当官任事[一二]，凉州土人，悉免厮役[一三]，丰沛旧门[一四]，仍防边戍[一五]。自非得罪当世，莫肯与之为伍[一六]。征镇驱使，但为虞候、白直[一七]，一生推迁，不过军主[一八]。然其往世房分留居京者得上品通官[一九]，在镇者便为清途所隔[二〇]。或投彼有北，以御魑魅[二一]。多复逃胡乡[二二]。乃峻边兵之格，镇人浮游在外，皆听流兵捉之[二三]。于是少年不得从师，长者不得游宦[二四]，独为匪人，言者流涕[二五]。

自定鼎伊洛，边任益轻[二六]，唯底滞凡才[二七]，出为镇将，转相模习[二八]，专事聚敛[二九]。或有诸方奸吏[三〇]，犯罪配边，为之指踪[三一]。过弄官府，政以贿立[三二]，莫能自改。咸言奸吏为此，无不切齿憎怒[三三]。

及阿那瓌背恩[三四]，纵掠窃奔[三五]，命师追之，十五万众度沙漠，不日而还[三六]。边人见此援师，便自意轻中国[三七]。尚书令臣崇时即申闻[三八]，求改镇为州，将允其愿，抑以先觉[三九]。朝廷未许[四〇]。而高阙戍主率下失和，拔陵杀之，敢为逆命[四一]。攻城掠地，所见必诛[四二]。王师屡北，贼党日盛[四三]。此段之举，指望销平[四四]。其崔暹只轮不反[四五]，臣崇与臣逡巡复路[四六]。今者相与还次云中[四七]，马首是瞻，未便西迈[四八]，将士之情，莫不解体[四九]。

今日所虑，非止西北，将恐诸镇寻亦如此[五○]，天下之事，何易可量[五一]。

今六镇俱叛[五二]，二部高车[五三]，亦同恶党[五四]，以疲兵讨之，不必制敌。请简选兵[五五]，或留守恒州要处[五六]，更为后图[五七]。

[系年]

《年谱》《年表》俱系本篇于北魏孝明帝正光五年（524）。今从。

[校注]

[一] 本篇录自《魏书·广阳王建传》附渊传，原书校勘记（简称"校记"）有可资采用者，一并录入；并以张燮本和《温侍读集》《全后魏文》比勘。●篇题，张燮本无"言边事"三字。张燮本题注："渊为北道大都督，受尚书令李崇节度。时东道都督崔暹暹败于白道，渊上书。"●广阳王元渊：元嘉之子，《魏书》卷一八、《北史》卷一六有传。案二传俱称"元深"，此以《魏书》此卷亡佚，后人据《北史》补入，以避唐讳，乃改"渊"字为"深"。《魏书》卷一八校记："百衲本、南本、汲本、局本卷后附宋人校语曰：'魏收书《太武五王列传》亡。'殿本《考证》云：'魏收书阙，后人所补。'……按《魏书》《纪》《传》都作'广阳王渊'。此《传》以《北史》补，《北史》避唐讳，改'渊'作'深'。"○《魏书》本传：元深，字智远，肃宗初，拜肆州刺史。后为恒州刺史，在州多所受纳，政以贿成。坐淫城阳王徽妃于氏，为徽表讼，以王还第。及沃野镇人破六韩拔陵反，随尚书令李崇征讨。及还，深乃专总戎政。后还京师，为侍中、右卫将军、定州刺史。后为葛荣所获，遇害。●言边事：康金声注："陈说边镇军制之得失，提请朝廷正视积弊，扭转危机。"

[二] 边竖：戍边士卒。《后汉书·王允传》注："竖者，言贱劣，如童仆。"●构逆：构成祸乱，发动叛乱。《诗经·小雅·四月》："我日构祸。"毛传："构，成也。"孔颖达疏："所以然者，我此诸侯日日构成其祸乱之行。"《文选·潘岳<西征赋>》："俾庶朝之构逆，历两王而干位。"○构逆：或作"遘逆"。《文选·史孝山<出师颂>》："西零不顺，东夷遘逆。"吕延济注："遘，作也。"●此句言戍边将士叛逆而构成祸乱。案：北魏初期，为防御柔然进攻和强化北部边境治理，乃在平城以北自西而东设置沃野、怀朔、武川、抚冥、柔玄和怀荒六个军事重镇。至北魏孝明帝时期，由于政治腐败，权贵豪奢，导致边镇将士待遇骤降。正光四年（523）至六年（525），北方六镇戍卒和各族人民发起了反抗北魏王朝统治的大起义，史称六镇之乱。六镇之乱影响深远，不仅极大地打击了北魏政权，还引发了后来由葛荣领导的更大规模的河北起事。

[三] 纷梗：纷乱梗阻。《刘孝标集·山栖志》："每闻此纷梗，彼岸永寂。"罗国威师注："纷，乱；梗，塞。"《宋书·索虏传论》："自汉世以前，绵跨年

世，纷梗外区，惊震中宇。"

[四]《周易·坤》："臣弒其君，子弒其父，非一朝一夕之故。其所由来者，渐矣。"●此句言边镇将士发动叛乱，并非一朝一夕形成的。

[五] 皇始（396-397）：北魏道武帝拓跋珪年号。●移防：康金声注："移民防边也。如魏天兴元年（398）春正月，魏灭燕后，'徙山东六州民吏及徒何、高丽杂夷三十六署，百工伎巧十万余口，以充京师'。至十二月，则'徙六州二十二郡守宰、豪杰、吏民二千家于代郡'。天兴五年（402）十二月，'越勤莫弗率其部万余家内属'，魏令居于五原之北。"

[六] 盛：大。●简：通"柬"，挑选。《说文通训定声·干部》："简，叚借为柬。"《尚书·冏命》："慎简乃僚。"孔传："当谨慎简选汝僚属。"●亲贤：亲近而有才能者。《孟子·尽心上》："仁者无不爱也，急亲贤之为务。"

[七] 拥麾：持旗指挥，指统帅军队。《太平御览》卷三六四引王隐《晋书》曰："王珣与谢玄俱被辟。桓温曰：'谢掾必拥麾杖节，王掾当作黑头公。未易才也。'"●作镇：谓担任镇将。《资治通鉴·梁纪六·武帝普通四年》胡三省注："（镇）谓镇将也。"●高门：古代凡权贵之家，其门皆高，以便车马出入。故以高门指称权贵也。《说苑·贵德》："于公筑治庐舍，谓匠人曰：'为我高门，我治狱未尝有所冤，我后世必有封者，令容高盖驷马车。'"○高门子弟：《资治通鉴·梁纪六·武帝普通四年》胡三省注："高门子弟，谓其先世与魏同起于代北者，所谓大姓九十九。"康金声注："指中原汉人之'强宗子弟'。《北齐书·魏兰根传》述魏初边事曰：'缘边诸镇，控摄长远，昔时初置，地少人稀。或征发中原强宗子弟，或国之肺腑，寄以爪牙。'"

[八] 防遏：防守遏阻。《后汉书·寇恂传》："吾今委公以河内，坚守转运，给足军粮，率厉士马，防遏它兵，勿令北度而已。"《水经注·河水》："（王）景乃商度地势，凿山开涧，防遏冲要，疏决壅积。"

[九] 仕宦：作官。《史记·平准书》："孝惠、高后时，为天下初定，复弛商贾之律，然市井之子孙，亦不得仕宦为吏。"《论衡·道虚篇》："外有仕宦之名，内乃度世之人。"●至乃：犹言甚至，竟至。《后汉书·光武帝纪下》："时兵革既息，天下少事，文书调役，务从简寡，至乃十存一焉。"●偏：假借为"徧"，普遍。《墨子·小取》："则不可偏观也。"●复除：免除赋役。《韩非子·备内》："徭役多则民苦，民苦则权势起，权势起则复除重。"梁启雄注："谓贵人的权势起，就优宽和免除民众的徭役增多。"●这两句是说当时边镇的戍防士卒不但没被废掉升迁官职的机会，甚至普遍免除赋役。

[一〇] 忻：同"欣"，颜元孙《干禄字书·平声》："忻欣：并正。"《玉

篇·心部》："忻，喜也。"○忻慕：欣喜而仰慕。《史记·管晏列传》："假令晏子而在，余虽为之执鞭，所忻慕焉。"

[一一] 太和（477-499）：孝文帝元宏的年号。●历：康金声注引《洪范五行传》曰："历者，圣人所以揆天行而纪万国也。"●太和在历：谓在太和年间。

[一二] 仆射：《汉书·百官公卿表上》："仆射，秦官，自侍中、尚书、博士、郎皆有。古者重武官，有主射以督课之，军屯吏、宰、驺、永巷官人皆有，取其领事之号。"颜师古注引孟康曰："皆有仆射，随所领之事以为号也。若军屯吏则曰军屯仆射，永巷则曰永巷仆射。"●李冲：字思顺，陇西狄道（今甘肃临洮）人，沈雅有大量，善交游，不妄戏杂，流辈重之。北魏高祖时，迁李冲为尚书仆射、领少傅，封冲为清渊县开国侯。年四十九而卒。《魏书》卷五三有传。●当官：担任官职。《左传》文公元年："当官而行。"●任事：委以职事。《韩非子·八说》："故愚者不任事。"陈奇猷《集释》："不任事，犹言不任之以事。"

[一三] 凉州：古地名，故地在今甘肃武威县。康金声注："《魏书·地形志下》：'凉州，汉置，治陇，神嘉中为镇，太和中复。'领武安、临杜、建昌、番和、泉城、武兴、武威、昌松、东泾、梁宁十郡，辖县二十。十六国时，前凉、后凉（皆都姑藏）、北凉（都张掖）皆建国于此地。"●土人：世代居住本地的人。《后汉书·庾诩传》："其土人所以推锋执锐无反顾之心者，为臣属于汉故也。"康金声认为本文的土人"指鲜卑以外之匈奴、氐、汉族等"。●厮役：干粗杂活的奴隶。《公羊传》宣公十二年："诸大夫死者数人，厮役扈养死者数百人。"何休《解诂》："艾草为防者曰厮，汲水浆者曰役，养马者曰扈，炊亨者曰养。"后泛指受人驱使的奴仆。●此二句大意是说，凉州一带的本地人，全部免除供人驱使的奴仆身份而招募为镇兵。《资治通鉴·梁纪六·武帝普通四年》胡三省注："李宝自敦煌入朝于魏，至子冲，亲贵。厚其乡人，故凉土之人悉免厮役。"

[一四] 丰沛：秦沛县之丰邑，故地在今江苏沛县东。汉高祖为沛县丰邑人，故以丰沛指帝王故乡。《史记·高祖本纪》："高祖，沛丰邑中阳里人。"《文选·谢朓<齐敬皇后哀策文>》："怀丰沛之绸缪兮。"李善注曰："丰沛，喻帝乡也。"后以丰沛泛称高门大族。●旧门：喻昔日之权贵之家。《太平御览》卷六〇三引《后魏书》曰："毛循之位次崔浩之下，浩以其中国旧门，……每期重之。"●丰沛旧门：指留居北边的鲜卑旧贵族和中原高门大族。

[一五] 戍：《温侍读集》作"成"，非。◎边戍：边疆，边境。《后汉书·

百官志五》："每郡置太守一人，二千石，丞一人。郡当边戍者，丞为长史。"●此句谓鲜卑旧贵族驻守边防，如同干粗杂活的奴隶。

[一六] 自非：倘若不是。《左传》成公十六年："唯圣人能外内无忧；自非圣人，外宁必有内忧。"●得罪：冒犯，触怒。《孟子·离娄上》："为政不难，不得罪于巨室。"●当世：当权者，执政者。《东观汉记·冯石传》："能取悦当世，为安帝所宠。"●这两句是说，那些鲜卑旧贵族倘若不是触怒当权者，也不会落到镇守边防的境地，却没有人愿意与他们为伍。

[一七] 征镇：戍边将领。魏晋以来，有东、西、南、北四征将军和四镇将军之号，监临军事，守卫地方，总称征镇。《三国志·魏书·高贵乡公髦传》："今群公卿士，股肱之辅，四方征镇宣力之佐，皆积德累功，忠勤帝室。"康金声注："(《魏书·官氏志》)'太和中，高祖诏群僚仪定百官，著于令'。其四征将军为从第一品中，'加大者，次卫将军'，即四征大将军官品次于一品下之卫将军。其四镇将军为从一品下，'加大者，次尚书令'，即四镇大将军次于从一品上之尚书令。至'太和十九年高祖复次职令'，四征将军改属第二品，四镇将军为从二品。"●但为：只作为。●虞候、白直：俱为服役之人，服役范围或在地方，或在中央，或在军队之中，然地位极其低下。北朝之虞候、白直多到地方服劳役，而南朝则亦可到中央服役，充任卫队侍从。详见周一良《魏晋南北朝史札记·魏书札记》"白直、虞候、防閤、仗身、事力、幕士"条。《资治通鉴·梁纪六·武帝普通四年》胡三省注引杜佑曰："白直，无月给。"

[一八] 推迁：推迟官职的升迁变动。《晋书·王羲之传》："复授护国将军，又推迁不拜。"●军主：军中主将。《资治通鉴·宋纪·文帝元嘉十七年》胡三省注："江南军制，呼长帅为队主、军主。队主者，主一队之称；军主者，主一军之称。"周一良曰："南北朝时统兵之官有军主、军副。……南朝之军主不仅地位较高，统领兵士人数较多，虽为平时军队编制之长官，而更近似作战时任命之统帅。北朝之军主则有所不同。……北魏之军主皆统领一定数目之兵士而本身亦冲锋陷阵之人，地位不高。"详见周一良《魏晋南北朝史札记·北齐书札记》"军主、幢主、队主"条。○案："军主"之称不始于南北朝，其地位则与南朝之军主同。《三国志·魏书·张郃传》："乃令众曰：'今日事急，外张将军不能安也。'遂推命为军主。"

[一九]《全后魏文》"分"下有一逗，《温侍读集》"者"下有一逗，推测文义，后者是。◎房分：喻家族的分支。●通官：通理各种政务，不专于一职之官。《后汉书·鲍昱传》："臣闻故事通官文书不著姓。"《南齐书·百官志》："太尉、司徒、司空三公，旧为通官。"后泛指达官、显贵。《隋书·百官志上》

"南朝梁官制"云："散骑常侍、通直散骑常侍、员外散骑常侍，旧并为显职，与侍中通官。"《南齐书·王晏传》："晏父普曜藉晏势宦，多历通官。"

　　［二〇］在镇者：指戍守边镇的鲜卑贵族。●清途：康金声注："清流辈之人也。清流为德行清高、颇负时望之士大夫。……北魏迁都洛阳以后，鲜卑贵族同汉族高门勾结，被目为'清流'，普通鲜卑军人被视作'寒人'。至边镇将领，则被称为'武人'。寒人无仕进之望，武人亦不入清流。军人对此极为不满。"

　　［二一］投彼有北：扔到北方荒芜之地。语出《诗经·小雅·巷伯》："取彼谮人，投畀豺虎！豺虎不食，投畀有北！有北不受，投畀有昊！"●以御魑魅：让他们抵御山神鬼怪。语出《左传》文公十八年："投诸四裔，以御螭魅。"又《左传》宣公三年："螭魅罔两，莫能逢之。"杜预注曰："螭，山神，兽形。魅，怪物。罔两，水神。"《魏晋文举要·（薛综）移诸葛恪等劳军》："魑魅魍魉，更成虎士。"高步瀛注："案：螭当作离。《说文》曰：'离，山神，兽形。'《广雅·释天》曰：'山神谓之离。'是离本字，魑俗字，螭借字也。《说文》曰：'鬽，精物也。从鬼彡。彡，鬼毛。'重文作魅，曰：'或从未。'"

　　［二二］胡乡：指当时位于北方的少数民族部落，如蠕蠕族、匈奴族、高车部落等。

　　［二三］峻边兵之格：意谓严格戍边士卒的管理法度。○峻：严苛。《后汉书·崔骃传》："故严刑峻法，破奸宄之胆。"○格：法度。《礼记·缁衣》："言有物而行有格也。"郑玄注："格，旧法也。"●镇人：镇边士卒。●浮游：游荡，漂泊。袁宏《后汉纪·孝质皇帝纪》："又有浮游之人，称矫贾贩。不良长吏，望为驱使。"●听：听凭，任凭。●流兵：逃兵。《魏书·恩幸传·徐纥》："故事，捉逃役流兵五人，流者听免，纥以此得还。"

　　［二四］游宦：外出求官或作官。《韩非子·和氏》："禁游宦之民而显耕战之士。"杨倞注："不守本业，游散求官者，设法禁之也。"

　　［二五］独为匪人：唯独不被当作人来看待。语出《诗经·小雅·何草不黄》："哀我征夫，独为匪民。"又《诗经·小雅·四月》："先祖匪人。"郑玄笺："匪，非也。"●流涕：流泪。

　　［二六］定鼎伊洛：谓孝文帝迁都洛阳。北魏之初，本都于平城，至孝文帝太和十七年（493）始迁都于洛阳。《元鸾墓志铭》："高祖定鼎伊洛，河内典守，兆亲勿居，乃擢君为冠军将军河内太守。"○定鼎：定都。《左传》宣公三年："成王定鼎于郏鄏。"○伊、洛：二水名。《水经注·伊水》曰："伊水出南阳鲁阳县西蔓渠山。"郦道元注："《山海经》曰：'蔓渠之山，伊水出焉。'《淮南

子》曰:'伊水出上魏山。'《地理志》曰:'出熊耳山即麓大同,陵峦互别耳。'"又《洛水》:"洛水出京兆上洛县讙举山。"郦道元注:"《地理志》曰:'洛出冢岭山。'《山海经》曰:'出上洛西山。'又曰:'讙举之山,洛水出焉。'"后指称河南洛阳一带。《新序·善谋》:"倍河海,向伊、洛,其固亦足恃。"赵仲邑注:"伊,水名,源出河南省卢氏县熊耳山,东北流经嵩县、伊阳、洛阳、偃师,入于洛。洛,水名,源出陕西省雒南县冢岭山,东南流入河南境,经卢氏县、洛宁县、宜阳县、洛阳市、偃师县至巩县注于黄河。"●边任益轻:谓戍边军职的任用更加受到轻视。

[二七]底滞:滞留无用。《国语·楚语下》:"夫民,气纵则底,底则滞,滞久而不振,生乃不殖。"韦昭注:"底,著也;滞,废也。"本文引申指故步自封,识见短浅之人。●凡才:平庸的才能。《世说新语·方正》:"万石挠弱凡才,有何严颜难犯!"

[二八]镇将:边镇的将领。●转相:递相,互相。●模习:谓模仿、效法。《洛阳伽蓝记》卷二"景宁寺"条:"江表士庶,竞相模楷,褒衣博带,被及秣陵。"模楷,亦模习也。

[二九]聚敛:搜刮财货。阳承庆《字统》佚文:"敛,犹收也。"《左传》文公十八年:"贪于饮食,冒于货贿,聚敛积实,不知纪极。"

[三〇]奸吏:枉法营私的官吏。《管子·七法》:"奸吏伤官法,奸民伤俗教。"

[三一]配边:发配罪人到边远之地。《北齐书·文宣帝纪》:"前黄门侍郎元世宝、通直散骑侍郎彭贵平谋逆,免死配边。"●指踪:发踪指示之省语。谓纵狗猎兽。语本《史记·萧相国世家》:"高帝曰:'夫猎,追杀兽兔者,狗也;而发踪指示兽处者,人也。今诸君徒能得走兽耳,功狗也;至如萧何,发踪指示,功人也。'"《汉书·萧何传》载此事,"发踪指示"作"发纵指示",颜师古注:"发纵,谓解绁而放之也。指示者,以手指示之,今俗言放狗。"《文选·任昉<奏弹曹景宗>》:"指踪非拟,获兽何勤。"典出同。后以"指踪"喻指挥谋划。

[三二]过弄:欺骗,糊弄。●政以贿立:即"政以贿成",施政靠贿赂来完成,表示贿赂公行,政治腐败。语出《左传》襄公十年:"今自王叔之相也,政以贿成,而刑放于宠。"杜预注:"随财制政。"

[三三]切齿:齿牙相磨切,表示极端愤怒。《战国策·魏策一》:"是故天下之游士,莫不日夜搤腕瞋目切齿,以言从之便,以说人主。"

[三四]阿那瓌:柔然可汗,孝明帝正光元年(520)九月投降北魏,备受

魏帝款待，封朔方郡开国公、蠕蠕王。正光二年（521）重回漠北建立政权。正光四年（523）二月，阿那瑰反。正光五年（524）沃野镇人破六韩拔陵反，诸镇相应。孝昌元年（525）春，阿那瑰率众讨之，从武川镇西向沃野，频战克捷，建立大功，自号敕连头兵豆伐可汗。其事见《魏书·蠕蠕传》。●背恩：背弃恩义，不记恩德。《盐铁论·未通》："反以身劳民，民犹背恩弃义而远流亡。"

[三五]奔：《温侍读集》作"犇"，字同。《集韵·魂韵》："奔，古作犇。"◎纵掠窃奔：阿那瑰放纵部下抢掠人畜后向北方逃窜。《魏书·肃宗纪》："（正光四年春二月）己卯，以蠕蠕主阿那瑰率众犯塞，遣尚书左丞元孚兼尚书，为北道行台，持节喻之。……夏四月，阿那瑰执元孚，驱掠畜牧北遁。"又《魏书·蠕蠕传》："（正光）四年，阿那瑰众大饥，入塞寇抄，肃宗诏尚书左丞元孚兼行台尚书持节喻之。孚见阿那瑰，为其所执，以孚自随，驱掠良口二千，公私驿马牛羊数十万北遁，谢孚放还。"

[三六]《乐府诗集》卷八四《李陵歌》："径万里兮度沙漠。"《魏书·肃宗纪》："（正光四年）夏四月，阿那瑰执元孚，驱掠畜牧北遁。甲申，诏骠骑大将军、尚书令李崇，中军将军、兼尚书右仆射元纂率骑十万讨蠕蠕，出塞三千余里，不及而还。"又《魏书·蠕蠕传》："诏骠骑大将军、尚书令李崇等率骑十万讨之，出塞三千余里，至瀚海，不及而还。"《魏书·李崇传》："蠕蠕主阿那瑰率众犯塞，诏崇以本官都督北讨诸军事以讨之。……崇遂出塞三千余里，不及贼而还。"●案：史云"率骑十万讨蠕蠕""率骑十万讨之"，本文则云"十五万众度沙漠"，盖夸大其词耳。

[三七]援师：指上文的"十五万众"（北魏军队）。●自意：自料，自认为。《史记·项羽本纪》："然不自意能入关破秦，得复见将军于此。"●中国：京师，京都。《诗经·大雅·民劳》："惠此中国，以绥四方。"毛传："中国，京师也。"《史记·五帝本纪》："夫而后之中国，践天子位焉。"裴骃《集解》引刘熙曰："帝王所都为中，故曰中国。"《法言·问道》篇："或曰：'孰为中国？'曰：'五政之所加，七赋之所养，中于天地者，为中国。'"○案：本文中的"中国"指北魏朝廷。●《资治通鉴·梁纪六·武帝普通四年》胡三省注："师速而疾，边人见其不能尽敌而反，意遂轻之。"

[三八]尚书令：《后汉书·百官志》："尚书令一人，千石。……承秦所置，武帝用宦者，更为中书谒者令，成帝用士人，复故。掌凡选署及奏下尚书曹文书众事。"《魏书·官氏志》尚书令，官第二品。●崇：指李崇。字继长，小名继伯，顿丘（今河南浚县）人。文成元皇后李氏之侄，陈留郡公李诞之子。年十四，召拜主文中散，袭爵陈留公，镇西大将军。孝文帝时，历仕梁州、荆

州、兖州刺史。宣武帝时，历任侍中、车骑将军、都督江西诸军事、扬州刺史，镇守寿春（今安徽寿县）十年，屡破南朝梁军。孝明帝时，领兵镇压破六韩拔陵起义。后历仕尚书令、相州刺史、侍中。孝昌元年病卒，时年七十一。《魏书》卷六六有传。●申闻：以文状陈情。《北史·古弼传》："弼入欲陈奏，遇帝与给事中刘树碁，志不听事。弼侍坐良久，不获申闻。"赵彦卫《云麓漫钞》卷四："官府多用申解二字……凡以状达上官，必曰申闻。"

[三九] 将：如果。吴昌莹《经词衍释》卷八："将，犹如也。"●先觉：先行察觉。○抑以先觉：语出《论语·宪问》："子曰：'不逆诈，不亿不信，抑亦先觉者，是贤乎！'"●这几句大意是说：李崇请求将边镇改为州，提高边镇地位，可安抚边镇将士，缓解朝廷和边镇的矛盾。如果应允了他的请求，或许可以先行察觉边镇叛乱之事。《魏书·李崇传》："崇启曰：'……臣以六镇幽垂，与贼接对，鸣柝声弦，弗离旬朔。州名差重于镇，谓实可悦彼心，使声教日扬，微尘去塞。'"

[四〇] 《魏书·广阳王建传》附渊传："东西部敕勒之叛，朝议更思深言，遣兼黄门侍郎郦道元为大使，欲复镇为州，以顺人望。会六镇俱叛，不得施行。"《魏书·李崇传》载明帝正光五年诏曰："去岁阿那瑰叛逆，遣李崇令北征，崇遂长驱塞北，返旆榆关，此亦一时之盛。崇乃上表求改镇为州，罢削旧贯。朕于时以旧典难革，不许其请。寻李崇此表，开诸镇非异之心，致有今日之事。但既往难追，为复略论此耳。"《资治通鉴·梁纪六·武帝普通四年》司马光评此事曰："李崇之表，乃所销祸于未萌，制胜于无形。魏肃宗既不能用，及乱生之后，曾无愧谢之言，乃更以为崇罪。不明之君，乌可与谋哉！"

[四一] 张燮本、《温侍读集》无"敢"字。《全后魏文》"之"下不逗，亦无"敢"字。校记："诸本及《北史》卷一六无'敢'字，据《册府》卷四〇四补。"◎高阙：古地名。在今内蒙古杭锦后旗西北。阴山山脉至此中断，成一缺口，望之若门阙，故名。北魏于此置戍，隶沃野镇。《水经注·河水》"东径高阙南"，郦道元注："《史记》，赵武灵王既袭胡服，自代井阴山下，至高阙为塞。山下有长城，长城之际，连山刺天，其山中断，两岸双阙，善能云举，望若阙焉。即状表目，故有高阙之名也。自阙北出荒中，阙口有城，跨山结局，谓之高阙戍。"○高阙戍主：指沃野镇镇将。●率下失和：《资治通鉴·梁纪六·武帝普通四年》作"御下失和"，知"率"为"驾御"义。●拔陵：指破六韩拔陵，匈奴族，沃野镇（今内蒙古五原东北）人。孝明帝正光四年率众于怀荒镇（今河北张北）起义。五年，攻占沃野镇，杀镇将，号真王元年。五年六月，白道之战中，破六韩拔陵大败崔暹，攻占六镇。孝昌元年五月，为阿那

瑰所败，下落不明。●逆命：违抗命令，反叛。《尚书·大禹谟》："三旬，苗民逆命。"《左传》昭公四年："庆封唯逆命，是以在此，其肯从于戮乎?"杜预注："逆命，谓性不恭顺。"●破六韩拔陵杀镇将事，载之于史，如《魏书·肃宗纪》："（正光五年）三月，沃野镇人破六韩拔陵聚众反，杀镇将，号真王元年。"又《北史·魏本纪·肃宗纪》："（正光五年）三月，沃野镇人破六韩拔陵反，聚众杀镇将，号真王。"又《魏书·蠕蠕传》："是岁（正光五年），沃野镇人破六韩拔陵反，诸镇相应。"

[四二] 攻城掠地：攻破城池，掠夺土地。

[四三] 王师：天子的军队，国家的军队。《诗经·周颂·酌》："于铄王师，遵养时晦。"本文指北魏军队。●北：战败，败北。《韩非子·五蠹》："鲁人从君战，三战三北。"●贼党：贼伙，贼众。本文是对北魏边镇起义势力的蔑称。●《资治通鉴·梁纪六·武帝普通四年》载"王师屡北，贼党日盛"情形为：普通五年夏四月，"高平镇民赫连恩等反，推敕勒酋长胡琛为高平王，攻高平镇以应拔陵。……卫可孤攻怀朔镇，经年外援不至，杨钧使贺拔胜诣临淮王彧告急……钧复遣胜出觇武川，武川已陷。胜驰还，怀朔亦溃，胜父子俱为可孤所虏"。五月，"临淮王彧与破六韩拔陵战于五原，兵败，彧坐削除官爵。安北将军陇西李叔仁又败于白道。贼势日盛"。又曰："魏自破六韩拔陵之反，二夏、豳、凉，寇盗蜂起。"

[四四] 指望销平：康金声注："期望销弭平定。"

[四五] 此句写崔暹在白道为破六韩拔陵大败之事。《魏书·肃宗纪》："（正光五年秋七月），都督崔暹失利于白道，大都督李崇率众还平城。"●崔暹：字符钦，性猛酷，少仁恕，奸猾好利，能事势家。累迁平北将军、瀛州刺史，贪暴安忍，民庶患之。武川镇反，诏崔暹为都督，隶大都督李崇讨之。违崇节度，为贼所败，单骑潜还。建义初遇害于河阴。《魏书》卷八九、《北史》卷八八皆有传。●只轮不反：形容军队惨败，全军覆没。语出《谷梁传》僖公三十三年："晋人与姜戎要而击之殽，匹马只轮无反者。"又《说苑·敬慎》篇："击之，匹马只轮无脱者，大结怨构祸于秦。"《文选·潘岳〈西征赋〉》："曾只轮之不反，继三帅而济河。"○"只轮不反"或作"孑轮不反""单轮不返"，义并同。《文选·陆机〈辩亡论〉》："蓬笼之战，孑轮不反。"《文苑英华》卷六五〇引魏收《为侯景叛移梁朝文》："梁之丧师，单轮不返。"

[四六] 崇：李崇。●逡巡：《尔雅·释言》郭璞注："逡巡，却去也。"郭在贻《训诂丛稿》："逡巡本义为欲进不进，迟疑不决。"○逡巡，或作"迁巡"。《楚辞·九章·思美人》："迁巡次而勿驱兮。"王逸注："迁巡，犹逡巡，

行不进貌。"〇或作"逡遁"。贾谊《过秦论》："九国之师，逡巡而不敢进。"高步瀛注："颜师古《匡谬正俗》卷五引《过秦》作逡遁……考古书巡、遁、循三字往往通假（《仪礼·乡射礼》郑注：'少退，少逡遁也。'又《聘礼》注曰：'三退，三逡遁也。'《管子·戒篇》曰：'桓公蹴然逡遁。'《晏子春秋·问篇》曰：'晏子逡遁。'皆其证）。"●复路：原路返回。亦"逡巡"之意也。《楚辞·离骚》："回朕车以复路兮，及行迷之未远。"《资治通鉴·梁纪六·武帝普通四年》胡三省注："复路者，还即旧路也。"

[四七]《全后魏文》"与"下有一逗。◎相与：共同，一道。《陶渊明集·移居》诗之一："奇文共欣赏，疑义相与析。"●云中：谓云中山，以高出云汉，故名。其上有云中城。秦时于此置郡。西汉云中郡治云中县，定襄郡治成乐。东汉以成乐、定襄属云中。北魏初，云中郡治成乐。《水经注·河水》"白渠水又西南径云中故城南"句，郦道元注："《虞氏记》云：'赵武侯自五原河曲筑长城，东至阴山。又于河西造大城，一籍崩不就，乃改卜阴山河曲而祷焉。昼见群鹤游于云中，徘徊经日，见大光在其下，武侯曰：此为我乎？乃即于其处筑城，今云中城是也。'秦始皇十三年、立云中郡。"又"白渠水西北径成乐城北"句，郦道元注："《郡国志》曰：成乐，故属定襄也。《魏土地记》曰：云中城东八十里有成乐城，今云中郡治。一名石卢城也。"康金声认为北魏时的云中即盛乐。〇还次云中：还军驻扎于云中城。《魏书·肃宗纪》："（正光五年秋七月），都督崔暹失利于白道，大都督李崇率众还平城。"又《魏书·李崇传》："于是诏崇以本官加使持节、开府、北讨大都督，抚军将军崔暹，镇军将军、广阳王渊皆受崇节度。……崇至五原，崔暹大败于白道之北，贼遂并力攻崇。崇与广阳王渊力战，累破贼众，相持至冬，乃引还平城。"案：文云"还次云中"，史言"还平城"，盖秋天驻军云中，相持至冬天，又退至平城。

[四八]马首是瞻：看着将帅马头的方向而进退。语出《左传》襄公十四年："荀偃令曰：鸡鸣而驾，塞井夷灶，唯余马首是瞻。"本文指听候朝廷命令而采取下一步行动。●未便西迈：没有立即向西进军。康金声注："沃野、怀朔镇在盛乐西，故云。"

[四九]解体：崩溃，瓦解。《左传》成公八年："四方诸侯，其谁不解体。"孔颖达疏："谓事晋之心，皆罍疏慢也。"本文谓人心离散。

[五〇]《全后魏文》"镇"下有一逗。◎西北：康金声注："当指沃野、怀朔二镇及盛乐北方之武川、抚冥二镇。"●将恐：即"恐"，恐怕。"将"字无实义，凑足音节。●寻：时间副词，不久。杨伯峻《古汉语虚词》："寻……作虚词只作时间副词，用法同'随''旋'。"《陶渊明集·桃花源记》："未果，寻

病终。"

[五一] 此二句谓，天下的事情，哪有那么容易预料呢？《嵇康集·郭遐周赠三首》之一："吾无佐世才，时俗不可量。"戴明扬校注："《古诗》：'自我别君后，人事不可量。'《尔雅》：'量，度也。'"

[五二] 张燮本无自"六镇俱叛"至"更为后图"三十七字。◎六镇俱叛：指公元523年2月至525年6月在平城以北的六个军事重镇所发动的军人起义。这六镇分别是沃野镇（今内蒙古五原县西北）、怀朔镇（今内蒙古包头市东北）、武川镇（今内蒙古武川县北）、抚冥镇（今内蒙古武川县东北）、柔玄镇（今内蒙古兴和县西北）、怀荒镇（今内蒙古集宁区东北）。《资治通鉴·齐纪二·武帝永明二年》："于六镇之北筑长城。"胡三省注："魏世祖破蠕蠕，列置降人于漠南，东至濡源，西暨五原阴山，竟三千里，分为六镇。今武川、扶冥、怀朔、怀荒、柔玄、御夷也。……杜佑曰：后魏六镇，并在马邑、云中、单于府界。"

[五三] 高车：魏晋南北朝时期生活在中国北部和西北部的游牧民族。自号狄历，塞外各民族称之为敕勒，北朝人称之为高车，南朝人称之为丁零。《魏书·高车传》："高车，盖古赤狄之余种也，初号为狄历，北方以为敕勒，诸夏以为高车、丁零。其语略与匈奴同，而时有小异。或云，其先匈奴之甥也。其种有狄氏、表纥氏、斛律氏、解批氏、护骨氏、异奇斤氏，俗云匈奴。"〇二部高车：指东、西部敕勒。《魏书·元深传》有"东西部敕勒之叛，朝议更思深言"之语可证。

[五四] 恶党：凶徒。本文指边镇起义的将士。

[五五] 简选：选择，选用。《吕氏春秋·简选》："简选精良，兵械铦利，令能将将之。"

[五六] 恒州：古地名，故地在今山西大同县东。道武帝天兴年间为司州，孝文帝太和年间改名恒州。《魏书·地形志上》"恒州"注："天兴中置司州，治代都平城。太和中改。孝昌中陷。天平二年置，寄治肆州秀容郡城。"

[五七] 重新为今后作打算。《宋书·武二王·南郡王义宣传》："今治兵缮甲，更为后图。"《梁书·侯景传》："即欲乘机长驱，悬瓠属以炎暑，欲为后图。"

广阳王北征请大将表[一]

今四郊多垒[二]，三军申发[三]。率土之滨[四]，莫敢宁晏[五]。况忝末属，复董元戎[六]，臣不尽心，谁将竭力[七]？岂容饰让，苟违戎重[八]！但以军旅之事，实所未学[九]。求得重将[一〇]，随方指麾[一一]。臣请先驱[一二]，被坚督战[一三]。若使旗鼓相望，埃尘相接[一四]；决机两阵之间[一五]，不辞万死之地[一六]；脱独委臣[一七]，专总戎旅[一八]。兵术靡常，军机屡变[一九]；以臣当之，必所未达[二〇]。虽奉广筹[二一]，有均胶柱[二二]。

[系年]

《年谱》系本篇于北魏孝明帝正光五年（524）。康金声曰："渊之北征，有前后两次。首次在正光五年（524），时沃野镇民破六韩拔陵反……于是魏主诏李崇为大都督，广阳王渊为北道都督，北讨叛军。《魏书》卷九《肃宗纪》、卷十八《广阳王传》均载此事。二次北征在孝昌二年（526），讨鲜于修礼。《肃宗纪》云：孝昌'二年……五原降户鲜于修礼反于定州，号鲁兴元年'。诏左光禄大夫长孙稚与都督河间王琛率众讨之，琛等败归。复'以丞相、高阳王雍为大司马，吏部尚书广阳王渊为骠骑大将军、仪同三司，寻为大都督，率都督、章武王融北讨修礼'。《广阳王传》亦曰'河间王琛为鲜于修礼所败，乃除渊仪同三司、大都督，章武王融为左都督，裴衍为右都督，并受渊节度'，北讨修礼。据此'请大将'表文中'脱独委臣，专总戎旅''复董元戎'诸语，渊其时已'专总戎政'（本传语），为大都督矣。故此表应作于孝昌二年北讨鲜于修礼时。"今从康说，系本篇于北魏孝明帝孝昌二年（526）。

[校注]

[一] 本篇以宋本《艺文类聚》卷五九为底本，以张燮本和《温侍读集》《全后魏文》比勘。《全后魏文》题作"为广阳王渊北征请大将表"。●请大将：请求朝廷委派大将。康金声曰："时元渊与元徽有隙，渊惧毁，故请大将分担责任，以塞谗路。"

[二] 四面都有敌军的堡垒，意谓形势危急。《礼记·曲礼上》："四郊多垒，此卿大夫之辱也。"郑玄注："辱其谋人之国不能安也。垒，军垒也。数见侵伐则多垒。"《世说新语·言语》："今四郊多垒，宜人人自效。"《魏书·高崇附传》："今群妖未息，四郊多垒。"

[三] 三军：周代制度，天子有六军，诸侯大国有上、中、下三军。中军最

尊，上军次之，下军又次之。一军一万二千五百人。《周礼·夏官·大司马》："凡制军，万有二千五百人为军。王六军，大国三军，次国二军，小国一军。"后泛指军队。《论语·子罕》："三军可夺帅也，匹夫不可夺志也。"●申发：掌管讨伐敌国之事。康金声注："司伐也。申，司也，《史记·留侯世家》'以良为韩申徒'句，集解引徐广曰：'申徒，即司徒耳。但语音讹转，故字亦随改。'发，伐也，如《周颂·噫嘻》'骏发尔私'句，笺曰：'发，伐也。'疏：'言发者，以耜击伐此地。'"《鲍参军集·岐阳守风诗》："役人喜先驰，军令申早发。"

[四]沿着王土的边涯。犹言普天之下，四海之内。语出《诗经·小雅·北山》："普天之下，莫非王土；率土之滨，莫非王臣。"毛传："率，循。滨，涯也。"

[五]宁晏：安定，平静。《陆云集》卷六《祖考颂》："咸黜凶丑（丑），区域宁晏。"《北齐书·邢劭传》："臣以为当今四海清平，九服宁晏。"

[六]忝：辱没。《尚书·尧典》："岳曰：否！德忝帝位。"孔传："忝，辱也。"后常用作谦辞。○末属：犹支属。《汉书·楚元王交传》："吾幸得同姓末属，累世蒙汉厚恩。"○忝末属：康金声注："忝列为支族也。元渊为魏太武帝子元建之孙。元建始封楚王，后改封广阳王，元渊袭爵，故云。"●董：执掌，担任。《尔雅·释诂下》："董，都也。"《文选·陆机<汉高祖功臣颂>》："董我三军。"（六臣本《文选》"三军"作"王军"。）李周翰注："董，正也。"●元戎：本指军中主帅所乘之车。《诗经·小雅·六月》："元戎十乘，以先启行。"毛传："元，大也。夏后氏曰钩车，先正也；殷曰寅车，先疾也；周曰元戎，先良也。三代行军，皆前有此车。其名《司马法》之文也。"后亦代指军中主帅。《曹植集·任城王诔》："矫矫元戎。"赵幼文《校注》："元戎，《释名·释兵》：'元戎，车在军前，启突敌阵，周所制也。'此借为元帅之代词。"进一步亦可指称军队。《汉书·董贤传》："统辟元戎，折冲绥远。"颜师古注："元戎，大众也。"

[七]《诗经·小雅·隰桑·序》："小人在位，君子在野，思见君子，尽心以事之。"《论语·学而》："事父母能竭其力，事君能致其身。"邢昺疏："事父母能竭其力者谓小孝也。言为子事父虽未能不匮，但竭尽其力服其勤劳也。"

[八]岂容：哪里容许。●饰让：推辞。《文选·任昉<为齐明让宣城郡第一表>》："便当自同体国，不为饰让。"李善注："孙皓诏纪陟曰：'故特任使，莫复饰让。'"李周翰注："不为假饰而求让名也。"●戎重：军中大事。《文选·丘迟<与陈伯之书>》："明德茂亲，总兹戎重。"李善注引《晋中兴书》桓

温峤曰："幕府不才，忝荷戎重。"●此二句意为，如果妨害军旅大事，哪里容许我推辞呢？

[九] 军旅之事：指行军打仗的事情。●此二句语出《论语·卫灵公》："卫灵公问陈于孔子，对曰：'俎豆之事，则尝闻之矣，军旅之事，未之学也。'"何晏《集解》引郑玄曰："万二千五百人为军，五百人为旅。"

[一〇] 得：张燮本和《温侍读集》《全后魏文》作"保"，于义为长，谓保举也。◎重将：重要将领。《三国志·魏书·蒋济传》："时有诏，诏征南将军夏侯尚曰：'卿腹心重将，特当任使。'"

[一一] 随方：犹随宜。谓根据具体情势。《左传》闵公二年："敬教劝学，授方任能。"杜预注："方，百事之宜也。"《广弘明集》卷二〇引梁元帝《内典碑铭集林序》："感而遂通，随方引接。"●指麾：或作"指拗"，义同。颜元孙《干禄字书·平声》："麾拗：上旌麾，下谦拗字。其指拗亦作麾。"《汉书·韩信传》："虽有舜、禹之智，嘿而不言，不如瘖聋之指麾也。"《淮南子·兵略》篇："拱揖指拗而天下回应，此用兵之上也。"●随方指麾：犹言根据具体情势调遣军队。

[一二] 先驱：谓前行开路。《楚辞·离骚》："前望舒使先驱兮，后飞廉使奔属。"王逸注："飞廉奔驰而在前也。先，一作前。"《汉书·霍光传》："会为骠骑将军击匈奴，道出河东，河东太守郊迎，负弩矢先驱。"颜师古注："先驱，导其路也。"○先驱，又可作"前驱"。《诗经·卫风·伯兮》："伯也执殳，为王前驱。"

[一三] 坚，坚固的甲铠。锐，锋利的兵器。《墨子·鲁问》："翟虑被坚执锐救诸侯之患。"《史记·项羽本纪》："夫被坚执锐，义不如公；坐而运策，公不如义。"《颜氏家训·诫兵》篇："不能被甲执兵，以卫社稷。"案："被甲执兵"亦"被坚执锐"之意。●督战：亲临前线监督作战。《晋书·何无忌传》："无忌尚厉声曰：'取我苏武节来！'节至，乃躬执以督战。"

[一四] 旗鼓相望：旗帜和战鼓前后相接，形容队列绵延不绝，严整有气势。●埃尘相接：飞扬的尘土相接续，喻军队气势盛大。●此二句语出《孔子家语》："子贡复进曰：'赐愿使齐楚合战，两垒相当，旗鼓相望，埃尘连接。'"（《太平御览》卷三九〇引）案：见《孔子家语·致思》篇，文字略有不同。●《梁书·侯景传》，齐文襄以书喻景曰："若使旗鼓相望，埃尘相接，势如沃雪，事等注萤。"语出同。

[一五] 决机两阵之间：两军对垒时决定战机。语出《三国志·吴书·孙策传》："呼权，佩以印绶，谓曰：'举江东之众，决机于两阵之间，与天下争衡，

卿不如我。'"《宋书·宗室传·临川烈武王道规》:"决机两阵,将雄者克。"

[一六]万死之地:极危险的地带。多指战场。《三国志·魏书·桓阶传》:"夫居万死之地,必有死争之心。"

[一七]脱:《全后魏文》作"朕",严可均自校曰:"朕当作脱。"案:作"脱"是。◎脱:假设连词,同"倘",谓假若。《洛阳伽蓝记》卷一"永宁寺"条:"倘天不厌乱。"周祖谟《校释》:"'倘',《逸史》本作'脱',义同。脱为北人俗语,义云若也。"案:周说是。今例证如下。《北齐书·邢劭传》:"脱复稽延,则刘向之言征矣。"《全后魏文》卷四魏孝文帝《葬文明冯太后诏》:"脱于孝子之心有所不尽者,室中可二丈,坟不得过三十余步。"《魏书·高闾传》:"脱不如意,当延日月。"《魏书·李谧传》:"脱有深赏君子者,览而揣之,傥或存焉。"●委:托付。《贾谊集·过秦论》:"百粤之君俛首系颈,委命下吏。"王洲明等注:"委,托付。"

[一八]总:统领,统帅。《尚书·伊训》:"百官总己。"●戎旅:军旅,战事。《汲冢周书·柔武解》:"五者不距,自生戎旅。"《曹丕集·与张郃诏》:"今将军外勒戎旅,内存国朝。"魏宏灿注:"勒,统帅。戎旅,军旅。"●总戎旅:总领战事,统率军队。《魏书·慕容白曜传》:"猥总戎旅,扫定北方。"

[一九]兵术:兵法,战术。●靡常:无常,没有一定的规律。《尚书·咸有一德》:"天难谌,命靡常。"孔传:"以其无常,故难信。"

[二〇]未达:未能通达。犹今言"不知道"。《论语·乡党》:"康子馈药,拜而受之,曰:'丘未达,不敢尝。'"何晏《集解》:"孔曰:未知其故,故不敢尝。"《文选·任昉<百辟劝进今上牋>》:"搢绅颙颙,深所未达。"李周翰注:"未达,言不知高祖之意。"

[二一]广:张燮本、《温侍读集》作"庙",是。◎算:《温侍读集》《全后魏文》作"算",乃"筭"之通借字。●庙筭:朝廷在宗庙里对战事进行的谋划。文献里"庙算""庙筭"均有使用,然以用"庙筭"为常见。《邓析子·无厚篇》:"庙筭千里,帷幄之奇。百战百胜,黄帝之师。"《商子》卷三《战法》:"若其政出庙筭者,将贤亦胜,将不如亦胜。"○亦有用"庙算"者。如《孙子兵法·计篇》:"夫未战而庙算胜者,得算多也。未战而庙算不胜者,得算少也。"黄朴民注:"兴师作战前,通常要在庙堂里商议谋划,预测战争胜负,制定作战方略。这一程序,就叫做'庙算'。"《三国志·魏书·辛毗传》:"夫庙算而后出军,犹临事而惧。况今庙算有阙,而欲用之,臣诚未见其利也。"

[二二]均:等同于。《玉篇·土部》:"均,等也。"●胶柱:"胶柱调瑟"之省,比喻固执拘泥而不知变通。《淮南子·齐俗》篇:"今握一君之法籍,以

非传代之俗，譬由胶柱而调瑟也。"《史记·廉颇蔺相如列传》："王以名使括，若胶柱而鼓瑟耳。"《法言·先知》："或曰：'以往圣人之法治将来，譬犹胶柱而调瑟，有诸？'曰：'有之。'"韩敬注"胶柱而调瑟"曰："把柱黏住再来调节瑟弦的音调，比喻不可能。胶，用动物的皮角或树脂熬成的黏性物质。因为可以用来黏东西，故引申为黏。柱，这里指琴瑟等弦乐器上用来调弦的短木。"

广杨王让吏部尚书表[一]

假势风云，非由羽翮[二]。徒得推迁就列[三]，俋俋当官[四]。曾无辟雍议礼之名[五]，讵有铜爵献赋之敏[六]？而政本寔繁[七]，司会攸切[八]。抑扬智地[九]，用舍时流[一○]；实当年之准的[一一]，乃一世之权衡[一二]。得其人则分职之任隆[一三]，非其才则旷官之失起[一四]。

[系年]
《年谱》系本篇于北魏孝明帝孝昌二年（526）二月，康金声认为"此表当作于正光五年（524）"。案：考《魏书》元渊本传，渊无正光五年封吏部尚书事，故从《年谱》系本篇于孝昌二年（526）。

[校注]
[一] 本篇以宋本《艺文类聚》卷四八为底本，以张燮本和《温侍读集》《全后魏文》比勘。●篇题，张燮本、《温侍读集》作《为广陵王让吏部尚书表》，误。《全后魏文》题作《为广阳王渊让吏部尚书表》。据《魏书》元渊本传，作"广阳王"是。●吏部尚书：古官名，系吏部长官。汉成帝时尚书有常侍曹，东汉改为吏曹，又称选部，三国时魏国改选部为吏部，其长官始称吏部尚书。吏部尚书主诠选，地位重要，例居各部尚书之首。西晋时又称大尚书。南朝宋、齐、梁、陈及北魏、北齐均有置，北周称吏部中大夫。《魏书·官氏志》：吏部尚书，官第三品。

[二] 假势：凭借某种势力。《后汉书·和帝纪》："委任下吏，假势行邪。是以令下而奸生，禁至而诈起。"●羽翮：鸟儿的羽毛。《周礼·羽人》："羽人掌以时徵羽翮之政。"郑玄注："翮，羽本。"多借指翅膀。●案：此二句意为，鸟儿能高飞至青天之上，完全是凭借风云的力量，而不是凭借羽翼的扇动。以喻职位升迁乃由人提拔，并非依凭个人才能。《王子安集》卷五《上刘右相书》："假势灵飚，指青霄而电击。"其"假势灵飚"与本文"假势风云"同意。康金声注："喻元渊为吏部尚书但凭当时之客观形势。元渊拜吏部尚书前专主戎

政，时中山太守赵叔隆、别驾崔融讨六镇叛军，失利。城阳王元徽与元渊有隙，因构渊罪责。肃宗不欲使徽、渊相憾，乃徵渊为吏部尚书、兼中领军。及渊至京，更敕二人因宴会和解。"

[三] 推迁：推移变迁。《陶渊明集·荣木》诗序："日月推迁，已复九夏。"本文谓官职升迁。●就列：就位，担任官职。《论语·季氏》："陈力就列，不能者止。"何晏《集解》引马（融）曰："言当陈其才力，度已所任，以就其位。不能则当止。"●案：此句意为，也是因为当下的局势，我才得以升迁职位，不得不担任吏部尚书。

[四] 僶俛：努力、勤勉貌。《阮籍集·咏怀诗》："咄嗟行至老，僶俛常苦忧。"陈伯君校注曰："僶，音泯，勉也。严粲曰：'力所不勘，心所不欲而勉为之，谓之曰僶。'俛与勉同。"〇又作"密勿"。《文选·傅季友<为宋公求加赠刘前军表>》："密勿军国，心力俱尽。"李善注："《韩诗》曰：'密勿同心，不宜有怒。'密勿，僶俛也。"〇又作"僶勉"，《晋书·阮籍传》："臣僶勉从事。"〇又作"黾勉"。《诗经·小雅·节南山》："黾勉从事，不敢告劳。"《大雅·云汉》："旱既太甚，黾勉畏去。"《邶风·谷风》："何有何亡，黾勉求之。"又云："黾勉同心，不宜有怒。"陆德明《释文》："黾（勉），本亦作僶。僶，莫尹反。黾勉，犹勉勉也。"●当官：担任官职。《左传》文公元年："当官而行，何彊之有。"

[五] 曾无：并无。●辟雍：太学。为天子推行礼乐教化的场所。《礼记·王制》："天子曰辟廱。"郑玄注："辟，明也。廱，和也。所以明和天下。"《白虎通·辟雍》篇："天子立辟雍何？辟雍所以行礼乐，宣德化也。辟者，璧也，象璧圆以法天也。雍者，壅之以水，象教化流行也。辟之言积也，积天下之道德，雍之为言壅也，天下之仪则；故谓之辟雍也。"蔡邕《独断》上："天子曰辟雍，谓流水四面如璧，以节观者。诸侯曰頖宫，頖言半也，义亦如上。"●议礼：讨论礼制的得失因革。《礼记·中庸》："非天子不议礼，不制度，不考文。"郑玄注："礼，谓人所服行也。"朱熹集注："礼，亲疏贵贱相接之体也。"●此句意为，我并无在太学讨论礼仪制度的名声。

[六] 爵：张燮本、《温侍读集》作"雀"。二字古本一字。《魏晋文举要·（陆机）吊魏武帝文》："吾婢好妓人，皆着铜爵台。"高步瀛注："古钞爵作雀。"此其证。◎讵：阳承庆《字统》佚文："讵，未知而疑，语辞也。"●铜爵：即铜雀台。古地名，故址在今河南临漳县西南邺城内西北隅。《三国志·魏书·武帝纪》："建安十五年冬，太祖乃于邺作铜雀台。"《文选·左思<魏都赋>》李善注："铜爵园西有三台，中央有铜爵台，南则金虎台，北则冰井台。"●铜爵献

赋之敏：美曹植才思聪敏。《三国志·魏书·陈思王植传》："时邺铜爵台新成，太祖悉将诸子登台，使各为赋。植援笔立成，可观，太祖甚异之。"《水经注·浊漳水》曰："邺都之西北有三台，皆因城为之基。建安十五年魏武所起，今邺西三台是也。中曰铜爵台，高十丈，有屋百一间，台成命诸子登之，并使为赋，陈思王下笔成章，美捷当时。南则金虎台，高八丈，有屋百九间。北曰冰井台，亦高八丈，有屋百四十五间，上有冰室，室有井，井深十五丈，藏冰及石墨焉。"●此句意为，我也无曹植登铜雀台献赋的敏捷才思。

[七] 寔：张燮本、《温侍读集》同，《全后魏文》作"实"。二字通借。◎政本：谓农业。《说苑·建本》篇："治政有理矣而农为本。"又见《孔子家语·六本》篇。《汉书·食货志上》："今背本而趋末食者甚众，是天下之大残也。"颜师古注曰："本，农业也；末，工商也。"本文指称尚书台的事物，以其掌天下官员的铨选考核，故为政之本。●寔繁：繁多。"寔"字无义，表强调。《尚书·仲虺之诰》："简贤附势，寔繁有徒。"

[八] 攸：张燮本和《温侍读集》《全后魏文》作"尤"。◎司会：主钩稽考核之官。《周礼·天官·司会》："中大夫二人。"郑玄注："会，大计也。司会，主天下之大计，计官之长。若今尚书。"又《天官·司会》："司会掌邦之六典八法八则之贰，以逆邦国都鄙官府之治。"孔颖达疏："司会是钩考之官。还以六典逆邦国之治，八法逆官府之治，八则逆都鄙之治。逆，皆谓钩考知得失。"《文选·任昉<为齐明帝让宣城郡公第一表>》："尚书古称司会，中书实管王言。"●切：紧要。《集韵·屑韵》："切，要也。"《汉书·扬雄传下》："请略举凡，而客自览其切焉。"颜师古注："切，要也。"

[九] 抑扬：沉浮，进退。《张衡集·南都赋》："进退屈伸，与时抑扬。"张震泽注："抑扬，犹沈浮。《汉书·艺文志》：'彼惑者既失精微，而辟者又随时抑扬。'"本文指在宦海浮沉，进退。●智地：佛学术语，指实证真理的境界。《翻译名义集》六《心意识法篇》："备本后之智地，成自他之利门。"引申指智士聚积之处。本文即用此义。

[一〇] 用舍：即用行舍藏，指被任用或不被任用。语出《论语·述而》："子谓颜渊曰：'用之则行，舍之则藏。唯我与尔有是夫！'"何晏《集解》："言可行则行，可止则止。"邢昺疏："言时用之则行，舍之则藏，用舍随时，行藏不忤于物。"《文选·蔡邕<陈太丘碑文>》："其为道也，用行舍藏，进退可度。"●时流：世俗之辈。指当代人，当时之人。《晋书·阮裕传》："诸人相与追之，裕亦审时流必当逐己，而疾去。"

[一一] 当年：当代。●准的：即标准。《颜氏家训·杂艺》篇："弱弓长

箭，施于准的。"又《文章》篇："邢子才魏收俱有重名，时俗准的，以为师匠。"王利器《集解》："《后汉书·灵帝纪》：'其僚辈皆瞻望于宪，以为准的。'《淮南·原道》篇高注：'质的，射者之准蓺也。'案：准的，犹今言标准目的。"

[一二] 一世：举世，全天下。《庄子·天地》："不拘一世之利以为己私分，不以王天下为己处显。" ●权衡：本指秤锤和秤杆。《汉书·律历志上》："衡，平也。权，重也。衡所以任权而均物平轻重也。"后喻法度，标准。《韩非子·守道》："明于尊位必赏，故能使人尽力于权衡，死节于官职。"

[一三] 得其人：得到合适的人选。《北堂书钞》卷七四引王隐《晋书·何曾传》云："得其人则民安，非其人则国患。" ●分职：分派职权，各授其职。《尚书·周官》："六卿分职，各率其属，以倡九牧，阜成兆民。"孔传："六卿各率其属官大夫士，治其所分之职。"《周礼·天官·序官》："设官分职，以为民极。"郑玄注引郑司农云："置冢宰、司徒、宗伯、司马、司寇、司空，各有所职而百事举。" ●此句大意为，任用的是人才，则知人善任的名声隆盛。

[一四] 非其才：并非人才，意即不是合适的人选。《史通·覈才》篇："苟非其才，则不可叨居史任。" ●旷官：空居官位。指不称职。《尚书·皋陶谟》："无旷庶官，天工人其代之。"孔传："旷，空也。位非其人为空官。" ●此句大意为，任用的不是人才，则才不配位的过失就产生了。

为广阳王渊具言城阳王徽构隙意状[一]

往者元叉执权[二]，移天徙日[三]，而徽托附，无翼而飞[四]。今大明反政[五]，任寄唯重[六]，以徽褊心，衔臣切骨[七]。臣以疏滞，远离京辇[八]，被其构阻，无所不为[九]。然臣昔不在其后，自此以来，翻成陵谷[一〇]。徽遂一岁八迁[一一]，位居宰相[一二]；臣乃积年淹滞，有功不录[一三]。

自徽执政以来，非但抑臣而已，北征之勋，皆被拥塞[一四]。将士告捷，终无片赏[一五]，虽为表请，多不蒙遂。前留元标据于盛乐，后被重围，析骸易子[一六]，倒悬一隅，婴城二载[一七]。贼散之后，依阶乞官，徽乃盘退，不允所请[一八]。而徐州下邳戍主贾勋[一九]，法僧叛后[二〇]，暂被围逼，固守之勋，比之未重[二一]，乃立得州，即授开国[二二]。天下之事，其流一也，功同赏异，不平谓何[二三]。又骠骑李崇，北征之日[二四]，启募八州之人，听用关西之格[二五]。及臣在后，依此科赏，复言北道征者不得同于关西[二六]。定襄，陵庙之至重[二七]；平城，守国之要镇[二八]。若计此而论，功亦何负于秦楚[二九]？但以嫉臣之故，便欲望风排抑[三〇]。

然其当途以来，何直退勋而已[三一]，但是随臣征者，即便为所嫉[三二]。统军袁叔和曾经省诉，徽初言有理，又闻北征隶臣为统，应时变色[三三]。复令臣兄子仲显异端讼臣，缉缉翩翩，谋相诽谤[三四]。言臣恶者，接以恩颜[三五]；称臣善者，即被嫌责。甄琛曾理臣屈[三六]，乃视之若仇雠[三七]；徐纥颇言臣短[三八]，即待之如亲戚[三九]。又骠骑长史祖莹[四〇]，昔在军中，妄增首级，矫乱戎行，蠹害军府，获罪有司，避命山泽[四一]。直以谤臣之故，徽乃还雪其罪[四二]。臣府司马刘敬，比送降人，既到定州[四三]，翻然背叛[四四]。贼如决河，岂其能拥[四五]。且以臣府参僚[四六]，不免身首异处[四七]。徽既怒迁[四八]，舍其元恶[四九]。□及胥徒[五〇]。从臣行者莫不悚惧[五一]。

顷恒州之人[五二]，乞臣为刺史[五三]，徽乃斐然言不可测[五四]。及降户结谋，臣频表启，徽乃因执言此事[五五]。及向定州，远彼奸恶，又复论臣将有异志[五六]。翻覆如此，欲相陷没，致令国朝遽赐迁代[五七]。贼起之由，谁使然也[五八]？徽既优幸，任隆一世，慕势之徒，于臣何有[五九]？是故馀人摄选，车马填门，及臣居边，宾游罕至[六〇]。臣近比为虑其为梗[六一]，是以孜孜乞赴京阙[六二]。属流人举斧，元戎垂翅[六三]，复从后命，自安无所，偃俛先驱，不敢辞事[六四]。及臣出都，行尘未灭，已闻在后复生异议[六五]。言臣将儿自随，证为可疑之兆，忽称此以构乱[六六]。悠悠之人，复传音响[六七]，言左军臣融，右军臣衍，皆受密敕，伺察臣事[六八]。徽既用心如此，臣将何以自安[六九]！

窃以天步未夷[七〇]，国难犹梗，方伯之任[七一]，于斯为急[七二]。徽昔临藩，乃有人誉[七三]，及居端右，蔑尔无闻[七四]。今求出之为州，使得申其利用[七五]。徽若外从所长，臣无内虑之切[七六]。脱蒙□，公私幸甚[七七]。

[系年]

《年谱》系本篇于北魏孝明帝孝昌二年（526）四月，康金声亦认为"本文作于孝昌二年（526）"。今从。

[校注]

[一] 本篇录自《魏书·广阳王建传》附渊传，以张燮本和《温侍读集》《全后魏文》比勘。●篇题，张燮本作"为广阳王渊上书灵太后"。●具言：详细陈述。《史记·魏其武安侯列传》："立召入，具言灌夫醉饱事，不足诛。"●城阳王元徽：字显顺，元鸾子。史称粗涉书史，颇有吏才，肃宗时为尚书令。庄帝即位，以与谋之功除侍中，领司州牧。徽性佞媚，善自取容，挟内外之意，宗室亲戚莫与比焉。尔朱兆入洛，徽逃奔故吏寇弥宅，弥出之于路，使人害之，送其尸于尔朱兆。《魏书》卷一九下、《北史》卷一八有传，参看《元徽墓志

铭》。●构隙：造成裂痕，指结怨。《抱朴子外篇·疾谬》："绝交坏身，构隙致祸。"●意状：情况，情景。《三国志·魏书·张辽传》："文帝引辽会建始殿，亲问破吴意状。"●康金声注："《（元渊）传》云：城阳王徽与渊有隙，屡构之。及河间王琛等败于鲜于修礼，诏除渊仪同三司、大都督，令统章武王融及裴衍等往讨。元徽复奏灵太后，言渊握兵在外，宜防其不测，乃敕元融等潜相防备。渊知之，甚惧，'事无大小，不敢自决。'灵太后遣使问渊'意状，乃具言'云云。"

[二]元叉：字伯隽，小字夜叉，江阳王元继之长子。灵太后临朝，以叉妹夫，除通直散骑侍郎。寻迁侍中，加领军将军，深为灵太后所信委。后元叉与刘腾幽灵太后于永巷，扶植肃宗，肃宗呼为姨父。自后专总机要，巨细决之，威振于内外，百僚重迹。灵太后反政，元叉与其弟元爪谋反，俱被赐死。《魏书》卷一六、《北史》卷一六有传，参看《元叉墓志铭》。●执权：掌握权柄，执掌政权。《宋书·戴法兴传》："而法兴、尚之执权日久，威行内外。"

[三]移天徙日：比喻权臣玩弄权势，颠倒是非。《魏书·景穆十二王·广平王匡传》："虽未指鹿化马，移天徙日。"

[四]托付：依附，攀附。《魏书·道武七王传·京兆王黎》附《元继传》："牧守令长新除赴官，无不受纳货贿，以相托付。"●无翼而飞：指事物不须推行就很快传播或转变。《管子·戒》："无翼而飞者，声也。"《战国策·秦策三》："众口所移，毋翼而飞。"案："毋"与"无"通。本文乃指元徽由于元叉的提拔而得到迅速升迁。《元徽墓志铭》："天爵以修，地芥伊拾，不行而至，无翼载飞。"

[五]大明：谓君王圣明之德广大。《诗经·大雅·大明》："大明，文王有明德，故天复命武王也。"毛传："二圣相承，其明德日以广大，故曰大明。"《吕氏春秋·审分览》："大明不小事，假乃理事也，夫其不假也。"高诱注："大明者，垂拱无为而化流行。"本文指灵太后。●反政：重新执政。《晋书·刘敬宣传》："安帝反政，徵拜冠军将军，宣城内史，领襄城太守。"●大明反政：谓灵太后再度临朝摄政。《元融墓志铭》："寻以公枉被削黜，诏复王封，仍本将军，为使持节征胡都督。既而大明反政，罪人斯得照。公忠诚密欸，奇谋独著，乃加散骑常侍本将军左光禄大夫。"案：灵太后胡氏，传见《魏书·皇后列传》及《北史·后妃传》。为世宗宣武帝元恪妃，肃宗孝明帝元诩母。肃宗立，尊为皇太后。延昌四年（515）九月胡太后临朝称制，正光元年（520）为元叉、刘腾幽于北宫。孝昌元年（525）四月胡太后重临朝摄政，武太元年（528）胡太后被尔朱荣沈于河。胡太后在北魏王朝两度摄政，前后总计达十年。

[六] 任寄为重：犹言寄以重任。《北齐书·孙搴陈元康等传论》："元康以智能才干，委质霸朝，绸缪帷幄，任寄为重。"

[七] 褊：狭小。《小尔雅·广言》："褊，狭也。"〇褊心：心地狭小。《诗经·卫风·葛屦》："维是褊心，是以为刺。"《嵇康集·幽愤诗》："惟此褊心，显明臧否。"●衔：怀恨在心。《汉书·酷吏传·义纵》："上怒曰：'纵以我为不行此道乎？'衔之。"颜师古注："衔，含也。苞含在心，以为过也。"●切骨：犹彻骨，刻骨。《昭明太子集·锦带书十二月启·黄钟十一月》："酌醇酒而据切骨之寒，温兽炭而祛透心之冷。"●衔臣切骨：犹言恨我彻骨。

[八] 疏滞：疏远淹滞。●京辇：古代天子所乘之车，以人拉之。《后汉书·光武帝纪上》："舆辇。"李贤注："辇者，驾人以行。"本文指京师，京都。《抱朴子外篇·讥惑》："所谓京辇贵大眉，远方皆半额也。"张松辉注："辇，皇上乘坐的车子。（京辇）代指京城。"《文选·潘岳<在怀县作二首>》："自我违京辇，四载迄于斯。"张铣注："京辇，谓天子所居。"

[九] 构阻：构陷阻挡。●无所不为：指什么坏事都干。《三国志·吴书·张温传》："揆其奸心，无所不为。"

[一〇] 翻：《全后魏文》作"飜"，颜元孙《干禄字书·平声》："飜翻：上通下正。"◎翻成：反而成为。《艺文类聚》卷六四引庾肩吾《谢东官赐宅启》："来归高里，翻成待对之门。"●陵谷：高陵、深谷变换位置。指世事大变。语出《诗经·小雅·十月之交》："高岸为谷，深谷为陵。"毛传："言易位也。"郑玄笺："易位者，君子居下，小人处上之谓也。"●翻成陵谷：反而成为陵谷之势。言元渊与元徽的权势和地位的差异如同山陵和低谷相对较一般。

[一一] 此盖本车千秋一月九迁之事，乃极言升迁之速。《汉书·车千秋传》："千秋本姓田氏，为高寝郎。一月九迁为丞相者，知武帝恨诛卫太子，上书讼之。"本文乃借指元徽升迁之速。康金声注："（元徽）先除右将军、凉州刺史，徽固请不行，乃除散骑常侍。其年又除后将军、并州刺史。复因开仓济民，'加安北将军，后拜安西将军、秦州刺史'。徽'表启固陈，请之之职，改授辅国将军，加度支尚书，进号镇军将军'。徽又以军旅之费，上国封绢二千四、粟一万石助军用，诏'以本官兼吏部尚书，加侍中、征东将军，迁卫将军、右光禄大夫。拜尚书左仆射，转车骑将军、仪同三司'。'寻除尚书令，加开府，西道行台，不行'。"

[一二] 宰相：泛指辅佐君主，总揽全国政务的最高行政长官。《韩非子·显学》篇："故明主之吏，宰相必起于州部，猛将必发于卒伍。"

[一三] 积年：多年，累年。《列子·周穆王》："积年之疾，一朝都除。"

●淹滞：指有才能而长期不被任用。《尔雅·释诂》："淹，久也。"《左传》昭公十四年："赦罪戾，诘奸慝，举淹滞。"杜预注："淹滞，有才德而未叙者。"《魏书·常景传》："景淹滞门下积岁，不至显官。"●录：任用，录用。

[一四] 抑：压制，排挤。●北征之勋：指北讨破六韩拔陵之功。《魏书·李崇传》："于是诏崇以本官加使持节、开府、北讨大都督，抚军将军崔暹，镇军将军、广阳王渊皆受崇节度。……崇至五原，崔退大败于白道，贼遂并力攻崇。崇与广阳王渊力战，累破贼众，相持至冬，乃引还平城。"又《元深传》："先是，别将李叔仁以拔陵来逼，请求迎援，渊赴之，前后降附二十万人。"●拥塞：拥蔽，堵塞。《晏子春秋》卷一《内篇·谏上》："忠臣拥塞，谏言不出。"本文指隐瞒功劳不报。

[一五] 片赏：片言之赏，谓一半句话的称赏之辞，极言赏赐微薄。《刘长卿集·疲兵篇》："赤心报国无片赏，白首还家有几人。"

[一六] 据：张燮本作"摭"。案："摭"为"据"之异体字。◎元标：史无传，其事未详。●盛乐：今内蒙古呼和浩特市南及林格尔一带，为北魏发祥地。北魏迁都平城后，则为魏之北都。●被重围：应是指元渊被围困于五原之事。《周书·贺拔胜传》："于时广阳王元深在五原，为破六汗贼所围，昼夜攻战。"●析骸易子：析开骸骨作柴火，交换儿女当食物。形容粮尽援绝的极端困境。语出《左传》宣公十五年："敝邑易子而食，析骸以爨。"《淮南子·人间》篇："其后楚攻宋，围其城，当此之时，易子而食，析骸而炊。"《后汉书·来歙传》："昔宋执楚使，遂有析骸易子之祸。"

[一七] 倒悬：头向下、脚向上悬挂着。比喻极其艰难、危险的困境。《孟子·公孙丑上》："万乘之国，行仁政，民之悦之，犹解倒悬也。"赵岐注："倒悬，喻困苦也。"《洛阳伽蓝记》卷一"永宁寺"条："解苍生于倒悬。"○又作"倒县"。贾谊《新书·解县》："天下之势方倒县，窃愿陛下省之也。……足反居上，首顾居下，是倒县之势也。天下倒县莫之能解，犹为国有人乎?"案：县，悬古今字。○又作"倒植"。贾谊《新书·威不信》："足反居上，首顾居下，是倒植之势也。"●一隅：一个角落。谓地方狭小。《吕氏春秋·士容》："故火烛一隅，则室偏无光。"高诱注："烛，照也。偏，半也。"●婴城：环城而守。《战国策·秦策四》："小黄、济阳婴城，而魏氏服矣。"鲍彪注："婴，犹萦也，盖二邑环兵自守。"《汉书·蒯通传》："必将婴城固守，皆为金城汤池。"颜师古注引孟康曰："婴，以城自绕。"

[一八] 依阶乞官：根据官阶求封官职。●盘退：犹豫不定并找理由推脱。

[一九] 徐州：今江苏省邳州市东。●下邳：秦置县名，汉武帝时为临淮

郡，汉明帝时乃置为下邳国。故城在今江苏省邳州市东北邳城镇。●戍主：职官名。南北朝置，为戍的主将，掌守防捍御之事，除管理军政外，还干预民政和财政。多以郡太守、县令、州参军及杂号将军等官兼领。《宋书·谢晦传》："至安陆延头，为戍主光顺之所执。"●贾勋：史无传，其事未详。

　　[二〇]《魏书·肃宗纪》："孝昌元年春正月庚申，徐州刺史元法僧据城反，害行台高谅，自称宋王，号年天启，遣其子景仲归于萧衍。"●元法僧：淮南王元他之孙。史曰：法僧杀戮自任，威怒无恒。本附元叉，以骄恣，恐祸及己，将谋为逆。孝昌元年，法僧杀行台高谅，反于彭城，自称尊号，改元天启。大军致讨，法僧奔梁。梁武帝授法僧司空，封始安郡王，寻改封宋王。卒于梁，谥曰襄厉王。《魏书》卷一六、《北史》卷一六有传。

　　[二一] 暂：张燮本和《温侍读集》《全后魏文》作"蹔"。颜元孙《干禄字书·去声》："蹔暂：上通下正。"◎暂：仓卒，突然。《左传》僖公三十三年："妇人暂而免诸国。"杜预注："暂，犹卒也。"●围逼：犹言围困。●这几句大意是说，贾勋固守下邳城的功劳比不上元标守护盛乐城的功劳。

　　[二二] 得州：得到州牧之封。●即授开国：即刻授予开国的爵位。《周易·师》："大君有命，开国承家，小人勿用。"孔颖达疏："若其功大，使之开国为诸侯；若其功小，使之承家为卿大夫。"

　　[二三] 功同赏异：功劳相同，赏赐不同。《汉书·冯奉世传》："臣闻功同赏异则劳臣疑，罪钧刑殊则百姓惑。"●这几句大意为，天下的事情，其规律应该是一样的。功劳相同，赏赐有别，这不是不公平又是什么呢？

　　[二四]《全后魏文》"崇"下不逗。◎骠骑：又作"票骑"，骠骑将军之简称，汉代始置。《史记·卫将军骠骑列传》："以冠军侯（霍）去病为骠骑将军。"张守节《正义》："《汉书》云，霍去病征匈奴，有绝幕之勋，始置骠骑将军，位在三司，品秩同大将军。"此后历代皆置，清乾隆时废。●李崇：字继长，小名继伯，顿丘（今河南清丰西南）人，文成元皇后第二兄诞之子。年十四封镇西大将军。世宗初征为右卫将军，兼七兵尚书。延昌初，加侍中、车骑将军、都督江西诸军事。崇深有将略，寇贼侵边，所向摧破，号曰"卧虎"，贼甚惮之。肃宗时除都督冀、定、瀛三州诸军事、骠骑大将军。孝昌元年卒，年七十二，赠太尉公。《魏书》卷六六、《北史》卷四三有传。●北征之日：李崇北讨阿那瑰之时。《魏书·肃宗纪》：正光四年春二月"己卯，以蠕蠕主阿那瑰率众犯塞，遣尚书左丞元孚兼尚书，为北道行台，持节喻之"，"夏四月，阿那瑰执元孚，驱掠畜牧北遁。甲申，诏骠骑大将军、尚书令李崇，中军将军、兼尚书右仆射元纂率骑十万讨蠕蠕，出塞三千余里，不及而还"。《魏书·李崇

传》："蠕蠕主阿那瓌率众犯塞，诏崇以本官都督北讨诸军事以讨之……崇遂出塞三千余里，不及贼而还。"

[二五] 启募：启奏朝廷招募。《梁书·任孝恭传》："太清二年，侯景寇逼，孝恭启募兵，隶萧正德。"●八州：康金声注："当指魏北方诸州。李崇先除都督冀、定、瀛三州诸军事，不行，后为都督定、幽、燕、瀛四州诸军事。故八州当为定州、幽州、燕州、瀛州及魏北方之恒州、肆州、朔州、并州等。"●听用：听从并采用。《诗经·大雅·抑》："听用我谋，庶无大悔。"●关西：古地区名，泛指函谷关或潼关以西的地区。●格：法式，标准。《礼记·缁衣》："言有物而行有格也。"郑玄注："格，旧法也。"《后汉书·傅燮传》："朝廷重其方格。"李贤注："格，犹标准也。"●关西之格：殆谓征讨关西叛乱时的军功赏赐规格。《魏书·肃宗纪》载关西之乱的情况为："（正光五年）三月，沃野镇人破落汗拔陵聚众反，杀镇将，号真王元年。诏临淮王彧为镇军将军，假征北将军，都督北征诸军事以讨之……夏四月，高平酋长胡琛反，自称高平王，攻镇以应拔陵。别将卢祖迁击破之，琛北遁……六月，秦州城人莫折太提据城反，自称秦王，杀刺史李彦。诏雍州刺史元志讨之。南秦州城人孙掩、张长命、韩祖香据城反，杀刺史崔游以应太提。太提遣城人卜朝袭克高平，杀镇将赫连略、行台高元荣。太提寻死，子念生代立，僭称天子，号年天建，置立百官……秋七月甲寅，诏吏部尚书元修义兼尚书仆射，为西道行台，率诸将西讨……（七月）丁丑，念生遣其都督杨伯年、樊元、张朗等攻仇鸠、河池二戍，东益州刺史魏子建遣将尹祥、黎叔和击破之……是月（七月），凉州幢帅于菩提、呼延雄执刺史宋颖，据州反。念生遣其兄高阳王天生下陇东寇。"又载肃宗八月丙申诏曰："赏贵宿劳，明主恒德，恩沾旧绩，哲后常范……诸州镇军贯元非犯配者，悉免为民。镇改为州，依旧立称……使人齐其力，奋击先驱，妖党狂丑，必可荡涤。冲锋斩首，自依恒赏。"

[二六]《温侍读集》《全后魏文》"者"下有一逗。◎依此科赏：据此赏罚条例论功行赏。《魏书·孝庄帝纪》："若立效灼然，为时所知者，别加科赏。"

[二七] 定襄：地名，在今绥远归绥县南。北魏时属永安郡。《魏书·地形志上》："定襄，前汉属定襄，后汉属云中，晋属新兴。真君七年并云中、九原、晋昌属焉。永安中属有赵武灵王祠、介君神、五石神、关门山、圣人祠、皇天神、定襄城、抚城。"《水经注·河水》："定襄郡，汉高帝六年置，王莽之得降也。"●陵庙：帝王所葬处曰陵，祭祀先人处曰庙。故以此指王朝兴起之地。案：北魏王朝在拓跋时代南迁，居成乐，乃定襄郡之治所。故以定襄为重要的陵庙所在地。

[二八]平城：地名，在今山西大同县东，北魏前期曾都于此。●守国：守卫国家。《管子·山权数》："桓公问于管子曰：'权棁之数，吾已得闻之矣，守国之固奈何。'"●要镇：重镇。《宋书·殷琰传》："所以复有此白者，实惜华州重镇，鞠为茂草。"

[二九]《温侍读集》《全后魏文》"此"作"北"，且"功"字连上为文，非是。◎计此而论：犹言据此而论。●秦楚：康金声注："指征讨关陇叛军之元志、元修义及征讨寇境萧梁军之河间王元琛、安乐王元鉴等。"●功亦何负于秦楚：大意为，如果考虑到定襄是陵庙所在地、平城为守国重镇这些因素，那么，北征之功丝毫不亚于征讨关陇叛军和征讨萧梁军队的功劳。

[三〇]嫉：憎恨。《广雅·释诂三》："嫉，恶也。"●望风：听到风声。《扬雄集·与桓谭书》："望风景附，声训自结。"《阮籍集·为郑冲劝晋王牋》："榆中以西，望风震服。"●排抑：排斥贬抑。《南齐书·陆澄传》："（顾）测遂为澄所排抑，世以此少之。"●这两句是说，元徽因为嫉恨我，凡得知功劳与我有关，便立即加以排斥、打压。

[三一]当途：谓徽在位掌权也。《文选·郭璞<游仙诗>》："长揖当涂人，去来山林客。"李善注："当涂，即当仕路也。"○亦作"当路"。《孟子·公孙丑上》："夫子当路于齐。"赵岐注："如使夫子得当仕路于齐，而可以行道。"《盐铁论·孝养》："有贤子当路于世者。"王贞珉曰："当路，身居显要地位、掌握权力的意思。"《风俗通义·十反》："又海内清高，当路非一。"吴树平《校释》："当路，犹言当政，当权。"●何直：犹言哪里只是。○直：副词，相当于只、只是。《孟子·梁惠王上》："直不百步耳。"杨伯峻注："直，只是，不过。"●退勋：抑退功勋。

[三二]但是：凡是。○但：表总括的范围副词，相当于凡。《洪武正韵·产韵》："但，凡也。"

[三三]统军：边境地区的将领。北魏朝于边地置军镇，统军即为镇将的属官，位在军主之上，别将之下，其地位相当于南朝的军主。●袁叔和：史无传，其事未详。●省诉：犹今言申诉。●隶臣为统：谓在元渊北征时，袁叔和隶属元渊而为统军。●应时变色：立即变了脸色。○应时：即刻。《汉书·何武传》："武为刺史，二千石有罪，应时举奏。"○变色：改变脸色。《论语·乡党》："有盛馔，必变色而作。"

[三四]元仲显：史无传，其事未详。●异端讼臣：以怪诞的言论起诉臣下。○异端：谓杂书，即不同于六经的诸子学说。《论语·为政》："攻乎异端，斯害也已。"皇侃义疏："异端，谓杂书也。言人若不学六籍正典，而杂学于诸

子百家，此则为害之深。"朱熹集注："非圣人之道，而别为一端。" ●缉缉翩翩，谋相诽谤：交头接耳，花言巧语，图谋诋毁于我。语出《诗经·小雅·巷伯》："缉缉翩翩，谋欲谮人。"毛传："缉缉，口舌声；翩翩，往来貌。"○案："缉缉翩翩"又可倒作"番番缉缉"，"翻"与"番"同。阳固《刺谗诗》佚文："番番缉缉，谗言侧入。"（载朱祖延《北魏佚书考》）

[三五] 恩颜：慈爱的脸色。《魏书·萧宝夤传》："乃起学馆于清东，朔望引见土姓子弟，接以恩颜，与论经义。"《乐府诗集》卷五八引鲍照《幽兰》诗："倾晖引莫色，孤景流恩颜。" ●嫌责：因不满而加责备。《宋书·萧惠开传》："思话素恭谨，操行与惠开不同，常以其峻异，每加嫌责。"

[三六] 甄琛：字思伯，中山无极人，颇学经史。太和初，拜中书博士，迁谏议大夫。世宗时，曾随高肇伐蜀。正光间，为车骑将军。死赠尚书左仆射。《魏书》卷六八、《北史》卷四〇有传。●理臣屈：申述臣下的冤屈。

[三七] 雠：张燮本、《温侍读集》作"讐"，异体字。◎仇雠：谓仇人、敌国。《左传》成公十三年："君之仇雠，而我之昏姻也。"《国语·越语上》："夫吴之与越也，仇雠敌战之国也。"

[三八] 徐纥：字武伯，乐安博昌人。家世寒微，少好学，有名理，颇以文词见称。高祖拔为主书。世宗初，除中书舍人。肃宗时，灵太后秉政，以曲事郑俨，特被信任。迁给事黄门侍郎，总摄中书门下之事。军国诏命，莫不由之。然性浮动，慕权利，外似謇正，内实诡谀。与郑俨、李神轨宠任相亚，时称"徐、郑"。肃宗之崩，事出仓卒，时人咸谓二人之计也。尔朱荣将入洛，既克河梁，纥乃南奔萧衍。《魏书》卷九三《恩幸传》附其传。●言臣短：说臣下的坏话。

[三九] 亲戚：古代指称父母兄弟。《左传》昭公二十年："棠君尚谓其弟员曰：'……亲戚为戮，不可以莫之报也。'"此亲戚，谓其父奢也。《汉书·司马迁传》："夫人情莫不贪生恶死，念亲戚，顾妻子，至激于义理者不然，乃有不得已也。"王先谦《补注》："亲戚，谓父母兄弟。"

[四〇] 骠骑：指骠骑将军李崇。《魏书·肃宗纪》："（熙平元年）三月辛未，以扬州刺史李崇骠骑将军、仪同三司。"●长史：官府、军府属吏之长，本为秦官，汉承秦制，丞相、太尉、御史大夫诸府及边郡太守府等均置此官。而边郡无郡丞，遂以长史代丞，总领兵马诸事，为郡守之副贰。东汉太尉、司徒、司空诸府及将军府亦置长史一人，署领诸曹事，权位颇重。清梁章钜《称谓录》卷二二"同知"条："长史，《文献通考》：'秦置郡丞以佐守，在边为长史，掌兵马。'《后汉书·百官志》：'每郡置太守一人，丞一人。郡当边戍者，丞为长

史。王国之相亦如之。'"●祖莹：字符珍，范阳道人。李崇为都督北讨，引莹为长史，坐截没军资，除名。未几，为散骑侍郎。累迁国子祭酒，领给事黄门郎，幽州大中正，监起居事，又监议事。天平初，以功迁仪同三司，进爵为伯。薨，赠尚书左仆射、司徒公、冀州刺史。《魏书》卷八二、《北史》卷四七有传。

[四一]首级：古时作战，俘获敌军即斩伐其首，以表己功，后遂以为功劳之称。○妄增首级：意为贪冒军功。《魏书·李崇传》："（元）渊表崇长史祖莹诈增功级，盗没军资，崇坐免官爵。"●戎行：本指兵士的行列，故以之代指军队。《左传》成公二年："下臣不幸，属当戎行。"《文选·陆机<辩亡论>》："拔吕蒙于戎行。"○矫乱戎行：意为搅乱军营。●蠹害：危害，祸害。《后汉书·刘陶传》："光和五年，诏公卿以谣言举刺史、二千石为民蠹害者。"●军府：通指禁军以外的诸将军、中郎将及监护少数民族的中郎将、校尉所置的府。都督、刺史、郡守如加军号，亦在地方设置军府。诸公与位从公加军号外放，及禁军的诸将军、中郎将、校尉等受命出征，也可暂置军府。●获罪有司，避命山泽：意为被官府定罪，逃命于山川之中。

[四二]罪：《温侍读集》作"辠"。案：辠，古罪字。《玉篇·辛部》："辠，犯公法也。今作罪。"《楚辞·九章·惜往日》："何贞臣之无辠兮。"王逸注："辠一作罪。"◎直：《词诠》卷五："直，表态副词，为'但''仅'之义，与今语'不过'同。"●谤：诋毁。《说文·言部》："谤，毁也。"●还：迅速。《汉书·董仲舒传》："此皆可以还至而有效者也。"颜师古注："还读曰旋。旋，速也。"●雪：谓洗刷、开脱。《广雅·释诂三》："雪，除也。"●

[四三]司马：官名，周时为六卿之一，掌军政及军赋，地位极高。《尚书·周官》："司马掌邦政，统六师，平邦国。"孔传："《夏官》：卿主戎马之事，掌国征伐，统正六军，平治王邦四方国之乱者。"案：汉宫门、大将军、将军、校尉之属官皆有司马，边郡亦置之，专管军事。后世延之，地位则相对较低。●刘敬：史无传，其事未详。●比送降人：○比：近日。《资治通鉴·唐纪·德宗十三年》："比岁以宦者为使。"胡三省注："比，近也。"○降人：投降者。《鹖冠子·近迭》："行枉则禁，反正则舍，是故不杀降人。"○《魏书·元深传》："拔陵避蠕蠕，南移渡河。先是，别将李叔仁以拔陵来逼，请求迎援，深赴之，前后降附二十万人。深与行台元纂表求恒州北别立郡县，安置降户，随宜赈赉，息其乱心。不从，诏遣黄门郎杨昱分散之于冀、定、瀛三州就食。深谓纂曰：'此辈复为乞活矣，祸乱当由此作。'"●定州：北魏于此地立中山郡。故地在今甘肃武威县西北。

[四四]翻：张燮本、《全后魏文》作"飜"，异体字。《玉篇·飞部》：

"飜，亦作翻。"◎翻然：迅速转变貌。《文选·陈琳<檄吴将校部曲文>》："若能翻然大举，建立元勋，以应显禄，福之上也。"《文苑英华》卷六五〇引魏收《为侯景叛移梁朝文》："时不暇决，翻然易虑。"

[四五] 决河：黄河决口。《史记·河渠书》："令群臣从官自将军已下，皆负薪填决河。"●拥：堵塞。●这两句是说，被押送的降人发动叛乱，其势如决堤的黄河，难以抵挡控制。

[四六] 僚：张燮本和《温侍读集》《全后魏文》作"寮"，字同。◎参僚：部下，僚属。犹今所谓幕僚。《世说新语·豪爽》："桓宣武平蜀，集参僚，置酒于李势殿。巴蜀搢绅，莫不来萃。"

[四七] 身首异处：身体与头颅分离，不在一处。指被杀头。袁宏《后汉纪·孝献皇帝纪》："吕布受恩而反图之，斯须之间，身首异处，此有勇而无谋也。"《北齐书·王琳传》："身首异处，有足悲者。"

[四八] 怒迁：即迁怒，转移怒火。《论语·雍也》："不迁怒，不贰过。"何晏《集解》："迁者，移也。怒当其理，不移易也。"《史记·仲尼弟子列传》："有颜回者好学，不迁怒，不贰过，不幸短命死矣。"《文选·潘岳<西征赋>》："曾迁怒而横撞，碎玉斗其何伤。"

[四九] 元恶：首恶，大恶之人。《尚书·康诰》："王曰：'封，元恶大憝，矧为不孝不友。'"孔传："大恶之人犹为人所大恶，况不善父母，不友兄弟者乎？言人之罪恶莫大于不孝不友。"《荀子·王制》："元恶不待教而诛。"楼宇烈注："元恶，罪魁祸首。"

[五〇] "□"处原缺，《全后魏文》同，然又"徒""从"连文，疑非是。◎胥徒：本指服徭役的老百姓，后泛称官府衙役。一般有胥有徒，也有的有徒无胥。《周礼·天官·序官》："胥，十有二人，徒，百有二十人。"郑玄注："此民给徭役者，若今卫士矣。"《何逊集·早朝车中听望》诗："胥徒纷络绎，骖御或西东。"李伯齐注："胥徒，指卫士。"《乐府诗集》卷一〇〇《贪官怨》："胥徒赏以财，俊造悉为吏。"

[五一] 悚惧：恐惧貌。《玉篇·心部》："悚，惧也。"《孔子家语·弟子行》："不慭不悚。"王肃注："悚，惧。"《说文·心部》："愳，恐也。从心，瞿声。愳，古文。"《潜夫论·慎微》篇："人君闻此，可以悚愳。"《曹操集·上书谢策命魏公》："天威在颜，悚惧受诏。"

[五二] 顷：《全后魏文》作"倾"，且"恒"下不逗。严可均自校曰："倾当作顷。"案：严说是。顷，时间副词，近来。◎恒州：古地名，故地在今山西大同县东。

[四三] 刺史：职官名。《汉书·百官公卿表上》："监御史，秦官，掌监郡。汉省，丞相遣史分刺州，不常置。武帝元封五年初置部刺史，掌奉诏条察州，秩六百石，员十三人。成帝绥和元年更名牧，秩二千石。哀帝建平元年复为刺史。"案：魏晋以后，地方建制皆以州统郡，常以都督领刺史，加将军号，置军府，三年一入奏，权任甚重。北魏诸州有三刺史（皇室一人，异姓二人），且官品较高，《魏书·官氏志》中上州刺史官第三品，下州刺史官第四品。●乞臣为刺史：《魏书·元深传》："既而鲜于修礼叛于定州，杜洛周反于幽州，其余降户，犹在恒州，遂欲推深为主。"

[五四] 斐：《温侍读集》作"裴"，此因形近而讹。○测：张燮本、《温侍读集》作"恻"，亦非。◎斐然：很有文采的样子。《论语·公冶长》："斐然成章。"《两汉文举要·（贾谊）过秦论》："天下之世，斐然乡风。"高步瀛注引《礼记·大学》郑注曰："斐，有文章貌也。"本文之"斐然"，康金声注："此谓矫饰文词，危言耸听也。"●不可测：谓难以揣度，无法判断。《南齐书·褚渊传》："此人材貌非常，将来不可测也。"

[五五] 降户：投降归附者。《旧唐书·突厥传上》："咸亨中，突厥诸部落来降附者，多处之丰、胜、灵、夏、朔、代等六州，谓之降户。"○结谋：勾结图谋。《后汉书·安帝纪》：永初元年六月"丁卯，赦除诸羌相连结谋叛逆者罪"。○降户结谋：谓投降归附者勾结起来，图谋叛乱。康金声注："六镇降户安置于三州后不久，柔玄镇兵杜洛周于孝昌元年（525）反，由上谷进占瀛州；次年，怀朔镇兵鲜于修礼又据定州反叛。《魏书·肃宗纪》：孝昌元年秋八月，'柔玄镇人杜洛周率众反于上谷，号年真王，攻没郡县'。又：'二年春正月……五原降户鲜于修礼反于定州，号鲁兴元年。'"●表启：上表启奏。《宋书·萧惠开传》："惠开曰：'今水陆四断，表启路绝。'"●执言：谓坚持自己的话，不改口。《周易·师》："田有禽，利执言，无咎。"王弼注："物先犯己，故可以执言而无咎也。"孔颖达疏："故可以执此言往问之。"○徽乃因执言此事：意为，元徽就趁机谈论降户图谋叛乱这件事。

[五六] 及向定州：谓到定州任刺史。《魏书·元深传》："既而鲜于修礼叛于定州，杜洛周反于幽州，其余降户，犹在恒州，遂欲推深为主。深乃上书乞还京师，令左卫将军杨津代深为都督，以深为侍中、右卫将军、定州刺史。"●奸恶：奸诈邪恶。既指叛乱的鲜于修礼、杜洛周，又指"遂欲推深为主"的降户。●又复：同义连文。再一次，再度。○《诗经·小雅·宾之初筵》："室人入又。"郑玄笺："又，复也。"●论：谈说。《广韵·魂韵》："论，说也。"本文意为诋毁。●有异志：有二心，有叛离之心。《左传》襄公十六年："荀偃

怒，且曰：'诸侯有异志矣。'"《后汉书·袁绍传》："董卓拥制强兵，将有异志。"

[五七]《全后魏文》"朝"下有一逗。◎翻覆：反复不定貌。《文选·孔稚珪<北山移文>》："岂期终始参差，苍黄翻覆。"吕延济注："翻覆，不定也。"●陷没：陷落，沉没。干宝《搜神记》卷一三："始皇时，童谣曰：'城门有血，城当陷没为湖。'"本文义为陷害。●致令：致使，导致。《后汉书·章帝纪》："今吏多不良，……致令自杀者一岁且多于断狱，甚非为人父母之意也。"●国朝：国家，朝廷。《曹植集·求自试表》："今臣无德可述，无功可纪，若此终年，无益国朝。"●遽赐迁代：康金声注："匆促改委别官，令他人代其原职也。据元渊本传，渊为定州刺史不久，以城阳王元徽构陷故，'乃微渊为吏部尚书，兼中领军'。"

[五八]使然：使其如此，使它变得这样。《史记·平准书》："事势之流，相激使然，曷足怪焉。"●此二句大意为，寇贼兴起，是谁让局势变成这样的呢？

[五九]优幸：待遇优厚且受宠幸。《北史·齐宗室诸王上·清河王岳传》附子劢传："既蒙获宥，已多优幸。"●任隆：所担任的职位重要。《文选·王俭<褚渊碑文一首（并序）>》："今之尚书令，古之冢宰。虽秩轻于衮司，而任隆于百辟。"《元徽墓志铭》："天府任隆，内相为切。辍兹分命，来司枢揆。"○任隆一世：所任职位重于当代。●慕势：趋附权势。《战国策·齐策四》："斶对曰：'夫斶前为慕势，王前为趋士。与使斶为慕势，不如使王为趋士。'"何建章注"与使"二句曰："与其让我羡慕权势，不如让王礼贤下士。"则释"慕势"为"羡慕权势"。

[六〇]馀人：其馀的人，他人。《北齐书·封隆之传》："公是衣冠宰相，异于馀人。"○摄选：录用、选拔。《太平御览》卷二〇九引《后魏书》曰："李系为主客郎，齐文襄王摄选，以系为司徒谘议参军。"○馀人摄选：其余的人掌管官员选拔录用。●填门：充满门庭。《潜夫论·本政》篇："请谒阗门。"汪继培《校笺》："《史记·汲郑列传赞》云：'始翟公为廷尉，宾客阗门。'《汉书》作'填'，颜师古注云：'填，满也。'"○车马填门：车子充满门庭，言慕势之徒甚众。●宾游罕至：即宾客罕至，谓很少有宾客来到。《太平御览》卷二一四引《齐书》曰："及（褚炫）在选部，门庭萧索，宾客罕至。"○及臣居边，宾游罕至：此两句明门庭冷落，宾客稀少之炎凉世态。《战国策·齐策四》："谭拾子曰：理之固然者，富贵则就之，贫贱则去之。"

[六一]比：张燮本作"北"，《温侍读集》作"非"，俱误。◎近比：谓近

来。●为梗：即作梗，从中阻挠使不得进行。《北史·魏收传》："其后镇将刺史，乖失人和，群氐作梗，遂为边患。"

[六二] 孜孜：勤勉执着貌。《尚书·君陈》："惟日孜孜，无敢逸豫。"孔传："惟当日孜孜勤行之，无敢自宽暇逸豫。"●京阙：本指皇宫，也用以指称京城。《乐府诗集》卷三七引沈约《却东西门行》："驱马城西阿，遥眺想京阙。"●《魏书·元深传》："深乃上书乞还京师，令左卫将军杨津代深为都督，以深为侍中、右卫将军、定州刺史。"

[六三] 流人：流亡在外之人。《后汉书·贾逵传》："以德教化，百姓称之，流人归者八、九千户。"○流人举斧：谓鲜于修礼、杜洛周所领导的农民起义。●元戎：大军，军队。《汉书·董贤传》："统辟元戎，折冲绥远。"颜师古注："元戎，大众也。"○垂翅：鸟儿垂下翅膀，以喻战事失利。《文选·潘岳<西征赋>》："异奉辞以伐罪，初垂翅于回溪。"○元戎垂翅：军队战败。本文谓朝廷讨伐叛军失利。《魏书·元深传》："既而鲜于修礼叛于定州，杜洛周反于幽州……时中山太守赵叔隆、别驾崔融讨贼失利，台使刘审考劓，未迄，会贼逼中山，深乃令叔隆防境。"《魏书·献文六王·赵郡王干传》附元谭传："寻诏谭为都督，以讨杜洛周，次于军都，为洛周所败。"《魏书·肃宗纪》：孝昌二年春正月，"五原降户鲜于修礼反于定州，号鲁兴元年。诏左光禄大夫长孙稚为使持节、假骠骑将军、大都督、北讨诸军事，与都督河间王琛率将讨之"，夏四月丁未，"都督李琚次于蓟城之北，又为洛周所败，琚战殁"。戊申，"北讨都督河间王琛、长孙稚失利奔还"。

[六四] 驱：《温侍读集》作"听"，非是。◎从后命：接受后来的命令。案：元琛为鲜于修礼所败，元深乃以大都督率众讨伐鲜于修礼。《魏书·元深传》："后河间王元琛等为鲜于修礼所败，乃除深仪同三司、大都督，章武王融为左都督，裴衍为右都督，并受深节度。"●自安：安顿自己。○自安无所：无处安置自身。●俛俛：努力、勤勉貌。《阮籍集·咏怀诗》："咄嗟行至老，俛俛常苦忧。"陈伯君校注曰："俛，音泯，勉也。严粲曰：'力所不勘，心所不欲而勉为之，谓之曰俛。'俛与勉同。"参见《广杨王让吏部尚书表》注 [四]。○先驱：谓前行开路。《楚辞·离骚》："前望舒使先驱兮，后飞廉使奔属。"王逸注曰："飞廉奔驰而在前也。先，一作前。"参见《广阳王北征请大将表》注 [一二]。○俛俛先驱：犹言努力冲锋在前。●辞事：推卸（军中）事务。《后汉书·皇后纪上·论》："是以班母一说，阖门辞事。"

[六五] 出都：出离京都。《南齐书·王敬则传》："敬则初出都，至陆主山下。"●行尘：车马行走时扬起的尘埃。《江淹集·别赋》："驱征马而不顾，见

行尘之时起。"〇行尘未灭：犹言尚未到达目的地。●异议：不同的意见。《后汉书·耿弇传》："以列侯奉朝请，每有四方异议，辄召入问筹策。"本文犹言非议、议论。

[六六] 构乱：作乱，造成祸乱。《周书·周惠达传》："及万俟丑奴等构乱，萧宝夤西征，惠达复随入关。"●《魏书·元深传》："徽因奏灵太后，构深曰：'广阳以爱子握兵在外，不可测也。'"

[六七] 悠悠：众多。《史记·孔子世家》："悠悠者天下皆是也。"《后汉书·朱穆传》："悠悠者皆是，其可称乎！"李贤注："悠悠，多也。"《陈子昂集》卷五《九陇县独孤丞遗爱碑》："悠悠之人，至今称赖。"彭庆生注："悠悠，众多貌。"●音响：音讯，消息。

[六八] 军臣：军幕之臣僚。●融：元融，章武王元彬之子，字永兴，世宗时为征虏将军，并州刺史。世宗崩后，迁中护军，进号抚军将军，加征东将军。性尤贪残，恣情聚敛，为中尉纠弹，削除官爵。鲜于修礼反，除融车骑将军，为前驱左军都督，与广阳王渊等共讨修礼。后与葛荣战于白牛逻，大败，为荣所杀。《魏书》卷一九、《北史》卷一八有传，参见《元融墓志铭》。案：铭文曰："及融亲御六军，恭行九罚，除公卫将军迁车骑将军领左将军，与前军广阳王先驱遄迈，讨定州逆贼，相持积旬，指期奄弥。"●衍：裴衍，字文舒，事亲以孝闻，兼有将略。曾任建兴、河内二郡太守，廉贞寡欲，善抚百姓。孝昌初，萧衍将曹敬宗寇荆州，裴衍大破之，荆州围解，乃除使持节、散骑常侍、平东将军、假安东将军、北道都督。相州刺史、安乐王鉴反，裴衍与都督源子邕、李神轨讨平之，衍除抚军将军、相州刺史，假镇北将军、北道大都督，封临汝县开国公。衍北讨葛荣，战败遇害。《魏书》卷七一、《北史》卷四五有传。●密敕：密令。《三国志·魏书·鲍勋传》："会郡界休兵有失期者，密敕中尉奏免勋官。"●伺察：侦察、窥察。《列子·说符》："吾君恃伺察而得盗，盗不尽矣。"●《魏书·元深传》："后河间王琛等为鲜于修礼所败，乃除深仪同三司、大都督，章武王（元）融为左都督，裴衍为右都督，并受深节度。徽因奏灵太后构深曰：'广阳以爱子握兵在外，不可测也。'乃敕章武王等潜相防备。融遂以敕示深，深惧，事无大小，不敢自决。"

[六九] 何以：用什么，怎么。《诗经·召南·行露》："谁谓雀无角？何以穿我屋。"●自安：犹言让自己安心。《荀子·王霸》："故人主天下之利埶也，然而不能自安也，安之者，必将道也。"

[七〇] 夷：《全后魏文》作"移"，非。◎天步未夷：谓天下尚未平定。《诗经·小雅·白华》："天步艰难，之子不犹。"毛传："步，行。"孔颖达疏：

"举足谓之步，故为行也。"《文选·王仲宝<褚渊碑文>》："是时天步初夷，王途尚阻。"吕延济注："天步，谓天下也。夷，平。"

[七一] 国难：国家的危难。《曹植集·白马篇》："捐躯赴国难，视死忽如归！"本文指边镇的叛乱。●梗：病，灾祸。《诗经·大雅·桑柔》："谁生厉阶，至今为梗。"毛传："梗，病也。"《字汇·木部》："梗，害也。"●方伯：谓一方之长。《礼记·王制》："千里之外设方伯，五国以为属。"郑玄注："伯……亦长也，凡长皆侯为之。殷之州长曰伯，虞、夏及周皆曰牧。"梁章钜《称谓录》卷二一"布政使"条："方伯，启俊《职官志》：'布政使，古方伯，为一州之表率。仿于尧之四岳、舜之十二牧、禹之九州九牧、周之八命作牧也。'……按：自东汉以来，多称刺史为方伯。汉何武曰：'刺史，古之方伯。上所委任，一州表率也。'南齐张敬儿为雍州刺史，史称方伯，以其为监司之职故也。"《文选·曹元首<六代论>》："且今之州牧郡守，古之方伯诸侯，皆跨有千里之土，兼军武之任。"

[七二] 在此时最为急切。《江文通集·遣大使巡诏》："厘风拯患，于兹为急。"

[七三] 藩：《温侍读集》作"蕃"。◎藩：借为蕃，谓诸侯封地。颜元孙《干禄字书·平声》："蕃藩：上蕃隅，亦音繁。下藩屏。"临藩：治理藩国。●人誉：众人的赞誉。《后汉书·和熹邓皇后纪》："及元兴、延平之际，国无储副，仰观乾象，参之人誉，援立陛下为天下主。"

[七四] 端右：尚书令或仆射别称。《晋书·职官志》："中书令，秩二千石，受拜则策命之，以在端右故也。"《晋书·王述传》："臣忝端右，而从疾患，礼敬废替，犹谓可有差理。"〇案：端右，又可称"端揆"。《梁书·沈约传》："初，约久处端揆，有志台司，论者咸谓为宜。"●蔑尔无闻：犹默然无闻。《魏书·慕容白曜传》："鸿勋盛德，蔑尔无闻。"《南齐书·王僧虔传》："或有身经三公，蔑尔无闻；布衣寒素，卿相屈体。"本文言元徽没有什么好的声称。

[七五] 出之为州：谓外放元徽作为州牧。●申其利用：犹言发挥他的作用。

[七六] 从所长：即从其所长，把擅长的东西发挥出来。《鬼谷子·权篇》："言其有利者，从其所长也；言其有害者，避其所短也。"●切：深。《汉书·霍光传》："光闻之，切让王莽。"颜师古注："切，深也。"〇无内虑之切：没有很深的内顾之忧。

[七七]"□"处之字，各本俱缺。◎脱：假设连词，同"倘"，谓假若。

〇脱蒙：如得到允准。《魏书·张彝传》："脱蒙置御坐之侧，时复披览，冀或起予左右，上补未萌。" ●幸甚：非常庆幸。犹今言"好得很"。《史记·淮阴侯列传》："王曰：'吾为公以为将。'何曰：'虽为将，信必不留。'王曰：'以为大将。'何曰：'幸甚。'" 〇公私幸甚：于公于私都好得很。

上党王穆让太宰表[一]

臣闻策蹇长途，终惭一日之致[二]；悬缕层台，讵任千钧之重[三]。固知才弱不可自彊，力微难以企及[四]。智小谋大，恐贻折足之忧[五]；才轻任重，惧有绝脰之悔[六]。既虑铄金[七]，固陈匪石[八]。

[系年]

《年谱》系本篇于北魏孝庄帝永安二年（529），康金声亦认为"此表作于永安二年（529）七月"。今从。

[校注]

[一] 本篇以宋本《艺文类聚》卷四五为底本，以《太平御览》（简称《御览》）卷二〇六、张燮本和《温侍读集》《全后魏文》比勘。●篇题，《御览》、张燮本、《温侍读集》作《为上党王穆让太宰表》。案：其"穆"字应为"天穆"二字，《全后魏文》作《为上党王元天穆让太宰表》可证。●上党：古地名，约今山西陵川县一带。以元天穆封于此，故称上党王。●元天穆：性温和，美形貌，善射，有能名。与尔朱荣甚善。尔朱荣入洛，元天穆参与其谋。及孝庄帝践祚，除太尉，封上党王。又随同尔朱荣平定葛荣之乱，乃增封为通前三万户。寻兼国史，录尚书事，开府，世袭并州刺史。元颢入洛，元天穆随庄帝车驾于河内，孝庄帝还宫，加元天穆太宰，羽葆、鼓吹，为通前七万户。永安三年九月戊戌，为孝庄帝所诛杀。《魏书》卷一四、《北史》卷一五有传，参看《元天穆墓志》。案：史传俱缺载天穆字，《墓志》有之，云："王讳天穆，字天穆，河南洛阳人也。"又云："流民邢杲，肆毒三齐，屠村掠邑，攻剽郡县。以王为行台大都督。王神武所临，有征无战，伏尸同于长平，积器高于熊耳。迁位太宰，加翼保鼓吹，增邑通前七万户。" ●太宰：古官名。《周礼·天官·大宰》："大宰之职，掌建邦之六典，以佐王治邦国。一曰治典，以经邦国，以治官府，以纪万民。二曰教典，以安邦国，以教官府，以扰万民。三曰礼典，以和邦国，以统百官，以谐万民。四曰政典，以平邦国，以正百官，以均万民。五曰刑典，以诘邦国，以刑百官，以纠万民。六曰事典，以富邦国，以任百官，

以生万民。"

[二] 慙:《全后魏文》同,张燮本、《温侍读集》作"惭"。案:慙、惭字同。◎蹇:跛脚(马),劣(马)。《文选·班彪<王命论>》曰:"驽蹇之乘,不骋千里之涂。"李善注:"《广雅》曰:'驽,骀也。'今谓马之下者为驽。王逸《楚辞注》曰:'蹇,跛也。'《吕氏春秋》曰:'所为贵骥者,为其一日千里也。'"《抱朴子内篇·金丹》:"何异策蹇驴而追迅风。"●慙:惭愧,有愧于。●此二句谓鞭策劣马行长路,不可能一天就能到达目的地。

[三] 讵:《御览》作"难"。◎层台:谓重重架构之台。《楚辞·招魂》:"层台累榭。"王逸注:"曾、累,皆重也。有木谓之台,无木谓之榭。"《文选·陆机<拟青青陵上柏>》:"曾台冒云冠。"曾,与"层"通。●讵:犹言岂。阳承庆《字统》佚文:"讵,未知而疑,语辞也。"(载朱祖延《北魏佚书考》)●任:担当,承受。《左传》僖公十五年:"重怒难任。"杜预注:"任,当也。"●钧:古三十斤为一钧;千钧,三万斤,以喻器物极重。《商君书·错法》:"乌获举千钧之重,而不能以多力易人。"(案:长治注以为此二句可能为儒生注解之文。)●此二句谓把一根细线拴系在高台上,它不可能悬挂千钧重物。《说苑·正谏》篇:"夫以一缕之任系千钧之重,上悬之无极之高,下垂之不测之渊。虽甚愚之人,且犹知哀其将绝也。"

[四] 彊:《御览》同。张燮本和《温侍读集》《全后魏文》作"强"。◎彊:古"强"字。《扬雄集·上书谏哀帝勿许匈奴朝》:"以秦始皇之彊,蒙恬之威。"张震泽注:"彊,古强字。"●固知:本来就知道。《史记·越王勾践世家》:"唯朱公独笑曰:'吾固知必杀其弟也。'"●才弱:才能平庸低下。《诸葛亮集·后出师表》:"以先帝之明,量臣之才,故知臣伐贼,才弱敌强也。"《宋书·彭城王义康传》:"由臣才弱任重,以及倾挠。"●自强:康金声注:"辄自勉强也。"●力微:力量小,亦言能力不够。《人物志》卷下《效难》:"或身卑力微,言不见亮。"●企及:盼望赶上。《后汉书·陈蕃传》:"蕃大怒曰:'圣人制礼,贤者俯就,不肖企及。'"

[五] 智小谋大:智慧短浅而图谋大事。《盐铁论·遵道》篇:"小人智浅而谋大,羸弱而任重,故中道而废。"《曹丕集·煌煌京洛行五解》:"吴起智小谋大,西河何健,伏尸何劣。"●贻:遗留,留下。《尚书·五子之歌》:"有典有则,贻厥子孙。"孔传:"贻,遗也。"●折足:鼎足折断。●此二句出自《周易·系辞下》:"德薄而位尊,知小而谋大,力小而任重,鲜不及矣。《易》曰:'鼎折足,覆公餗,其形渥,凶。'言不胜其任也。"又《文苑英华》卷六五〇引魏收《为侯景叛移梁朝文》:"而弱才负重,折足是虑。"典出同。

[六]《温侍读集》"才"字连上为文，非是。〇惧：《温侍读集》作"愳"，异体字。《集韵·遇韵》："惧，古作愳。"◎才轻任重：谓才能低微，而担当重任。《论衡·自纪篇》："后入为治中，材小任大，职在刺割，笔札之思，历年寝废。"《南齐书·褚渊传》："才轻任重，夙宵冰惕。"●绝膑：谓折断髌骨。《史记·秦本纪》："魏太子来朝。武王有力好戏，力士任鄙、乌获、孟说皆至大官。王与孟说举鼎，绝膑。"张守节《正义》："绝，断也。膑，胫骨也。"●悔：悔恨。《周易·系辞上》："悔吝者，忧虞之象也。"孔颖达疏："悔者，其事已过，意有追悔之也。"●案：上四句谓智慧短浅，而图谋大事，恐如鼎足折断将食物翻倒在地一样耽误了国家大事；才能低微，而担当重任，害怕像秦武王举鼎而折断髌骨一样给自己留下祸患。四句言自己难以胜任其位也。

[七]铄金："众口铄金"之省。《国语·周语下》："谚曰：'众心成城，众口铄金。'"韦昭注引贾逵曰："铄，消也，众口所恶，金为之消亡。"《楚辞·九章·惜诵》："故众口其铄金兮，初若是而逢殆。"王逸注："铄，销也。言众口所论，乃人所言，金性坚刚强，尚为销铄。"陆贾《新语·道基》："铄金镂木。"王利器《校注》："《风俗通义》佚文：'众口铄金。俗说：有美金于此，众人咸共诋訾，言其不纯，卖金者欲其必售，固取锻烧以见真。此为众口铄金。'"

[八]匪石：化用"我心匪石"，示坚决之意。《诗经·邶风·柏舟》："我心匪石，不可转也；我心匪席，不可卷也。"毛传："石虽坚，尚可转；席虽平，尚可卷。"郑玄笺："言己心志坚平过于石席。"孔颖达疏："言我心匪如石，然石虽坚尚可转，我心坚不可转也。我心又匪如席，然席虽平尚可卷，我心平不可卷也。"《说苑·立节》《韩诗外传》卷一引《诗》并同。《初学记》卷一一引应劭《汉官》曰："冲帝册书，太尉赵峻，二世掌枢衡，有匪石不贰之心。"

后魏孝庄帝诞皇子大赦诏[一]

门下[二]：有国三善[三]，事属元良[四]。本枝百叶[五]，义锺继体[六]。朕应天纂命[七]，握图受箓[八]，景祚唯新[九]，卜年以永[一〇]。令月吉辰[一一]，皇子诞育[一二]。彩云映日，神光照殿[一三]。方开博望[一四]，将起龙楼[一五]。远近同懽，人神共悦[一六]。便可大赦天下，与人更始[一七]。自昧爽以前[一八]，谋反大逆已发觉[一九]、赤手杀人系囚见徒[二〇]、流配未至前所者[二一]，一以原免[二二]。若亡命山泽隐藏军器，百日不自首者，复罪如初[二三]。

[系年]

《年谱》系本篇于北魏孝庄帝永安三年（530）十月,《年表》亦同。今从。

[校注]

[一] 本篇以《文馆词林》罗校本卷六六六为底本,以宋本《艺文类聚》卷一六、《初学记》卷一〇、张燮本和《温侍读集》《全后魏文》比勘。●篇题,宋本《艺文类聚》作《魏庄帝生皇太子赦诏》,张燮本、《温侍读集》作《为庄帝生皇太子赦诏》,《全后魏文》作《孝庄帝生皇太子赦诏》。●罗国威师《校证》:"此篇又见《艺文类聚》卷一六、《初学记》卷一〇(《初学记》所载仅此诏之前半,及从篇首至'人神共悦'),严可均据之辑入《全后魏文》卷五一。此载可补严辑征引出处。"案:《艺文类聚》卷一六所载亦仅为此诏之前半,与《初学记》卷一〇所载起讫同。●《魏书·孝庄纪》:"(永安三年冬十月)戊申,皇子生,大赦天下,文武百僚汎二级。……十有二月……甲辰,尔朱兆、尔朱度律自富平津上……帝出云龙门。兆逼帝幸永宁佛寺,杀皇子,并杀司徒公、临淮王彧,左仆射范阳王诲。"●大赦:国家依法对所有犯人(除某些例外)实行赦免或减刑。《史记·秦始皇本纪》:"二世乃大赦天下,使章邯将,击破周章军而走。"

[二] 底本"门下"二字,诸校本皆无。◎门下:门下省的简称。清梁章钜《称谓录》卷一七"通政司"条:"门下省,《叩钵斋官职考》:'汉黄门侍郎,唐宋门下省,准今通政司也。'《文献通考》:'门下省,后汉谓之侍中寺。'"。

[三] 有国:诸侯的封地叫作"国"。有国,谓诸侯拥有封地。《论语·季氏》:"丘也闻有国有家者,不患寡而患不均。"后泛指国家。●三善:三件善事。《礼记·文王世子》:"行一物而三善皆得者,唯世子而已,其齿于学之谓也。"孔颖达疏:"物,犹事也;谓与国人齿让之一事。而三善者,谓众知父子,众知君臣,众知长幼,是其三善。"《文选·沈约<齐故安陆昭王碑文>》:"协隆三善,仰敷四德。"

[四] 属:相连,相关。《说文·尾部》:"属,连也。"●元良:善也。《周易·干》:"元者,善之长也。"《尚书·泰誓中》:"剥丧元良。"孔传:"良,善。"后引申为"太子"之称。《礼记·文王世子》:"语曰:'乐正司业,父师思成,一有元良,万国以贞。'世子之谓也。"《艺文类聚》卷一六引萧纲《上昭明太子集别传等表》:"羽籥东序,常备元良之德。蕴兹三善,弘此四聪。"●案:古代帝王立皇太子以传万世基业,乃是国家大事。《文馆词林》卷六六六引《东晋孝武帝立皇太子大赦诏》云:"夫古先哲王,有国有家者,必建储贰之重,以崇无穷之统,所以钦奉祖宗,克隆万叶。"正明此理。

[五] 叶: 张燮本作"世"。案"叶"通"世"。《诗经·商颂·长发》: "昔在中叶。"毛传: "叶, 世也。"◎本枝百叶: 即"本枝百世", 谓宗族繁衍昌盛。语出《诗经·大雅·文王》: "文王孙子, 本支百世。"毛传: "本, 本宗。支, 支子也。"《潜夫论·忠贵》篇: "是以福祚流衍, 本枝百世。"

[六] 锺: 聚也。《左传》昭公二十八年: "天锺美于是。"杜预注: "锺, 聚也。"《文选·王融<三月三日曲水诗序>》: "皇帝体膺上圣, 运锺下武。"刘良注: "锺, 聚也。"●继体: 继位为君, 故以之称太子。《公羊传》文公九年: "继文王之体, 守文王法度。"《史记·外戚世家·序》: "继体守文之君。"司马贞《索隐》: "按继体, 谓非创业之主, 而是嫡子继先帝之正体而立者也。"张守节《正义》: "继体, 谓嫡子继先主者也。"

[七] 应天: 顺应天命。《汉书·息夫躬传》: "臣闻动民以行不以言, 应天以实不以文。"●纂: 继承。《尔雅·释诂》曰: "纂, 继也。"《文选·张衡<东京赋>》: "况纂帝业而轻天位。"薛综注: "纂, 继也。"○纂命: 纂承天命, 继位为君。

[八] 箓: 图符也。《洛阳伽蓝记》卷三"龙华寺"条: "魏箓仰天, 玄符握镜。"周祖谟《校释》: "箓, 亦符也。"●握图受箓: "握图"与"受箓"同意, 皆谓受天命而为帝王。《文选·张衡<东京赋>》: "高祖膺箓受图, 顺天行诛。"薛综注: "膺箓, 谓当五胜之箓。受图, 卯金刀之语。"《洛阳伽蓝记》卷二"景宁寺"条: "我魏膺箓受图, 定鼎嵩洛。"周祖谟《校释》: "受图, 谓受天命也。《后汉书·班固传·东都赋》: '于是圣皇乃握乾符, 阐坤珍, 披皇图, 稽帝文。'李贤《注》曰: '乾符坤珍, 谓天地符瑞也。皇图帝文, 谓图纬之文也。'"●案: 《广弘明集》卷一一引释法琳《对傅奕废佛僧表 (并启)》: "然陛下应天顺时, 握图受箓, 赴万国之心, 当一人之庆。"又卷二九下引晋释道安《魔主报檄》: "朕俛仰即位, 临轩御宇。纂承王业, 握图受命。"其"应天顺时, 握图受箓"和"纂承王业, 握图受命", 皆与本文"应天纂命, 握图受箓"同。

[九] 唯: 宋本《艺文类聚》《全后魏文》同, 《初学记》作"惟", 张燮本、《温侍读集》作"维"。案: 唯、惟、维三字古通。◎景: 大也。《洛阳伽蓝记》卷二"平等寺"条: "景命虽降。"周祖谟《校释》: "景, 大也。"○祚: 福也。○景祚: 大福, 代指国家政权。《诗经·小雅·小明》: "神之听之, 介尔景福。"毛传: "景, 大也。"●景祚唯新: 新获大福。语出《诗经·大雅·文王》: "周虽旧邦, 景命维新。"本文谓皇太子诞生, 是国家的大福。○或作"宝命惟新""景命惟新", 义并同。《南齐书·高帝纪下》: "宸运肇创, 宝命惟

69

新。"《全后魏文》卷四五祖莹《乐舞名议》:"及主上龙飞载造,景命惟新。"

[一〇]卜年:《初学记》《全后魏文》同,宋本《艺文类聚》、张燮本、《温侍读集》作"十年"。案:当作"卜年"。◎卜年:谓以占卜预测享国的年数。〇卜年以永:谓享国之年岁久远。《左传》宣公三年:"成王定鼎于郏鄏,卜世三十,卜年七百。"《尚书·毕命》:"资富能训,惟以永年。"

[一一]令月:《初学记》同,宋本《艺文类聚》、张燮本和《温侍读集》《全后魏文》作"今月"。当作"令月"。《文馆词林》卷六六六引《后魏孝静帝立皇太子大赦诏》:"今令月嘉辰,少阳重建。"《艺文类聚》卷五二引温子昇《迁都拜庙邺宫赦文》:"令月吉辰,躬展诚敬。"字俱作"令月",可为旁证。◎令月吉辰:美好的月份,吉利的时辰。语出《仪礼·士冠礼》:"令月吉日,始加元服。"郑玄注:"令、吉,皆善也。"

[一二]诞育:生育,降生。《文选·陆机<答贾长渊>》诗:"诞育洪胄。"李善注:"毛苌曰:'诞,大也。'"〇案:诞,本发语词,俗赋之以"生育"义。黄生《字诂》:"诞,发语词,《生民诗》云'诞弥厥月',自二章以至七章皆用诞字发端,其为发语词审矣义近。乃俗因'先生如达'语,遂谓生育为诞。《世说》'殷洪乔云:"皇子诞育"',此犹未害。若俗谓生辰为诞辰,至称人为华诞,则无理之甚。"(见黄生·黄承吉《字诂义府合按》)●皇子诞育:皇子降生。《世说新语·排调》篇:"元帝皇子生,普赐群臣。殷洪乔谢曰:'皇子诞育,普天同庆。臣无勋焉,而猥颁厚赉。'"

[一三]彩云:绚丽的云彩。《江文通集·陆东海谯山集》:"日暮崦嵫谷,参差彩云重。"●映日:映照着日光。《谢宣城集·秋竹曲》:"从风既袅袅,映日颇离离。"●神光:神异的灵光。《楚辞·王逸<九思·哀岁>》:"神光兮颎颎,鬼火兮荧荧。"原注:"神光,山川之精能为光者也。"〇神光照殿:神奇之光,辉耀殿堂。《后汉书·安帝纪》:"帝自在邸第,数有神光照室。"其"神光照室"与本文之"神光照殿"义同。●案:日光反射,云成五彩;神奇之光,辉耀殿堂,皆古人心目中吉祥的征兆。

[一四]方:犹且、将。《诗经·秦风·小戎》:"方何为期。"朱熹注:"方,将也。"●博望:博望苑,汉武帝为戾太子所立,供其接交宾客。故址在今陕西省西安市。后用以指称太子宫殿。《汉书·戾太子刘据传》:"戾太子据,元狩元年立为皇太子。及冠,就宫上为立博望苑,使通宾客。"颜师古注:博望,"取其广博观望也"。《文选·沈约<齐故安陆昭王碑文>》:"博望之苑载晖,龙楼之门以峻。"

[一五]龙楼:汉太子所居之宫门名,后用以指称太子所居之宫殿。《汉

书·成帝纪》曰："帝为太子，壮好诗书，宽博谨慎，初居桂宫。上尝急召，太子出龙楼门，不敢绝驰道。"颜师古注引张晏曰："门楼上有铜龙，若白鹤、飞廉之为名也。"《初学记》卷一〇引《汉书》同。《文选·王融<三月三日曲水诗序>》："出龙楼而问竖，入虎闱而齿胄。"

[一六]懽：张燮本作"欢"。颜元孙《干禄字书·平声》："懽欢：并正。"◎同欢：共同欢乐。蔡邕《上始加元服与群臣上寿表》："臣妾万国，遐迩大小，一心同欢，同喜逸豫。"●人神：人和神灵。《洛阳伽蓝记》卷二"平等寺"条："不劳挥逊，致爽人神。"同卷同条："而孝明晏驾，人神乏主。"周祖谟《校释》："人神为古人习用语，《逸史》本作'神人'，非。"案：周说未必是。典籍中"人神"和"神人"皆多用例。如《张衡集·应间》："人神杂扰，不可方物。"《文选·曹元首<六代论>》："德动天地，义兼人神。"《三国志·魏书·文帝纪》："皇灵降瑞，人神告征。"《阮籍集·乐论》："雅颂有分，故人神不杂。"《北齐书·文宣纪》："主杀朝危，人神靡系。"几例系用"人神"例。又如《新序·善谋》："是以先王务德音以享神人，不闻其务险与马也。"《曹操集·秋胡行》："愿登泰华山，神人共远游。"信都芳《乐书》佚文："唯当九寸，是谓正声，而可协和神人。"（载朱祖延《北魏佚书考》）则是用"神人"例。

[一七]自"与人更始"至"复罪如初"数句，张燮本所无。●大赦天下：谓普遍赦免有过或有罪之人。《周易·解》："君子以赦过宥罪。"《史记·孝武本纪》："大赦天下，置寿宫神君。"●与人更始：赐与人重新开始的机会。《文馆词林》卷六七〇引《汉武帝赦诏》："其赦天下，与人更始。"《文馆词林》卷六六六引温子昇《后魏孝靖帝纳皇后大赦诏》："可大赦天下，与人更始。"

[一八]昧爽：黎明。《尚书·太甲》："伊尹乃言曰：先王昧爽丕显，坐以待旦。"孔传："爽、显，皆明也。言先王昧明，思大明其德，坐以待旦而行之。"

[一九]谋反大逆：图谋造反，大逆不道。袁宏《后汉纪·孝灵皇帝纪中》："谋反大逆，尚蒙赦宥。"《太平御览》卷九五二引干宝《晋纪》曰："每见国家赦书，谋反大逆皆除。"

[二〇]系囚：被关押的囚犯。《文选·张衡<四愁诗>序》："郡中大治，争讼息，狱无系囚。"●见徒：现被拘禁执役的囚犯。见，通"现"。《后汉书·光武帝纪上》："其令中都官、三辅、郡、国出系囚，罪非犯殊死一切勿案，见徒免为庶人。"

[二一]流配：流放发配，谓将罪犯迁徙至远方，即充军。《北齐书·元景安传》："自外同闻语者数人，皆流配远方。"

[二二]原免：宽恕赦免。《宋书·谢晦传》："庾登之、殷道鸾、何承天并

皆原免。"

案：从"自昧爽以前"至"一以原免"这几句话，是古代帝王缝遇国家大事时赦免囚徒的诏书中常用的套语。如《文馆词林》罗校本卷六六六引北齐魏收《后魏孝静帝立皇太子大赦诏》："自武定七年八月十日昧爽以前，谋反大逆已发觉未发觉、赤手杀人系囚见徒之身，悉原除之，流放边方未至配所，一皆听免。"又引《后魏孝静帝膏雨大赦诏》："自武定三年五月廿六日昧爽已前，谋反大逆已发觉、赤手杀人系囚见徒、流放边方未达前所者，悉原免。"又引《隋炀帝幸江都赦江淮以南诏》："自大业元年十月二日昧爽以前，大辟罪以下，已发觉未发觉、系囚见徒，悉皆原免。"又引刘逖《北齐后主幸大明宫大赦诏》："自天统三年十一月九日昧爽以前，谋反大逆已发觉未发觉、赤手杀人系囚见徒及长徒之身，悉从原免。"皆其证。

[二三] 亡命山泽：在山野水泽间逃命。《资治通鉴·晋纪·安皇帝建初三年》："初，中卫将军冯跋及弟侍御郎素弗皆得罪于熙，熙欲杀之，跋兄弟亡命山泽。"●复罪：恢复罪过。●此三句为大赦诏书之常见套语。《张九龄集·藉田赦书》："亡命山泽，挟藏军器，百日不首，复罪如初，敢以赦前事相告言者，以其罪罪之。"

临淮王彧谢封开府尚书令表[一]

臣道愧山东[二]，气惹陇右[三]。激水弗堪，抟风无力[四]。但以平源带地[五]，资绪极天[六]，发趾自高，理翩以远[七]。出临侯服[八]，既乏刺举之能[九]；入践帝闾，又无应对之美[一〇]。空复受戈清庙[一一]，推毂朱门[一二]。劾阙泪河[一三]，功惹汗海[一四]。大宝遂隆[一五]，横草未树[一六]。顾以有涯，愿言知上[一七]。

[系年]

《年谱》系本篇于北魏孝庄帝永安三年（530）十一月，康金声认为"此表作于孝庄帝建义元年（528）"。胡全银《<全后魏文>编年补正》曰："《魏书·临淮王彧传》载，河阴之难，彧南入萧衍。后孝庄即位，又来归。累除位尚书令、大司马、兼录尚书。按：《魏书·孝庄纪》载，永安元年七月，彧自江南还朝，八月，以为仪同三司。未言开府。又载，永安三年十一月，以侍中、尚书令、骠骑大将军、开府仪同三司、临淮王彧为司徒公。故临淮王彧为开府尚书令当在此前。……故本文作于永安元年（528）八月稍后。"今姑从后二说，系本篇于永安元年（528）。

[校注]

[一] 本篇以宋本《艺文类聚》卷四八为底本，以张燮本和《温侍读集》《全后魏文》比勘。●篇题，张燮本作"为临淮王谢封开府尚书令表"、《温侍读集》作"为临淮王谢开封府尚书令表"（"封""开"二字误倒）、《全后魏文》作"为临淮王或谢封开府尚书令表"。〇篇题"或"字，原讹作"或"，《魏书》本传、《全后魏文》俱作"或"，据本传改。又"开""封"二字原误倒，兹据《全后魏文》乙正。●临淮王元或：字文若，临淮王元谭玄孙。史称少有少学，与从兄安丰王延明、中山王熙并以宗室博古文学齐名。肃宗时，累迁侍中，卫将军，兼尚书左仆射，摄选。尔朱荣入洛，杀害元氏，或奔萧衍。庄帝立，或以母老辞还。除尚书令、大司马，兼录尚书。尔朱荣死，尔朱兆入洛，被害。《魏书》卷一八、《北史》卷一六有传，参见《元或墓志铭》。●开府：指古代文武官将开建府署，辟置僚属。汉时唯有三公得以开府。东汉末，大将军、骠骑将军、车骑将军等皆可开府，其制同于三公。魏晋以后，开府之范围扩大，凡百官如州刺史、郡守以致县令加将军号者，皆得开军府置僚佐，都督军事。国君也往往以此授重臣，以示殊宠。《艺文类聚》卷四七引《齐职仪》曰："开府仪同三司，秦汉无闻，始建初三年，马防为车骑将军，仪同三司事，魏以黄权为车骑开府，此后甚众，将军开府，依大司马，朱服，光禄大夫开府，依司徒，皂服。"《魏书·官氏志》："开府"之封，官属从第一品。●尚书令：古官名，参见《为御史中尉元匡奏劾于忠》注[二六]。

[二] 山东：古地名，战国至秦汉谓崤山或华山以东。北魏时指称太行山以东。因北魏时期太半饱学之士皆来自山东，故以"山东"谓饱学之士。●《魏书·孝庄帝纪》："德谢少康，道愧前绪。"

[三] 惭：张燮本作"惭"。案"惭"同"惭"。◎陇右：古地区名，泛指陇山以西地区，约当今甘肃省陇山、六盘山以西，黄河以东一带。"气惭陇右"与上文"道愧山东"同意。●康金声注此二句曰："山东陇右：指华山以东、以西。语出《汉书》卷六九赞：'秦汉以来，山东出相，山西出将。'赞文并举秦将白起（郿人）、王翦（频阳人），汉李广、李蔡（皆成纪人）及陇西赵充国、狄道（按亦陇西县）辛武贤、辛庆忌父子为例说明之。又云：'山西天水、陇西、安定、北地，处势迫近羌胡，民俗修习战备，高上勇力鞍马骑射……其风声气俗自古而然。'山东出相未有所释，然如秦相李斯为上蔡人；汉高祖时相国萧何、曹参均沛人；文帝时丞相陈平、张苍俱阳武人，申屠嘉为梁人；武帝时，公孙弘为薛人；宣帝时，邴吉为鲁人等。"又曰："道愧气惭：谓治国之术不及

山东诸相，而勇武之气逊于陇右诸名将也。"

[四] 堪：张燮本、《温侍读集》作"功"。◎此二句当出《庄子·逍遥游》："水击三千里，抟扶摇而上者九万里。"言自己不能如鹏鸟一样激水飞扬三千里，乘风直上九万里。●激水：激扬水流。《吕氏春秋·去宥》篇："夫激矢则远，激水则旱，激主则悖，悖则无君子矣。"●弗堪：即不堪，不能。《梁书·高祖三王·南康简王绩传》："寻加护军。羸瘵，弗堪视事。"《魏书·前废帝广陵王纪》："今敬承所陈，惟愧弗堪负荷耳。"●抟风：环绕旋风。即《庄子·逍遥游》之"抟扶摇"。《文选·范云<赠王中书诗>》："逸翮陵北海，抟飞出南皮。"李善注："《庄子》曰'鹏抟扶摇而上'。司马彪曰：'抟，圜也。圜飞而上若扶摇也。'"

[五] 源：张燮本和《温侍读集》《全后魏文》作"原"。◎平源带地：谓地势平坦。《文选·陆机<长歌行>》："逝矣经天日，悲哉带地川。"

[六] 资：凭借。《篇海类编·珍宝类·贝部》："资，凭。"〇绪：本为丝头。《说文·糸部》："绪，丝耑也。"引申为源头。本文指水源。〇资绪：凭借水源。●极天：至天，达于天际。语出《诗经·大雅·崧高》："崧高维岳，骏极于天。"毛传："极，至也。"《孔丛子·问答》："今世人言高者，必以极天为称，言下者以深渊为名。"●上二句承"激水弗堪"而言，大意为，平地源流，其水如带，虽无激扬三千里之气势，但凭借源头高原，仍可流到天际。

[七] 翮：原作"融"，张燮本和《温侍读集》《全后魏文》俱作"翮"。案当是"翮"字，故改。作"融"者，乃"翮"之形误字。◎发趾：举趾，抬起脚。〇发趾自高：抬脚自然就能走向高处。●理翮：鸟儿梳理羽毛。《文选·左思<吴都赋>》："理翮整翰，容与自玩。"〇理翮以远：整理羽毛，鸟儿就能飞得很远。●此二句承"抟风无力"而言，大意为，抬起脚就能走向高处，鸟儿虽无乘旋风而上九万里之势，但梳理羽毛就能飞向远方。

案：自"但以平源带地"至"理翮以远"四句是说，自己虽无才无德，然而凭借帝王宗室身份，所以仕途平坦，升迁很快。

[八] 侯服：古代王城外围，按距离远近划分为五服，侯服为其中之一。夏代侯服在甸服之外，周代则甸服在侯服之外。《尚书·禹贡》："五百里甸服……五百里侯服。"孔传：侯服，"甸服外之五百里。侯，候也，斥候而服事"。《国语·周语上》："邦内甸服，邦外侯服。"韦昭注："邦外，邦畿之外也。方五百里之地谓之侯服。侯服，侯圻也。言诸侯之近者，岁一来见也。"《周礼·夏官·职方氏》："乃辨九服之邦国，方千里曰王畿，其外方五百里曰侯服，又其外方五百里曰甸服。"郑玄注："服，服事天子也。"●此句谓外出巡视诸侯

领地。

[九] 刺：张燮本同。《温侍读集》《全后魏文》并作"刺"，是。◎刺：举也。《战国策·齐策一》："群臣吏民，能面刺寡人之过者，受上赏。"高诱注："刺，举也。"○刺举：检举奸恶，举荐有功。《六韬·龙韬·王翼》："兵法九人，主讲论异同，行事成败，简练兵器，刺举非法。"《史记·田叔列传》："天下郡太守多为奸利，三河尤甚，臣请先刺举三河。"

[一〇] 践：登。崔浩《汉纪音义》佚文："践，登也。"（载朱祖延《北魏佚书考》）●帝阍：天宫守门者，后引申为帝王宫殿，即朝廷。《楚辞·离骚》："吾令帝阍开关兮，倚阊阖而望予。"王逸注："帝，谓天帝。阍，主门者也。"案：践帝阍，谓入朝为官。●应对：酬对。谓采取措施、对策以应付出现的情况。《论语·子张》："子夏之门人小子，当洒扫应对进退，则可矣。"何晏《集解》引苞氏曰："言子夏弟子但于当对宾客、修威仪礼节之事则可。"

[一一] 清庙：太庙。古代凡大事皆于太庙举行。《诗经·周颂·清庙》："清庙，祀文王也。周公既成洛邑，朝诸侯，率以祀文王焉。"毛传："清庙者，祭有清明之德者之宫也，谓祭文王也。天德清明，文王象焉，故祭之而歌此诗也。庙之言貌也，死者精神不可得见，但以生时之居立宫室象貌为之耳。"陆德明《释文》："庙，本又作庿，古今字也。"《左传》桓公二年："清庙茅屋。"杜预注："清庙，肃然清净之称也。"《文选·司马相如<上林赋>》："登明堂，坐清庙。"郭璞注："清庙，太庙也。"○受戈清庙：谓被任命为军中主帅。此乃国之大事，故于太庙举行任命仪式。

[一二] 此句仍谓受命为军中主帅。●毂：车轮中心穿轴承辐的部分，代指车。○推毂：古时天子命将出征，总要跪着为所命之将推车，以示重视之意。故后以之为命将之称。《史记·冯唐列传》唐曰："臣闻上古王者之遣将也，跪而推毂，曰：'阃以内者，寡人制之；阃以外者，将军制之。'"《文选·沈约<齐故安陆昭王碑文>》："夏首藩要，任重推毂。"吕向注："古之遣将而天子皆亲为推车毂送之。"●朱门：红漆大门。借指贵族豪富之家。《抱朴子外篇·嘉遯》："背朝华于朱门，保恬寂乎蓬户。"张松辉等注："朱门，漆成红色的门，指王公贵族的住宅。"本文则指称京都城门。

[一三] 劾：张燮本和《温侍读集》《全后魏文》并作"孝"。案：字当作"効"，即今"效"字，谓功効，效果。◎阙：短缺，缺少。《玉篇·门部》："阙，少也。"●泪河：泪下如河，甚悲之状。《增广笺注简斋诗集》卷一六《题董宗禹园先志亭》："我已癈（废）蓼莪，感兹泪河翻。"胡稺笺："《晋书》：或问顾恺之哭桓温状。答曰：'声如震雷破山，泪如倾河注海。'"本文则指感

激涕零之状。

[一四] 惭：张燮本作"惭"。案"惭"同"惭"。◎功惭：以功劳少而有愧。《文选·任昉<为范尚书让吏部封侯第一表>》："臣衅等离心，功惭同德。"●汗海：流汗成海。本文谓因惶恐惭愧而大汗淋漓之状。

"劾阙泪河，功惭汗海"二句，大意为，自己功劳短缺，却受命为主帅，不禁感激之至，又惭愧、惶恐之至。

[一五] 遂：张燮本和《温侍读集》《全后魏文》并作"远"。疑当作"远"。○隆：《温侍读集》作"降"，非。◎大宝：指称"帝位"。《周易·系辞下》："天地之大德曰生，圣人之大宝曰位。"王弼注："夫无用则无所宝，有用则有所宝也。无用而常足者莫妙乎道，有用而弘道者莫大乎位，故曰圣人之大宝曰位。"孔颖达疏："言圣人大可宝爱者在于位耳。位是有用之地，宝是有用之物，若以居盛位，能广用无疆，故称大宝也。"《洛阳伽蓝记》卷一"永宁寺"条："锱铢大宝。"周祖谟《校释》："锱铢大宝者，言不以即位登膺为重也。"●远隆：久长隆兴。●案：此句谓帝位久长，王室隆兴。

[一六] 横草：谓横草之功。极言功劳之微。《汉书·终军传》："当发使匈奴，军自请曰：'军无横草之功，得列宿卫，食禄五年。'"颜师古注："言行草中，使草偃卧，故云横草也。"案：《江文通集·萧骠骑谢甲仗入殿表》："横草之勤，宁可以镂金石？"同书《建平王之南徐州刺史辞阙表》："徒抱皇慈，无充横草。"典出并同。●建：建立。●案：此句谓尚未建立些微之功劳。

[一七] 上：张燮本和《温侍读集》《全后魏文》并作"止"。案：作"止"是，"止"为语末助词，无实义。◎有涯：有限。《庄子·养生主》："吾生也有涯，而知也无涯。"●愿言：希望。言，语助词，无实义。《诗经·邶风·二子乘舟》："愿言思子。"毛传："愿，每也。"郑玄笺："愿，念也。"《谢灵运集·入东道路诗》："愿言寄吟谣。"李运富注："愿言，希望。言为语助词，无义。"此句谓自己功劳微末，能力有限，希望魏帝能了解作臣子的想法。

后魏孝庄帝杀尔朱荣元天穆等大赦诏[一]

门下：盖天道忌盈[二]，人伦疾恶[三]，疏而不（露）<漏>[四]，刑之无舍[五]。是以吕、霍之门，祸谴所伏[六]；梁、董之家[七]，（各）<咎>征斯在[八]。顷孝昌之末[九]，天步艰危[一○]，女主乱政[一一]，监国无主[一二]。尔朱荣爰自晋阳[一三]，同忧王室[一四]，义旗之建[一五]，大会盟津[一六]。与时乐推[一七]，其成洪业^[一八]。论其本图^[一九]，非无劳效^[二〇]；但致远恐泥^[二一]，终之实难^[二二]。曾未崇朝^[二三]，豺声已露^[二四]。河阴之役^[二五]，安忍无亲^[二六]。王公卿士，一朝涂地^[二七]。宗戚靡遗，内外具尽^[二八]。假弄天威^[二九]，殆危神器^[三〇]。时事仓卒^[三一]，未遑问罪^[三二]。寻以葛贼横行^[三三]，马首南向^[三四]，舍过责成^[三五]，用平丑虏^[三六]。及元颢问鼎^[三七]，大驾北巡^[三八]，复致勤王^[三九]，展力行所^[四〇]。以此论功，且可补过^[四一]。

既位极宰衡^[四二]，地逾齐、鲁^[四三]，容养之至，岂复是过^[四四]？但心如猛火，山林无以供其暴^[四五]；意等漏卮，江河无以充其溢^[四六]。既见金革稍宁^[四七]，方隅渐泰^[四八]；不推天功，专为己力^[四九]。与夺任情，臧否肆意^[五〇]。无君之迹，日月以甚^[五一]。拔发数罪，盖不足称^[五二]；斩竹书愆，岂云能尽^[五三]？方复托名朝宗^[五四]，阴图崒逆^[五五]。睥睨天居^[五六]，窥觎圣宝^[五七]。乃有裂冠毁冕之心，将为拔本塞源之事^[五八]。天既厌乱^[五九]，人亦悔祸^[六〇]。同恶之中，密来投告^[六一]。将而必诛^[六二]，罪无容舍^[六三]。

又元天穆宗室末属^[六四]，名望素微^[六五]，遭逢际会^[六六]，颇参义举^[六七]；不能竭其忠诚，以奉家国^[六八]。乃复弃本逐末^[六九]，背同即异^[七〇]。为之谋主^[七一]，成彼祸心^[七二]。是而可忍，孰不可忘^[七三]？并以伏辜^[七四]，自贻伊戚^[七五]。元恶既除^[七六]，人神庆泰^[七七]，便可大赦天下^[七八]。

[系年]

《年谱》系本篇于北魏孝庄帝永安三年（530）九月，康金声亦认为杀尔朱兆等"事在永安三年（530）九月"。今从。

[校注]

[一] 本篇以《文馆词林》罗校本卷六六九为底本，以宋本《艺文类聚》卷五二、《魏书》卷一〇、张燮本和《温侍读集》《全后魏文》比勘。●篇题，宋本《艺文类聚》卷五二作《孝庄帝杀尔朱荣诏》，张燮本、《温侍读集》作《为魏庄帝闾阖门赦诏》。●孝庄帝：元子攸，彭城王元勰第三子，明帝孝昌二年（526）八月封长乐王。后转侍中，中军将军。孝昌三年（527）十月，转卫将军、左光禄大夫、中书监。武泰元年（528）二月，明帝崩。元子攸乃为大都督尔朱荣等拥立为帝，并于是年四月戊戌即位，是即孝庄帝。永安三年（530）九月戊戌，孝庄帝杀天柱大将军尔朱荣、上党王元天穆于明光殿。十有二月甲子，孝庄帝为尔朱兆等囚杀于三级佛寺，年二十四。《魏书》卷一〇、《北史》卷五载其事。●尔朱荣：字天宝，北秀容人（今山西忻县西北）也。其先居于尔朱川，因为氏焉。荣洁白，美容貌，幼而神机明决。武泰元年四月十一日，以奉立孝庄帝之功，乃封为使持节、侍中、都督中外诸军事、大将军、开府、

兼尚书令、领军将军、领左右，太原王，食邑二万户。十三日，尔朱荣纵兵乱害，王公卿士束手就戮者达千三百余人，是为河阴之役。建义三年九月，为孝庄帝杀于明光殿。《魏书》卷七四、《北史》卷四八有传。●元天穆：参见《上党王穆让太宰表》注〔一〕。●《魏书·孝庄纪》：永安三年"九月辛卯，天柱大将军尔朱荣、上党王天穆自晋阳来朝。戊戌，帝杀荣、天穆于明光殿，及荣子仪同三司菩提。乃升阊阖门，诏曰"云云。案：《洛阳伽蓝记》卷四"宣忠寺"条亦载孝庄帝杀尔朱荣事，其云："永安末，庄帝谋杀尔朱荣，恐事不果，请计于徽。徽曰：'以生太子为辞，荣必入朝，因以毙之。'庄帝曰：'后怀孕未十月，今始九月，可尔以不？'徽曰：'妇人生产，有延月者，有少月者，不足为怪。'帝纳其谋，遂唱生太子。遣徽特至太原王第，告云皇储诞育。值荣与上党王天穆博戏，徽脱荣帽，懽舞盘旋。徽素大度量，喜怒不形于色，遶殿内外懽叫，荣遂信之，与穆并入朝。庄帝闻荣来，不觉失色。中书舍人温子昇曰：'陛下色变！'帝连索酒饮之，然后行事。荣、穆既诛，拜徽太师司马，余官如故，典统禁兵，偏被委任。"

〔二〕盖：语气词，含有肯定意味的推测。《经传释词》卷五："盖者，大略之词。"●天道：大自然的运行规律，古人以为天道与人世之吉凶祸福有关。《尚书·汤诰》："天道福善祸淫。"○忌：与下文之"疾"同义，厌恶，痛恨。《说文·心部》："忌，憎恶也。"○盈：满。○天道忌盈：上天痛恨人与事之太满。《周易·谦》："天道亏盈而益谦，地道变盈而流谦，鬼神害盈而福谦，人道恶盈而好谦。"《说苑·敬慎》引四"盈"字俱作"满"。《太平御览》卷五四二引《尚书·大禹谟》曰："益赞于禹曰：惟德动天，无远弗届。满招损，谦受益，时乃天道。"

〔三〕疾：宋本《艺文类聚》同。其馀各本作"嫉"。案"嫉"与"疾"并有"痛恨，憎恶"义，《广雅·释诂三》："嫉，恶也。"《字彙·广部》："疾，恶也。"◎人伦：古代关于人与人之间的几种基本关系。《诗经·周南·关雎·序》："先王以是经夫妇，成孝敬，厚人伦，美教化，移风俗。"孔颖达疏："厚人伦者，伦，理也，君臣父子之义，朋友之交，男女之别，皆是人之常理。父子不亲，君臣不敬，朋友道绝，男女多违，是人理薄也，故教民使厚此人伦也。"○又称"人道"。《礼记·丧服小记》："亲亲，尊尊，长长，男女之有别，人道之大者也。"孔颖达疏："人道之大者也，言此亲亲、尊尊、长长、男女有别，人间道理最大者。"○又称"人事"：《曹植集·求通亲亲表》："修人事，叙人伦。"赵幼文《校注》："人伦，《孟子·滕文公篇》赵注：'人伦者，人事也。'《正义》：'人伦，君臣、父子、夫妇、兄弟、朋友是也。'"●嫉恶：憎恨恶人恶事。《潜夫论·实贡》:"好善嫉恶,赏罚严明,治之材也。"

[四]疏:张燮本同。其馀各本作"疎"。案:"疏"同"疎"。《广韵·渔韵》:"疏,俗作疎。"●漏:原作"露",诸本并作"漏",故据改。◎疏而不漏:看起来似乎不周密,但最终不会漏掉(坏人坏事)。比喻作恶之人难逃国法惩处。语本《老子》七三章:"天网恢恢,疏而不失。"〇案:后多作"天网恢恢,疏而不漏"。《三国志·魏书·任城王传》:"天网恢恢,疏而不漏。"

[五]刑:谓效法、遵循也。《诗经·大雅·思齐》:"刑于寡妻。"毛传:"刑,法也。"●舍:谓抛却。《列子·力命篇》鲍叔牙曰:"如欲霸王,非夷吾其弗可。君必舍之!"唐殷敬顺《释文》:"舍音释。"

上四句谓天道、人伦如同大网一般,虽广大稀疏,但从不会漏掉背弃天道、违背人伦者。言人要遵循天道、人伦行事而不能抛舍它们。

[六]吕:谓汉吕太后家族。汉初,吕后临朝称制,吕禄、吕产等专权,擅自立王,多结党羽,骄奢暴虐,天人俱怨。后俱夷灭。事见《汉书·高后纪》。●霍:谓霍光家族。光,字子孟,前汉权臣,骠骑将军霍去病之弟。汉武帝崩,太子袭尊号,是为孝昭皇帝。帝年八岁,政事一决于光。昭帝崩,光率群臣迎立昌邑王,以其淫乱,不久乃废之。复立汉宣帝。宣帝地节二年春,光以病薨,谥曰宣成侯。光子禹,及兄孙云,皆中郎将;云弟山,奉车都尉、侍中,领胡越兵;光两女婿,为东西宫卫尉;昆弟诸婿外孙皆奉朝请,为诸曹大夫、骑都尉、给事中。光族显贵如此,实乃少有。然光死才三年,宗族诛夷。皆以霍氏秉权日久,害之者故多。天下害之,而又行以逆道,其亡乃必然。详见《汉书·霍光传》。●祸谴:同义复词,皆殃咎、罪愆之义。《资治通鉴·晋纪·孝惠皇帝永宁元年》:"(孙)旂以弼等受伦官爵过差,必为家祸谴。"●吕霍之门,祸谴所伏:谓吕氏霍氏家族,埋藏着祸根。《潜夫论·忠贵》篇曰:"当吕氏之贵也,太后称制而专政,禄、产秉事而握权,擅立四王,多封子弟,兼据将相,外内盘结,自以虽汤、武兴,五霸作,弗能危也。于是废仁义而尚危虐,灭礼信而务谲诈。海内怨痛,人欲其亡,故一朝摩灭而莫之哀也。霍氏之贵,专相幼主,诛灭同僚,废帝立帝,莫之敢违。禹继父位,山、云屏事,诸婿专典禁兵,婚姻本族。……迷罔百姓,欺诬天地。自以我密,人莫之知,皇天从上鉴其奸,神明自幽照其态,岂有误哉!"

[七]梁:梁冀,后汉外戚。字伯卓。顺帝拜冀为大将军,弟侍中不疑为河南尹。及帝崩,冲帝始在襁褓,太后临朝,诏冀与太傅赵峻、太尉李固参录尚书事。冀虽辞不肯当,而侈暴滋甚。冲帝又崩,冀立质帝。帝少而聪慧,知冀骄横,尝朝群臣,目冀曰:"此跋扈将军也。"冀闻,深恶之,遂令左右进鸩加

煮饼，帝即日崩。复立桓帝。专擅威柄，凶恣日积，机事大小，莫不谘决之。宫卫近侍，并所亲树，禁省起居，纤微必知。百官迁召，皆先到冀门牋檄谢恩，然后敢诣尚书。帝与中常侍单超、具瑗、唐衡、左悺、徐璜等五人成谋诛冀。冀一门前后七封侯，三皇后，六贵人，二大将军，夫人、女食邑称君者七人，尚公主者三人，其余卿、将、尹、校五十七人。在位二十余年，穷极满盛，威行内外，百僚侧目，未敢违命。后为桓帝所诛。事载《后汉书·梁统传》附冀传。●董：董卓，后汉权臣。字仲颖，陇西临洮人。桓帝末为羽林郎。灵帝时拜前将军。帝崩，废少帝辩为弘农王，立陈留王协为献帝。迁太尉，领前将军事，进位相国，更封郿侯。奸乱公主，妻略官人，虐刑滥罚，睚眦必死。群僚内外，莫能自固。袁绍等兴义兵，同盟讨卓。卓焚烧洛阳，胁帝徙都长安。自为太师，以弟董旻为左将军，兄子璜为侍中，皆典兵事。宗室内外，男皆封侯，女为邑君。司徒王允密诱使卓将吕布杀之，弃尸于市，又使皇甫嵩攻灭卓弟旻，杀其母妻男女，尽灭其族。事见《后汉书·董卓传》。

[八] 各：诸校本并作"咎"。案：作"咎"是，作"各"义无所取。故改。◎咎：罪过。《扬雄集·逐贫赋》："厥咎安在？"张震泽注："咎，罪过。"○征：征兆。《列子·周穆王篇》："觉有八征。"张湛注："征，验也。"○咎征：谓罪恶之征兆，灾祸之应验。语出《尚书·洪范》："曰咎征。"孔传："叙恶行之验。"蔡沈《集传》："某事失，则某咎徵应。"●斯：犹"则""就"。《经传释词》卷八："斯，犹则也，犹乃也。"●梁董之家，咎征斯在：谓梁冀、董卓家族，有着灾祸之应验。

上四句谓吕、霍、梁、董四家族之祸患源于不遵循天道、人伦。

[九] 顷：近来。慧琳《一切经音义》卷一三："顷，近也。"●孝昌（525—527）：北魏孝明帝元诩的年号，共三年。

[一○] 天步艰危：各本作"天步孔艰"。◎天步艰危：天行艰难也，谓北魏王朝政局动荡不安。语出《诗经·小雅·白华》："天步艰难，之子不犹。"毛传："步，行。"孔颖达疏："举足谓之步，故为行也。"《文馆词林》卷一五二引陆机《与弟清河云一首（并序）》："天步多艰，性命难誓。"《魏书·李顺传》附李骞传："天步忽其多艰，横流且其云始。"《禅月集》卷五《大蜀高祖潜龙日献陈情偈颂》："天步孔艰，横流犯跸。"陆永锋注"天步孔艰"曰："指乱世。天步，天之行步，指时运、国运。"

[一一] 女主：古代多指临朝执政之王后或太后。《史记·吕太后本纪·赞》："高后女主称制。"●女主乱政：指胡太后再度临朝称制。案：胡太后，安定临终（今陕西泾川北）人，史又称灵太后，为世宗宣武帝元恪妃，肃宗孝明帝元

诩母，安定临泾司徒胡国珍女。肃宗立，乃尊为皇太后。延昌四年（515）九月胡太后临朝称制，正光元年（520）为元乂、刘腾幽于北宫。孝昌元年（525）四月胡太后重临朝摄政，武太元年（528）胡太后被尔朱荣沉河。胡太后在北魏王朝摄政，前后总计达十年。事见《魏书·皇后列传》及《北史·后妃传》。

[一二]"顷孝昌"至"监国无主"十七字，宋本《艺文类聚》无。其馀诸本并有之，唯文字小异。◎监国：春秋时，晋国国君出征，太子留守，谓之监国。后遂指太子监理国政。《左传》闵公二年："太子奉冢祀社稷之粢盛，以朝夕视君膳者也，故曰冢子。君行则守，有守则从。从曰抚军，守曰监国。古之制也。"●无主：指国无君。《文选·曹元首〈六代论〉〉："海内无主，四十余年。"案：自孝昌元年四月起，直到武太元年四月，朝政又为胡太后把持，故云"监国无主"。●此四句乃记胡太后毒死孝明帝一事。《魏书·肃宗纪》："（武泰元年二月）癸丑，帝崩于显阳殿，时年十九。"《元天穆墓志》："孝昌三年，牝鸡失德，雄稚乱朝。肃宗暴崩，祸由酖毒。"

[一三]爰：于是。《经传释词》卷二："张衡《思元赋》旧注曰：'爰，于是也。'"●晋阳：古地名，在今山西省太原市西南。

[一四]同忧王室：即乃心王室，谓心系王室之兴衰。《尚书·康王之诰》："虽尔身在外，乃心罔不在王室。"《说苑·复恩》篇："文公出见书曰：'此介子推也。吾方忧王室，未图其功。'"

[一五]义旗：为正义而战的军队旗帜。《广弘明集》卷一一引释法琳《对傅奕废佛僧表（并启）》："圣上兴吊俗之心，百姓顺昊天之命。爰举义旗，平一区宇。"●义旗之建：谓树立正义的旗帜。

[一六]盟：宋本《艺文类聚》作"孟"，其馀各本同底本。案："盟""孟"古字通。◎盟津：即孟津，古津渡名，即今河南孟州南十八里。《尚书·禹贡》："又东至于孟津。"孔传："孟津，地名，在洛阳城北。都道所凑，古今以为津。"《水经注·河水》："河水又东径平县故城北，俗谓之小平也。河南有钩陈垒……河水于斯有盟津之目。《论衡》曰：武王伐纣，升舟，阳侯波起，疾风逆流。武王操黄钺而麾之，风波毕除。中流，白鱼入于舟，燔以告天，与八百诸侯咸同此盟，《尚书》所谓'不谋同辞'也。故曰孟津，亦曰盟津，《尚书》所谓'东至于孟津者'也。又曰富平津。"●大会盟津：本谓周武王在盟津聚集天下军队，商议讨伐商纣王。本文则指尔朱荣会集军队，准备到京都问罪。

[一七]时：宋本《艺文类聚》作"其"，其馀各本作"世"。案：作"时""世"俱是，唯作"其"，疑为"世"字形误。◎与世：即举世，谓全世，全天下。〇与，通"举"。《墨子·天志中》："故天下之君子，与谓之不祥者。"

毕沅校:"与,同举。"●乐推:乐意推举。《淮南子·原道》篇:"因其自然而推之。"高诱注:"推,举也。"《洛阳伽蓝记》卷二"平等寺"条:"朕以寡德,运属乐推,思与亿兆,同兹大庆。"《文馆词林》卷六六六引《后周武帝立皇太子大赦诏》:"时缝多难,运属乐推。"●与时乐推:即"举世乐推",谓全天下之人皆乐意推举孝庄帝为一国之主。

[一八] 共:宋本《艺文类聚》作"其",其馀各本同底本。案:据文义,当作"共"。●洪:各本俱作"鸿"。案二字义同。◎洪业:谓巨大之功业。《文选·扬雄<剧秦美新>》:"制成《六经》,洪业也。"《三国志·魏书·三少帝纪》:"朕以眇身,继承洪业。"○或作"鸿烈"。《扬雄集·解难》:"则不足以扬鸿烈而章缉熙。"张震泽注:"鸿,大。烈,业。"

上六句叙尔朱荣同元天穆拥立孝庄帝一事。《洛阳伽蓝记》卷一"永宁寺"条:"武泰元年(528)二月中,帝崩,无子,立临洮王世子钊以绍大业,年三岁。太后贪秉朝政,故以立之。荣谓并州刺史元天穆曰:'皇帝晏驾,春秋十九。海内庶士,犹曰幼君。况今奉未言之儿以临天下,而望升平,其可得乎?吾世荷国恩,不能坐看成败。今欲以铁马五千,赴哀山陵,兼问侍臣帝崩之由。君竟谓如何?'穆曰:'明公世跨并、肆,雄才杰出,部落之民,控弦一万。若能行废立之事,伊霍复见于今日。'荣即共穆结异姓兄弟。穆年大,荣兄事之。荣为盟主,穆亦拜荣。于是密议长君诸王之中,不知谁应当璧。遂于晋阳,人各铸像不成,唯长乐王子攸像,光相具足,端严特妙。是以荣意在长乐,遣苍头王丰入洛,约以为王。长乐即许之,共克期契。荣三军皓素,扬旌南出。太后闻荣举兵,召王公议之。时胡氏专宠,皇宗怨望,入议者莫肯致言。唯黄门侍郎徐纥曰:'尔朱荣马邑小胡,人才凡鄙,不度德量力,长戟指阙,所谓穷辙拒轮,积薪候燎。今宿卫文武,足得一战。但守河桥,观其意趣。荣悬军千里,兵老师弊。以逸待劳,破之必矣。'后然纥言,即遣都督李神轨、郑季明等领众五千镇河桥。四月十一日,荣过河内至高头驿。长乐王从雷陂北渡赴荣军所,神轨、季明等见长乐王往,遂开门降。十二日,荣军于芒山之北,河阴之野。十三日,召百官赴驾,至者尽诛之。王公卿士及诸朝臣死者三千余人。十四日,车驾入城,大赦天下,改号为建义元年,是为庄帝。"《元天穆墓志》:"孝昌三年……天柱(谓天柱大将军尔朱荣)为永世恒捍,王(元天穆)实明德茂亲,同举义兵,克定京邑。除太尉公、爵上党王,食邑三千户。"

[一九] 本图:宋本《艺文类聚》作"所由",其馀诸本作"始图"。◎论:推究。●本图(始图):谓本来的(最初的)意图。○案:宋本《艺文类聚》作"所由",义亦可通。所由:谓原由也。《列子·汤问篇》:"扁鹊辨其所由,

讼乃已。"《文选·嵇康<琴赋>》:"推其所由,似元不解音声。"据上二例看,子昇此句或原本即是"论其所由"。

[二〇]非无劳劾:宋本《艺文类聚》作"乃有劾效",其馀各本同底本。案:从上下文意看,此处作"非无劳劾"于义为长。●劳劾:功效,功绩。

[二一]但:宋本《艺文类聚》作"佢",其馀各本同底本。案:作"但"是。"佢"乃方言中"他"字,此处当与"但"形近而误。●溺:各本并作"泥"。案作"溺",殆为"泥"之同音借字。◎致远:到达远方,喻委以重任。《艺文类聚》卷七八沈约《桐柏山金庭馆碑》:"徒抱出俗之愿,而无致远之力。"●泥:阻滞拘泥,谓难成大器。●致远恐泥:实现远大目标恐有妨碍。语出《论语·子张》:"虽小道,必有可观焉;致远恐泥,是以君子不为也。"何晏《集解》引苞氏曰:"泥,难,不通也。"

[二二]实:宋本《艺文类聚》作"寔",其馀各本同底本。案:作"寔"本字,"实"借字。详《经传释词》卷九。◎终之实难:坚持实现目标很难。《梁书·侯景传》:"盖闻位为大宝,守之未易;仁诚重任,终之实难。"

[二三]曾:宋本《艺文类聚》作"习",其馀各本同底本。案:作"曾"是,曾,副词,乃也(见杨树达《词诠》卷六)。◎崇:终也。《诗经·鄘风·蝃蝀》:"崇朝其雨。"毛传:"崇,终也。从旦至食时为终朝。"●曾未崇朝:即曾未终朝,言时间极短。语出《诗经·卫风·河广》:"谁谓宋远,曾不崇朝。"○未崇朝:典籍或作"不终朝"。《老子》二三章:"飘风不终朝,骤雨不终日。"《列子·说符篇》:"飘风暴雨不终朝,日中不须臾。"

[二四]豺声:豺狼之声。以喻凶恶残忍者的声音。《左传》文公元年:"楚子将以商臣为天子,访诸令尹子上,子上曰:'是人也,蜂目而豺声,忍人也,不可立也。'"《汉书·王莽传》:"莽,所谓鸱目虎吻,豺狼之声者也。"本文指尔朱荣的叛逆迹象。●豺声已漏:谓尔朱荣的叛逆行为已经显漏出来。

[二五]河阴:古地名,在今河南孟津县东。《史记·周本纪》张守节《正义》:"河阴县,本汉平阴县。《十三州志》云:'在平津大河之南也,魏文帝改曰河阴。'"《水经注·河水》:"《地理风俗记》曰:'河南平阴县,故晋阴地,阴戎之所居。'又曰:'在平城之南,故曰平阴也,三老董公说高祖处,陆机所谓蟠蟠董叟,谟我平阴者也。魏文帝改曰河阴矣。'"●河阴之役:谓武泰元年(528)四月,尔朱荣假托祭天之名,纵兵杀戮王公卿士一事。《魏书·孝庄帝纪》:"(武泰元年夏四月)己亥,百僚相率,有司奉玺绶,备法驾,奉迎于河梁。庚子,车驾巡河,西至陶渚。荣以兵权在己,遂有异志,乃害灵太后及幼主,次害无上王劭、始平王子正,又害丞相高阳王雍、司空公元钦、仪同三司

元恒芝、仪同三司东平王略、广平王悌、常山王砒、北平王超、任城王彝、赵郡王毓、中山王叔仁、齐郡王温，公卿以下二千余人。"又参见本篇注〔一八〕、〔二七〕、〔二八〕。

〔二六〕安忍：安于行残忍之事。《资治通鉴·陈纪·高宗宣皇帝太建十三年》："不益惩肃之理，徒表安忍之怀。"胡三省注："忍，残忍也。安忍，安于为残忍之事。"《魏书·酷吏传·崔暹》："贪暴安忍，民庶患之。"●安忍无亲：谓安于残忍而无敢亲近者。语出《左传》隐公四年："阻兵无众，安忍无亲。"孔颖达疏："安忍，行虐事，刑杀过度也。"

〔二七〕一朝：一时之间，一个早晨。言时间极短。《吕氏春秋·慎大》："一朝而两城下，此人之所以喜也；今君有忧色，何也？"●涂地：谓王公卿士惨死，鲜血涂抹在地上。《洛阳伽蓝记》卷二"平等寺"条："明年四月尔朱荣入洛阳，诛戮百官，死亡涂地。"又参见本篇注〔一八〕、〔二五〕、〔二八〕。

〔二八〕宗戚：谓王室之宗族亲戚。《文选·沈约<恩幸传论>》："权幸之徒，憪悺宗戚。"●靡遗：没有遗存者。《文选·沈约<齐故安陆昭王碑文>》："蚁蝼之穴靡遗。"刘良注："靡，无也。"●宗戚靡遗：王室宗亲没有幸存者。《魏书·尔朱荣传》："十三日，荣惑武卫将军费穆之说，乃引迎驾百官于行宫西北，云欲祭天。……因纵兵乱害，王公卿士皆敛手就戮，死者千三百余人，皇弟皇兄并亦见害，灵太后、少主其日暴崩。"又《洛阳伽蓝记》卷四"法云寺"条："唯经河阴之役，诸元歼尽。"其"诸元歼尽"正谓"宗戚靡遗"也。又参见本篇注〔一八〕、〔二五〕、〔二七〕。●尽：死。《文选·陶潜<归去来兮辞>》："聊乘化以归尽。"李善注："尽谓之死。"○内外俱尽：意谓朝廷内外的王室亲信都被杀死。

〔二九〕假：借。●天威：天之威严。多比喻皇权。《左传》僖公九年："天威不违颜咫尺。"杜预注："言天鉴察不远，威严常在颜面之前。八寸曰咫。"《曹植集·九愁赋》："扬天威以临下。"赵幼文《校注》："天威，喻皇帝威慑权力。"●假弄天威：假托君命，玩弄皇权。

〔三〇〕殆危：同义复词，危害。●神器：神明之器，多比喻帝位。《老子道德经》二九章《无为》："天下神器，不可为也。"河上公《章句》："器，物也。人乃天下之神物也。神物好安静，不可以有为治。"《两汉文举要·（班彪）王命论》："不知神器有命，不可以智力求也。"高步瀛注引刘攽曰："神器者，圣人之大宝曰位是也。"《文选·张衡<东京赋>》："窃弄神器。"薛综注："神器，帝位也。"《后汉书·河间孝王开传》："谋图不轨，阚觎神器，怀大逆心。"李贤注："神器，喻帝位也。"

上二句言尔朱荣假借天子名义传号施令，危害北魏政权。

[三一] 时事：局势，形势。《文馆词林》卷六六九引《宋顺帝诛崔惠景大赦诏》："时事屯危，罕有斯匹。"●仓卒：本指事情或局势急促，出人意料之外。引申则有丧乱之义。字本作"猝"，"卒"乃借字。《后汉书·光武帝纪上》："法令不能禁，礼义不能止，仓卒乃知其咎。"李贤注："仓卒，谓丧乱也。"

[三二] 遑：闲暇也。《诗经·召南·殷其雷》："莫敢或遑。"毛传："遑，暇也。"

上二句言时世丧乱，未来得及追究尔朱荣之罪责。

[三三] 寻：时间副词，不久。杨树达《词诠》卷六："寻，时间副词，旋也。……刘淇云：犹今云'随即'。"●葛贼：谓葛荣。鲜卑族人，初为怀朔镇（今内蒙古固阳西南）镇将，后投鲜于修礼，于孝昌二年（526）率部反。九月，与北魏军战于博野白牛逻，斩杀章武王元融，自称天子，国号齐。后在相州为尔朱荣俘杀。《梁书》卷五六、《南史》卷八〇有传。《魏书·肃宗纪》：建义元年六月，葛荣饥，使其仆射任褒率车三万余乘南寇，至沁水。是月，葛荣众退屯相州之北。八月，葛容率众围相州。《元天穆墓志》："逆贼葛荣，鸠率凶攮，攻逼邺城。"●横行：蛮横行事。指倚仗暴力干尽坏事。《史记·伯夷列传》："（盗跖）暴戾恣睢，聚党数千人横行天下。"●此句言葛荣侵寇北魏疆土。

[三四] 康金声注："马首：军帅所乘马也……后遂以马首向某代行军方向。"又曰："马首南向：谓葛荣率军攻相州、南逼京师也。《尔朱荣传》曰：'葛荣自邺以北列阵数十里，箕张而进。'"

[三五] 此句谓暂不追问尔朱荣之罪而让他立功补过。《文选·丘迟<与陈伯之书>》："圣朝赦罪责功，弃瑕录用。"张铣注："责，求也。"案："赦罪责功"与"舍过责成"同意。

[三六] 用：相当于"以"。玄应《一切经音义》卷七引《苍颉篇》："用，以也。"杨树达《词诠》卷九："以、用一声之转，故义同。"●丑虏：谓一众降服者。《诗经·大雅·常武》："铺敦淮濆，仍执丑虏。"毛传："仍，就。虏，服。"郑玄笺："丑，众也。……陈屯其兵于淮水大防之上以临敌，就执其众之降服者也。"●此句谓尔朱荣等平定葛荣作乱一事。《魏书·肃宗纪》：建义元年八月，葛容率众围相州。九月乙丑，诏太尉公、上党王天穆讨葛荣，次于朝歌之南。壬申，柱国大将军尔朱荣率骑七万讨葛荣于滏口，破擒之，余众悉降。冬十月丁亥，尔朱荣槛送葛荣于京师。《元天穆墓志》："逆贼葛荣，鸠率凶攮，攻逼邺城。以王道镜台端，德清槐列，文以兴邦，武能定乱，为使持节都督东

北道诸军事大都督，本官如故。天柱驱率熊罴，南出釜口，勒貔虎，北赴漳源。两君云会，三十余万，雷举星奔，并驱济进，锋镝暂交，丑徒鸟散。生擒葛荣并其营部，斩级十万，马牛千亿。"

[三七] 元颢：字子明，北海王元详子。明帝武泰初，为侍中骠骑大将军，开府仪同三司，相州刺史。《魏书》卷二一上、《北史》卷一九有传。又《元颢墓志》云："公虑兼家国，旧身授手，府朝并建，作镇邺城。属明皇暴崩，中外惟骇，尔朱荣因籍际会，窥兵河洛，遂远适吴越，观变而动。孝庄统历，政出权胡，骄恣惟甚。公仰鼎命之至重，瞻此座之可惜，总众百越，来赴三川。而金滕未刊，流言竟起。兵次牢洛，舆辇北巡。既宗庙无主，而雄图当就，不得不暂假尊号，奉祭临师。凯当除君侧以谢时，复明辟以归老。"●问鼎：春秋时，楚庄王陈兵于洛水，周天子派使者慰劳，楚庄王乃问鼎之大小轻重，表露了夺取周王朝天下的意图。典出《左传》宣公三年："楚子伐陆浑之戎，遂至于洛，观兵于周疆。定王使王孙满劳楚子。楚子问鼎之大小、轻重焉。对曰：'……周德虽衰，天命未改。鼎之轻重，未可问也。'"杜预注曰："问鼎，示欲偪周取天下。"〇后以"问鼎"指称图谋政权，篡夺王位。《李璧墓志》："京兆王作蕃海服，问鼎冀川，君逆鉴祸机，潜形河外。"●元颢问鼎：叙元颢入洛、自立为帝一事，事在永安二年（529）五月。《魏书·孝庄帝纪》："（永安二年五月）甲戌，车驾北巡，乙亥，幸河内。丙子，元颢入洛。"《洛阳伽蓝记》卷四"平等寺"条："永安中，北海王入洛。"同书卷一"永宁寺"条："颢登皇帝位，改年曰建武元年。"

[三八] 大驾：天子所乘之车谓之大驾，本文代指孝庄帝。蔡邕《独断》卷上："天子至尊，不敢渫渎言之，故托之于乘舆。乘，犹载也；舆，犹车也。天子以天下为家，不以京师宫室为常处，则当乘车舆以行天下，故群臣托乘舆以言之，或谓之车驾。"●大驾北巡：指孝庄帝在元颢即将攻入洛阳的情势下，向北逃到河内。《魏书·孝庄帝纪》："（永安二年）五月甲戌，车驾北巡，乙亥，幸河内，丙子，元颢入洛。"《洛阳伽蓝记》卷一"永宁寺"条："永安二年五月，北海王元颢复入洛，在此寺（指永宁寺）聚兵。颢，庄帝从兄也，孝昌末镇汲郡。闻尔朱荣入洛阳，遂南奔萧衍。是年入洛，庄帝北巡。"

[三九] 勤王：为王室勤劳，出兵救助王室。《左传》僖公二十五年："狐偃言于晋侯曰：求诸侯莫如勤王，诸侯信之。"杜预注："勤，纳王也。"●案：此句写元颢入洛，近逼河内，庄帝有难，尔朱荣、元天穆率众赴救之事。《魏书·孝庄帝纪》：戊寅，太原王尔朱荣会车驾于长子。上党王天穆北渡，会车驾于河内。《洛阳伽蓝记》卷一"永宁寺"条："时帝在长子城，太原王、上党王

来赴急难。"

[四〇]展力：尽力也，即施展才能，贡献力量。《洛阳伽蓝记》卷四"法云寺"条："（崔）延伯胆略不群，威名早著，为国展力，二十余年。"●行所："行在所"之省。称天子所行居之处。蔡邕《独断》卷上："天子自谓曰行在所，犹言今虽在京师，行所至耳，巡狩天下，所奏事处皆为宫。在京师曰奏长安宫，在泰山则曰奏奉高宫。唯当时所在，或曰朝廷，亦依违尊者所都，连举朝廷以言之也。亲近侍从官称曰大家，百官小吏称曰天家。"《太平御览》卷七六引《汉杂事》曰："汉有天下号曰皇帝……所在曰行在所。"《后汉书·光武帝纪上》："悉令罢兵诣行在所。"●案：此句写尔朱荣破败元颢军一事。《魏书·孝庄帝纪》："（永安二年）秋七月戊辰，（尔朱荣）都督尔朱兆、贺拔胜从硖石夜济，破颢子冠受及安丰王延明军，元颢败走。"《洛阳伽蓝记》卷一"永宁寺"条："（永安二年）七月帝至河阳，与颢隔河相望。太原王命车骑将军尔朱兆潜师渡河，破延明于硖石。颢闻延明败，亦散走。"

[四一]以上"河阴之役"至"且可补过"共八十三字，宋本《艺文类聚》所无，其馀诸本并有之。●论功：评定功劳之大小。《晏子春秋·外篇下》："昔圣王论功而赏贤。"

[四二]极：至，到。《尔雅·释诂上》："极，至也。"《诗经·大雅·崧高》："崧高维岳，峻极于天。"郑玄笺："极，至也。"●宰衡：宰相。刘孝标《辩命论》："此则宰衡之与皂隶，容彭之与殇子。"罗国威注："宰，冢宰，亦曰太宰，主持国政，统理百官。《尚书·周官》：'冢宰掌邦治，统百官，均四海。'衡，阿衡，商代官名，相当于国相。《诗经·商颂·长发》：'实惟阿衡，实左右商王。'后遂引申为辅助帝王，《世说新语·黜免》：'殷仲文既素有名望，自谓必当阿衡朝政。'"●位极宰衡：谓尔朱荣受封为丞相。《魏书·孝庄纪》：永安元年九月辛巳，"以柱国大将军、太原王尔朱荣为大丞相，都督河北畿外诸军事"。

[四三]齐、鲁：皆古大国名，齐为吕尚封地，鲁为周公旦封地。●地逾齐鲁：封地面积跨越齐鲁，极言尔朱荣所受封域面积宽广。《洛阳伽蓝记》卷一"永宁寺"条：元天穆谓尔朱荣曰："明公世跨并、肆"云云，可以为证。又《曹操集·上书谢策命魏公》："不意陛下乃发盛意，开国备锡，以宠愚臣，地比齐鲁，礼同藩王，非臣无功所宜膺据。"夏传才注："周武王封吕尚（姜子牙）于齐，都营丘（今山东淄博市临淄区北）。周成王封周公旦长子伯禽为鲁侯，都曲阜（今山东曲阜）。齐、鲁是当时的大国。"《萧敷墓志铭》："宝运勃兴，地隆鲁卫。"其"地比齐鲁""地隆鲁卫"皆与"地逾齐鲁"义近。

[四四] 容养: 蓄养。《弘明集》卷二载刘宋宗炳《明佛论》: "非崇塔侈像, 容养滥吹之僧, 以伤财害民之谓也。"本文谓尔朱荣所受之恩宠。●岂复: 副词性结构。表示反问。相当于"岂""难道"。《后汉书·列女传·董祀妻(蔡琰)》载《悲愤诗》曰: "岂复惜性命, 不堪其詈骂。"●容养之至, 岂复是过: 大意为, 尔朱荣所受的恩宠已经达到了极致, 难道还有超过他的吗? ○案: 尔朱荣因拥立孝庄帝, 平定葛荣、元颢之乱之功, 不断加官晋爵, 位极人臣。权势之大, 地位之高, 实无以复加。详《魏书·孝庄帝纪》。

[四五] 暴: 暴虐。本文谓野火肆掠焚烧山林。●此二句出《潜夫论·浮侈》篇: "山林不能给野火, 江海不能灌漏卮。"

[四六] 漏卮: 漏酒器。《曹植集·与吴季重书》: "饮若灌漏卮。"赵幼文《校注》: "卮, 《庄子·寓言》《释文》引李注曰: '圆酒器也。'"●此二句出自《淮南子·泛论》篇: "今夫霤水足以溢壶榼, 而江河不能实漏卮。"

案: 上四句极写尔朱荣贪暴之心难以满足。

[四七] 金革; 代指战争。《礼记·曾子问》: "三年之丧卒, 金革之事无辟也者, 礼欤?"《文选·扬雄<解嘲>》: "天下已定, 金革已平。"吕延济注: "金革, 兵器也。"《扬雄集·解嘲》张震泽注: "金, 谓兵刃。革, 指甲胄。金革泛指战争。"●稍: 时间副词。渐渐, 逐渐。《玉篇·禾部》: "稍, 渐也。"

[四八] 方隅: 边境四隅, 指邻国。《曹植集·陈审举表》: "疆场骚动, 方隅内侵。"赵幼文《校注》: "方隅, 犹方域也。指邻国。"●泰: 安宁, 安定。

[四九] 专为己力: 宋本《艺文类聚》作"谓为己力", 其馀各本同底本。案: 作"专", 于义为长。◎推: 尊崇, 赞许。《字汇·手部》: "推, 奖也, 奉也。"●天功: 天的功劳。陆贾《新语·本行》: "承天功。"王利器校注: "《尚书·舜典》: '亮天功。'《荀子·天论》: '皆知其所以成, 莫知其无形, 夫是之谓天功。'"由于古时皇帝称天子, 故天功亦指称皇帝的功劳。●专: 独占。《左传》襄公二十六年: "专禄以周旋。"孔颖达疏: "专禄者, 谓专君之禄以为己有。东西随己谓之为专。"●此二句化用自《左传》僖公二十四年: "窃人之财, 犹谓之盗, 况贪天之功, 以为己力乎?"言尔朱荣不夸赞天子的功绩, 反而贪天子之功, 据为己有。《洛阳伽蓝记》卷二"平等寺"条: "(尔朱)世隆侍宴, 帝每言: '太原王贪天之功以为己力, 罪亦合死。'"

[五○] 此二句言尔朱荣据自己的主观意愿评定百官善恶, 并据结果随意委任或罢黜百官。《洛阳伽蓝记》卷一"永宁寺"条: "时太原王位极心骄, 功高意侈, 与夺任情, 臧否肆意。"●与夺: 赐予和剥夺。《左传》成公八年: "七年之中, 一与一夺, 二三孰甚焉!"●任情: 顺着性情恣意而为, 犹"随意"。

《后汉书·文苑传下·张升》："升少好学，多关览，而任情不羁。"●臧否：善恶也。《诗经·大雅·抑》："未知臧否。"陆德明《释文》："臧，善也。否，恶也。"案：本文之"臧否"，则用为动词，谓谈论人之善恶好坏，犹魏晋时之"月旦"也。《张衡集·西京赋》："街谈巷议，弹射臧否。"张震泽注："臧，善也。否，恶也。臧否，谈论人之善恶好坏。"●肆意：犹任性、任意，谓放任自己的意愿。《史记·秦始皇本纪》："凡所为贵有天下者，得肆意极欲，主重明法，下不敢为非，以制御海内矣。"

[五一] 日月以甚：《魏书》卷一〇、张燮本同，《温侍读集》《全后魏文》并作"日月已甚"。◎无君之迹：言目无君主之迹象。《文馆词林》卷六六九《东晋安帝诛司马元显大赦诏》："无君之心，将徙社稷之基。"●日月：时间副词，"一天天、一月月"的意思，表达时间的渐进过程。〇甚：表示程度深。〇日月已甚：言逐渐变得很明显。《洛阳伽蓝记》卷二"明悬尼寺"条："误我后学，日月已甚。"●案：此二句言尔朱荣目无君主的表现，越来越明显。《洛阳伽蓝记》卷一"永宁寺"条："但以四海横流，欲篡未可。暂树君臣，假相拜置。……遵养待时，臣节讵久？"又曰："且尔朱荣不臣之迹，暴于旁午。"

案：上八句叙尔朱荣自恃拥立之功高，目无君主，把持朝政，随意黜陟，阴图叛逆之事。据《魏书·尔朱荣传》载，尔朱荣拥立孝庄帝，诛戮王公卿士后，遂有自为帝之举，本传有云："荣遂有大志，领御史赵元则造禅文，遣数十人迁帝于河桥。"于是尔朱荣乃为自己造金像，数四不成，故作罢，复奉立孝庄帝。尔朱荣还晋阳以后，仍"恒遥制朝廷，广布亲戚，列为左右，伺察动机，小大必知。或有侥幸求官者，皆诣荣承候，得其启请，无不遂之。曾关补定州曲阳县令，吏部尚书李神俊以阶悬不奉，别更拟人。荣闻大怒，即遣其所补者往夺其任。荣使入京，虽复微蔑，朝贵见之，莫不倾靡；及至阙下，未得通奏，恃荣威势，至乃忿怒。荣曾启北人为河南诸州，庄帝未许……荣闻所启不允，大为恚恨，曰：'天子由谁得立？今乃不用我语。'其猖獗专横如此"，由此可窥一斑。

[五二] 数：计算。●称：列举。●此二句谓，拔下头发来计算都不足以列举。以言罪孽深重。《史记·范雎张泽列传》："范雎曰：'汝罪有几？'曰：'擢贾之发以续贾之罪，尚未足。'"《晋书·石勒载记上》："擢将军之发不足以数将军之罪。"

[五三] 此二句大意为，斩尽山上的竹子，用作竹简记录其罪孽，难道说就能够写完吗？以此言罪恶之多。语出《吕氏春秋·明理》："此皆乱国之所生也，不能胜数，尽荆越之竹犹不能书。"又《后汉书·隗嚣传》："故新都侯王莽，慢

侮天地，悖道逆理。……楚越之竹，不足以书其恶。"典出同。

上四句极言尔朱荣罪孽深重，无以复加。

〔五四〕方复：犹将要。《后汉书·班固传》："设后北虏稍强，方复求为交通，将何所及？"●托名：假托某种名义。《汉书·韦玄成传》："微哉，子之所托名也。"●朝宗：本谓水流汇聚大海，后又引申指古时诸侯谒见天子之称。《诗经·小雅·沔水》："沔彼流水，朝宗于海。"郑玄笺："水流而入海，小就大也。喻诸侯朝天子亦犹是也。诸侯春见天子曰朝，夏见曰宗。"

〔五五〕阴图：暗地里谋划。《后汉书·刘焉传》："（贾）龙抚纳离叛，务行宽惠，而阴图异计。"●衅逆：叛乱。《北史·房彦谦传》："至如并州衅逆，须有甄明。"●《洛阳伽蓝记》卷一"永宁寺"条："帝升大夏门望之，遣主书牛法尚谓归等曰：'太原王立功不终，阴图衅逆。'"

上二句写尔朱荣假托朝拜天子的名义，暗地里图谋篡位之举。案：此则欲加之罪也。事实上是孝庄帝欲诛尔朱荣，故以皇子诞生为辞，宣尔朱荣来朝。事在永安三年九月。《魏书·孝庄帝纪》："九月辛卯，天柱大将军尔朱荣、上党王天穆自晋阳来朝。"

〔五六〕睥睨：窥视。《释名·释宫室》："城上垣曰睥睨，言于其孔中睥睨非常也。"《颜氏家训·诫兵》篇："睥睨宫闱，幸灾乐祸。"檀作文注："睥睨，窥视，侦伺。"〇又作"俾倪"。《史记·魏公子列传》："侯生下见其客朱亥，俾倪故久立，与其客语，微察公子。"〇又作"辟倪"。《史记·魏其武安侯列传》："辟倪两宫间，幸天下有变，而欲有大功。"并字异而义同。●天居：天子之居，谓帝位。《文选·鲍照<舞鹤赋>》："仰天居之崇绝。"李善注引蔡邕《述行赋》曰："皇家赫赫而天居。"

〔五七〕圣宝：《魏书》卷一〇、张燮本、《温侍读集》作"圣历"，《全后魏文》作"圣厤"。案：历、厤字同。《字汇·厂部》："厤，与历同。"◎窥觎：谓伺隙图谋也。《后汉书·河间孝王开传》："谋图不轨，阚觎神器，怀大逆心。"〇又作"觊觎"。《左传》桓公二年："民服事其上，而下无觊觎。"杜预注："下不敢望上位也。"《风俗通义·过誉》："凡张官置吏，为之律度，故能摄固其位，天下无觊觎也。"吴树平《校释》："觊觎，非分之希望。"〇又作"窥觎"。《文选·王俭<褚渊碑文>》："桂阳失图，窥觎神器。"李周翰注："窥觎，觇也。"●圣宝：指代帝位。语出《周易·系辞下》："天地之大德曰生，圣人之大宝曰位。"韩康伯注："夫无用则无所宝也，有用则有所宝也。无用而常足者莫妙乎道，有用而弘道者莫大乎位，故曰圣人之大宝曰位。"高亨注："圣人有位则有政权，有政权则能建功业……故位是圣人之大宝。"

案："拔发数罪"至"窥觎圣厥"共三十四字，《魏书》卷一〇、《温侍读集》《全后魏文》并有之，宋本《艺文类聚》无。

[五八]冠、冕、本、源：冠为一切帽之总称，冕为大夫以上之礼帽，本为树之根本，源为水之源泉。此处"冠、冕、本、源"俱指称北魏政权。●此二句语出《左传》昭功九年："我在伯父，犹衣服之有冠冕，木水之有本原，民人之有谋主也。伯父若裂冠毁冕，拔本塞原，专弃谋主，虽戎狄其何有予一人？"又《说苑·建本》篇："则是伐智本而塞智原也，何以立躯也！"《全后魏文》卷三〇高闾《论淮南不宜留戍表》："堰水先塞其源，伐木必拔其本。源不塞，本不拔，虽剪枝竭流，终不可绝也。"皆化用自《左传》语。

案：上六句乃陈尔朱荣叛上作乱，欲摧毁北魏政权、自立为王之罪愆。

[五九]厌：痛恨。《左传》隐公十一年："天而既厌周德矣。"〇厌乱：痛恨作乱者。《三国志·魏书·常林传》："北方吏民，乐安厌乱，服化已久。"●此句谓上天痛恨作乱之人。

[六〇]悔祸：撤去所加灾祸，意为后悔做祸乱之事。《左传》隐公十一年："天其以礼悔祸于许。"杜预注："言天加礼于许而悔祸之。"杨伯峻注："谓天或者依礼撤回加于许之祸。"《文选·刘越石〈劝进表〉》："不图天不悔祸。"

[六一]同恶之中：《魏书》卷一〇、张燮本和《温侍读集》《全后魏文》并作"同恶之臣"。◎投告：投奔告助。●此两句殆谓元徽、李彧于庄帝前构陷尔朱荣之事。《魏书·尔朱荣传》："庄帝外迫于荣，恒怏怏不悦，兼惩荣河阴之事，恐终难保。又城阳王徽、侍中李彧等欲擅威权，惧荣害之，复相间构，日月滋甚，于是庄帝密有图荣之意。"

此处两句共八字，宋本《艺文类聚》、汪绍楹校本《艺文类聚》所无，其馀各本有之。

[六二]将而必诛：宋本《艺文类聚》作"将而有闻"，其馀各本同底本。案：作"将而必诛"是。◎将而必诛：谓对君王有所伤害者，一定要被诛杀。语出《公羊传》昭公元年："君亲无将，将而必诛焉。"又《潜夫论·释难》篇："将而必诛，王法公也。"

[六三]容舍：宋本《艺文类聚》作"攸纵"，其馀各本同底本。◎罪无容舍：言罪恶极大，不容宽恕。

[六四]宗室：同宗之家。《诗经·召南·采苹》："于以奠之，宗室牖下。"毛传："宗室，大宗之庙也。"《仪礼·士昏礼》："若祖庙已毁，则教于宗室。"郑玄注："宗室，大宗之家。"●案：元天穆是高凉王元孤六世子孙，故此处称他是宗室末属。

[六五] 名望：名声，威望。《三国志·蜀书·黄忠传》："忠之名望，素非关、马之伦也。" ●名望素微：是说元天穆平素没有什么好名声。《魏书·神元平文诸帝子孙列传》附穆传："天穆以疏属，本无德望，凭借尔朱，爵位隆极。"

[六六] 逢：唐时俗字，诸本并作"逢"。颜元孙《干禄字书·平声》："逢逢：上俗下正。" ◎遭逢：同义连文，遇也。 ●际会：机会，时机。 ●遭逢际会：遇到了好的时机。《乐府诗集》卷八五《晋高祖歌》："遭逢际会，奉辞遐方。"《周书·文帝纪上》："遭逢际会，遂叨任委。"本篇指元天穆受到尔朱荣的赏识。

[六七] 义举：正义的举动。指元天穆随同尔朱荣于河阴拥立孝庄帝的行为。《魏书·神元平文诸帝子孙列传》附穆传云：元天穆与尔朱荣甚善，尔朱荣入洛，元天穆参与其谋。又参见本篇注 [一八]。

[六八] 家国：即国家。《梁书·元帝纪》："家国之事，一至于斯。"本文乃指北魏王朝。 ●此二句言元天穆不尽忠王室。

[六九] 本、末：谓农业、商业。《汉书·文帝纪》二年诏曰："农，天下之大本也，民所恃以生也。而民或不务本而事末，故生不遂。"颜师古注引李奇曰："本，农也。末，贾也。"但"本""末"并不专指"农业"和"工商业"。王符《潜夫论·务本》篇曰："凡为治之大体，莫善于抑末而务本，莫不善于离本而饰末。夫为国者以富民为本，以正学为基。……夫富民者，以农桑为本，以游业为末；百工者，以致用为本，以巧饰为末；商贾者，以通货为本，以鬻奇为末：三者守本离末则民富，离本守末则民贫，贫则阨而忘善，富则乐而可教。教训者，以道义为本，以巧辩为末；辞语者，以信顺为本，以诡丽为末；列士者，以孝悌为本，以交游为末；孝悌者，以致养为本，以华观为末；人臣者，以忠正为本，以媚爱为末：五者守本离末则仁义兴，离本守末则道德崩。慎本略末犹可也，舍本务末则恶矣。" ●弃本逐末：原指弃农而事工商。《汉书·食货志》："弃本逐末，耕者不能半，奸邪不可禁，原起于钱。"后比喻行事不抓根本，而在枝节上下功夫。就本文而言，元天穆作为人臣，理应尽忠君王，然其与尔朱荣同谋叛逆，故说他"弃本逐末，背同即异"。此正所谓欲加之罪，何患无辞。

[七〇] 背：弃也。 ●背同即异：即"弃同即异"，谓指抛弃同姓同族而亲近异姓异族。语出《左传》襄公二十九年："吉也闻之，弃同即异，是谓离德。"元天穆本北魏宗室，后则追随尔朱荣，且图谋叛乱，是所谓"背同即异"也。

[七一] 谋主：即主谋。指事件的主要策划者。《左传》襄公二十六年："以为谋主。"

[七二] 祸心：祸乱之心。《左传》昭公元年："小国无罪，恃实其罪。将恃大国之安靖已，而无乃包藏祸心以图之？"《文馆词林》卷六六九引《南齐东昏侯诛始安王遥光等大赦诏》："而各苞祸心，规纵丑逆。"〇案：祸心，又作"祸衅"。《册府元龟》卷一八四引《南齐书·高帝纪上》曰："沈攸之苞藏祸衅。"

又案：自"又元天穆宗室末属"至"成彼祸心"共四十八字，宋本《艺文类聚》无，其馀各本俱有之。

[七三]"是而可忍，孰不可忘"两句，宋本《艺文类聚》作"是而可怀，孰不可忍"，其馀各本作"是而可忍，孰不可恕"。意义并同。◎此二句语出《论语·八佾》："孔子谓季氏，八佾舞于庭，是可忍也，孰不可忍也。"又后世文章，多化用《论语》"是可忍也，孰不可忍"成句。如《全后汉文》卷四六引崔寔《政论》："乃至送终之家，亦大无法度，至用襦梓黄肠，多藏宝货，飨牛作倡，高坟大寝。是可忍也，孰不可忍！"《文馆词林》卷六六九引《宋文帝诛徐羡之傅亮谢晦大赦诏》："此而可容，孰不可忍。"

[七四] 已：诸本并作"以"。◎以：同于"已"，已经。《正字通·人部》："以，与已同。"●伏辜：有罪之人被杀。《诗经·小雅·雨无正》："既伏其辜。"〇又作"伏罪"。《左传》隐公十一年："许既伏其罪矣。"〇又作"伏诛"。《潜夫论·述赦》篇："十日之间，贼即伏诛。"案：伏辜、伏罪、伏诛，义并同。●此句言尔朱荣、元天穆俱被斩杀。《魏书·孝庄帝纪》："（永安三年）九月辛卯，天柱大将军尔朱荣、上党王天穆自晋阳来朝。戊戌，帝杀荣、天穆于明光殿，及荣子仪同三司菩提。"《洛阳伽蓝记》卷一"永宁寺"条："（永安三年）九月二十五日，诈言产太子，荣、穆并入朝，庄帝手刃荣于明光殿，穆为伏兵鲁暹所杀。"

[七五] 戚：诸本并作"戚"，乃为"戚"之古字。《说文·戈部》"戚"字，段玉裁注："戚，又引申训忧。度古祗有戚，后乃别制'慽'字。"颜元孙《干禄字书·入声》："戚慽：上亲下忧。"◎慽：忧愁，悲伤。《广雅·释诂一》："慽，忧也。"又《释诂三》："慽，悲也。"●此句谓自招祸患，自食其恶果也。《诗经·小雅·小明》："心之忧矣，自诒伊戚。"毛传："戚，忧。"郑玄笺："诒，遗也。我冒乱世而仕，自遗此忧。"《左传》宣公二年："我之怀矣，自贻伊戚，其我之谓矣。"杜预注："戚，忧也。"《释氏要览》卷上《疏子》："夫祝词不敢以小为大，故修辞者必须确实，则不可夸诞诡妄，自诒伊戚。"

[七六] 元恶：首恶，大恶之人。《尚书·康诰》："王曰：'封，元恶大憝，矧为不孝不友。'"孔传："大恶之人犹为人所大恶，况不善父母，不友兄弟者

乎？言人之罪恶莫大于不孝不友。"《南齐书·褚渊传》："锋镝初交，元恶送首。"

[七七] 庆泰：吉庆安泰。《谢灵运集·拟魏太子"邺中集"诗·王粲》："庆泰欲重叠，公子特先赏。" ●人神庆泰：人与神灵都吉庆安泰。《文馆词林》卷六六六引温子昇《后魏孝庄帝诞皇子大赦诏》："远近同懽，人神共悦。"其"人神共悦"与本文之"人神庆泰"同意。

[七八] 谓普遍赦免有过或有罪之人。《史记·孝武本纪》："大赦天下，置寿宫神君。"

西河王谢太尉表[一]

臣闻拂羽决起[二]，力谢摩天[三]。策骞载驰，功微送日[四]。将短翮难以陵高，驽乘无由致远[五]。虽复建旗出郡，未追楚赵之风[六]。捧壶入侍，徒踵金张之迹[七]。及天祚明德，运启兴王[八]；六逐始迁，九鼎初定[九]。于焉乘乏，有用当官[一〇]。草靡从风[一一]，未遑克让[一二]。常恐执辔轻轮[一三]，操刀伤锦[一四]。

[系年]

《年谱》系本篇于东魏孝静帝天平二年（535）二月，康金声曰："天平二年，温子昇四十一岁，为侍读兼舍人，参掌文诏，代为此表。"亦以本篇系于天平二年。二氏之说是，元悰之封太尉确在天平二年。《北史·孝静帝纪》：天平二年"二月壬午，以太尉、咸阳王坦为太傅，以司州牧、西河王悰为太尉"。

[校注]

[一] 本篇以宋本《艺文类聚》卷四六为底本，以张燮本和《温侍读集》《全后魏文》比勘。●本篇《全后魏文》题作"为西河王谢太尉表"。●西河：谓西河县，故治所在今山西阳城县西。北魏时置郡。《魏书·地形志上》："西河郡，汉武帝置，晋乱罢。太和八年复。"元悰封于此，故云西河王。●西河王元悰：元昂之子，字魏庆。孝静帝时，累迁太尉、录尚书事、司州牧、青州刺史。为人宽和有度量，美容貌，风望俨然，得丧之间，不见于色。性清俭，不营产业。薨于州，赠太傅、司徒公。《魏书》卷一九上、《北史》卷一七载其事，参见《元悰墓志铭》。案：《墓志》云："于是振领持纲，诛豺制罴，德行既举，奸轨不作。故亦闲阔止行，恐当诸葛之路，休沐不归，虑有校尉之贵。乃迁太尉公。"又云："至止未几，构疾弥留，以兴和四年十一月廿日薨。"●太尉：古

官名。《汉书·百官公卿表上》：太尉，秦官，金印紫绶，掌武事。《后汉书·百官志》：太尉，公一人。掌四方兵事功课，岁尽即奏其殿最而行赏罚。凡郊祀之事，掌亚献；大丧则告谥南郊。凡国有大造大疑，则与司徒、司空通而论之。国有过事，则与二公通谏争之。《魏书·官氏志》：太尉属三公其一，官一品。

［二］拂羽：梳整羽毛。《礼记·月令》："季春之月，鸣鸠拂其羽。"《扬雄集·元后诔》："鸣鸠拂羽，戴胜降桑。"●决起：疾速飞起来。《庄子·逍遥游》："我决起而飞，枪榆枋，时则不至，而控于地而已矣。"陆德明《释文》引李颐曰："决，疾也。"成玄英疏："决，率疾之貌。"

［三］谢：惭愧。《文选·颜延年<赠王太常>》："属美谢繁翰。"李善注："谢，犹惄也。"●摩：迫近。《曹植集·野田黄雀行》："飞飞摩苍天，来下谢少年。"赵幼文《校注》："摩，迫近之意。"●力谢摩天：气力逊色于迫近天空飞翔的鹏鸟。

［四］策蹇：鞭打劣马或跛驴。参见《上党王穆让太宰表》注［二］。●载驰：即"驰"，谓奔跑。"载"为凑足音节的助词，无实义。语出《诗经·鄘风·载驰》："载驰载驱，归唁卫侯。"毛传："载，辞也。"郑玄笺："载之言则也。"●功微：功劳小。《三国志·魏书·李典传》："典谢曰：'典驽怯功微，而爵宠过厚。'"●送日：送太阳西下。《江文通集·恨赋》："巡海右以送日。"胡之骥注："《列子》曰：穆王驾八骏之乘，乃西观日所入。"后引申出"消磨时日"之义，本文用引申义。●此二句谓，鞭打劣马奔跑，其功效甚微，有如消磨时日。

［五］将：相当于"其"。《经传释词》卷八："将，犹其也。"●翮：鸟羽的根部。《尔雅·释器》："羽本谓之翮。"郭璞注曰："鸟羽根也。"〇短翮：翅膀短小。《鲍参军集·赠傅都曹别》："短翮不能翔。"●凌：攀登，升。《管子·兵法》："凌山阬，不待钩梯。"〇凌高：登上高处。《鲍参军集·侍宴覆舟山》诗："凌高跻飞楹。"本文谓飞向高处。●驽乘：驾乘劣马。《文选·班彪<王命论>》："驽蹇之乘，不骋千里之涂。"李善注："《广雅》曰：'驽，驸也。今谓马之下者为驽。'"●无由：没有办法。《仪礼·士相见礼》："某也愿见，无由达。"●致远：到达远方。参见《后魏孝庄帝杀尔朱荣元天穆等大赦诏》注［二一］。

［六］旟：古代九旗之一，州、里之长所建，上画鸟隼图案，象征勇猛敏捷。冬季大阅时用之。《周礼·春官·司常》："鸟隼为旟。"《尔雅·释天》："错革鸟曰旟。"〇建旟：树立旟旗。《周礼·春官·司常》："及国之大阅，赞司马颁旗物：王建大常，诸侯建旂，孤卿建旃，大夫、士建物，师都建旗，州

95

里建旟。"后以"建旟"指称大将出镇边防。《文选·颜延年<祭屈原文>》："恭承帝命,建旟旧楚。"刘良注:"旟,旗幡之流也,以鸟毛为之,刺史则建之,行则引之于前。"本文之"建旟出郡",谓元惊在孝静帝时出任司州牧、青州刺史之事。●迫:犹追随。《方言》卷十二:"迫,随也。"●楚赵之风:康金声注:"谓地方官之高节卓行也。楚赵:指汉良吏龚胜、赵广汉。龚为楚人……初为郡吏,三举孝廉,又举茂才。汉哀帝时征为谏大夫,徙光禄大夫,一度守右扶风。王莽篡,征胜,不受,绝食死。与龚舍并以名节称,世谓之'楚两龚'。《汉书》卷七二《两龚传》曰:'两龚皆楚人也。'赵广汉,汉涿郡蠡吾人,少为郡吏、州从事,迁为阳翟令,以治行优异,迁京辅都尉、京兆尹。宣帝时赐爵官内侯,迁颍川太守。后坐罪诛,吏民守阙号泣者数万人。《汉书》卷七六有传。"

[七] 壶:古代漏水计时之器具。《礼记·丧大记》:"君丧,虞人出木角,狄人出壶。"郑玄注:"壶,漏水之器也。"《文选·任昉<齐竟陵文宣王行状>》:"清猨与壶人争旦。"张铣注:"壶人,掌刻漏人也。"○捧壶入侍:谓捧着漏刻,入宫侍奉皇帝。●徒:范围副词,相当于"只""仅仅"。《字汇·彳部》:"徒,但也。"●踵:继承。《楚辞·离骚》:"及前王之踵武。"王逸注:"踵,继也。"●金、张:指汉代金日磾和张汤。《汉书·金日磾传》:"弟伦,字少卿,早卒。日磾两子贵,及孙则衰矣,而伦后嗣遂盛,子安上始贵显封侯。赞曰:金日磾夷狄亡国,羁虏汉庭,而以笃敬寤主,忠信自着,勒功上将,传国后嗣,世名忠孝,七世内侍,何其盛也!"又《张汤传》云:"子安世封富平侯,子孙相继,自宣、元以来为侍中、中常侍、诸曹散骑、列校尉者,凡十余人。功臣之世,惟有金氏、张氏,亲近宠贵,比于外戚。"《文选·左思<咏史>》诗:"金张籍旧业",又曰:"朝集金张馆",其"金张"并同。

[八] 祚:赐福,保佑。《文选·张衡<东京赋>》:"祚灵主以元吉。"李善注引薛综曰:"祚,报也。"●明德:崇尚道德。《曹植集·皇子生颂》:"明德敬惠。"赵幼文《校注》:"明德,《尚书·康诰》:'克明德。'《左》成二年传:'明德,务崇之之谓也。'《正义》:'务崇之,谓务欲崇益道德。'"●天祚明德:上天赐福于崇尚道德之人。语出《左传》宣公三年:"天祚明德,有所厎止。"本文则谓上天根据一个人的德行赐予其帝位。●运:命运,气数。特指王朝命运,即国运。《古今韵会举要·问韵》:"运,五运,五行气化流转之名。又,运祚也。"●兴王:产生王者。《孟子·公孙丑下》:"五百年必有王者兴,其间必有名世者。"赵岐注:"五百年王者兴,有兴王道者也。"○运启兴王:国运开启,王者产生。本文谓孝静帝元善见登上帝位。

　　[九]　六遂：周代自远郊至王城的政区划分，是将王城百里之外二百里之内分为六遂，每遂由遂人掌管。《周礼·地官·遂人》："五县为遂。"又云："大丧，帅六遂之役而致之，掌其政令。"郑玄注："遂人主六遂，若司徒之于六乡也。六遂之地，自远郊以达于畿，中有公邑、家邑、小都、大都焉。郑司农云：'遂，谓王国百里外。'"本文借指东魏王朝。●迁：迁都，指孝静帝迁都邺城。《魏书·孝静纪》：永熙三年"冬十月丙寅，即位于城东北，大赦天下，改永熙三年为天平元年"，天平元年"丙子，车驾北迁于邺"。●九鼎：代指国家政权。《淮南子·俶真》篇："不夭九鼎重味。"高诱注："九鼎，九州贡金所铸也。一曰：象九德，故曰九鼎也。"《汉书·郊祀志》："禹收九牧之金，铸九鼎，象九州。"《太平御览》卷六引王子年《拾遗记》："禹铸九鼎。择雌金为阴鼎，雄金为阳鼎。"○九鼎或曰"谗鼎"。《左传》昭公三年："谗鼎之铭曰：昧旦丕显，后世犹怠。"孔颖达疏："谗，地名。禹铸九鼎于甘谗之地，故曰谗鼎。"○或曰"岑鼎"。《吕氏春秋·审己》篇："齐攻鲁，求岑鼎。"王诒寿等校曰："岑与谗，声通转耳。"

　　[一〇]　于焉：犹言自此，从此。《后汉书·董卓传》："昆冈之火，自兹而焚，《版》《荡》之篇，于焉而极。""于焉"与"自兹"对文同义。●承乏：承继空缺的职位。后多用作担任官职的谦词。语出《左传》成公二年："臣辱戎士，敢告不敏，摄官承乏。"杜预注："言欲以己不敏，摄承空乏。"又《文选·潘岳〈秋兴赋〉》："摄官承乏，猥厕朝列。"李周翰注："摄官，谓承其阙乏也。"知"摄官"亦"承乏"义。●用：介词，相当于"以"。玄应《一切经音义》卷七引《苍颉篇》曰："用，以也。"○有用：即有以。●当官：担任官职。《左传》文公元年："当官而行，何彊之有。"

　　[一一]　靡：散乱，倒下。《广韵·纸韵》："靡，偃也。"《仪礼·乡射礼》："东面偃旗。"郑玄注："偃，犹仆也。"●草靡从风：谓草木顺风而倒。化用自《论语·颜渊》："君子之德风，小人之德草，草上之风必偃。"何晏《集解》引孔曰："偃，仆也。加草以风，无不仆者。"又《说苑·君道》篇："夫上之化下，犹风靡草。东风则草靡而西，西风则草靡而东。在风所由，而草为之靡。"亦化自《论语》。

　　[一二]　遑：闲暇也。《诗经·召南·殷其雷》："莫敢或遑。"毛传："遑，暇也。"○未遑：来不及。《史记·龟策列传》："孝文、孝景因袭掌故，未遑讲试。"●克让：能谦让。《尚书·虞书·尧典》："允恭克让。"孔传："克，能。"●未遑克让：来不及也不能谦让。

　　[一三]　轻轮：张燮本、《温侍读集》作"倾轮"。案：疑作"倾轮"是。◎辔：马缰绳，控马所用。○执辔：握着马缰绳。《诗经·郑风·大叔于田》：

"执辔如组。"刘芳《毛诗笺音义证》佚文:"辔是御者所执者也。不得以辔为勒,且旧语云马勒,不云辔。以勒为辔者,盖是北人避石勒名也。今南人皆云马勒,而以鞊为辔,反复推之,此为明证。又《诗》称'执辔如组',又曰'六辔在手',以所执为辔审矣。今俗儒仍以辔为勒,而曾无痼者。"(载朱祖延《北魏佚书考》)●倾轮:谓车子倾倒。《文苑英华》卷二八九引前人《初至寿春作》诗曰:"中驾每倾轮,当骞复摧翼。"●此句大意为:驾车,则常担忧技术不好,将车子倾翻在地。

[一四] 语出《左传》襄公三十一年:"未能操刀而使割也,其伤实多。"又见《潜夫论·思贤》篇。●此句大意为:拿起刀来裁剪,又恐将锦缎裁剪得不合要求。

案:上两句实则谓自己恐不能胜任太尉之职位。

为魏南阳王元宝炬让尚书令表[一]

臣闻立而托乘,乃成致远之功[二];坐以运舟,遂有利涉之用[三]。若以轻任重课,凭虚责实[四],虽欲自勤,终焉靡劾[五]。

[系年]

元宝炬封尚书令事在孝武帝永熙二年(公元533年)三月丁巳,《魏书·出帝纪》:"(永熙二年三月)丁巳,以侍中、太保、司州牧、赵郡王谌为太尉公,加羽葆鼓吹;侍中、太尉公、南阳王宝炬为太保('保'原误'尉',据《魏书》校记改)、开府、尚书令。"又《北史·西魏文帝纪》:"永熙二年,进位太保、开府、尚书令。"故温子昇此文作于永熙二年(535)。康金声亦曰:"此表作于北魏出帝永熙二年(533)。"

[校注]

[一] 本篇以宋本《艺文类聚》卷四八为底本,以张燮本和《温侍读集》《全后魏文》比勘。●篇题"元",原作"允",为"元"字之讹;"炬"原讹作"拒",据《魏书》本传改。又篇题,张燮本作《为南阳王让尚书表》,《温侍读集》作《为南阳王让尚书令表》,《全后魏文》作《为南阳王宝炬让尚书令表》。●元宝炬:京兆王元愉之子。孝庄帝时封为南阳王。出帝即位,除太尉公、侍中、太保。后从出帝没于关西。宇文黑獭害出帝,元宝炬乃自称帝,是即西魏。《魏书·京兆王愉传》附其传,参见《北史》卷五本纪。●尚书令:古官名,参见《为御史中尉元匡奏劾于忠》注[二六]。

[二] 托乘：托体于车，谓凭借车马。《初学记》卷一七引《说苑》曰："夫绝江海者托于舟，致远道者托于乘，欲伯王者托于贤。"案："托乘"亦可指凭借舟船。《楚辞·远游》："焉托乘而上浮。"●致远：到达远方。参见《后魏孝庄帝杀尔朱荣元天穆等大赦诏》注[二一]。

[三] 运舟：回舟，荡舟。《楚辞·九章·哀郢》："将运舟而下浮兮。"王逸注："运，回也。"●利涉：利于渡水。《周易·需》："利涉大川。"●这四句意思是：依托车马，可以到达远方；凭借舟船，利于渡水。○案：《荀子·劝学》："假舆马者，非利足也，而致千里；假舟楫者，非能水也，而绝江河。"《吕氏春秋·知度》："是故绝江者托于船，致远者托于骥。"《淮南子·主术》篇："故假舆马者足不劳而致千里，乘船楫者不能游而绝江海。"《盐铁论·贫富》："行远道者假于车，济江海者因于舟。"诸例，并可与本文相发明。

[四] 轻：微也。本文指才能低微。●课：犹科，谓职位。●以轻任重课：大意为，才能低微而担任重要职位。徐干《中论·谴交》："其爵之命也，各随其才之所宜，不以大司小，不以轻任重。"孙启治注"不以轻任重"曰："才轻者不以之任重位。"●凭虚：有多种含义。或谓虚构、想象。如《南齐书·陆厥传》载陆厥《与沈约书》曰："孟坚精正，《咏史》无亏于东主；平子恢富，《羽猎》不累于凭虚。"或谓凌空。《太平御览》卷七四八引袁昂《古今书评》曰："张伯英书如汉武帝爱道，凭虚欲仙。"本文则谓依凭虚名。●责实：寻求实际内容，使符合实际。《韩非子·定法》："术者，因任而授官，循名而责实。"●凭虚责实：根据名称寻找实际内容。《风俗通义·十反》："吾以虚获实，蕴藉声价。"本文谓徒有虚名而求实效。

[五] 虽欲：即便想要。《战国策·燕策三》："秦兵旦暮渡易水，则虽欲长侍足下，岂可得哉？"●自勤：使自己勤勉。●终焉：最终，最后。焉为助词，无实义。《汉书·韦贤传》附韦玄成传："于蔑小子，终焉其度。"《宋书·建平王景素传》："神高听邈，终焉莫省。"●靡：无，没有。《诗经·鄘风·柏舟》："之死矢靡它。"毛传："靡，无。"●劾：同"效"，功劾。颜元孙《干禄字书·去声》："劾效：上功，下放效。"

印山寺碑[一]

自结绳运往[二]，观象代兴[三]。礼乐相因，诗书间出[四]。喻是非于一指，论道德于二篇[五]。九流之义遂开，百家之言并作[六]。皆以赋命有遭随[七]，摄养至夭寿[八]。爱惠起于吉凶，情伪动于利害[九]。虽改张罗之呪，未易衅钟之牲[一〇]。因果之业未申[一一]，感应之途犹蔽[一二]。是以修短有命，子夏论之而未详[一三]；报施在天，史迁言之未悟[一四]。大丞相渤海王[一五]，膺岳渎之灵[一六]，感辰象之气[一七]。直置与兰桂齐芳[一八]，自然共珪璋比絜[一九]。加以体备百行[二〇]，智周万象[二一]，道兼语嘿，思极天人[二二]。固以兆云非虎，自怀公辅之德[二三]。世称卧龙[二四]，实在王佐之器[二五]。道足以济天下，行足以通神明[二六]。表立人之上才[二七]，含广途之大量[二八]。永安之末[二九]，时各异谋[三〇]。蜂虿有毒[三一]，豺狼反噬[三二]。彀弩临城[三三]，抽戈犯跸[三四]。世道交丧[三五]，海水群飞[三六]。既而苍龙入隐，白虎出见[三七]。命世有期[三八]，匡时作宰[三九]。拯沉溺以援手，涉波澜而濡足[四〇]。悬曦日于胸怀[四一]，起大风于衿袖[四二]。动之以仁义，行之以忠贞[四三]。附之者影从，应之者响起[四四]。

[系年]

本篇《年谱》《年表》俱未系年。因而此文究竟作于何年，已不可考。但文中提及之事实为"高欢封大丞相"及"平定尔朱家族叛乱"。前一事实发生在中兴二年二月（533）及太昌元年（533）四月，《魏书·安定王纪》："（中兴二年二月）甲子，以齐献武王为大丞相、柱国大将军、太师。"又《出帝纪》："中兴二年夏四月（出帝改中兴二年为太昌元年）……复除齐献武王为大丞相、天柱大将军、太师。"后一事实的最后时间是在中兴二年夏四月辛未。见《魏书·安定王纪》。则温子昇此文当作于高欢平定尔朱氏之后不久，姑系于中兴二年（533），俟后考。

[校注]

[一] 本篇以宋本《艺文类聚》卷七七为底本，以张燮本和《温侍读集》《全后魏文》比勘。●康金声曰："印山寺碑似即所谓齐献武王碑。察碑文所赞永安以来拯世平乱之功烈，非高欢莫可当之。"又曰："《洛阳伽蓝记》卷五：'北芒山上有冯王寺、齐献武王寺。'若印山寺碑果即齐献武王碑，则印山寺在洛阳之北芒山也。"

[二] 结绳：结绳记事。《周易·系辞下》："上古结绳而治，后世圣人易之以书契。"孔颖达疏引郑玄注曰："事大大结其绳，事小小结其绳。"高亨注："上古结绳记事，最初当用绳结记物之数量，进而则能表示物之性质与关系等。部落酋长等亦用结绳之法记部落大事，故曰：结绳而治。"《庄子·胠箧》："昔者容成氏、大庭氏、柏皇氏、中央氏、栗陆氏、骊畜氏、轩辕氏、赫胥氏、尊卢氏、祝融氏、伏羲氏、神农氏，当是时也，民结绳而用之。"●运往：转到过往，意即成为过去。《梁书·庾诜传》："奄随运往，恻怆于怀。"●此句言结绳

而治的时代已成为过去。

[三] 观象：观察天空的现象。《周易·系辞下》："古者包犧氏之王天下也，仰则观象于天，俯则观法于地，观鸟兽之文与地之宜，近取诸身，远取诸物，于是始作八卦，以通神明之德，以类万物之情。"韩康伯注："圣人之作易……大则取象天地。"●代兴：更替兴起。《国语·郑语》："及平王之末，而秦、晋、齐、楚代兴。"韦昭注："代，更也。"

上二句谓：结绳记事成为过往，八卦治世代之而兴。

[四] 礼乐相因：礼乐之教相互因承。《周礼·地官·大司徒》："三曰六艺：礼、乐、射、御、书、数。"郑玄注："礼，五礼之义；乐，六乐之歌。"《论语·为政》："殷因于夏礼，所损益可知也；周因于殷礼，所损益可知也。其或继周者，虽百世可知也。"●间出：间或出现，时不时出现。〇诗书间出：谓汉代广开献书之路，各种典籍相继出现。语出《史记·太史公自序》："于是汉兴，萧何次律令，韩信申军法，张苍为章程，叔孙通定礼仪，则文学彬彬稍进，诗书往往间出矣。"《文选·刘歆<移书让太常博士>》："至孝文皇帝，始使掌故朝错，从伏生受《尚书》。《尚书》初出于屋壁，朽折散绝，今其书见在，时师傅读而已。《诗》始萌芽，天下众书往往颇出，皆诸子传说，犹广立于学官，为置博士。"《汉书·艺文志·诸子略》："汉兴，改秦之败，大收篇籍，广开献书之路。迄孝武世，书缺简脱，于是建藏书之策，置写书之官，下及诸子传说，皆充秘府。"

[五] 此二句谓庄、老学说产生。●指：中国古代哲学概念，谓事物的共性、概念或指称。《公孙龙子·指物论》："物莫非指，而指非指。"陈柱集解："旧注：物我殊能，莫非相指，故曰'物莫非指'。相指者相是非也，彼此相推，是非混一，归于无指，故曰'而指非指'。"●喻是非于一指：通过一个称谓来说明是与非的相对关系。《庄子·齐物论》："以指喻指之非指，不若以非指喻指之非指也；以马喻马之非马，不若以非马喻马之非马也。天地一指也，万物一马也。"郭象注："至人知天地一指也，万物一马也，故浩然大宁，而天地万物，各当其分，同于自得，而无是无非也。"案："无是无非"者，即"喻是非为一指"之义也。●论道德于二篇：在二篇文章中谈说道与德，谓老子所著之《道德经》。《史记·老庄申韩列传》："老子著书上下篇，言道德之意五千馀言而去，莫知其所终。"案：帛书《道德经》不分章，只分上下两篇，上篇为《德经》，下篇为《道经》。汉代河上公为《道德经》作注，分为八十一章，以《道经》三十七章在前，第三十八章之后为《德经》。

[六] 九流之义、百家之言：皆谓战国时各诸子学派之学说。《庄子·天

下》："百家之学，时或称而道之。"《文选·任昉<天监三年策秀才文>》："九流七略，颇常观览；六艺百家，庶非墙面。"李善注："《汉书》曰：九流，有儒家流、道家流、阴阳家流、法家流、名家流、墨家流、纵横家流、杂家流、农家流。……《周礼》：保氏，养国子以道，乃教之六艺。一曰五礼，二曰六乐，三曰五射，四曰五驭，五曰六书，六曰九数。……《淮南子》曰：'百家异说，各有所出。'"《洛阳伽蓝记》原序："三坟五典之说，九流百氏之言。"周祖谟《校释》："九流百氏，指诸子百家而言。"●开：开创。●作：产生，兴起。《说文·人部》："作，起也。"

[七] 赋命：天地所赋予的命运。《鲍参军集·代空城雀》："赋命有厚薄，长叹欲如何？"●遭随：遭命和随命的合称。语出《庄子·列御寇》："达大命者随，达小命者遭。"王充《论衡·命义》："传曰：'说命有三：一曰正命，二曰随命，三曰遭命。'……随命者，戮力操行而吉福至，纵情施欲而凶祸到，故曰随命。遭命者，行善得恶，非所冀望，逢遭于外而得凶祸，故曰遭命。"后泛指命运的好坏。●赋命有遭随：谓命运有好坏。《潜夫论·卜列》篇："行有招召，命有遭随。"

[八] 摄养：养生。《世说新语·夙惠》："陛下昼过冷，夜过热，恐非摄养之术。"李毓芙注："摄养，养生。"●夭寿：短命与长寿。《论衡·齐世》："形体同，则丑好齐；丑好齐，则夭寿适。"

案：上二句大意为，命运有好坏，生命有短长。

[九] 爱惠：据《周易·系辞下》，疑为"爱恶"之讹。爱恶，喜爱和厌恶。●吉凶：犹祸福。《周易·乾》："与鬼神合其吉凶。"高亨注："谓其赏善罚恶与鬼神福善祸恶一致。"以"福善祸恶"释"吉凶"。●情伪：真诚与虚伪。《左传》僖公二十八年："民之情伪，尽知之矣。"●利害：利益与损害。《史记·龟策列传》："先知利害，察于祸福。"●此二句大意为，喜爱和厌恶之情导致灾殃与幸福，真诚与虚伪之感关涉利益与损害。语出《周易·系辞下》："吉凶以情迁。是故，爱恶相攻而吉凶生，远近相取而悔吝生，情伪相感而利害生。"韩康伯注："吉凶无定，唯人所动。情顺乘理以之吉，情逆违道以蹈凶，故曰'吉凶以情迁'也。泯然同顺，何吉何凶？爱恶相攻，然后逆顺者殊功，故吉凶生。……情以感物则得利，伪以感物则致害也。"

[一〇] 钟：《全后魏文》作"锺"，颜元孙《干禄字书·平声》："锺钟：上酒器，下钟磬字。今并用上字。"案：二字古通。◎张罗：张设罗网。《战国策·东周策》："譬之如张罗者，张之于无鸟之所，则终日无所得矣。"●呪：梵语"陀罗尼"的意译，又译作"真言"。谓真实诚挚的言辞。《大智度论》卷

五：“陀罗尼，秦言能持，或言能遮。能持者，集种种善法，能除令不散不失。……能遮者，恶不善根心生，能遮令不生。”宋赵彦卫《云麓漫钞》卷三：“自《严陵经房氏笔受》有咒一卷，后每经必有咒。”●张罗之咒：商汤撤去罗网时的祷告之辞。《史记·殷本纪》：“汤出，见野张网四面，祝曰：‘自天下四方，皆入吾网。’汤曰：‘嘻，尽之矣！’乃去其三面，祝曰：‘欲左，左；欲右，右。不用命，乃入吾网。’诸侯闻之，曰：‘汤德至矣，及禽兽。’”●易：改变。《玉篇·日部》：“易，转也，变也。”《广韵·昔韵》：“易，变易也，改也。”●衅：以牲血涂抹钟、鼓。○钟：古乐器名，祭祀或宴享时用之。○衅钟：周代礼仪，新钟铸成，杀牲取血涂抹钟的孔隙，用以祭祀。《弘明集》卷二引宋宗炳《明佛论（一名神不灭论）》：“孟轲击赏于衅钟，知王德之去杀矣。”●牲：古代供祭祀用的全牛。《字汇·牛部》：“牲，祭天地宗庙之牛完全曰牲。”后“牲”的范围扩大，有“三牲”“六牲”之说。既用于祭祀又用于食用。《玉篇·牛部》：“牲，三牲：牛、羊、豕。”《周礼·天官·膳夫》：“凡王之馈，食用六谷，膳用六牲。”郑玄注：“六牲，马、牛、羊、豕、犬、鸡也。”●易衅钟之牲：谓梁惠王以羊代牛来衅钟，以示其有不忍之心。《孟子·梁惠王上》中载：“王坐于堂上，有牵牛而过堂下者。王见之，曰：‘牛何之？’对曰：‘将以衅钟。’王曰：‘舍之！吾不忍其觳觫，若无罪而就死地。’对曰：‘然则废衅钟欤？’曰：‘何可废也，以羊易之。’”

[一一]因果：产生结果的原因和由原因导致的结果。根据佛教轮回的说法，善因得善果，恶因得恶果。《菩萨璎珞本业经》卷下：“是故善果从善因生，是故恶果从恶因生。”●业：佛教称能导致果报之身、口、意的行为为“业”，分善业和恶业两种。善业有福报，恶业有祸报。《维摩诘所说经·佛国品》：“无我无造无受者，善恶之业亦不忘。”《佛为首迦长者说业报差别经》云：“佛告首迦：一切众生，系属于业，依止于业，随业自转，以是因缘，有上、中、下，差别不同。或有业能令众生得短命报，或有业能令众生得长命报，或有业能令众生得多病报，或有业能令众生得少病报，或有业能令众生得丑陋报，或有业能令众生得端正报，或有业能令众生得小威势报，或有业能令众生得大威势报，或有业能令众生得下族姓报，或有业能令众生得上族报。”●因果之业：即“因果报应”，由因果导致的业报。●申：明，明白。《字汇·田部》：“申，明也。”

[一二]感应：众生以其精诚感动神明，而神明应之，故曰感应。《周易·咸》：“《象》曰：咸，感也。柔上而刚下，二气感应以相与。……天地感而万物化生，圣人感人心而天下和平。观其所感，而天地万物之情可见矣。”《颜氏家训·归心》：“神通感应，不可思量。”●蔽：蒙蔽，壅蔽。《楚辞·九章·惜诵》：“情

沉抑而不达兮，又蔽而莫之白。"王逸注："左右壅蔽，无肯白达己心也。"●此句谓与神灵感通的途径被壅蔽。

[一三]修短有命：人的寿命长短是由天注定的。《论语·颜渊》："子夏曰：'商闻之矣：死生有命，富贵在天。'"《论衡·命义》篇："人有寿夭之相……故寿命修短皆禀于天。"●未详：不知道，未弄明白。《后汉书·蔡邕传》："未详斯议，所因寝息。"●此句大意为，人的寿命长短由天定，子夏已经说过，但人们未弄明白。

[一四]张燮本和《温侍读集》《全后魏文》"之"下并有"而"字，据上下文义，当补"而"字。◎报施：即报答，谓酬劳有功者。《左传》僖公二十四年："报者倦矣，施者未厌。"杜预注："施，功劳也。有劳则望报过甚。"《刘孝标集·辩命论》："天之报施，何其寡欤！"罗国威注："报施，酬劳。"●报施在天：上天酬劳行善之人。语出《史记·伯夷列传序》："或曰，天道无亲，常与善人。若伯夷叔齐，可谓善人者非邪？积仁絜行如此而饿死！且七十子之徒，仲尼独荐颜渊为好学。然回也屡空，糟糠不厌，而卒蚤夭。天之报施善人，其何如哉！"●未悟：未理解，未明白。《后汉书·张酺传》："酺自以尝经亲近，未悟见出，意不自得。"李贤注："悟，晓也。"●此句大意为，上天报答善人，司马迁已经说过，但人们未理解。

[一五]大丞相渤海王：指高欢。字贺六浑，渤海蓨（今河北景县）人也。长而深沉有大度，轻财重士，为豪侠所宗。尝与尔朱度律善，魏普泰元年（531）二月，尔朱度律立魏节闵帝。三月，尔朱度律白节闵帝，封高欢为渤海王。十月壬寅，魏废帝立，年号中兴。废帝进高欢为大丞相、柱国大将军、太师。不久，高欢废节闵帝，立孝武帝。武帝授高欢大丞相、天柱大将军、太师、世袭定州刺史。魏静帝武定五年（547）正月丙午，高欢卒于晋阳，时年五十二。欢于北齐文宣帝天保初，追谥为献武帝，至北齐后主元统元年（565），又改谥神武皇帝。《北齐书·神武纪》《北史·齐本纪上》载其事。●大丞相：即丞相，《史记·秦本纪》："（武王）二年，初置丞相。"《集解》引应劭曰："丞者，承也。相，助也。"始设于春秋时期，秦、汉时俱为三公之一，西汉末改称大司徒，东汉末恢复原称，三国、两晋、南北朝时期或又加"大"字，废置无常，多以权臣充任。《汉书·百官公卿表上》：相国、丞相，皆秦官，金印紫绶，掌丞天子助理万机。高帝即位，置一丞相，十一年更名相国，绿绶。哀帝元寿二年更名大司徒。

[一六]膺：接受。《楚辞·天问》："鹿何膺之。"王逸注："膺，受也。"《后汉书·班彪传》附班固："天子受四海之图籍，膺万国之贡珍。"李贤注引

贾逵《国语》注曰："膺，犹受也。"●岳渎：谓五岳、四渎也。《说苑·辨物》："五岳者，何谓也？泰山，东岳也；霍山，南岳也；华山，西岳也；常山，北岳也；嵩高山，中岳也。"又曰："四渎者，何谓也？江、河、淮、济也。"《文选·蔡邕<陈太丘碑文>》："征士陈君，禀岳渎之精，苞灵曜之纯。"李周翰注引《孝经援神契》曰："五岳之精雄圣，四渎之精仁明。"●灵：善，美好。《诗经·鄘风·定之方中》："灵雨既零，命彼倌人。"郑玄笺："灵，善也。"

[一七] 感：感应。《周易·咸》："天地感而万物化生。"王弼注："二气相与乃化生也。"●辰象：日月星辰。《周易·系辞上》："在天成象，在地成形。"韩康伯注："象，况日月星辰；形，况山川草木也。"《文选·沈约<齐故安陆昭王碑文>》："公含辰象之秀德，体河岳之上灵。"吕向注："辰象，日月星也。"

[一八] 置：立。《广雅·释诂四》："置，立也。"○直置：直立。喻人品孤高特立。《文选·江淹<杂体诗·殷东阳仲文>》："直置忘所宰，萧散得遗虑。"●兰桂：兰，兰草；桂，桂树。二者俱为有异香之物，且其性也，虽折而芬芳犹存，故喻人品美好。《颜氏家训·省事》篇："今世所睹怀瑾瑜而握兰桂者，悉耻为之。"

[一九] 絜："洁"字之省，张燮本和《温侍读集》《全后魏文》正作"洁"。◎自然：指本来的状态，本真面貌。《刘孝标集·辩命论》："自然者，物见其然，不知所以然。"●共：介词，相当于"跟""同"。●珪、璋：皆美玉之名。《说文·土部》："圭，瑞玉也。珪，古文圭，从王。"又《玉部》："璋，剡上为圭，半圭为璋。"以喻人品高洁。《刘孝标集·与宋玉山元思书》："心贞筠箭，德润珪璋。"罗国威注："珪璋，玉器之贵重者，喻美德。曹丕《与锺大理书》：'良玉比德君子，珪璋见美诗人。'"案：本文正以珪璋喻指渤海王之人品高洁。

[二〇] 以：张燮本、《温侍读集》作"法"，误。◎加以：再加上。《汉书·元帝纪》："加以边竟不安，师旅在外。"●备：具有，具备。《广韵·至韵》："备，具也。"●百行：各种品行、德行。《文选·嵇康<与山巨源绝交书>》："故君子百行，殊途而同致。"吕向注："百行，言多也。"●体备百行：谓自身具备多种品行。《史通·暗惑》篇："岂知圣人智周万物，才兼百行，若斯而已。"

[二一] 万：《温侍读集》作"菓"，当是"万"字之讹。◎智：通"知"，知道。●周：遍。《广雅·释诂二》："周，徧也。"●智周万物：所知遍及天下万物。形容知识渊博，无所不知。语出《周易·系辞上》："智周乎万物，而道济天下，故不过。"

[二二] 嘿：《全后魏文》作"默"。颜元孙《干禄字书·入声》："嘿默：

上俗下正。"◎兼：同时具备。《说文·秝部》："兼，并也。"●语默：说话或沉默。《谢灵运集·折杨柳行》："语默寄前哲。"李运富注："语默，有时说话，有时沉默。"喻指出仕或隐居。○案："语默"又作"默语"。《潜夫论·实贡》篇："一能之士，各贡所长，出处默语。"●道兼语默：谓立身行世，有君子之品德。语出《周易·系辞上》："君子之道，或出或处，或默或语。"●极：穷尽。《玉篇·木部》："极，尽也。"●思极天人：所思所虑，穷尽天象和人事。唐张怀瓘《书断》卷中："今天子神武聪明，制同造化，笔精墨妙，思极天人。"

[二三] 固以：本来已经。《史记·陈涉世家》："卒买鱼烹食，得鱼腹中书，固以怪之矣。"●兆云非虎：谓周文王出猎，逢遇姜太公之事。典出《史记·齐太公世家》："吕尚盖尝穷困，年老矣，以渔钓奸周西伯。西伯将出猎，卜之，曰'所获非龙非彲，非虎非罴，所获霸王之辅'。于是周西伯猎，果遇太公于渭之阳。"本文以此誉高欢为辅佐重臣。●怀：怀藏。《礼记·曲礼上》："赐果于君前，其有核者怀其核。"●公辅：三公四辅的连称，后用以称辅佐帝王的重臣。《汉书·孔光传》："光凡为御史大夫、丞相各再，一为大司徒、太傅、太师，历三世，居公辅位前后十七年。"●德：道德，品行。《周易·乾》："君子进德修业。"孔颖达疏："德，谓德行；业，谓功业。"

[二四] 卧龙：对诸葛亮的美称。《三国志·蜀书·诸葛亮传》："诸葛亮，字孔明，琅邪阳都人也。……徐庶见先主，先主器之，谓先主曰：'诸葛孔明者，卧龙也，将军岂愿见之乎？'"裴松之注引《襄阳记》："刘备访世事于司马德操。德操曰：'识时务者在乎俊杰。此间自有伏龙、凤雏。'备问为谁？曰：'诸葛孔明、庞士元也。'"后以"卧龙"喻隐居或尚未崭露头角的杰出人才。

[二五] 在：《全后魏文》同。张燮本、《温侍读集》作"任"。观上下文意，当作"任"。◎任：抱有，抱持。《诗经·大雅·生民》："是任是负。"郑玄笺："任，犹抱也。"孔颖达疏："以任、负异文，负在背，故任为抱。"《国语·齐语》："负任担荷。"韦昭注："任，抱也。"●器：才能，能力。《周易·系辞下》："君子藏器于身，待时而动。"《礼记·王制》："各以其器食之。"郑玄注："器，能也。"●王佐之器：即"王佐之才"，谓辅佐君王创业治国的才干。《汉书·董仲舒传·赞》："董仲舒有王佐之才，虽伊、吕亡以加。"

[二六] 道足以济天下：语出《周易·系辞上》："智周乎万物，而道济天下，故不过。"○济：救助，拯救。《字汇·水部》："济，赒救也。"●行足以通神明：语出《周易·系辞下》："于是始作八卦，以通神明之德，以类万物之情。"○行：品行，德行。《周礼·地官·师氏》："敏德以为行本。"郑玄注："德行，内外之称，在心为德，施之为行。"○神明：天地之神。《孝经·感应

章》："天地明察，神明彰矣。"邢昺疏："神明，谓天地之神也。"●又《文选·李康〈运命论〉》："夫道足以济天下，而不得贵于人。……行足以应神明，而不能弥纶于俗。"亦语出《周易·系辞》，或为子昇此文二句的直接来源。

[二七] 表：表明，体现，彰显。《礼记·檀弓下》："君子表微。"郑玄注："表，犹明也。"孔颖达疏："若失礼微细，唯君子乃能表明之。"《文选·司马迁〈报任少卿书〉》："鄙陋没世而文彩不表于后世也。"吕延济注："表，见也。"●立人：立身做人。《周易·说卦》："立人之道，曰仁与义。"●上才：上等才能。《后汉书·列女传·皇甫规妻》："皇甫氏文武上才，为汉忠臣。"亦作"上材"。刘劭《人物志·七谬》："上材之人，能行人所不能行。"

[二八] 含：《温侍读集》作"舍"，当与"含"形近而讹。◎含：内藏，包含。《洪武正韵·覃韵》："含，包也。"●广涂：广阔的道涂。《抱朴子外篇·勖学》："迪唐虞之高轨，驰升平之广涂。"以喻人气度宏大。●大量：宽宏的气量。《抱朴子外篇·汉过》："于是傲兀不检、丸转萍流者，谓之弘伟大量。"

[二九] 末：张燮本、《温侍读集》误作"未"。案：作"末"是，谓末年。

[三〇] 各：张燮本、《温侍读集》作"多"。◎异谋：不同的谋求、打算。《文选·陆机〈辩亡论〉》："昔蜀之初亡，朝臣异谋。"本文谓图谋叛乱之异心。

[三一] 虿：毒虫。《说文·虫部》："虿，毒虫也。"●蜂虿有毒：蜂、虿皆为毒物，故喻恶物虽小，但能害人。语出《左传》僖公二十二年："君其无谓邾小，蜂虿有毒，而况国乎？"●此句谓各地大小叛乱势力，有如蜂虿之类的毒物，给朝廷带来危害。

[三二] 豺狼：豺与狼皆为凶兽，故以喻凶残的恶人。《左传》闵公元年："戎狄豺狼，不可厌也。"●噬：咬。《洛阳伽蓝记》卷一"永宁寺"条："鸱鸣狼噬。"周祖谟《校释》："狼性狠戾，每每反噬。"○反噬：反咬一口。比喻背叛。《南齐书·江谧传》："犯上之迹既彰，反噬之情已著。"●此句谓凶残的恶人背叛朝廷。

案：上两句以蜂虿、豺狼比喻尔朱氏叛党之流。

[三三] 彀：张弓。《列子·汤问篇》："彀弓而兽伏鸟下。"唐殷敬顺《释文》："彀，张弓也。"●弩：弩机。一种利用机械装置射箭的弓。《说文·弓部》："弩，弓有臂者。《周礼》四弩：夹弩、庾弩、唐弩、大弩。"●彀弩临城：张弩机而临于城墙之下。喻尔朱氏叛党进军临逼京城。《魏书·孝庄帝纪》："（永安三年九月戊戌夜，）仆射尔朱世隆、（尔朱）荣妻乡郡长公主，率荣部曲焚西阳门，出屯河阴。己亥，攻河桥……据北中城，南逼京邑。……（冬十月）壬申，尔朱世隆停建兴之高都，尔朱兆自晋阳来会之。……（冬十月）徐州刺

史尔朱仲远反，率众向京师。……（永安三年）十有二月壬寅朔，尔朱兆寇丹谷。……甲辰，尔朱兆、尔朱度律自富平津上，率骑夜度，以袭京城。事出仓卒，禁卫不守。"

[三四] 抽：拔出。《广雅·释诂三》："抽，拔也。"○抽戈：拔出戈。《左传》襄公二十六年："戍怒，抽戈逐王子围，弗及。"●跸：天子所乘车驾。《扬雄集·甘泉赋》："八神奔而警跸兮。"张震泽注："跸，指天子车驾。"●抽戈犯跸：谓臣子弑君。《太平御览》卷九六引《晋书》曰："太子舍人成济抽戈犯跸，天子崩于车中。"本文指尔朱兆弑杀孝庄帝。《魏书·孝庄帝纪》："（永安三年十有二月甲辰，孝庄）帝出云龙门。（尔朱）兆逼帝幸永宁佛寺，杀皇子……甲寅，尔朱兆迁帝于晋阳；甲子，崩于城内三级佛寺，时年二十四。"

[三五] 世道交丧：社会和自然之道相互丧失。谓世风日下，道德沦丧。语出《庄子·缮性篇》："由是观之，世丧道矣，道丧世矣，世与道交相丧矣。"《文馆词林》卷六六九《宋顺帝诛崔惠景大赦诏》："良由世道交丧，源流浸远，风概靡立，以至于斯。"

[三六] 海水群飞：万民离乱。谓国家不安宁，社会不安定。《文选·扬雄<剧秦美新>》："神歇灵绎，海水群飞，二世而亡，何其剧与！"李善注曰："海水，喻万民。群飞，言乱。"本篇谓北魏朝纲混乱不堪。

[三七] 苍龙、白虎：俱为星名。《淮南子·天文》篇："何谓五星？东方，木也。其帝太暤，其佐句芒，执规而治春，其神为岁星，其兽苍龙，其音角，其日甲乙。……西方，金也。其帝少昊，其佐蓐收，执矩而治秋，其神为太白，其兽白虎，其音商，其日庚辛。"子昇此文乃以苍龙喻孝庄帝，以白虎喻高欢。●见：即现也。显示，显露。《广韵·霰韵》："见，露也。"《汉书·元帝纪》："天见大异。"颜师古注："见，显示。"●苍龙入隐：隐喻孝庄帝之被弑。●白虎出见：《孝经纬》第三卷《孝经援神契》："惠至鸟兽，则白虎见。"又第四卷《孝经钩命决》："天子失义不德，则白虎不出。"本文隐喻高欢重振北魏朝纲。

[三八]《广雅·释诂三》："命，名也。"○命世：显名当时。《汉书·楚元王传·赞》曰："传曰：圣人不出，其间必有命世者焉。"或作"命时"。《太平御览》卷四七八引范亨《燕书》佚文："谓高祖曰：君必为命时之器，匡时济难者也。"而卷六八八引这段文字正作"命世"。●命世有期：力挽狂澜的人物在特定时期出现。《孟子·公孙丑下》："五百年必有王者兴，其间必有名世者。"焦循《正义》："命世，即名世。"

[三九] 匡时：匡正时世，挽救时局。《后汉书·荀淑传论》："平运则弘道以求志，陵夷则濡迹以匡时。"●作宰：作为宰辅，担任辅佐皇帝的重臣。《魏

书·后废帝纪》：永安二年"冬十月壬寅，（元朗）即皇帝位于信都城西。升坛焚燎，大赦，称中兴元年。……以齐献武王为侍中、丞相、都督中外诸军事、大将军、录尚书事、大行台，增邑三万户"，中兴二年二月"甲子，以齐献武王为大丞相、柱国大将军、太师，增封三万户，并前为六万户"。《魏书·出帝纪》："改中兴二年为太昌元年……帝以世易，复除齐献武王为大丞相、天柱大将军、太师，世袭定州刺史，增封九万，并前十五万户。"

[四〇] 拯沉溺以援手：伸出援手拯救溺水之人。典出《孟子·离娄上》："淳于髡曰：'男女授受不亲，礼与？'孟子曰：'礼也。'曰：'嫂溺，则援之以手乎？'曰：'嫂溺不援，是豺狼也。男女授受不亲，礼也；嫂溺，援之以手者，权也。'"○后以"拯沉溺"比喻拯救倾颓的政权。《文选·司马相如<难蜀父老>》："夫拯民于沉溺，奉至尊之休德。"●涉波澜：渡越波涛。《文苑英华》卷二七〇引高适《送柴司户充刘乡判官之岭外》："风霜驱瘴疠，忠信涉波涛。"●濡：打湿。阳承庆《字统》佚文："濡，小湿也。"○濡足：打湿双脚。《楚辞·怀沙》："因芙蓉而为媒兮，惮褰裳而濡足。"●涉波澜而濡足：打湿双脚，渡越波涛以救人。《新序·节士》："圣人仁士之于天地之间也，民之父母也，今为濡足之故，不救溺可乎？"

[四一] 暾：张燮本、《温侍读集》作"曒"。◎暾日：白日。《诗经·王风·大车》曰："谓予不信，有如曒日。"毛传："曒，白。"郑玄笺："我言之信如白日也。"孔颖达疏："曒者，明白之貌，故为白。"《阮籍集·咏怀诗》："曒日布炎精。"陈伯君校注："黄节引《毛诗》（《王风》《大车》）曰：'有如曒日。'谓诗（指阮籍《咏怀诗》）中'曒'当作'暾'。按《玉篇》：'曒，明也。''暾，白也。'"案：据孔疏及陈氏所云，则"曒""暾"二字有别。"曒"为"明白"义，"暾"为"白亮"义。当以"暾日"为是，《文选·孙绰<游天台山赋>》"暾日炯晃于绮疏"，亦作"暾日"。本文宜同。●此句大意是说高欢胸中如白日高悬，光明敞亮。

[四二] 衿：张燮本作"襟"。案"衿"同"襟"，颜元孙《干禄字书·平声》："衿襟：并正。"◎起大风：刮起大风。语出《史记·高祖本纪》："酒酣，高祖击筑，自为歌诗曰：'大风起兮云飞扬，威加海内兮归故乡，安得猛士兮守四方！'"●衿袖：指衣襟衣袖。《艺文类聚》卷六九引谢惠连《白羽扇赞》："挥之衿袖，以御炎热。"亦可借指胸怀。●起大风于衿袖：衿袖之中大风回旋。《沈约集·谢敕赐绢葛启》："变溽暑于闺阁，起凉风于襟袖。"盖即子昇此句所出。●此句大意是说高欢气度不凡，气势宏伟。

[四三] 此二句语出《汉书·艺文志》："及汤武受命，以师克乱而济百姓，

动之以仁义，行之以礼让。"●此二句大意是说高欢以仁义立身，以忠贞行事。

[四四]《管子•任法》："然故下之事上也，如响之应声也；臣之事主也，如影之从形也。"《淮南子•主术》篇："天下从之，如响之应声，景之像形。"●此二句谓高欢平定叛乱，受到北魏朝廷上下的热烈拥护，归附者如影子追随形体，响应者如回声应和声源。

大觉寺碑[一]

维天地开辟[二]，阴阳转运[三]。明则有日月，幽则有鬼神[四]。初地辽远，末路悠长[五]。自始及终，从凡至圣[六]。积骨成山[七]，祇劫莫数[八]。垂衣拂石，恒河难计[九]。及冠日示梦，蒙罗见谒[一〇]。应世降神，感物开化[一一]。颜如满月，心若盈泉[一二]。体道独悟，含灵自晓[一三]。居三殿以长想，出四门而永虑[一四]。声色莫之留，荣位不能屈[一五]。道成树下[一六]，光属天上[一七]。变化靡穷，神通无及[一八]。置须弥于荨苈，纳世界于微尘[一九]。辟慈悲之门，开仁寿之路[二〇]。（殛）<拯>烦恼于三涂[二一]，济苦难于五浊[二二]。非但化及天龙，教被人鬼[二三]，固亦福霑行雁，道洽游鱼[二四]。但群生无感，独尊罢应；杂色照烂，诸山摇动[二五]。布金沙而弗受，建宝盖而未留[二六]。遂上微妙之台，永升智慧之殿[二七]。而天人慕德，像法兴灵[二八]；图影西山[二九]，承光东壁[三〇]。主上乃据地图，揽天镜[三一]，乘六龙[三二]，朝万国[三三]。牢笼宇宙[三四]，襟带江山[三五]。道济横流[三六]，德昌颓历[三七]。四门穆穆[三八]，百僚师师[三九]。乘法舡以径度，驾天轮而高举[四〇]。神功宝业，既被无边[四一]；鸿名懋实，方在不朽[四二]。（抵）<抵>掌措言，虽不尽意[四三]；执笔书事，其能已乎[四四]？

[系年]

《洛阳伽蓝记》卷四"大觉寺"条："大觉寺，广平王怀舍宅［立］也，在融觉寺西一里许。北瞻芒领，南眺洛汭，东望宫阙，西顾旗亭，禅皋显敞，实为胜地。是以温子昇碑云'面山背水，左朝右市'是也。怀所居之堂，上置七佛，林池飞阁，比之景明。至于春风动树，则兰开紫叶，秋霜降草，则菊吐黄花。名僧大德，寂以遣烦。永熙年中，平阳王即位，造砖浮图一所。是土石之工，穷精极丽，诏中书舍人温子昇以为文也。"永熙共三年，姑系温子昇此文于永熙二年（533）。康金声《年表》系年亦同。案：本篇《年谱》未系年，当据补。

[校注]

[一] 本篇以宋本《艺文类聚》卷七七为底本，以张燮本和《温侍读集》《全后魏文》比勘。

[二] 开辟：同义复词。《尔雅·释言》："开，辟也。"●天地开辟：谓盘古开天辟地。《艺文类聚》卷一引徐整《三五历纪》："天地混沌如鸡子，盘古生其中，万八千岁，天地开辟，阳清为天，阴浊为地。盘古在其中，一日九变，神于天，圣于地，天日高一丈，地日厚一丈，盘古日长一丈。天数极高，地数极深，盘古极长，后乃有三皇。"《太玄经·玄莹》篇："天地开辟，宇宙祐坦。"

[三] 阴阳转运：阴阳转换，往复运行。如寒来暑往、日升月落、昼尽夜来、冬去春到等等，皆是也。《京氏易传》卷下："六爻：上下天地，阴阳运转，有无之象，配乎人事。"

[四] 此二句语出《礼记·乐记》："明则有礼乐，幽则有鬼神。"●明：指阳世，外部世界，即人世间。●幽：幽冥世界，指阴间。●鬼神：鬼与神的合称。鬼为人鬼，即人死后之精灵；神为天神，即自然之精灵。《礼记·祭法》："人死曰鬼。"又曰："山林、川谷、丘陵、能出云、为风雨、见怪物，皆曰神。"《礼记·仲尼燕居》："鬼神得其飨。"孔颖达疏："鬼神得其飨者，谓天神人鬼各得其飨食也。"○有时，"鬼神"俱可指人鬼。《礼记·乐记》郑玄注："《五帝德》说黄帝德曰：'死而民畏其神者百年。'《春秋传》曰：'若敖氏之鬼。'然则圣人之精气谓之神，贤知之精气谓之鬼。"○韩愈《原鬼》："无声与形者，鬼神是也。"

[五] 初地：菩萨乘之十地中之第一地。《华严经·十地品》："初地义，是初菩萨地，名之为欢喜。"○案：菩萨乘十地，为人修炼成佛之十个果位。分别是：一、欢喜地：又称极喜地、喜地、悦豫地。为菩萨既满初阿僧祇劫之行，初得圣性，破见惑，证二空性，生大欢喜，故名欢喜地。菩萨于此地成就檀（布施）波罗密。二、离垢地：又称无垢地、净地。菩萨成就尸（持戒）波罗密，断修惑（即思惑），除毁犯之垢，使身清净，故云离垢地。三、发光地：又称明地、有光地、与光地。菩萨成就羼提（忍辱）波罗密，断修惑，得谛察法忍，智慧显发，故云发光地。四、焰慧地：又称焰地、增曜地、晖曜地。菩萨成就毗离耶（精进）波罗密，断修惑，使慧性炽盛，故云焰慧地。五、极难胜地：又称极难胜地。菩萨成就禅定波罗密，断修惑，真俗二智之行相互违者，使之合而相应，故云极难胜地。六、现前地：又称现在地、目见地、目前地。菩萨成就般若（智慧）波罗密，断修惑，发最胜智，使现前无染净差别，故云现前地。七、远行地：又称深行地、深入地、深远地、玄妙地。菩萨成就方便

波罗密，发大悲心，断修惑，远离二乘之自度，故云远行地。八、不动地：又称不退地。菩萨成就愿波罗密，断修惑，作无相观，任运无功用相续，故云不动地。九、善慧地：又称善哉意地、善根地。菩萨成就力波罗密，断修惑，具足十力，于一切处，知可度不可度，能说法，故云善慧地。十、法云地：又称法雨地。菩萨成就智波罗密，亦断修惑，具足无边恒沙清净性功德，出生无边功德水，如大云复虚空，出清净众水，故云法云地（参见释大恩《地藏菩萨本愿经·忉利天宫神通品》注，巴蜀书社，2001年版）。《法苑珠林》卷六五《十地部》："如金刚三昧，不坏不灭。经云：'佛告弥勒菩萨：我今为汝说菩萨所得功德地法。初地菩萨犹如初月，光明未显，然其明相皆悉具足。二地菩萨如五日月。三地菩萨如八日月。四地菩萨如九日月。五地菩萨如十日月。六地菩萨如十一日月。七地菩萨如十二日月。八地菩萨如十三日月。九地菩萨如十四日月。十地菩萨如十五日月。'" ●辽远：指空间距离遥远。《左传》襄公八年："楚师辽远，粮食将尽，必将速归，何患焉？"引申可指时间久远。●末位：菩萨乘之十地中之第十地，即法云地。●悠长：久远，漫长。《汉书·叙传上》："道悠长而世短兮。"●此二句殆谓：修到初地果位，时间漫长；修到第十地果位，时间更加久远。

[六] 凡：《全后魏文》作"兄"，殆与"凡"形近而误。◎自始至终：从开始到结束。《宋书·谢灵运传》："又以晋氏一代，自始至终，竟无一家之史，令灵运撰晋书，粗立条流。"本文谓从开始修炼佛法，到最后证悟成佛的时段。●从凡入圣：康金声注："由凡人修炼为圣人也。"又引《释迦方志》卷上《中边篇》曰："人者，不出凡圣，凡人极位，名曰轮王；圣人极位，名曰法王。盖此二王不生则已，生必居中。"

[七] 积骨成山：积累骨头，形成高山。以言众生于生死轮回中受无量无尽之苦。《寒山诗·自古诸哲人》："积骨如毗富，别泪成津海。"项楚注："寒山诗之'积骨如毗富，别泪成津海'二句，言众生沉沦于生死轮回之中，无休无止，累积多生之尸骨，高于毗富罗山；诀别亲属之眼泪，多于大海之水。《杂阿含经》卷三四：'一人一劫中，积聚其身骨，常积不腐坏，如毘富罗山。'《大般涅槃经》卷二二：'菩萨摩诃萨观诸众生，为色香味触因缘故，从昔无数无量劫来，常受苦恼。一一众生一劫之中所积身骨，如王舍城毘富罗山。'《贤愚经》卷一：'我于久远生死之中，杀生无数，或为贪欲瞋恚愚痴，计其白骨，高于须弥。'《庞居士语录》卷下：'别泪成河海，骨如毗富山，祇缘尘识法，所以遣心然。'李复言《续玄怪录》卷一《麒麟客》：'……回视委骸，积如山岳。'敦煌本《频婆娑罗王后宫彩女功德意供养塔生天因缘变》：'自念我昔，积于白骨，

过于须弥.'《续古尊宿语要》卷一《慈明圆禅师语》：'……积骨如毗富罗山，饮乳如四大海水。'"

[八] 祇：应为"祇"字之讹。●劫：为极久远之时间名称，指世界从形成到毁灭的一个周期。一劫时间的长短，佛经中说法不一，一般认为，八百四十万年为一小劫，一千六百八十万年为一中劫，八十中劫为一大劫。每一劫包括成、住、坏、空四个时间段。到坏劫时，有水、火、风三灾出现，世界归于毁灭。《法苑珠林》卷三《劫量篇·述意部》："夫劫者，盖是纪时之名，犹年号耳。"《隋书·经籍志·佛》："一成一败，谓之一劫。自此天地以前，则有无量劫矣。"《寒山诗·世人何事可吁嗟》项楚注："劫：佛经以世界成坏一次为一劫，有小、中、大劫之分，表示极久远之时间。隋吉藏《胜鬘宝窟》卷上之末：'依《璎璐经》亦名三劫：一里二里乃至四十里石，方广亦然，以天衣重三铢，人中日月岁数三年一拂，此石乃尽，名一小劫。就一小劫中自有一里二里乃至四十里、六十里石，方广亦然，以梵天衣重三铢，梵天中百宝光明珠为日月岁数，三年一拂，此石乃尽，名为中劫。有八百里石，方广亦然，以净居天衣重三铢，即净居天百宝光明镜为日月岁数，三年一拂，此石乃尽，故名一大僧祇劫。'"○祇劫："阿僧祇劫"之省。阿僧祇，意为无量数、无央数。阿僧祇劫，谓无量数之大劫，为无法计量的极漫长时间。法显《佛国记》："菩萨从三阿僧祇劫，苦行不惜身命。"●莫数：无法用数字计量。

上二句谓众生无量劫以来受无穷无尽之苦，生死难尽，无法计量。昙无谶译《大般涅槃经》卷二十二《光明遍照高贵德王菩萨品第十之二》："菩萨摩诃萨观诸众生为色、香、味、触因缘故，从昔无数无量劫来，常受苦恼。一一众生，一劫之中所积身骨，如王舍城毗富罗山，所饮乳汁如四海水，身所出血多四海水，父母、兄弟、妻子、眷属命终哭泣所出目泪多四大海，尽地草木为四寸筹以数父母亦不能尽，无量劫来或在地狱、畜生、饿鬼所受行苦不可称计，揣此大地犹如枣等易可穷极，生死难尽。"

[九] 垂衣：垂天衣。●拂石：佛家语，指拂石劫，又名磐石劫。谓天人以天衣拂磐石使尽所需的时间，故为极久远之时间。说详注 [八] 之《寒山诗》项楚注。●恒河：河名，位于今印度与孟加拉国境内。印度教视为圣河。佛教也视之为福水，认为它圣名永存，供众人享用，佛常于此宣说妙法。○本文之"恒河"，为"恒河沙数"之省，谓像恒河里的沙粒数量一样，极言数量之多。●此二句大意为，天人垂天衣拂磐石使尽所需的时间，尽恒河里的沙粒数量，都难以计量。

[一〇] 冠日示梦：康金声注："帝释以顶戴日光之金人托梦示人也。传曰，

释迦牟尼母尝夜梦天降金人，因而有孕。又据《后汉书·天竺传》，谓：'明帝梦见金人，长大，顶有光明，以问群臣。或曰，西方有神，名曰佛，其形长丈六尺，而黄金色。帝于是遣使天竺，问佛道法。'《魏书·释老志》亦曰：'孝明帝夜梦金人，项有日光，飞行殿庭，乃访群臣。傅毅始以佛对。'"●蒙罗见谒：康金声注："帝释于帝释宫之宝网下受拜谒也。帝释居须弥山顶之善见城，为忉利天之主，统领其余三十二天。《大日经一疏五》曰：'坐须弥山，天众围绕，首戴宝冠，身被种种璎珞，持跋折罗。'帝释宫前悬宝罗网连缀宝珠而成，以作庄严之具，谓之'帝网'。《法华经》曰：'真珠罗网张设其上。'《无量寿经上》亦曰：'道场树高四百万里……珍妙罗网罗覆其上。'"

　　[一一] 应世：谓佛、菩萨应化于世。《广弘明集》卷二二引隋炀帝《宝台经藏愿文》："仰惟如来应世，声教被物。"●降神：降下神灵。《诗经·大雅·云汉》："维岳降神。"●应世降神：谓释迦牟尼入驻母胎，如神降临。《佛本行集经》第七卷《俯降王宫品第五》："时护明菩萨，一心正念，从兜率下，托净饭王最大夫人摩耶右胁，安庠而入……菩萨初从兜率下时，入母右胁，受胎讫已……常住右胁，不曾移动"。《广弘明集》卷一三《十喻篇下》："释迦起无缘之慈，应有机之召，语其迹也，则行满三祇，相圆百劫，降神而乘玉象，掩耀而诞金姿。"《大唐西域记》卷六《劫比罗伐窣堵国》："宫城内有故基，净饭王正殿也，上建精舍，中作王像。其侧不远有故基，摩诃摩耶夫人寝殿也，上建精舍，中作夫人之像。其侧精舍，是释迦菩萨降神母胎处，中作菩萨降神之像。"●感物开化：谓莫耶夫人感波罗叉树，自右胁生出释迦牟尼。《广弘明集》卷一三《十喻篇下》："圣人应迹，异彼凡夫。或乘龙象以处胎，乍开胁腋而出世。"《佛本行集经》第七卷《树下诞生品第六之一》："尔时菩萨圣母摩耶，怀孕菩萨，将满十月……善觉释种大臣，于彼春初二月八日鬼宿合时，共女摩耶相随，向彼岚毗尼园……然其园中别有一树，名波罗叉……摩耶夫人，安庠渐次，至彼树下……是时彼树，以于菩萨威德力故，枝自然曲，柔软低垂，摩耶夫人即举右手……执波罗叉垂曲树枝，仰观虚空……摩耶立地以手执波罗叉树枝讫已，即生菩萨……又复一切诸众生等，生苦逼故，在于胎内，处处移动，菩萨不然，从右胁入，还住右胁，在于胎内，不曾移动。及欲出时，从右胁生。"《渊鉴类函》卷三一七引《周书异记》曰："周昭王二十四年，天竺迦维卫国净梵王妃摩耶氏梦天降金人，遂有孕。于四月八日，太子生于右胁，名悉达多。年十九入檀特山修行证道，至穆王三年明星出时成佛，号世尊。"《大唐西域记》卷六《劫比罗伐窣堵国》记释迦牟尼初生时情状为："菩萨初出胎也，天帝释以妙天衣跪接菩萨。"又曰："菩萨从右胁生已，四天王以金色氎衣捧菩

萨，置金机上，至母前曰：'夫人诞斯福子，诚可欢庆，诸天尚喜，况世人乎？'"又曰："菩萨生已，不扶而行于四方，各七步，而自言曰：'天上天下，唯我独尊，今兹而往，生分已尽。'随足所蹈，出大莲花，二龙踊出，住虚空中而各吐水，一冷一煖，以浴太子。"

[一二] 满月：圆月，农历每月十五日夜晚的月亮。《初学记》卷一引刘宋何偃《月赋》："远日如鉴，满月如璧。"《洛阳伽蓝记》原序："满月流光，阳门饰豪。"●颜如满月：即"面如满月"，谓颜面圆满亮白如满月，多以形容佛菩萨相貌白净丰满而有神采。《艺文类聚》卷七七引梁简文帝《释迦文佛像铭》曰："满月为面，青莲在眸。"《寒山佚诗·得此分段身》项楚注："佛经多以满月形容面貌丰美，如《大萨遮尼干子所说经》卷一六：'十八者沙门瞿昙面貌丰美，如似满月。'《杂阿含经》卷二三：'行步如鹅王，面净如满月。'"●心若盈泉：谓内心佛性澄澈充溢，如满满涌出的泉水，至清至净。●案：本文"满月""盈泉"皆谓佛性湛然清净，充盈世界。《寒山诗·寒山顶上月轮孤》项楚注："按寒山此诗之'月轮'，以及……明月皆是佛性之喻，盖佛书或云'月轮'即是佛性之形相。《金刚顶瑜伽中发阿耨多罗三藐三菩提心论》：'一切众生，本有萨埵，为贪瞋痴烦恼所缚故，诸佛大悲，以善巧智，说此甚深祕密瑜伽，令修行者于内心中观白月轮，由作此观，照见本心，湛然清净，犹如满月，光遍虚空，无所分别，亦名觉了，亦名净法界，亦名实相般若波罗蜜海，能含种种无量珍宝三摩地，犹如满月，洁白分明。何者？为一切有情悉含普贤之心，我见自心，形如月轮。何故以月轮为喻？为满月圆明，体则与菩提心相似。'"

[一三] 体道：体悟大道，明于至道。《庄子·知北游》："夫体道者，天下之君子所系焉。"●独悟：独自领悟。《后汉书·赵壹传》载《刺世嫉邪赋》："贤者虽独悟，所困在群愚。"《广弘明集》卷一五引晋殷晋安《文殊师利赞序》："无上之心，兆于独悟。"●含灵：内蕴灵性。《广弘明集》卷一五引王僧孺《忏悔礼佛文》："禀气含灵，莫闻斯本。"《艺文类聚》卷四三引沈约《郊庙歌·黄帝辞》："郁彼中坛，含灵阐化。"●自晓：自然知道。乃言禀赋极高。《论衡·实知篇》："儒者论圣人，以为前知千岁，后知万事……不学自知，不问自晓。"●此二句殆谓释迦牟尼天赋异禀，神识高妙，佛性圆满具足，故能独知大道，出家修行，证悟成佛。《五灯会元》卷一《释迦牟尼佛》引《普集经》云："菩萨于二月八日明星出时成道，号天人师，时年三十矣。即穆王三年癸未岁也。"

[一四] 三殿：即"三时殿"，乃净饭王为太子所筑之暖殿、凉殿、中殿。暖殿以拟隆冬，凉殿以拟夏暑，中殿以拟春秋。《佛本行集经》第十二卷《捔术

争婚品第十三之一》："尔时太子渐向长成，至年十九，时净饭王为于太子造三时殿：一者暖殿，以拟隆冬；第二殿凉，拟于夏暑；其第三殿，用拟春秋，二时寝息。拟冬坐者殿一向暖，拟夏坐者殿一向凉，拟于春秋二时坐者，其殿调适，温和处平，不寒不热。"《广弘明集》卷一五引梁简文帝《菩提树颂序》："制三时之殿，耸四柱之台。"〇一说"三殿"为悉达多太子三夫人所居之处。《法苑珠林》卷一四《千佛篇·降胎部·同应》引《佛本行经》云："明女瞿夷者是太子第一夫人，其父名水光长者。太子第二夫人生罗云者，名耶维檀，其父名移施长者。太子第三夫人名鹿野，其父名择长者。以有三妇，故太子父王为立三时殿，殿有二万采女，三殿凡有六万采女。以太子当作遮迦越王，故置有六万采女。"《广弘明集》卷一九引梁陆云《御讲般若经序》："皇太子智均悉达，德迈昙摩。舍三殿之俗娱，延二座以问道。"案：净饭王为太子筑造宫殿、装饰宝物、娶妇、配置采女等等行为，都不过是以俗世之各种声色玩好来打消太子欲出家的念头。●四门：四方之门。《尚书·尧典》："四门穆穆。"子昇本文之"四门"则指迦毗罗城之东、西、南、北四门。●长想：漫无边际地想象，遐想。《文选·傅毅<舞赋>》："游心无垠，远思长想。"●永虑：亦"长想"之义。《文苑英华》卷一三八引《鹤归华表赋》："回朱顶以长望，叠霜毛而永虑。"●《佛本行集经》第十四卷《出逢老人品第十六》：太子从城东门出，看见老人丑陋衰恶之相，"即回车乘，还入于城"，"至其宫内，坐本座上，正念思惟：'我亦当老，老法未过，云何纵逸，自放身心。'"同书第十五卷《道见病人品第十八》：太子"从城南门渐渐而出"，看见病人痿黄少色、悲切酸楚之相，即"还入宫内，端坐思惟：'我亦当病，病法未现，岂得纵情。'"同书第十五卷《路逢死尸品第十九》：太子"从城西门出，向于外观看园林"，看见死尸卧于床上，"别有无量无边姻亲，左右前后，围绕哭泣"，"或出种种悲咽音声，泪下如雨，大叫号恸，酸哽难闻"，"太子睹之，心怀惨恻"，"即回车驾，还向宫中，尔时太子，至宫内已，端坐思惟：'我当必死，既未能得超越死法，系念默然，思惟如是，世间果报，会归无常。'"同书第十五卷《耶输陀罗梦品第二十之一》：太子"从城北门引驾而去"，遇见出家之人，得知出家人"恒常行善法行，远离非行，善平等行，善布施行，善调诸根，善伏自身，善与无畏。能于一切诸众生边，生大慈悲。善不恐怖于诸众生，善不杀害于诸众生，善能护念于诸众生"，"即敕驭者，回还宫中"，宫内有鹿女为太子说偈言，太子"闻此所说偈颂声已，遍体战栗，泪下如雨。心内爱乐涅槃之处，清净诸根，趣向涅槃，而作是言：'我今应当取彼涅槃，我今应当证彼涅槃，我今应当行彼涅槃，我今应当住彼涅槃。'"至此，太子出家修道之意已决。

[一五] 声色：音乐女色，谓尘世之各种欲望。《尚书·仲虺之诰》：“惟王不迩声色，不殖货利。”《吕氏春秋·仲冬纪》：“去声色，禁嗜欲。”●荣位：荣誉和地位，皆为尘世烦恼。●不能屈：不能使其屈服。《孟子·滕文公下》：“富贵不能淫，贫贱不能移，威武不能屈。”本文谓不能使太子向道之志屈服。●此二句谓释迦牟尼见生老病死诸苦，经深思长虑之后，舍弃妻子和太子尊荣，由天人指引而出家修道。《五灯会元》卷一《释迦牟尼佛》：“至（周昭王）四十二年二月八日，年十九，欲求出家而自念言：‘当复何遇？’即于四门游观，见四等事，心有悲喜，而作思惟：‘此老、病、死，终可厌离。’于是夜子时，有一天人名曰净居，于窗牖中叉手白言：‘出家时至，可去矣。’太子闻已，心生欢喜，即逾城而去，于檀特山中修道。”《广弘明集》卷二〇引唐释玄则《禅林妙记前集序》：“（菩萨）虽居五欲，不受欲尘。游国四门，见老、病、死及一沙门，还入宫中，深生厌离，忽于夜半天神扶警，遂腾宝马，踰城出家。”

[一六] 道：谓佛道、佛法。主要有三种：一、有漏道。善业通人而至善处，恶业通人而至恶处，善恶二业谓之道；所至所趣之处亦名为道，如地狱等之六道是也。二、无漏道。七觉八正等之法，能通行人至涅槃，谓之道。又形体虚融无碍为通之义，以通故，故名为道。三、涅槃之体，排除一切障碍而无碍自在，谓之道。●树：谓菩提树，又称道场树，释迦牟尼佛在此树下修成佛道。《方广大庄严经·成正觉品》：“佛告诸比丘，如来于菩提树下，初成正觉，现佛神通，游戏自在，不可胜载，若欲说者，穷劫不尽。”唐段成式《酉阳杂俎前集》卷一八《木篇》：“菩提树，出摩伽陀国，在摩诃菩提寺，盖释迦如来成道时树，一名思惟树。茎干黄白，枝叶青翠，经冬不凋。至佛入灭时，变色凋落，过已还生。……《西域记》谓之卑钵罗，以佛于其下成道，即以道为称，故号菩提婆力叉，汉翻为道树。”●道成树下：谓释迦牟尼于菩提树下悟道成佛。《佛本行集经》第三十卷《成无上道品第三十三》：“尔时菩萨，如是知时，如是见时，心从欲漏而得解脱，心从有漏而得解脱，从无明漏而得解脱……其夜三分已过，第四于夜后分明星将欲初出现时，夜尚寂静。一切众生行与不行，皆未觉寤。是时婆伽婆即生智见，成阿耨多罗三藐三菩提。”

[一七] 属：张燮本、《温侍读集》作“烛”。案作“烛”是。◎烛：谓照耀也。《拾得诗·君见月光明》：“君见月光明，照烛四天下。”●此句谓佛光普照天上人间。《佛本行集经》第三十卷《成无上道品第三十三》：“尔时婆伽婆得智见时，于此世间、梵宫魔宫、天人沙门及婆罗门，世皆大明……小铁围山并大铁围，其间从来恒常黑暗，未曾见光……今者自然皆大开朗，悉睹光明。”

[一八] 变化靡穷：变化多种多样，没有穷尽。《史记·龟策列传》：“灼龟

观兆，变化无穷。"〇本文谓佛菩萨不著定相，变化多端。《后汉书·西域传》："世传明帝梦见金人，长大，顶有光明，以问群臣。或曰：'西方有神名曰佛，其形长丈六尺，而黄金色。'帝于是遣使天竺，问佛道法，遂于中国图画形像焉。"《后汉纪·孝明皇帝纪》："浮屠者，佛也，西域天竺有佛道焉。佛者，汉言觉，将悟群生也。其教以修善慈心为主，不杀生，专务清净。……又以为人死精神不灭，随复受形，生时所行善恶皆有报应，故所贵行善修道，以炼精神而不已，以至无为而得为佛也。佛身长一丈六尺，黄金色，项中佩日月光，变化无方，无所不入，故能化通万物而大济群生。"●神通：神谓不可测，通谓无所挂碍。故"神通"指诸佛菩萨所具备的种种神秘莫测的能力，有宿命通、天耳通、他心通、天眼通、神足通、漏尽通等六通。《方广大庄严经·成正觉品》："佛告诸比丘，如来于菩提树下，初成正觉，现佛神通，游戏自在，不可胜载，若欲说者，穷劫不尽。"《法华经·观世音菩萨普门品》："观音妙智力，能救世间苦，具足神通力，广修智方便。"●无极：无穷尽，无边际。《汉书·礼乐志》："是以诈伪萌生，刑罚无极。"●此二句谓佛菩萨有无穷无尽神通力，能示现种种法相以利益众生。《弘明集》卷一引牟融《理惑论》："佛者，谥号也。……佛乃道德之元祖，神明之宗绪。佛之言觉也，恍惚变化，分身散体，或存或亡，能小能大，能圆能方，能老能少，能隐能彰，蹈火不烧，履刃不伤，在污不染，在祸无殃，欲行则飞，坐则扬光，故号为佛也。"《大般涅槃经》卷第二十二《光明遍照高贵德王菩萨品第十之二》："诸菩萨等解了诸法，悉无定相，见无常相、空寂等相、无生灭相，以是义故，菩萨摩诃萨见一切法是无常相。"又曰："如来……身有三十二相、八十种好……如来非幻。何以故？永断一切虚诳心故，是故非幻。亦非非幻。何以故？如来或时分此一身为无量身，无量之身复为一身。山壁直过，无有障碍。履水如地，入地如水，行空如地。身出烟焰如大火聚，云雷震动其声可畏。或为城邑、聚落舍宅、山川树木，或作大身，或作小身、男身女身、童男童女身，是故如来亦非非幻。如来非定。何以故？如来于此拘尸那城娑罗双树间，示现入于般涅槃故，是故非定。"鸠摩罗什译《佛说弥勒大成佛经》："尔时，弥勒持释迦牟尼佛僧伽梨……告摩诃迦叶言：'汝可现神足，并说过去佛所有经法。'尔时，摩诃迦叶踊身虚空作十八变。或现大身满虚空中，大复现小如葶苈子，小复现大。身上出水，身下出火。履地如水，履水如地。坐卧空中，身不陷坠。东踊西没，西踊东没。南踊北没，北踊南没。边踊中没，中踊边没。上踊下没，下踊上没。于虚空中化作琉璃窟。"

[一九] 须弥：即须弥山，又称苏迷卢山、须弥庐山、须弥留山等，乃佛教

神话传说中的山名。唐慧琳《一切经音义》卷一引《大般若波罗蜜多经·苏迷罗山音义》：“须弥：梵语宝山名。或云须弥山，或云弥楼山，皆是梵言声转不正也。……《大论》云：四宝所成曰妙，出过众山曰高。或名妙光山，以四色宝光明各异照世，故名妙光也。”《寒山诗·田家避暑月》项楚注：“须弥：即须弥山，佛经中的大山，为小世界之中心。《长阿含经》卷一八：‘其大海水，深八万四千由旬，其边无际。须弥山王入海水中八万四千由旬，出海水上高八万四千由旬，下根连地，多固地分。其山直上，无有阿曲，生种种树，树出众香，香遍山林。多诸贤圣，大神妙天之所居止。’《注维摩诘经·佛国品》肇曰：‘须弥山，天地释所住，金刚山也，秦言妙高。处大海之中，水上方高三百三十六万里。如来处四部之中，威相超绝，光蔽大众，犹金山之显溟海也。’”●葶苈：草名，属十字花科，一年或二年生草本植物。种子可入药，称为葶苈子。《尔雅·释草》：“蕈，亭历。”郭璞注：“实、叶似芥，一名狗芥。《广雅》云。”郝懿行《义疏》：“今验亭历实、叶皆似芥。苏颂《图经》谓‘似荠’，非也。形颇类蒿而小，多生麦田，故俗呼麦里蒿。三月开黄花，结角，子亦细黄，味苦。翟氏灏《尔雅补郭》云：‘亭历有二种。一种叶近根生，角细长，俗谓之狗芥，其味微甜。一种单茎向上，叶端出角，犕且短，其味至苦。’郭云：‘实、叶似芥，一名狗芥’，乃甜亭历也。”佛经中以葶苈称极微小之物。●世界：佛教用语。世，指时间，古往今来曰世；界，指空间，上下四方曰界。故世界为全部时间与空间的总称。《楞严经》卷四：“阿难，云何名为众生世界？世为迁流，界为方位。汝今当知东、西、南、北、东南、西南、东北、西北、上、下为界，过去、未来、现在为世。位方有十，流数有三。”《佛说十善业道经》：“为诸世间之所信伏。”蒲正信注：世间，故与“世界”一词同义。又曰：“关于世间之分类，有两种、三种之别。据《俱舍论》卷8等举出两种分类法：有情世间，又作众生世间、有情界；器世间，又作物器世间、器世界、器界、器，指有情居住之山河大地、国土等。又据《大智度论》卷70等举出三种分类法：众生世间，又作假名世间，假名者，乃于十界、五阴等诸法上假立名字，各各不同；五阴世间，又作五众世间、五蕴世界，指由色、受、想、行、识等五阴所形成之世间；国土世间，指器世间，即众生所依之境界。据《华严经孔目章》卷3列出三种分类法：器世间，指三千世界，此乃如来所化之境；众生世间，指如来教化之机众；智正觉世间，指如来能化之智身。”（见蒲正信《佛教道德经典·佛说十善业道经》注，巴蜀书社，2001年版）●微尘：佛家语。色体之极少为极微，极微之七倍曰微尘。丁佛宝《佛学大辞典》：“色体之极少为极微，七倍极微，为微尘。七倍微尘，为金尘。金尘者，得游履金中之间隙也。《俱舍论》十二曰：'七极微为一微量，积微至七为一金尘。'"●此二句说明佛菩萨可以将整个世界、宇宙的众多存在物体等纳入自己的微观视野，体现出佛菩萨的无上智慧和无限神通。《楞严经》卷四："而如来藏随为色空，周遍法界。……我以妙明不灭不生，合如来藏，而如来藏唯妙觉明，圆照法界。是故于中一为无量，无量为一，小中现大，大中现小，不动道场，遍十方界，身含十方无尽虚空，于一毛端，现宝王刹，坐微尘里，转大法轮。灭尘合觉，故发真如妙觉明性。"《法华经》卷第四《提婆达多品第十二》智积菩萨言："我见释迦如来，于无量劫难行苦行，积功累德，求菩提道，未曾止息。观三千大千世界乃至无有，如芥子许。"《北齐书·樊逊传》："法王自在，变化无穷，置世界于微尘，纳须弥于黍米。"

[二〇] 慈悲：佛教术语，乃慈、悲、喜、舍四无量之前二种。与众生同乐曰慈，拔除众生苦恼曰悲。泛指仁慈与怜悯。慈悲有三种：一、众生缘慈悲，以慈悲心视十方六道众生犹如父母亲人，常思与乐拔苦，此乃未断烦恼之修学人所起也；二、法缘慈悲：断烦恼之圣人已达法空，破我空而未破法空，一心令众生随其意而起与乐拔苦之心也；三、无缘慈悲：诸佛不住有为、无为，不住三世，故心无所缘，于一切众生等视无别，皆令得乐拔苦也。唐李师政《法门名义集·功德品》："四无量心：慈无量，悲无量，喜无量，舍无量。慈能与乐饶益，名之慈。慈缘不局，称为无量。悲愍救苦厄，名之为悲。"○亦称"大慈大悲"。《大智度论》卷二七："大慈与一切众生乐，大悲拔一切众生苦。大慈以喜乐因缘与众生，大悲以离苦因缘与众生。"○慈悲之门：谓佛门。释迦牟尼成佛后，以慈悲之心度化众生，使其脱离生死轮回苦海，故称佛门为慈悲之门。●仁寿：谓有仁德者长寿。《论语·雍也》："子曰：知者乐水，仁者乐山。知者动，仁者静；知者乐，仁者寿。"邢昺疏："言仁者少思寡欲，性常安静，故多寿考也。"《汉书·董仲舒传》："尧舜行德则民仁寿。"○仁寿之路：谓得解脱道之路。一切众生，勤修佛法，终得解脱，往生极乐，无生无死。故得解脱之路谓之仁寿之路。

[二一] 殛：张燮本、《温侍读集》作"拯"。《洛阳伽蓝记》卷四"大觉寺"条范祥雍注："温子昇此碑文……（殛）当是拯之讹。"案：作"拯"是，故改。◎拯：与下文之"济"正构成对文，训为"救"。●烦恼：佛教术语，惑也。贪欲、瞋恚、愚痴等诸惑，烦心恼身，故曰烦恼。《大智度论》卷七："烦恼者，能令心烦，使作恼，故名为烦恼。"《成唯识论》卷四："此四常（我痴、我见、我慢、我爱）起，扰浊内心，令外转识，恒成杂染。有情由此生死轮回，不能出离，故名烦恼。"《寒山诗·不见朝垂露》项楚注："按佛教称由

贪瞋恚等引起之内心苦恼惑乱为'烦恼','烦恼'为妨碍觉悟之一切精神作用。又称断除烦恼而成就涅槃之智慧为'菩提','烦恼'与'菩提'虽似对立,但佛法真如,平等不二,本原无异,分别为'烦恼''菩提'种种,皆是方便之说,终非究竟之论,故佛教又有'烦恼即菩提'之理,如《诸法无行经》卷下:'若求烦恼生,烦恼即是道。'按'道'即菩提之义译。智顗说《摩诃止观》卷一上引经言:'烦恼即是菩提,菩提即是烦恼。'《善慧大士语录》卷三《还源诗》:'涅槃生死是,烦恼即菩提。'" ●三涂:佛教术语,又称"三恶趣""三恶道",指火涂(地狱道)、刀涂(饿鬼道)、血涂(畜生道),乃众生为恶而最终之归宿。《寒山诗·恶趣甚茫茫》项楚注:"恶趣,即'三恶趣',亦称'三恶道''三涂'等。佛教认为众生轮回生死于六道之中,罪业深重者当沈沦于地狱道、饿鬼道、畜生道受苦,称为'三恶趣'或'三恶道'。《大宝积经》卷五七:'云何恶趣?谓三恶道。地狱趣者,常受苦切,极不如意,猛利楚毒,难可譬喻。饿鬼趣者,性多瞋恚,无柔软心,谄诳杀害,以血涂手,无有慈悲,形容丑陋,见者恐怖,设近于人,受饥渴苦,恒被障碍。傍生趣者,无量无边,作无义行、无福行、无法行、无善行、无淳质行,互相食噉,强者凌弱。'《维摩诘所说经·佛道品》:"尔时,文殊师利问维摩诘言:菩萨云何通达佛道?维摩诘言:若菩萨行于非道,是为通达佛道。又问:云何菩萨行于非道?答曰:若菩萨行五行间,而无恼恚。至于地狱,无诸罪垢。至于畜生,无有无明骄慢。至于饿鬼,而具足功德。"

[二二] 苦难:苦痛、灾难。《文选·颜延之<秋胡>》诗:"有怀谁能已,聊用申苦难。"案:在佛家看来,众生为种种烦恼所障蔽,难以觉悟,生生世世于六道轮回,无法脱离生死苦海,因而为苦难。苦难为佛教"四谛"之一,有八种,谓:一生苦、二老苦、三病苦、四死苦、五所求不得苦、六怨憎会苦、七爱别离苦、八五阴炽盛苦。《大般涅槃经》第十一卷《圣行品第十九之一》:"所谓四圣谛,苦、集、灭、道。……苦者逼迫相,集者能生长相,灭者寂灭相,道者大乘相。"又曰:"八相名苦,所谓生苦、老苦、病苦、死苦、爱别离苦、怨憎会苦、求不得苦、五盛阴苦。"《锦绣万花谷·前集》卷二十九《浮图名义》:"四谛:苦、集、灭、道是也。苦,谓一切生老病死之类。" ●五浊:又称五滓,指减劫(人类寿命依次减短的时代)中所起之五种滓浊,佛教用以指称人世。一为劫浊,减劫中作人寿减至三十岁时饥饿灾起,减至二十岁时疾疫灾起,减至十岁时刀兵灾起,世界众生无不被害。二为见浊,正法已灭,像法见起,邪法转生,邪见增盛,使人不修善道。三为烦恼浊,众生多诸爱欲,悭贪斗诤,谄曲虚诳,摄受邪法而恼乱心神。四为众生浊,又作有情浊;众生多

诸弊恶，不孝敬父母尊长，不畏恶果报，不作功德，不修慧施、斋法；不持戒敬等。五为命浊，又作寿浊。往古之世，人寿八万岁，今世以恶业增加，人寿转减，故寿命短，百岁者稀（见《六度集经·菩萨本生》蒲正信注，巴蜀书社，2001年版）。唐李师政《法门名义集·世界品》："五浊，一命浊、二众生浊、三烦恼浊、四见浊、五劫浊。寿命短促名曰命浊；众生造恶名众生浊；贪嗔痴长名烦恼浊；邪见转生名为见浊；饥馑疫病刀兴等起是名劫浊。"

〔二三〕《全后魏文》"教""被"二字倒。◎非但：不仅，不光，不只是。荀悦《汉纪·哀帝纪下》："非但君臣，而凡言百姓亦如之。"●化、教：俱谓佛菩萨对众生之教育。●天龙：即"天龙八部"，为佛教八大护法神，包括一天，二龙，三夜叉，四乾达婆，五阿修罗，六迦楼罗，七紧那罗，八摩呼罗迦。因以"天""龙"为首，故称"天龙八部"。其名初见于《大方便佛报恩经》，如卷第七《亲近品第九》曰："阿难白佛言：'世尊，云何名此经？云何奉行？'佛告阿难……说是嘱累品时，七万二千声闻发无上菩提之心。及余一切诸天、龙、鬼神、乾闼婆、紧那罗、摩睺罗伽、人、非人等，及一切大众，闻佛所说，欢喜奉行。"又如《妙法莲华经》卷第一《序品第一》："尔时会中，比丘、比丘尼、优婆塞、优婆夷、天、龙、夜叉、乾闼婆、阿修罗、迦楼罗、紧那罗、摩侯罗伽、人非人，及诸小王、转轮圣王，是诸大众，得未曾有，欢喜合掌，一心观佛。"●化及天龙，教被人鬼：殆谓佛菩萨的教化广大无边，遍及诸道众生。《佛说弥勒大成佛经》："弥勒即自剃发出家学道，早起出家，即于是日初夜降四种魔，成阿耨多罗三藐三菩提，即说偈言……说此偈已，默而住。时诸天、龙、鬼、神罔不现其身，而雨天花供养于佛。三千大千世界，六变震动。佛身出光，照于无量，应可度者皆得见佛。"《辩意长者子经》："佛说经已，时诸天、龙、鬼、神四辈弟子，闻经欢喜，为佛作礼。"又佛在龙宫为娑竭罗龙王说《十善业道经》，"佛说此经已，娑竭罗龙王及诸大众：一切世间天、人、阿修罗等，皆大欢喜，信受奉行"。

〔二四〕福、道：本文谓诸佛菩萨的福祉、福泽。●霈、洽：皆谓滋润。《扬雄集·长杨赋》："盖闻圣主之养民也，仁霈而恩洽，动不为身。"张震泽注："霈、洽，犹言滋润。"《尚书·毕命》："道洽政治，泽润生民。"其"洽""润"对文同义。●行雁：成行的飞雁。《艺文类聚》卷二八引北齐刘逖《秋朝野望》诗："向浦低行雁，排空转噪鸟。"●游鱼：游动的鱼。《艺文类聚》卷六五引王逸《机妇赋》："游鱼衔饵。"●此二句谓佛菩萨福祉广大无边，沾润着天空的飞雁、水中的游鱼。

〔二五〕群生：群居之生类。《庄子·刻意》："四时得节，万物不伤，群生不夭。"〇佛经中指称众生。《杂阿含经》卷六:"佛告罗陀,于色染著缠绵,名曰众生;于受、想、行、识染著缠绵,名曰众生。"《长阿含经·世本缘品》:"无男女尊卑上下,亦无异名,众共生于世,故称众生。"《摩诃止观》卷五:"揽五阴通称众生。众生不同,揽三途阴罪苦众生、揽人天阴受乐众生、揽无漏阴真圣众生、揽慈悲阴大士众生、揽长住阴尊极众生。"●独尊:独受尊重,独居首位。《史记·三王世家》:"康叔亲属有十而独尊者,褒有德也。"本文指称释迦牟尼佛,以其生时有"唯我独尊"之语。《广弘明集》卷二〇引唐释玄则《禅林妙记前集序》:"菩萨初生,大地振动,身紫金色,三十二相、八十种好,圆光一寻。生已,四方各行七步,为降魔梵,发诚实语:'天上天下,唯我独尊。'……字悉达多……姓瞿昙氏,复因能事,别姓释迦。"●罢应:停止回应。指释迦牟尼佛进入涅槃,停止度化无量无数无边众生。《大般涅槃经后分》卷上《应尽还源品第二》:"佛复告诸大众:'我今时至,举身疼痛。'说是语已,即入初禅,以涅槃光,遍观世界,入寂灭定。……世尊三反入诸禅定,三反示诲众已,于七宝床右胁而卧,头枕北方,足指南方,面向西方,后背东方。其七宝床微妙璎珞以为庄严。娑罗树林四双八只,西方一双在如来前,东方一双在如来后,北方一双在佛之首,南方一双在佛之足。尔时,世尊娑罗林下寝卧宝床,于其中夜入第四禅,寂然无声,于是时顷,便般涅槃。"《五灯会元》卷一《释迦牟尼佛》:"住世四十九年后,告弟子摩诃迦叶……尔时,世尊至拘尸那城,告诸大众:'吾今背痛,欲入涅槃。'即往熙连河侧娑罗双树下,右胁累足,泊然宴寂。复从棺起,为母说法……尔时,金棺从座而举,高七多罗树,往反空中,化火三昧,须臾灰生,得舍利八斛四斗。即穆王五十二年壬申岁二月十五日也。"●杂色照烂,诸山摇动:谓释迦牟尼佛圆寂前,光芒照耀世界;涅槃后,出现天地振荡、华果枝叶摧折、诸山崩塌、川流枯竭等种种情状。《大般涅槃经》卷第一《序品第一》:"尔时,世尊于晨朝时,从其面门放种种光,其明杂色青、黄、赤、白、玻璃、玛瑙光,遍照此三千大千佛之世界,乃至十方亦复如是。其中所有六趣众生遇斯光者,罪垢烦恼一切消除。"《大般涅槃经后分》卷上《应尽还源品第二》对此有如下描绘:"大觉世尊入涅槃已,其娑罗林东西二双合为一树,南北二双合为一树,垂覆宝床,盖于如来。其树即时惨然变白,犹如白鹤,枝叶华果皮干悉皆爆裂堕落,渐渐枯悴,摧折无余。"又曰:"尔时,十方无数万亿恒河沙普佛世界,一切大地皆大震动,出种种音……尔时,十方世界一切诸山,目真邻陀山、摩诃目真邻陀山、铁围山、大铁围山、诸须弥山、香山、宝山、金山、黑山,一切大地所有诸山,一时震裂,悉皆崩倒,出大音声,震吼世界……尔时,十方世界一切大海悉皆混浊,沸涌涛波,出种种音……尔时，一切江河、溪涧、沟壑、川流泉源、渠井、浴池悉皆倾覆，水尽枯涸。尔时，十方世界大地虚空寂然大闇，日月精光悉无复照，黑闇愁恼弥布世界，于是时间忽然黑风鼓怒惊振，吹扇尘沙，弥闇世界。尔时，大地一切卉木、药草诸树、华果枝叶悉皆摧折，碎落无遗。"同书卷下《机感荼毗品第三》："尔时，摩迦陀主阿阇世王……于涅槃夜，梦见月落，日从地出，星宿云雨，缤纷而陨，复有烟气从地而出，见七彗星现于天上。"《广弘明集》卷一〇引《周书异记》："至穆王五十三年壬申岁二月十五日平旦，暴风忽起，发损人舍，伤折树木，山川大地皆悉震动。午后，天阴云黑，西方有白虹十二道，南北通过，连夜不灭。穆王问太史扈多曰：'是何征也？'对曰：'西方有大圣人灭度，衰相现耳。'"

[二六] 金沙：一种花，可以研泥作涂绘，色如真金，故称。《江文通集·莲华赋》："出金沙而延曜。"胡之骥注："沧州金莲花，州人研之如泥，以间彩绘，光彩焕烂，与真金无异。"●宝盖：佛家语，以宝玉装饰之天盖，悬于佛菩萨（即讲师、读师）之座上者。《广弘明集》卷一五引梁简文帝《菩提树颂》："五百宝盖，圣光自合。十千缨络，悬空下垂。"《洛阳伽蓝记》卷二"景兴尼寺"条："有金像辇，去地三丈，上施宝盖，四面垂金铃，七宝珠，飞天伎乐，望之云表。"●此二句殆谓释迦牟尼佛涅槃后，普佛世界、天上人间一切众生悲哀供养之情状。然佛已涅槃，故曰"弗受""未留"。《大般涅槃经后分》卷上《应尽还源品第二》："尔时，无数亿恒河沙菩萨，一切世间天人大众，互相执手，悲泣流泪，哀不自胜，各相裁抑。即皆自办无数微妙香华、曼陀罗华、摩诃曼陀罗华、曼殊沙华、摩诃曼殊沙华，无数天上人间海岸栴檀、沉水，百千万种和香，无数香泥、香水、宝盖、宝幢、宝幡、真珠、璎珞，遍满虚空，投如来前，悲哀供养。尔时，拘尸城内男女大小一切人众悲哀流泪，各办无数微妙香华幡盖等，倍胜于前，投如来所，悲哀供养。尔时，四天王与诸天众悲哀流泪，各办无数香华一切供养等三倍于前，悲泣流泪来诣佛所，投如来前，悲哀供养。五天如是，倍胜于前。色界、无色界诸天亦如是，倍胜供养。"

[二七] 微妙：佛家语，言佛法幽微玄妙。一说"美好"。李维琦《佛经释词》："《菩萨本缘经》：'身处七宝微妙宫殿。'《佛本行集经》：'彼大微妙师子高座，菩萨坐上。'"●智慧：佛家语，谓佛法破除迷惑，证实真理的能力。《大智度论》卷四三："般若者，一切诸智慧中最为第一，无上无比无等，更无胜者，穷尽到边。"注："般若，秦言智慧。"《妙法莲华经》卷一《方便品第二》："尔时，世尊从三昧安详而起，告舍利弗：'诸佛智慧，甚深无量，其智慧门，难解难入，一切声闻、辟支佛所不能知。'"●此二句盖谓释迦牟尼佛涅槃

后，往生佛国世界，永入解脱之境。

[二八] 像：张燮本、《温侍读集》作"象"。◎天人：住于天界或人界之众生。丁福保《佛学大辞典》："天与人，即六趣中之天趣与人趣也。《无量寿经》上曰：'天人归仰。'又曰：'诸天世人。'《法华经·宝塔品》曰：'移诸天人，置于他土。'" ●慕德：钦慕一个人的品德。《焦氏易林》卷二《既济》："白雉群雏，慕德朝贡。" ●像法：谓佛法三时之第二时。《地藏菩萨本愿经》卷上《忉利天宫神通品》："像法之中，有一婆罗门女，宿福深厚，众所钦敬。"释大恩、李英武注："像法，佛教所称三时之二时。以其乃相似于正法时之教法，故谓之像。佛陀入灭后，依其教法之运行情况，可区分为正法、像法、末法三时。像法即为像法时之略称，此时期仅有教说与修行者，而欠缺证果者。正像末之时限，有多种说法，或谓像法时为一千年，或谓为五百年。"《谢灵运集·佛影铭》："虽舟壑缅谢，像法犹在。"〇又称"象教"。《文选·王巾<头陀寺碑文>》："正法既没，象教陵夷。"李善注："《昙无罗谶》曰：'释迦佛正法住世五百年，像法一千年，末法一万年。'"李周翰注："象教，谓为形象以教人也。" ●像法兴灵：谓像法兴起于灵山。〇灵：灵山，又称灵鹫山，曾为释迦牟尼修行处。《大唐西域记》卷第九《摩伽陀国下》："宫城东北行十四五里，至姞栗陀罗矩咤山（原注：'唐言鹫峰，亦谓鹫台。'），接北山之阳，孤摽特起，既栖鹫鸟，又类高台，空翠相映，浓淡分色。如来御世垂五十年，多居此山广说妙法。"

[二九] 图影：描绘形象。《颜氏家训·书证》篇："《孟子》曰：'图影失形。'"王利器《集解》引卢文弨曰："《孟子外传·孝经》第三：'传言失指，图景失形，言治者尚覈实。'" ●西山：西方之山，日落之处。《扬雄集·反离骚》："恐日薄于西山。"本文"西山"即谓灵山。●图影西山：释迦牟尼涅槃后，佛弟子于灵山精舍为之造像，除了虔诚供养敬奉外，也是为了敦促自己精进修为，宣说佛法。《大唐西域记》卷第九《摩伽陀国下》："宫城东北行十四五里，至姞栗陀罗矩咤山……其山顶则东西长、南北狭。临崖西垂有砖精舍，高广奇制，东辟其户，如来在昔多居说法。今作说法之像，量等如来之身。"

[三〇] 壁：《温侍读集》作"璧"。◎承光：承受光辉。《元彦墓志铭》："王承光日隙，资辉月宇。" ●承光东壁：从东面墙壁承受日月光辉。据《大唐西域记》卷第九《摩伽陀国下》所载，灵山"临崖西垂有砖精舍，高广奇制，东辟其户"，则精舍是在东面墙壁开凿门户，如此，日月光辉是从东面墙壁门户处照射进来，照射到佛像身上，故曰"承光东壁"。

案：康金声解"图影西山"曰："谓于西山凿石窟、造佛像也。"其所谓

"西山"非灵山,而是北魏"京城西五州塞";又解"承光东壁"曰:"谓墙上绘佛图也。'东壁'泛言墙壁。"二解并引《魏书·释老志》为证。其说似是而非,姑存此备参。

[三一]主上:本篇作于北魏孝武帝元修永熙二年(533),则"主上"指孝武帝元修。●据:按着。《广雅·释诂三》:"据,按也。"〇据地图:按压地图,指点江山,谓治理天下。●揽:把持。《释名·释姿容》:"揽,敛也,敛置手中也。"●天镜:又称"金镜",指称圣明之道。《春秋纬》第二卷《春秋演孔图》:"有人卯金刀,握天镜。"《文选·刘孝标<广绝交论>》:"盖圣人握金镜。"李善注:"《春秋孔录法》曰:'有人卯金刀,握天镜。'《雒书》曰:'秦失金镜。'郑玄曰:'金镜,喻明道也。'"〇多比喻监察天下的权力。《南齐书·高帝纪上》:"披金绳而握天镜,开玉匣而总地维。"●揽天镜:谓手中把持监察天下的权力,亦即统治天下。

[三二]乘六龙:驾乘六龙,飞行天宇。谓登临帝位也。语出《周易·乾》:"大明终始,六位时成,时乘六龙以御天。"王弼注:"大明乎终始之道,故六位不失其时而成,升降无常,随时而用。处则乘潜龙,出则乘飞龙,故曰时乘六龙也。乘变化而御大器。"孔颖达疏:"六龙即六位之龙也,以所居上下言之,谓之六位也。阳气升降,谓之六龙也。"

[三三]朝万国:使众多国家前来朝拜。乃为圣王一统天下的盛世景象。《左传》哀公七年:"涂山之会,诸侯承唐虞之盛,执玉帛亦有万国。"《梁书·侯景传》:"奔走四夷,来朝万国。"

[三四]宇宙:《淮南子·齐俗》篇:"往古来今谓之宙,四方上下谓之宇。"●牢笼宇宙:化用自《淮南子·本经》篇:"秉太一者,牢笼天地,弹压山川。"高诱注:"牢读屋霤,楚人谓牢为霤。"据高注,则"牢笼"即"霤笼",谓屋檐下的笼子。则"牢笼宇宙"者,以宇宙为屋檐下的笼子。故以形容一个人(尤其帝王)胸襟博大。

[三五]襟带:谓险要之处,又作"衿带"。《张衡集·西京赋》:"衿带易守。"张震泽注:"衿带,衿同襟。衣襟衣带所以护体者,比喻山川险要可以保国。"《文选·沈约<齐故安陆昭王碑文>》:"衿带中流,地殿江汉。"李善注引李尤《函谷关铭》曰:"函谷险要,衿带咽喉。"张铣注:"言荆州以江流为之襟带,其地正当江之阻也。"●襟带江山:谓山河险固,保护国家。语出《史记·春申君列传》:"襟以东山之险,带以曲河之利。"

[三六]横流:大水不依河道而流淌。《孟子·滕文公上》:"洪水横流,泛滥于天下。"此处喻乱世。《洛阳伽蓝记》卷一"永宁寺"条:"但以四海横流。"

周祖谟《校释》："范宁《春秋谷梁传集解·序》云：'孔子观沧海之横流，乃喟然而叹曰：文王既没，文不在兹乎！'横流，喻世乱也。" ●道济横流：以道德行为拯救乱世。此语化用自《周易·系辞上》："智周万物而道济天下。"案：《元悦墓志铭》："功冠百辟，道济苍生。"道济苍生，亦"道济横流"之义。

［三七］历：谓历数，喻帝位。○颓历：谓政权倾颓。《文选·王巾<头陀寺碑文>》："并振颓纲，俱维绝纽。"《北齐书·文宣纪》："剪灭黎毒，匡我坠历。"颓纲、坠历，并同"颓历"。 ●德昌颓历：君王道德使倾颓的国家昌盛起来。

［三八］语出《尚书·舜典》："宾于四门，四门穆穆。"孔传："穆穆，善也。四门，四方之门。舜流四凶族，四方诸侯来朝者，舜宾迎之。"孔颖达疏："四门，四方之门，谓四方诸侯来朝者，从四门而入。"谓舜帝在四门接待朝觐的诸侯宾客，四门处处端庄恭敬和睦。后用以称颂帝王的盛德。本文则称颂魏孝武帝元修。

［三九］百僚师师：百官相互师法。语出《尚书·皋陶谟》："百僚师师，百工惟时。"孔传："僚、工皆官也。师师，相师法。百官皆是，言政无非。"孔颖达疏："百官各师其师，转相教诲，则百官惟皆是矣，无有非者。"《文选·张衡<东京赋>》："百僚师师，于斯胥泊。"薛宗注："百僚，谓百官也。师师，谓相师法也。"○"百僚"或作"百寮"。《潜夫论·三式》篇："诚如此，则三公竞思其职，而百寮争竭其忠矣。"汪继培笺："'寮'与'僚'同。"

［四〇］舡：张燮本和《温侍读集》《全后魏文》作"船"。案："舡"为"船"之异体。《扬雄集·蜀王本纪》："秦为舶舡万艘，欲攻楚。"张震泽注："舡，即船字别体，草书所变。"◎法舡：佛家语，佛法之别称，以其能渡人于生死之海，故谓之法舡。《法苑珠林》卷二五《敬佛篇·听法部》："佛言：一切众生，欲出三界生死大海，必假法船，方得度脱。"○又名法舟。丁福保《佛学大词典》："佛法能度人出生死海，故以舟譬之。《佛说生经》四曰：'法为舟船，度诸未度。'《寄归传》四曰：'叹法舟之遽没。'" ●径度：径直渡过。《汉书·李广利传》："从泎河山，涉流沙，通西海，山雪不积，士大夫径度。" ●天轮：本谓天地。《吕氏春秋·大乐》篇："天地如车轮，终则复始，极则复反，莫不咸当。"佛教中则指"天轮宝"，为转轮王七宝之一。《中阿含经》第十四卷《王相应品大天奈林经第十》：彼时，世尊告曰："阿难，在昔异时此弥萨罗奈林之中，于彼有王，名曰大天，为转轮王，聪明智慧，有四种军，整御天下，由己自在，如法法王成就七宝，得人四种如意之德。阿难，彼大天王成就七宝，为何谓耶？谓轮宝、象宝、马宝、珠宝、女宝、居士宝、主兵臣宝，是谓为七。

阿难，彼大天王云何名为成就轮宝？阿难，时大天王于月十五日说从解脱时，沐浴澡洗，升正殿上；有天轮宝从东方来，轮有千辐，一切具足，清净自然，非人所造，色如火焰，光明昱烁。""阿难，昔大天王将欲自试天轮宝。……集四种军已，诣天轮宝所，以左手抚轮，右手转之，而作是语：'随天轮宝，随天轮宝之所转去。'阿难，彼天轮宝转已即去，向于东方。时，大天王亦自随后及四种军。若天轮宝有所住处，时大天王即彼止宿及四种军。""阿难，彼天轮宝过东方去，度东大海，回至南方、西方、北方。阿难，随天轮宝周回转去时，大天王亦自随后及四种军。若天轮宝有所住处，时大天王即彼止宿及四种军。""阿难，彼天轮宝过北方去，度北大海，即时速还至本王城。彼大天王坐正殿上断理财物，时天轮宝住于虚空。是谓大天王成就如是天轮之宝。"而佛陀说法，如同转轮圣王转宝轮降伏众魔，济度一切众生，因此以"天轮"比喻佛法，或称"法轮"。修佛法、成佛果者圆寂后，其说法处往往建塔，并于塔顶九重安金轮。因塔有九重，故云九轮。以在空中，故云空轮。轮数多少，因人而异。《法苑珠林》卷五〇《敬塔篇·兴造部》引《十二因缘经》曰："有八人得起塔，一如来、二菩萨、三缘觉、四罗汉、五阿那含、六斯陀含、七须陀洹、八轮王。若轮王已下起塔，安露盘，见之不得礼，以非圣塔故。初果二露盘，乃至如来安八露盘。八盘已上，并是佛塔。"无论是何名号，皆借以指称佛法。是故，佛法除称天轮、法轮外，还有金轮、九轮、空轮、露盘等多种异称。●高举：犹高升。《楚辞·九辩》："凤愈飘翔而高举。"●此二句谓孝武帝元修弘扬佛法以救乱世。

[四一] 神功：神圣的功业。《庄子·逍遥游》："故曰：至人无己，神人无功，圣人无名。"《文选·任昉<到大司马记室牋一首>》："神功无纪，作物何称？"●宝业：宝贵的基业，喻指帝业。《文选·谢朓<齐敬皇后哀策文>》："家臻宝业，身嗣昌晖。"●被：覆盖。《文选·张衡<东京赋>》："芙蓉覆水，秋兰被涯。"李善注引薛综曰："被，亦覆也。"〇被无边：谓普遍覆盖而无边际，亦即功德广被。《广弘明集》卷一九引梁简文帝《奉请上开讲启》："遂臣之请，即是普被无边，如蒙允许，众望亦足。"

[四二] 鸿名：盛名。《文选·司马相如<封禅文>》："前圣之所以永保鸿名，常为称首者用此。"吕向注："鸿，大也。言古先圣帝明王所以长保大名，为王者之首者，用此道也。"●懋实：谓大功。《谢灵运集·撰征赋序》："宏功懋德，独绝古今。"李运富注："'懋'通'茂'，盛大。"《吕氏春秋·观世》篇："婴闻察实者不留声。"高诱注曰："实，功实也。"〇又作"茂实"。《文选·司马相如<封禅文>》："蜚英声，腾茂实。"●方：相当于"且""将"。《诗经·秦

风·小戎》："方何为期。"朱熹注："方，将也。"

[四三] 抵：张燮本和《温侍读集》《全后魏文》同。案：作"抵"误，字当作"抵"。《南北朝文举要·（刘孝标）广绝交论》："见一善则盱衡扼腕，遇一才则扬眉抵掌。"高步瀛注："《国策·赵策一》：'苏秦说赵王于华屋之下，抵掌而谈。'《文选·蜀都赋》李善注引亦作'抵'。胡克家《文选考异》卷一曰：'抵当作抵，注同。袁本善注末有"抵音纸"三字，最是。茶陵本割裂纸字，入正文下，非。……《广韵》四纸，抵，抵掌。《说文》云：侧手击也。与十一荠之"抵"，迥然有别，甚明。'步瀛案：胡氏说是。诸书'抵掌'字，皆作'抵'，盖由后人不识'抵'字，故转写者皆误为'抵'耳。"兹据高说改。◎抵掌：击掌。表示高兴。《战国策·秦一》："见说赵王与华屋之下，抵掌而谈。"●措言：运用言辞，即说话，谈说。《宋书·范泰传》："游处以来，常欲有以相戒，当卿沉湎，措言莫由。"●虽不尽意：虽不能充分表达心意、情感。

[四四] 执笔书事：持笔记事，提笔记录事情。《虞集全集·榷茶运司记》："集向在国史，执笔书事，故其职也。"●其：相当于"岂"，难道。〇其能已乎：犹言岂能停止呢？《三国志·吴书·孙登传》："故子囊临终，遗言戒时，君子以为忠，岂况臣登，其能已乎？"

司徒祖莹墓志[一]

自天命生商[二]，王居徙亳[三]。源流悠远[四]，枝叶繁华[五]。祖德润于身[六]，声高邦国[七]；父行成于己，名重京师[八]。公钟美多福[九]，资神积善[一〇]，器局闲灵[一一]，志识开悟[一二]。口含碧鸡之辩[一三]，手握雕龙之声[一四]。门有善业，家传庆灵[一五]。砺金成器[一六]，相遗满簏[一七]。琢玉为宝，待价联城[一八]。匪直也人[一九]，实惟有道[二〇]。言（折）<析>秋毫[二一]，辞连春藻[二二]。

[系年]

《年谱》《年表》俱系本篇于东魏孝静帝天平元年（534）。胡全银《<全后魏文>编年补正》曰："《魏书·祖莹传》载：'天平初，将迁邺，齐献武王因召莹议之。以功迁仪同三司，进爵为伯。薨，赠尚书左仆射、司徒公、冀州刺史。'按：天平元年九月，迁邺。时祖莹尚在，然未记其卒于何年。《罗谱》系文于天平元年，以为祖莹迁邺寻卒，然不知何据。《南北朝文学编年史》系文于天平二年，暂从后者。故本文当作于天平二年（535）。"本篇作年俟再考。

[校注]

[一] 本篇以宋本《艺文类聚》卷四七为底本，以张燮本和《温侍读集》《全后魏文》比勘。●本篇《全后魏文》题作《司徒祖莹墓铭》，"莹"作"茔"，当从《魏书》及《北史》本传、宋本《艺文类聚》作"莹"。●司徒：古官名。《礼记·曲礼》："天子之五官曰司徒。"《后汉书·百官志》：司徒，公一人。掌人民事。凡教民孝悌、逊顺、谦俭，养生送死之事，则议其制，建其度。凡四方民事功课，岁尽则奏其殿最而行赏罚。凡郊祀之事，掌省牲视濯，大丧则掌奉安梓宫。凡国有大疑大事，与太尉同。据《魏书·官氏志》，司徒属三公之一，官列一品。●祖莹：字符珍，范阳遒人。馀见《为广阳王渊具言城阳王徽构隙意状》注[四〇]。

[二] 此句言天降大命诞生商王朝。《诗经·商颂·玄鸟》："天命玄鸟，降而生商。"毛传："玄鸟，鳦也。春分玄鸟降。汤之先祖，有娀氏女简狄，配高辛氏帝，帝率与之祈于郊禖而生契，故本其为天所命，以玄鸟至而生焉。"郑玄笺："天使鳦下而生商者，谓鳦遗卵，娀氏之女简狄吞之而生契，为尧司徒，有功封商，尧知其后将兴，又锡其姓焉。"《吕氏春秋·音初》篇："有娀氏有二佚女，为之九成之台，饮食必以鼓。帝令燕往视之，鸣若谥隘，二女爱而争搏之，覆以玉筐。少选，发而视之，燕遗二卵，北飞，遂不反。"高诱注："帝，天也。天令燕降卵于有娀氏女，吞之生契。"

[三] 亳：古地名，商汤时都城。●此句言商汤迁都于亳。《尚书·胤征》："自契至于成汤，八迁，汤始居亳，从先王居。"又《汤诰》："王归自克夏，至于亳。"孔颖达疏："既已克夏，改正名号，还至于亳。"●案：旧时亳有三处。一曰南亳，在今河南商丘市东南，相传汤曾居于此。《扬雄集·十二州箴·兖州牧箴》："成汤五徙，卒都于亳。"张震泽注："汤世五迁，最后定居于亳。此亳为南亳，在今河南商丘市北。"一曰北亳，亦称景亳、蒙亳，在今河南商丘市北四十里大蒙城，相传诸侯于此拥汤为盟主。阚骃《十三州志》佚文："景亳，汤都也。亳本帝喾之墟，在《禹贡》豫州河洛之间，今河南偃师城西二十里尸乡亭是也。"又曰："梁国有二亳，南亳在谷，北亳在蒙。汤会诸侯于景亳，即蒙之北亳也。"（载朱祖延《北魏佚书考》）一曰西亳，在今河南偃师县西，相传汤克夏时居此。又案：张震泽以"南亳"位于河南商丘市北，阚骃以"北亳"位于河南偃师城西，与今地为异。

[四] 源流：张燮本和《温侍读集》《全后魏文》作"源源"，非。◎毖：泉水流动貌。《诗经·邶风·泉水》："毖彼泉水，亦流于淇。"毛传："泉水始出，毖然流也。"《谢灵运集·赠从弟弘元》："毖彼明泉，馥矣芳荑。"李运富

注："'㳈'通'泌'，泉水涌流。"●此句表面上言源远流长，实则谓祖先的美德善行施及子孙后世。康金声注此句曰："言祖氏之源头长远也。……《中国古今姓氏辞典》引《通志氏族略》曰：'祖氏，子姓，商王祖甲、祖乙、祖丁，支庶因氏焉。'此追溯祖莹远祖为商王也。"亦是。

〔五〕此句喻家族人丁兴旺，后代子孙繁多。

〔六〕此句语出《礼记·大学》："富润屋，德润身。"孔颖达疏："言家若富则能润其屋，有金玉，又华饰见于外也。德润身者，谓德能沾润其身，使自身有光荣见于外也。"●此句谓祖先的美德蓄聚在祖莹身上。康金声注："言祖莹沐浴先祖德泽也。莹之曾祖敏，仕慕容垂为平原太守；魏太祖定中山，赐爵安固子，拜尚书左丞，卒赠并州刺史。大父巆，以从魏征平原有功，进爵为侯，位冯翊太守，赠幽州刺史。"

〔七〕声高：声望很高。或作"声驰"，"声光"，"声辉"，其形虽异，其义则同。《弘明集》卷一〇引梁释法云《与王公朝贵书·答王仲欣》："故以德冠百王，声高万古。"《司马子如墓志》："既誉曝群言，声驰邦国，辟书且及，屈迹云州主簿。"《李璧墓志》："铨品燕朝，声光龙部。"又云："名誉溢一京，声辉二国。"●邦国：国家。《诗经·大雅·瞻卬》："人之云亡，邦国殄瘁。"●此句谓祖莹在北魏王朝拥有极高的声望。

〔八〕已：张燮本误刻作"巳"。◎父行成于己：谓祖莹之父的品行在祖莹身上得到体现。《魏书》本传："父季真，多识前言往行。位中书侍郎，卒于安远将军、钜鹿太守。"●名重：谓声望很高，为人所重。●京师：京城，天子所居处。《公羊传》桓公九年："京者何？大也。师者何？众也。天子之居，必以众大之辞言之。"《文选·沈约<恩幸传论>》："叔度名动京师。"李善注："《汉书》曰：郑子真名震乎京师。"●名重京师：谓祖莹以其渊博学识显名京师。《魏书》本传："莹年八岁，能诵《诗》《书》，十二为中书学生。好学耽书，以昼继夜，父母恐其成疾，禁之不能止。……以衣被蔽塞窗户，恐漏光明，为家人所觉。由是声誉甚盛，内外亲属呼为'圣小儿'。尤好属文，中书监高允每叹曰：'此子才器，非诸生所及，终当远至。'""中书博士张天龙讲《尚书》，选为都讲。生徒悉集……诵《尚书》三篇，不遗一字……举学尽惊。""高祖令诵《五经》章句并陈大义，帝嗟赏之。……以才名拜太学博士，征署司徒彭城王勰法曹行参军。高祖顾谓勰曰：'萧赜以王元长为子良法曹，今为汝用祖莹，岂非伦匹也！'""莹与陈郡袁翻齐名秀出，时人为之语曰：'京师楚楚，袁与祖；洛中翩翩，祖与袁。'""尚书令王肃曾于省中咏《悲平城》诗……彭城王勰甚嗟其美，欲使肃更咏，乃失语云：'王公……可便为诵《悲彭城》诗？'肃因戏勰云：'何意《悲平城》为《悲彭城》也？'飆有惭色。莹在座，即云：'所有《悲彭城》，王公自未见耳。'肃云：'可为诵之？'莹应声云……肃甚嗟赏之，飆亦大悦。退谓莹曰：'卿定是神口，今日若不得卿，几为吴子所屈。'""孝昌中，于广平主第掘得古玉印……莹云：'此是于阗国王晋太康中所献。'乃以墨涂字，观之，果如莹言。时人称为'博物'。"

[九] 钟美：聚蓄美德。《左传》昭公二十八年："天钟美于是。"杜预注："钟，聚也。"《元徽墓志铭》："王台耀降祥，世德钟美。"●多福：福分多。《尚书·毕命》："予小子永膺多福。"《诗经·大雅·文王》："自求多福。"●此句言祖莹身聚美德，多有福分。

[一〇] 此句谓祖莹依照神灵指示广施善行。《魏书·祖莹传》："（祖莹）性爽侠，有节气，士有穷厄，以命归之，必见存拯，时亦以此多之。"可为证。●资：凭借。《篇海类编·珍宝类·贝部》："资，凭。"○资神：凭借神灵。《艺文类聚》卷一六引王融《皇太子哀策文》："资神为契，合圣如规。"●积善：积累善业。《周易·坤·文言》："积善之家，必有余庆。"《谢灵运集·善哉行诗》："积善嬉谑。"李运富注："积善，广施善行。"

[一一] 此句谓祖莹器度幽闲美好。●器局：谓器量，器度。《广弘明集》卷一一引释法琳《对傅奕废佛僧表（并启）》："风神颖越，器局含弘。"《太平御览》卷六一一引《梁书》曰："韦叡族弟受，字孝友，沉毅有器局。"●闲灵：闲雅美好。○闲：闲雅。《文选·曹植《美女篇>》："美女妖且闲，采桑歧路间。"李善注引《说文》："闲，雅也。"○灵：美好。《广雅·释诂一》："灵，善也。"

[一二] 此句谓祖莹头脑聪颖，思维敏捷。●志识：谓思想、意识等思维活动。《北齐书·王晞传》："我弟并向成长，志识未定，近善狎恶，不能不移。"●开悟：佛家语，谓开智悟理，亦反应灵敏之意。《周书·张轨传》："（张）轨少好学，志识开朗。"

[一三] 辩：张燮本和《温侍读集》《全后魏文》作"辨"，二字古多通借。◎碧鸡之辩：名家公孙龙子之辩辞。《刘孝标集·辩命论》："骋黄马之剧谈，纵碧鸡之雄辩。"罗国威注："碧鸡，亦公孙龙之辩辞。《文选集释》引公孙龙《通变论》曰：'与其碧宁黄，黄其马也，其与类乎？碧其鸡也，其与暴乎？暴则君臣争而两明也，两明者，昏不明，非正举也。'"《昭明太子集·无射九月》："既无白马之谈，且乏碧鸡之辩。"○亦单作"碧鸡"。《艺文类聚》卷四五引邢劭《广平王碑文》："发言为论，受诏成文。碧鸡自口，灵蛇在握。"●此句形容祖莹能言善辩。

[一四] 声：张燮本和《温侍读集》《全后魏文》作"文"。◎雕龙之声：

谓邹赫、邹奭修邹衍闳辩之术而又夸大其术。《文选·江淹〈别赋〉》："赋有凌云之称，辩有雕龙之声。"李善注："《史记》：'荀卿，赵人，年五十，始来游学于齐。邹衍之术，迂大而闳辩，奭也文难施，齐人为谚曰：谈天衍。'刘向《别录》曰：'邹衍之所言，五德终始，天地广大，书言天事，故曰谈天。'雕龙赫，赫修邹衍之术，文饰之，若雕镂龙文，故曰雕龙赫。'"（善注引《史记》，见《孟荀列传》。）吕向注："司马相如《奏大人赋》：'邹奭子修邹衍之术文饰之，若雕镂而成龙文。'二人［谓邹赫、邹奭。］皆有此声称此。"●此句亦形容祖莹辩才敏捷。祖莹有辩才，史亦有所记。《魏书·祖莹传》："尚书令王肃曾于省中咏《悲平城诗》，云：'悲平城，驱马入云中。阴山常晦雪，荒松无罢风。'彭城王勰甚嗟其美，欲使肃更咏，乃失语云：'王公吟咏情性，声律殊佳，可更为诵《悲彭城诗》。'肃因戏勰云：'何意《悲平城》为《悲彭城》也？'勰有惭色。莹在座，即云：'所有《悲彭城》，王公自未见耳。'肃云：'可为诵之？'莹应声云：'悲彭城，楚歌四面起；尸积石梁亭，血流睢水里。'肃甚嗟赏之。勰亦大悦，退谓莹曰：'即（案：此字疑当作"卿"）定是神口。今日若不得卿，几为吴子所屈。'"虽片言只语，亦可窥一斑。

［一五］此两句谓祖莹家族积善施德，故福祚流衍。●善业：行善所获之业力。《法苑珠林》卷七七《祭祠篇·献佛部》引《大庄严论》云："若有善业自然力，故受好业报。"○门有善业：家门有因行善而累积的功业。《周易·坤·文言》："积善之家，必有余庆，积不善之家，必有余殃。"●庆灵：本指古代以为祥瑞的庆云、灵芝等。《谢灵运集·撰征赋》："庆灵将升，时来不爽。"引申指祖先的积善与福荫。《谢灵运集·归途赋》："承百世之庆灵，遇千载之优渥。"《庾子山集》卷六《郊庙歌辞·皇夏》："永维祖武，潜庆灵长。"

［一六］砺金：打磨金属。《尚书·说命上》："若金，用汝作砺。"孔传："铁须砺以成利器。"●砺金成器：磨砺金属，使成利器。谓祖莹不断加强自身之学识修养，乃成一世之名器。

［一七］籯：《温侍读集》同，张燮本、《全后魏文》作"籝"。○遗：赠送。《诗经·豳风·鸱鸮序》："公乃为诗以遗王。"孔颖达疏："遗者，流传致达之称。"●籯：指箱笼之类的盛物器具。《说文·竹部》："籯，笭也。"《广雅·释器》："笭，笼也。"又《玉篇·竹部》："籯，竹器也。亦作籝。"●此句谓祖莹的先辈将学识流传给自己的子孙后代。《汉书·韦贤传》："贤四子。少子玄成复以明经历位至丞相。故邹鲁谚曰：'遗子黄金满籯，不如一经。'"

［一八］琢玉：磨制璞玉。《诗经·卫风·淇奥》："如切如磋，如琢如磨。"毛传："治骨曰切，象曰磋，玉曰琢，石曰磨。"●琢玉为宝：谓将璞玉琢磨成

133

宝璧，则其价无比。言祖莹学识渊博，身价甚高。●待价：即"待价而沽"，等待善价，方肯出售。《论语·子罕》："子贡曰：'有美玉于斯，韫椟而藏诸？求善贾而沽诸？'子曰：'沽之哉！沽之哉！我待贾者也。'"何晏《集解》引包（咸）曰："我居而待贾。"（案：《论语》"价"作"贾"，乃古"价"字。）后以此喻士人心怀高才，不轻易仕进。《风俗通义·愆礼》篇："居缑氏城中，亦教授，坐养声价停。"●联城：即"价值连城"，本谓和氏璧十分贵重，价值抵得上连在一起的许多城池。《史记·廉颇蔺相如列传》："赵惠文王时，得楚和氏璧。秦昭王闻之，使人遗赵王书，原以十五城请易璧。"后形容物品价值奇高，珍贵难得。●待价联城：夸美祖莹才高学博，身份贵重，为十分难得的人物。

[一九]　此句语出《诗经·鄘风·定之方中》："匪直也人，秉心塞渊。"毛传："非徒庸君。"孔颖达疏："言文公既爱民务农如此，则非直庸庸之人。故秉操其心，能诚实且复深远，是善人也。"

[二〇]　有道：有道德。《尚书·武成》："惟有道曾孙周王发，将有大正于商。"

上二句言祖莹既学识渊深如此，则非平庸之辈，实为道德深厚之人。

[二一]　折：张燮本、《温侍读集》作"析"。案："折秋毫"不辞，作"析"字应是，故改。◎秋毫：动物秋天所生之细毛，喻极微细的事物。《吕氏春秋·察微》篇："故治乱存亡，其始若秋毫。"高诱注曰："秋毫，喻微细也。"●言析秋毫：谓对事情的分析细致入微。《盐铁论·轻重》："各以锋锐，言利末之事析秋毫，可为无间矣。"王利器注："析秋毫，把动物细小的秋天的毛分开，比喻很微小的利益也没放过。"

[二二]　春藻：春天所生之藻类植物，多用以比喻华丽的文辞。《文选·陆机<文赋>》："故作《文赋》，以述先士之盛藻。"李善注引孔安国《尚书传》曰："藻，水草之有文者，故以喻文焉。"《文心雕龙·夸饰》："辞入炜烨，春藻不能程其艳。"

上两句言祖莹对事情分析细致入微，且用语华丽。

孝武帝答高欢敕[一]

前持心血，远以示王，深冀彼此共相体悉[二]，而不良之徒坐生间贰[三]。近孙腾仓卒向彼[四]，致使闻者疑有异谋[五]，故遣御史中尉綦俊具申朕怀[六]。今得王启，言誓恳恻，反覆思之，犹所未解[七]。以朕眇身，遇王武略[八]，不劳尺刃，坐为天子[九]。所谓生我者父母，贵我者高王[一○]。今若无事背王，规相攻讨，则使身及子孙，还如王誓[一一]。皇天后土，实闻此言[一二]。

近虑宇文为乱[一三]，贺拔胜应之[一四]，故纂严，欲与王俱为声援[一五]。宇文今日使者相望，观其所为，更无异迹[一六]。贺拔在南，开拓边境，为国立功，念无可责[一七]。君若欲分讨，何以为辞[一八]？东南不宾，为日已久，先朝以来，置之度外[一九]。今天下户口减半，未宜穷兵极武[二○]。

朕既闇昧，不知佞人是谁，可列其姓名，令朕知也[二一]。如闻厍狄干语王云："本欲取懦弱者为主，王无事立此长君，使其不可驾御[二二]，今但作十五日行，自可废之，更立馀者。"[二三]如此议论，自是王间勋人，岂出佞臣之口[二四]？去岁封隆之背叛，今年孙腾逃走，不罪不送，谁不怪王[二五]！腾既为祸始，曾无愧惧，王若事君尽诚，何不斩送二首[二六]。王虽启图西去，而四道俱进，或欲南度洛阳，或欲东临江左[二七]，言之者犹应自怪，闻之者宁能不疑[二八]？王若守诚不贰，晏然居北[二九]，在此虽有百万之众，终无图彼之心[三○]。王脱信邪弃义，举旗南指[三一]，纵无匹马只轮，犹欲奋空拳而争死[三二]。朕本寡德，王已立之，百姓无知，或谓实可[三三]。若为他所图，则彰朕之恶[三四]；假令还为王杀，幽辱虀粉，了无遗恨[三五]。何者？王既以德见推，以义见举[三六]，一朝背德舍义，便是过有所归[三七]。本望君臣一体[三八]，若合符契[三九]，不图今日分疏到此[四○]。古语云："越人射我，笑而道之；吾兄射我，泣而道之。"[四一]朕既亲王，情如兄弟。所以投笔抚膺[四二]，不觉歔欷[四三]。

[系年]

《年谱》《年表》俱系本篇于东魏孝静帝天平元年（534），今从。

[校注]

[一] 本篇录自中华书局排校本《北齐书·神武纪下》，以张燮本和《温侍读集》《全后魏文》比勘。排校本原有之校勘记（简称"校记"）有可资参证者，一并录入。●篇题，张燮本、《温侍读集》作《天平元年被命作答齐神武敕》（案：永熙三年孝静帝立，改元天平元年）。●孝武帝：谓元修，字孝则，广平武穆王怀之第三子。永安三年封平阳王。中兴二年，高欢废魏节闵帝元朗，立元修，是为孝武帝。永熙三年十二月，孝武帝为宇文黑獭所杀，年二十五。详见《魏书·出帝纪》《北史·魏本纪》。●高欢：又名贺六浑，渤海蓨（今河北景县）人。东魏权臣，北齐王朝奠基人。其余见《印山寺碑》注[一五]。●案：《北齐书·神武纪下》：天平元年六月"辛未，帝复录在京文武议意，以答神武，使舍人温子昇草敕。子昇逡巡未敢作。帝据胡床，拔剑作色。子昇乃为敕"。又张燮本题下注曰："高欢拥立魏孝武于洛阳，自归邺都。已，斛斯椿

构帝，渐与欢隙。封隆之、孙腾亡奔欢，泄其谋。帝规欲讨欢，假称'将伐句吴，且备宇文、贺拔。'欢亦表称'勒兵四道，伏听处分'。仍申信誓，云：'为嬖倖所间，一旦赐疑。若负陛下，身受天殃，子孙殄绝！一二佞臣，愿斟量废出。'帝命舍人温子昇具草敕答之。子昇逡巡未敢作，帝据胡床，拔剑作色。乃遣笔。"两处记载皆描述了温子昇受命作敕的情形。

[二]《温侍读集》《全后魏文》"此"字连上为文。◎心血：心头之血，借指赤诚之心。《法苑珠林》卷一三《千佛篇·因缘部·业因》："我今为法故，以心血布施，慎勿固遮我，障我无上慧。"●前持心血，远以示王：谓孝武帝密诏高欢之事。《北齐书·神武纪下》：天平元年"二月，永宁寺九层浮图灾……若曰：'永宁见灾，魏不宁矣；飞入东海，渤海应矣。'魏帝既有异图……五月下诏，云将征句吴，发河南诸州兵，增宿卫，守河桥。六月丁巳，魏帝密诏神武曰：'宇文黑獭自平破秦、陇，多求非分，脱有变诈，事资经略。但表启未全背戾，进讨事涉扑扑，遂召群臣，议其可否。佥言假称南伐，内外戒严，一则防黑獭不虞，二则可威吴楚。'时魏帝将伐神武，神武部署将帅，虑疑，故有此诏。"●深冀：深深地希望，由衷希望。冀：希望。《楚辞·离骚》："冀枝叶之峻茂兮。"王逸注："冀，幸也。"●共相：相互。《后汉书·马援传》："后游京师，与卫尉阴兴、大司空朱浮、齐王章共相友善。"●体悉：犹体恤，谓体谅而知其衷曲。《北史·薛聪传》："帝欲进以名位，辄苦让不受，帝以雅相体悉。"

[三]《温侍读集》《全后魏文》"徒"字连上为文。●间：《全后魏文》作"闲"。案：闲，假借为间字。◎不良之徒：谓斛斯椿、元宝炬、元毗、魏光、王思政、元士弼等。《魏书·出帝纪》："时帝为斛斯椿、元毗、王思政、魏光等谄佞间阻，贰于齐献武王，托附萧衍，盛暑征发河南诸州之兵，天下怪恶之。"《北齐书·神武纪上》："斛斯椿由是内自不安，乃与南阳王宝炬及武卫将军元毗、魏光、王思政等构神武于魏帝。舍人元士弼又奏神武受敕大不敬。"●坐：空，徒然。《江淹集·望荆山》："玉柱空掩露，金樽坐含霜。"俞绍初、张亚新校注："坐：空，徒然。"●间：同"闲"。隔阂，嫌隙。《广韵·裥韵》："闲，隔也。"《国语·越语下》："事将有间。"韦昭注："吴事有衅隙之过也。"○贰：怀疑，不信任。《尔雅·释诂下》："贰，疑也。"邢昺疏："贰者，心疑不一也。"○间贰：谓离间。《宋史·王伦传》："卿留云中，已无还期，及贷之还，曾无以报，反间贰我君臣耶？"

[四]此句谓武帝永熙三年，孙腾擅自杖杀御史，亡奔高欢。《北齐书·神武纪下》："侍中封隆之与孙腾私言，隆之丧妻，魏帝欲妻以妹，腾亦未之信。心害隆之，泄其言于斛斯椿。椿以白魏帝。又孙腾带仗入省，擅杀御史。并亡

来奔。"●孙腾：字龙雀，咸阳石安人。腾少而质直，明解吏事。随尔朱荣入洛后，除官冗从仆射。魏废帝立，乃除官侍中，寻加使持节、六州流民大都督、北道大行台。孝静帝天平初，腾为尚书左仆射，兼司空、尚书令。孝静帝武定六年四月，腾卒，时年六十八。《北齐书》卷一八、《北史》卷五四有传。●仓卒：谓事情或局势急促，出人意料之外。引申有"猝乱、匆忙"之义。《嵇康集·声无哀乐论》："但声化迟缓，不可仓卒。"戴明扬校注："案'仓卒'字本作'猝'。《玉篇》：'猝，犬从草中暴出也。言仓猝暴疾也，今作卒。'"

[五]闻者：张燮本、《温侍读集》作"间者"。◎异谋：不同的谋求、打算。《汉书·王莽传上》："臣莽实无奇策异谋。"●致使闻者疑有异谋：《北齐书·神武纪下》：孙腾亡奔高欢，"称魏帝挝舍人梁续于前，光禄少卿元子干攘臂击之，谓腾曰：'语尔高王，元家儿拳正如此。'领军娄昭辞疾归晋阳"。

[六]俊：张燮本和《温侍读集》《全后魏文》作"隽"。〇具：张燮本、《温侍读集》作"且"。◎御史中尉：北魏以前称御史中丞，职掌殿中图籍秘书，内领侍御史，外督部刺史，以纠察百官，为协助御史大夫起监察的主要长官，北魏改称御史中尉。《魏书·官氏志》：御史中尉，官属从第三品。《魏书·神元平文诸帝子孙·子思传》："案《御史令》云：'中尉督司百僚，治书侍御史纠察禁内。'又云：'中尉出行，车辐前驱，除道一里，王公百官避路。'"●綦俊：河南洛阳人，其先代（今山西大同）人。魏出帝（即孝武帝）时除官御史中尉，寻加散骑常侍、骠骑大将军、左光禄大夫、仪同三司。后乃除殷州刺史，卒于州。《魏书》卷八一、《北史》卷五〇有传。●申朕怀：说明我的心意。案《魏书·綦俊传》：斛斯椿之构间也，出帝令俊奉诏晋阳，齐献武王集文武与俊申释，俊辞屈而退。

[七]王启：指高欢写给孝武帝表明忠诚的信。《北齐书·神武纪下》："神武乃集在州僚佐，令其博议。还以表闻，仍以信誓自明忠款曰：'臣为婢佞所间，陛下一旦赐疑，令猖狂之罪，尔朱时讨。臣若不尽诚竭节，敢负陛下，则使身受天殃，子孙殄绝。陛下若垂信赤心，使干戈不动，佞臣一二人愿斟量废出。'"●言誓：所说的誓言，即盟誓。《左传》成公十三年："言誓未就，景公即世，我寡君是以有令狐之会。"●恳恻：诚恳痛切。《后汉书·黄琼传》："琼辞疾让封六七上，言旨恳恻，乃许之。"●反覆思之，犹所未解：大意为，再三揣摩奏你表里的意思，还有不明白之处。

[八]《温侍读集》"以"字连上为文，非是。◎眇身：微末之身。为古代帝王自称。《汉书·武帝纪》："朕以眇身，托于王侯之上。"颜师古注："眇，细末也。"《三国志·魏书·三少帝纪》："朕以眇身，继承鸿业。"〇眇身，又

可长而伸之日"眇尔之身"。《文选·潘岳<马汧督诔>》："子以眇尔之身，介乎重围之里。"〇或作"眇眇之身"。《三国志·魏书·武帝纪》："朕以眇眇之身，托于兆民之上。"●武略：军事谋略。《宋书·庾悦传》："武略以济事为先。"●遇王武略：《魏书·出帝纪》：永熙三年五月辛卯诏曰"神武之所牢笼，威风之所〈车蔺〉轹，莫不云彻雾卷，瓦解冰消，长江已北，尽为魏土"云云，可为高欢"武略"之旁证。

[九] 尺刃：喻指微小的兵力。〇不劳尺刃：犹言不必动用一兵一卒。《广弘明集》卷一〇引《叙王明广请兴佛法事》："能降外道之师，善伏天魔之党。不用寸兵，靡劳尺刃。"●坐为天子：言很轻易就当上了天子。据《魏书·出帝纪》，中兴二年（532）高欢废魏节闵帝元朗，立元修，是为孝武帝。

[一〇]《列子·力命篇》管仲尝叹曰："吾少穷困时，尝与鲍叔贾，分财多自与，鲍叔不以我为贪，知我贫也。吾尝为鲍叔谋事而大贫困，鲍叔不以我为愚，知时有利不利也。吾尝三仕，三见逐于君，鲍叔不以我为不肖，知我不遭时也。吾尝三战三北，鲍叔不以我为怯，知我有老母也。公子纠败，召忽死之，吾幽囚受辱，鲍叔不以我为无耻，知我不羞小节而耻名不显于天下也。生我者父母，知我者鲍叔也！"《史记·管晏列传》："生我者父母，知我者鲍子也。"此常表示对知己朋友的感激之情。●高王：指高欢，以其姓高，封为渤海王，故有是称。

[一一] 无事：无故，无端。《庾子山集·杨柳歌》："定是怀王作计悮，无事翻覆用张仪。"●背：违背，背弃。《楚辞·离骚》："背绳墨以追曲兮。"洪兴祖补注："背，违也。"●规：谋求，谋划。●攻讨：攻击讨伐。《三国志·吴书·吕岱传》："廖式作乱……权遣使追拜岱交州牧，及遣诸将唐咨等骆驿相继，攻讨一年破之。"●身及子孙：自身以及子孙后代。《贞观政要》卷八《辨兴亡》："及隋国乱，又恃强深入，遂使昔安立其国家者，身及子孙，并为颉利兄弟之所屠戮。"●还如王誓：参见本篇注［七］所引《北齐书·神武纪下》高欢所发的誓言。

[一二] 此二句化用自《左传》僖公十五年："晋大夫三拜稽首曰：君履后土而戴皇天，皇天后土，实闻君之言。"●皇天：昊天上帝。《尚书纬》第三卷《尚书帝命验》："天有五号，尊而君之则曰皇天；元气广大，则称昊天；仁覆闵下，则称旻天；自上监下，则称上天；据远视之，则称苍天。"●后土：中国上古神话中的中央之神。《尚书·武成》："告于皇天后土。"孔传："后土，社也。"●案："皇天""后土"常连称，以敬称天地。今俗语常云"天老爷地老爷"，亦即"皇天后土"。

[一三] 宇文：指宇文泰，字黑獭，北周开国之君，代郡武川（今内蒙古武川西）鲜卑人。永熙三年（534）迎奉魏孝武帝，定都长安，建立西魏。永熙三年闰十二月，宇文泰毒死孝武帝，另立元宝炬，把持朝政。《周书·文帝纪》《北史·周本纪》载其事。

[一四] 贺拔胜：字破胡，神武尖山（今山西朔县）人。尔朱荣入洛，贺拔胜以预义之勋，封易阳县开国伯，寻加通直散骑常侍、平南将军、光禄大夫，进号安南将军。后参与尔朱兆平元颢之乱，乃加通直散骑常侍、征北将军、金紫光禄大夫、武卫将军。孝武帝永熙三年，贺拔胜叛，战败，先投奔萧衍，后转投元宝炬。《魏书》卷八〇、《周书》卷一四、《北史》卷四九有传。

案：孝武帝疑虑宇文黑獭叛乱，见于他写给高欢的密诏。《北齐书·神武帝纪下》："（天平元年）六月丁巳，魏帝密诏神武曰：'宇文黑獭子平破秦、陇，多求非分，脱有变诈，事资经略。但表启未全背戾，进讨事涉忽忽，遂召群臣，议其可否。佥言假称南伐，内外戒严，一则防黑獭不虞，二则可威吴楚。'"

[一五]《全后魏文》"严""欲"连文，非。◎纂严：集结行装，以为戒备。即戒严。《南齐书·明帝纪》："丁酉，内外纂严。"《资治通鉴·齐纪下·东昏侯永元二年》："乙卯，以南康王宝融教纂严，又教赦囚徒，施惠泽，颁赏格。"胡三省注："纂，集也。严，装也。纂严，纂集行装也。"○故纂严：《魏书·出帝纪》：永熙三年"五月丙戌，增置勋府庶子，厢别六百人；又增骑官，厢别二百人，依第出身，骑官秩比直斋。"《北史·斛斯椿传》："椿自以数反，意常不安，遂密劝孝武帝置阁内都督部曲，又增武直人数百，直阁已下员别数百，皆选天下轻剽以充之。"皆可为"纂严"之证。●声援：军事上遥相支援。《三国志·魏书·吕布传》"布遣人求救于术"裴松之注引汉王粲《英雄记》："术乃严兵，为布作声援。"

[一六] 宇文：指宇文黑獭，参本篇注[一三]。●今日：目前，现在。《谷梁传》僖公五年："今日亡虢，而明日亡虞矣。"●使者相望：言使者往来频繁。《鲍参军集·出自蓟北门行》："天子按剑怒，使者遥相望。"●观其所为：观察他的所作所为。《汉书·杜钦传》："近观其所为，远观其所主。"●更无：再无。《魏书·李先传》："臣愚细，才行无闻，适以忠直奉上，更无异能。"●异迹：反叛的迹象。《资治通鉴·齐纪七·明帝建武四年》："季连有憾于遥欣，乃密表明帝，言其有异迹。"胡三省注："包藏祸心者，谓之异志。形见于事为，谓之异迹。"

[一七] 贺拔：指贺拔胜。参注[一四]。●贺拔在南，开拓边境，为国立功：《周书·贺拔胜传》：孝武帝太昌初，"胜攻梁下溠戍，擒其戍主尹道珍等。

又使人诱动蛮王文道期，率其种落归款。梁雍州刺史萧续击道期不利，汉南大骇。胜遣大都督独孤信、军司史宁攻欧阳郑城。南雍州刺史长孙亮、南荆州刺史李魔怜、大都督王元轨取久山、白泊，都督拔略昶、史许龙取义城、均口，擒梁将庄思延，获甲卒数千人。攻冯翊、安定、沔阳，并平之。胜军于樊、邓之间。"●念无可责：想来没有什么可指责的。

[一八] 分讨：张燮本、《温侍读集》作"分谤"。案："分谤"与本篇文意不协，不可取。◎分讨：分兵讨伐。《后汉书·荀彧传》："宜急分讨陈宫，使虏不得西顾。"●君若欲分讨：谓高欢受魏帝密诏，欲分兵讨伐宇文黑獭和荆州、江左。《北齐书·神武纪下》：魏帝密诏神武曰"一则防黑獭不虞，二则可威吴楚"云云，神武乃表曰："臣今潜勒兵马三万，拟从河东而渡……遣领军将军娄昭、相州刺史窦泰、前瀛州刺史尧雄、并州刺史高隆之拟兵五万，以讨荆州；遣冀州刺史尉景、前冀州刺史高敖曹、济州刺史蔡俊、前侍中封隆之拟山东兵七万、突骑五万，以征江左。"●何以为辞：以什么作为理由呢？《旧唐书·李元吉传》："元吉因密请加害太宗。高祖曰：'是有定四海之功，罪迹未见，一旦欲杀，何以为辞？'"

[一九] 宾：服从，归顺。《尔雅·释诂一》："宾，服也。"郭璞注："谓喜而服从。"《国语·楚语上》："其不宾也久矣。"韦昭注："宾，服也。"●为日已久：谓持续很长一段时间。《宋书·武帝纪下》："晋自东迁，四维不振，宰辅凭依，为日已久。"●东南不宾，为日已久：谓萧梁与北魏南北分峙，已经很长一段时间了。●先朝以来：本朝之先谓之先朝，故"先朝以来"犹历朝以来。《魏书·礼志四》："自外至者，无主不立。先朝以来，以正月吉日于朝廷设幕，中置松柏树，设五帝坐。"●置之度外：放在考虑之外。《后汉书·隗嚣传》："帝积苦兵间，以嚣子内侍，公孙述远据边陲，乃谓诸将曰：'且当置此两子于度外耳。'"●本篇大意谓：长期以来，萧梁皆未归顺，历朝以来，都没有考虑萧梁是否归顺的问题。言下之意就是，高欢若讨伐荆州、江左，也没有足够的理由。

[二〇] 户口减半：家户人口减少一半。《汉书·昭帝纪·赞》："承孝武奢侈余敝，师旅之后，海内虚耗，户口减半。"●未宜：不宜，不应该，不合适。《汉书·韦贤传》附《韦玄成传》："以七庙言之，孝武皇帝未宜毁；以所宗言之，则不可谓无功德。"●穷兵极武：即"穷兵黩武"，谓耗尽兵力、兵源。《三国志·吴书·陆抗传》：抗上书曰："穷兵黩武，动费万计，士卒凋瘵，寇不为衰，而我已大病矣。'"《梁书·诸夷传·西北诸戎》："于时虽穷兵极武，仅而克捷，比之前代，其略远矣。"

[二一]《北齐书》校记："《通鉴》卷一五六无'可列其姓名令朕知也'九字，而下有'倾高干之死，岂独朕意，王忽对昂，言兄枉死，人之耳目，何易可轻'二十五字，不见本书和《北史》。按《通鉴》叙高欢者一段事多溢出《北史·神武纪》的话，如同卷载魏主责高欢灭纥豆陵伊利语，同卷'密诏高欢'语皆是。司马光未必能见到《北齐书》原文《神武纪》，较大可能是采取《三国典略》或《高氏小史》，但其源仍出于《北齐书》原文。像这一条二十五字，决非后人所能妄增，疑当是《北齐书·神武纪》所载诏书原文。"◎闇昧：本谓昏暗无光。多喻人蒙昧愚陋。《楚辞·哀岁》："彼日月兮闇昧。"王逸原注："日月无光，云雾之所蔽。人君昏乱，佞邪之所惑。"《汉书·司马相如传下》："首恶湮没，闇昧昭晰。"颜师古注："始为恶者皆即湮灭，素暗昧者皆得光明也。"●佞人：善于花言巧语，阿谀奉承之人。《论语·卫灵公》："放郑声，远佞人，郑声淫，佞人殆。"朱熹集注："佞人，卑谄辩给之人。"●案：《北齐书·神武纪下》："（神武）仍以信誓自明忠款曰：'臣为婴佞所间，陛下一旦赐疑，令猖狂之罪，尔朱时讨。……陛下若垂信赤心，使干戈不动，佞臣一二人愿斟量废出。'"则"不知佞人是谁"当针对高欢表中所云"婴佞""佞臣"而发。

[二二] 厍：张燮本误作"库"字。◎厍狄干：善无人。梗直少言，有武艺。北魏孝昌年间，随尔朱荣入洛。后从高欢参与平乱，进封广平郡公。北齐文宣帝天保初年，封章武郡王，转太宰。《北齐书》卷一五、《北史》卷五四有传。●懦弱：软弱无能。《后汉书·刘玄传》："素懦弱，羞愧流汗，举手不能言。"●无事：无端，无缘无故。《庾子山集·杨柳歌》："定是怀王作计悞，无事翻覆用张仪。"●长君：古代称年长之君主。《左传》文公六年："灵公少，晋人以难故，欲立长君。"●不可驾御：谓不可控制。驾御，即控制之义。《三国志·吴志·张昭传》："夫为人君者，谓能驾御英雄，驱使群贤。"

[二三]《温侍读集》《全后魏文》"日"字连上为文，"行"字连下为文。◎但：范围副词，相当于"只""仅"。《正字通·人部》："但，语辞。犹言特也，第也。"●更：副词，相当于"再""复""又"。《正字通·支部》："更，再也，复也。"○更立余者：再立其他人为君主。●案："不立孝武帝"一事，司马子如亦曾言之于高欢。据《北齐书·神武纪下》记载，孝武帝下诏罪状高欢，让其北伐，高欢后悔云："若用司空言，岂有今日之举。"司马子如答高欢云："本欲立小者，正为此耳。"

[二四] 间：《全后魏文》作"闲"。◎议论：犹非议。●勋人：有功之人。●佞臣：奸邪谄媚之臣。《盐铁论·论儒》："子瑕，佞臣也。"

[二五] 张燮本、《温侍读集》"腾"下有一"之"字，当涉上文"之"字而衍。◎罪：《温侍读集》作"辠"，乃古"罪"字。●去岁：孝武帝永熙二年（533）。●封隆之：字祖裔，小名皮，渤海蓨（今河北景县东）人也。魏中兴年间拜为左光禄大夫、吏部尚书。寻拜为侍中。魏静帝时诏为侍讲，除吏部尚书，加侍中，以本官行冀州事。武定三年（545）卒，年六十一。《魏书》卷三二、《北齐书》卷二一、《北史》卷二四有传。●封隆之背叛：谓封隆之去魏，投奔高欢。《北齐书·封隆之传》："（封隆之）后为斛斯椿等搆之于魏帝，逃归乡里。高祖知其被诬，召赴晋阳。魏帝寻以本官征之，隆之固辞不赴。"●今年孙腾逃走：《北齐书·神武纪下》：武帝永熙三年（534），孙腾擅自杖杀御史，亡奔高欢。●不罪不送：谓高欢不治封隆之、孙腾二人之罪，也不遣送他们回朝廷。

[二六] 祸始：灾祸的开端。《三国志·魏书·袁绍传》："出长子谭为青州，沮授谏绍必为祸始，绍不听。"●腾既为祸始：谓孙腾是导致魏帝与高欢之间产生嫌隙的祸端。《北齐书·神武纪下》："（孙腾亡奔高欢，）称魏帝挝舍人梁续于前，光禄少卿元子干攘臂击之，谓腾曰：'语尔高王，元家儿拳正如此。'"●曾无：竟无，乃无。《史记·赵世家》："命乎！命乎！曾无我嬴。"●愧惧：惭愧恐惧。《南齐书·东南夷传》："但所献轻陋，愧惧唯深。"●事君尽诚：侍奉君王，竭尽忠诚。●斩送：斩首并传送。《后汉书·乌桓传》："袁尚与楼班、乌延等皆走辽东，辽东太守公孙康并斩送之。"

[二七] 这几句话是高欢受魏帝密诏后，欲分兵讨伐宇文黑獭和荆州、江左的兵略部署。《北齐书·神武纪下》："神武乃表曰：'荆州绾接蛮左，密迩畿服，关陇悬远，将有逆图。臣今潜勒兵马三万，拟从河东而渡；又遣恒州刺史厍狄干、瀛州刺史郭琼、汾州刺史斛律金、前武卫将军彭乐拟兵四万，从其来违津渡；遣领军将军娄昭、相州刺史窦泰、前瀛州刺史尧雄、并州刺史高隆之拟兵五万，以讨荆州；遣冀州刺史尉景、前冀州刺史高敖曹、济州刺史蔡俊、前侍中封隆之拟山东兵七万、突骑五万，以征江左。皆约所部，伏听处分。'"●启图西去：上表图谋西讨。即表中所云"关陇悬远，将有逆图。臣今潜勒兵马三万，拟从河东而渡"。●四道俱进：从四个方向进军讨伐。即表中所云"拟从河东而渡""拟兵四万，从其来违津渡""拟兵五万，以讨荆州""拟山东兵七万、突骑五万，以征江左"。●洛阳：古地名，故地在今湖南宝庆县城东二里。●江左：也叫"江东"，指长江下游南岸地区。东魏时期，江左一带由萧梁政权控制。

[二八] 犹应：仍然应该。《宋书·蔡兴宗传》："兴宗议曰：'若坦昔为戎

首，身今尚存，累经肆眚，犹应蒙宥。'"●自怪：自觉惊奇。●宁能：岂能。《史记·淮阴侯传》："张良、陈平蹑汉王足，因附耳语曰：'汉方不利，宁能禁信之王乎？'"○宁：相当于"岂""难道"。《经传释词》卷六："宁，犹岂也。"●不疑：不生疑心。《楚辞·九章·惜往日》："或忠信而死节兮，或訑谩而不疑。"

〔二九〕贰：《全后魏文》作"二"。当以作"贰"为是。◎守诚：固守诚节。《梁书·傅昭传》附《傅映传》："吴兴太守袁昂自谓门世忠贞，固守诚节。"●贰：谓贰心。《国语·周语上》："百姓携贰。"韦昭注："贰，二心也。"○不贰：无二心。《楚辞·九章·惜诵》："事君而不贰兮。"王逸注："贰，二也。言己事君竭尽信诚，无有二心。"●晏然：安然。《庄子·山木》："圣人晏然体逝而终矣。"《嵇康集·唐虞世道治》："晏然逸豫内忘。"戴明扬校注："《史记·吕后本纪》：'天下晏然。'《汉书注》：'晏然，自安意也。'"○或作"偃然"。《庄子·至乐》："人且偃然寝于巨室。"○或作"晏如"。《汉书·诸侯王表序》："高后女主摄位，而海内晏如。"颜师古注："安然也。"《曹植集·求自试表》："方今天下统一，九州晏如。"赵幼文《校注》："晏如，犹安然。"●居北：东魏时，高欢封渤海王，其地相对于邺都而处在北部，故曰居北。

〔三〇〕百万之众：上百万的军队，极言军力强盛。《史记·秦始皇本纪》："尝以十倍之地，百万之众，叩关而攻秦。"●此虽有百万之众，终无图彼之心：《魏书·出帝纪》：永熙三年，"时帝为斛斯椿、元毗、王思政、魏光等诐佞间阻，贰于齐献武王，托讨萧衍，盛暑征发河南诸州之兵，天下怪恶之"，"六月丁卯，大都督源子恭镇胡阳，汝阳王暹守石济，仪同三司贾显智率豫州刺史斛斯寿东趋济州"，"（秋七月）己丑，帝亲总六军十余万众次于河桥。以斛斯椿为前军大都督，寻诏椿镇虎牢。又诏荆州刺史贺拔胜赴于行所。胜率所部次于汝水"。《北史·斛斯椿传》："又劝帝征兵，诡称南讨，将以伐齐神武。帝从之。以椿为前驱大都督。椿因奏请率精骑二千，夜度河，掩其劳弊。"从记载来看，孝武帝图谋高欢之心已昭然若揭，而其所谓"有百万之众"亦浮夸不实。

〔三一〕脱：假设连词，同"倘"，谓假若。参见《广阳王北征请大将表》注〔一七〕。●弃义：背弃道义。《盐铁论·未通》："民犹背恩弃义而远流亡，避匿上公之事。"○信邪弃义：相信奸邪之说，不讲君臣道义。本篇"信邪"谓相信封隆之、孙腾等人的离间之言。《北齐书·神武纪下》：封隆之、孙腾"并亡来奔。称魏帝挝舍人梁续于前，光禄少卿元子干攘臂击之，谓腾曰：'语尔高王，元家儿拳正如此。'"●举旗南指：犹言率军南下。

〔三二〕匹马只轮：一匹战马及一只车轮。形容微不足道的一点兵马装备。

《说苑·敬慎》篇："击之，匹马只轮无脱者，大结怨构祸于秦。"《谷梁传》僖公三十三年："晋人与姜戎要而击之殽，匹马倚轮无反者。"范宁注："倚轮，一只之轮。"《文苑英华》卷六五〇引魏收《为侯景叛移梁朝文》："梁之丧师，单轮不返。" ●犹欲：仍要，仍想。《汉书·楚元王传》："犹欲保残守缺，挟恐见破之私意。" ●奋空拳而争死：举拳击敌，争着赴死。《汉书·司马迁传》载《报任少卿书》："然李陵一呼劳军，士无不起躬流涕，沬血饮泣，张空拳，冒白刃，北首争死敌。"颜师古注："拳，音丘权反，又音眷。读者迺以拳擘之拳，大谬矣。拳则屈指，不当言张。陵时矢尽，故张弩之空弓，非是手拳也。"案：师古说未必是。"拳"，乃"拳"之借字。《文选·司马迁<报任少卿书>》正作"张空拳"。李善注："李登《声类》云：'拳或作卷。'此言兵已尽，但张空拳以击耳。桓宽《盐铁论》（《险固》篇）曰：'陈胜无将帅之兵，师旅之众，奋空卷而破百万之军。'何晏《白起故事》：'白起虽坑赵卒，向使豫知必死，则前驱空卷犹可畏也，况三十万被坚执锐乎？'"李周翰注："张，举也，言矢尽道穷，人无尺铁，故犹举空拳以冒白刃之敌也。"本文正乃此义。

　　案：自"王若守诚不贰"至"犹欲奋空拳而争死"几句话，是孝武帝察觉高欢叛逆端倪之后对高欢的警告。《北齐书·神武纪下》："魏帝又敕神武曰：'王若厌伏人情，杜绝物议，唯有归河东之兵，罢建兴之戍，送相州之粟，追济州之军，令蔡俊受代，使邸珍出徐，止戈散马，各事家业。脱须粮廪，别遣转输，则逖人结舌，疑悔不生。王高枕太原，朕垂拱京洛，终不举足渡河，以干戈相指。王若马首南向，问鼎轻重，朕虽无武，欲止不能，必为社稷宗庙出万死之策。决在于王，非朕能定，为山止篑，相为惜之。'魏帝时以任祥为兼尚书左仆射，加开府，祥弃官走至河北，据郡待神武。魏帝乃敕文武官北来者任去留，下诏罪状神武，为北伐经营。"可为旁证。

　　[三三] 寡德：缺少德行。常用为君主谦辞。《左传》宣公十一年："文王犹勤，况寡德乎？"《三国志·魏书·高贵乡公髦传》："朕以寡德，不能式遏寇虐。" ●王已立之：谓高欢拥立元修为魏主。《魏书·出帝纪》："出帝，讳修，字孝则，广平武穆王怀之第三子也。"又曰："中兴二年夏四月，安定王自以疏远，未允四海之心，请逊大位。齐献武王与百僚会议，佥谓高祖不可无后，乃共奉王。戊子，即帝位于东郭之外，入自东阳、云龙门，御太极前殿，群臣朝贺。"又载即位诏曰："朕以托体宸极，猥当乐推，祇握宝图，承兹大业。得以眇身，托于王公之上，若涉渊水，罔识攸津。思与兆民同兹嘉庆，可大赦天下。改中兴二年为太昌元年。" ●谓：认为。 ●可：合适。《庄子·天运》："其味相反，而皆可于口。"

[三四] 图：谋取，贪图。《左传》隐公元年："蔓，难图也。"本篇谓谋求魏主之位。●彰：显也。《尚书·泰誓中》："秽德彰闻。"孔传："纣之秽德，彰闻天地，言罪恶深。"●恶：罪过。《左传》定公五年："吾以志前恶。"杜预注："恶，过也。"

[三五] 鏖：张燮本、《温侍读集》同，《全后魏文》作"齑"。案：作"鏖"，俗字。◎假令：假使，假如。《史记·管晏列传赞》："假令晏子而在，余虽为之执鞭，所忻慕焉。"●幽辱：侮辱。《周书·文帝纪上》："幽辱神器。"●鏖粉：本指粉末，喻指粉身碎骨。《庄子·列御寇》："使宋王而寐，子为齑粉夫！"●了无：完全没有。《抱朴子内篇·释滞》："了无锱铢之益也。"《颜氏家训·杂艺》篇："防御寇难，了无所益。"王利器《集解》："《梁书·庾肩吾传》：梁简文《与湘东王书》：'了不相似，……了无篇什之美。'了字用法，与此相同。《广雅·释诂》：'了，讫也。'"●遗恨：即遗憾，谓至死还感到悔恨。《后汉书·王常传》："今得见阙庭，死无遗恨。"

[三六]"见"字置于动词之前，有称代作用，相当于前置的"我"。《文选·李密<陈情表>》："生孩六月，慈父见背。"●以德见推，以义见举：谓以仁德推举我，以道义拥戴我。

[三七] 一朝：一时，一旦。崔浩《汉纪音义》佚文："一日，犹一朝，卒然无定时也。"（载朱祖延《北魏佚书考》）《淮南子·道应训》："一朝而两城下，此人之所喜也。"●背德舍义：背离仁德，抛舍道义。《国语·晋语》："忘善而背德。"《抱朴子外篇·博喻》："违仁舍义。"●过有所归：过错有所归附。《旧唐书·文宗纪下》："诏曰：公主入参，衣服逾制，从夫之义，过有所归。"

[三八] 君臣：《潜夫论·本政》篇："君者，民之统也。臣者，治之材也。"●一体：协调一致，犹如一个整体。《仪礼·丧服》："父子，一体也；夫妇，一体也；昆弟，一体也。"《文选·司马相如<难蜀父老>》："遐迩一体。"张铣注："一体，无外内也。"

[三九] 若合符契：古代诸侯分封之时，天子将符剖分为二，诸侯持其一，天子持其一。诸侯来朝觐时，须将所持之符与天子所存之另一半相勘合，以验证其身份，谓之合符。后以喻两者关系如同符契一样密合无间。语出《孟子·离娄下》："（舜和文王）得志行乎中国，若合符节。"朱熹集注："符节，以玉为之，篆刻文字而中分之，彼此各藏其半，有故，则左右相合以为信也。若合符节，言其同也。"《文选·袁宏<三国名臣序赞>》："君臣相体，若合符契。"

[四〇]《全后魏文》"今日"属上，"分疏"属下。◎不图：没有料到。《文选·刘越石<劝进表>》："不图天不悔祸。"吕向注："不图，不意也。"●分

疏：辩白，诉说。元陶宗仪《南村辍耕录》卷一一："分疏：人之自辨白其事之是否者，俗曰分疏。疏，平声。《汉书·袁盎传》：'不以亲为解。'颜师古注：'解者，若今分疏矣。'《北齐书·祖珽传》：'高元海奏珽不合作领军，并与广宁王交结，珽亦见帝，令引入自分疏。'"

[四一] 语出《孟子·告子下》："有人于此，越人关弓而射之，则己谈笑而道之；无他，疏之也。其兄关弓射之，则己涕泣而道之；无他，戚之也。"

[四二] 抚：张燮本作"拊"。◎投笔：搁笔，放下笔。《后汉书·来歙传》："投笔抽刃而绝。"《广弘明集》卷二四引刘之遴《与震法师兄李敬胐书》："言增怆然，投笔凄懑。"●抚膺：又作"拊膺"，谓抚摸或捶拍胸口。《说文·肉部》："膺，匈也。"《列子·汤问篇》："飞卫高蹈拊膺曰：纪昌既尽卫之术，计天下之敌己者，一人而已。"○或作"拊心"。《文选·曹植<求自试表>》："未尝不拊心而叹也。"其"拊"字，本作"抚"，吕延济注："抚，推也。"

[四三] 歔欷：悲泣貌。《楚辞·离骚》："曾歔欷余郁邑兮，哀朕时之不当。"王逸注："歔欷，惧貌。或曰：哀泣之声也。"○亦作"嘘唏"。《文选·王僧达<祭颜光禄文>》："申酌长怀，顾望嘘唏。"李周翰注："嘘唏，悲也。"

阊阖门上梁祝文[一]

维王建国[二]，配彼太微[三]。大君有命[四]，高门启扉[五]。良辰是简[六]，穆卜无违[七]。雕梁乃架[八]，绮翼斯飞[九]。八龙杳杳[一〇]，九龙巍巍[一一]。居宸纳祐[一二]，就日垂衣[一三]。一人有庆，四海爰归[一四]。

[系年]

《年谱》系本篇于东魏孝静帝天平二年（535），《年谱》曰："《资治通鉴》卷一五七《梁纪十三》：'（十一月）甲午，东魏阊阖门灾。门之初成也，高隆之乘马远望，谓其匠曰：西南独高一寸。量之果然。'案《通鉴》将此事记于梁武帝大同元年（即东魏天平二年），则此文当作于是时也。"康金声曰："本祝文约作于东魏孝静帝兴和元年（539）九月。据《魏书·孝静纪》：天平二年（535）冬十一月'甲寅，阊阖门灾'。又天平四年（537）六月'壬申，阊阖门灾'。《灵微志上》：'孝静天平四年秋，阊阖门东阙火。'是则邺都之阊阖门几经火焚，势已残毁。《孝静纪》曰：兴和元年九月，魏发十万人修邺，阊阖门盖于其时重建也。"二氏系年有差别，而其说皆各有据，今并置于此，俟再考。

[校注]

[一] 本篇以宋本《艺文类聚》卷六三为底本，以《初学记》卷二四、宋王应麟《困学纪闻》卷二〇、张燮本和《温侍读集》《全后魏文》比勘。●阊阖门：《文选·张衡＜西京赋＞》："正紫宫于未央，表峣阙于阊阖。"薛宗注："天有紫微宫，王者象之。紫微宫门名曰阊阖。"吕向："阊阖，天门也。"案：后以指帝王宫殿之门。《文选·王延寿＜鲁灵光殿赋＞》："高门拟于阊阖。"李善注："载曰：'阊阖，天门也，王者因以为门。'"张铣注："言高门比于天门。"《洛阳伽蓝记》原序："次北曰阊阖门。汉曰上西门，上有铜璇玑玉衡，以齐七政。魏晋曰阊阖门，高祖因而不改。"《水经注·谷水》："阳渠水南暨阊阖门（案：西城之北头曰阊阖门），汉之上西门者也。《汉宫记》曰：上西门所以不纯白者，汉家厄于戌，故以丹镂之。太和迁都，徙门南侧。"●上梁祝文：古代在安装建筑物屋顶最高一根中梁时要举行庆祝仪式，以祈求根基牢固，诵祝房舍平安长久。在仪式上用于祷祝的诵唱文本，即称"上梁文"。明徐师曾《文体明辨序说》曰："按上梁文者，工师上梁之致语也。世俗营构宫室，必择吉上梁，亲宾裹面（今呼馒头）杂他物称庆，而因以犒匠人，于是匠人之长，以面抛梁而诵此文以祝之。其文首尾皆用俪语，而中陈六诗。诗各三句，以按四方上下，盖俗体也。"

[二] 维：《初学记》《困学纪闻》作"惟"，二字古通。◎国：都城。《说文通训定声·颐部》："国者，郊内之都也。"《孟子·万章下》："在国曰市井之臣。"赵岐注："在国，谓都邑也。"●维王建国：国君建立国都。语出《周礼·天官·冢宰》："惟王建国，辨方正位，体国经野，设官分职，以为民极。"郑玄注："建，立也。"或作"惟帝建国"。《文选·陆倕＜石阙铭＞》："惟帝建国，正位辨方。"●本篇之"维王建国"，康金声注："指孝静帝兴建邺都。《魏书·孝静纪》：天平元年（534）冬十月'丙子，车驾北迁于邺'。兴和元年（539）秋'九月甲子，发畿内十万人城邺，四十日罢'。'冬十有一月癸亥，以新宫成，大赦，改元。'兴和二年（540）春正月'丁丑，徙御新宫，大赦'。《北史·魏本纪》所记同。"

[三] 太微：星宿名，传说以为天神所居之处。《史记·天官书》："衡，太微，三光之廷。匡卫十二星，藩臣：西，将；东，相；南四星，执法；中，端门；门左右，掖门。门内六星，诸侯。其内五星，五帝坐。"裴骃《集解》："太微为衡。"司马贞《索隐》引宋均曰："太微，天帝南宫也。三光，日、月、五星也。"又引《春秋合诚图》曰："太微主法式，陈星十二，以备武急也。"张守节《正义》："太微宫垣十星，在翼、轸地。天子之宫庭，五帝之坐，十二诸

147

侯之府也。其外藩，九卿也。南藩中二星间为端门。次东第一星为左执法，廷尉之象；第二星为上相；第三星为次相；第四星为次将；第五星为上将。端门西第一星为右执法，御史大夫之象也；第二星为上将；第三星为次将；第四星为次相；第五星为上相。其东垣北左执法、上相两星间名曰左掖门；上将两星间名曰东华门；上相、次相、上将、次将间名曰太阳门。其西垣右执法、上相间名曰右掖门；上将间名曰西华门；次将、次相间名曰中华门；次相两星间名曰太阴门。各依其名，是其职也。占与紫宫垣同也。"《淮南子·天文》篇："太微者，太一之庭也。"高诱注："太微，星名。太一，天神也。"《春秋纬》第三卷《春秋元命苞》："紫微为大帝，大微为天庭。"（大微即太微，大、太古一字）《尚书纬》第三卷《尚书帝命验》："天有五帝，集居太微。"〇后转指帝王所居。《曹植集·武帝诔》："拯民于下，登帝太微。"赵幼文《校注》："太微，《晋书·天文志》：'太微，天子庭也。'比喻帝位。"●配彼太微：意即国都修建的格局要和太微星的布局相配。

[四] 大君有命：天子发布命令。《周易·师》："大君有命，开国成家，小人勿用。"孔颖达疏："若其功大，使之开国为诸侯；若其功小，使之成家为卿大夫。"《易纬》第二卷《乾凿度》："大君者，君人之盛者也。"

[五] 高门：古代凡权贵之家，其门皆高，以便车马出入。故以"高门"指称权贵也。典出《说苑·贵德》篇："于公筑治庐舍，谓匠人曰：'为我高门，我治狱未尝有所冤，我后世必有封者，令容高盖驷马车。'"《文选·刘孝标<辩命论>》："鼎贵高门，则曰唯人所招。"吕向注："鼎贵高门，谓富贵也。"本篇"高门"指邺都的阊阖门。●启扉：开门。《文选·班孟坚<西都赋>》："临峻路而启扉。"李善注引《尔雅》曰："阖谓之扉。"张铣注："启，开也。扉，门扉。"

[六] 良辰：美好的时辰。《诗经·秦风·驷铁》："奉时辰牡。"毛传："辰，时也。"《楚辞·九歌》："吉日兮辰良。"●简：通"拣"，选也。颜元孙《干禄字书·上声》："简拣：上简册，下拣择；相承并用上字。"《尚书·冏命》："慎简乃僚。"孔传："简，选。"《文选·颜延年<皇太子释奠会作诗一首>》："司分简日。"李善注："《尔雅》曰：'简，择也。'"

[七] 穆：《初学记》《困学纪闻》作"枚"，非。◎穆卜：恭敬地卜问吉凶。《尚书·金縢》："王有疾，弗豫。二公曰：'我其为王穆卜。'"孔传："穆，敬。召公太公言：'王疾，当敬卜吉凶'。"

[八] 雕：《初学记》《困学纪闻》作"彫"，同。《说文通训定声·孚部》："雕，叚借为彫。"◎雕梁：装饰有浮雕、彩绘的屋梁。《论语·公冶长》："朽

木不可彫也。"包咸注:"彫,彫琢刻画。"《庾子山集·谢滕王集序启》:"朽材变于雕梁。"《玉台新咏》卷五引梁沈约《咏篪》诗:"彫梁再三绕。"吴兆宜注:"梁任昉《静思堂竹应诏》:'翠叶映彫梁。'刘孝绰《古意》:'上下傍彫梁。'"

[九]绮翼:有绮纹的羽翼。《文选·潘岳<射雉赋>》:"鸒绮翼而赪拫。"徐爰注:"《诗》云:'有鸒其羽,翼如绮文。'"吕延济注:"言翼如绮之文章。"案:本篇"绮翼"谓屋梁,以其雕绘花纹,两端上扬,如鸟展翼,故称。

[一〇]八龙杳杳:八龙腾起,飞向高空。《楚辞·离骚》:"驾八龙之婉婉兮。"又《九章·怀沙》:"曛兮杳杳,孔静幽默。"王逸注:"杳杳,深冥貌也。《史记》作'窈窈'。"又《九章·哀郢》:"瞭杳杳而薄天。"洪兴祖补注:"杳杳,远貌。"本篇谓屋梁高架,如龙之飞向幽远的天空。

[一一]龙:诸本并作"重"。案:据上下文意,当以作"重"为是。◎九重:九天。古人传说天有九重,后遂以九重指天。《楚辞·天问》:"圜则九重,孰营度之?"王逸注:"言天圜而九重,谁营度而知之乎?"朱熹集注:"圜与圆同。圜,谓天形之圆也。则,法也。九,阳数之极。所谓九天也。"《淮南子·天文》篇:"天有九重,人亦有九窍。"〇再引申指君王宫门。《曹植集·当墙欲高行》:"君门以九重,道远河无津。"●巍巍:高大貌。《论语·泰伯》:"大哉尧之为君也,巍巍乎,唯天为大,唯尧则之。"《文选·阮籍<为郑冲劝晋王牋>》:"国土嘉祚,巍巍如此。"吕向注:"巍巍,高貌。"●此句谓闾阖门高耸入九天。

[一二]祐:《温侍读集》《困学纪闻》同,《初学记》、张燮本、《全后魏文》并作"祜"。案:祐、祜同义。◎宸:《说文·宀部》:"屋宇也。"段玉裁注:"屋者以宫室上覆言之,宸谓屋边。"此则其一般意义。本文乃指帝王之所居。《广韵·真韵》:"宸,天子所居。"是也。〇居宸:居于宫中。《魏书·出帝纪》:"大魏得一居宸,乘六驭宇。"●纳祐:纳福。《广弘明集》卷一六引沈约《枳园寺刹下石记》:"仰愿宸居纳祐,福履攸归。"〇或作"纳祜",义同。《广弘明集》卷二八下引《娑罗斋忏文》:"随四时而纳祜。"

[一三]就日:比喻对天子的崇仰或思慕。《史记·五帝本纪》:"帝尧者,放勋,其仁如天,其知如神,就之如日,望之如云。"司马贞《索隐》:"如日之照临,人咸就之,若葵藿倾心以向日也。"●垂衣:又作"垂衣裳""垂拱",乃歌颂古帝王无为而治。《周易·系辞下》:"黄帝、尧、舜垂衣裳而治天下,盖取诸乾坤。"孔颖达疏:"垂衣裳者,以前衣皮,其制短小;今衣丝麻布帛所作衣裳,其制长大,故云垂衣裳也。"《论衡·自然》:"垂衣裳者,垂拱无为也。"

[一四] 爰：张燮本和《温侍读集》《全后魏文》作"攸"。◎一人：古者天子谦称之辞。《礼记·曲礼下》："分职授政任功，曰予一人。"〇庆：善也。《诗经·大雅·韩奕》："庆既令居。"郑玄笺："庆，善也。"〇一人有庆：天子有善事。谓推行善政也。语出《尚书·吕刑》："一人有庆，兆民赖之。"孔传："天子有善，则兆民赖之，其乃安宁长久之道。"孔颖达疏："我天子一人有善事，则亿兆之民蒙赖之。"●四海：泛称少数民族。《尔雅·释地》："九夷、八狄、七戎、六蛮谓之四海。"后多以称全天下、全国。〇爰：动词词头，无实义，起补充音节的作用。《说文通训定声·乾部》："爰，假借为粤、为曰，皆发声之词。"《诗·邶风·凯风》："爰有寒泉，在浚之下。"郑玄笺："爰，曰也。"●四海爰归：全天下都来归附。晋王嘉《拾遗记》卷九："至晋初，干戈始戢，四海攸归。"●此二句谓国君推行善政，则四方之民咸归顺也。

为司徒高敖曹谢表[一]

委水横流，群龙交战[二]。徒悲道丧[三]，空怀［主］辱[四]。虽复见义援戈[五]，临危奋剑[六]。顾惄后衄[七]，终谢先鞭[八]。事等泣河[九]，无救三川之竭[一〇]；有类忧天[一一]，岂支四极之坏[一二]？

[系年]

《年谱》系本篇于东魏孝静帝天平二年（535）三月。康金声曰："《北齐书》高昂本传曰：'天平初，除侍中、司空公，昂以兄乾薨于此位，固辞不拜，转司徒公。'转司徒事在次年，故此表应作于天平二年，今仅存残文。"案：二氏之说是。《魏书·孝静纪》有载，天平二年春三月，以司空高昂为司徒。

[校注]

[一] 本篇以宋本《艺文类聚》卷四七为底本，以张燮本和《温侍读集》《全后魏文》比勘。●篇题"高敖曹"原作"高放曹"，张燮本和《温侍读集》《全后魏文》并作"高敖曹"。案：当作"高敖曹"。●司徒：古官名。参见《司徒祖莹墓志》注[一]。●高敖曹，北齐人高昂也，字敖曹，《魏书》卷五七、《北史》卷三一有传。另《北齐书·高乾传》附载其事。郭在贻《训诂丛稿》曰："《太平广记》册四卷二零零'高昂'条：'北齐高昂字敖曹，胆力过人，姿彩殊异。其父次同，为求严师教之，昂不遵师训，专事驰骋。每言男儿当横行天下，自取富贵，谁能端坐读书，作老博士也。其父以其昂藏敖曹，故名字之。'按：……今谓敖曹殆即鏖糟……《集韵》卷三平声六豪韵'尽死杀

人曰鏖糟',是鏖糟一词有勇猛无畏之意,此正与上文'胆力过人''横行天下'诸语相呼应。"●康金声曰:"谢表:逊让官封之表章。《说文》:'谢,辞去也。'段注:'辞不受也,引申为凡去之称。'用例如《东观汉记》之'和熹邓后逊位,手书谢表'是。"

[二]委水:积水也,水积而成大川也。《礼记·学记》:"三王之祭川也,皆先河而后海。或源也,或委也,此之谓务本。"郑玄注:"源,泉所出也。委,流所聚也。始出一勺,卒成不测。"《艺文类聚》卷四五邢劭《广平王碑文》:"积石莫之方,委水不能喻。"●横流:水乱流貌,喻指乱世。参见《大觉寺碑》注[三六]。●群龙交战:群龙在荒野大战。比喻群雄争天下。《周易·坤》:"龙战于野,其血玄黄。"《后汉书·王刘张李彭卢传赞》:"天地闭革,野战群龙。"康金声曰:"此指北魏自正光四年(523)破六韩拔陵反叛以来,先后起兵、逐鹿北方之渠帅。诸如正光五年(523)莫折大提反,孝昌元年(525)元法僧、杜洛周皆反,孝昌二年(526)葛荣称帝,鲜于修礼反,孝昌三年(527)萧宝寅反,永安元年(528)邢杲反,永安二年(529)元颢攻破洛阳,永安三年(530)尔朱兆反等。"案:《魏书·尔朱荣传》史臣曰:"及夫擒葛荣,诛元颢,戮邢杲,剪韩娄,丑奴、宝寅咸枭马市。此诸魁者,或据象魏,或僭号令,人谓秉皇符,身各谋帝业,非徒鼠窃狗盗,一城一聚而已。苟非荣之致力,克夷大难,则不知几人称帝,几人称王也。"亦可补康说。

[三]徒:空也。《国语·晋语》:"公子絷曰:吾岂将徒杀之。"韦昭注:"徒,空也。"●道丧:世道沦丧。《文选·桓温<荐谯元彦表>》:"道丧时昏,则忠贞之义彰。"参见《印山寺碑》注[三五]。此处指君臣之道沦丧,谓宇文黑獭害魏出帝一事。《魏书·出帝纪》:"(永熙三年)闰十二月癸巳,帝为宇文黑獭所害,时年二十五。"《魏书·孝静帝纪》:"宇文黑獭既害出帝,乃以南阳王宝炬僭尊号。"案:康金声以为"指尔朱荣害灵太后、幼主及王公以下二千余人事",并举例曰:"武泰元年(528)二月,魏孝明帝(元诩)崩,皇子即位,是即'幼主'。夏四月,尔朱荣抗表奉长乐王元子攸为帝,是为孝庄帝。'庚子,车驾巡河,西至陶渚,荣以兵权在己,遂有异志,乃害灵太后及幼主,次害无上王劭、始平王子正,又害丞相、高阳王雍,司空公元钦,仪同三司元恒之,仪同三司、东平王略,广平王悌,常山王砒、北平王超,任城王彝,赵郡王毓,中山王叔仁,齐郡王温,公卿以下二千余人'(《魏书·庄帝纪》)。肆暴时,'纵兵乱害,王公卿士皆敛手就戮'。屠戮之由为贪虐不相匡弼,致使'天下丧乱,明帝卒崩'云(《魏书》卷七十四《尔朱荣传》)。"其说殆亦是,故备存于此。

[四] 主：底本原缺，张燮本和《温侍读集》《全后魏文》作“主”。兹据汪绍楹校本《艺文类聚》补入。◎主辱：君主受辱没。本篇谓魏主被杀，与上句“道丧”所指同。《北史·魏长贤传》载长贤复亲故书曰：“自顷王室板荡，彝伦攸斁，大臣持禄而莫谏，小臣畏罪而不言，虚痛朝危，空哀主辱。”亦可为旁证。

[五] 援戈：即“援戈反日”，谓挥舞兵器，赶回太阳。后以形容力挽危局。典出《淮南子·览冥训》：“鲁阳公与韩构难，战酣，日暮，援戈而挥之，日为之反三舍。”高诱注：“挥，挥也。”●见义援戈：见到符合道义的事情，就用武力加以增援。《论语·为政》：“见义不为，无勇也。”何晏《集解》引孔安国曰：“义者，所宜为也，而不能为，是无勇也。”

[六] 奋：举起，扬起。《广韵·问韵》：“奋，扬也。”●临危奋剑：身处险境而举剑还击。《文选·马融<长笛赋>》：“临危自放，若颓复反。”荀悦《汉纪·高祖皇帝纪》：“高祖起于布衣之中，奋剑而取天下。”

案：上二句殆谓高敖曹破尔朱世隆、尔朱羽生、尔朱兆叛军以护卫魏主之事。《北齐书·高昂传》：“永安末，（尔朱）荣入洛，以昂自随，禁于驼牛署。既而荣死，魏庄帝既引见劳勉之。时尔朱世隆还逼宫阙，帝亲临大夏门指麾处分。昂既免缧绁，被甲横戈，志凌劲敌。乃与其从子长命等推锋径进，所向披靡。帝及观者莫不壮之。”又曰：“寻值京师不守，遂与父兄据信都起义。殷州刺史尔朱羽生潜军来袭，奄至城下，昂不暇擐甲，将十余骑驰之，羽生退走，人情遂定。”又曰：“后废帝立……仍为大都督，率众从高祖（高欢）破尔朱兆于广阿。及平邺，别率所部领黎阳。又随高祖讨尔朱兆于韩陵……及战，高祖不利，军小却，兆等方乘之。高岳、韩匈奴等以五百骑冲其前，斛律敦收散卒蹑其后，昂与蔡俊以千骑自栗园出，横击兆军。兆众由是大败。”

[七] 懯：《温侍读集》《全后魏文》同，张燮本作“惭”。案“懯”，与“惭”同。◎顾惭：自顾而感到惭愧。《陶渊明集·命子》：“顾惭华鬓，负影只立。”●衄：挫败。《释名·释言语》：“辱，衄也，言折衄也。”王先谦证补：“《说文》：‘衄，鼻出血也。’引申为凡挫伤之称。《文选·吴都赋》注：‘衄，折伤也。’《奏弹曹景宗》注：‘衄，折挫也。’辱人者挫伤之亦谓之折辱。”《何逊集·行经孙氏陵》：“长蛇衄巴汉。”李伯齐注：“衄，挫败。”

[八] 谢：愧也。《文选·颜延年<赠王太常>》：“属美谢繁翰。”李善注：“谢，犹惭也。”●先鞭：谓抢占先机，抢先建功。《世说新语·赏誉》“少为王敦所叹”刘孝标注引《晋阳秋》：“刘琨与亲旧书曰：‘吾枕戈待旦，志枭逆虏，常恐祖生先吾著鞭耳。’”

案：上二句大意为，回顾往事，为自己之后的挫败而感到惭愧，也为自己未能抢先建功感到惭愧。

[九] 等：等同。《淮南子·主术》："有法者而不用，与无法等。"高诱注："等，同。"●泣：无声而哭。崔浩《汉纪音义》佚文："泪无声曰泣也。"（载朱祖延《北魏佚书考》）●泣河：谓吴起离开西河时，为魏国的即将衰颓而哭泣。典出《吕氏春秋·长见》："吴起治西河之外，王错谮之于魏武侯。武侯使人召之。吴起至于岸门，止车而望西河，泣数行而下。其仆谓吴起曰：'……今去西河而泣，何也？'吴起抿泣而应之曰：'子不识，君知我而使我毕能，西河可以王；今君听谗人之议而不知我，西河之为秦取不久矣，魏从此削矣。'"本篇殆指高敖曹为北魏朝廷的衰颓而哭泣。

[一〇] 三川之竭：谓周幽王时地震而致三川断流。时人以为周亡之征兆。《国语·周语上》："幽王二年，西周三川皆震。伯阳父曰：'周将亡矣！夫天地之气，不失其序；若过其序，民乱之也。阳伏而不能出，隐迫而不能烝，于是有地震。今三川实震，是阳失其所而镇阴也。阳失而在阴，川源必塞；源塞，国必亡。夫水土演而民用也。水土无所演，民乏财用，不亡何待？昔伊、洛竭而夏亡，河竭而商亡。今周德若二代之季矣，其川源又塞，塞必竭。夫国必依山川，山崩川竭，亡之征也。川竭，山必崩。若国亡不过十年，数之纪也。夫天之所弃，不过其纪。'是岁也，三川竭，岐山崩。十一年，幽王乃灭，周乃东迁。"韦昭注："三川，泾、渭、洛，出于岐山也。"《淮南子·俶真》篇："当此之时，峣山崩，三川涸。"高诱注："三川，泾、渭、汧也，出于岐山。"案：本文以三川之竭喻指北魏朝的灭亡。

上二句大意为，自己能力低微，为无法挽救北魏朝廷的衰颓命运而哭泣，就像吴起为无法拯救魏国的颓势而哭泣一样。

[一一] 忧天：为天将崩塌而忧伤。《列子·天瑞篇》："杞国有人忧天地崩坠，身亡所寄，废寝食者。"

[一二] 四极：四方极远之地。《尔雅·释地》："东至于泰远，西至于邠国，南至于濮铅，北至于祝栗，谓之四极。"此处乃谓传说中之擎天柱。《淮南子·览冥》篇："往古之时，四极废，九州裂。……于是女娲炼五色石以补苍天，断鳌足以立四极。"高诱注曰："天废顿，以鳌足柱之。"●四极之坏：天之四柱毁坏。本篇喻指北魏朝廷的崩塌。

上二句大意殆为，就如杞人为天将崩塌而忧伤，难以抵抗天柱毁坏的现实一样，我为北魏朝廷的颓势而忧伤，也无法挽救其即将崩塌的命运。

迁都拜庙邺宫赦文[一]

建国所先[二]，理属于宗庙[三]；立事为大[四]，礼归于禋祀[五]。大丞相渤海王[六]，神武命世[七]，重匡颓历[八]。导塞源于将竭，扶神器于已倾[九]。立天地之大功[一〇]，成人臣之重义[一一]。朕以冲昧[一二]，猥当乐推[一三]。关路多虞[一四]，衿带难固[一五]。瞻言往事[一六]，取则前修[一七]。乃袭去郼[一八]，用追迁亳[一九]；定鼎邺都[二〇]，卜世惟永[二一]。民用子来[二二]。功成不日[二三]。今清庙初兴[二四]，閟宫始就[二五]。灵祇萃止[二六]，祖考来格[二七]。神光夜照，香气朝闻[二八]。令月吉辰，躬展诚敬[二九]。时和气婉[三〇]，景丽云柔[三一]。四表来庭[三二]，万国在位[三三]。哀乐相交，感庆兼集[三四]。固宜观象雷雨，布宽大之恩[三五]；取类泽风，申肆眚之令[三六]。可大赦天下[三七]。

[系年]

《年谱》《年表》俱系本篇于东魏孝静帝天平四年（537），今从。

[校注]

[一]　本篇以宋本《艺文类聚》卷五二为底本，以张燮本和《温侍读集》《全后魏文》比勘。●篇题，张燮本、《温侍读集》作《为魏帝迁都拜庙邺宫赦诏》，《全后魏文》作《迁都拜庙邺宫赦诏》。●迁都：指东魏孝静帝将国都迁到邺城。事在永熙三年（534）。《魏书·孝静帝纪》：孝武帝元修永熙三年（534）冬十月丙寅，高欢奉立清河王元亶之子元善见为帝，"即位于城东北，大赦天下，改永熙三年为天平元年"，是为东魏孝静帝，时帝年十一。十月"丙子，车驾北迁于邺"。十有一月"庚寅，车驾至邺，居北城相州之廨"。《北齐书·神武纪下》：永熙三年七月，"魏帝逊于长安"，"九月庚寅，神武还于洛阳"，"乃集百僚四门耆老，议所推立"，"遂议立清河王世子善见"，"乃立之，是为孝静帝。魏于是始分为二"，"神武以孝武既西，恐逼嵪、陕，洛阳复在河外，接近梁境，如向晋阳，形势不能相接，乃议迁邺，护军祖莹赞焉。诏下三日，车驾便发，户四十万狼狈就道"。●拜庙邺宫：谓在邺城新庙祭祀先祖。事在天平四年（537）。《魏书·孝静帝纪》：天平二年（535）八月"甲午，发众七万六千人营新宫"。天平四年（537）"夏四月辛未，迁七帝神主入新庙，大赦天下，内外百官普进一阶"，"冬十有一月癸亥，以新宫成，大赦天下，改元（兴和）"。●邺宫：邺都新建之宫城。《魏书·神元平文诸帝子孙·真定侯陆传》："陆曾孙轨，字法寄。……孝静时，邺宫创制，以轨为营构使。"

[二] 建国：建立国都。《周礼·天官·冢宰》："惟王建国，辨方正位。"郑玄注："建，立也。"

[三] 宗庙：祭祀祖先之庙宇。古时天子、诸侯、大夫、士皆立宗庙，以表达对祖先的尊崇，唯庙数有别耳。《三辅黄图》卷五："宗，尊也；庙，貌也。所以仿佛先人尊貌也。"《孔子家语·庙制解》：天子立七庙，诸侯立五庙，大夫立三庙，士立一庙。

上二句谓，建立国都，先要建祖庙。《礼记·曲礼下》："君子将营宫室，宗庙为先，厩库为次，居室为后。"郑玄注："重先祖及国之用。"

[四]《左传》成公十三年："国之大事，在祀与戎。"

[五] 禋祀：乃祭祀之一种。谓燃烧祭品，诚敬清洁的祭祀天神或祭于宗庙。《周礼·春官·大宗伯》："以禋祀祀昊天上帝。"又曰："以肆献祼享先王，以馈食享先王，以祠春享先王，以禴夏享先王，以尝秋享先王，以烝冬享先王。"郑玄注："禋之言烟。周人尚臭，烟气之臭闻者。"

[六] 大丞相渤海王：指高欢。又名贺六浑，渤海蓨（今河北景县）人。东魏权臣，北齐王朝奠基人。参见《印山寺碑》注 [一五]。

[七] 神武：原谓以吉凶祸福威服天下而不用刑杀。《周易·系辞上》："古之聪明睿知，神武而不杀者夫。"孔颖达疏："夫《易》道深远，以吉凶祸福威服万物，故古之聪明叡知神武之君，谓伏牺等用此《易》道能威服天下，而不用刑杀而畏服之也。"○后用以称颂帝王将相神勇威武。《汉书·叙传下》："皇矣汉祖，纂尧之绪，实天生德，聪明神武。"●命世：或作"名世""命时"，皆谓显名当时也。参见《印山寺碑》注 [三八]。

[八] 历：严本作"厤"，二字古通。◎匡：正也。《诗经·小雅·六月》："以匡王国。"郑玄笺："匡，正也。"●历：历数，喻帝位。○颓历：谓政权倾颓。●重匡颓历：谓重振朝纲。《北齐书·文宣帝纪》："剪灭黎毒，匡我坠历。"

[九] 导：疏通。●塞源：本作"塞原"，塞住水流的源头。《左传》昭公九年："伯父若裂冠毁冕，拔本塞原，专弃谋主，虽戎狄其何有余一人。"后世文献引则作"塞源"。《宋书·武帝纪中》："乃者桓玄肆僭，滔天泯夏，拔本塞源，颠蹶六位，庶僚偾眉，四方莫恤。"本篇"塞源"为名词性结构，意为堵塞的水源。○塞源将竭：堵塞的水源将枯竭。《淮南子·说林训》："塞其源者竭，背其本者枯。"●神器：喻帝位。《老子》二九章："天下神器，不可为也，不可执也。"王弼注："神，无形无方也；器，合成也。无形以合故谓之神器也。"《文选·张衡<东京赋>》："窃弄神器。"薛宗注："神器，帝位也。"

[一〇] 此句谓建立了天地之间的大功劳。《国语·郑语》史伯曰："夫成

天地之大功者，其子孙未尝不章，虞、夏、商、周是也。"《文选·沈约<齐故安陆昭王碑文>》："稷、契身佐唐、虞，有大功于天地。"

[一一] 义：就是人伦，谓人与人之间的关系。《孟子·滕文公上》："使契为司徒，教以人伦：父子有亲，君臣有义，夫妇有别，长幼有叙，朋友有信。"●人臣之重义：即"君臣有义"，谓臣子尽忠君王。《战国策·魏策四》："无违为人臣之义矣。"鲍彪注："无违人臣者，不事二君之义。"

案：上二句意思是说高欢建立了巨大的功业，尽忠尽职地履行了作臣子的职责。

又案："重匡颓历"至"成人臣之重义"数句，殆谓高欢在孝庄帝元攸被害后，先后废黜节闵帝元恭、中兴主元朗，而拥立孝武帝元修、孝静帝元善见以续元魏王祚之事。《北齐书·神武纪上》："及（尔朱）兆入洛，执庄帝以北，神武闻之，大惊。……乃以书喻之，言不宜执天子以受恶名于海内。兆不纳，杀帝，而与尔朱世隆等立长广王晔，改元建明……魏普泰元年二月……尔朱度律废元晔而立节闵帝。……（普泰元年）十月壬寅，（神武）奉章武王融子渤海太守朗为皇帝，年号中兴，是为废帝。……永熙元年四月，神武至洛阳，废节闵及中兴主而立孝武。"《北齐书·神武纪下》：永熙三年七月，"魏帝逊于长安"，"九月庚寅，神武还于洛阳"，"乃集百僚四门耆老，议所推立"，"遂议立清河王世子善见"，"乃立之，是为孝静帝。魏于是始分为二"。

[一二] 冲：幼小。《尚书·盘庚下》："肆予冲人。"孔传："冲，童。"孔颖达疏："冲、童声相近，皆是幼小之名。"●朕以冲昧：意为我幼小无知。《宋书·后废帝纪》："朕以冲昧，嗣膺宝业。"

[一三] 猥：谬，错误地。《风俗通义·十反》："猥得承望阙廷。"吴树平《校释》："刘淇《助字辨略》卷三云：'猥，犹云谬也。'按凡是自称'猥'者，皆卑辞也。"●乐推：谓乐意推举。帛书《老子》六六章："天下乐推而弗厌也，不以其无争与？"参见《后魏孝庄帝杀尔朱荣元天穆等大赦诏》注[一七]。

[一四] 关路：通关之路。《文选·沈约<齐故安陆昭王碑文>》："西接峣、武，关路曾不盈千。"李善注："《汉书音义》应劭曰：'峣山之关也。'李奇曰：'在上洛北'。文颖曰：'武关，在析西。'"刘良注："峣、武，二关名。"案：本篇之"关路"殆谓迁都邺城之经历。●多虞：多忧患，多灾难。《左传》襄公三十年："（赵孟）曰：'武不才，任君之大事，以晋国之多虞，不能由吾子。'"

[一五] 衿带：谓险要之处。参见《大觉寺碑》注[三五]。

[一六] 瞻言：犹言回想。《诗经·大雅·桑柔》："维此圣人，瞻言百里。"毛传："瞻言百里，远虑也。"郑玄笺："圣人所视而言者百里。"案："言"为

动词词尾，无义。郑玄解为"言说"之"言"，疑非。●往事：从前之事。《荀子·成相》："观往事，以自戒，治乱是非亦可识。"

[一七] 取则：犹取法。《文选·任昉<王文宪集序>》："前良取则。"李周翰注："言前代贤良，取之以为法则。"●前修：前世远贤。《楚辞·离骚》："謇吾法夫前修兮，非世俗之所服。"王逸注："言我忠信謇謇者，乃上法前世远贤，固非今时俗人之所服行也。"

[一八] 乃：于是。《经传释词》卷六："乃，犹于是也。"●袭：因袭。《小尔雅·广诂》："袭，因也。"●酆：字或作"丰"，古地名，在今陕西户县东。周灭商后曾都于此。张参《五经文字·卷中·邑部》："酆，周文王所都。"《尚书·召诰》："成王在丰，欲宅洛邑。"孔传："武王克商，迁九鼎于洛邑，欲以为都，故成王居焉。"孔颖达疏："成王于时在丰，欲居洛邑以为王都。"

[一九] 用：表结果的连词，因而，于是。●追：犹追随。《方言》卷十二："追，随也。"●迁亳：商汤迁都于亳。亳，古地名，商汤时都城，有三处：一曰南亳，一曰北亳（亦称景亳、蒙亳），一曰西亳。参见《司徒祖莹墓志》注[三]。

案：上二句谓效法周成王离开酆邑、迁都洛邑，商汤迁都于亳的做法，准备迁都。《魏书·孝静帝纪》：天平元年"壬申，有事于太庙。诏曰：'安安能迁，自古之明典；所居靡定，往昔之成规。是以殷迁八城，周卜三地。……今远遵古式，深验时事，考龟袭吉，迁宅漳滏。庶克隆洪基，再昌宝历。'"

[二〇] 定鼎：定都。《左传》宣公三年："成王定鼎于郏鄏。"《文选·颜延之<三月三日曲水诗序>》："高祖以圣武定鼎，规同造物。"吕向注："定鼎，犹定天下也。"●邺都：古都邑名，有南北二城，北城故址在今河北磁县南，南城故址在今河南安阳县辖境。孝静帝定都于南城。《魏书·孝静帝纪》："（天平元年十月）丙子，车驾北迁于邺。……（四年）夏四月辛未，迁七帝神主入新庙，大赦天下，内外百官普进一阶。……（元象元年春正月）丁卯，大赦，改元（改天平为元象）……冬十有一月癸亥，以新宫成，大赦天下，改元（改元象为兴和）……（二年春正月）丁丑，徙御新宫，大赦，内外百官普进一阶。"《河朔访古记》卷中："邺都南城，在镇东南三里半。……至孝武永熙三年，高欢逼帝西入关，乃立清河王亶之子善见于洛阳东北，改元天平。以十月丙子，车驾北迁于邺。十一月庚寅至邺，居北城。……二年八月，发众七万六千营新宫。元象元年九月，发畿内十万人城邺，四十日罢。二年，帝徙御新宫，即南城也。"

[二一] 卜世：占卜预测传国的世数。亦泛指国运。《左传》宣公三年：

"成王定鼎于郏鄏，卜世三十，卜年七百，天所命也。"●卜世惟永：谓国运长久。

[二二]用：连词，于是。●民用子来：民众如子女趋事父母，不召自来。语出《诗经·大雅·灵台》："经始勿亟，庶民子来。"郑玄笺："众民各以子成父事而来攻之。"

[二三]不日：过不了几天，不久。●功成不日：不久就能成功。语出《诗经·大雅·灵台》："庶民攻之，不日成之。"毛传："不日有成也。"郑玄笺："众民则筑作，不设期日而成之。"

[二四]清庙：太庙，谓祖宗神庙。《诗经·周颂·清庙》："清庙，祀文王也。周公既成洛邑，朝诸侯，率以祀文王焉。"毛传："清庙者，祭有清明之德者之宫也，谓祭文王也。天德清明，文王象焉，故祭之而歌此诗也。庙之言貌也，死者精神不可得见，但以生时之居立宫室象貌为之耳。"孔颖达疏："以其所祭乃祭有清明之德者之宫，故谓之清庙也。……贾逵《左传注》云：'肃然清静谓之清庙。'"●初兴：刚刚兴起。《汉书·贾捐之传》："赖圣汉初兴，为百姓请命。"

[二五]閟宫：神宫，亦即祖宗神庙。《诗经·鲁颂·閟宫》："閟宫有侐，实实枚枚。赫赫姜嫄，其德不回。"毛传："閟，闭也。先妣姜嫄之庙在周，常闭而无事。孟仲子曰：是禖宫也。"郑玄笺："閟，神也。姜嫄神所依，故庙曰神宫。"

[二六]祇：通"祇"。《正字通·示部》："祇，与祇通。"●灵祇：即"灵祇"，天地之神，泛指神明。《文选·张衡<南都赋>》："灵祇之所保绥。"李善注："灵祇，天地之神也。"●萃：聚集。《楚辞·天问》："孰使萃之。"王逸注："萃，集也。"又《九歌·湘夫人》："灵之来兮如云。"

[二七]祖考：泛指先代。●来、格：皆谓至也。●祖考来格：祖先到来。《尚书·益稷》："搏拊琴瑟以咏，祖考来格。"《后汉书·章帝纪》引作"祖考来假"。李贤注："假音格。格，至也。"

[二八]神光：神异的灵光。《楚辞·王逸<九思·哀岁>》："神光兮颎颎，鬼火兮荧荧。"原注："神光，山川之精能为光者也。"●神光夜照：神异之光照耀夜空。《艺文类聚》卷一〇引徐爰《宋书》曰："武帝夜生，有神光之异，室内尽明。"

[二九]令：张燮本作"今"。◎令月吉辰：谓美好祥和的时刻。参见《后魏孝庄帝诞皇子大赦诏》注[一一]。●躬展：为祭拜之身形，故用为祭拜之称。躬谓弯腰。《直音篇·身部》："躬，身屈也。"展为展身。《广雅·释诂

三》："展，直也。"祭拜时，俯身为躬，直身为展，故曰躬展。●诚敬：诚恳恭敬。《文心雕龙·祝盟》："班固之祀濛山，祈祷之诚敬也。"

[三〇] 时和：时节和顺。《诗经·小雅·华黍·序》："时和岁丰，宜黍稷也。"●气婉：天气美好。《艺文类聚》卷四引沈约《三日侍凤光殿曲水宴诗》曰："光迟蕙亩，气婉椒台，皇心爱矣。"

[三一] 云柔：《温侍读集》作"云业"，非。◎景丽：阳光美好。景，谓阳光。《广韵·梗韵》："景，光也。"《艺文类聚》卷八引顾野王《虎丘山序》："于时风清邃谷，景丽修峦。"●云柔：云霞卷舒。柔，本谓木可以曲直。《说文·木部》："柔，木曲直也。"段玉裁注："凡木曲者可直、直者可曲曰柔。"引申可指凡物之弯曲自如。本文"云柔"谓云霞弯曲自如，故释为"云霞卷舒"。

[三二] 四表：四方极远之地。泛指天下。《尚书·尧典》："光被四表，格于上下。"孔颖达疏："故四表正如四方之外畔者，当如《尔雅》所谓'四海'、'四荒'之地也。"又曰："圣德美名，充满被溢于四方之外，又至于上天下地。"●来庭：犹来朝。谓朝觐天子。《诗经·大雅·常武》："四方既平，徐方来庭。"毛传："来王庭也。"案：此正"四表来庭"之所出。

[三三] 万国：本谓万邦、万方、各国。后泛指众多国家。《易经·乾卦》："首出庶物，万国咸宁。"●万国在位：犹言万国来朝，谓各国都来朝觐。典出《左传》哀公七年："禹合诸侯于涂山，执玉帛者万国。"《魏书·李冲传》："至于三元庆飨，万国充庭，观光之使，具瞻有阙。"其"万国充庭"亦"万国在位"之义。

[三四] 哀乐相交：犹"哀乐相生"，谓哀伤和快乐交织在一起。《礼记·孔子闲居》："乐之所至，哀亦至焉，哀乐相生。"●感庆兼集：感慨与庆幸交集在一起。《梁书·武帝纪下》："大礼克遂，感庆兼怀，思与亿兆，同其福惠。"《弘明集》卷一一引晋释慧远《答桓南郡书》："乃复曲垂光慰，感庆交至。"其"感庆兼怀""感庆交至"并同"感庆兼集"。

[三五] 观象：观测天象。《周易·系辞下》："古者包牺氏之王天下也，仰则观象于天，俯则观法于地。"引申为"取法""效法"。●观象雷雨：效法上天打雷下雨。●布宽大之恩：布施宽广宏大的恩德，犹言"普施恩德"，意为使天下苍生皆能蒙受天子的恩德。

[三六] 取类：即取法，谓用类似事物加以说明。《汉书·刑法志》："圣人取类以正名。"《文选·任昉<为萧扬州荐士表>》："方之疏壤，取类导川。"●泽风：下雨刮风。《文选·谢庄<月赋>》："从星泽风。"李善注："月之从星，则以风以雨。孔安国《尚书传》曰：'月经于箕，则多风；离于毕，则多雨。'然

泽则雨也。"●申令：颁布、发布命令。●肆眚：赦免有罪之人。肆，赦免。眚，过失。语出《春秋经》庄公二十二年："春王正月，肆大眚。"杜预注："赦有罪也。放赦罪人，荡涤众故，以新其心。"孔颖达疏："肆大眚者，肆，缓也；眚，过也。缓纵大过，是赦有罪也。大罪犹赦，小罪亦赦之。犹今赦书'大辟罪以下悉皆原免也。'"

［三七］此为诏书常用术语，谓普遍赦免有过或有罪之人。《史记·孝武本纪》："大赦天下，置寿宫神君。"

后魏孝靖帝纳皇后大赦诏^[一]

门下：朕以寡德，缵戎宝命^[二]，君临亿兆^[三]，四海为家^[四]。顾惟六宫^[五]，宜有内主^[六]，奉承宗庙^[七]，必俟盛门^[八]。渤海王以命时大才^[九]，开物成务^[一〇]，克济奸难^[一一]，匡复区夏^[一二]。俾予冲人^[一三]，有所凭赖^[一四]。自天作合，实在大邦^[一五]。造舟所归，物无异望^[一六]。王公卿士，人谋既从，大筮元龟，罔不袭吉^[一七]。率礼娉纳^[一八]，正位紫宫^[一九]。今朱明在辰^[二〇]，祝融御节^[二一]，苍苍品物^[二二]，成是南讹^[二三]。顺时布恩，盖唯典故^[二四]，可大赦天下，与人更始^[二五]。

［系年］

《年谱》本篇未系年。《魏书·皇后列传·孝静皇后高氏》："孝静皇后高氏，齐献武王之第二女也。天平四年，诏娉以为皇后，王前后固辞，帝不许。兴和初，诏侍中、司徒公孙腾，司空公、襄城王旭，兼尚书令、司州牧、西河王悰，兼太常卿及宗正卿元孝友等奉诏致礼，并备宫官侍卫，以后驾迎于晋阳之丞相第。五月，立为皇后，大赦天下。"案：传但云"兴和初"，未明确于何年。考《魏书·孝静帝纪》："（兴和元年）夏五月，齐文襄王来朝。甲戌，立皇后高氏。乙亥，大赦天下。"又《北史·魏本纪》五："（兴和元年）五月甲戌，立皇后高氏。乙亥，大赦。"则孝静帝于兴和元年（539）纳高欢之女为后，子昇本篇作于是年无疑。

［校注］

［一］本篇录自《文馆词林》罗校本卷六六六。●孝靖帝：当从《魏书》卷一二、《北史》卷五本纪作"孝静帝"。孝静帝元善见，东魏国主，其馀参见《迁都拜庙邺官赦文》注［一］。

［二］寡德：缺少德行。《左传》宣公十一年："文王犹勤，况寡德乎?"●文

献常见"朕以寡德"之语，以为君主谦辞。《三国志·魏书·高贵乡公髦传》："朕以寡德，不能式遏寇虐。"《洛阳伽蓝记》卷二"平等寺"条："朕以寡德，运属乐推。"●缵戎宝命：犹言继承并光大祖先之基业。〇缵戎：继承并发扬光大。《诗经·大雅·烝民》："缵戎祖考，王躬是保。"毛传："戎，大也。"〇宝命：天命。喻指帝位。《尚书·金縢》："呜呼！无坠天之降宝命，我先王亦永有依归。"●这两句乃属于诏书中的套话，以示帝王之谦逊。"缵戎宝命"亦可换作"纂承洪绪""奉承洪绪""猥承洪绪""纂戎鸿绪"等。如《文馆词林》卷六六六引《东晋孝武帝立皇太子大赦诏》："朕以寡德，纂承洪绪。"《太平御览》卷九八引《晋书》宣愍帝诏曰："朕以寡德，奉承洪绪。"《魏书·李冲传》："朕以寡德，猥承洪绪。"《宋书·宗室·长沙景王道怜传》："朕以寡德，纂戎鸿绪。"

[三] 君临：统治，拥有。《三国志·蜀书·许靖传》："策靖曰：'朕获奉洪业，君临万国。'"●亿兆：指称庶民百姓。《尚书·泰誓》："受有亿兆。"

[四] 四海为家：四海之内，尽属一家。指帝王拥有天下。引申指天下一统。《史记·高祖本纪》："且夫天子以四海为家，非壮丽无以重威。"《三辅黄图》卷六《杂录》："天子以四海为家，不以京师宫室居处为常。"

[五] 顾惟：想来，推想。《后汉书·陈蕃传》："顾惟陛下哀臣朽老，戒之在得。"●六宫：帝王妃嫔所居。《周礼·天官·内宰》："以阴礼教六宫。"郑玄注引郑司农云："六宫，后五前一。王之妃百二十人，后一人，夫人三人，嫔九人，世妇二十七人，女御八十一人。"又曰："玄谓六宫谓后也。妇人称寝曰宫。宫，隐蔽之言。后象王，立六宫而居之，亦正寝一，燕寝五。教者不敢斥言之，谓之六宫。若今称皇后为中宫矣。"

[六] 内主：诸侯的夫人。《左传》昭公三年："若惠顾敝邑，抚有晋阳，赐之内主，岂唯寡君，举群臣实受其贶。"杨伯峻注："正夫人为内宫之主，故云内主。"本篇谓皇后。《文馆词林》卷六六六《西晋武帝立皇后大赦诏》："以仪刑万邦者，必须内主。"

[七] 奉承宗庙：承续宗庙祭祀。《吴越春秋·勾践入臣外传》："越王曰：'夫国者，前王之国。孤力弱势劣，不能遵守社稷，奉承宗庙。'"《三国志·蜀书·马超传》："策曰：'朕以不德，获继至尊，奉承宗庙。'"

[八] 俟：等待，等候。《玉篇·人部》："俟，候也。"《诗经·邶风·静女》："俟我于城隅。"郑玄笺："俟，待也。"●盛门：本指盛姬之家。后盛姬为天子之妃，天子以其家门为姬姓之长，故曰盛。《穆天子传·古文》："甲戌，天子西北□，姬姓也，盛柏之子也。天子赐之上姬之长，是曰盛门。天子

乃为之台，是曰重璧之台。"后引申为豪门、望族之称。《晋书·夏侯湛传》："湛族为盛门，性颇豪侈。"

[九] 渤海王：指高欢。又名贺六浑，渤海蓨（今河北景县）人。东魏权臣，北齐王朝奠基人。参见《印山寺碑》注 [一五]。●命时：显名当时。参见《印山寺碑》注 [三八]。○大才：堪当重任之才。《后汉书·马援传》："汝大才，当晚成。"多称学识很高、能力极强的人。○命时大才：显名当世的栋梁之才。《三国志·吴书·薛综传》："汉时司马迁、班固，咸命世大才，所撰精妙，与六经俱传。"

[一○] 开物成务：揭示事物真相，使人事各得其宜。《周易·系辞上》："子曰：'夫易，何为者也？夫易，开物成务，冒天下之道，如斯而已者也。'"

[一一] 尅济：犹言战胜。《广弘明集》卷一六引沈约《光宅寺刹下铭（并序）》："及尅济横流，膺斯宝运。命帝阍以广辟，即太微而为宇。"●奸难：邪恶，艰难。《苏轼文集·赵康靖公神道碑铭》："遂授以政，历佐三叶，济于奸难，不蹇不跋。"

[一二] 匡复：谓挽救复兴危亡之国。《文选·孔融<论盛孝章书>》："惟公匡复汉室，宗社将绝，又能正之。"吕向注："正，犹继也。言汉室危乱，宗社将绝，公能匡正复其帝位而继之。"●区夏：区域内诸夏之地，谓中国。《尚书·康诰》："用肇造我区夏。"孔传："始为政于我区域诸夏。"《文选·张衡<东京赋>》："且高既受命建家，造我区夏矣。"薛综注："区，区域也；夏，华夏也。"

[一三] 俾：使。《尚书·尧典》："有能俾乂。"孔传："俾，使。"●冲人：幼童。幼童愚昧无知，故帝王引以为谦称。"予冲人"，犹言我这蒙昧之人。《尚书·盘庚下》："肆予冲人。"孔传："冲，童；童人，谦也。"

[一四] 凭赖：同义连文。倚仗，依靠。《三国志·蜀书·杨戏传》："吴越凭赖，望风请盟。"

[一五] 自天作合：即"天作之合"，喻指婚姻的美满。《诗经·大雅·大明》："文王初载，天作之合。"毛传："合，配也。"●大邦：原指周文王妃大姒所在之国。《诗经·大雅·大明》："文王嘉止，大邦有子。"郑玄笺："文王闻大姒之贤，则美之曰：大邦有子，女可以为妃，乃求昏。"本篇谓高皇后所在之晋阳。

[一六] 造舟：并舟为浮桥。此处借用周文王迎娶大姒之事喻指迎娶高皇后。《诗经·大雅·大明》："文定厥祥，亲迎于渭。造舟为梁，不显其光。"毛传："天子造舟，诸侯维舟，大夫方舟，士特舟。造舟，然后可以显其光辉。"

郑玄笺：“迎大姒而更为梁者，欲其昭著，示后世敬昏礼也。……天子造舟，周制也。殷时未有等制。”●无异望：没有别的期望。意即充分认可。《左传》昭公十三年：“献（公）无异亲，民无异望，天方相晋，将何以代文?”《文选·王俭<褚渊碑文>》：“迩无异言，远无异望。”吕向注：“惬众心故也。”

这几句是说，美满的婚配来自大国。迎娶高皇后，民众无异辞。

[一七] 人谋：与众人谋划、商议。《周易·系辞下》：“人谋鬼谋，百姓与能。”韩康伯注：“人谋，况议于众，以定失得也。鬼谋，况寄卜筮以考吉凶也。”本篇“人谋”，即指王公卿士商议婚姻。●筮：以著草算卦。《尚书·大禹谟》：“鬼神其依，龟筮协从。”蔡沈《集传》：“龟，卜；筮，著。”○元龟：大乌龟。《史记·鲁周公世家》：“今我其即命于元龟。”裴骃《集解》引马融曰：“元龟，大龟也。”○大筮元龟：谓以著草算卦，以龟甲占卜，并视其象与数以定吉凶。语本《礼记·曲礼上》：“假尔泰龟有常，假尔泰筮有常。”郑玄注：“命龟、筮辞。龟、筮于吉凶有常。大事卜，小事筮。”孔颖达疏：“泰，大中之大也。欲褒美此龟、筮，故谓为泰龟、泰筮也。”本篇“大筮元龟”，即《周易·系辞下》之“鬼谋”。●袭吉：谓吉兆相重。意即著草算卦为吉，龟甲占卜亦为吉也。《左传》哀公十年：“卜不袭吉。”杜预注：“袭，重也。”○罔不袭吉：无不吉兆相因。即《诗经·卫风·氓》“尔卜尔著，体无咎言”之意也。

[一八] 率礼：遵循礼制。《诗经·商颂·玄鸟》：“率履不越。”毛传：“履，礼也。”郑玄笺：“使其民循礼，不得逾越。”●娉纳：同义连文，迎娶婚姻。《淮南子·泰族》篇：“聘纳而取妇。”《群书治要》卷四一引作“娉纳”。是娉、聘字同。《宋书·后妃传》：“宋氏藉晋世令典，娉纳有章，倪天作俪，必四岳之后。”

[一九] 正位：谓主其位。《周易·家人·象》：“家人，女正位乎内，男正位乎外。男女正，天地之大义也。”《后汉书·皇后纪序》：“后正位宫闱，同体天王。”●紫宫：或曰“紫微宫”，本指星座名。《淮南子·天文》篇：“紫宫、太微、轩辕、咸池，四守天阿。”又曰：“紫宫者，太一之居也。”高诱注：“皆星名。”○引申指天帝所居。《太平御览》卷六引《大象列星图》曰：“北极五星：一名天极，一名北极。其第一星为太子，第二星最明者为帝，第三星为庶子，余二，后宫属也。并在紫微宫中央，故谓之中极。”又曰：“钩陈六星，在紫微宫中华盖之下，天帝所居之宫。”○再进一步引申指帝王的宫禁。《焦氏易林·渐》：《汉·天文》：紫宫为皇极之居。”《后汉书·霍谞传》：“呼嗟紫宫之门，泣血两观之下。”李贤注：“天有紫微宫，是上帝之所居也，王者立宫，象

而为之。"

[二〇] 朱明：谓夏天。《尔雅·释天》："夏为朱明。"郭璞注："气赤而光明。"《淮南子·天文》篇："南方，火也。其帝炎帝，其佐朱明，执衡而治夏。其神为荧惑，其兽朱鸟，其音征，其日丙丁。"高诱注："（朱明，）旧说云祝融。"据《淮南子》高诱注引旧说，则"朱明"与"祝融"所指同。参见本篇注 [二一]。●辰：时日，时节。《吕氏春秋·孟春》："乃择元辰。"高诱注："择善辰之日。"

[二一] 祝融：传说为古代主火之官。《礼记·月令》："其帝炎帝，其神祝融。"郑玄注："祝融，颛顼氏之子，曰黎，为火官。"《尚书大传·洪范五行传》："木官勾芒，火官祝融，土官后土，金官蓐收，水官玄冥。"引申之则指称夏天。《礼记·月令》："季夏之月……其日丙丁，其帝炎帝，其神祝融。"●御节：主掌季节。《魏书·李顺传》："及勾芒御节，姑洗之首，散迟迟于丽日，发依依于弱柳。"

上两句是说，迎亲的时节是在夏天。与史传所载之时间相合。参见本篇注 [一]。案：《艺文类聚》卷六四引晋潘岳《狭室赋》曰："当祝融之御节，炽朱明之隆暑。"盖即本篇"朱明在辰，祝融御节"之所本。

[二二] 苍苍：茂盛貌。《诗经·秦风·蒹葭》："蒹葭苍苍，白露为霜。"毛传："苍苍，盛也。"●品物：众多之物，即万物。《周易·乾》："品物流形。"●"苍苍品物"者，犹言万物种类极多且繁荣茂盛。

[二三] 南讹：南，南方，指夏天，参看 [二〇]；讹，通"化"，化育。"南讹"者，谓夏天万物化育滋长。《尚书·尧典》："平秩南讹，敬致。"孔传："讹，化也，掌夏之官。……南方化育之事，敬行其教，以致其功。四时同之，亦举一隅。"孔颖达疏："南讹，亦是助生物，顺常道也。"

上两句意思是：万物茂盛，品类繁多，体现出夏天是一个物类滋长、化育的季节。案：夏天滋长化育万物，在这样的季节，国家有大喜事，国君就要顺应季节特征，赦免、释放罪犯。下面几句话正承此意而作。

[二四] 顺时：顺应时令季节（的特征）。●布恩：施以恩德。《春秋繁露·天地之行》篇："布恩施惠，若元气之流皮毛、腠理也。"●典故：典常，谓典章制度。《后汉书·东平王苍传》（苍）上疏辞曰："陛下至德广施，慈爱骨肉……每赐宴见，辄兴席改容，中宫亲拜，事过典故，臣惶怖战栗，诚不自安。"

[二五] 此为赦诏之套语，借以体现国君的仁爱胸怀。参见《后魏孝庄帝杀尔朱荣元天穆等大赦诏》注 [七八] 及《后魏孝庄帝诞皇子大赦诏》注 [一七]。

司徒元树墓志铭[一]

昔枢电降祥[二]，姬水成业[三]。握八符以驭世[四]，膺五命以会昌[五]。钦明格于上下，光宅被于宇宙[六]。卜年永久[七]，历世遐长[八]。有文王之孙子[九]，启周公之苗裔[一〇]。积善所及[一一]，踵武称贤[一二]。每以辛李为言，恒持韩白自许[一三]。殚百虑之一致，尽能事于生民[一四]。而苍苍在上[一五]，义归无厚[一六]。徒有东平避世之意，空怀北海自晦之情[一七]。疾非逢雾[一八]，终异启手[一九]。铭曰：

明允笃诚[二〇]，发于岐嶷[二一]。未镂已雕，不扶而直[二二]。修礼以耕，强学为殖[二三]。孔既叹鲁[二四]，庄亦吟越[二五]。况以度思[二六]，有怀明发[二七]。翻然高举[二八]，归于魏阙[二九]。长路未穷，朝光已没[三〇]。

[系年]

《年谱》系本篇于东魏孝静帝兴和二年（540）。康金声曰："该墓志铭应作于兴和三年（541），盖以东魏使臣崔长谦于兴和二年十二月自邺赴梁，其自建业返北及元树改葬事必在次年也。"今两说有歧，并存于此。

[校注]

[一] 本篇以宋本《艺文类聚》卷四七为底本，以张燮本和《温侍读集》《全后魏文》比勘。●司徒：古官名。参见《司徒祖莹墓志》注[一]。●元树：咸阳王元禧之子。字秀和，一字君立，美姿貌，善吐纳，兼有将略。奔梁，萧衍甚重之，封为魏郡王，后改封邺王。魏出帝时，御史中尉樊子鹄，徐州刺史、大都督杜德讨元树所据之谯城，元树为杜德诱擒，并禁于永宁佛寺，未几赐死。孝静帝时，诏赠元树侍中、太师、司徒公、尚书令、扬州刺史。《魏书》卷二一上、《北史》卷一九有传。●墓志铭：一种置于逝者墓道或墓前、记录逝者生平事迹并加悼念的文体。徐师曾《文本明辨序说》曰："按志者，记也；铭者，名也。"则知墓志铭一般由志和铭两部分构成。志以散体记事，铭以韵体抒情。曾巩《元丰类稿》卷一六《寄欧阳舍人书》曰："夫铭志之于世，义近于史，而亦有与史异者。盖史之于善恶无所不书，而铭者，盖古之人有功德材行、志义之美者，惧后世之不知，则必铭而见之。或纳于庙，或存于墓，一也。苟其人之恶，则于铭乎何有？此其所以与史异也。"

[二] 谓黄帝之母感应电光而孕生黄帝事。《史记·五帝本纪》张守节《正义》："黄帝，有熊国君……号曰有熊氏，又曰缙云氏，又曰帝鸿氏，亦曰帝轩

氏。母曰附宝，之祁野，见大电绕北斗枢星，感而怀孕，二十四月而生黄帝于寿丘。……生日角，龙颜，有景云之瑞，以土德王，故曰黄帝。"王国维《今本竹书纪年疏证》卷上："黄帝轩辕氏，母曰附宝，见大电绕北斗枢星，光照郊野，感而孕，二十五月而生帝于寿丘。"《潜夫论·五德志》篇："大电绕枢焰野，感符宝，生黄帝轩辕。"

[三] 黄帝本居姬水，后拥有天下，故云"姬水成业"。《国语·晋语四》："昔少典娶于有蟜氏，生黄帝、炎帝。黄帝以姬水成，炎帝以姜水成。成而异德，故黄帝为姬，炎帝为姜。"韦昭注："姬、姜，水名也。成，谓所生长以成功也。"

案：此二句从黄帝降生并于姬水成就大业说起，意在交代元魏王室与轩辕黄帝之间的关系。《魏书·序纪》："昔黄帝有子二十五人，或内列诸华，或外分荒服。昌意少子，受封北土，国有大鲜卑山，因以为号。其后，世为君长，统幽都之北，广漠之野，畜牧迁徙，射猎为业，淳朴为俗，简易为化，不为文字，刻木纪契而已，世事远近，人相传授，如史官之纪录焉。黄帝以土德王，北俗谓土为托，谓后为跋，故以为氏。"《北史·魏本纪》所记略同。

[四] 八符：八种军事符节。《六韬·龙韬·阴符》："太公曰：主与将有阴符，凡八等。有大胜克敌之符，长一尺；破军擒将之符，长九寸；降城得邑之符，长八寸；却敌报远之符，长七寸；警众坚守之符，长六寸；请粮益兵之符，长五寸；败军亡将之符，长四寸；失利亡士之符，长三寸。诸奉使行符，稽留。若符事闻，泄告者皆诛之。八符者，主将祕闻，所以阴通言语，不泄中外相知之术。敌虽圣智，莫之能识。"●驭世：犹言统率天下，治理天下。●八符驭世：黄帝之时，部落纷纭，战争不断。盖黄帝握持八符，统军作战，最终完成部落同一，故云"八符驭世"。《艺文类聚》卷一一引《帝王世纪》曰："黄帝修德抚民，诸侯咸去神农而归之。黄帝于是乃扰驯猛兽，与神农氏战于版泉之野，三战而克之。又征诸侯，使力牧、神皇直讨蚩尤氏，擒之于涿鹿之野，使应龙杀之于凶黎之丘。凡五十二战而天下大服。"同书同卷又引《鱼龙河图》曰："黄帝时，有蚩尤兄弟八十一人，并兽身人语，铜头铁额，食沙石子，造立兵杖、刀戟、大弩、威振天下，诛杀无道，不仁慈。万民欲令黄帝行天子事。黄帝仁义，不能禁止蚩尤，遂不敌，乃仰天而叹。天遣玄女，下授黄帝兵信神符，制伏蚩尤，以制八方。蚩尤没后，天下复扰乱不宁，黄帝遂画蚩尤形象，以威天下。天下咸谓蚩尤不死，八方万邦，皆为弭伏。"

[五] 膺：接受。《楚辞·天问》："鹿何膺之。"王逸注："膺，受也。"《后汉书·班彪传》附班固："膺万国之贡珍。"李贤注引贾逵《国语》注曰："膺，

犹受也。"●五命：谓古代帝王按五行相胜之理承受天命。《汉书·王莽传中》："帝王受命，必有德祥之符瑞，协成五命。"颜师古注："五命，谓五行之次，相承以受命也。申，重也。"○黄帝于五命中受土德而王天下。《史记·五帝本纪》："黄帝者，少典之子，姓公孙，名曰轩辕。"司马贞索隐："有土德之瑞，土色黄，故称黄帝，犹神农火德王而称炎帝然也。"本篇乃指元树受封为藩王。●会昌：谓会当兴盛隆昌。《文选·左思<蜀都赋>》："天帝运期而会昌。"刘逵注："昌，庆也。言天帝于此会庆建福也。"●此句谓黄帝受天命而王天下，会当兴盛隆昌。《艺文类聚》卷一一引《淮南子》曰："黄帝治天下，而力牧、太山稽辅之，使强不得掩弱，众不得暴寡，人民保命而不夭，岁时熟而不凶；百官正而无私，辅弼公而不阿；道不拾遗，市不预贾；城郭不闭，邑无盗贼；人相让以财，狗彘吐菽粟于道路，而无忿争之心；于是日月精明，星辰不失其行；风雨时节，五谷登熟；虎豹不妄噬，鸷鸟不妄搏；凤皇翔于庭，麒麟游于郊；青龙进驾，飞黄伏皂；诸北、儋耳之国，莫不献其贡职。"案：引见《淮南子·览冥训》。

[六]宅：张燮本和《温侍读集》《全后魏文》作"泽"。据上下文，似以作"泽"为是。◎钦明：严肃恭谨，明察是非。●格：至。《尔雅·释诂》："格，至也。"●上下：指天地。●光泽：光彩，光芒，光辉。《后汉书·方术传下·王真》："王真年且百岁，视之面有光泽。"引申指光辉事迹，盛德美名。●被：充溢。●宇宙：所有时间和空间之总称。《尸子》卷下："上下四方曰宇，往古来今曰宙。"●此二句大意为，黄帝严肃恭谨，明察是非，其盛德美名传于四海之外，充溢天地之间。案：此二句语出《尚书·尧典》，乃以称颂帝尧之辞称美黄帝。《尚书·尧典》："曰若稽古帝尧，曰放勋钦明文思安安，允恭克让，光被四表，格于上下。"孔传："言尧放上世之功，化而以敬、明、文、思之四德，安天下之当安者。既有四德，又信恭能让，故其名闻充溢四外，至于天地。"陆德明《释文》引马融曰："威仪表备谓之钦，照临四方谓之明，经纬天地谓之文，道德纯备谓之思。"孔颖达疏："郑玄云：'敬事节用谓之钦，照临四方谓之明，经纬天地谓之文，虑深通敏谓之思。'……言尧既有敬明文思之四德，又信实恭勤，善能推让，下人爱其恭让，传其德音，故其名远闻，旁行则充溢四方，上下则至于天地。"

[七]卜年永久：以占卜预测享国之年久而且长。参见《后魏孝庄帝诞皇子大赦诏》注[一〇]。

[八]历世遐长：经历的世代久远绵长。义同"卜年永久"。《艺文类聚》卷七七引邢劭《并州寺碑》："旷劫悠缅，历代遐长。"

案：上二句谓黄帝享国久远，历世绵长。《艺文类聚》卷一一引《帝王世纪》曰："黄帝在位百年而崩，年百一十岁矣。或传以为仙，或言寿三百岁。葬于上郡阳周之桥山。"

［九］文王之孙子：文王的子孙后代。《诗经·大雅·文王》："陈锡哉周，侯文王孙子。文王孙子，本枝百世。"郑玄笺："（文王）乃由能敷恩惠之施，以受命造始周国，故天下君之。其子孙适（嫡）为天子，庶为诸侯，皆百世。"●案：周为姬姓，乃黄帝后裔。自周之始祖后稷至于成王，凡十七世。《史记·周本纪》："周后稷名弃……号曰后稷，别姓姬氏。"又曰：后稷卒，子不窋立。不窋卒，子鞠立。鞠卒，子公刘立。公刘卒，子庆节立。庆节卒，子皇仆立。皇仆卒，子差弗立。差弗卒，子毁隃立。毁隃卒，子公非立。公非卒，子高圉立。高圉卒，子亚圉立。亚圉卒，子公叔祖类立。公叔祖类卒，子古公亶父立。古公有长子曰太伯，次曰虞仲，太姜生少子季历。古公卒，季历立，是为公季。公季卒，子昌立，是为西伯，西伯曰文王。西伯崩，太子发立，是为武王。武王有瘳后而崩，太子诵代立，是为成王。张守节《正义》引《帝王世纪》曰："文王，龙颜、虎眉，身长十尺，有四乳。"又引《洛书灵听》曰："苍帝姬昌，日角、鸟鼻，高长八尺二寸，圣智慈理也。"

［一〇］周公：名旦，周武王之弟。据《史记·鲁周公世家》，武王即位，旦常辅翼。武王十一年伐纣后，封周公旦于曲阜，是为鲁公。周公不就封，留佐武王。武王既崩，成王少，在强葆之中，周公恐天下闻武王崩而畔，乃践祚，代成王摄行政当国，使其子伯禽代就封于鲁。管叔、蔡叔、武庚叛乱，周公遂诛管叔，杀武庚，流放蔡叔。成王年长，能听政，于是周公乃还政于成王。●苗裔：指子孙后代。《楚辞·离骚》："帝高阳之苗裔兮。"王逸注曰："苗，胤也；裔，末也。"●周公之苗裔：殆谓鲁僖公。《诗经·鲁颂·閟宫》："周公之孙，庄公之子。"毛传："周公之孙，庄公之子，谓僖公也。"周公封其子伯禽于鲁，因而鲁国历代君主皆为周公之后裔。

案：上二句殆谓，周文王、周公的子孙后代皆源自黄帝而来。又案：元树乃魏室王族之后，不仅为黄帝的远裔，亦为周文王、周公的子孙后代。

［一一］积善：广积善业。参见《司徒祖莹墓志》注［一〇］。●所及：所至，所到。

［一二］踵武：谓继承先辈的足迹。《楚辞·离骚》："及前王之踵武。"王逸注曰："踵，继也。武，迹也。"●称贤：称为贤者。《史记·游侠列传》："声施于天下，莫不称贤，是为难耳。"

［一三］每：每每，时常。●恒：常常，经常。●辛李：辛庆忌和李广的合

称。《文选·潘岳〈西征赋〉》："辛李卫霍之将。"李善注："《汉书》曰：'辛庆忌，字子真，为左将军。匈奴、西域亲附，敬其威信。本狄道人。'又曰：'李广，陇西人也，为右北平太守。匈奴号曰汉飞将军，避之，数岁不入界。'"案：辛庆忌，见《汉书》卷六九。李广，见《史记》卷一〇九、《汉书》卷五四。●韩白：韩信和白起的合称。《抱朴子外篇·君道》："韩白毕力以折冲，萧曹竭能以经国。"《梁书·武帝纪上》："高祖谓诸将曰：'……我若总荆、雍之兵，扫定东夏，韩白重出，不能为计。'"韩信，西汉名将，楚汉战争时，以太尉率兵攻韩地，下十余城。后又击灭项羽于垓下，为刘邦称帝立下赫赫战功。事见《史记》卷九二、《汉书》卷三四。白起，又称公孙起，战国时秦国名将，秦昭襄王时，屡立战功，威名远布。秦赵长平之战中，白起大破赵军，并坑杀降卒四十余万。事见《史记》卷七三。●上四人皆为多谋善战之将，故元树取以为自比。

［一四］殚：穷尽。《说文·歹部》："殚，殛尽也。"段玉裁注："穷极而尽之也。极，铉本作殛，误。古多假单字为之。"●百虑一致：使不同的想法归于一致。语出《周易·系辞下》："天下何思何虑，天下同归而殊涂，一致而百虑。"●尽能事：竭力做能做到之事。《周易·系辞上》："引而伸之，触类而长之，天下之能事毕矣。"●生民：黎民百姓。《尚书·毕命》："道洽政治，泽润生民。"●此二句谓元树殚精竭虑为家国着想，竭尽所能救护黎民百姓。《魏书·献文六王·咸阳王禧传》附《元树传》："兼有将略，衍尤器之，封为魏郡王，后改封邺王。数为将领，窥觎边服。时扬州降衍，兵武既众，衍将湛僧珍虑其翻异，尽欲杀之。树以家国，遂皆听还。"

［一五］张燮本、《温侍读集》无"而"字。◎苍苍在上：犹言苍天在上。《诗经·王风·黍离》："悠悠苍天。"毛传："苍天，以体言之。尊而君之则称皇天，元气广大则称昊天，仁覆旻下则称旻天，自上降鉴则称上天，据远视之苍苍然则称苍天。"《北齐书·文宣帝纪》："苍苍在上，照临不远。"

［一六］《邓析子·无厚篇》："天于人无厚也，君于民无厚也，父于子无厚也，兄于弟无厚也。何以言之？天不能屏勃厉之气，全夭折之人，使为善之民必寿，此于民无厚也。凡民有穿窬为盗者，有诈伪相迷者，此皆生于不足，起于贫穷，而君必执法诛之，此于民无厚也。尧舜位为天子，而丹朱、商均为布衣，此于子无厚也。周公诛管、蔡，此于弟无厚也。椎此言之，何厚之有？"

案：上二句是感叹苍天没有厚待元树，元树行善爱民却早亡。《诗经·小雅·黄鸟》："彼苍者天，歼我良人。"正可表达这种情感。《魏书·献文六王·咸阳王禧传》附《元树传》："前废帝时，（树）窃据谯城。出帝初，诏御史中尉樊子鹄为行台，率徐州刺史、大都督杜德以讨之。树城守不下，子鹄使金紫光禄大夫张安期往说之，树乃请委城还南，子鹄许之。树恃誓约，不为战备。杜德袭击之，擒树，送京师，禁于永宁佛寺。未几，赐死。"

　　[一七] 避世：避开喧嚣的世俗，谓隐居。《论语·宪问》："子曰：'贤者避世。'"何晏《集解》引孔安国曰："世主莫得而臣之也。"●康金声注"东平避世"曰："阮籍不与世事也。阮籍字嗣宗，曹魏人，属天下多故，嗜酒酣饮，耽于老庄，不论人过，冀避祸端。尝拜东平相，故称。传见《晋书》卷四十九。句谓元树未能如阮籍用心避世也。"●自晦：隐没自身才干，不欲显名于世。●康金声注"北海自晦"曰："孔融本应韬晦也。融字文举，孔子之后，汉献帝时为北海相。值汉室之乱，志在靖难；然意广才疏，又赋性耿直，语露锋芒。以讥讽忤曹操，曹借故杀之。传见《后汉书》卷七十。句谓元树无韬光自晦之情，至如孔北海，终遭杀身之祸也。"

　　[一八] 逢雾：谓淮南王刘安往蜀，道遇霜露，致病而死。典出《汉书·爰盎晁错传》：（淮南王）谋反发觉，文帝迁淮南王之蜀，槛车传送。爰盎谏曰："陛下素骄之，弗稍禁，以至此，今又暴摧折之。淮南王为人刚，有如遇霜露行道死，陛下竟为以天下大弗能容，有杀弟名，奈何？"上不听，遂行之。淮南王至雍，病死。●案：本篇是说元树并非像淮南王那样遇霜露而病死。

　　[一九] 启手："启手启足"之省，谓善终。语出《论语·泰伯》："曾子有疾，召门弟子曰：'启予足，启予手。'"朱熹集注："曾子平日，以为身体受于父母，不敢毁伤，故于此使弟子开其衾而视之。"徐干《中论》卷下《夭寿》："殷有三仁，比干居一。何必启手，然后为德？"●此句谓元树最终未能善终。

　　[二〇] 明允笃诚：明察诚信，厚道忠实。《左传》文公十八年：史克曰："昔高阳氏有才子八人，明允笃诚，天下之民谓之八恺。高辛氏有才子八人，忠肃共懿，天下之民谓之八元。"孔颖达疏："明者，达也，晓解事务，照见幽微也。允者，信也，终始不愆，言行相副也。笃者，厚也，志性良谨，交游款密也。诚者，实也，秉性纯直，布行贞实也。"

　　[二一] 岐嶷：谓幼而聪慧也。《诗经·大雅·生民》："诞实匍匐，克岐克嶷。"毛传："岐，知意也。嶷，识也。"郑玄笺："能匍匐，则岐岐然意有所知也；其貌嶷嶷然有所识别也。"《文选·左思<吴都赋>》："岐嶷继体。"刘渊林注："岐嶷，谓有识知也。"案："岐"或作"歧"。《洛阳伽蓝记》卷四"追光寺"条："略生而岐嶷，幼则老成。"周祖谟《校释》："岐嶷，挺秀俊茂也。"

　　[二二] 未镂已雕：未经镂刻就似已被雕琢过。以喻自然所具之美。●不扶

而直：不用扶持，自然直立。《荀子·劝学》篇："蓬生麻中，不扶而直。" ●此二句说明成大器之人，天然具有非凡的才识。《后汉书·徐稺传》："帝因问蕃曰：'徐稺、袁闳、韦著谁为先后？'蕃对曰：'……著长于三辅礼义之俗，所谓不扶自直，不镂自雕。'"

[二三] 修礼：修治礼教。《盐铁论·诛秦》："周室修礼长文。" ●强学：亦作"彊学"。谓勤勉学习。《礼记·儒行》："夙夜强学以待问。"元吴澄《纂言》曰："夙夜彊学，则其道可尊。" ●殖：种植。《玉篇·歹部》："殖，种也。" ●此二句盖出《礼记·礼运》："故人情者，圣王之田也，修礼以耕之，陈义以种之，讲学以耨之，本仁以聚之，播乐以安之。"郑玄注"修礼以耕之"云："和其刚柔。"又注"讲学以耨之"云："存是去非类也。" ●此二句殆谓元树修治礼教、勤学不殆，故处理人情世故刚柔相济，为人明辨是非。 ●康金声注"修礼以耕"曰："修习礼仪，致力不息也。《正字通》：'凡致力不息谓之耕。'《法言》：'耕道而得道，猎德而得德。'"又注"强学为殖"曰："勤勉力学，积累知识也。《广雅·释诂》：'殖，积也。'"亦可备一说。

[二四] 叹鲁：孔子感叹鲁国礼仪衰颓。典出《礼记·礼运》："昔者仲尼与于蜡宾。事毕，出游于观之上，喟然而叹。仲尼之叹，盖叹鲁也。言偃在侧曰：'君子何叹？'孔子曰：'大道之行也，与三代之英，丘未之逮也，而有志焉。'" ●本篇借孔子叹鲁之典，盖指元树为北魏王室礼治缺失而叹息。

[二五] 庄：指越国人庄舄。 ●吟越：庄舄病中吟唱越声。后以指思乡。 ●此句典出《史记·张仪列传》：陈轸适楚，秦惠王曰："子去寡人之楚，亦思寡人不？"陈轸对曰："昔越人庄舄，仕楚执圭，有顷而病。楚王曰：'舄，故越之鄙细人也，今仕楚执圭，富贵矣，亦思越不？'对曰：'凡人之思故，在其病也。彼思越则越声，不思越则且楚声。'人往听之，犹尚越声也。今臣虽弃逐之楚，岂能无秦声者哉？" ●本篇借庄舄吟越之典，盖谓元树身事异国、身处高位而仍思念北魏王室。

[二六] 度思：预测，揣度。《诗经·大雅·抑》："神之格思，不可度思。"朱熹集传："格，至。度，测。鬼神之妙，无物不体，其至于是有不可得而测者。"本文引申为权衡、考虑。

[二七] 有怀明发：思念先祖，至于天亮。语出《诗经·小雅·小宛》："我心忧伤，念昔先人，明发不寐，有怀二人。"毛传："明发，发夕至明。"苏辙集传："明发，旦也。二人，文、武也。……小人而责其继文武之功亦难矣。是故君子忧伤而念其先王，有怀文武，哀其业之将坠也。" ●此句谓元树想起元魏朝廷难以延续先祖周文王、周武王所开创的盛世基业，抑郁满怀，长叹达旦。

[二八]翻然：顿有所悟貌。《文选·陈琳<檄吴将校部曲文>》："若能翻然大举，建立元勋，以应显禄，福之上也。"刘良注："翻然，回飞貌。"●此句盖谓元树讨伐尔朱荣之事。《魏书·献文六王·咸阳王禧传》附《元树传》："尔朱荣之害百官也，树闻之，乃请衍讨荣。衍乃资其士马，侵扰境上。"

[二九]魏阙：宫殿之门，荣华富贵的象征。《吕氏春秋·审为》篇：中山公子牟谓詹子曰："身在江海之上，心居乎魏阙之下，奈何？"高诱注："魏阙，象魏也。悬教象之法，浃日而收之。巍巍高大，故曰魏阙。言心虽在江海之上，心存王室，故在天子门阙之下也。"《文选·沈约<齐故安陆昭王碑文>》："逶迤魏阙。"张铣注："魏阙，天子之阙。"〇或作"象魏"。《左传》哀公三年："御公立于象魏之外。"杜预注："象魏，门阙。"孔颖达疏："象魏是县（悬）书之处。"〇或作"象阙"。《文选·陆倕<石阙铭>》："爰有象阙，是惟旧章。"〇或作"冀阙"。《史记·商君列传》："为筑冀阙宫廷于咸阳。"司马贞《索隐》："冀阙即魏阙也。冀，记也。出列教令，当记于此门阙。"本篇"魏阙"指北魏王朝。●此句言元树返回北魏朝廷。

[三〇]长路：远路。《曹植集·赠白马王彪》诗："收泪即长路。"本篇喻指元树的人生之路。●朝光：早晨的阳光。《鲍参军集·代堂上歌行》："朝光散流霞。"此处喻元树年轻的生命。〇朝光已没：早晨的阳光隐去。本篇喻指元树之死。●此二句言元树施展大志的人生之路才开始，而生命已逝去。《魏书·献文六王·咸阳王禧传》附《元树传》："前废帝时，（树）窃据谯城。出帝初，诏御史中尉樊子鹄为行台，率徐州刺史、大都督杜德以讨之。……擒树，送京师，禁于永宁佛寺。未几，赐死。"

定国寺碑序[一]

盖两仪交运[二]，万物并生[三]。始自苦空，终于常乐[四]。而缘障未开，业尘犹拥[五]。漂沦欲海[六]，颠坠邪山[七]。虽复光华并于日月[八]，术数穷于天地[九]。有扶危定倾之力[一〇]，为济世夷难之功[一一]。登涂山而未归[一二]，游建木而不反[一三]。并驰于苦乐之境，皆入于生死之门[一四]。幽隐长夜，未觌山北之烛[一五]；沉迷远路，讵见司南之机[一六]。昔日先民，虽云善诱[一七]，尚习盖缠[一八]，未能解脱[一九]。至如八卦成象，示之以吉凶[二〇]；百药为医，导之以利害[二一]。衣食有业，民免饥寒之忧[二二]；水土既平，人无垫溺之患[二三]。斯诚事周于世用，功济于生民[二四]。不论过去之因缘[二五]，讵辩未来之果报[二六]。

惟无上大觉，独悟玄机[二七]。应现托生，方便开教[二八]。圣灵之至，无复等级[二九]。威神之力，不可思议[三〇]。动三乘之驾[三一]，汎八解之流[三二]。引诸子于火宅[三三]，渡群生于海岸[三四]。自一音辍响[三五]，双树潜神[三六]；智慧虽徂[三七]，象法犹在[三八]。光照金盘，言留石室[三九]。徧诸世界[四〇]，咸用归仰[四一]。

[系年]

《年谱》系本篇于东魏孝静帝武定四年（546）。康金声曰："定国寺：在韩陵山，后魏高欢败尔朱兆于此山，立定国寺以旌功。碑文作于普泰二年（532）。"二氏系年有异。今并存之。

[校注]

[一] 本篇以宋本《艺文类聚》卷七七为底本，以张燮本和《温侍读集》《全后魏文》比勘。●定国寺：《嘉庆重修一统志》第二二九四册《彰德府·古迹·寺观》："定国寺：在安阳县东北韩陵山，东魏高欢所建。有温子昇旌功碑。"

[二] 两仪：谓天地。多借以指阴阳。《周易·系辞上》："是故易有太极，是生两仪，两仪生四象，四象生八卦。"孔颖达疏："不言'天地'而言'两仪'者，指其物体，下与'四象'相对，故曰'两仪。'"李鼎祚《集解》引虞翻曰："分为天地，故生两仪也。"●两仪交运：谓阴阳相交，天地运转。

[三] 并：《温侍读集》作"未"，误。◎《汉上易传》卷四："天地化生万物。"《荀子·富国篇》："夫天地之生万物也，固有余足以食人矣。"

[四] 苦空：佛教语。谓人世间一切皆苦，凡事俱空。《佛说八大人觉经》："四大苦空，五阴无我。"《广弘明集》卷二八引梁武帝《摩诃般若忏文》："无常苦空，乃世相之累法。"〇苦：谓人的身心烦恼，有二苦、三苦、四苦、五苦、八苦、十苦之分。（一）二苦者，一为内苦：也分二种，一是身苦，指疾病，二是心苦，指忧愁，身心之苦合为内苦。二为外苦：也有二种，一是恶贼虎狼之危害，一是风热雨寒等自然灾害。（二）三苦者，指苦苦（由苦事之成而生苦恼者）、坏苦（由乐事之去而生苦恼者）、行苦（行者，迁流之义，由一切法之迁流无常而生苦恼者）。欲界有三苦，色界有坏苦行苦，无色界有行苦。（三）四苦者，指生、老、病、死。（四）五苦者，指生老病死苦、爱别离苦、怨憎会苦、求而不得苦、五阴盛苦。（五）八苦者，指生（即出生时的痛苦）、老（即年老体弱的痛苦）、病（即患病时的痛苦）、死（即临死时的痛苦）、爱别离（即与所爱分离的痛苦）、怨憎会（即与仇人见面的痛苦）、求不得（所求不遂的痛苦）、五阴炽盛（即五阴的作用炽盛，盖覆真性，故死了之后，复须再

生)。(六)十苦者，前四苦为生、老、病、死，接下来六苦依次为愁苦、爱苦、忧苦、病老苦、流转苦。○空：指因缘和合而生的一切事物。佛教认为一切事物都是虚幻的，一切事物都是短暂的组合，因而万事万物最终没有实体，故被称为空。●常乐：佛教语。为"常乐我净"之省，指大乘涅槃与如来法身所具足之四德。又称"涅槃四德"。丁佛宝《佛学大辞典》："一常德。涅槃之体，恒不变而无生灭，名之为常；又随缘化用常不绝，名之为常。二乐德。涅槃之体，寂灭永安，名之为乐；又运用自在，所为适心，名之为乐。三我德。解我有二种：一就体自实名为我，如《涅槃经·哀叹品》中所谓：'若法是实是真是主是依，性不变易是名为我。'二就用自在名为我，如《涅槃经·高贵德王品》所谓：'有大我故名大涅槃，大自在故名为大我。云何名为大自在耶？有八自在则名为我。'四净德。涅槃之体解脱一切之垢染，名之为净；又随化处缘而不污，名之为净（《大乘义章》十八）。《法华玄义》四曰：'破二十五有烦恼名净，破二十五有业名我，不受二十五有报为乐，无二十五有生死名常。常、乐、我、净名为佛性显。'"《广弘明集》卷二八引梁武帝《摩诃般若忏文》："观夫常乐我净，盖真常之妙本。"●此二句殆谓，万物最初在各种烦恼、虚无中沉浮，经过佛法修行，最终具足常乐我净四德，进入不生不灭、清净自在的解脱之境。

［五］缘障：产生恶业的条件对自有之佛性构成障碍，故称缘障。分为烦恼障、业障、苦报障以及身、口、意三业障。●开：消解，解除。●业尘：恶业污身如尘垢一般，故曰业尘。●拥：阻塞。《管子·明法》："出而道留谓之拥。"

［六］欲：《温侍读集》作"慾"，字同。◎漂沦：漂浮，沉沦。《法苑珠林》卷二○《致敬篇·述意部》："随业漂沦，无思悛革。"●欲海：佛家语。谓各种欲望深广如海，使人迷失本性，如同沉沦于大海，故曰欲海。康金声注："《大藏法数》曰，欲有四种，一者情欲，二者色欲，三者食欲，四者淫欲。"《法苑珠林·序》："导迷生于欲海。"●漂沦欲海：指漂沦于生死苦海。《法苑珠林》卷七三《十恶篇·述意部》："漂沦苦海，任燋烂而不疲。"《广弘明集》卷二三引魏收《缮写三部一切经愿文》："共游火宅，俱沦欲海。"同书卷二五载《叙高祖皇帝问出家损益诏表》："但四趣茫茫，飘沦欲海。"

［七］颠坠：即坠落。《孔子家语·困誓》："不观高崖，何以知颠坠之患。"《法苑珠林》卷七《六道篇·地狱部》颂曰："颠坠于地狱，足上头归下。"●邪山：谓偏邪之见解如高山。即外道谬论。刘禹锡《赠长沙赞头陀》诗："外道邪山千万重。"●颠坠邪山：谓众生为尘世种种烦恼所困扰而不得解脱。《法苑珠林》卷四八《然灯篇·述意部》："诸外道辈，陷诸众生，颠坠恶趣。"《广弘明

集》卷二五载《叙高祖皇帝问出家损益诏表》："三界蠢蠢，颠坠邪山。"

〔八〕光华：光芒，光明。《尚书大传·虞夏传》："日月光华，旦复旦兮。"
●光华并于日月：即与日月同辉。《礼记·经解》："天子者，与天地参。故德配天地，兼利万物。与日月并明，明照四海而不遗微小。"《曹植集·远游篇》："金石固易弊，日月同光华。"

〔九〕术数：治国之权术、方略。《管子·形势解》："人主务学术数，务行正理，则化变日进，至于大功。"《汉书·晁错传》："人主所以尊显，功名扬于万世之后者，以知术数也。"颜师古注引臣瓒曰："术数谓法制，治国之术也。"○术数，或又倒文作"数术"。《汉书·艺文志》所列数术有天文、历谱、五行、蓍龟、杂占、形法六种，并曰："数术者，皆明堂羲和史卜之职也。"其所列之六种，皆为治国之方法。●术数穷于天地：盖谓治理之术穷尽天地法则。《后汉书·张衡传·论》："数术穷天地，制作侔造化。"

〔一〇〕扶危定倾：在国家危殆将倾覆之时扶持之使安定。《论语·季氏》："危而不持，颠而不扶，则将焉用彼相矣。"邢昺疏曰："言辅相人者，当持其主之倾危，扶其主之颠踬。"袁宏《后汉纪·孝献皇帝纪》："非大舜周公，朱虚博陆，则不能擒凶讨逆，扶危定倾。"亦可作"定倾扶危"。《盐铁论·备胡》篇："古者明王讨暴卫弱，定倾扶危，则小国之君悦。"●力：功劳。《玉篇·力部》："力，勋也。"

〔一一〕为：有。《孟子·滕文公上》："夫滕，壤地褊小，将为君子焉，将为野人焉。"赵岐注："为，有也。虽小国亦有君子，亦有野人。"●此句谓有拯救乱世、平定祸乱之功业。《文选·陆机<吊魏武帝文>》："夫以……济世夷难之志，而受困魏阙之下。"张铣注："夷，平也。"

〔一二〕涂山：亦名当涂山，古地名，在今安徽怀远县东南八里。为禹娶妻及会合诸侯之处。《尚书·益稷》："予创若时，娶于涂山。"《扬雄集·蜀王本纪》："禹本汶山郡广柔县人，生于石纽，其地名痢儿畔。禹母吞珠孕禹，拆副而生于县涂山，娶妻生子名启。于今涂山有禹庙，亦为其母立庙。"●登涂山：殆谓禹合诸侯之事。《左传》哀公七年："禹合诸侯于涂山，执玉帛者万国。"王国维《今本竹书纪年疏证》卷上："帝禹夏后氏五年，巡狩，会诸侯于涂山。"●登涂山而未归：意为禹在涂山会合诸侯之后，又东巡至会稽而崩殂。《史记·夏本纪》："十年，帝禹东巡狩，至于会稽而崩。"裴骃《集解》引皇甫谧曰："年百岁也。"

〔一三〕建木：传说中的神木之名，因其高大，而成为伏羲、黄帝等众帝往返天地之间的天梯。《山海经·海内南经》："有木，其状如牛，引之有皮，若缨黄蛇，其叶如罗，其实如栾，其木若蓝，其名曰建木，在窫窳西弱水上。"郭璞注："建木，青叶、紫茎、黑花、黄实，其下声无响，立无影也。"《吕氏春秋·有始览》："白民之南，建木之下，日中无影，呼而无响，盖天地之中也。"高诱注："建木在都广，南方众帝所从上下也，复在白民之南。建木，状如牛，引之有皮，黄叶若罗也。"●游建木而不反：谓传说中的伏羲、黄帝等众帝自建木登上天庭而未返回。意即众帝已经仙逝。

[一四] 苦乐：痛苦与快乐。但本篇之义偏向"苦"。参见本篇注〔四〕。《大般涅槃经》卷三八："一一众生，周徧经历一切世间，具受苦乐。"《佛说无量寿经》卷下："人在世间，爱欲之中，独生独死，独去独来。当行至趣，苦乐之地，身自当之，无有代者。"●生死之门：佛教术语，指流转于轮回之间。意即一切众生因惑业所感，生了又死，死了又生。众生在三界六道之中的生死，有如载人运输的车轮，故《止观辅行》曰："业相是能运，生死是所运，载生死之轮名生死轮。"或作"生死苦海"。《寒山诗·恶趣甚茫茫》项楚注引敦煌本《坛经》："汝等门人，终日供养，祇求福田，不求出离生死苦海。"●此二句殆谓，一切众生皆在烦恼苦海之中沉浮，都进入六道之中轮回。

[一五] 幽隐：昏暗隐晦。《蔡邕集·述行赋》："神幽隐以潜翳。"●长夜：人死长埋地下，如同处于永久黑夜之中，故以之指称人所归葬之处。《曹植集·三良诗》："长夜何冥冥，一往不复还。"●山北之烛：康金声注："谓烛龙也。传烛龙在钟山，钟山即北山，故云。《山海经·海外北经》曰：'钟山之神，名曰烛阴，视为昼，瞑为夜，吹为冬，呼为夏。不食不饮，不喘不息，身长千里，人面蛇身，赤色。'《雪赋》李善注引《山海经》曰："是谓烛龙。"《楚辞·天问》："日安不到，烛龙何照。"王逸注：'言天之西北，有幽瞑无日之国，有龙衔烛而照之也。'"

[一六] 远：张燮本作"达"，义无所取。◎沉迷：深深地迷惑。《文选·丘迟<与陈伯之书>》："沉迷猖獗，以至于此。"李周翰注："沉迷，迷惑。"《寒山诗·山中何太冷》项楚注："'沉迷'即迷惑，李白《雪谗诗赠友人》：'嗟予沉迷，猖獗已久，五十知非，古人尝有。'独孤及《酬皇甫侍御望天灊山见示之作》：'愧作拳偻人，沉迷簿书内。'孟简《咏欧阳行周事》：'丈夫早通脱，巧笑安能干。防身本苦节，一去何由还。后生莫沉迷，沈迷丧其真。'刘得仁《秋夕即事》：'自怜在歧路，不醉亦沉迷。'"●远路：遥远的道路。《韩非子·大体》："故车马不疲弊于远路，旌旗不乱于大泽。"《文选·苏武<诗>》之四："征夫怀远路，游子恋故乡。"●讵：阳承庆《字统》佚文："讵，未知而疑，语辞也。"（载朱祖延《北魏佚书考》）●司南之机：即司南车，测定方向的器

具。《韩非子·有度》篇:"夫人臣之侵其主也,如地形焉,即渐以往,使人主失端,东西易面而不自知,故先王立司南以端朝夕。"《太平御览》卷二九引《典略》:"魏明帝使博士马均作司南车,水转百戏。"

[一七]先民:古代的贤者。《诗经·大雅·板》:"先民有言,询于刍荛。"朱熹《集传》:"先民,古之贤人也。"●善诱:善于诱导。《论语·子罕》:颜渊曰:"夫子循循然善诱人。"何晏《集解》:"诱,进也,言夫子正以此道劝进人有次序也。"

[一八]盖缠:盖谓覆盖,缠谓缠绕。世俗的烦恼覆盖缠身,故云盖缠。而盖有五法,缠有十种,故盖缠为"五盖十缠"之省称。丁佛宝《佛学大辞典》:"盖即盖覆之义。有五法,能盖覆心性而不生善法也。一、贪欲盖,执着五欲之境以盖心性者。二、瞋恚盖,于违情之境怀忿怒以盖心性者。三、睡眠盖,心昏身重,而不为其用以盖心性者。四、掉悔盖,心之躁动,谓之掉,于所作之事而心忧恼,谓之悔,以盖心性者。五、疑法,于法犹豫而无决断,以盖心性者。《法界次第》上之上曰:'通名盖者,盖以覆盖为义。能覆盖行者清净心善,不得开发,故名为盖。'"又曰:"有十种之妄惑,缠缚众生,不使出生死,不使证涅槃,故名十缠:一无惭、二无愧、三嫉、四悭、五悔、六睡眠、七掉举、八昏沉、九瞋恚、十覆也。"文献中多用"盖缠"一词称烦恼。如《维摩诘所说经·佛国品》:"悉已清净,永离盖缠。"《弘明集》卷一〇引梁武帝《敕答臣下神灭论·答王筠》:"涤彼盖缠,勖以解慧。"《艺文类聚》卷七六引萧衍《游钟山大爱敬寺》诗:"日予受尘缚,未得留盖缠。"

[一九]解脱:指解除惑业的束缚,脱离三界的苦果。又称禅定、涅槃。丁佛宝《佛学大辞典》曰:"离缚而得自在之义。解惑业之系缚,脱三界之苦果也。《注维摩经》一曰:'肇曰:纵任无碍,尘累不能拘,解脱也。'《唯识述记》一本曰:'解谓离缚,脱谓自在。'《华严大疏》五曰:'言解脱者,谓作用自在。'《顿悟入道要门论》上曰:'问欲修何法,即得解脱?答:唯有顿悟一门,即得解脱。云何顿悟?答:顿者,顿除妄念。悟者,悟无所得。'又曰:'但无忧憎心,即是二性空。二性空者,自然解脱也。'又曰:'云何解脱心?答无解脱心,亦无无解脱心,即名真解脱也。'《传心法要》下曰:'前际无去,今际无住,后际无来。安然端坐,任运不拘,方名解脱。'又'涅槃'之别称。以涅槃之体,离一切之系缚故也。《唯识述记》一本曰:'言解脱者,体即圆寂。由烦恼障缚诸有情恒处生死,证圆寂已能离彼缚,立解脱名。'《俱舍论》十八曰:'解脱涅槃,亦名无上。'《大乘义章》二曰:'涅槃果德,绝缚名脱。'同十八曰:'言解脱者,自体无累,名为解脱。又免羁缚,亦曰解脱。'《梵语杂

名》曰:'解脱,梵语木底。'又'禅定'之别称。如三解脱、八解脱、不思议解脱。脱缚自在者,禅定之德也。《大乘义章》十三曰:'八解脱者,名为解脱绝下缚故。'《注维摩经》一曰:'什曰:亦名三昧,亦名神足。或令修短改度或巨细相容,变化随意,于法自在,故名解脱。'"○解脱又可称为"寂静"。《大般涅盘经》卷五:"又解脱者,名为寂静,纯一无二,如空野象,独一无侣。解脱亦尔,独一无二。独一无二,即真解脱;真解脱者,即是如来。"

[二○] 至:《温侍读集》作"见"。◎八卦成象:从八卦能类推万物之象,故世间万物皆可成象。《周易·系辞上》:"易有太极,是生两仪,两仪生四象,四象生八卦。"同书《系辞下》:"八卦成列,象在其中矣。"韩康伯注:"备天下之象也。"●示吉凶:通过八卦占卜所成之卦象,来确定人事之吉凶。《周易·系辞上》:"圣人设卦观象,系辞焉而明吉凶。"又曰:"八卦定吉凶。"韩康伯注:"八卦既立,则吉凶可定。"

[二一] 导:张燮本和《温侍读集》《全后魏文》作"道"。案:作"道",乃借为"导(導)"字。《左传》隐公五年:"敝邑为道。"陆德明释文:"道,本亦作导(導)。"◎百药:各种药物。《逸周书·大聚》:"乡立巫医,具百药,以备疾灾。"《吕氏春秋·孟夏纪·四月纪》:"是月也,聚蓄百药。"高诱注:"是月阳气极,药草成,故聚积之也。"●此二句谓古帝王尝百草,发明医药而救治生民。○多以为神农氏尝百草。《淮南子·修务》篇:古者民时多疾病毒伤之害,于是神农乃"尝百草之滋味,水泉之甘苦,令民知所避就。当此之时,一日而遇七十毒。"《太平御览》卷七二一引《帝王世纪》曰:"炎帝神农氏……尝味草木,宣药疗疾,救夭伤之命,百姓日用而不知。著《本草》四卷。"郑樵《通志》卷一"炎帝神农氏"条:"民有疾病未知药石,乃味草木之滋,察寒热之性,而知君臣佐使之义,皆口尝而身试之,一日之间而遇七十毒。或云神农尝百药之时,一日百死百生,其所得三百六十物,以应周天之数。后世承传为书,谓之《神农本草》。又作方书以救时疾。"○也有以黄帝之师岐伯为尝百草者。《太平御览》卷七九引《帝王世纪》曰:"(黄帝)又使岐伯尝味百草,典医疗疾,今经方、本草之书咸出焉。"

[二二] 此二句谓古帝王教民耕种织衣而使生民得以免去挨饿受冻的忧患。●教民耕种者,传为神农氏。《周易·系辞下》:"包牺氏没,神农氏作,斫木为耜,揉木为耒,耒耨之利,以教天下,盖取诸益。"《淮南子·修务》篇:"于是神农乃始教民播种五谷,相土地宜燥湿肥墝高下,尝百草之滋味,水泉之甘苦,令民知所避就。"《太平御览》卷七二一引《帝王世纪》曰:"炎帝神农氏长于江水,始教天下耕种五谷而食之,以省杀生。"《古微书》卷一七引《礼

纬·礼含文嘉》曰:"神者,信也;农者,浓也。始作未耜,教民耕种,美其食衣,德浓厚若神,故为神农也。"●发明衣裳者,传为黄帝本人、黄帝之臣及黄帝之妃嫘祖。杜佑《通典》卷六一:"上古穴处衣毛,未有制度,后代以麻易之。先知为上以制其衣,后知为下复制其裳,衣裳始备。"宋高承《事物纪原》卷三:"《世本》曰:'胡曹作衣。'宋衷曰:'黄帝臣。'《吕氏春秋》亦云。《淮南子》曰:'伯余初作衣。'许慎注云:'黄帝臣也。一云伯余,黄帝也。'《世本》又云:'伯余制衣裳。'"宋罗泌《路史》卷一四《黄帝纪上》:"元妃西陵氏曰嫘祖……以其始蚕,故又祀先蚕。"又曰:"(黄帝)命西陵氏劝蚕稼,月大火而浴种。夫人副袆而躬桑,乃献茧丝,遂称织维之功。因之广织以给郊庙之服。"明彭大翼《山堂肆考》卷一四四"祭西陵氏"条:"黄帝元妃西陵氏嫘祖,始教民育蚕治丝,以供衣服,后世祀为先蚕。"

[二三] 平:治理水土。《尚书·大禹谟》:"地平天成。"孔传:"水土治曰平。"孔颖达疏:"平、成义同。"●垫溺:漂泊沉沦于水中。《尚书·益稷》"下民昏垫"孔传:"言天下民昏瞀垫溺,皆困水灾。"●此二句谓大禹治理洪水,生民无漂沦水中之灾祸。《淮南子·人间》篇:"古有沟防不修,水为民害。禹凿龙门,辟伊阙,平治水土,使民得陆处。"《云笈七签》卷一〇〇《轩辕本纪》引《遁甲开山图》曰:"禹,得道仙人也。古有大禹,女娲十九代孙。大禹寿三百六十岁,入九嶷山,仙飞去后三千六百岁,尧理天下,洪水既甚,人民垫溺。大禹念之,乃化生于石纽山泉。女狄暮汲水,得石子如珠,爱而吞之,有娠,十四月生子。及长,能知泉源,代父鲧理洪水,三年功成。"《史记·夏本纪》详载大禹治理洪水、土地之事迹,可参看。

[二四] 诚:真正,确实。杨树达《词诠》卷五:"诚,表态副词。《广韵》云:'诚,审也;信也。'按:与今语'真'同。"●周:适合。《楚辞·离骚》:"虽不周于今之人兮"王逸注:"周,合也。"●世用:为世所用。●济:救助,拯救。《字汇·水部》:"济,赒救也。"●此二句大意谓,这些古圣先贤所做的事情为世所用,他们的功劳在于救助天下的民众。

[二五] 论:犹究察。●因缘:指事物产生所依凭的力量。因,指引生结果的直接原因;缘,指来自于外部的间接原因。唐李师政《法门名义集·因果品》:"因缘亲生名因,就因辨缘故名因缘。"《翻译名义集》卷四《释十二支篇》:"尼陀那。"注:"此云因缘。什曰:力强为因,力弱为缘。肇曰:前缘相生,因也;现象助成,缘也。'"《佛说阿弥陀经》:"舍利弗。不可以少善根福德因缘,得生彼国。"王智隆注:"因缘:一物之生,亲与强力者为因,疏而力弱者为缘。例如种子为因,雨露、阳光、人工等为缘,以此因缘和合而生稻谷。

《楞严经疏》云:'佛教因缘为宗,以佛圣教自浅至深,说一切法,不出因缘二字。'《维摩经·佛国品注》云:'什曰,力强为因,力弱为缘。肇曰,前后相生,因也;现相助成,缘也。诸法要因缘相假,然后成立。'"

[二六] 辩:张燮本和《温侍读集》《全后魏文》作"辨"。◎讵:反诘副词,相当于"岂"。《说文·言部》:"讵,犹岂也。"●辩:通"辨"。分辨,辨别。《说文通训定声·坤部》:"辩,段借为辨。"●果报:佛家语。谓因果报应,指由过去之因缘而导致的结果。即造因善则报以善果,造因恶则报以恶果,此即曰果报。《法苑珠林》卷四六《摄念篇·引证部》引《惟无三昧经》曰:"一善念者,亦得善果报;一恶念者,亦得恶果报。如响应声,如影随形,是故善恶罪福各别。"《大般涅槃经》卷四〇:"众生从业而有果报,如是果报则有三种:一者现报,二者生报,三者后报。贫穷巨富,根具不具,是业各异。"《广弘明集》卷八引释道安《二教论·教指通局》:"现报者,善恶始于此身,苦乐即此身受;生报者,次身便受;后报者,或二生,或三生,百千万生,然后乃受。"唐李师政《法门名义集·因果品》:"四报:一者现报,二者生报,三者后报,四者不定报。现世而得报者,名为现报。未来次生而得报者,名为生报。从第三生以去而得报者,名为后报。遇缘则受,不定三时,名为不定报。善恶之业皆有四报。"

[二七] 独:张燮本和《温侍读集》《全后魏文》作"均",恐非。◎无上大觉:称佛陀之觉悟。谓无法超越的最伟大的觉悟。丁佛宝《佛学大辞典》:"佛之觉悟也。凡夫无觉悟,声闻、菩萨有觉悟而不大,佛独觉悟实相,彻底尽源,故称大觉。又声闻虽自觉,而不使他觉,菩萨虽自觉亦使他觉,而觉事未满。佛自觉觉他皆圆满,故独称之为大觉。"因此种觉悟为佛陀所独具,故可用以指称佛陀。《广弘明集》卷一三《九箴篇》:"智无不周者称之为佛陀。……夫佛陀者,汉言大觉也。"又云:"禀形大觉之境,未闲大觉即佛陀之译名也。"●悟:领悟。●玄机:深奥玄妙的佛理。《广弘明集》卷二九下引晋释道安《檄魔文》:"秉玄机以笼三千,握圣徒而隆大业。"《法苑珠林》卷一〇五《受戒篇·五戒部》:"悠悠玄机,茫茫至道。出入生死,孰为妙宝。"

[二八] 应现:佛家语。谓佛、菩萨应众生机缘而现身。丁佛宝《佛学大辞典》:"应机而现身也。《净名玄》二曰:'智论功德相法身,处处应现往。'《观经疏·定善义》曰:'弥陀应声即现。'《定善义传通记》二曰:'释迦许说,弥陀应现。'《金光明经》二曰:'佛真法身,犹如虚空。应物现形,如水中月。'"●托生:即"一莲托生",指往生西方极乐世界的人,都一样的在莲花之中托生。●方便:佛家语。方谓方法,便谓便用。指契合一切众生机缘之方便实用

修行方法。乃佛教五种说法（言说、随宜、方便、法门、大悲）的方法之一，其本意是讲佛陀说布施得大富，说持戒得升天，说忍辱得离诸瞋恚，说精进得诸功德，说禅定得平息诸散乱之心，说智慧得断除一切烦恼，用此种种方便法开化众生，超脱苦海，得到极乐（参见《维摩诘所说经·方便品》刘建国注，时代文艺出版社，2001年版）。《景德传灯录·京兆大荐福弘辩禅师》："帝曰：'何为方便？'对曰：'方便者，隐实覆相，权巧之门也。被接中下，曲施诱迪，谓之方便。设为上根，言舍方便。但说无上道者，斯亦方便之谭。乃至祖师玄言，忘功绝谓，亦无出方便之迹。'"●开教：谓以佛理开示教化众生。

［二九］圣灵：神圣的精灵，对死者神识之敬称。丁佛宝《佛学大辞典》："神圣之精灵也，总尊敬死者之神识而言。《说法明眼论》曰：'供养佛像，回向圣灵。'"《文选·颜延年<皇太子释奠会作>》："敬躬祀典，告奠圣灵。"本篇指佛陀。●此二句大意谓，佛陀是最高的神灵，不再有比佛陀等级还高的神灵。

［三〇］威神：威严神勇。丁佛宝《佛学大辞典》："威势勇猛，不可测度也。……《胜鬘宝窟》中本曰：'外使物长，目之为威。内难测度，称之曰神。'"《佛说无量寿经》卷下："佛告阿难：'无量寿佛，威神无极。'"●不可思议：佛家语。谓指思维和言语所不能达到的微妙境界。《维摩诘经·不思议品》："诸佛菩萨有解脱，名不可思议。"丁佛宝《佛学大辞典》："或为理之深妙，或为事之希奇，不可以心思之，不可以言议之也。《法华玄义序》曰：'所言妙者，妙名不可思议也。'《维摩经》慧远疏曰：'不可思议者，经中亦名不思议也。通释是一，于中分别非无差异，据实望情不思议，据情望实名不可思议。'嘉祥《法华疏》三曰：'《智度论》云：小乘法中无不可思议事，唯大乘法中有之。如六十小劫，说《法华经》谓如食顷。'《维摩经序》曰：'罔知所释然而能然者，不思议也。'同注经一曰：'生曰：不可思议者，凡有二种：一曰理空，非惑情所测。二曰神奇，非浅识所量。'"●此二句大意谓，佛陀的力量威势勇猛，而不可估测。

［三一］三乘：佛家语。乘为运载之义，以喻能乘人而到其果地之教法也。三乘之义有四种：一是大乘之三乘，谓声闻乘（又叫小乘）、缘觉乘（又叫中乘、辟之佛乘）、大乘（又叫菩萨乘）。二是小乘之声闻乘、缘觉乘、菩萨乘三乘，亦称小乘、中乘、大乘。三是大小合论之声闻乘、缘觉乘、菩萨乘三乘，亦称小乘、中乘、大乘。四是一乘、三乘法、小乘这三乘。

［三二］八解：佛家语。指能使人摆脱束缚的八种禅定。分别是：初禅定，第二禅定，第三禅定，第四禅定，空无边处定，识无边处定，无所有处定，非

想非非想处定。《广弘明集》卷一九引沈约《内典序》曰："驾四禅之眇眇，汎八解之悠悠。"〇又称"八解脱"。唐李师政《法门名义集·功德品》："八解脱：第一内有色外观色。初观不净，观道未强，不能坏灭内身。但观外色死尸膖胀，能除欲缚，故名解脱。第二内无色外观色。习行积久，观道增强，能于自身作亡身灭色想，唯观外色死尸膖胀。第三净解脱。青黄赤白可爱之色，名之为净，观净离缚，名净解脱。第四空处解脱。希求无色，名之为空。空处四阴离缚，名空处解脱。第五识处解脱。空境广多，多缘则繁，厌境存心，名之为识。识处四阴离缚，名识处解脱。第六无处有处解脱。以识多故，令心势乱末，若心境俱亡，名为无处有处，其处离缚，名为（无处有处）解脱。第七非想非非想处解脱。心境龟故不复现行，外道之人名为无心行。佛法性望犹有细虑，内外合说故言非想非非想处。第八灭尽定解脱。心法并息，名灭尽定解脱。灭诸心法离有心过，故名解脱。此名八解脱，亦名八背舍。得上弃下，名为背舍。是八解脱。"

　　[三三]　引：拔。《淮南子·俶真》篇："引楯万物。"高诱注："引楯，拔擢也。"●诸子：犹下句之"群生"。●火宅：喻指三界苦难。《弘明集》卷八引释僧顺《释三破论》："释迦以三界为火宅。"《中阴经》卷下："三界乃火宅，火炎极炽盛。"《法苑珠林》卷一〇四《受戒篇·述意部》："夫三界无安，犹如火宅。"●引诸子于火宅：谓拔济芸芸众生脱离困苦和灾难。《妙法莲花经·譬喻品》："是朽故宅，属于一人，其人近出，未久之间，于后宅舍，忽然火起，四面一时，其焰俱炽。栋梁椽柱，爆声震裂，摧折堕落，墙壁崩倒，诸鬼神等，扬声大叫，雕鹫诸鸟，鸠槃茶等，周慞惶怖，不能自出，恶兽毒虫，藏窜孔穴。毗舍阇鬼，亦住其中，薄福德故，为火所逼，共相残害，饮血噉肉。野干之属，并已前死，诸大恶兽，竞来食噉。臭烟烽燇，四面充塞，蜈蚣蚰蜒，毒蛇之类，为火所烧，争走出穴，鸠槃茶鬼，随取而食。又诸饿鬼，头上火然，饥渴热恼，周慞闷走。其宅如是，甚可怖畏，毒害火灾，众难非一。是时宅主，在门外立，闻有人言：'汝诸子等，先因游戏，来入此宅，稚小无知，欢娱乐着。'长者闻已，惊入火宅，方宜救济，令无烧害。告喻诸子，说众患难，恶鬼毒虫，灾火蔓延，众苦次第，相续不绝。毒蛇蚖蝮，及诸夜叉，鸠槃茶鬼，野干狐狗，雕鹫鸱枭，百足之属，饥渴恼急，甚可怖畏，此苦难处，况复大火。诸子无知，虽闻父诲，犹故乐着，嬉戏不已。是时长者，而作是念：诸子如此，益我愁恼。今此舍宅，无一可乐。而诸子等，耽湎嬉戏，不受我教，将为火害。即便思惟，设诸方便，告诸子等：'我有种种，珍玩之具，妙宝好车，羊车鹿车，大牛之车，今在门外。汝等出来，吾为汝等，造作此车，随意所乐，可以游戏。'诸子

闻说，如此诸车，实时奔竞，驰走而出，到于空地，离诸苦难。长者见子，得出火宅，住于四衢，坐师子座，而自庆言：'我今快乐，此诸子等，生育甚难，愚小无知，而入险宅，多诸毒虫，魑魅可畏，大火猛焰，四面俱起，而此诸子，贪乐嬉戏，我已救之，令得脱难，是故诸人，我今快乐。'"

[三四] 群生：群居之生类，亦即众生。参见《大觉寺碑》注[二五]。●海岸：苦海之彼岸。●度群生于海岸：亦即拔济众生脱离苦海。《寒山诗·如许多宝贝》项楚注："按渡海到岸，即佛教'波罗蜜'之喻，《大乘义章》卷一二：'波罗蜜者，是外国语，此翻名度，亦名到彼岸。……波罗者岸，蜜遮是到。释有两义：第一能舍生死此岸，到于究竟涅槃，与前度中果度相似。第二能舍生死涅槃有相此岸，到于平等无相彼岸，与前度中自性清净度其义相似。具斯两义，名到彼岸。'"《广弘明集》卷六《叙列代王臣滞惑解》："法云慧雨，明珠宝船，出诸子于火宅，济群生于苦海。"

[三五] 一音：指如来演说佛法的声音。《弘明集》卷六引南齐明僧绍《正二教论》："佛以一音，随类受悟。"《广弘明集》卷八《教指通局》："《维摩经》曰：佛以一音演说法，众生随类各得解。"●辍响：声音停止。《陆云集·晋故散骑常侍陆府君诔》："八音辍响。"《文选·陆倕<新刻漏铭>》："耳不辍音。"吕延济注："辍，止也。"本篇谓佛陀停止说法之声。

[三六] 双树：为娑罗双树之略名，是佛入灭之处。《文选·王巾<头陀寺碑文>》："然后拂衣双树，脱屣金沙。"李善注："《涅盘经》曰：佛在拘尸那国，力士生地，阿利罗拔提河边，娑罗双树间，尔时世尊临涅盘。"张铣注："树，谓娑罗树也。"《水经注·河水》："阿育王起浮屠于佛泥洹处，双树及塔，今无复有也。此树名娑罗树，其树花名娑罗佉也。此花色白如霜雪，香无比也。"参见《大觉寺碑》注[一六]。●潜神：专心。《文选·班固<答宾戏>》："潜神默记，绵以年岁。"刘良注："言常用神思，潜默记事，以终年岁。"●双树潜神：指佛陀于娑罗双树下涅槃。

[三七] 智慧：佛家语。明白一切事相叫作"智"，了解一切事理叫作"慧"。丁佛宝《佛学大辞典》："决断曰智，简择曰慧。又知俗谛曰智，照真谛曰慧。通为一也。《大乘义章》九曰：'照见名智，解了称慧，此二各别。知世谛者，名之为智，照第一义者，说以为慧，通则义齐。'《法华经义疏》二曰：'经论之中，多说慧门鉴空，智门照有。'《瑜伽论记》九曰：'梵云般若，此名为慧，当知第六度。梵云若那，此名为智，当知第十度。'"《坛经·般若品》："何名般若？般若者，唐言智慧也。"《地藏菩萨本愿经》卷上《忉利天宫神通品》王智隆注："智慧：梵语若那，译作智；梵语般若，译作慧。决断曰智，知

俗谛曰智，照见名智；简择曰慧，照真谛曰慧，解了名慧。"参见《大觉寺碑》注〔二七〕。●徂：往也。《尚书·大禹谟》："惟时有苗弗率，汝徂征。"孔传："徂，往也。"

〔三八〕象法：字又作"像法"，谓佛法三时之第二时。《地藏菩萨本愿经》卷上《忉利天宫神通品》："像法之中，有一婆罗门女，宿福深厚，众所钦敬。"释大恩、李英武注："像法，佛教所称三时之二时。以其乃相似于正法时之教法，故谓之像。佛陀入灭后，依其教法之运行情况，可区分为正法、像法、末法三时。像法即为像法时之略称，此时期仅有教说与修行者，而欠缺证果者。正像末之时限，有多种说法，或谓像法时为一千年，或谓为五百年。"《谢灵运集·佛影铭》："虽舟壑缅谢，像法犹在。"〇又称"象教"。《文选·王巾<头陀寺碑文>》："正法既没，象教陵夷。"李善注："《昙无罗谶》曰：'释迦佛正法住世五百年，像法一千年，末法一万年。'"李周翰注："象教，谓为形象以教人也。"

〔三九〕光：佛之神光。●金盘：疑即佛所坐之莲台，以其上金光照耀，故称。康金声注："佛塔上之承露金盘也。"亦可备一说。●石室：本指藏典籍之处。《扬雄集·答刘歆书》："得观书于石室。"张震泽注："石室即石渠阁。《三辅故事》：石渠阁在未央殿北，藏书之所。"本篇则指佛曾居处之室。《水经注·河水》："恒水又东南径小孤石山。山头有石室，石室南向，佛昔坐其中，天帝释以四十二事问佛，佛一一以指画石，画迹故在。"

〔四〇〕徧：同"遍"。颜元孙《干禄字书·去声》："遍徧：上通下正。"●世界：佛家语，指宇宙。世指时间，界指空间。《楞严经》卷四："云何名为众生世界？世为迁流，界为方位。汝今当知，东、西、南、北、东南、西南、东北、西北、上、下为界，过去、未来、现在为世。"丁佛宝《佛学大辞典》："世为迁流之义，谓过现未时之迁行也。界谓具东西南北之界畔，即有情依止之国土也。又曰世间，间为间隔之义，故与界之义同。此二者虽通用于有情与国土，而常言者为国土也。"参见《大觉寺碑》注〔一九〕。

〔四一〕咸：范围副词，全部。《尔雅·释诂下》："咸，皆也。"●用：同"以"，表凭借的介词。《词诠》卷九："以、用一声之转，故义同。"●归仰：归依仰仗。《宋书·夷蛮传·天竺迦毗黎国》："万邦归仰，国富如海。"

钟铭^[一]

宫商递变^[二]，律吕相生^[三]。立号则起，从革以成^[四]。调之必应，击而不横^[五]。铜盘韵响，火鸟和声^[六]。出入成则，明宵有数^[七]。

[校注]

[一] 本篇录自《初学记》卷一六，以张燮本和《温侍读集》《全后魏文》比勘。

[二] 宫、商：皆为五声之一。《风俗通义·声音》："刘歆《锺律书》：'宫者，中也，居中央，畅四方，倡始施生，为四声纲也。五行为土，五常为信，五事为思，凡归为君。……商者，章也，物成熟可章度也。五行为金，五常为义，五事为言，凡归为臣。'"●宫商递变：宫、商递相变化。《淮南子·墜形》篇："变宫生徵，变徵生商，变商生羽，变羽生角，变角生宫。"

[三] 律吕：古代乐律之统称，又分为阳律和阴律。而阳律、阴律之数各六，合为十二律吕。《国语·周语下》："王将铸无射，问律于伶州鸠。对曰：'律所以立均出度也。'"韦昭注："律谓六律、六吕也。阳为律，阴为吕。六律：黄钟、大蔟、姑洗、蕤宾、夷则、无射也。六吕：林钟、中吕、夹钟、大吕、应钟、南吕也。"《国语·周语下》对十二律吕的内涵又有详细阐述，可参看。《汉书·律历志》："律有十二，阳六为律，阴六为吕。律以统气类物……吕以旅阳宣气。"●律吕相生：谓律吕之音声相协调、相应和。《文选·马融<长笛赋>》："律吕既和，哀声五降。"

[四] 立号则起：击钟为号令，则士兵气势充满。《礼记·乐记》："钟声铿铿以立号，号以立横，横以立武。君子听钟声则思武臣。"郑玄注："号，号令，所以警众也。横，充也，谓气作充满也。"●从：顺从。○革：更改。○从革以成：熔铸金属，依从相关形状而改制成钟。《尚书·洪范》："木曰曲直，金曰从革。"孔传："木可揉使曲直，金可以改更。"《春秋繁露·五行五事》："王者言不从，则金不从革。"张世亮等注："从，顺从。王者言不从：指王者发言不能让百姓顺从。不从革，不能改变形状。金不从革：金属不能按人的要求铸成各种器物。"

[五] 调：敲击。《楚辞·大招》："叩钟调磬，娱人乱只。"王逸注："叩钟击磬。"●调之必应：谓钟必随敲击而发出响声。●横：侧边，旁边。《管子·八观》："里域不可以横通。"尹知章注："横通，谓从旁而通也。"●击而不横：

谓不从侧面击钟。

　　〔六〕铜盘：乐器之一，即铜钹，或作"铜拔"。《旧唐书·音乐志》二："铜拔，亦谓之铜盘，出西戎及南蛮。其圆数寸，隐起若浮沤，贯之以韦皮，相击以和乐也。南蛮国大者圆数尺，或谓南齐穆士素所造，非也。"●铜盘韵响：敲钟之时，铜盘之音声随之响起。宋刘敬叔《异苑》卷二："晋中朝有人畜铜澡盘，晨夕恒鸣，如人扣，乃问张华。华曰：此盘与洛钟宫商相应，宫中朝暮撞钟，故声相应耳。可错令轻则韵乖，鸣自止也。如其言，后不复鸣。"●火鸟：指传说中的鸾鸟，是一种吉祥之物。《春秋纬》第三卷《春秋元命苞》："火离为凤皇，衔丹书，游文王之都。……火离为鸾。"《太平御览》卷九一五引《鹖冠子》曰："凤，火鸟。鹑火之禽，阳之精也，德能致之，其精毕至。"●火鸟和声：敲钟之时，鸾鸟惊鸣，声音与之相应和。《锦绣万花谷后集》卷三二"郊雉皆雊"条曰："齐景公族铸大钟，撞之于庭下，郊雉皆雊。"原注："许慎注曰：'族，聚也。其钟声如雷震，雉皆应之。'《淮南子》。"案：所引为《淮南子》佚文。

　　〔七〕数：严本作"音"。◎康金声注"出入成则"曰："国君驾出驾入所奏钟有定也。《尚书大传》：'古者天子左右五钟。将出，则鸣黄钟，而右五钟皆应之。入则撞蕤宾钟，而左五钟皆应之。'"又注"明宵有数"曰："谓钟漏昼夜之间有百刻之数也。语出《礼记·乐记》：'清明象天，广大象地……百度得数而有常。'疏曰：'百度得数而有常者，百度谓昼夜百刻，昏明昼夜不失其正，故度数有常也。'"

寒陵山寺碑序[一]

　　昔晋文尊周，绩宣于践土[二]。齐桓霸世，威著于邵陵[三]。并道冠诸侯，勋高天下[四]。衣裳会同之所[五]，兵车交合之处[六]。寂寞销沉，荒凉磨灭[七]。言谈者空知其名，遥遇者不识其地[八]。然则树铜表迹，有道存焉[九]；刊石记功[一〇]，可不尚与[一一]！永安之季[一二]，数锺百六[一三]。天灾流行[一四]，人伦交丧[一五]。尔朱氏既绝彼天网[一六]，断兹地纽[一七]，禄去王室，政出私门[一八]。铜马竞驰[一九]，金虎乱噬[二〇]。九婴暴起[二一]，十日并出[二二]。破璧毁珪，人物既尽[二三]。头会莫敛[二四]，杼柚其空[二五]。大丞相渤海王[二六]，命世作宰[二七]，惟机成务[二八]。标格千刃[二九]，崖岸万里[三〇]。运鼎阿于襟抱[三一]，纳山岳于胸怀[三二]。拥玄云以上腾[三三]，负青天而高引[三四]。钟鼓嘈囋，上闻于天。旌旗缤纷，下盘于地[三五]。壮士懔以争先[三六]，义夫愤而竞起[三七]。兵接刃于斯场，车错毂于此地[三八]。轰轰隐隐[三九]，若转石之坠高崖[四〇]；硠硠磕磕，如激水之投深谷[四一]。俄而雾卷云除[四二]，冰离叶散[四三]。靡旗蔽日，乱辙满野[四四]。楚师之败于柏举[四五]，新兵之退自昆阳[四六]。以此方之，未可同日[四七]。既考兹沃壤[四八]，建此精庐[四九]。砥石砺金，莹珠琢玉[五〇]。经始等于佛功[五一]，制作同于造化[五二]。息心是归[五三]，净行攸处[五四]。神异毕臻[五五]，灵仙总萃[五六]。鸣玉銮以来游[五七]，带霓裳而至止[五八]。翔凤纷已相曣[五九]，飞龙蜿而俱跃[六〇]。虽复高天销于猛炭[六一]，大地沦于积水[六二]，固以传之不朽，终亦记此无忘[六三]。

［系年］

本篇《年谱》未系年，《年表》系于魏孝武帝太昌元年（532）。胡全银《＜全后魏文＞编年补正》曰："永熙元年三月，齐神武帝高欢，在韩陵以少胜多，大败尔朱兆等。《南北朝文学编年史》系碑文于是时，可从之。故本文当作于永熙元年（532）三月。"

［校注］

［一］本篇以宋本《艺文类聚》卷七七为底本，以张燮本和《温侍读集》《全后魏文》、高步瀛《南北朝文举要》比勘。日人弘法大师《文镜秘府论》（王利器校注本）亦引及该文片言只语，可资参证者，一并录入。●篇题，张燮本无"序"字。●寒陵山：在今河南安阳县东北十七里，高欢破尔朱氏乃在此山。典籍作"韩陵山"。《魏书·前废帝广陵王纪》："二年春三月，齐献武王败尔朱天光等于韩陵。"又《尔朱天光传》："韩陵之战，土崩瓦解。"又《尔朱兆传》："兆与天光、度律更自信约，然后大会于韩陵山。"又《尔朱彦伯传》："天光等败于韩陵。"此作"寒"，乃用借字。高步瀛曰："《元和郡县志》曰：'河北道相州安阳县，韩陵山在县东北十五里，东魏丞相高欢破尔朱兆于此山。'《太平寰宇记》曰：'相州安阳县，韩陵山在县东北十七里。刘公干诗云："朝发白马，暮宿韩陵。"东魏丞相高欢破尔朱兆兄弟于此。山下仍立碑，即温子昇之词。陈尚书徐陵尝北使邺，读《韩陵碑》，爱其才丽，手自录之归陈。士人问陵："北朝人物何如？"曰："唯韩陵片石耳。"'案：《朝野佥载》卷六曰：'梁庾信从南朝初至北方，时温子昇作《韩陵山寺碑》，信读而写其本。南人问信曰："北方文字何如？"信曰："惟有韩陵一片石堪共语。"'此作徐孝穆事，疑误。《清统志》曰：'河南彰德府：韩陵山在安阳县东北十七里。'案：此碑文……引'韩陵'作'寒陵'，同音通用。"

［二］此二句写晋文公与诸侯国在践土台歃盟，以拥戴周王室，从此奠定晋

国之霸业。●晋文：指晋文公重耳，春秋五霸之一。●尊周：尊崇周天子的权力，维护周王朝的宗法制度。●绩：功业。《广韵·锡韵》："绩，功业也。"●宣：传布，宣扬。《尚书·皋陶谟》："日宣三德。"孔传："宣，布。"《左传》昭公十二年："宠光之不宣。"杜预注："宣，扬也。"●践土：古地名，故地在今河南原阳县。县西南有晋文公与诸侯会盟之践土台。●晋文公盟诸侯于践土事在公元前632年夏天。《春秋经》僖公二十八年："夏四月己巳，晋侯、齐师、宋师、秦师，及楚人战于城濮，楚师败绩。……五月癸丑，公会晋侯、齐侯、宋公、蔡侯、郑伯、卫子、莒子，盟于践土。"杜预注："践土，郑地。"（案：高步瀛注引杜预注"郑地"作"晋地"。）《左传》僖公二十八年："（夏四月）甲午，作王宫于践土。……（五月）丁未，献楚俘于王。……己酉，王享醴，命晋侯宥。王命尹氏及王子虎、内史叔兴父策命晋侯为侯伯。"高步瀛曰："《史记·晋世家》曰：'于是晋文公称伯。'《正义》引《括地志》曰：'故王宫在郑州荥泽县北四十五里。王官城中，今城内东北隅，有践土台。'"●齐桓：齐桓公，春秋五霸之一。●霸世：称霸于世。《贾谊集·鹏鸟赋》："越栖会稽兮，勾践霸世。"●威：威力，权势。《广雅·释诂二》："威，力也。"●著：显露，显现。《后汉书·窦融传》："皆近事暴著。"李贤注："著，见也。"●邵陵：古地名，故地在今河南郾城东三十五里。典籍多作"召陵"。此事发生在公元前656年春天。《春秋经》僖公四年："春，王正月，公会齐侯、宋公、陈侯、卫侯、郑伯、许男、曹伯，侵蔡，蔡溃。……楚屈完来盟于师，盟于召陵。"杜预注："召陵，颍川县也。"《左传》僖公四年："齐侯以诸侯之师侵蔡，蔡溃，遂伐楚。……夏，楚子使屈完如师。师退，次于召陵。……屈完及诸侯盟。"高步瀛曰："《清统志》曰：'河南许州：召陵故城在郾城县东三十五里。'"案：本篇作"邵"，盖借作"召"。

[四] 此二句言晋文、齐桓二公能尊奉周王室，故为诸侯国君之有道者，且有大功于天下。●道冠诸侯：为臣之道德为诸侯王之首。《广弘明集》卷一二引卞嗣之《答桓玄诏》："圣旨渊通，道冠百王。"●勋高天下：功劳高出全天下之人。《魏书·尔朱荣传》："况导源积石，袭构昆山……德冠五侯，勋高九伯者哉！"

[五] 会同：谓诸侯朝觐天子。《周礼·春官·大宗伯》："时见曰会，殷见曰同。"郑玄注："殷犹众也。"●衣裳会同：指各诸侯以齐桓公为盟主，信齐桓之所信，尊齐桓之所尊。齐桓会合各诸侯朝觐周天子，无须歃血为盟。《谷梁传》庄公二十七年所谓"（诸侯）信其信"是也。又"衣裳之会"，文献所记或又不同尔。《谷梁传》庄公二十七年："衣裳之会十有一，未尝有歃血之盟也，

信厚也。"范宁注："十三年会北杏，十四年会鄄，十五年又会鄄，十六年会幽，二十七年又会幽，僖元年会柽，二年会贯，三年会阳谷，五年会首戴，七年会宁毋，九年会葵丘。"宋王应麟《困学纪闻》卷六："齐桓之霸，自盟于幽至会于淮，凡十有二会，而孔子称九合诸侯。刘氏《意林》曰：'始于幽，终于淮，合者九。'崔氏曰：'道其不以兵车而已。庄十六年，九国盟于幽。二十七年，五国又盟于幽。僖元年，六国会于柽。二年，四国盟于贯。五年，八国会王世子于首止。七年，五国盟于宁母。八年，王人与七国会于洮。九年，宰周公与七国会于葵丘。十三年，七国会于咸。凡九合诸侯也。牡丘之盟，阳谷之会，淮之会，盖有兵车矣。'胡氏《通旨》曰：'桓公霸四十二年，会盟凡二十又一，独称九合，举衣裳之会尔。'"

〔六〕兵车交合：与上文之"衣裳会同"构成对文，则其含义当是"兵车之会"，谓齐桓公对不尊奉周王室之诸侯国，通过展示军事实力而不以大战相威逼的方式使之臣服，以示爱民之意。诸侯为齐桓仁爱之心所感，故服而尊周。《谷梁传》庄公二十七年所谓"（诸侯）仁其仁"是也。又此类兵车之会有四次。《谷梁传》庄公二十七年："兵车之会四，未尝有大战也，爱民也。"范宁注："僖八年会洮，十三年会咸，十五年会牡丘，十六年会淮。"

〔七〕寞：《温侍读集》作"莫"，乃同音借字。〇销：张燮本作"消"。◎此二句言上述这些地方随着时间流逝已变得荒凉衰败，无人知晓。●寂寞：沉寂。《楚辞·刘向〈九叹·忧苦〉》："幽空虚以寂寞。"王逸注："寂寞，无人声也。"●销沉：埋没无闻。《艺文类聚》卷一六引宋谢庄《皇太子妃哀策文》："离天涯兮就销沉，委白日兮即冥暮。"●荒凉：荒芜，人烟寥落。《沈约集·齐明帝哀策文》："经原野之荒凉。"●磨灭：消失，湮灭。《文选·司马迁〈报任安书〉》："古者富贵而名磨灭，不可胜记。"

〔八〕空：《文镜秘府论·西卷·文笔十病得失》王利器校曰："《古钞本》作'岂'。"●遥遇者：《文镜秘府论·西卷·文笔十病得失》引作"经过者"。◎此二句大意谓，谈说晋文公尊周、齐桓公称霸的人，仅仅知道事件名号，即便经过践土、召陵之地，也对此地无所知晓。

〔九〕铜：张燮本、《温侍读集》同。《全后魏文》、高步瀛《南北朝文举要》作"同"。高步瀛曰："同当作铜，《水经·温水注》引《林邑记》曰：'马援树两铜柱于象林南疆，与西屠国分汉之南界。'"案：高说是。《艺文类聚》卷五九引邢劭《百官贺平石头表》："会玉帛于涂山，树铜柱于南极。"字亦作"铜"。●"有道存焉"四字，张燮本在"刊石记功"下。◎树铜：立铜柱以表功。建武十六年，交趾郡女子徵侧及女弟徵贰反。十八年，光武帝拜马援为伏波将军征讨之。十九年四月，马援斩徵侧、徵贰，传首洛阳。朝廷封援为新息侯，食邑三千户。元黎崱《安南志略》卷一《郡邑·古迹》："刘昭云：'交阯安阳国，汉马伏波平交阯，立铜柱为汉界。'……昔传钦州古森洞有马援铜柱，誓云：'铜柱折，交阯灭。'交人每过其下，以瓦石掷之，遂成丘。杜诗云：'雨来铜柱北，应洗伏波军。'"马援平交趾事，详见《后汉书》卷二四《马援传》。●表：标榜。《国语·晋语》："设望表。"韦昭注："立木以为表，表其位也。"

[一〇] 刊石：刻石立碑。后汉和帝永元元年，车骑将军窦宪率军攻打北单于，大破之，斩名王已下万三千级，获生口马牛羊橐驼百馀万头。遂登燕然山，刻石勒功，纪汉威德，并令班固作铭，所作即《封燕然山铭》。详见《后汉书》卷二三《窦融传》附《窦宪传》。《文选·班固<封燕然山铭>》："乃遂封山刊石，昭铭盛德。"李善注："刊石，削石，即谓立铭也。"●记功：记载功劳。《左传》襄公十九年："季武子以所得于齐之兵，作林锺，而铭鲁功焉。臧武仲谓季孙曰：'非礼也。夫铭，天子令德，诸侯言时计功。'"杜预注："举得时，动有功，则可铭也。"

上两句谓在这些地方立上铜柱，刻上地名，标明其所在；并立石碑，在碑上记录古人（晋文公、齐桓公）在这些地方所建立的功勋。

[一一] 与：《全后魏文》、高步瀛《南北朝文举要》作"欤"，字通。◎与：语末助词，表疑问。杨树达《词诠》卷九："与，语末助词，表疑问，或作欤。"●道：道义，齐国国力强盛，但齐桓公仍能谨守君臣之义，故为有道。●尚：崇尚，贵尚。《集韵·漾韵》："尚，贵也。"●此二句意谓在这些地方体现出了古人的道义，故应当看重这些地方并对古人表达崇尚之情。

[一二] 永安（528-530），北魏孝庄帝元子攸年号。●季：末年。

[一三] 数：历数，说详《舜庙碑》注 [一五]。●锺：聚也。《左传》昭公二十一年："器以锺之。"杜预注："锺，聚也。"●百六：代指灾难。《文选·陆机<三国名臣序赞>》："百六道丧，干戈叠用。"李善注："《汉书》：阳九厄曰：'初入，百六阳九。'"《音义》曰：'《易传》所谓"阳九之厄，百六之会"者也。'"●数锺百六：谓历数运行聚集于灾难时段。以指国家（或个人），则谓国家（或个人）多灾多难。《广弘明集》卷二九上引梁高祖《孝思赋》："数锺百六，时会云雷。"又卷二九下引《魔主报檄》："数锺百六之世，将亏九五之君。"康金声注"数钟百六"曰："谓数会一百零六，为'百六会'，遭厄运也。……古术数家以为，四千六百一十七岁为一元，初入元之一百零六岁内有旱灾九年，谓之阳九；随后之三百七十四岁内有水灾九年，谓之阴九。

阳为旱灾，阴为水灾。《汉书·律历志》：'三统，是为元岁。元岁之闰、阴阳灾，三统闰法。《易》九厄曰：初入元，百六，阳九；次三百七十四，阴九……凡四千六百一十七岁，与一元终。'注引孟康曰：'《易传》也，所谓阳九之厄，百六之会者也。'"可补本说之未备。

[一四] 天灾流行：自然灾害时时、处处发生。《左传》僖公十三年："冬，晋荐饥。使乞籴于秦……（秦伯）谓百里：'与诸乎？'对曰：'天灾流行，国家代有。救灾恤邻，道也。'"

[一五] 人伦：人道也，古代关于人与人之间的几种基本关系。说详《孝庄帝杀尔朱荣诏》注 [三]。此处指君臣关系。●交丧：交互丧失。臣非臣，则失为臣之道且丧君道；君非君，则失为君之道且丧臣道，故云交丧。《庄子·缮性篇》："由是观之，世丧道矣，道丧世矣，世与道交相丧矣。"《文选·陆倕<新刻漏铭>》："世道交丧，礼术销亡。"

上四句谓孝庄帝永安末年，北魏政权遭逢灾难。君臣关系丧乱，致使君者非君，臣者非臣。

[一六] 网：张燮本和《温侍读集》《全后魏文》、高步瀛《南北朝文举要》并作"纲"。案："纲"疑为"网"之形误字。◎尔朱氏：谓尔朱兆、尔朱仲远、尔朱世隆、尔朱度律。四人之传并见《魏书》卷七五、《北史》卷四八。○尔朱兆：字万仁，荣从子也。尔朱荣入洛，兆兼前锋都督。庄帝践祚，除兆武卫将军、左光禄大夫，颍川郡开国公。元颢入洛，以破敌之功，加侍中、骠骑大将军。及尔朱荣死，遂叛。后幽杀孝庄帝于永宁佛寺，扑杀皇太子。○尔朱仲远：荣从弟也。孝庄帝时为尚书左仆射、三徐州大行台。寻进督三徐州诸军事。尔朱荣死，仲远叛，勒众来向京师，攻陷西兖州。庄帝诏诸将进讨，俱为所败。○尔朱世隆：仲远之弟，字荣宗。庄帝时除骠骑大将军。后又诏加散骑常侍。及荣死，世隆奉荣妻遂叛。与尔朱度律等共推长广王晔为主。元晔立，封世隆乐平郡王，加太傅。○尔朱度律：荣从父兄也，庄帝时，除卫将军、左光禄大夫，兼京畿大都督。荣死，与世隆赴晋阳。元晔立，封常山王。●天网：与下文"地纽"正构成对文，俱代称"王室"。《老子》七三章："天网恢恢，疏而不失。"《文选·陆机<五等论>》："则天网自昶。"李善注："天网，以喻王室也。"○康金声以为是"天纲"，并注曰："天之纲维，此喻指奉君之道。《春秋繁露·基义》：'天为君而覆露之，地为臣而持载之。'《礼纬·含文嘉》：'君为臣之纲。'"其说亦有理，故存于此。

[一七] 地纽：地之纽带，即地维。《艺文类聚》卷一四引梁元帝《高祖武皇帝谥议》曰："乾维闶构，地纽如崩。"《列子·汤问》："折天柱，绝地维。"

叶蓓卿注："地维：谓地之四角。古人以为天圆地方，天有九柱支持，地有四维系缀。"

案：上两句记尔朱荣为孝庄帝所杀后，尔朱氏反叛并弑孝庄帝、杀皇太子一事。故云"绝彼天网，断兹地纽"。《魏书·孝庄帝纪》："（永安三年十有二月）甲辰，尔朱兆、尔朱度律自富平津上，率骑夜度，以袭京城。……帝出云龙门。兆逼帝幸永宁佛寺，杀皇子……甲寅，尔朱兆迁帝于晋阳；甲子，崩于城内三级佛寺，时年二十四。"

[一八] 禄：谓上天赐予的禄位，代指帝位。●此二句化用自《论语·季氏》："孔子曰：禄之去公室五世矣，政逮于大夫四世矣。"又《左传》昭公十三年："子产曰：'晋政多门。'"杜预注："政不出一家。"

案：上两句谓上天赐予的帝王禄位离开了王室，国家的政令从私家发出。换言之，北魏政权已控制在尔朱兆等人手中。《魏书·尔朱彦伯传》："时天光控关右，仲远在大梁，兆据并州，世隆居京邑，各自专恣，权强莫比焉。"正是其证。

[一九] 铜马：汉代作乱势力之一的名称。《后汉书·光武帝纪上》："又别号诸贼铜马、大彤、高湖、重连、铁胫、大抢、尤来、上江、青犊、五校、檀乡、五幡、五楼、富平、获索等，各领部曲，众合数百万人，所在寇掠。"李贤注："诸贼或以山川土地为名，或以军容疆盛为号。铜马贼帅东山荒秃、上淮况等，大彤渠帅樊重，尤来渠帅樊崇，五校贼帅高扈，檀乡贼帅董次仲，五楼贼帅张文，富平贼帅徐少，获索贼帅古师郎等，并见《东观纪》。"●铜马竞驰：谓叛乱四起。

[二〇] 金虎：金谓太白星，虎为白虎星座。古人认为太白星入于白虎星座，就会出现战乱。本文指称作乱势力。《文选·陆机〈答贾长渊一首〉》："大辰匿耀，金虎习质。"李善注："《石氏星经》曰：'昴者，西方白虎之宿也。太白者，金之精。太白入昴，金虎相薄，主有兵乱。'"《尚书纬》第三卷《尚书帝命验》："桀失其玉镜，用其噬虎。"黄奭引郑氏注曰："噬虎，喻暴虐之风。"●金虎乱噬：谓作乱势力四处暴虐。

[二一] 九婴：古代神话传说中的怪物名，此处喻作乱势力。《淮南子·本经》篇："逮至尧之时……九婴大风，封豨修蛇，皆为民害。"高诱注："九婴，水火之怪，为人害。北狄之地有凶水。"●暴起：突然兴起。《汉书·五行志下》："大风暴起，发屋折木。"《三国志·魏书·徐宣传》："六军乘舟，风浪暴起。"

[二二] 十日并出：十个太阳并悬天上。语出《淮南子·本经》篇："逮至

尧之时，十日并出，焦禾稼，杀草木，而民无所食。"高诱注："十日并出，羿
射去九。"又《楚辞·招魂》："十日代出，流金铄石些。"本篇谓作乱势力同时
出现。

　　案：自"铜马竞驰"至"十日并出"几句反映出叛乱势力的猖獗暴虐。这
种表达方式在后世作品里也仍在沿用，如《牧斋有学集·陈乔生诗集序》："铜
马竞驰，金蛇横噬，九婴暴起，十日并出。"

　　[二三]　珪、璧：皆美玉。《说文·土部》："圭，瑞玉也。珪，古文圭。"玉
部："璧，瑞玉圜也。"●破璧毁圭：美好的珪、璧遭毁败，以喻名人贤士的被
毁灭。语出《太玄·穷》："上九：破璧毁圭。"又云："测曰：'破璧毁圭，逢
不幸也。'"范望注："圭璧毁破，故逢不幸也。"●人物既尽：意谓北魏宗室、
王公大臣已被叛乱势力屠戮殆尽。

　　案：上述六句连续以铜马、金虎、九婴、十日比喻以尔朱氏为首的叛乱势
力，以珪、璧喻美好的事物如北魏政权、公卿大夫等，极写尔朱氏家族的叛乱
给北魏王室、公卿大夫以及广大人民所带来的巨大灾难。

　　[二四]　莫：张燮本和《温侍读集》《全后魏文》、高步瀛《南北朝文举要》
并作"箕"。案：作"箕"是，"莫"乃"箕"之形误字。◎头会箕敛：谓家家
按人头收取谷物，并以箕畚盛装。明税赋重也。《淮南子·泛论》篇："头会箕
赋，输于少府。"高诱注："头会，随民口数人责其税。箕赋，似箕然敛民财，
多取意也。"《史记·张耳陈余列传》："头会箕敛，以供军费，财匮力尽，民不
聊生。"裴骃《集解》引《汉书音义》："家家人头数出谷，以箕敛之。"

　　[二五]　柚：张燮本、《温侍读集》作"轴"。◎杼轴其空：织机上空无一
人。言百姓畏赋税沉重而奔逃他乡。语出《诗经·小雅·大东》："小东大东，
杼柚其空。"郑玄笺："小也、大也，谓赋敛之多少也。小亦于东、大亦于东，
言其政偏失砥矢之道也。谭无他货，维丝麻尔，今尽杼柚不作也。"○案：杼
柚，或作"杼轴"。《法言·先知》："若污人老，屈人孤，病者独，死者逋，田
亩荒，杼轴空之谓欤。"《文选·陆机<文赋>》："虽杼轴于予怀，怵佗人之我
先。"李善注："杼轴，以喻织也。……《毛诗》曰：'杼轴其空。'"是善所见
《毛诗》乃作"杼轴"。《北堂书钞》卷四一引《毛诗》亦作"杼轴其空"。

　　案：上两句写尔朱氏把持北魏朝政，贪暴聚敛，造成民不聊生，百姓四散
奔逃的局面。《魏书·尔朱彦伯传》："世隆兄弟群从，各拥强兵，割剥四海，极
其暴虐。……于是天下之人莫不怨毒。"

　　[二六]　大丞相渤海王：谓高欢。东魏权臣，北齐王朝奠基人。参见《印山
寺碑》注［一五］。

[二七] 命世：又作"名世""命时"，谓显名当时。参见《印山寺碑》注 [三八]。●作宰：担任宰辅。●此句谓渤海王匡时济难，名显当时。《三国志·魏书·夏侯尚传》附《夏侯玄传》："今公侯命世作宰，追踪上古。"

[二八] 此句谓渤海王把握机会，成就大业。●机：几也，二字通。《周易·系辞上》："唯几也，故能成天下之务。"陆德明《释文》："几或作机。"孔颖达疏："几者，离无入有是有初之微。以能知有初之微，则能兴行其事，故能成天下之事务也。"《魏书·律历志下》载司马子如《上兴和历表》："大丞相渤海王降神挺生，固天纵德，负图作宰，知机成务。"

上两句写高欢遭逢乱世，故能把握上天赐予他拯乱救世的机会，从而成就大业，显名当世，主宰天下局势。

[二九] 刃：张燮本和《温侍读集》《全后魏文》作"仞"。案：作"刃"，用本字。《赵郡王修寺碑》："峰高万刃。"注云："（刃）本字。"（见清赵㧑叔《六朝别字记》，载马向欣《六朝别字记新编》）◎此二句殆赞渤海王风度高昂，性格高异。●标格：谓风度，风范。《抱朴子外篇·重言》："吾特收远名于万代，求知己于将来，岂能竞见知于今日，标格于一时乎？"《艺文类聚》卷四五引邢劭《广平王碑文》："标格秀远，道亚群生。"●仞：古代量度单位。多以七尺为一仞。也有以八尺、或五六尺、甚或四尺为一仞的。《吕氏春秋·适威》篇高诱注："七尺曰仞。"《尚书·旅獒》："为山九仞。"孔传："八尺曰仞。"《仪礼·乡射礼》："杠长三仞。"郑玄注："七尺曰仞。"《汉书·食货志上》："有石城十仞。"颜师古注："应劭曰：'仞，五尺六寸也。'"《小尔雅·广度》："四尺谓之仞。"

[三○] 崖岸：本谓山崖、堤岸。《水经注·河水一》："其道艰阻，崖岸险绝。"后喻指人性格孤高端庄。本篇用此义。袁宏《后汉纪·孝献皇帝纪》："陈侯崖岸高峻，百谷莫得而往。"○或作"厓岸"。元陶宗仪《南村辍耕录》卷三"相术"条："国初有李国用者，自北来杭，能望气占休咎，能相人。其人厓岸倨傲，而时贵咸敬之。"

[三一] 鼎：大釜。《说文·鬲部》："鼐，大釜也。一曰鼎。"引而申之则有"大"义。《姜斋文集·袚禊赋》："尸鼎号以隤庸兮。"注："鼎，大也。"●阿：大陵。《尔雅·释地》："大陵曰阿。"●则"鼎阿"者，大陵也，义正与下文之"山岳"相类。康金声注"鼎阿"曰："喻文韬武略。鼎，祭器，成礼用之。阿，太阿，古良剑名。"可备一说。●襟抱：与下"胸怀"同义。《广弘明集》卷二四引刘之遴《与震法师兄李敬胐书》："襟抱豁然，与物无迕。"

[三二] 胸怀：心中。《后汉纪·孝献皇帝纪》："时上年十五，每事出於胸

怀，皆此类也。"

案：上两句谓高欢胸怀可运大鼎，可藏山岳。盖以此称赞高欢胸怀博大，气势宏伟。

[三三] 拥：乘。●玄云：黑云。《楚辞·九歌·大司命》："纷吾乘兮玄云。"《淮南子·墬形》篇："玄金千岁生玄龙，玄龙入藏生玄泉，玄泉之埃，上为玄云。"●上腾：向上升起。《释名·释天》："冬日上天，其气上腾，与地绝也。"《文选·曹植<洛神赋>》："腾文鱼以警乘。"李善注："腾，升也。"

[三四] 语出《庄子·逍遥游》："背负青天而莫之夭阏者，而后乃今将图南。"●负：依，倚靠。《孟子·尽心下》："虎负嵎。"朱熹集注："负，依也。"●高引：高举。《后汉书·冯衍传》载其《显志赋》曰："既俶傥而高引兮，愿观其从容。"

案：上两句殆赞渤海王气势高昂，所向无阻。

[三五] 嘈囐：谓钟鼓之声洪大。《玉篇·口部》："嘈，声也。"又曰："囐，嘈囐也。"《文选·陆机<文赋>》："或奔放以谐合，务嘈囐而妖冶。"李善注曰："《埤苍》曰：'嘈哜，声貌。哜与囐及嘬同，才曷切。'"●缤纷：谓旌旗翻飞、飘扬。《楚辞·离骚》："佩缤纷其繁饰兮。"王逸注："缤纷，盛貌。"●盘：盘曲，盘绕。《正字通·皿部》："盘，盘曲。"●此二句谓军中钟鼓之声，震天动地；旌旗翻飞，遮天盖地。语出《说苑·指武》篇："钟鼓之音，上闻乎天；旌旗翩翻，下蟠于地。"又《孔子家语·致思》篇："锺鼓之音，上震于天；旌旗缤纷，下蟠于地。"亦出《说苑》。

[三六] 懔：张燮本、《温侍读集》作"凛"。当作"懔"。◎壮士：豪壮勇敢之士，即勇士。《战国策·燕策三》："壮士一去兮不复还。"●懔：谓怖惧也。士气高昂，令敌怖惧。《尚书·泰誓中》："百姓懔懔。"孔颖达疏："懔懔，是怖惧之意。"●争先：抢在前面。《左传》襄公二十七年："晋楚争先。"《楚辞·九歌·国殇》："矢交坠兮士争先。"

[三七] 义夫：忠义之士，坚守大义之人。袁宏《后汉纪·光武皇帝纪》："语及忠臣孝子，义夫节妇。"●竞起：竞相出现。《广弘明集》卷三引梁阮孝绪《七录序》："百家竞起，九流互作。"

案：上四句盛赞渤海王之军威。

[三八] 此二句写兵刃交接、战车交错的战斗场景。●接刃：刀刃相斫。《吕氏春秋·怀宠》篇："兵不接刃而民服若化。"高诱注："接，交。"●错毂：车轮相互碰撞。《楚辞·九歌·国殇》："车错毂兮短兵接。"王逸注："言戎车相迫，轮毂交错，长兵不施，故用刀剑，以相接击也。"●此地、斯场：俱谓韩

陵山。

　　[三九] 轰轰隐隐：谓战车往来所发之声如雷。《文选·王融<三月三日曲水诗序>》："轰轰隐隐，纷纷轸轸。"李善注引《说文》曰："轰轰，群车声也。"李周翰注："轰轰隐隐，声也。"或作"轰轰阗阗"，义并同。《文选·左思<蜀都赋>》："车马雷骇，轰轰阗阗。"刘良注："轰轰阗阗，车马声。"

　　[四〇] 崖：《温侍读集》作"崕"。案："崕"即"崖"之异体字。●转石：《孙子兵法·势篇》："故善战人之势，如转圆石于千仞之山者，势也。"《文选·张衡<西京赋>》："转石成雷。"薛综注："于上转石，以象雷声。"

　　上两句写战车往来所发出的声音巨大，如同在千仞之山上转动大石头所发出的声音回荡在山谷中一样，轰轰隆隆。

　　[四一] 硠硠礚礚：谓兵器交接、磕碰所发出巨大声响。语出《文选·马相如<子虚赋>》："礧石相击，硠硠礚礚。若雷霆之声，闻乎数百里之外。"张铣注："言转石相击而为声。"或单作"硠礚"。《楚辞·九思·怨上》："雷霆兮硠礚，电霍兮麏霏霏。"王逸注曰："雷声。"●激水：湍急的流水。《孙子兵法·势篇》："激水之疾，至于漂石者，势也。"陈曦注："激水，湍急的流水。"●投：跌落。●深谷：幽深的山谷。《诗经·小雅·十月之交》："高岸为谷，深谷为陵。"

　　上二句写兵器碰撞之声清亮、激越，如同高崖上的水流急速坠入深潭中所引发的声音一样，清脆洪亮。

　　案："兵接刃于斯场"至"如激水之投深谷"六句，从形、声、势的多重角度写高欢军队同尔朱氏军队战斗的激烈程度。史书对韩陵之战有记载，兹录数则如下：《魏书·前废帝纪》：普泰"二年春三月，齐献武王败尔朱天光等于韩陵。"《魏书·尔朱兆传》："兆与天光、度律更自信约，然后大会于韩陵山。战败，复奔晋阳，遂大掠并州城内。"《北齐书·神武纪上》：永熙元年"闰三月，尔朱天光自长安、兆自并州、度律自洛阳、仲远自东郡同会邺，众号二十万，挟洹水而军……神武令封隆之守邺，自出顿紫陌。时马不满二千，步兵不至三万，众寡不敌。乃于韩陵为圆阵，连牛驴以塞归道，于是将士皆有死志，四面赴击之。……乃合战，大败之。"《北齐书·高昂传》："（昂）又随高祖讨尔朱兆于韩陵，昂自领乡人部曲王桃汤、东方老、呼延族等三千人。……及战，高祖不利，军小却，兆等方乘之。高岳、韩匈奴等以五百骑冲其前，斛律敦收散卒蹑其后，昂与蔡俊以千骑自栗园出，横击兆军。兆众由是大败。"

　　[四二] 此二句谓作战时腾起的灰尘消散如云雾，如冰融叶落一般荡然无存。●俄而：犹言顷刻，时间副词，谓短暂。●卷：收，藏。《仪礼·公食大夫

礼》："有司卷三牲之俎。"郑玄注："卷，犹收也。" ●雾卷云除：犹言云消雾散。《魏书·出帝纪》："莫不云彻雾卷，瓦解冰消。"

[四三] 冰："冰"之俗写，《温侍读集》同。颜元孙《干禄字书·平声》："冰冰：上通下正。" ●离：亦散也。《广雅·释诂三》："离，散也。" ●冰离叶散：冰雪消融，枝叶飘散。《宋书·刘穆之传·赞》："莫不叶散冰离，扫地尽矣。"《魏书·尔朱天光传》："是以广阿之役，叶落冰离；韩陵之战，土崩瓦解。"

[四四] 野：《温侍读集》作"埜"，异体字。 ●靡：偏斜。《左传》庄公十年："吾视其辙乱，望其旗靡，故逐之。" ●靡旗蔽日：偏倒的战旗遮挡了太阳。《楚辞·九歌·国殇》："旗蔽日兮敌若云。" ●此二句写战场之狼藉：战车碾过的痕印漫山遍野，混乱不堪；战车上的旗帜，东偏西斜，触目皆是。

案：上四句写战争结束之后的场景。

[四五] 柏举：古地名，故地在今湖北麻城东北。公元前506年，吴、蔡两国之军队在此地同楚国军队交战，楚军大败。《春秋经》定公四年："冬，十有一月庚午，蔡侯以吴子及楚人战于柏举。楚师败绩。"杜预注："柏举，楚地。"高步瀛曰："《元和郡县志》曰：'江南道黄州麻城县，龟头山在县东南八十里，举水之所出也。春秋吴、楚战于柏举，即此地。'《方舆纪要》卷七十六曰：'湖广黄州府麻城县东北三十里有柏子山，《春秋·定四年》吴、楚陈于柏举，盖合柏山举水而名。'《清统志》曰：'湖北黄州府：举水源出麻城县东北黄蘖山，西南流入黄冈县，西三十里入江。在麻城名岐亭江，入黄冈县界谓之旧洲河，其入江处谓之三江口。'"

[四六] 新兵：王莽之军队。 ●昆阳：古地名，故地在今河南叶县。公元23年，刘秀于此地以少许兵力击溃王莽大军，两年之后（公元25年），刘秀建立东汉政权。《后汉书·光武纪上》："（更始元年六月己卯）光武乃与敢死者三千人，从城西水上冲其中坚，寻、邑陈乱，乘锐崩之，遂杀王寻。城中亦鼓噪而出，中外合埶，震呼动天地，莽兵大溃，走者相腾践，奔殪百余里闲。会大雷风，屋瓦皆飞，雨下如注，滍川盛溢，虎豹皆股战，士卒争赴，溺死者以万数，水为不流。……九月庚戌，三辅豪杰共诛王莽，传首诣宛。"

[四七] 方：比拟，比方。《广韵·阳韵》："方，比也。" ●未可同日：不可同日而语。《新序·善谋》："夫臣与主，岂可同日道哉？"

案：上四句言楚国的军队从柏举败走，王莽的军队从昆阳溃退，与尔朱氏的军队从韩陵山大败逃窜相比，远远赶不上。

[四八] 考：登，升。《仪礼·士丧礼》："考降无有近悔。"郑玄注："考，

登也。降，下也。"●沃壤：肥沃的土地。《文选·祢衡<鹦鹉赋>》："羡西都之沃壤。"本篇指韩陵山。

[四九] 精庐：本指佛寺，修道者居之以修行。此处谓韩陵山寺。《后汉书·儒林传》："精庐暂建，赢粮动有千百。"李贤注："精庐，讲读之室。又寺观亦名精庐。"《文选·任昉<为范始兴作求立太宰碑表>》："故精庐妄起，必穷镌勒之盛。"吕向注："精庐，谓寺观也。"○案：精庐，又叫"精舍"。《洛阳伽蓝记》卷一"景林寺"条："内置祇洹精舍，形制虽小，巧构难比。"周祖谟《校释》："精舍即塔庙，息心精练者所栖，故曰精舍。"

案：上两句谓既已登上韩陵山，建起了寺庙。

[五〇] 此二句盖谓磨制石头、金属物、珠玉等器物，以作建筑、装饰寺庙之用。●砥、砺、莹、琢：皆为"磨"之义。《诗经·卫风·淇奥》："如琢如磨。"毛传："玉曰琢，石曰磨。"《广雅·释诂》："砺、莹、砥，磨也。"王念孙《疏证》："砺者，柴誓云：'砺乃锋刃。'昭十二年《左传》云：'摩厉以须。'厉与砺同。……莹者，《玉篇》音余倾、乌定二切。左思《招隐诗》：'聊可莹心神。'李善注引《广雅》：'莹，磨也。'莹与莹通。……砥者，《儒行》云：'砥厉廉隅。'《汉书·枚乘传》云：'磨砻底厉。'底与砥同。"●砥石：磨石。《淮南子·说山训》："砥石不利，而可以利金。"●砺金：磨制金属。《艺文类聚》卷四七引温子昇《司徒祖莹墓志》："砺金成器，相遗满篚。"●莹珠：雕刻明珠。《晋书·潘尼传》："钻蚌莹珠，剖石摘藻。"●琢玉：雕琢玉石。《陈书·长沙王叔坚传》："尤好数术，卜筮、祝禁、镕金、琢玉，并究其妙。"

[五一] 经始：开始度量。谓测度韩陵山寺的基址。《诗经·大雅·灵台》："经始灵台。"毛传："经，度之也。"郑玄笺："文王应天命，度始灵台之基趾。"孔颖达疏："言文王有德，民心附之，既徙于丰，乃经理而量度，初始为灵台之基趾也。"

[五二] 侔：等同。●造化：天地，大自然。《淮南子·本经》篇："与造化者相雌雄。"高诱注："造化，天地也。"《后汉书·张衡传·论》："数术穷天地，制作侔造化。"

上两句言山寺建造精美，如有佛功渗透其间，浑然天成。

[五三] 息心：排除杂念，息灭恶行。袁宏《后汉纪·孝明皇帝纪上》："沙门者，汉言息心，盖息意去欲，而归于无为也。"高步瀛曰："《阿含经》四十一曰：'砂门名息心，诸恶永已尽。梵志名清净，除去诸乱想。'"《洛阳伽蓝记》卷五"凝圆寺"条："实是净行息心之所也。"●归：皈依，归附。《诗经·曹风·蜉蝣》："心之忧矣，于我归处。"郑玄笺："归，依归。"

[五四] 净行：谓行为清净，无杂念。又称"清净行"，共八种。《法苑珠林》卷二五《敬佛篇·感福部》："若有法师颂宣是法，有赞叹善哉者，当得八清净行。何谓为八？一、言行相应，无所违失。二、口言至诚，而无虚妄。三、在于众会，真谛无欺。四、所言人信，不舍远之。五、所言柔软，初无麤犷。六、其声悲和，犹如哀鸾。七、身心随时，音声如梵，会中人闻，莫不谘受。八、音响如佛，可众生心。"●攸：助词，相当于"所"。《诗经·大雅·灵台》："麀鹿攸伏。"郑玄注："攸，所也。"

案：上两句大意为，韩陵山寺是排除杂念者的皈依之处，是行为清净者的安处之所。

[五五] 神异：神灵鬼怪。王嘉《拾遗记·周灵王》："时有苌宏，能招致神异。"●臻：至，来到。《张衡集·温泉赋》："骏奔来臻。"张震泽注："臻，至。"

[五六] 灵仙：九仙之一。《云笈七签》卷三《道教本始部·道教三洞宗元》："其九仙者，第一上仙，二高仙，三大仙，四玄仙，五天仙，六真仙，七神仙，八灵仙，九至仙。"后亦泛称神仙。《文选·孙绰<游天台山赋>》："皆玄圣之所游化，灵仙之所窟宅。"吕向注："言此山皆远圣、神仙之所游居变化也。"即以"神仙"释"灵仙"。●萃：聚集。《周易·萃》："象曰：萃，聚也。"

案：上两句是说韩陵山寺的精妙吸引神灵们纷纷到来。《广弘明集》卷四引释彦琮《通极论》曰："神瑞毕臻，吉征总萃。观诸百代，曾未之有。"与本篇可相发明。

[五七] 銮：张燮本和《温侍读集》《全后魏文》作"鸾"。案：当作"鸾"，作"銮"乃借字。◎玉鸾：车铃。以玉为之，如鸾鸟状，故称。○鸣玉鸾：车铃鸣响。故代指驾车。《楚辞·离骚》："鸣玉鸾之啾啾。"王逸注："鸾，鸾鸟也。以玉为之，著于衡，和著于轼。"洪兴祖补注引《韩诗外传》曰："升车则马动，马动则鸾鸣，鸾鸣则和应。"朱熹集注："鸾，铃之著于衡者。"《曹植集·洛神赋》："鸣玉鸾以偕逝。"○案：《文选》收《离骚》，李周翰注："玉，马珮也。鸾，车铃也。"分释"玉"与"鸾"，亦可备一说。

[五八] 霓裳：霓虹做成的衣服。《楚辞·九歌·东君》："青云衣兮白霓裳。"王逸注："言日神下来，青云为上衣，白蜺为下裳也。日出东方，入西方，故用其方色以为饰也。"●至止：来到。《诗经·小雅·鸿雁之什》："君子至止，鸾声哕哕。"

[五九] 翔凤：腾飞之凤。《抱朴子内篇·对俗》篇："萧史偕翔凤以凌

虚。"●嚾：呼唤。《玉篇·口部》："嚾，荒旦切，与唤同。"

[六〇] 飞龙：飞翔之龙。为神仙所驾乘。《庄子·逍遥游》："乘云气，御飞龙，而游乎四海之外。"成玄英疏："不疾而速，变现无常，故曰御飞龙。"●蜿：龙飞翔貌。《文选·张衡<西京赋>》："海鳞变而成龙，状蜿蜿以蝹蝹。"薛综注："蜿蜿、蝹蝹，龙行貌也。"〇字或作"婉"。《楚辞·离骚》："驾八龙之婉婉兮。"又见《远游》。王逸注："婉婉，龙貌。"〇或作"宛"。《谢灵运集·缓歌行》："宛宛连螭辔。"李运富注："'宛宛'同'婉婉'，龙行时曲时伸的样子。"●跃：跳跃。《周易·乾》："或跃在渊。"孔颖达疏："跃，跳跃也。"

案："神异毕臻"至"飞龙蜿而俱跃"六句，乃想象各路神仙、各类灵物纷纷到来的情形：神仙们穿着由云朵裁制而成的五彩衣服，坐着由龙驾驶的车到来了。龙在天空宛然飞行，车轼上制作成鸾鸟状的铃铛，清脆作响，凤凰在神仙旁边欢叫盘旋。

[六一] 高天：上天，上苍。《韩非子·说疑》："身以安主，以其主为高天泰山之尊，而以其身为壑谷釜洧之卑。"本篇"高天"指佛教中色界初禅天以下的世界，包括大梵天、梵辅天、梵众天、他化自在天、化乐天、兜率天、夜摩天、忉利天、四王天等共九天。●猛炎：犹猛火，即劫火，指坏劫之末所起的大火。佛教的宇宙观以为，一个世界会经历成、住、坏、空四个时期（又称为"四劫"），然后循环往复。当坏劫之末，将发生火灾、水灾和风灾。当火灾（即劫火）发生时，七日并出，下自无间地狱，上至色界之初禅天，皆成灰烬。●此句谓坏劫之末，猛火焚烧三千世界。高步瀛注此句曰：《俱舍论》十二曰：'唯器世间，空旷而住。余方世界，一切有情，感此三千世界，业尽于此。渐有七日轮现，诸海干竭，众山洞然，洲渚三轮，并从焚燎，风吹猛焰，烧上天官，乃至梵官无灰烬。'"又《仁王护国经·护国品第五》曰："劫火洞然，大千俱坏。"

[六二] 沦：陷。●坏劫之末，当水灾发生时，下自无间地狱，上至色界二禅天，悉被洪水破坏。高步瀛注此句曰："《俱舍论》十二曰：'初火灾兴，由七日现，次水灾起，由雨霖淫。'《无量寿经》曰：'譬如劫水弥满世界，其中万物沉没不现，混漾浩汗，唯见大水。'"又《仁王护国经·护国品第五》曰："须弥巨海，磨灭无馀。"

[六三] 固以：本来已经。《史记·陈涉世家》："卒买鱼烹食，得鱼腹中书，固以怪之矣。"●传之不朽：长远流传，永不磨灭。《太平御览》卷五三四引梁元帝《召学生教》曰："昔楚王好《诗》，沛王传《易》，犹且传之不朽，以为盛美。"●终亦：最终也。《后汉书·公沙穆传》："穆诵经自若，终亦无它

妖异。"

案：上四句意思是：即便整个世界再次被烧成灰烬，或者世间再次被洪水吞噬，但韩陵山寺以及人们曾经在韩陵山所建立的巨大功业本就已经长远流传，最终也会被后来者记住。

常山公主碑[一]

启泰微之层搆[二]，辟闾阖之重扉[三]；据天下以为家[四]，苞率土而光宅[五]。然则昆山西跱[六]，爰有夜光[七]；汉水东流，是生明月[八]。

公主禀灵宸极[九]，资和天地[一〇]；芬芳有性，温润成质[一一]。自然秘远[一二]，若上元之隔绛河[一三]。直置清高，类姮娥之依桂树[一四]。令淑之至，比光明于宵烛[一五]。幽閒之盛[一六]，匹穠华于桃李[一七]。托体宫闱[一八]，而执心拗顺[一九]。婉然左辟[二〇]，率礼如宾[二一]。举华烛以宵征[二二]，动鸣佩而晨去[二三]。致肃雍于车乘[二四]，成好合于琴瑟[二五]。立行洁于清冰[二六]，抗志高于黄鹄[二七]。停轮表信[二八]，闉门示礼[二九]。终能成其子姓[三〇]，贻厥孙谋[三一]。而钟漏相催[三二]，日夜不息[三三]，川有急流[三四]，风无静树[三五]。奄辞身世，从宓妃于伊洛[三六]；遽捐馆舍[三七]，追帝子于潇湘[三八]。铭曰：

龙辔莫援[三九]，日车遂往[四〇]。奄离形神，忽归丘壤[四一]。祖歌薤露[四二]，出奏巫山[四三]。永厝中野[四四]，终掩穷泉[四五]。萧瑟神道，荒凉墓田[四六]，松槚徒列[四七]，琬琰空传[四八]。

[系年]

本篇《年谱》未系年。康金声曰："《魏书》卷四十载，陆昕之'字庆始，风望端雅'，'尚显祖女常山公主，拜驸马都尉'。又云，常山公主无男，以夫'从兄希道第四子子彰为后'。子彰于'天平中拜卫将军、颍州刺史，以母忧去职'。今按，孝静帝于永熙三年（534）十月即位，改元天平。天平共历四年，'天平中'为天平二至三年，姑定此碑文作于天平三年（536）。"今从康说。

[校注]

[一] 本篇以宋本《艺文类聚》卷一六为底本，以张燮本和《温侍读集》《全后魏文》比勘。高步瀛《南北朝文举要》亦收本篇，其可资校注者，择要采入。●常山：常山郡，即汉之恒山郡，汉文帝改曰常山郡。故址在今河北正定县西南十八里。《后汉书·光武帝纪上》："食常山郡。"李贤注："本恒山郡，避文帝讳改为常山，故城在今赵州元氏县西。"《魏书·地形志上》："常山郡，

汉高帝置，曰恒山郡，文帝讳恒，改为常山，后汉建武中（56—57）省真定郡属焉。孝章建初（76—83）中为淮阳，永元二年（102）复。"《嘉庆重修一统志》第二二三一册《正定府·建置沿革》："《禹贡》冀州之域，春秋属晋，战国属赵，秦为巨鹿郡地，汉高祖置恒山郡，后改曰常山郡。元鼎四年分置真定国，俱属冀州。后汉建武十三年，省真定，入常山国。晋仍为常山郡，属冀州。后魏因之。后周宣政元年于郡置恒州。隋开皇初废郡存州，大业初复改为恒山郡。唐武德初复为恒州，天宝元年复曰常山郡，乾元元年仍曰恒州，属河北道；宝应元年置成德军节度使，兴元元年升都督府，元和十五年改曰镇州。五代后唐初建北都，寻罢，改州为真定府。晋天福七年复曰恒州。汉仍曰镇州，寻复为真定府。周又为镇州。宋复曰真定府、常山郡、成德军节度，为河北西路治。金因之。元曰真定路，置总管府，属中书省。明洪武初，复曰真定府，直隶京师。本朝初，因之。雍正元年改名正定府，领州五县二十七。今领州一县十三。"●常山公主：显祖献文帝元弘之女，东郡公陆昕之之妻。《魏书·陆俟传》：陆俟，代人也。高宗践祚，以子丽有策立之勋，拜俟征西大将军，进爵东平王。有子十二人。丽长子定国，特赐封东郡王。定国子昕之，字庆始，风望端雅。袭爵，例降为公。尚显祖女常山公主，拜驸马都尉。公主奉姑有孝称，神龟初（518），与穆氏顿丘长公主并为女侍中。

[二]泰微：星名，天神所居之处。后转指帝王宫殿。《淮南子·天文》篇："太微者，太一之庭也。"高诱注："太微，星名。太一，天神也。"《楚辞·九歌·东皇太一》洪兴祖补注引《淮南子》作"泰微"。《楚辞·离骚》："问大微之所居。"王逸注："博访天庭在何处也。"以"天庭"释"大微"。洪兴祖补注："大，一作太。《大象赋》云：'瞩太微之峥嵘，启端门之赫奕，何宫庭之宏敞，类乾坤之翕辟。'注云：'太微宫垣十星，在翼轸北，天子之官庭，五帝之坐，十二诸侯府也。其外蕃九卿也。'"●搆：即"构"字，谓构木为房也。陆贾《新语·道基》："于是黄帝乃伐木搆材，筑作宫室。"王利器《校注》："'搆'，《子汇》本、《两京》本、天一阁本、唐本作'构'，古文从扌从木之字多混。"《淮南子·泛论》篇："为之筑土构木，以为宫室。"高诱注："构，架也，谓材木相乘架也。"○层搆：重搆也，谓构架木材为重楼。帝王之家，台阁重叠，故云层构。《文选·枚乘<七发>》："台城层构。"刘良注："层，重也。"○或作"曾构"。层、曾字通。《文选·张衡<西京赋>》："累曾构而遂隮。"○或作"重构"。《曹植集·大暑赋》："云屋重构。"

[三]辟：与上文"启"同，皆谓打开。《说文·门部》："辟，开也。"●阊阖：本指天庭之门，后转指帝王之门。《楚辞·离骚》："倚阊阖而望予。"王逸

注："阊阖，天门也。"洪兴祖补曰："《天文大象赋》曰：'俨阊阖以洞开。'注云：'宫墙两藩正南开，如门象者名阊阖门。'《淮南子》曰：'排阊阖，沦天门。'注云：'阊阖，始升天之门也。天门，上帝所居，紫微宫门也。'《说文》云：'阊，天门也。阖，门扇也。'楚人名门曰阊阖。《文选》注云：'阊阖，天门也。'王者因以为门，屈原亦以阊阖喻君门也。"●扉：门也。《尔雅·释宫》："阖谓之扉。"邢昺疏："阖，门扇也。一名扉。"○重扉：重门。帝王所居，宫门重重，故曰重扉。《乐府诗集》卷五四引周舍《梁鞞舞歌·明主曲》："遐方奉正朔，外户辟重扉。"

案：上两句写公主开启帝宫之门，明公主身处帝王之家。

［四］据：处也。《战国策·齐策三》："猿猕猴错木据水，则不若鱼鳖。"高诱注："据，处也。"●此句谓处天下而以天下为家。《贾谊集·过秦论》："然后以四海为家，殽函为宫。"

［五］此句谓胸怀天下而广有之。●苞：与"包"同，谓包裹。《庄子·天运》："其形充满天地，苞裹六极。"陆德明《释文》："苞，本或作包。"●率土："率土之滨"之省，谓沿着王土的边涯，故指天下。语出《诗经·小雅·北山》："率土之滨，莫非王臣。"毛传："率，循。滨，涯也。"●光宅：广有也。语出《尚书·尧典》："昔在帝尧，聪明文思，光宅天下。"曾运乾正读："光，犹广也。宅，宅而有之也。"

案：上两句互文见义，皆写公主居于深宫，胸怀天下。

［六］峙：张燮本和《温侍读集》《全后魏文》作"峙"。◎昆山：即昆仑山，其地盛产美玉。《楚辞·九思·怨上》："赴昆山兮罴骙。"王逸注："崑山，昆仑也。"《吕氏春秋·重己》："人不爱昆山之玉，江汉之珠。"《韩诗外传》卷六："夫珠出于江海，玉出于崑山。"●峙：立。《文选·张衡〈思玄赋〉》："松乔高峙孰能离。"李善注："峙，立也。"案："峙""峙"本当作"峙"。《颜氏家训·勉学》篇："近世有人为子制名：兄弟皆山傍立字，而有名峙者。"王利器《集解》："宋本'峙'作'峙'。何焯曰：'峙'疑'峙'。"又引段玉裁曰："《说文》有'峙'无'峙'，后人凡从止之字，每多从山；至如岐字本从山，又改路岐之岐从止（即作歧字），则又山变为止也。颜意谓从山之峙不典，不可以命名。"又引龚道耕先生曰："宋本是也。颜时俗书'峙'作'峙'，故以正体书之，以见其字本不从山。"如此，则"峙"为"峙"之俗字，"峙"为"峙"异体字。●昆仑山位于崇吾山之西南，故云"西峙"。《山海经·西山经》："《西次山经》之首，曰崇吾之山……西南四百里，曰昆仑之丘。"

［七］爱：与下"是"同。徐仁甫《广释词》卷二："爱犹'是'，不完全

内动词。训见《古书虚字集释》。《楚辞·天问》：'成汤东巡，有莘爰极，何乞彼小臣，而吉妃是得？''爰''是'互文，'爰'犹'是'也。上文曰：'女岐缝裳，而馆同爰止'；'吴获迄古，南岳是止。'亦'爰''是'互文，可证'爰'犹'是'也。"●夜光：明珠、宝璧。《楚辞·九思·哀岁》："捐此兮夜光。"王逸注："夜光，明珠也。"《文选·张衡<西京赋>》："流悬黎之夜光。"薛宗注："明月大珠，夜则有光如烛也。"

[八] 汉水：水名。《尚书·禹贡》："嶓冢导漾，东流为汉。"孔传："泉始出山为漾，水东南流为沔水，至汉中东流为汉水。"《水经注·漾水》："漾水出陇西氐道县嶓冢山，东至武都沮县为汉。"郦道元注："常璩《华阳国志》曰：汉水有二源，东源出武都氐道县漾山，为漾水。《禹贡》'导漾东流为汉'是也。西源出陇西西县嶓冢山，会白水，迳葭萌入汉，始源曰沔。按沔水出东狼谷，迳沮县入汉。《汉中记》曰：'嶓冢以东，水皆东流；嶓冢以西，水皆西流。'即其地势源流所归，故俗以嶓冢为分水岭。"●明月：明月珠，又叫隋侯珠。《淮南子·览冥》篇："譬如隋侯之珠，和氏之璧。"高诱注："隋，汉东之国，姬姓诸侯也。隋侯见大蛇伤断，以药傅之。后蛇于江中衔大珠以报之，因曰隋侯之珠，盖明月珠也。"泛称宝珠。《楚辞·九章·涉江》："被明月兮佩宝璐。"王逸注："言己背被明月之珠。"

案：上四句乃以昆山之夜光珠，汉水之明月珠比德于公主也。

[九] 禀：谓领受，承受。《尚书·说命上》："臣下罔攸禀令。"孔传："禀，受。令，亦命也。"○禀灵：秉受灵秀之气。《文选·颜延之<赭白马赋>》："禀灵月驷。"●宸极：谓北极。《尔雅·释天》："北辰，谓之北极。"《魏书·太祖道武皇帝纪》："臣等闻宸极居中，则列宿齐其晷。"

[一〇] 资：资质，禀赋。《荀子·性恶》："今人言性，生而离其朴，离其资，必失而丧之。"杨倞注："资，材也。"●和：与"合"同。汇合，会聚。《礼记·郊特牲》："阴阳和而万物得。"孔颖达疏："和，犹合也。"

案：上两句赞公主禀赋之美，谓其受星辰之灵气，合天地之精华。

[一一] 芬芳：本为芳香，故喻美好的德行或名声。《文选·崔瑗<座右铭>》："行之苟有恒，久久自芬芳。"●性、质：谓品性、品德。●温润：本指玉色温和滋润。后用以形容人性情温和，仁心温润。《礼记·聘义》："夫昔者君子比德于玉焉，温润而泽仁也。"孔颖达疏："温润而泽仁也者，言玉色温和柔润而光泽，仁者亦温和润泽，故云仁也。"●此二句大意谓，公主德行美好，性情温和，有仁爱之心。

[一二] 秘：《温侍读集》《全后魏文》俱作"祕"。张参《五经文字·卷

中·示部》："祕，音泌。或从禾者讹。"◎自然：即天然，非人为。《老子》二五章："天法道，道法自然。"王弼注："自然者，无称之言，穷极之辞也。"●祕：深。《文选·张协〈七命〉》："兰宫祕宇。"刘良注："祕，深也。"○祕远：幽远，深远。《北齐书·文苑传·樊逊》："况复天道秘远，神迹难源。"引申谓人之风度飘逸。

[一三] 上元：即上元夫人，是古代中国神话中的仙女，自称阿环。传说是西王母的小女、三天真皇之母。任上元之官，统领十方玉女名录。《汉武帝内传》述上元夫人之貌曰："夫人年可廿馀，天姿清辉，灵眸绝朗，服赤霜之袍，云彩乱色，非锦非绣，不可名字。头作三角髻，馀发散垂之至腰，戴九灵夜光之冠，带六出火玉之佩，垂凤文琳华之绶，腰流黄挥精之剑。"●绛河：即银河，俗称天河。古代观天象者以北极为基准，天河在北极之南，南方属火，尚赤，因借南方之色称之。●此句为上元夫人答王母之问所涉及的内容。《汉武帝内传》：元封元年七月七日，帝盛服立于陛下，以俟云驾。王母至，乃遣侍女郭密香，与上元夫人相问，云："……庸主对坐，悒悒不乐。夫人肯暂来否？若能屈驾，当停相须。"须臾，郭侍女返，上元夫人又遣侍女答问云："阿环再拜，上问起居。远隔绛河，扰以官事，遂替颜色，近五千年。仰恋光润，情系无违。密香至，奉信，承降尊于刘彻处，闻命之际，登当颠倒。先被大帝君敕，诣元洲，校定天元，正尔暂往。如是当还，还便束带，须臾少留。"

案：上两句大意谓，远观公主，则风度飘逸，如隔天河而对上元夫人。

[一四] 置：立也。●清高：冰清高洁，纯洁高尚。《论衡·定贤》篇："清高之行，显于衰乱之世。"●类：如同，好似。《广雅·释诂四》："类，象也。"●姮娥：嫦娥也，月神。《淮南子·览冥》篇："譬若羿请不死之药于西王母，姮娥窃以奔月。"高诱注："姮娥，羿妻。羿请不死之药于西王母，未及服之。姮娥盗食之，得仙，奔入月中为月精。"○"姮娥"或作"恒娥"，乃同音借字。《华岳颂》："能挂恒娥之骖。"（见清赵扬叔《六朝别字记》）●桂树：月中桂树。唐段成式《西阳杂俎前集》卷一《天咫》："旧言月中有桂、有蟾蜍，故异书言月桂高五百丈，下有一人常斫之，树创随合。"《太平御览》卷四引虞喜《安天论》曰："俗传月中仙人桂树，今视其初生，见仙人之足渐已成形，桂树后生焉。"●案：此两句写公主如同月中嫦娥依桂树，冰清高洁。

总上四句乃描绘公主外在之静态美。

[一五] 令、淑：善也。《诗经·大雅·卷阿》："令闻令望。"郑玄笺："令，善也。"又《周南·关雎》："窈窕淑女。"毛传："淑，善。"●宵烛：宵明、烛光，传说为舜之二女。《山海经·海内北经》："舜妻登比氏生宵明、烛光，处河

大泽，二女之灵能照此所方百里。"郭璞注："即二女字也，以能光照，因名云。"罗泌《路史·余论》卷九："癸北氏，虞帝之第三妃，而二女者，癸北氏之出也，一曰宵明，一曰烛光。见诸《汲简》。"●此二句以宵明、烛光作比，谓公主美善之德广布。

[一六] 閒：《温侍读集》《全后魏文》俱作"闲"，二字古通。●幽闲：清幽闲适，柔顺闲静。多用以形容女子。《后汉书·列女传赞》："端操有踪，幽闲有容。"

[一七] 匹：匹配，比得上。●穠：花木繁盛。《玉篇·禾部》："穠，花木盛也。"○穠华：盛开之华。故以喻女子颜色美丽。语出《诗经·召南·何彼襛矣》："何彼襛矣，唐棣之华。"毛传："襛，犹戎戎也。"郑玄笺："喻王姬颜色之美盛。"案：《诗经》作"襛"，本篇作"穠"，乃或体字。颜元孙《干禄字书·平声》："穠襛：襛华字，上通下正。"

上二句以桃李之华作比，状公主安然处居深宫之中，如同静静盛开的桃李之华一样，美丽又幽闲。

[一八] 托体：出身，托身。《宋书·刘子业传》："妾与陛下男女虽殊，俱托体先帝。"●闱，宫门。《尔雅·释宫》："宫中之门谓之闱。"○官闱：宫中之门，代指帝王之家。《后汉书·皇后纪上·明德马皇后》："既正位官闱，愈自谦肃。"●托体官闱：犹言出身宫中。

[一九] 执心：犹秉性。《列女传·赵将括母》："父子不同，执心各异。"《汲冢周书·谥法解》："执心克庄曰齐。"●抐顺：谦顺。抐，谦逊。《江淹集·建平王太妃周氏行状》："躬谨兰闺，身摛椒第。"俞绍初校注："抐，谦逊。"

上二句写公主出身帝王之家，秉性谦顺。

[二〇] 婉然：即宛然，和顺貌。高步瀛曰："宛、婉字通，作'婉'，或出《三家诗》。"●左辟：辟，古避字。避开左边的位置。●婉然左辟：古以左为尊，妇至门，既不敢受夫之揖，又不敢从左边通过，故避开左边位置，以示对丈夫的恭敬顺从。语出《诗经·魏风·葛屦》："好人提提，宛然左辟。"毛传："宛，辟貌。妇至门，夫揖而入，不敢当尊，宛然而左辟。"孔颖达疏："至门之时，其夫揖之，不敢当夫之揖，宛然而左辟之。"陈奂传疏："宛有委曲顺从之义，故云辟貌。"

[二一] 率礼：遵循礼教。《诗经·商颂·长发》："率履不越。"毛传："履，礼也。"郑玄笺："使其民循礼，不得逾越。"《东观汉记·梁冀传》："大将军夫人，躬先率礼。"●如宾：如对待宾客。《左传》僖公三十三年："初，臼季使，

过冀，见冀缺耨，其妻馌之。敬，相待如宾。"

上二句写公主与丈夫相处时的美德，她遵守礼教，与丈夫相敬如宾。

[二二]《仪礼·士昏礼》："从者二乘，执烛前马。"郑玄注："执烛前马，使从役执炬火，居前熠道。"●宵征：夜行。《诗经·召南·小星》："肃肃宵征，夙夜在公。"毛传："肃肃，疾貌；宵，夜；征，行。"郑玄笺："谓诸妾肃肃然夜行。"●此句谓公主举烛急行至丈夫处，以服侍丈夫。

[二三]此句借周宣姜后事以赞公主佐夫之美德。《列女传·贤明传·周宣姜后》："周宣姜后者，齐侯之女也。贤而有德，事非礼不言，行非礼不动。宣王常早卧晏起，后夫人不出房。姜后脱簪珥待罪于永巷，使其傅母通言于王曰：'妾之不才，妾之淫心见矣，至使君王失礼而晏朝，以见君王乐色而忘德也。夫苟乐色，必好奢穷欲，乱之所兴也。原乱之兴，从婢子起。敢请婢子之罪。'王曰：'寡人不德，寔自有过，非夫人之罪也。'遂复姜后，而勤于政事，早朝晏退，卒成中兴之名。君子谓：姜后善于威仪而有德行。夫礼，后夫人御于君，以烛进至于所，灭烛，适房中，脱朝服，衣亵服，然后进御于君。鸡鸣，乐师击鼓以告旦，后夫人鸣佩而去。"

[二四]此句言公主出嫁登车之时就已表现出恭敬和顺之美德。●肃雝：谓女子乘车时恭敬和顺，以喻女子德行美好。《诗经·召南·何彼襛矣》："曷不肃雝，王姬之车。"毛传："肃，敬；雝，和。"郑玄笺："何不敬和乎？王姬往乘车也。言其嫁时始乘车则已敬和。"孔颖达疏："然王姬非直颜色之美，又能执持妇道。何事不敬和乎？王姬往乘车时，则已敬和矣。以其尊而适卑，恐有傲慢。今初乘车时已能敬和，则每事皆敬和矣。"

[二五]此句言公主与其夫恩恩爱爱，志意相合，行为相和，如同琴瑟相应和一样。语出《诗经·小雅·常棣》："妻子好合，如鼓琴瑟。"郑玄笺："好合，志意合也。合者，如鼓琴瑟之声，相应和也。王与族人燕，则宗妇、内宗之属，亦从后于房中。"孔颖达疏："王与族人燕于堂上，则后与宗妇燕于房中。王之族人见王燕其宗族，知王亲之。皆效王亲亲，与其妻子自相和好，志意合和，如鼓琴瑟相应和。"

[二六]此句赞公主品行高洁。●立行：行为举止。《后汉书·袁安传》："郎朱济、丁盛立行不修，俊欲举奏之。"●清冰：即"冰清玉洁"之意。《曹植集·光禄大夫荀侯诔》："如冰之清，如玉之洁。"《艺文类聚》卷一八引晋左九嫔《狂接舆妻赞》曰："接舆高絜，怀道行谣。妻亦冰清，同味玄昭。"

[二七]此句以黄鹄作比，赞公主守志不二，洁身自爱。●抗志：举志，立志也。《曹植集·七启》："游心无方，抗志云际。"赵幼文《校注》："抗，举

也。"●黄鹄：大鸟也。其飞高且远，故喻志向高远之贤士或隐逸之士。也喻洁身自爱者。《楚辞·卜居》："宁与黄鹄比翼乎，将与鸡鹜争食乎？"刘良注："黄鹄，喻逸士也。"洪兴祖补注："师古云：'黄鹄，大鸟，一举千里。'"《列女传·贞顺传》："陶婴者，鲁陶门之女也。少寡养孤，纺绩为产。鲁人或闻其义，将求焉。婴闻之，恐不得免，作歌明己之不更二也。其歌曰：'悲黄鹄之早寡，七年不双。宛颈独宿兮，不与众同。飞鸟尚然兮，况于贞良。虽有贤雄兮，终不重行。'"

[二八] 康金声注此句曰："谓谨行婚礼也。停轮：停车。《仪礼·士婚礼》曰，迎娶之时，'婿御妇车，授绥……婿乘其车，先俟于门外。妇至，主人揖妇以入'。《仪礼·婚义》亦云：婿'御而授妇绥，御轮三周，先俟于门外，妇至，婿揖妇以入，共牢而食，合卺而酳'。表信：言女子嫁时受正直诚信之教也。《礼记·郊特牲》：'夫婚礼，万世之始也……币必诚，辞无不腆，告之以直信。信，事人也。信，妇德也。壹与之齐，终身不改。'"

[二九] 康金声注此句曰："谓谨守丧礼也。阖门：闭门。《礼记·奔丧》：'众主人兄弟皆出门，出门哭止，阖门。'《仪礼·既夕礼》：'主妇入于室，踊出即位……兄弟出，主人拜送，众主人出门哭止，阖门。'疏曰：'云阖门者，鬼神尚幽暗。'"

[三〇] 此句意为繁衍子孙后代。语出《史记·外戚世家》："既驩合矣，或不能成子姓。能成子姓矣，或不能要其终。"司马贞《索隐》："郑玄注《礼记》云：'姓者，生也。子姓，谓众孙也。'"又注"或不能成子姓"曰："即赵飞燕等是也。"又注"或不能要其终"曰："言虽有子姓而意不能要终，如栗姬、卫后等皆是也。"

[三一] 此句谓给子孙后代留下好的谋划。《尚书·五子之歌》："有典有则，贻厥子孙。"孔传："贻，遗也。"《诗经·大雅·文王有声》："诒厥孙谋，以燕翼子。"郑玄笺："诒犹传也。孙，顺也。……传其所以顺天下之谋，以安其敬事之子孙，谓使行之也。"孔颖达疏："诒训遗，即流传之义，故'诒犹传也'。'传其顺天下之谋'者，谓圣人所谋之事，行之则必顺天下之心。'安其敬事之子孙'，言子孙敬事，能遵用其道，则得安也。"○或单作"贻厥"。胡仔《苕溪渔隐丛话》前集卷十一引《洪驹父诗话》曰："世谓兄弟为友于，谓子孙为贻厥者，歇后语也。子美诗曰：'山鸟山话皆友于。'退之诗曰：'谁谓贻厥无基址。'韩杜亦未能免俗，何也？"○或单作"贻谋"。《文选·陆机<吊魏武帝文>》："观其所以顾命冢嗣，贻谋四子。"

上两句写公主谨守礼仪，给子孙后代传下立身治家的好方法。

[三二] ◎钟漏：钟和刻漏。借指时辰、时间。《艺文类聚》卷三九引陈张正见《从籍田应衡阳王教作诗》之二："洛城钟漏息，灵台云雾卷。"●钟漏相催：意即时间匆匆流逝。《全唐诗》卷一六〇载孟浩然《除夜有怀》诗："五更钟漏欲相催，四气推迁往复回。"故多以指人年岁晚暮。〇案：文献或以"钟鸣漏尽"称人年岁晚暮。《三国志·魏书·田豫传》："年过七十而以居位，譬犹钟鸣漏尽，夜行不休，是罪人也。"

[三三] 日夜不息：从白天到夜晚一直都不停息。《魏书·甄琛传》："乃以围棋，日夜不息。"

[三四] 此句谓时间流逝，如同湍急的水流向前，永不停歇。《论语·子罕》："子在川上，曰：'逝者如斯夫！不舍昼夜。'"

[三五] 风中之树，欲静而不可得。喻事情不能如人之意愿。《太平御览》卷四八七引《韩诗外传》：皋鱼曰："树欲静而风不止，子欲养而亲不待也。往而不可追者，年也；去而不可得见者，亲也。"

上四句谓时光流逝不止，公主已年岁晚暮。

[三六] 奄：遽然，忽然。《方言》卷二："奄，遽也。吴扬曰芒，陈颍之间曰奄。"杨树达《词诠》卷七："奄，时间副词，《广韵》云：忽也，遽也。"●辞：告别，离开。●身世：犹人世。●宓妃：传为伏羲氏之女，因溺死于洛水，而为洛水之神，故称洛神。《楚辞·九叹·愍命》："迎宓妃于伊雒。"王逸注："宓妃，神女，盖伊雒水之精也。"《文选·曹植<洛神赋·序>》："黄初三年，余朝京师，还济洛川。古人有言，斯水之神，名曰宓妃。"李善注："《汉书音义》如淳曰：'宓妃，宓羲氏之女，溺死洛水，为神。'"●伊、洛：皆水名。参见《为广阳王渊上书言边事》注 [二六]。

[三七] 遽：窘也，急也。《说文·辵部》："遽，传也。一曰：窘也。"●捐馆舍：妇人死称捐馆舍。《战国策·赵策二》："今奉阳君捐馆舍。"鲍彪注："《礼》，妇人死曰捐馆舍，盖亦通称。"〇有地位之人死亦称"捐馆舍"。清厉荃《事物异名录》卷一〇《礼制部》："显仕者死曰捐馆。"

[三八] 帝子：尧女舜妃，没身湘水为湘夫人。《楚辞·九歌·湘夫人》："帝子降兮北渚。"王逸注："帝子，谓尧女也。……言尧二女娥皇、女英，随舜不反，没于湘水之渚，因为湘夫人。"●潇湘：湘水别称。《水经注·湘水》："湘水又北径黄陵亭西，右合黄陵水口，其水上承大湖，湖水西流，径二妃庙南，世谓之黄陵庙也。言大舜之陟方也，二妃从征，溺于湘江。神游洞庭之渊，出入潇湘之浦。潇者，水清深也。《湘中记》曰：湘川清照五六丈，下见底石，如樗蒲矢，五色鲜明，白沙如霜雪，赤崖若朝霞，是纳潇湘之名矣，故民为立

祠于水侧焉。"

上四句以宓妃溺死伊洛、舜妃没于湘水为比，写公主之死。

[三九] 龙辔：御龙之辔。传说日车驾以六龙，羲和御之。《太平御览》卷三引《淮南子》曰："爰上（当为"止"）羲和，爰息六螭，是谓悬车。"又引注曰："日乘车驾以六龙，羲和御之。日至此而薄于虞渊，羲和至此而回六螭（即六龙也）。"

[四〇] 日车：运载太阳之车。《庄子·徐无鬼》："若乘日之车，而游于襄城之野。"郭象注："日之车，以日为车也。"《艺文类聚》卷一引汉李尤《九曲歌》："年岁晚暮时已斜，安得力士翻日车。"

[四一] 奄：忽然。见本篇注 [三六]。●离形神：形神分离，死亡之谓也。《史记·太史公自序》："凡人所生者，神也；所托者，形也。形大劳则敝，形神离则死。"●归：藏也。《周易·说卦》："万物之所归也。"孔颖达疏："万物闭藏。"《曹植集·武帝诔》："圣体长违。"赵幼文《校注》："长违，《铨评》：'违，《艺文》作归。'案作归字是。《易经·说卦传》虞注：'归，藏也。'"●丘壤：埋藏之所。即坟墓，坟土。《宋书·颜延之传》："柔丽之身亟委土木，刚清之才遽为丘壤。"●此二句写公主形神分离，身藏丘壤之中，亦谓死也。

[四二] 祖：与下文之"出"构成对文。谓将死者由祖庙抬出来安葬。《周礼·春官宗伯·丧祝》："及祖，饰棺，乃载，遂御。"郑玄注："郑司农云：'祖，谓将葬，祖于庭，象生时，出则祖也。故曰事死如事生，礼也。……或谓：及祖，至祖庙也。'玄谓：祖为行始。"●歌薤露：唱丧歌。薤露，丧歌名。参见《相国清河王挽歌》注 [五]。

[四三] 巫山：乐名。此乐曲盖叙赤帝之女死葬巫山之事，故后以为挽歌之名，惜其已不可考矣。《文选·宋玉<高唐赋>》："玉曰：昔者，先王尝游高唐，怠而昼寝，梦见一妇人曰：'妾，巫山之女也，高唐之客。闻君游高唐，愿荐枕席。'王因幸之。去而辞曰：'妾在巫山之阳，高丘之岨，旦为朝云，暮为行雨。朝朝暮暮，阳台之下。'"李善注："《襄阳耆旧传》曰：赤帝女姚姬，未行而卒，葬于巫山之阳，故曰巫山之女。楚怀王游于高唐，昼寝，梦见与神遇，自称是巫山之女，王因幸之。遂为置观于巫山之南，号为朝云。后至襄王时，复游于高唐。"

上二句写公主殡葬之情景。

[四四] 野：《温侍读集》作"坣"，异体字。◎永：长久。《文选·潘岳<悼亡诗>》："重壤永幽隔。"吕向注："永，长也。"●厝：置也。《嵇康集·难宅无吉凶摄生论》："而安厝之。"戴明扬校注："'厝'与'措'同，《说文》：'措，置

也。'"●中野：即"野中"之倒，义为"山野之中"。案：《周易·系辞下》："古之葬者，厚衣之以薪，葬之中野，不封不树。"高亨注："中野，野中也。"

[四五] 终：亦"永"也。●掩：藏匿。《左传》文公十八年："毁则为贼，掩贼为藏。"杜预注："掩，匿也。"●穷泉：深泉，亦即黄泉。《文选·潘岳<悼亡诗>》："之子归穷泉。"吕向注："穷，深也。"同书潘岳《哀永逝文》："袭穷泉兮朽壤。"吕延济注："袭，入也。穷泉，墓中也。壤，土也。"案：高步瀛此条注以谢灵运《山居赋》"穷泉不停"当之，误。谢灵运《山居赋》曰："陵顶不息，穷泉不停。"考谢氏《赋》中"穷泉"之义，当为"穷尽源泉"。而"终掩穷泉"之"穷泉"与上文之"中野"构成对文，义为"深泉"，与谢《赋》之义迥别，高氏乃证以谢《赋》，未当。

[四六] 萧瑟：荒凉寂静的样子。《楚辞·九辩》："萧瑟兮草木摇落而变衰。"《文选·张协<七命>》："其居也，峥嵘幽蔼，萧瑟虚玄。"吕向注："萧瑟虚玄，寂静貌。"●神道：本为"神明之道"。《周易·观》："圣人以神道设教，而天下服矣。"孔颖达疏："神道者，微妙无方，理不可知，目不可见，不知所以然而然，谓之神道。"《文选·王延寿<鲁灵光殿赋>》："协神道而大宁。"张载注："协和神明之道。"引申为墓道。本篇用此义。《张衡集·上顺帝封事》："奏开恭陵神道。"张震泽注："神道，掘地入圹之道；葬后墓前建石柱为标，叫神道碑。"《后汉书·中山简王焉传》："开神道。"李贤注："墓前开道，建石柱以为标，谓之神道。"●墓田：坟地。《太平御览》卷五五七引王隐《晋书》曰："（滕修）卒，请葬京师。帝嘉其惠，赐墓田一顷。"

[四七] 松槚：古代常种植在墓前之树。《南北朝文举要·任昉〈为范始兴作求立太宰碑表〉》："松槚成行。"高步瀛注："《文选·古诗十九首》注引仲长子《昌言》曰：'古之葬者，松柏梧桐以识其坟。'《左传·哀十一年》子胥将死，曰：'树吾墓槚。'《说文》曰：'槚，楸也。'《尔雅·释木》曰：'槐小叶曰榎。'郭注曰：'槐当为楸。楸细叶者为榎。'《释文》曰：'榎，舍人本又作槚。'"●徒：与下文之"空"同义。

[四八] 琬琰：本二女名。《太平御览》卷一三五引《竹书纪年》云："后桀伐岷山，岷山女于桀二人，曰琬，曰琰。桀受二女，无子，刻其名于苕华之玉。苕是琬，华是琰。而弃其元妃于洛，曰末喜氏。"后为美玉之名，以喻人之美好品行。《淮南子·说山》篇："琬琰之玉在洿泥之中。"高诱注："琬琰，美玉。"●空传：《全后魏文》卷七魏孝文帝《吊殷比干墓文》："虽虚名空传于千载，讵何勋之可扬！"

案：上四句谓公主墓地荒凉寂寞，空有美名传世。

舜庙碑^[一]

怀山不已^[二]，龙门未辟^[三]。大道御世，天下为公^[四]。感梦长人^[五]，明扬仄陋^[六]。厘降二女，结友九男^[七]。执耒历山^[八]，耕夫所以谢畔^[九]；施罟雷泽，渔父于是让川^[一〇]。亦既登庸，以之纳录^[一一]。九官咸事^[一二]，百揆时叙^[一三]。有大功于当世^[一四]，集历数而在躬^[一五]。受文祖之命^[一六]，致昭华之玉^[一七]。班五瑞于群后^[一八]，禋六宗于上玄^[一九]。舞干戚而远夷宾^[二〇]，弃金璧而幽灵应^[二一]。青云浮洛，荣光塞河^[二二]。符瑞必臻^[二三]，休祥咸萃^[二四]。以君人之大德^[二五]，为帝王之称首^[二六]。陟方之驾遂往^[二七]，苍梧之窆不归^[二八]。爰自先民，实存旧庙^[二九]。既缉药房^[三〇]，遂镇瑶席^[三一]。龙驾帝服^[三二]，盖依俙于慕舜^[三三]；交鼓亘瑟^[三四]，实髣髴于闻《韶》^[三五]。其辞曰：

虹气降灵，姚墟诞圣^[三六]。树阴未徙，帝图已定^[三七]。乃宾四门^[三八]，以齐七政^[三九]。天眷功高，民归德盛^[四〇]。治既荡荡^[四一]，化亦巍巍^[四二]。南风在咏^[四三]，西环有归^[四四]。疑山永逝^[四五]，湘水长违^[四六]。灵宫肃肃^[四七]，神馆微微^[四八]。

[系年]

本篇《年谱》《年表》俱未系年。其作年俟后考。

[校注]

[一] 本篇以宋本《艺文类聚》卷一一为底本，以张燮本和《温侍读集》《全后魏文》比勘。

[二] 已：《温侍读集》作"巳"，乃"已"形之讹。●此句写洪水奔突汹涌，侵吞山陵，毫无止息。●怀：包，谓淹没。●已：停止。《诗经·郑风·风雨》："鸡鸣不已。"郑玄笺："已，止也。"●此句语出《尚书·尧典》："汤汤洪水方割，荡荡怀山襄陵。"孔传："荡荡，言之奔突有所涤除。怀，包。襄，上也。包山上陵，浩浩盛大若漫天。"又《尚书·益稷》："洪水滔天，浩浩怀山襄陵。"

[三] 此句写大禹还未开凿龙门，洪水难以流走。●龙门：地名，在今陕西韩城东北。传说大禹凿开此处以导洪水。《尚书·禹贡》："导河积石，至于龙门。"孔传："龙门山在河东之西界。"《吕氏春秋·古乐》篇："禹立，勤劳天下，日夜不懈。通大川，决壅塞，凿龙门，降通漻水以导河。"《水经注·河水》："龙门口……昔者大禹导河积石，疏决梁山，谓斯处也，即经所谓龙门矣。

《魏土地记》曰：'梁山北有龙门山，大禹所凿，通孟津，河口广八十步。岩际镌迹，遗功尚存。岸上并有庙祠，祠前有石碑三所，二碑文字紊灭，不可复识，一碑是太和中立。'"●龙门未辟：语出《吕氏春秋·爱类》："昔上古龙门未开，吕梁未发，河出孟门，大溢逆流……名曰鸿水。"

[四] 此句写五帝之时，天子位实行揖让制。●大道：正道。指五帝时代的治世原则。●御世：治理天下。《鬼谷子·忤合》："是以圣人居天地之间，立身御世，施教扬声，明名也。"●天下为公：天下为公众所有，指帝位实行禅让制。后遂成为一种美好社会的政治理想。语出《礼记·礼运》："大道之行也，天下为公。"郑玄注："大道，谓五帝时也。"又曰："公犹共也。禅位授圣不家之。"孔颖达疏："天下为公，谓天子位也。为公，谓揖让而授圣德，不私传子孙。即废朱、均而用舜、禹是也。"《吕氏春秋·去私》篇："尧有子十人，不与其子而授舜。舜有子九人，不予其子而授禹，至公也。"

案：禅让之制，乃为儒家梦想。古书所载或有不同。如《史记·五帝本纪》张守节《正义》："《竹书》云：昔尧德衰，为舜所囚也。"《广弘明集》卷一一引释法琳《对傅奕废佛僧表》："《汲冢竹书》云：舜囚尧于平阳，取之帝位。"《史通·疑古》篇："舜放尧于平阳。"均是对"尧禅位于舜"的否定。

[五] 感梦：感应于梦中，指受到梦的指点。《论衡·吉验》："伊尹命不当没，故其母感梦而走。"●长人：此处指舜。王国维《今本竹书纪年疏证》卷上："帝舜有虞氏母曰握登，见大虹意感，而生舜于姚墟。目重瞳子，故名重华。龙颜大口，黑色，身长六尺一寸。"《尚书纬》第七卷《尚书中候》："初，尧在位七十载矣，见丹朱之不肖，不足以嗣天下，乃求贤以巽于位。至梦长人见而论治，舜之潜德，尧实知之。于是畴咨于众，询四岳，明明扬仄陋，得诸服泽之阳。"

[六] 扬：底本、张燮本作"敭"，字同。《集韵·阳韵》："扬，古作敭。"◎明：公开。○扬：举荐。○仄陋：指所居之处狭窄简陋，遂以为微贱者之称。○明扬仄陋：明察荐举出身微贱而有才德之人。语出《尚书·尧典》："明明扬侧陋。"孔传："尧知子不肖，有禅位之志，故明举明人在侧陋者，广求贤也。"孔颖达疏："侧漏者，僻侧浅陋之处。意言不问贵贱，有人则举。是令朝臣广求贤人也。尧知有舜而朝臣不举，故令广求贤以启之。臣亦以尧知侧漏有人，故不得不举舜耳。"

上两句写尧受神灵指点，梦到处于侧陋之中的舜。以舜有才德，乃举而用之。

[七] 这两句言尧以二女赐舜为妻，并使九子事舜。●厘降：赐嫁。谓尧女

嫁舜事。●二女：尧女娥皇、女英。《史记·五帝本纪》张守节《正义》："舜升天子，娥皇为后，女英为妃。"●厘降二女：尧嫁二女于舜。语出《尚书·尧典》："厘降二女于妫、汭，嫔于虞。"孔传："降，下。嫔，妇也。舜为匹夫，能以义理下帝女之心于所居之汭，使行妇道于虞氏。"●结友：结成群党。《楚辞·严忌<哀时命>》："与赤松而结友兮，比王侨而为耦。"王逸注："与二子为群党也。"●九男：尧之九子。《艺文类聚》卷一一引《帝王世纪》曰："尧取富宜氏女，曰女皇，生丹朱。又有庶子九人，皆不肖。"然则尧乃以其庶子九人事舜。●案：尧女妻舜、九子事舜之传说，典籍多有所记，姑举数则如下。《孟子·万章下》曰："尧之于舜也，使其子九男事之，二女女焉。"《淮南子·泰族》篇："尧治天下……令四岳扬侧陋，四岳举舜而荐之尧，尧乃妻以二女以观其内，任以百官以观其外。……乃属以九子，赠以昭华之玉而传天下焉。"高诱注："二女，娥皇、女英。"《尸子》卷下："舜一徙成邑，再徙成都，三徙成国，其致四方之士。尧闻其贤……于是妻之以媓，媵之以娥，九子事之，而托天下焉。"《尚书大传·虞夏传》："舜耕于历山，尧妻之以二女，属其九子也，赠以昭华之玉。"王国维《今本竹书纪年疏证》卷上："（帝尧陶唐氏）七十一年，帝命二女嫔于舜。"●又案："尧女妻舜"之事，典籍虽多所记载，然亦有疑之者。宋王应麟《困学纪闻》卷一一《史记正误》："《三代世表》：稷、契皆为帝喾之子，尧亦帝喾之子。《左传正义》曰：'《氏族谱》取《史记》之说，又从而讥之。案鲧，则舜之五世从祖父也，而及舜共为尧臣。尧则舜之三从高祖，而妻其女。此《史记》之可疑者。'"

[八] 耜：耕田所用之器具，类似今之铧铁，古以木为之。《玉篇·耒部》："耜，耒端木。"●历山：古地名，故地在今山东历城县南五里。传说舜曾耕种于此。《水经注·河水》四："（河水）又南过蒲阪县西，《地理志》曰：'县，故蒲也。王莽更名蒲城。'……今城中有舜庙，魏秦州刺史治。太和迁都罢州，置河东郡……郡南有历山，谓之历观，舜所耕处也，有舜井。妫、汭二水出焉，南曰妫水，北曰汭水，西径历山下，上有舜庙。周处《风土记》曰：'旧说，舜葬上虞'。又《记》云：'耕于历山。'而始宁、剡二县界上，舜所耕田，于山下多柞树，吴、越之间，名柞为枥，故曰历山。"

[九] 谢：张燮本和《温侍读集》《全后魏文》作"让"。◎耕夫：农夫。徐干《中论·谴交》："竭力以尽地利，谓之农夫。"《宋书·沈攸之传》："若有耕夫渔父，夜相呵叱，便致骇乱，取败之道也。"●此句谓农夫相让田界。喻上古民心淳厚。典出《韩非子·难一》："历山之农相侵畔，舜往耕焉，期年，甽亩正。"又《史记·五帝本纪》："舜耕历山，历山之人皆让畔。"案：又见《新

序·杂事》《淮南子·原道》篇、《初学记》卷九引《帝王世纪》。又《何逊集·七召·治化》："耕夫让畔以成仁。"典出同。

〔一〇〕罟：《说文·网部》："罟，网也。"●雷泽：古地名，在今山东濮县东南。传说舜曾渔于此。●此二句谓，舜在雷泽网鱼，渔夫相让河道。典出《韩非子·难一》篇："河滨之渔者争坻，舜往渔焉，期年而让长。"又《史记·五帝本纪》："（舜）渔于雷泽，雷泽之人皆让居。"又见《新序·杂事》《淮南子·原道》篇、《初学记》卷九引《帝王世纪》。

上四句赞舜有仁德。在其仁德感化下，历山之耕者，雷泽之渔夫，皆具有了推让之美德。

〔一一〕登：升。〇庸：任用。〇登庸：擢升任用。《尚书·尧典》："帝曰：畴咨若时登庸。"孔传："畴，谁；庸，用也。谁能咸熙庶绩，顺是事者，将登用之。"孔颖达疏："有人能顺此咸熙庶绩之事者，我将登而用之。"●此句谓舜被尧起用。《尚书·舜典》："舜生三十登庸。"●纳录：接纳并录用有才能的人。谓舜任命伯禹等二十二人。《尚书·舜典》："帝曰：'咨！汝二十有二人，钦哉！惟时亮天功。'"孔传："禹、垂、益、伯夷、夔、龙六人新命有职，四岳、十二牧凡二十二人，特敕命之。"

〔一二〕此句谓舜所命之九官都尽忠职守。●九官：谓禹作司空、弃作后稷、契作司徒、皋陶作士、垂作共工、益作朕虞、伯夷作秩宗、夔作典乐、龙作纳言。《汉书·百官公卿表》："《书·尧典》曰：'禹作司空，平水土；弃作后稷，播百谷；卨作司徒，敷五教；咎繇作士，正五刑；垂作共工，利器用；契作朕虞，育草木鸟兽；伯夷作秩宗，典三礼；夔典乐，和神人；龙作纳言，出入帝命。'"《艺文类聚》卷一一引《帝王世纪》曰："（舜）申命九官十二牧，三载一考绩，三载黜陟幽明。禹为司空，功被天下；弃为后稷，播时百谷；契为司徒，敬敷五教；皋繇为士，典刑惟明；倕为共工，莫不致力；益为朕虞，庶物繁植；伯夷为秩宗，三礼不阙；夔为乐正，神人以和；龙为纳言，出内惟允。"●咸事：都致力于职事。意即尽忠职守。

〔一三〕百揆时叙：谓各种事务都能有条不紊地进行。●百揆：其义有三，一曰"百事"。本篇从此义。《尚书·舜典》："慎徽五典，五典克从；纳于百揆，百揆时叙。"孔传："揆，度也。度百事，总百官。纳舜于此官，舜举八凯，使揆度百事，百事时叙，无废事业。"《左传》文公十八年："故《虞书》数舜之功，曰'纳于百揆，百揆时叙'，无废事也。"杨伯峻注："百揆，犹百事也。时叙，犹承顺。"〇一曰"百官"。《尚书·周官》："唐虞稽古，建官惟百，内有百揆四岳，外有州牧侯伯。"〇一为冢宰之称。《后汉书·百官志》："百揆，尧初别置，周更名冢宰。”

[一四]　此句言舜任冢宰，治理天下，功劳巨大。《潜夫论·思贤》篇：“《传》曰：‘夫成天地之功者，未尝不蕃昌也。’”彭铎《校正》：“此所引乃《尚书大传》逸文。”《艺文类聚》卷一一引《帝王世纪》曰：“（舜）遂举八凯，使佐后土，以揆百事；举八元，使布五教于四方。舜于是有大功二十。”

[一五]　历：《全后魏文》作“厤”，二字同。◎历数：天道历运之数，即上天安排一个人作帝王的年数。故可指帝位或政权。●此句言舜既有仁德，又有大功，故给自身奠定了作帝王的基础。语出《尚书·大禹谟》：“天之历数在汝躬。”孔传：“历数，天道，谓天历运之数。帝王易姓而兴，故言历数谓天道。”《论语·尧曰》篇：“尧曰：‘咨！尔舜！天之厤数在尔躬。’”何晏《集解》：“厤数，谓列次也。”《论语纬》第四卷《论语比考谶》：“尧舜等升首山，观河渚，有五老游于河渚，相谓曰：‘河图将来，告帝期。’五老流星上入昴。有顷，赤龙负玉苞，舒图出。尧与大舜等共发，曰：‘帝当枢百则禅虞。’尧喟然叹曰：‘咨尔舜，天之历数在尔躬。’”

[一六]　此句言尧于始祖之庙禅位于舜。《尚书·舜典》：“正月上日，受终于文祖。”孔传：“终，谓尧终帝位之事。文祖者，尧文德之祖庙。”陆德明《释文》：“王云：‘文祖，庙名。’马云：‘文祖，天也。天为文，万物之祖，故曰文祖。’”孔颖达疏：“受终者，尧为天子，于此事终授与舜，故知终谓尧终帝位之事。终言尧终舜始也。《礼》：‘有大事，行之于庙。’况此是事之大者。知文祖者，尧文德之祖庙也。……尧之文祖，盖是尧始祖之庙，不知为谁也。”《史记·五帝本纪》：“正月上日，受终于文祖。文祖者，尧大祖也。”王国维《今本竹书纪年疏证》卷上：“（帝尧陶唐氏）七十三年春正月，舜受终于文祖。”

[一七]　昭华：玉名。《楚辞·九思·疾世》：“抱昭华兮宝璋。”王逸注：“昭华，玉名。”●此句言尧既禅位于舜，又以昭华之玉相赐。《淮南子·泰族》篇：“尧治天下……令四岳扬侧陋，四岳举舜而荐之尧，尧乃妻以二女以观其内，任以百官以观其外。……乃属以九子，赠以昭华之玉而传天下焉。”《尚书大传·虞夏传》：“舜耕于历山，尧妻之以二女，属其九子也，赠以昭华之玉。”《艺文类聚》卷一一引《帝王世纪》曰：“尧乃赐舜以昭华之玉，老而命舜代己摄政。”案：昭华之玉盖为天子身份之凭证，故尧得赐舜。

[一八]　五瑞：谓五等诸侯所执之瑞信。即桓圭、信圭、躬圭、谷璧、蒲璧。●群后：指诸侯及公卿。●此句言舜班赐玉瑞于诸侯。《尚书·舜典》：“辑五瑞。既月，乃日觐四岳群牧，班瑞于群后。”孔传：“舜敛公、侯、伯、子、

男之瑞圭璧尽,以正月中,乃日日见四岳及九州牧监,还五瑞于诸侯,与之正始。"《史记·五帝本纪》:"揖五瑞,择吉月,日见四岳诸牧,班瑞。"裴骃《集解》引马融曰:"揖,敛也。五瑞,公侯伯子男所执,以为瑞信也。尧将禅舜,使群牧收敛之,使舜亲往班之。"张守节《正义》:"《周礼·典瑞》云:'王执镇圭,尺二寸;公执桓圭,九寸;侯执信圭,七寸;伯执躬圭,五寸;子执谷璧,男执蒲璧,皆五寸。'言五瑞者,王不在中也。孔文祥云:'宋末,会稽修禹庙,于庙庭山土中得五等圭、璧百余枚,形与《周礼》同,皆短小。此即禹会诸侯于会稽,执以礼山神而埋之。其璧今犹有在也。'"

[一九] 禋:古代祭祀名,焚烧祭品以祭谓之禋。●六宗:所祭祀的六种对象,其义纷纭(见下述)。●此句写舜既受禅为帝,乃举行祭祀之礼。《尚书·舜典》:"禋于六宗。"孔传:"精意以享谓之禋。宗,尊也。所尊祭者其祀有六:谓四时也,寒暑也,日也,月也,星也,水旱也。"陆德明《释文》:"禋音因。王云:'絜祀也。'马云:'精意以享也。'六宗,王云:'四时、寒暑、日、月、星、水旱也。'马云:'天、地、四时也。'"《史记·五帝本纪》裴骃《集解》引郑玄曰:"六宗,星、辰、司中、司命、风师、雨师也。"又曰:"六宗义众矣,愚谓郑说为长。……按星,五星,纬也。辰,日月所会,十二次也。司中、司命,文昌第五、第四星也。风师,箕星也。雨师,毕星也。孔安国云:'四时、寒暑也,日、月、星也,水旱也。'《礼·祭法》云:埋少牢于大昭,祭时也。襚祈于坎坛,祭寒暑也。王宫,祭日也。夜明,祭月也。幽禜,祭星也。雩禜,祭水旱也。司马彪《续汉书》云:安帝立六宗,祀于洛阳城西北亥地,礼比大社。魏因之。至晋初,荀颛言新祀,以六宗之神诸家说不同,乃废之。"《后汉书·光武帝纪上》李贤注:"精意以享谓之禋。《续汉志》:'平帝元始中,谓六宗为《易》卦六子之气,水、火、雷、风、山、泽也。光武中兴,遵而不改。至安帝即位,初改六宗为天地四方之宗,祠于洛阳之北,戌亥之地。'"●上玄:指天。《周易·坤·文言》:"玄黄者,天地之杂也,天玄而地黄。"玄是天之色,故以指天。《扬雄集·甘泉赋》:"惟汉十世,将郊上玄。"李善注:"上玄,天也。"

[二〇] 干,盾牌。戚,大斧。《淮南子·时则》篇:"执干戚戈羽。"高诱注:"干,盾也。戚,斧也。"此二物本兵器,舜乃使人执之而舞,明偃武修文之意。●夷:古代指称文化落后的少数民族。●宾:顺服,归顺。《国语·楚语上》:"其不宾也久矣。"韦昭注:"宾,服也。"●此句写舜推行德政而使远方少数民族归顺。《尚书·大禹谟》:"帝乃诞敷文德,舞干羽于两阶,七旬,有苗格。"《韩非子·五蠹》:"当舜之时,有苗不服,禹将伐之,舜曰:'不可。上

德不厚而行武，非道也。'乃修教三年，执干戚舞，有苗乃服。"《艺文类聚》卷一一引《帝王世纪》曰："有苗氏负固不服，禹请征之。舜曰：'我德不厚而行武，非道也，吾前教由未也。'乃修教三年，执干戚而舞之，有苗请服。"

　　[二一]幽灵：死者的灵魂，泛指鬼神。《后汉书·桥玄传》："幽灵潜翳。"●此句谓舜将金玉弃置在山河之中，就连隐藏在山河之间的精灵都现身而观。《淮南子·泰族》篇："故舜深藏黄金于崭岩之山，所以塞贪鄙之心也。"陆贾《新语·述事》："圣人不用珠玉而宝其身，故舜弃黄金于崭嵓之山，捐珠玉于五湖之渊，将以杜淫邪之欲，绝琦玮之情。"案：古帝王藏金沈璧，目的在于堵塞贪邪欲望，示俭朴之志。

　　[二二]青云：青色的云。《楚辞·九歌·东君》："青云衣兮白霓裳。"●荣光：五色云气。古时以为吉祥之兆。《初学记》卷六引《尚书中候》："荣光出河，休气四塞。"●此二句写舜藏金沈璧之后所出现的吉祥征兆。《文选·江淹<诣建平王上书>》："青云浮洛，荣光塞河。"李善注引《尚书中候》曰："成王观于洛河，沈璧，礼毕，王退俟。至于日昧，荣光并出幕河，青云浮洛，青龙临坛，衔玄甲之图，吐之而去也。"张铣注："青云、荣光，皆河洛之瑞也。"

　　[二三]符瑞：吉祥的征兆。多指帝王受命的征兆。《盐铁论·论灾》："故好行善者，天助以福，符瑞是也。"王贞珉曰："符瑞，古称天降吉祥的预兆以为人君受之应，叫做符瑞。"●必：借为"毕"。●臻：到来。《尔雅·释诂上》："臻，至也。"

　　[二四]祥：《全后魏文》作"详"，严可均自校曰："详当作祥。"案：作"祥"是。◎休：美好。《国语·齐语》："有功休德。"韦昭注："休，美也。"●祥：善。《尚书·泰誓中》："朕梦协朕卜，袭于休祥。"孔传："言我梦与卜俱合于美善。"乃以"美善"释"休祥"。●萃：聚集。《周易·萃》："象曰：萃，聚也。"

　　上二句谓，舜受命为帝后，各种吉祥的征兆，美好的事物都出现了。《艺文类聚》卷一一引《帝王世纪》曰："于是俊乂在官，群后德让。……蒸民乃粒，万邦作乂，庶绩咸熙。……乃作《大韶》之乐，箫韶九成，凤皇来仪。击石拊石，百兽率舞。……景星曜于房，群瑞毕致，地出乘黄。舜于是德被天下。"正可与本篇这两句相发明。

　　[二五]君人：即人君。《太平御览》卷七六引《唐子》曰："君人者，秉南面之尊，操杀生之权。威如秋霜，恩如春养。何求而不得，何化而不从。君人者，当以江海为腹，山林为面。当使观者不知江河（案：河，疑当作'何'）。藏，山何有。"●大德：大功德，大恩。《周易·系辞下》："天地之大

德曰生。"韩康伯注："施生而不为，故能常生，故曰大德也。"

[二六] 称首：第一，典范。《文选·司马相如<封禅文>》："前圣之所以永保鸿名，常为称首者也。"吕向注："言古先圣帝明王所以长保大名，为王者之首者，用此道也。"同书任昉《奏弹刘整》："千载美谈，斯为称首。"

上两句是说舜以其德行成为历代帝王的典范。

[二七] 方：古代用以称"国"。如甲骨文中之"鬼方"，即谓"鬼国"也。○陟方：谓巡狩诸侯国。●往：亡去，谓一去不返。《管子·权修》："则往而不可止也。"尹知章注："往，谓亡去也。"●此句谓舜于巡视方国时崩殂。《尚书·舜典》："舜生三十征庸，三十在位，五十载，陟方乃死。"孔传："方，道也。舜即位五十年，升道南方巡狩，死于苍梧之野而葬焉。"《史记·五帝本纪》："舜践帝位三十九年，南巡狩，崩于苍梧之野。葬于江南九疑，是为零陵。"

[二八] 苍梧：古地名，在今湖南宁远县南。传说舜死葬焉。《楚辞·离骚》："朝发轫于苍梧兮。"王逸注："苍梧，舜所葬也。"《山海经·海内经》曰："南方苍梧之丘，苍梧之渊，其中有九疑山焉，舜之所葬。在长沙零陵界中。"郭璞注："山在今零陵营道县南，其山九溪皆相似，故云'九疑'。古者总名其地为苍梧也。"●窆：棺材。《说文·穴部》："窆，葬下棺也。从穴，乏声。《周礼》：'及窆执斧。'"案：《周礼·地官·乡师》："及窆，执斧以莅匠师。"郑玄注引郑司农云："窆，谓葬下棺也。"则《说文》用郑司农（众）之说。

上两句写舜巡狩南方之国，死而葬于苍梧之山。《太平御览》卷八一引《帝王世纪》曰："（舜）有二妃，元妃娥皇无子，次妃女英生商均。次妃登北氏，生二女：霄明、烛光。有庶子八人，皆不肖，故以天下禅禹。舜年八十即真，八十三而荐禹，九十五而使禹摄政。摄五年，有苗氏叛，南征，崩于鸣条，年百岁，殡以瓦棺，葬苍梧九嶷山之阳，是为零陵，谓之纪市，在今营道县下，有群象为之耕。"

[二九] 爱、实：语首助词，无实义。●先民：指立舜庙者。●旧庙：指舜庙也。●此二句谓自古代先民就已经建立起的舜庙，到现在还保存着。

[三〇] 缉：通"葺"。《说文·艹部》："葺，茨也。"《释名·释宫室》："屋以草盖曰茨。茨，次也。次比草为之也。"●药房：以白芷叶所盖之房。《楚辞·九歌·湘夫人》："辛夷楣兮药房。"王逸注："药，白芷也。房，室也。"洪兴祖补注："《本草》：白芷，楚人谓之药。《博雅》曰：芷，其叶谓之药。"●此句言以白芷之叶盖房。康金声注"缉药房"曰："谓编结白芷香草为卧室，

以待湘夫人也。"

[三一] 镇：压也。●瑶席：以玉石制成的坐席。《楚辞·九歌·湘夫人》："白玉兮为镇。"又《东皇太一》："瑶席兮玉瑱。"王逸注："瑶，石之次玉者。《诗》云：'报之以琼瑶。'瑱，一作镇。言己修饰清洁，以瑶玉为席，美玉为瑱。"洪兴祖补注："瑶，音遥。一曰，美玉也。瑱，压也。音镇。下文云'白玉兮为镇'是也。《周礼》：'玉镇，大宝器。'故书作瑱。郑司农云：'瑱，读为镇。'"●此句言以美玉压坐席。康金声注"镇瑶席"曰："谓以玉镇压瑶席而降神也。"

[三二] 龙驾：龙驾之车。●帝服：五帝车上所悬之旌旗。服，章服，旌旗之属。（此从闻一多说。《九歌解诂·云中君》闻一多曰："服疑谓服章，旌旗之属，故与驾并举。《吕氏春秋·季夏篇》：'以为旗章'，注云：'章，服也。'"）案：旧注训"帝服"为"五帝之服饰"，可备一说。《楚辞·九歌·云中君》："龙驾兮帝服。"王逸注："龙驾，言云神驾龙也。故《易》云'云从龙'。帝，谓五方之帝也。言天尊云神，使之乘龙，兼衣青黄五采之色，与五帝同服也。"

[三三] 俙：《温侍读集》同，张燮本、《全后魏文》作"稀"。案：俙、稀字通。◎盖：语首助词，无义。●依俙：隐约。《广弘明集》卷五引晋释慧远《沙门不敬王者论·形尽神不灭》："今于不可言之中，复相与而依俙。"

[三四] 亘：张燮本、《温侍读集》作"緪"。案：作"亘"，乃用同音通借字。◎交："攴"字之讹（说见下）。○交鼓：即"攴鼓"，谓敲鼓。●緪：急也。《淮南子·缪称》篇："治国譬若张瑟，大弦緪则小弦绝矣。"高诱注："緪，急也。"○緪瑟：节奏很快地弹瑟。字或作"縆"（说见下）。●交鼓亘瑟：谓击鼓弹瑟也。语出《楚辞·九歌·东君》："縆瑟兮交鼓，箫锺兮瑶簴。"王逸注曰："縆，急张弦也。交鼓，对击鼓也。縆，一作緪。"郭在贻《训诂丛稿》："'交鼓'一词，王逸注云：'对击鼓也'，是训交字为交会之交，但交字绝无击的意思，王注乃增文成义，不足为训。……按：交盖攴之讹字。二字形似，故易致讹。攴者，《说文》云'小击也'，又手部击下云'攴也'。是攴、击二字可以互训，泛言之攴即是击。……然则所谓交鼓者，即击鼓也。《国殇》：'援玉枹兮击鸣鼓'，彼云击鼓，此云攴鼓，二而一也。"

[三五] 实：《温侍读集》作"寔"。●实：语首助词，无义。作"寔"本字，"实"借字。详见《经传释词》第九。●髣髴：字或作"彷佛"，今作"仿佛"。《南北朝文举要·（沈约）桐柏山金庭馆碑》："髣髴幽入。"高步瀛注："陆士衡《应嘉赋》曰：'怀前修之彷佛，觌幽人之所遇。'案：髣髴、彷佛字同。"●韶：舜乐之名。《庄子·天下》："黄帝有《咸池》，尧有《大章》，舜有

《大韶》，禹有《大夏》，汤有《大濩》，文王有《辟雍》之乐，武王、周公作
《武》。"《风俗通义·声音》："夫乐者，圣人所以动天地，感鬼神，按万民，成
性类者也。故黄帝作《咸池》，颛顼作《六茎》，喾作《五英》，尧作《大章》，
舜作《韶》，禹作《夏》，汤作《护》，武王作《武》，周公作《勺》。……
《韶》，继尧也。"○闻韶：听到舜帝的《韶》乐。《论语·述而》："子在齐闻
《韶》，三月不知肉味，曰：'不图为乐之至于斯也！'"

上四句盖描绘舜庙墙壁上的图画使人产生的联想：看到墙壁上龙驾之车和
车上五彩的旌旗，就让人隐隐约约思慕起舜帝；看到墙壁上击鼓弹瑟的画面，
耳旁就仿仿佛佛听到《韶》音。

[三六] 虹气：天地之精气。《礼记·聘义》："君子比德于玉焉。……气如
白虹，天也。"孔颖达疏："白虹，谓天之白气。言玉之白气似天白气，故云天
也。"《汉书·郊祀志下》："或如虹气苍黄，若飞鸟集械阳宫南。"●降灵：降
神，召神。《梁书·敬帝纪》："（太平）二年春正月壬寅诏曰：'夫子降灵体喆，
经仁纬义。'"《魏书·尔朱荣传》："惟岳降灵，应期作辅。"●姚墟：古地名，
故地在今山东濮县南。●诞圣：诞生圣哲。《宋书·乐志二》载王韶之《殿前登
歌》之三："烝哉我皇，固天诞圣。"●此二句写舜母握登受大虹之精气而孕，
生舜于姚墟。《史记·五帝本纪》张守节《正义》："瞽叟姓妫，妻曰握登，见
大虹，意感而生舜于姚墟，故姓姚。"《初学记》卷九引《帝王世纪》曰："瞽
瞍妻曰握登，见大虹，意感而生舜于姚墟，故姓姚氏。"

[三七] 树阴未徙：康金声注："树阴随日而徙移。未徙，言时极短也。"
●帝图已定：谓舜已受尧之禅而为帝。○帝图：帝王谱录，指帝位。《洛阳伽蓝
记》卷二"平等寺"条："无以入选帝图。"周祖谟《校释》："帝图，谓帝王谱
录。"《太平御览》卷五引《论语谶》曰："仲尼曰：吾闻尧率舜等游首山，观
河渚，有五老游河渚。一老曰：'《河图》将来告帝期。'二老曰：'《河图》将
来告帝谋。'三老曰：'《河图》将来告帝书。'四老曰：'《河图》将来告帝图。'
五老曰：'《河图》将来告帝符。'龙衔玉苞金泥玉捡封盛书，五老飞为流星，
上入昴。"王国维《今本竹书纪年疏证》卷上："洪水既平，归功于舜，将以天
下禅之，乃洁齐涤坛场于河、洛，择良日率舜等升首山，遵河渚。有五老游焉，
盖五星之精也。相谓曰：'《河图》将来告帝以期，知我者重瞳黄姚。'五老因
飞为流星，上入昴。二月辛丑昧明，礼备，至于日昃，荣光出河，休气四塞，
白云起，回风摇，乃有龙马衔甲，赤文绿色，缘坛而上，吐《甲图》而去。甲
似龟背，广九尺，其图以白玉为检，赤玉为柙，泥以黄金，约以青绳。检文曰：
'闿色授帝舜。'言虞夏当授天命，帝乃写其言，藏于东序。"

[三八] 宾：迎接。●四门：明堂之四门，以迎远方来朝之诸侯。●此句写舜于四门迎接四方来朝之诸侯。语出《尚书·舜典》："宾于四门，四门穆穆。"孔传："四门，四方之门。舜流四凶族，四方诸侯来朝者，舜宾迎之。"孔颖达疏："四门，四方之门，谓四方诸侯来朝者，从四门而入。……舜既录摄，事无不统。以诸侯为宾，舜主其礼，迎而待之。"

[三九] 齐：察考，纠正。●七政：其说各不同。或曰日、月、五星。如《尚书·舜典》孔传（见下）。又《史记·五帝本纪》裴骃《集解》引郑玄曰："七政，日月五星也。"或曰北斗七星。《春秋纬》第五卷《春秋运斗枢》："北斗七星，所谓璇机玉衡，以齐七政。……北斗七星，弟一天枢，弟二璇，弟三机，弟四权，弟五玉衡，弟六开阳，弟七摇光。"●此句写舜观察日月五星的运行，以察考并纠正自己失政之处。语出《尚书·舜典》："在璇玑玉衡，以齐七政。"孔传："在，察也。璇，美玉。玑、衡，王者正天文之器，可运转者。七政，日、月、五星，各异政。舜察天文，齐七政，以审己当天心与否。"孔颖达疏："乃复察此璇玑、玉衡，以齐整天之日、月、五星七曜之政，观其齐与不齐，齐则受之是也，不齐则受之非也。见七政皆齐，知己受为是，遂行为帝之事。"又曰："玑、衡者，玑为转运，衡为横箫，运玑使动，于下以衡望之，是'王者正天文之器'，汉世以来，谓之浑天仪者是也。马融云：'浑天仪可旋转，故曰玑。衡，其横箫，所以视星宿也。以璇为玑，以玉为衡，盖贵天象也。'蔡邕云：'玉衡长八尺，孔径一寸，下端望之，以视星辰。盖悬玑以象天，而衡望之。转玑窥衡，以知星宿。'是其说也。七政，其政有七，于玑衡察之，必在天者。知七政谓日、月与五星也。木曰岁星，火曰荧惑星，土曰镇星，金曰太白星，水曰辰星。《易·系辞》云：'天垂象，见吉凶，圣人象之。'此日、月、五星有吉凶之象，因其变动为占。七者各自异政，故为七政。得失由政，故称政也。舜既受终，乃察玑衡，是舜察天文、齐七政，以审己之受禅当天心与否也。马融云：'日、月、星，皆以璇玑、玉衡度知其盈缩进退，失政所在。'圣人谦让，犹不自安，视璇玑、玉衡以验齐日、月、五星行度，知其政是与否，重审己之事也。"○康金声曰："今人以为，盖是观察天文，以制定历法也。"可备一说。

[四〇] 天眷：老天爷眷顾、爱重。《宋书·王弘传》："实亦仰佩天眷，未能自已。"○天眷功高：老天爷爱重有大功之人。●德厚：道德厚重。《谷梁传》僖公十五年："故德厚者流光，德薄者流卑。"●此两句谓，舜是建立了大功、道德高尚之人，老天爷爱重他，老百姓也归顺他。《太平御览》卷八一引《尸子》曰："舜兼爱百姓，务利天下。其田历山也，荷彼耒耜，耕彼南亩，与四海

俱有其利。其渔雷泽也，旱则为耕者凿渎，俭则为猎者表虎，故有光若日月，天下归之若父母。"

[四一] 荡荡：广远。《论语·泰伯》："大哉尧之为君也！……荡荡乎，民无能名焉。"何晏《集解》引包咸曰："荡荡，广远之称。言其布德广远，民无能识其名焉。"

[四二] 化：教化也，即教人转恶为善。●巍巍：高大的样子。《论语·泰伯》："巍巍乎，舜禹之有天下也，而不与焉。"何晏《集解》曰："巍巍，高大之称。"邢昺疏："言舜禹之有天下，自以功德受禅不与求而得之，所以其德巍巍然高大也。"

上二句写舜以仁德治理天下，又教民转恶为善，故人格高尚，德泽广布。

[四三] 南风：古乐名（详下）。●此句谓舜歌咏《南风》之诗。语出《礼记·乐记》："昔者，舜作五弦之琴，以歌《南风》。"郑玄注："《南风》，长养之风也，以言父母之长养己。其辞未闻也。"孔颖达疏："云'其辞未闻'也者，此《南风》歌辞未得闻也。如郑此言，则非《诗》《凯风》之篇也。熊氏以为《凯风》，非矣。案：《圣证论》引《尸子》及《家语》难郑云：'昔者，舜弹五弦之琴，其辞曰："南风之薰兮，可以解吾民之愠兮；南风之时兮，可以阜吾民之财兮。"'郑云'其辞未闻'，失其义也。今案：马昭云：'《家语》，王肃所增加，非郑所见；又《尸子》杂说，不可取证正经，故言未闻也。'"《尚书大传·虞夏传》："舜弹五弦之琴，歌《南风》之诗，而天下治。"

[四四] 归：同"馈"，赠也。《论语·阳货》篇："归孔子豚。"皇侃疏："归，犹饷也。"●西环有归：谓舜有仁德，西王母遣使赠之以玉环。《大戴礼记·少间篇》："昔舜以天德嗣尧，西王母来献其白琯。"王国维《今本竹书纪年疏证》卷上："（帝舜九年）西王母之来朝，献白环、玉玦。"

[四五] 疑：张燮本、《温侍读集》作"嶷"，字同。◎疑山：即九疑山，在今湖南宁远县南六十里，传说舜死葬焉。《楚辞·离骚》："九疑缤其并迎。"王逸注曰："九疑，舜所葬也。"又云："疑，一作嶷。"《艺文类聚》卷七引《湘中记》曰："九疑山，在营道县。九山相似，行者疑惑，故名九疑。"●永逝：永远逝去，谓死也。《张衡集·七辩》："超广汉而永逝。"●此句谓舜死葬于九疑山。《艺文类聚》卷一一引《帝王世纪》曰："（舜）南征，崩于鸣条，殡以瓦棺，葬于苍梧九疑山之阳。"

[四六] 湘水：今出广西兴安县南之阳海山，东北流至湖南湘阴县西，又北达青草湖，注于洞庭（见缪文远《战国制度通考·地理考·楚地考》，巴属书社，1998年版）。●长违：永别。死之婉称。《南齐书·文惠太子传》："守器难

永，视膳长违。"●此句言舜之二妃娥皇、女英随舜南征而没死于湘水。《楚辞·九歌·湘夫人》王逸注："帝子，谓尧女也。降，下也。言尧二女娥皇、女英，随舜不返，没于湘水之渚，因为湘夫人。"《水经注·湘水》："湘水又北径黄陵亭西，右合黄陵水口，其水上承大湖，湖水西流，径二妃庙南，世谓之黄陵庙也。言大舜之陟方也，二妃从征，溺于湘江。神游洞庭之渊，出入潇湘之浦。潇者，水清深也。《湘中记》曰：湘川清照五六丈，下见底石，如樗蒲矢，五色鲜明，白沙如霜雪，赤崖若朝霞，是纳潇湘之名矣，故民为立祠于水侧焉。"○案：《礼记·檀弓上》："舜葬于苍梧之野，盖二妃未之从也。"此明二妃未随舜于湘水。然则"舜之南征""二妃没于湘水"二事，或以为妄。宋王应麟《困学纪闻》卷十二《考史》："司马公诗曰：'虞、舜在倦勤，荐禹为天子。岂有复南巡，迢迢度湘水。'张文潜诗曰：'重瞳陟方时，二妃盖老人。安肯泣路旁，洒泪留丛筠。'二诗可以祛千载之惑。"

〔四七〕灵宫：谓神宫，神庙也，为神灵所居。《文选·何晏<景福殿赋>》："虽崐崘之灵宫，将何以乎侈旐。"吕向注："天帝神居，故云灵宫。"《张衡集·东巡诰》："届于灵宫。"张震泽注："灵宫，指泰山神庙。"本文指称舜庙。●肃肃：清幽，静谧。《后汉书·张衡传》载张衡《思玄赋》："出紫宫之肃肃兮，集大微之阆阆。"李贤注："紫宫、太微，并星名也。肃肃，清也。阆阆，明大也。"《庾子山集》卷六《郊庙歌辞·皇夏》："清庙肃肃，猛簴煌煌。"

〔四八〕神馆：神仙或神灵所居之馆所。义同于上文之"灵宫"，仍指舜庙。●微微：幽静貌。《张衡集·南都赋》："清庙肃以微微。"张震泽注："清庙，祖庙。微微，幽静貌。"《文选·嵇康<琴赋>》："密微微其清闲。"李善注："微微，幽静也。"

上二句写舜庙庄严静谧。

魏帝纳后群臣上礼文^[一]

臣闻轩辕乃神^[二]，西陵以之作合^[三]；夏后至圣，涂山于是来嫔^[四]。伏惟陛下^[五]，龙飞缵历^[六]，大明理运^[七]，长秋既建，阴教有主^[八]，景命无穷^[九]，灵基长世^[一〇]。普天之下^[一一]，莫不欣跃^[一二]。

[系年]

本篇《年谱》未系年。《年表》系本篇于东魏孝静帝兴和元年（539），今从。

[校注]

[一] 本篇以宋本《艺文类聚》卷一五为底本，以《初学记》卷一〇、张燮本和《温侍读集》《全后魏文》比勘。●"上礼文"三字，《初学记》卷一〇、《全后魏文》作"上礼章"，张燮本、《温侍读集》作"上礼文表"。●魏帝纳后：康金声曰："当指兴和元年（539）夏五月甲戌，东魏孝静帝元善见'立皇后高氏'事。高氏为齐献武王高欢之次女，'天平四年（537）诏聘以为皇后，王前后固辞，帝不许。兴和初，诏侍中、司徒公孙腾，司空公、襄城王旭，兼尚书令、司州牧、西河王悰，兼太常卿及宗正卿元孝友等奉诏致礼，并备官官侍卫，以后驾迎于晋阳之丞相第。五月立为皇后，大赦天下'（《魏书·皇后列传》）。及齐受禅，'降为中山王妃'。中山王咀后，'降于尚书左仆射杨遵彦'。"

[二] 神：张燮本、《温侍读集》作"至"，非。◎轩辕：五帝之一，黄帝之号。《史记·五帝本纪》："黄帝者，少典之子，姓公孙，名曰轩辕。"●轩辕乃神：谓黄帝母符宝感枢电而生黄帝也。《潜夫论·五德志》篇："大电绕枢炤野，感符宝，生黄帝轩辕。"《初学记》卷九引《帝王世纪》曰："黄帝，少典之子，姬姓也。母曰附宝，见大电光绕北斗枢星照野，感附宝而生黄帝于寿丘。……（黄帝）居轩辕之丘，故因以为名。"王国维《今本竹书纪年疏证》卷上："黄帝轩辕氏母曰附宝，见大电绕北斗枢星，光照郊野，感而孕，二十五月而生帝于寿丘。"又参见《太平御览》卷七、卷一三、卷七九、卷一三五引《帝王世纪》，卷一三五引《河图》，文虽小异，其事并同。

[三] 西陵：古地名。故址在今河北易县永宁山。●作合：男女结为夫妻。《诗·大雅·大明》："文王初载，天作之合。"●此句谓黄帝娶妻于西陵。《大戴礼记·帝系篇》："黄帝居轩辕之丘，取于西陵氏之子，谓之嫘祖氏。"《史记·五帝本纪》："黄帝居轩辕之丘，而娶于西陵之女，是为嫘祖。"张守节《正义》："西陵，国名也。"司马贞《索隐》："黄帝立四妃，象后妃四星。皇甫谧云：'元妃西陵氏女，曰嫘祖，生昌意；次妃方雷氏女，曰女节，生青阳；次妃肜鱼氏女，生夷鼓，一名苍林；次妃嫫母，班在三人之下。'按《国语》，夷鼓、苍林是二人。又按《汉书·古今人表》，肜鱼氏生夷鼓，嫫母生苍林。不得如谧所说。"

[四] 夏后：夏朝君主。指大禹。《史记·夏本纪》："夏禹，名曰文命。禹之父曰鲧，鲧之父曰帝颛顼，颛顼之父曰昌意，昌意之父曰黄帝。禹者，黄帝

之玄孙而帝颛顼之孙也。"又曰："帝舜荐禹于天，为嗣。十七年而帝舜崩。三年丧毕，禹辞辟舜之子商均于阳城。天下诸侯皆去商均而朝禹。禹于是遂即天子位，南面朝天下，国号曰夏后，姓姒氏。"●至圣：极为圣明。《扬雄集·剧秦美新》："伏惟陛下以至圣之德，龙兴登庸。"●涂山：亦名当涂山，古地名，在今安徽怀远县东南八里。参见《定国寺碑序》注［一二］。●嫔：嫁。《尚书·尧典》："嫔于虞。"孔传："嫔，妇也。……使行妇道于虞氏。"●此二句谓大禹娶涂山氏之女谓妻。《大戴礼记·帝系篇》："禹娶于涂山氏，涂山氏之子谓之女憍氏，产启。"《吕氏春秋·音初》篇："禹行功，见涂山之女，禹未之遇而巡省南土，涂山氏之女乃令其妾待禹于涂山之阳。"《初学记》卷九引《帝王世纪》曰："（禹）始纳涂山氏之女，生子启，即位。"

［五］伏惟：伏身在地上思考，为下对上陈述时常用的表敬之辞。《谢灵运集·劝伐河北表》："伏惟深机志务，久定神谟。"李运富注："伏惟，俯伏在地上请求，是'希望'意思的谦敬说法。"●陛下：对帝王的尊称。蔡邕《独断》卷上："陛下者，陛，阶也，所由升堂也。天子必有近臣执兵陈于陛侧，以戒不虞。谓之陛下者，群臣与天子言，不敢指斥，故呼在陛下者而告之，因卑达尊之意也。"

［六］历：《全后魏文》作"厤"，字同（说见下）。《初学记》卷一〇作"极"。◎龙飞：喻皇帝的兴起或即位。《周易·乾》："飞龙在天，利见大人。"孔颖达疏："若圣人有龙德，飞腾而居天位。"《文选·张衡<东京赋>》："乃龙飞白水，凤翔参墟。"薛综注："龙飞、凤翔，以喻圣人之兴也。"《文选·沈约<故齐安陆昭王碑文>》："龙飞天步。"刘良注："龙飞，谓升帝位。"●缵：继也。《诗经·豳风·七月》："载缵武功。"毛传："缵，继。"〇缵历：谓缵承天命而为帝。《南北朝文举要·（沈约）桐柏山金庭馆碑》："圣主缵历。"高步瀛注："《礼记·中庸篇》郑注曰：'缵，继也。'《尔雅·释诂》郭注曰：'历，历数也。'《论语·尧曰篇》尧曰：'咨！尔舜！天之历数在尔躬。'案：严本'历'作'厤'，字通。"

［七］大明：圣明之政。《诗经·大雅·大明》："大明，文王有明德，故天复命武王也。"毛传："二圣相承，其明德日以广大，故曰大明。"《吕氏春秋·审分》篇："大明不小事。"高诱注："大明者，垂拱无为而化流行。"●理运：犹气运。《晋书·桓玄传》："属当理运之会，猥集乐推之数。"《艺文类聚》卷五一引任昉《追封丞相长沙王诏》："理运维新，贤戚并建。"

上二句谓，陛下承天命而继帝位，政治圣明，气运隆兴。

［八］长秋：皇后或太后所居之官。故也可以指称皇后。《后汉书·明德马

皇后纪》："永平三年春，有司奏立长秋宫。"李贤注："皇后所居宫也。长者久也，秋者万物成孰之初也，故以名焉。请立皇后，不敢指言，故以宫称之。"●长秋既建：谓已纳皇后。《文馆词林》卷六六六《东晋成帝立皇后大赦诏》："今长秋既建，虔告宗庙。"同卷又引《东晋穆帝立皇后大赦诏》："今长秋肇建，以正六官。"●阴教：指女子的教化。语出《周礼·天官·内宰》："以阴礼教六官，以阴礼教九嫔。"郑玄注："郑司农云：'阴礼，妇人之礼。'"《文选·范晔<后汉书皇后纪论>》："所以能述宣阴化，修成内则。"李善注："魏文帝《典论》曰：欲纳二女，充备六官，佐宣阴教，聿修古义。"张铣注："皇后主阴政也。"

　　[九]景命：大命也，指帝王之基业。《诗经·大雅·既醉》："君子万年，景命有仆。"郑玄笺："成王女既有万年之寿，天之大命又附着于女，谓使为政教也。"《文选·班固<典引>》："逢吉丁辰，景命也。"蔡邕注："言逢此吉，当此时者，皇天之大命也。"

　　[一〇]灵基长世：张燮本、《全后魏文》同，《初学记》卷一〇作"皇图长固"。◎灵基：神圣之基业，谓帝王之基业。《江文通集·萧上铜锺芝草众瑞表》曰："今懋历启图，灵基再固。"●长世：历世久远，永存。《左传》僖公十一年："不敬则礼不行，礼不行则上下昏，何以长世？"

　　[一一]普天之下：整个天下，遍天下。语出《诗经·小雅·北山》："溥天之下，莫非王土。"毛传："溥，大。"郑玄笺："此言王之土地广矣。"贾谊《新书·匈奴》引《诗》"溥"作"普"。案："溥"或作"敷"。《诗经·周颂·般》："敷天之下，裒时之对，时周之命。"

　　[一二]欣跃：犹欢欣鼓舞。《焦氏易林·讼之中孚》："舞蹈欣跃，欢乐受福。"

　　上二句谓，全天下没有谁不欢欣鼓舞。

侯山祠堂碑文（存目）

　　《魏书·温子升传》："文章清婉，为广阳王渊贱客，在马坊教诸奴子书。作《侯山祠堂碑文》，常景见而善之，故诣渊，谢之。景曰：'顷见温生。'渊怪问之。景曰：'温生是大才士。'渊由是稍知之。"案：《侯山祠堂碑文》早佚，兹据《魏书》本传存目。又《北史》子升本传所记同，唯诸"渊"字以避唐李渊讳，皆改作"深"。又案：《年谱》系本篇于延昌二年（513）。胡全银《<全后

魏文>编年补正》曰："按：《中古文学史料丛考》云，温子升见知于常景，在延昌二年左右……故本文当作于延昌二年（513）左右。"

献武王碑文（存目）

《魏书·温子升传》："及元瑾、刘思逸、荀济等作乱，文襄疑子升知其谋，方使之作《献武王碑文》，既成，乃饿诸晋阳狱，食敝襦而死。"案：《献武王碑文》早佚，兹据《魏书》本传存目。《北史》子升本传所记同，唯《献武王碑文》作《神武碑文》。又案：《年谱》系本篇于武定五年（547）。

附录一

魏书温子昇传

温子昇，字鹏举，自云太原人，晋大将军峤之后也。世居江左。祖恭之，刘义隆彭城王义康户曹，避难归国，家于济阴冤句，因为其郡县人焉。家世素寒。父晖，兖州左将军府长史，行济阴郡事。

子昇初受学于崔灵恩、刘兰，精勤，以夜继昼，昼夜不倦。长乃博览百家，文章清婉。为广阳王渊贱客，在马坊教诸奴子书。作《侯山祠堂碑文》，常景见而善之，故诣渊谢之。景曰："顷见温生。"渊怪问之，景曰："温生是大才士。"渊由是稍知之。

熙平初，中尉、东平王匡博召辞人，以充御史，同时射策者八百余人，子昇与卢仲宣、孙搴等二十四人为高第。于时预选者争相引决，匡使子昇当之，皆受屈而去。搴谓人曰："朝来靡旗乱辙者，皆子昇逐北。"遂补御史，时年二十二。台中文笔皆子昇为之。以忧去任，服阕，还为朝请。后李神俊行荆州事，引兼录事参军。被征赴省，神俊表留不遣。吏部郎中李奖推表不许，曰："昔伯瑜之不应留，王朗所以发叹，宜速遣赴，无踵彦云前失。"于是还省。

正光末，广阳王渊为东北道行台，召为郎中，军国文翰皆出其手。于是才名转盛。黄门郎徐纥受四方表启，答之敏速，于渊独沉思曰："彼有温郎中，才藻可畏。"高车破走，珍宝盈满，子昇取绢四十匹。及渊为葛荣所害，子昇亦见羁执。荣下都督和洛兴与子昇旧识，以数十骑潜送子昇，得达冀州。还京，李楷执其手曰："卿今得免，足使夷甫惭德。"自是无复宦情，闭门读书，厉精不已。

建义初，为南主客郎中，修起居注。曾一日不直，上党王天穆时录尚书事，将加捶挞，子昇遂逃遁。天穆甚怒，奏人代之。庄帝曰："当世才子不过数人，岂容为此，便相放黜。"乃寝其奏。及天穆将讨邢杲，召子昇同行，子昇未敢应。天穆谓人曰："吾欲收其才用，岂怀前忿也。今复不来，便须南走越，北走胡耳！"子昇不得已而见之。加伏波将军，为行台郎中，天穆深加赏之。元颢入洛，天穆召子昇问曰："即欲向京师，为随我北渡？"对曰："主上以虎牢失守，致此狼狈。元颢新入，人情未安，今往讨之，必有征无战。王若克复京师，奉迎大驾，桓文之举也。舍此北渡，窃为大王惜之。"天穆善之而不能用。遣子昇还洛，颢以为中书舍人。庄帝还宫，为颢任使者多被废黜，而子昇复为舍人。天穆每谓子昇曰："恨不用卿前计。"除正员郎，仍舍人。

及帝杀尔朱荣也，子昇预谋，当时赦诏，子昇词也。荣入内，遇子昇，把诏书问是何文书，子昇颜色不变，曰"敕"。荣不视之。尔朱兆入洛，子昇惧祸逃匿。永熙中，为侍读兼舍人、镇南将军、金紫光禄大夫，迁散骑常侍、中军大将军，后领本州大中正。

萧衍使张皋写子昇文笔，传于江外。衍称之曰："曹植、陆机复生于北土。恨我辞人，数穷百六。"阳夏太守傅标使吐谷浑，见其国主床头有书数卷，乃是子昇文也。济阴王晖业尝云："江左文人，宋有颜延之、谢灵运，梁有沈约、任昉，我子昇足以陵颜轹谢，含任吐沈。"杨遵彦作《文德论》，以为古今词辞人皆负才遗行，浇薄险忌，唯邢子才、王元景、温子昇彬彬有德素。

齐文襄王引子昇为大将军府谘议参军。子昇前为中书郎，尝诣萧衍客馆受国书，自以不修容止，谓人曰："诗章易作，逋峭难为。"文襄馆客元瑾曰："诸人当贺。"推子昇合陈辞。子昇久忸怩，乃推陆操焉。及元瑾、刘思逸、荀济等作乱，文襄疑子昇知其谋。方使之作献武王碑文，既成，乃饿诸晋阳狱，食弊襦而死，弃尸路隅，没其家口。太尉长史宋游道收葬之，又为集其文笔为三十五卷。子昇外恬静，与物无竞，言有准的，不妄毁誉，而内深险。事故之际，好预其间，所以终致祸败。又撰《永安记》三卷。无子。

（录自中华书局标点本《魏书》卷八五《文苑传》）

附录二

温侍读集引[一]

[明] 张燮原著　王京州笺注

温子昇起家广阳王客，在马坊教诸奴子耳[二]。一旦登坛，当之者靡旗乱辙[三]。徐黄门答广阳表启，独沉思曰："彼有温郎中，才藻可畏。"[四]今所为广阳起草，犹有传者[五]，斐然可念也。他如《阊阖赦诏》[六]，及《天平答齐神武敕》[七]，千载动人。而寺碑多非完制[八]，庾子山所推挹"寒陵片石，差堪共语"[九]，今其略节存焉。余尝位置子昇才藻，仅堪与梁氏诸贤分道扬镳[一○]，济阴、遵彦固应内逊[一一]，若所云梁帝叹曹、陆复生，自恨词人数穷百六[一二]，此北人自张大其事，吾未敢据以为信也。吐谷浑元不称解事之国，乃其国主能致子昇数卷于床头[一三]，此国主故倍胜龟兹矣[一四]。天启甲子秋日龙溪张燮书于钱塘舟中[一五]。

【校记】

【温侍读集引】"侍读"，别集本作"子昇"。

【如所云梁帝叹曹陆复生】"如"，别集本作"若"。

【笺注】

[一] 温侍读：温子昇，字鹏举，济阴冤句（今山东菏泽）人。幼精勤，好学不倦。熙平初，补御史。正光末，为广阳王郎中。永安元年，为南主客郎中。元显入洛，以为中书舍人。孝庄还宫，复为舍人。迁散骑常侍、中军大将军。齐文襄引为大将军咨议参军，见疑，下狱死。有集三十九卷。《魏书》卷八五、《北史》卷八三有传。

[二] 温子昇二句：言子昇起家为广阳王贱客，曾于马坊中教习诸僮仆。《魏书·温子昇传》："为广阳王渊贱客，在马坊教诸奴子书。"

[三] 一旦二句：言子昇在射策中脱颖而出，其他竞争者无不黯然失色。《魏书·温子昇传》："熙平初，中尉、东平王匡博召辞人，以充御史，同时射策者八百余人，子昇与卢仲宣、孙搴等二十四人为高第。于时预选者争相引决，匡使子昇当之，皆受屈而去。搴谓人曰：'朝来靡旗乱辙者，皆子昇逐北。'遂补御史。"

[四] 徐黄门二句：言黄门郎徐纥答广阳王启，因其门下有温子昇才华出众，故不敢轻易落笔。《魏书·温子昇传》："黄门郎徐纥受四方表启，答之敏速，于渊独沉思曰：'彼有温郎中，才藻可畏。'"

[五] 今所为二句：言温子昇为广阳王起草之文翰，今仍有残存者。《魏书·温子昇传》："正光末，广阳王渊为东北道行台，召为郎中，军国文翰皆出其手。于是才名转盛。"载《艺文类聚》者有卷四八《为广阳王渊让吏部尚书表》、卷五九《为广阳王渊北征请大将表》，载《魏书·广阳王传》者有《为广阳王渊上书言边事》《为广阳王渊具言城阳王徽搆隙意状》。

[六] 阊阖赦诏：指温子昇所撰为孝庄皇帝杀尔朱荣大赦诏。《魏书·温子昇传》："及帝杀尔朱荣也，子昇预谋，当时赦诏，子昇词也。"《魏书·孝庄纪》："戊戌，帝杀荣、天穆于明光殿，及荣子仪同三司菩提。乃升阊阖门，诏曰（略）。"《艺文类聚》卷五二载之，题名《孝庄帝杀尔朱荣诏》。

[七] 天平答齐神武敕：指温子昇所撰为孝武帝答齐神武帝高欢敕。《北齐书·神武帝纪》："辛未，帝复录在京文武议意以答神武，使舍人温子昇草敕，子昇逡巡未敢作。帝据胡床，拔剑作色。子昇乃为敕曰（略）。"天平，东魏孝静帝年号（534—538）。

[八] 而寺碑句：指温子昇现存碑文多为残篇。如《魏书》本传所载《舜庙碑》《常山公主碑》，《艺文类聚》卷七七所载《寒陵山寺碑》《印山寺碑》《大觉寺碑》《定国寺碑》等。

[九] 庾子山：庾信，字子山。参见《重纂庾开府集序》注 [一]。张鷟《朝野佥载》卷六："梁庾信从南朝初至北方，文士多轻之。信将《枯树赋》以示之，于后无敢言者。时温子昇作《韩陵山寺碑》，信读而写其本，南人问信曰：'北方文士何如？'信曰：'唯有韩陵山一片石堪共语。薛道衡、卢思道少解把笔，自余驴鸣狗吠，聒耳而已。'"寒陵：当作"韩陵"，在今河南安阳。

[一〇] 梁氏诸贤：此指沈约、任昉、范云等梁代才士。

[一一] 济阴：元晖业，字绍远，魏景穆皇帝之玄孙。历位司空、太尉，加特进，领中书监，录尚书事，封济阴王。遵彦：杨愔，字遵彦，弘农华阴人。投奔高欢，深受重用，升至吏部尚书，封华阴县侯。北齐建，历任尚书右仆射、

左仆射、尚书令。此二人并盛赞温子昇之才。《魏书·温子昇传》："济阴王晖业尝云:'江左文人,宋有颜延之、谢灵运,梁有沈约、任昉,我子昇足以陵颜轹谢,含任吐沈。'杨遵彦作《文德论》,以为古今辞人皆负才遗行,浇薄险忌,唯邢子才、王元景、温子昇彬彬有德素。"

[一二] 如所云二句:又言梁武帝萧衍曾盛称温子昇之才,与曹植、陆机等魏晋才士相提并论。《魏书·温子昇传》:"萧衍使张皋写子昇文笔,传于江外。衍称之曰:'曹植、陆机复生于北土。恨我辞人,数穷百六。'"

[一三] 吐谷浑二句:吐谷浑原本是缺少文化之民族,而其国主居然置温子昇文数卷于床头。《魏书·温子昇传》:"阳夏太守傅标使吐谷浑,见其国主床头有书数卷,乃是子昇文也。"吐谷浑,辽东鲜卑慕容氏单于慕容涉归之庶长子,后率所部西迁,建国以己名为号。北魏时遣使朝贡。见《魏书》卷一〇一。

[一四] 龟兹:梵语 KUCINA,为西域大国之一。《隋书·西域传下》:"龟兹国,都白山之南百七十里,汉时旧国也。其王姓白,字苏尼咥。都城方六里。胜兵者数千。……东去焉耆九百里,南去于阗千四百里,西去疏勒千五百里,西北去突厥牙六百余里,东南去瓜州三千一百里。"北魏时曾遣使朝贡。

[一五] 天启甲子:天启四年(一六二四)。

【总说】

《隋书·经籍志》集部别集类著录"后魏散骑常侍《温子昇集》三十九卷",《旧唐书·经籍志》著录为二十五卷,《新唐书·艺文志》著录为三十五卷,盖均有所亡佚。宋元书目皆不著录,知其于宋世已然亡佚。明人始有辑本。《温子昇集》后世辑本,当以张燮《七十二家集·温侍读集》为最早。今有牟华林《温子昇集校注》,新疆人民出版社 2003 年版。

二张题辞,或知人论世,或评点诗文,篇幅彼此消长,原无一律。此篇题辞即与上篇迥异,张燮题辞评点诗文多,而张溥题辞知人论世长。温子昇在当时评价极高,以至于有梁武帝叹"曹植、陆机生于北土,恨我辞人数穷百六"之说,张燮对此不予采信,称此为"北人自张大其事",张溥甚至连吐谷浑元国主置子昇数卷于床头一事也予以否认,认为也是北人自我夸大之辞。要当以张燮"堪与梁氏诸贤分道扬镳,济阴、遵彦固应内逊"为中肯得当之评。

(录自王京州《七十二家集题辞笺注》)

附录三

温侍读集题辞[一]

[明] 张溥原著　　殷孟伦注释

史言温鹏举外静内险，好预事故，终致祸败[二]。今据史，魏庄帝杀尔朱荣，元瑾等背齐文襄作乱，鹏举皆预谋[三]。此二事者，柔顺文明，志存讨贼[四]，设令功成无患，不庶几其先大将军之诛王敦乎[五]？《魏书》目为深险，佛助何无识也？鹏举初困马坊，常公拂拭，始称才士[六]，缚于葛荣，和督脱之，逃死入京，贫薄狼顾，时恐不及[七]。上党善怒，几遭鞭挞，后复赏爱，捐其前忿[八]。徐纥小人，亦畏才藻，不轻下笔[九]。温生虽穷，天下岂少知己者哉。元颢之变，策复京师，计之上也。上党即不能为桓文，鹏举之言，管狐许之矣[一〇]。北人不称其多知，而徒矜斩将搴旗于文墨之间，犹皮相也[一一]。吐谷小国，畜书床头[一二]，梁武知文，叹穷百六[一三]，济阴寒士，何以得此[一四]？表碑具在，颇少绝作，陵颜轹谢，含任吐沈，亦硗确自雄，北方语耳[一五]。"桐华引仙露，槐影丽卿烟"，鹏举逸句尚佳，世以其诗少，即云不长于诗，寒山片石，当不其然[一六]。

（录自《汉魏六朝百三家集》）

[注释]

[一] 温子昇字鹏举，太原人。家于济南，始为广阳王深贱客。熙平初，射策高第，补御史。及深为东北道行台，请为郎中。军国文翰，皆出其手。孝庄即位，征拜南主客郎中，累迁散骑常侍。齐文襄引为咨议参军。及荀济等作乱，文襄疑子昇知其谋，乃饿诸晋阳狱，咽糒而死。有集三十五卷。

[二]《魏书·温子昇传》："子昇外恬静，与物无竞，言有准的，不妄毁誉，而内深险。事故之际，好预其间，所以终致祸败。"

[三]《温子昇传》："及帝杀尔朱荣也，子昇预谋，当时敕诏，子昇词也。荣入内，遇子昇，把诏书问是何文书，子昇颜色不变，曰'敕'。荣不视之。"又曰："及元仅、刘思逸、荀济等作乱，文襄疑子昇知其谋。方使之作献武王碑，文既成，乃饿诸晋阳狱，食弊襦而死。"

[四]《魏书·高允传》："高子内文明而外柔弱。"

[五] 先大将军，谓温峤，事详《晋书》卷六十七。《温子昇传》："自云太原人，晋大将军峤之后也。"

[六]《温子昇传》："为广阳王渊贱客，在马坊教诸奴子书。作《侯山祠堂碑文》，常景见而善之，故诣渊谢之。景曰：'顷见温生。'渊怪问之，景曰：'温生是大才士。'渊由是稍知之。"

[七]《温子昇传》："及渊为葛荣所害，子昇亦见羁执。荣下都督和洛兴与子昇旧识，以数十骑潜送子昇，得达冀州。还京，李楷执其手曰：'卿今得免，足使夷甫惭德。'"

[八]《温子昇传》："建义初（殷引作"中"），为南主客郎中，修起居注。曾一日不直，上党王天穆时录尚书事，将加捶挞，子昇遂逃遁。天穆甚怒，奏人代之。庄帝曰：'当世才子不过数人，岂容为此，便相（殷引作"加"）放黜。'乃寝其奏。及天穆将讨邢杲，召子昇同行，子昇未敢应。天穆谓人曰：'吾欲收其才用，岂怀前忿也。今复不来，便须南走越，北走胡耳！'子昇不得已而见之。加伏波将军，为行台郎中，天穆深加赏之。"

[九]《温子昇传》："黄门郎徐纥受四方表启，答之敏速，于渊独沉思曰：'彼有温郎中，才藻可畏。'"按徐纥事详《魏书·恩幸传》。

[一○]《温子昇传》："元颢入洛，天穆召子昇问曰：'即欲向京师，为随我北渡？'对曰：'主上以虎牢失守，致此狼狈。元颢新入，人情未安，今往讨之，必有征无战。王若克（殷引作"尅"）复京师，奉（殷引作"奏"）迎大驾，桓文之举也。舍此北渡，（此句殷失引）窃为大王惜之。'天穆善之而不能用。"管狐，管仲狐偃也。

[一一]《温子昇传》："熙平初，中尉、东平王匡博召辞人，以充御史，同时射策者八百余人，子昇与卢仲宣、孙搴等二十四人为高第。于时预选者争相引决，匡使子昇当之，皆受屈而去。搴谓人曰：'朝来靡旗乱辙者，皆子昇逐北。'遂补御史"《史记·郦生陆贾传》："足下以目皮相，恐失天下士。"《韩诗外传》："延陵季子见遗金，呼牧者取之，牧者曰：'吾当暑衣裘，君疑取金者乎？'延陵季子知其贤者，请问姓字。牧者曰：'子乃皮相之士也，何足语姓字哉。'遂去。"

[一二]《温子昇传》："阳夏太守傅标使吐谷浑，见其国主床头有书数卷，乃是子昇文也。"

[一三]《温子昇传》："萧衍使张皋写子昇文笔，传于江外。衍称之曰：'曹植、陆机复生于北土。恨我辞人，数穷百六。'"

[一四]《温子昇传》："世居江左。祖恭之，刘义隆彭城王义康户曹，避难归国，家于济阴冤句，因为其郡县人焉。家世素寒。"

[一五]《温子昇传》："济阴王晖业尝云：'江左文人，宋有颜延之、谢灵运，梁有沈约、任昉，我子昇足以陵颜轹谢，含任吐沈。'"按子昇表文今存九首，碑文六首。《通俗文》："物坚硬谓之墄埖。"

[一六] 桐华槐影二句，所出俟考。寒山片石，谓《韩陵山寺碑》也，《朝野佥载》："温子昇作《韩陵山寺碑》，庾信读而写其本。南人问信曰：'北方文士何如？'信曰：'惟有韩陵一片石，堪共语。'"

附录四

温子昇诗文佚句辑存

一、《广阳王碑序》："少挺神姿，幼标令望。^[一] 显誉羊车，^[二] 称奇虎槛。^[三]"

（录自日僧·遍照金刚《文镜秘府论·西卷·文二十八种病》）

[注释]

[一]《诗经·大雅·卷阿》："令闻令望。"

[二]《晋书·卫玠传》："少时，乘羊车于洛阳市，见者以为玉人。"

[三]《世说新语·雅量篇》："魏明帝于宣武场上，断虎爪牙，纵百姓观之。王戎七岁，亦往看。虎承间攀栏而吼，其声震地，观者无不辟易颠仆；戎湛然不动，了无恐色。"刘孝标注引《竹林七贤论》曰："明帝自阁上望见，使人问戎姓名而异之。"

[附] 上三条注释录自王利器《文镜秘府论校注》第 142 页，第［16］［17］［18］条。

二、《大觉寺碑》："面山背水^[一]，左朝右市。"

（录自北魏杨衒之《洛阳伽蓝记》卷四"大觉寺"条）

[注释]

[一]《水经·汶水注》："出谷有平丘，面山傍水，土人悉以种麦。"

三、逸诗二句："桐华引仙露，槐影丽卿烟。"

（录自明张溥《汉魏六朝百三名家集·温侍读集》题辞）

四、《艾如张》^[一]："谁在闲门外，罗家诸少年。张机蓬艾侧，结网槿篱边。

237

若能飞自勉，岂为缯所缠。黄雀倘为戒，朱丝犹可延。"

[注释]

[一] 艾如张：为汉乐府古辞之名，汉以后亦有依此填词者。郑樵《通志》卷一《汉短箫铙歌二十二曲》、吴景旭《历代诗话》卷二三《古乐府》皆以本篇为温子昇所作（此处据《通志》所引录文）。《通志》"艾如张"条曰："温子昇辞云：'谁在闲门外，罗家诸少年。张机蓬艾侧，结网槿篱边。若能飞自勉，岂为缯所缠。黄雀倘为戒，朱丝犹可延。'此艾如张之事也。观李贺诗有'艾叶绿花谁剪刻，中藏祸机不可测'，似翦艾叶为蔽张之具也。魏曰《获吕布》，言曹公围临淮、擒吕布也。吴曰《摅武师》，言孙权征伐也。晋曰《征辽东》，言宣帝讨灭公孙氏也。梁曰《桐柏山》，言武帝牧司州，兴王业也。北齐曰《战韩陵》，言神武灭四国，定京洛也。后周曰《迎魏帝》，言武帝西幸，太祖奉迎，宅关中也。"据此则知此辞在不同的时代，又有不同的名称，且所表达的主题亦各各不同。《历代诗话》"艾如张"条曰："《乐府》原题曰'温子升辞云（略）'"，则吴氏所见《乐府》仍以此辞为子昇之作。《历代诗话》引吴旦生曰："艾与刈同。《说文》：'艾草也。'如读为而，犹《春秋》'星陨如雨'也。故古辞'艾而张罗'，其意盖谓'刈而张罗'也。按《谷梁传》：'艾兰以为防，置旃以为辕门。'谓因搜狩以习武，艾草以为田之大防是也。若云'张机蓬艾侧'，是以艾为蓬艾，恐失本意。"然《乐府诗集》卷一六、元左克明《古乐府》卷二、明冯惟讷《古诗纪》卷一一七则以本篇为苏子卿之作。因本篇存在作者差异，无法确指为子昇之作，故附存于此，以俟后考。

附录五

温子昇年谱

罗国威

北魏孝文帝太和十九年乙亥（495）　一岁

子昇生。

《魏书·温子昇传》："熙平初，中尉，东平王匡博召辞人，以充御史，同时射策者八百余人，子昇与卢仲宣、孙搴等二十四人为高第……遂补御史，时年二十二。"（《北史·温子昇传》同）案熙平共二年，熙平初当指熙平元年（516），上推二十二年，子昇生年当为太和十九年。

子昇，字鹏举，自云太原人，晋大将军峤之后也。世居江左。

《魏书》及《北史》本传。

祖恭之，刘义隆彭城王义康户曹，避难归国，家于济阴冤句，因为其郡县人焉。家世素寒。

《魏书》及《北史》本传。

父晖，兖州左将军府长史，行济阴郡事。

《魏书》及《北史》本传。

北魏宣武帝景明元年庚辰（500）　六岁

子昇初受学。

《魏书》本传："子昇初受学于崔灵恩、刘兰，精勤，以夜继昼，昼夜不倦。"（《北史》本传同）。案子昇受学，当始于五岁左右，景明元年子昇实岁才五岁，故系于此。

宣武帝延昌二年癸巳（513）　　十九岁

子昇博览百家，文章清婉。作《侯山祠堂碑文》。

《魏书》本传："长乃博览百家，文章清婉。为广阳王渊贱客，在马坊教诸奴子书。作《侯山祠堂碑》文，常景见而善之，故诣渊谢之。景曰：'顷见温生。'渊怪问之，景曰：'温生是大才士。'渊由是稍知之。"（《北史》本传同）。案子昇二十二岁补御史，其为广阳王渊贱客，作《侯山祠堂碑》文，当是此前之事。今姑系此。

北魏孝明帝熙平元年丙申（516）　　二十二岁

子昇补御史。

《魏书》本传："熙平初，中尉、东平王匡博召辞人，以充御史，同时射策者八百余人，子昇与卢仲宣、孙搴等二十四人为高第。于时预选者争相引决，匡使子昇当之，皆受屈而去。搴谓人曰：'朝来靡旗乱辙者，皆子昇逐北。'遂补御史，时年二十二。"（《北史》本传同）。

台中文笔，皆子昇为之。

《魏书》及《北史》本传。

作《为御史中尉元匡奏劾于忠》。

《魏书·于栗磾传》附忠传："熙平元年春，御史中尉元匡奏曰"云云，弹文载《魏书·于忠传》。

以忧去任。

案《魏书》及《北史》本传记此事在为御史时，今姑系于此。

孝明帝神龟二年己亥（519）　　二十五岁

服阕，还为奉朝请。

《魏书》及《北史》本传。案子昇若以熙平元年丁忧去职，三年服阕，当在是年。

孝明帝正光元年庚子（520）　　二十六岁

作《相国清河王挽歌》。

《北史·孝文六王（怿）传》："清河王怿字宣仁……孝明熙平初，迁太尉，侍中如故。诏怿裁门下之事，又典经义注……灵太后以怿孝明懿叔，委以朝政，事拟周、霍。怿竭力匡辅，以天下为己任……正光元年七月，（元）又与刘腾避孝明于显阳殿，闭灵太后于后宫，囚怿于门下省……遂害之，时年三十四。朝野贵贱，知与不知，含悲丧气，惊振远近。"（《魏书》此篇阙，系用《北史》补，故文字全同。）此挽歌当作于是时。案挽歌载《初学记》卷一四，只存四句："高门讵改辙，曲沼尚余波。何言吹楼下，翻成薤露歌。"惜乎不全也。

正光二年辛丑（521）　二十七岁

李神俊为荆州刺史，引子昇兼录事参军。

《魏书·李宝传》附神俊传："释褐奉朝请，转司徒祭酒、从事中郎。顷之，拜骁骑将军、中书侍郎、太常少卿。出为前将军、荆州刺史。"《魏书》子昇本传："后李神俊行荆州事，引兼录事参军。"（《北史》本传同。）案神俊行荆州事的确切时间虽无考，但子昇正光三年被征赴省（详下），其为神俊所引，当是正光元年或二年事，今系于此。

正光三年壬寅（522）　二十八岁

子昇被征赴省。

《魏书》本传："被征赴省，神俊表留不遣。吏部郎中李奖推表不许，曰：'昔伯瑜之不应留，王朗所以发叹，宜速遣赴，无踵彦云前失。'于是还省。"（《北史》本传同。）案子昇被征赴省的确切时间史籍无载，然正光五年即被广阳王渊召为郎中，其被征赴省，当是正光五年前之事，今姑系此，俟考。

正光五年甲辰（524）　三十岁

广阳王渊为东北道行台，召子昇为郎中。

《魏书》本传："正光末，广阳王渊为东北道行台，召为郎中，军国文翰皆出其手。"

作《为广阳王渊北征请大将表》。

《北史·太武五王（建）传》附渊传："及沃野镇人破六韩拔陵反叛，临淮王彧讨之失利，诏深（渊字，避唐高祖讳作深）为北道大都督，受尚书令李崇节度。"（《魏书》此篇阙，系用《北史》补，故文字全同。）《魏书·肃宗纪》："（正光五年三月）沃野镇人破落汗拔陵聚众反……五月，临淮王彧败于五原，削官除爵。壬申，诏尚书令李崇为大都督，率广阳王渊等北讨。"（《北史·魏本纪四》同）。案此表当作于是时。表文载《艺文类聚》卷一五九。

作《为广阳王上书言边事》。

《北史》及《魏书》元渊传云"时东道都督崔暹败于白道，深等诸军退还朔州。深上书曰"云云。案此篇亦当作于是时，文载《北史》及《魏书》元渊传。

作《又为广阳王渊上书》。

《北史》及《魏书》渊传云"时不纳其策。东西部敕勒之叛，朝议更思深言，遣兼黄门侍郎郦道元为大使，欲复镇为州，以顺人望。会六镇尽叛，不得施行。深后上言"云云。案此篇亦当作于是时，文载《北史》及《魏书》元渊传。

子昇于是才名转盛。

《魏书》本传："于是才名转盛。黄门郎徐纥受四方表启，答之敏速，于渊独沉思曰：'彼有温郎中，才藻可畏。'"（《北史》本传同）。

作《为安丰王延明让国子祭酒表》。

《元延明墓志铭》云："俄除侍中、安南将军，又除镇南将军，仍侍中……又除卫将军，仍侍中，领国子祭酒。"（拓本，北京图书馆藏。）墓志未系年，检《魏书·肃宗纪》："孝昌元年春正月庚申，徐州刺史元法僧据城反……诏镇南将军、临淮王彧、尚书李宪为都督，卫将军、领国子祭酒、安丰王延明为东道行台……俱讨徐州。"（《北史·魏本纪四》略同。）据此，知延明领国子祭酒当为孝昌元年正月前之事，今系于此。表文载《艺文类聚》卷四六。

孝明帝孝昌元年乙巳（525）　三十一岁

仍官行台郎中。

《北史》渊传云："及李崇征还，深专总戎政。拔陵避蠕蠕，南移渡河。"（《魏书》渊传同。）《魏书》子昇本传："高车破走，珍实（《北史》作宝）盈满，子昇取绢四十匹。"案《资治通鉴·梁纪六》："柔然头兵可汗大破破六韩拔陵，斩其将孔雀等。拔陵避柔然，南徙渡河。"《通鉴》系此事于梁普通六年（525）六月，今从之。

孝昌二年丙午（526）　三十二岁

二月，作《为广阳王渊让吏部尚书表》。

《北史》渊传："既而鲜于修礼叛于定州，杜洛周反于幽州，其余降户，犹在恒州，遂欲推深为主。深乃上书乞还京师……城阳王徽与深有隙，因此构之。乃征深为吏部尚书、兼领中军。"（《魏书》渊传同。）

《魏书·肃宗纪》："（孝昌二年春正月），五原降户鲜于修礼反于定州。"（《北史·魏本纪四》同。）是渊为吏部尚书为一、二月间事也，今系于此。案表文载《艺文类聚》卷四八。

四月，作《为广阳王渊具言城阳王徽构隙意状》。

《北史》渊传"后河间王琛等为鲜于修礼所败，乃除深仪同三司、大都督，章武王融为左都督，裴衍为右都督，并受深节度。徽因奏灵太后构深曰：'广阳以爱子握兵在外，不可测也。'乃敕章武王等潜相防备。融遂以敕示深。深惧，事无大小，不敢自决。灵太后闻之，乃使问深意状，乃具言曰"云云。《魏书·肃宗纪》："（孝昌二年四月）北讨都督河间王琛、长孙稚共失利奔还，诏免琛、稚官爵。"（《北史·魏本纪四》同。）案文载《北史》及《魏书》渊传。

九月，元渊兵败，为葛荣所杀，子昇亦见羁执。

《魏书·肃宗纪》："（孝昌二年）九月辛亥，葛荣败都督广阳王渊、章武王融于博野白牛逻，融没于阵。"（《北史·魏本纪四》同。）《北史》渊传：荣东攻章武王融，融战败于白牛逻。深遂退走，趣定州。闻刺史杨津疑其有异志，乃止于州南佛寺。停二日夜，乃召都督毛谥等六七人，臂肩为约，危难之际，期相拯恤，谥疑深意异，乃密告津，云深谋不轨。津遣谥讨深，深走出，谥叫噪追蹑。深与左右行至博陵郡界，逢贼游骑，乃引诣荣。贼徒见深，颇有喜者，荣新自立，内恶之，乃害深。（《魏书》渊传同。）《魏书》子昇本传："及渊为葛荣所害，子昇亦见羁执。荣下都督和洛兴与子昇旧识，以数十骑潜送子昇，得还冀州。还京，李楷执其手曰：'卿今得免，足使夷甫惭德。'自是无复宦情，闭门读书，厉精不已。"（《北史》本传同。）

孝明帝武泰元年、孝庄帝建义元年、永安元年戊申（528）　三十四岁

二月癸丑，孝明帝崩于显阳殿，时年十九。

《魏书·肃宗纪》及《（北史·）魏本纪五》。四月戊戌，孝庄帝即位。尔朱荣以兵权在己，遂有异志，时子昇在围中，耻不草禅文。

《魏书·孝庄帝纪》："（武泰元年夏四月）戊戌，南济河，即帝位。……以（尔朱）荣为使持节、侍中、都督中外诸军事、大将军、尚书令、领军将军、领左右，封太原王。……荣以兵权在己，遂有异志，乃害灵太后及幼主……公卿以下二千余人。列骑卫帝，迁于便幕。"（《北史·魏本纪五》同。）《北史·尔朱荣传》："时又有朝士百余人后至，仍于堤东被围。遂临以白刃，喝云能为禅文者出，当原其命。时有陇西李神俊、顿丘李谐、太原温子昇并当世辞人，皆在围中，耻从是命，俯伏不应。有御史赵元则者，恐不免死，出作禅文……时荣所信幽州人刘灵助善卜占，言今时人事未可……荣亦精神恍惚，不自支援，遂便愧悔，至四更中，乃迎庄帝，望马首叩头请死。"（《魏书·尔朱荣传》略同。）

四月辛丑，车驾入宫，改武泰为建义元年。

《魏书·孝庄帝纪》及《北史·魏本纪五》。

子昇为南主客郎中，修起居注。

《魏书》及《北史》本传："建义初，为南主客郎中，修起居注。曾一日不直，上党王天穆时录尚书事，将加捶挞，子昇遂逃遁。天穆甚怒，奏人代之。庄帝曰：'当世才子不过数人，岂容为此，便相放黜。'乃寝其奏。"

九月乙亥，以葛荣平，大赦，改元为永安。

《魏书·庄帝帝纪》及《北史·魏本纪五》。

子昇除中书舍人。高谦之母丧，子昇奉帝命就宅吊慰。

《魏书·高谦之传》："庄帝即位，征为尚书三公郎中，加宁朔将军……九月，除太尉长史，领中书舍人。遭母忧去职，帝令中书舍人温子昇就宅吊慰。"

永安二年己酉（529）　三十五岁

三月，元天穆讨邢杲，召子昇同行。

《魏书·孝庄帝纪》："（永安二年）三月，壬戌，诏大将军、上党王天穆与齐献武王讨邢杲。"《魏书》子昇本传："及天穆将讨邢杲，召子昇同行，子昇未敢应。天穆谓人曰：'吾欲收其才用，岂怀前忿也。今复不来，便须南走越，北走胡耳！'子昇不得已而见之。"（《北史》本传同。）

加伏波将军，为行台郎中。

《魏书》及《北史》本传："加伏波将军，为行台郎中，天穆深加赏之。"

五月，元颢入洛。天穆问计。子昇劝其往讨之，天穆善之而不能用。

《魏书·孝庄帝纪》："（永安二年五月）丙子，元颢入洛。"（《北史·魏本纪五》同。）《魏书》本传："元颢入洛，天穆召子昇问曰：'即欲向京师，为随我北渡？'对曰：'主上以虎牢失守，致此狼狈。元颢新入，人情未安，今往讨之，必有征无战。王若克复京师，奉迎大驾，桓、文之举也。舍此北渡，窃为大王惜之。'天穆善之而不能用。"（《北史》本传同。）

天穆遣子昇入洛，元颢以为中书舍人。

《魏书》及《北史》本传。

七月，庄帝还宫，子昇复为舍人。

《魏书·孝庄帝纪》："（永安二年）秋七月戊辰，都督尔朱兆、贺拔胜从硖石夜济，破颢子冠受及安丰王延明军，元颢败走。庚午，车驾入居华林苑，升大厦门，大赦天下。"（《北史·魏本纪五》同。）《魏书》本传："庄帝还宫，为颢任使者多被废黜，而子昇复为舍人。"（《北史》本传同。）

除正员郎，仍舍人。

《魏书》本传："天穆每谓子昇曰：'恨不用卿前计。'除正员郎，仍舍人。"
（《北史》本传同。）

作《为上党王元天穆让太宰表》。

《魏书·孝庄帝纪》："（永安二年七月）甲戌，以大将军、上党王天穆为太
宰。"（《北史·魏本纪五》同。）案此表当作于天穆拜太宰时。表文载《艺文类
聚》卷四五，又见《太平御览》卷二〇六。

永安三年庚戌（530）　　三十六岁

九月，帝杀尔朱荣、元天穆，子昇参预其谋。

《北史·尔朱荣传》："（永安三年九月十八日）召中书舍人温子昇告以杀荣
状，并问以杀董卓事。子昇具通本，上曰：'王允若即赦凉州人，必不应至此。'
良久，语子昇曰：'朕之情理，卿所具知，死犹须为，况必不死！宁与高贵乡公
同日死，不与常道乡公同日生。'"《魏书·孝庄帝纪》："（永安三年）九月辛
卯，天柱大将军尔朱荣、上党王天穆自晋阳来朝。戊戌，帝杀荣、天穆于明光
殿，及荣子仪同三司菩提。乃升闾阖门大赦。"（《北史·魏本纪五》同。）

作《杀尔朱荣元天穆等大赦诏》。

《魏书》本传："及帝杀尔朱荣也，子昇预谋，当时赦诏，子昇词也。荣入
内，遇子昇，把诏书问是何文书，子昇颜色不变，曰'敕'。荣不视之。"（《北
史》本传同。）案诏词载《魏书·孝庄帝纪》，又见《文馆词林》卷六六九，
《艺文类聚》卷五二（删节）。

十月，作《生皇子赦诏》。

《魏书·孝庄帝纪》："（永安三年冬十月）戊申，皇子生，大赦天下，文武
百官汎二级。"（《北史·魏本纪五》同。）案诏词载《艺文类聚》卷一六、《初
学记》卷一〇。并有删节。

十一月，作《为临淮王彧谢封开府尚书令表》。

《魏书·孝庄帝纪》："（永安三年十一月）乙亥，以使持节、兼尚书令、西道
大行台、司徒公长孙稚为太尉公，侍中、尚书令、骠骑大将军、开府仪同三司、
临淮王彧为司徒公。"（《北史·魏本纪五》略同。）案元彧为司徒公前，已为开府
尚书令矣，其拜官确切时间史传无载，今姑系此。表文载《艺文类聚》卷四八。

十二月，尔朱兆入洛，孝庄帝殂。

《魏书·孝庄帝纪》："（永安三年十二月）甲辰，尔朱兆、尔朱度律自富平津
上，率骑涉渡，以袭京城。事出仓卒，禁卫不守，帝出云龙门。兆逼帝幸永宁佛

寺,杀皇子,并杀司徒公、临淮王彧,右仆射、范阳王诲……甲寅,尔朱兆迁帝于晋阳。甲子,崩于城内三级佛寺,时年二十四。"(《北史·魏本纪五》略同。)

子昇惧祸逃匿。

《魏书》及《北史》本传:"尔朱兆入洛,子昇惧祸逃匿。"

孝武帝永熙三年甲寅（534）　　四十岁

二月,孝武帝释奠,子昇与李业兴、窦瑗、魏季景并为摘句。

《魏书》之《李业兴传》《窦瑗传》,《北史》之《魏季景传》。

子昇为侍读兼舍人、镇南将军、金紫光禄大夫,迁散骑常侍、中军大将军,后领本州大中正。

《北史·邢峦传》附昕传:"永熙末,昕（蛮弟伟,伟子昕）入为侍读,与温子昇、魏收参掌文诏。"又附邵传:"文襄在京辅政,征之,在第为宾客,除给事黄门侍郎,与温子昇对为侍读。"是子昇与魏收、邢邵永熙末并为侍读,参掌文诏也。

《魏书》本传:"永熙末,为侍读兼舍人、镇南将军、金紫光禄大夫,迁散骑常侍、中军大将军,后领本州大中正。"（《北史》本传同。）案永熙共三年,本传云"永熙末",盖任此数职,为三年中事也,今系于此。

子昇文笔传江外,由是才名藉甚,为时论所高。

《魏书》本传:"萧衍使张皋写子昇文笔,传于江外。衍称之曰:'曹植、陆机复生于北土。恨我辞人,数穷百六。'阳夏太守傅标使吐谷浑,见其国主床头有书数卷,乃是子昇文也。济阴王晖业尝云:'江左文人,宋有颜延之、谢灵运,梁有沈约、任昉,我子昇足以陵颜轹谢,含任吐沈。'杨遵彦作《文德论》,以为古今词辞人皆负才遗行,浇薄险忌,唯邢子才、王元景、温子昇彬彬有德素。"（《北史》本传同。）案本传记此于永熙中,今系于此。

作《孝武帝答高欢敕》。

《北齐书·神武纪下》:"（六月）辛未,帝复录在京文武议意以答神武（高欢）,使舍人温子昇草敕,子昇逡巡未敢作。帝据胡床,拔剑作色。子昇乃为敕曰"云云。案敕文载《北齐书·神武纪下》。

东魏孝静帝天平元年甲寅（534）　　四十岁

十月,孝静帝即位。

《魏书·孝静帝纪》:"冬十月丙寅,即位于城东北,大赦天下,改永熙三年为天平元年。"（《北史·魏本纪五》同。）

作《司徒祖莹墓铭》。

《北史·祖莹传》："天平初，将迁邺，齐神武因召莹议之，以功进爵为伯。卒，赠尚书左仆射、司徒公。"（《魏书》此篇系用《北史》补，故文字全同。）《北齐书·神武纪下》："神武以孝武即西，恐逼崤、陕，洛阳复在河外，接近梁境，如向晋阳，形式不能相接，乃议迁邺，护军祖莹赞焉。"（《北史·齐本纪上》同。）案高欢议迁邺，时已分东、西魏，祖莹赞之而寻卒，则墓铭之作，当在是年。

天平二年乙卯（535）　　四十一岁

二月，作《为西河王谢太尉表》。

《魏书·孝静帝纪》："（天平二年）二月壬午，以太尉、咸阳王坦为太傅，以司州牧、西河王悰为太尉。"（《北史·魏本纪五》同。）案表文载《艺文类聚》卷四六。

三月，作《为司徒高敖曹谢表》。

《魏书·孝静帝纪》："（天平二年）三月辛酉，以司徒高盛为太尉，以司空高昂为司徒，济阴王晖业为司空。"（《北史·魏本纪五》同。）案昂即敖曹。文载《艺文类聚》卷四七。

作《阊阖门上梁祝文》。

《魏书·孝静帝纪》："（天平二年十一月）甲寅，阊阖门灾。"（《北史·魏本纪五》同。）《资治通鉴》卷一五七《梁纪十三》："（十一月）甲午，东魏阊阖门灾。门之初成也，高隆之乘马远望，谓其匠曰：'西南独高一寸。'量之果然。"案《通鉴》将此事记于梁武帝大同元年（即东魏天平二年），则此文当作于是时也。文载《艺文类聚》卷六三。

天平四年丁巳（537）　　四十三岁

作《迁都拜庙邺宫赦诏》。

《魏书·孝静帝纪》："（天平四年）夏四月辛未，迁七帝神主入新庙，大赦天下，内外百官普进一阶。"（《北史·魏本纪五》同。）案诏词载《艺文类聚》卷五二。

孝静帝元象元年戊午（538）　　四十四岁

齐文襄引子昇为大将军府咨议参军。

《北齐书·文襄纪》："天平元年加使持节、尚书令、大行台、并州刺

史。……元象元年，摄吏部尚书。魏自崔亮以后，选人常以年劳为制，文襄乃
厘改前式，铨擢唯在得人。又沙汰尚书郎，妙选人地以充之。至于才名之士，咸
被荐擢。"（《北史·齐本纪上》同。）《魏书》及《北史》本传："齐文襄王引子昇
为大将军府咨议参军。"案文襄王引子昇，当在其摄吏部尚书时，今系于此。

孝静帝兴和二年庚申（540）　四十六岁

作《司徒元树墓志铭》。

《魏书·献文六王（咸阳王禧）传》附树传："树字秀和。美姿貌，善吐纳，
兼有将略。（萧）衍尤器之，封为魏郡王，后改封邺王……衍以树为镇西将军、
郢州刺史。尔朱荣之害百官也，树闻之，乃请衍讨荣。衍乃资其士马，侵扰境
上……出帝初，诏御史中尉樊子鹄为行台，率徐州刺史、大都督杜德以讨之。
树城守不下，子鹄使金紫光禄大夫张安期往说之，树乃请委城还南，子鹄许之。
树恃誓约，不为战备，杜德袭击之，擒树送京师，禁于永宁佛寺，未几赐死。
孝静时，其子贞，自建业赴邺，启求葬树，许之。诏赠树侍中、都督青徐兖扬
豫五州诸军事、太师、司徒公、尚书令、扬州刺史。"《北史·献文六王传》：
"孝静时，其子贞自建业求随聘使崔长谦赴邺葬树，梁武许之。"《魏书·孝静帝
纪》："（兴和二年）十有二月乙卯，遣兼散骑常侍崔长谦使于萧衍。"（《北史·魏
本纪五》同。）案崔长谦使梁在是年十二月，则元树葬之，亦当在是年。墓志铭
载《艺文类聚》卷四七。

孝静帝武定四年丙寅（546）　五十二岁

作《定国寺碑序》。

《北齐书·祖珽传》："会定国寺新成，神武谓陈元康、温子昇曰：'昔作
《芒山寺碑》文，时称妙绝，今《定国寺碑》当使谁作词也？'元康因荐珽才
学，并解鲜卑语。"（《北史·祖莹传》附珽传同。）《北齐书·文襄纪》："（武
定）五年正月丙午，神武崩……七月戊戌，魏帝诏以文襄为使持节、大丞相、
都督中外诸军、录尚书事、大行台、渤海王。"（《北史·齐本纪上》同。）案
《北齐书·祖珽传》记定国寺成在文襄嗣事之前，今姑系于此。序文载《艺文类
聚》卷七十七。

武定五年丁卯（547）　五十三岁

作《献武王碑》文。

详下。案文已佚。

八月，元仅、刘思逸、荀济等作乱，文襄疑子昇知其谋，饿诸晋阳狱，食弊襦而死。

《魏书·孝静帝纪》："齐文襄王嗣事，甚忌焉，以大将军中兵参军崔季舒为中书黄门侍郎，令监察动静，大小皆令季舒知。……帝尝与猎于邺东……文襄使季舒殴帝三拳，奋衣而出……帝不堪忧辱，咏谢灵运诗曰：'韩亡子房奋，秦帝鲁连耻。本自江海人，忠义动君子。'常侍侍讲荀济知帝意，乃与华山王大器、元仅密谋，于宫内为山，而作地道向北城。至千秋门，门者觉地下响动，以告文襄。文襄勒兵入宫……夜久乃出。居三日，幽帝于含章堂，大器、仅等皆见烹于市。"（《北史·魏本纪五》同。）《资治通鉴》卷一六〇《梁纪十六》："（武帝太清元年即武定五年八月）壬辰，烹济等于市。"《魏书》本传："子昇前为中书郎，尝诣萧衍客馆受国书，自以不修容止，谓人曰：'诗章易作，逋峭难为。'文襄馆客元仅曰：'诸人当贺。'推子昇合陈辞。子昇久忸怩，乃推陆操焉。及元仅、刘思逸、荀济等作乱，文襄疑子昇知其谋。方使之作献武王碑文，既成，乃饿诸晋阳狱，食弊襦而死，弃尸路隅，没其家口。太尉长史宋游道收葬之。"（《北史》本传同。）《北齐书·宋游道传》："及文襄疑黄门郎温子昇知元仅之谋，系之狱而饿之，食弊襦而死。弃尸路隅，游道收而葬之。文襄谓曰：'吾近书与京师诸贵，论及朝士，卿僻于朋党，将为一病。今卿真是重旧节义人，此情不可夺。子昇吾本不杀之，卿葬之何所惮。天下人代卿怖者，是不知吾心也。'"（《北史·宋繇传》附游道传同。）

宋游道集其文笔为三十五卷。

《魏书》及《北史》本传："（宋游道）又为集其文笔为三十五卷。"案《温子昇集》三十五卷，《新唐书·艺文志》集部别集类著录同，而《隋书·经籍志》集部别集类作三十九卷，《旧唐书·经籍志》集部别集类作二十五卷。

又撰《永安记》三卷。

《魏书》及《北史》本传。案《隋书·经籍志》史部地理类著录："《魏永安记》三卷，温子昇撰。"《新唐书·艺文志》史部故事类著录作："温子昇《魏永安故事》三卷"，书名略异。

无嗣。

《魏书》及《北史》本传："子昇外恬静，与物无竞，言有准的，不妄毁誉，而内深险。事故之际，好预其间，所以终致祸败。"又云："无子。"

（年谱原载《辽宁大学学报》1998 年第 3 期，第 4 期）

附录六

温子昇研究资料选辑

【杂论】

乐安孙彦举、济阴温子昇，并自孤寒，郁然特起，咸能综采繁褥，与属清华。比于建安之徐、陈、应、刘、元康之潘、张、左、束，各一时也。（《北史》卷八三《文苑传序》）

（邵）词致宏远，独步当时，与济阴温子昇为文士之冠，世论谓之"温邢"。巨鹿魏收虽天才艳发，而年事在二人之后，故子昇死后，方称"邢魏"焉。（《北齐书》卷三六《邢邵传》）

（收）与济阴温子昇、河间邢子才齐誉，世号三才。（《北齐书》卷三七《魏收传》）

定国寺新成，神武谓陈元康、温子昇曰："昔作《芒山寺碑文》，时称妙绝。今定国寺碑，当使谁作词也。"元康因荐珽才学并解鲜卑语，乃给笔札，就禁所具草，二日内成，其文甚丽。（《北齐书》卷三九《祖珽传》）

收以温子昇全不作赋，邢虽有一两首，又非所长。常云："会须作赋，始成大才士。唯以章表碑志自许，此外更同儿戏。"（《北齐书》卷三七《魏收传》）

魏收尝对高隆之，谓其父曰："贤子文笔终当继温子昇。"隆之大笑曰："魏常侍殊已嫉贤，何不近比老彭，乃远求温子?"（《隋书》卷四二《李德林传》）

暨永明、天监之际，太和、天保之间，洛阳、江左，文雅尤盛。于时作者，济阳江淹、吴郡沈约、乐安任昉、济阴温子昇、河间邢子才、巨鹿魏伯起等，并学穷书圃，思极人文，缛彩郁于云霞，逸响振于金石。英华秀发，波澜浩荡，笔有余力，词无竭源。方诸张、蔡、曹、王，亦各一时之选也。（《隋书》卷七六《文学传》）

永熙末，昕入为侍读，与温子昇、魏收参掌文诏。迁邺，乃归河间。（《北史》卷四三《邢昕传》）

时又有朝士百余人后至，仍于堤东被围，遂临以白刃，唱云："能为禅文者出，当原其命。"时有陇西李神俊、顿丘李谐、太原温子昇，并当世辞人，皆在围中，耻是从命，俯伏不应。（《北史》卷四八《尔朱荣传》）

至十八日，（庄帝）召中书舍人温子昇告以杀荣状，并问以杀董卓事。子昇具通本，上曰："王允若即赦凉州人，必不应至此。"良久，语子昇曰："朕之情理，卿所具知，死犹须为，况必不死！宁与高贵乡公同日死，不与常道乡公同日生。"（《北史》卷四八《尔朱荣传》）

搴少时与温子昇齐名，尝谓子昇："卿文何如我？"子昇谦曰："不如卿。"搴要其为誓。子昇笑曰："但知劣于卿便是，何劳旦旦？"搴怅然曰："卿不为誓，事可知矣！"（《北史》卷五五《孙搴传》）

永熙三年二月，孝武帝释奠。业兴与魏季景、温子昇、窦瑗为摘句。（《北史》卷八一《李业兴传》）

史称温子昇外恬静，与物无竞，言有准的，不妄毁誉而内深险，事故之际，好预其间，所以终致祸败。尔朱、高欢父子之间，惟子昇号能有意父室，一时人士如其比者，绝无矣。魏收之言，不亦宜乎！（宋叶适《习学记言》卷三四《魏书》）

魏齐间，温子昇、邢邵、魏收继出，文字稍与江南比。（宋叶适《习学记言》卷三五《齐书》）

济阴王晖云：江左文人有颜、谢、任、沈，我温子昇足以陵颜轹谢，含任吐沈。（杨慎《升庵集》卷五六《王晖称温子昇》）

北朝戎马纵横，未暇篇什。孝文始一倡之，屯而未畅。温子昇"寒山一片石"足语及，为当涂藏拙，虽江左轻薄之谈，亦不大过。（王世贞《艺苑卮言》卷三）

北人谓温子昇凌颜轹谢，含沈吐任，虽自相夸诩语，然子升文笔艳发，自当为彼中第一人。生江左，故不在四君下，惟诗传者绝少，恐非所长。（胡应麟《诗薮·外编》卷二《六朝》）

幼妇新辞各擅场，参军开府两相当。北人不让南来客，邺下韩陵片石疆。（田雯《古欢堂集·七言绝句·温子昇碑》）

温子昇诗，武帝衍称曰："曹植陆机，复生于北土。"实非溢美。（田雯《古欢堂集·杂著·论五言古诗》）

曹陆联镳锦段新，数穷百六恨辞人。文传江左惊天子，卷置床头服使臣。

神武碑衔千古怨，韩陵石忆一时珍。名流逐北旗皆靡，才藻曾闻冠等伦。(罗惇衍《温子昇》，载《集义轩咏史诗钞》卷三一)

萧衍使张皋写子昇文笔，传于江外。衍称之曰："曹植、陆机复生于北土。恨我辞人，数穷百六。"阳夏太守傅标使吐谷浑，见其国主床头有书数卷，乃是子昇文也。济阴王晖业尝云："江左文人，宋有颜延之、谢灵运，梁有沈约、任昉，我子昇足以陵颜轹谢，含任吐沈。"杨遵彦作《文德论》，以为古今辞人皆负才遗行，浇薄险忌，唯邢子才、王元景、温子昇彬彬有德素。(《魏书》卷八五《文苑传·温子昇》)

与济阴温子昇、河间邢才子齐誉，世号三才。(《魏书》卷一〇四(魏收)《自序》)

太傅李延寔者，庄帝舅也。永安年中除青州刺史，临去奉辞。帝谓寔曰："怀砖之俗，世号难治；舅宜好用心，副朝廷所委。"……时黄门侍郎杨宽在帝侧，不晓怀砖之义，私问舍人温子昇。子昇曰："闻至尊兄彭城王作青州刺史，闻其宾客从至青州者云：'齐土之民，风俗浅薄，虚论高谈，专在荣利。太守初欲入境，皆怀砖叩首，以美其意。及其代下还家，以砖击之。'言其向背速于反掌。是以京师谣语云：'狱中无系囚，舍内无青州，假令家道恶，腹中不怀愁。'怀砖之义起在于此也。"(《洛阳伽蓝记》卷二"庄严寺"条)

暨皇居徙邺，民讼殷繁，前革后沿，自相予夺。法吏疑狱，簿领成山。乃敕子才与散骑常侍温子昇，撰《麟趾新制》十五篇，省府以之决疑，州郡用为治本。(《洛阳伽蓝记》卷三"景明寺"条)

温子昇尤工复语。(《史通》卷九《内篇·覈才》)

宣武时，命邢峦追撰《孝文起居注》。既而崔光、王遵业补续，下讫孝明之世。温子昇复修《孝武纪》，济阴王晖业撰《辨宗室录》。(《史通》卷一二《外篇·古今正史》)

太原府君曰："温子昇何人也？"子曰："险人也。智小谋大。永安之事，同州府君常切齿焉，则有由也。"(《文中子中说·周公篇》)

温子昇为广阳王东北道行台郎中，高车破走，珍宝盈满，子昇取绢四十疋。(《册府元龟》卷七一九)

(庾)信曰："我江南才士，今日亦无。举世所推如温子升，独擅邺下，常见其词笔，亦足称是远名。近得魏收数卷碑，制作富逸，特是高才也。"(唐段成式《酉阳杂俎》卷一二《语资》)

【诗文评】

敦煌乐

此种诗似粗疏而实不然,粗疏人必不解如是作,其着意全在闲处,故举止不愧大方,而风流已盖代矣。(王夫之《古诗评选》卷三)

凉州乐歌二首(之二)

上二句与下二句有何交涉?一直之中,思肠九曲,小诗绝顶技也。(王夫之《古诗评选》卷三)

捣衣诗

从闻捣衣者想象即雅,代捣衣者言情即易入俗稚,其妙尤在平浑无痕。结语可谓"丽以则",丽可学,则不可至也。(王夫之《古诗评选》卷一)

稍见风华,尚不漓质。(陈祚明《采菽堂古诗选》卷三一)

直是唐人。(沈德潜《古诗源》卷一四)

前四,点明长安秋夜,佳人念远,随处捣衣,是为题面。后四,遥顶秋夜,言已过七夕、忽又中秋,彼处见雁南飞,归心必动,我楼头望见天狼,能不感触而望郎之返,是为捣衣时心事。辞錬意含,结得妙甚。(张玉谷《古诗赏析》卷二一)

从驾幸金墉城诗

江南声偶既盛,古诗已绝,晋、宋风流仅存者,北方一鹏举耳。静善平密,凌颜轹谢则不能,含任吐沈固有余矣。(王夫之《古诗评选》卷五)

虽近梁、陈之词,犹存三谢之气。(陈祚明《采菽堂古诗选》卷三一)

略有三谢之体。(沈德潜《古诗源》卷一四)

春日临池诗

后四句亦用康乐法,乃短篇长行,行已即止,立局孤清,正复弘远。善拟古人者,固日新而不已。(王夫之《古诗评选》卷五)

咏花蝶诗

谭元春批:"细心体物,采花真境,想来好笑。"钟惺批:"只此五字想出、

看出、写出，另是心眼，另是笔舌。"（《古诗归》卷一五"花蝶"句）

轻而不佻。就地起，就地止，饶有风光，何至如江南文士赊三补七也。鹏举自三谢一流人物，惜所传者此三篇耳。（王夫之《古诗评选》卷五）

写得飘萧。（陈祚明《采菽堂古诗选》卷三一）

相国清河王挽歌

浅中见致。（陈祚明《采菽堂古诗选》卷三一）

常山公主碑

谭献批："泠泠叩玉之音。"（《骈体文钞》卷二四）

寒陵山寺碑

梁庾信从南朝初至北方，文士多轻之。信将《枯树赋》以示之，于后无敢言者。时温子昇作《韩陵山寺碑》，信读而写其本，南人问信曰："北方文士何如？"信曰："唯有韩陵山一片石堪共语。薛道衡、卢思道少解把笔，自余驴鸣犬吠，聒耳而已。"（张鷟《朝野佥载》卷六）

韩陵山在县东北二十七里。刘公干诗云："朝发白马，暮宿韩陵。"东魏丞相高欢破尔朱兆兄弟于此山下，仍立碑，即温子昇之词。陈尚书徐陵尝北使邺，读《韩陵碑》，爱其才丽，手自录之归陈。士人问陵："北朝人物何如？"曰："惟韩陵片石耳。"（宋乐史《太平寰宇记》卷五十五《河北道四·相州·安阳县》）

温子昇作《韩陵山寺碑》，庾子山读而写其本。南人问信曰："北方文士何如？"信曰："惟有韩陵一片石堪共语耳。"吴明卿云："安得一片韩陵石，为汝重题处士坟。"曹能始云："只有石堪语，何妨鹿与群。"俱本庾也。（叶矫然《龙性堂诗话初集》）

此亦纪功碑也。托之佛寺，已为失体，文亦委蕤不振。以其为唐初《等慈》《昭仁》诸文嚆矢，故仍录之。又谭献批：夭矫腾骧，负声结响，振清绮以雄丽，宜子山之倾倒也。又，必以为具体亦拘也。（李兆洛《骈体文钞》卷一）

定国寺碑

南台：《后魏书》云：东魏迁邺，高丞相以南台为定国寺，作博浮图，极高，其铭即温子昇文。（宋乐史《太平寰宇记》卷五十五《河北道四·相州·安阳县》）

大觉寺碑

大觉寺，广平王怀舍宅立也，在融觉寺西一里许。北瞻芒岭，南眺洛汭，东望宫阙，西顾旗亭，禅皋显敞，实为胜地。是以温子昇碑云："面水背山，左朝右市"是也。……永熙年中，平阳王即位，造砖浮图一所，是土石之工，穷精极丽，诏中书舍人温子升以为文也。（《洛阳伽蓝记》卷四"大觉寺"条）

阊阖门上梁祝文

后魏温子昇《阊阖门上梁祝文》云："惟王建国，配彼太微。大君有命，高门启扉。良辰是简，枚卜无违。彫梁乃架，绮翼斯飞。八龙杳杳，九重巍巍。居宸纳祐，就日垂衣。一人有庆，四海爰归。"此上梁文之始也。（王应麟《困学纪闻》卷二〇《杂识》）

为上党王穆让太宰表

《通典》：后魏以太师、太傅、太保谓之三师，上公也。谨按：温子昇集有《为上党王穆让太宰表》，考晋宋以后，江左皆名太师为太宰，而北魏《官氏志》及《唐六典》《通典》载魏官制，仍称太师，不称太宰。子昇表称太宰，或当时熟习旧名，相袭未改欤？（《历代职官表》卷六七《师傅保加衔表·北魏》）

参考文献

【A】

［1］安南志略：［越］黎崱著，武尚清点校，北京：中华书局，2000 年版。

【B】

［2］抱朴子内篇：张松辉译注，北京：中华书局，2011 年版。

［3］抱朴子外篇：张松辉、张景译注，北京：中华书局，2013 年版。

［4］北齐书：（唐）李百药撰，北京：中华书局，2013 年版。

［5］北史：（唐）李延寿撰，北京：中华书局，2012 年版。

［6］北堂书钞：（唐）虞世南编著，学苑出版社影印清光绪十四年南海孔氏三十有三万卷堂影宋刊本，2003 年版。

［7］北魏史：杜士铎等编，太原：山西高校联合出版社，1992 年版。

［8］北魏佚书考：朱祖延纂，郑州：中州古籍出版社，1985 年版。

［9］鲍参军集注：（南朝·宋）鲍照著，钱仲联增补集说校，上海：上海古籍出版社，2005 年版。

［10］鲍照集校注：（南朝·宋）鲍照著，丁福林、丛玲玲校注，北京：中华书局，2012 年版。

［11］辩意长者子经：（北魏）法场译，北京：中华书局《中华大藏经》本，1989 年版。

【C】

［12］采菽堂古诗选：（清）陈祚明评选，李金松点校，上海：上海古籍出版社，2008 年版。

［13］蔡邕集编年校注：（汉）蔡邕著，邓安生编年校注，石家庄：河北教育出版社，2002 年版。

［14］曹操集：（三国）曹操著，中华书局编辑部编，北京：中华书局，2012 年版。

［15］曹操集校注：夏传才校注，石家庄：河北教育出版社，2013 年版。

［16］曹丕集校注：魏宏灿校注，合肥：安徽大学出版社，2009 年版。

［17］曹植集校注：（三国）曹植著，赵幼文校注，北京：人民文学出版社，1998 年版。

［18］册府元龟（校订本）：（宋）王钦若等编纂，周勋初等校订，南京：凤凰出版社，2006 年版。

［19］禅月集校注：陆永锋著，成都：巴蜀书社，2006 年版。

［20］长阿含经：（南北朝）佛陀耶舍、竺佛念译，恒强校注，北京：线装书局，2012 年版。

［21］朝野佥载辑校：（唐）张鷟撰，郝润华、莫琼辑校，济南：山东人民出版社，2018 年版。

［22］陈子昂集校注：彭庆生校注，合肥：黄山书社，2015 年版。

［23］称谓录（校注本）：（清）梁章钜撰，王释非、许振轩点校，福州：福建人民出版社，2003 年版。

［24］成唯识论校释：（唐）玄奘译，韩廷杰校释，北京：中华书局，1998 年版。

［25］初学记：（唐）徐坚等著，北京：中华书局，1962 年版。

［26］楚辞章句补注：（汉）王逸章句，（宋）洪兴祖补注，夏建钦校点，长沙：岳麓书社，2013 年版。

［27］楚辞集注：（宋）朱熹集注，吴广平校点，长沙：岳麓书社，2013 年版。

［28］春秋繁露：张世亮、钟肇鹏、周桂钿译注，北京：中华书局，2012 年版。

［29］春秋繁露义证：苏舆撰，钟哲点校，北京：中华书局，1992 年版。

［30］《春秋公羊传》通释：陈冬冬校注，成都：四川大学出版社，2015 年版。

［31］春秋谷梁传注疏：（晋）范宁集解，（唐）杨士勋疏，夏先培整理，杨向奎审定，北京：北京大学出版社，1999 年版。

［32］春秋左传正义：（周）左丘明传，（晋）杜预注，（唐）孔颖达正义，浦卫忠等整理，杨向奎审定，北京：北京大学出版社，2000 年版。

［33］词诠：杨树达著，北京：中华书局，1954 年版，1978 年重印。

【D】

［34］大方便佛报恩经：（后汉）佚名，北京：中华书局《中华大藏经》本，1987 年版。

［35］大般涅槃经：（北凉）昙无谶译，北京：中华书局《中华大藏经》本，1985 年版。

［36］大般涅槃经后分：（唐）若那跋陀罗译，北京：中华书局《中华大藏经》本，1985 年版。

［37］大戴礼记汇校集解：方向东撰，北京：中华书局，2008 年版。

［38］大方广佛华严经：（东晋）佛陀跋陀罗译，北京：中华书局《中华大藏经》本，1985 年版。

［39］大唐西域记：董志翘译注，北京：中华书局，2012 年版，2017 年重印。

［40］大唐西域记校注：（唐）玄奘、辩机原著，季羡林等校注，北京：中华书局，1985 年版。

［41］大智度论校勘：龙树菩萨著，鸠摩罗什译，弘学校勘，北京：社会科学文献出版社，2014 年版。

［42］丹铅总录笺证：（明）杨慎撰，王大淳笺证，杭州：浙江古籍出版社，2013 年版。

［43］丹渊集：（宋）文同撰，上海：上海古籍出版社影印文渊阁《四库全书》本，1987 年版。

［44］虞集全集：（元）虞集著，王颋点校，天津：天津古籍出版社，2007 年版。

［45］邓析子今解：陈高傭著，北京：商务印书馆，2017 年版。

［46］地藏菩萨本愿经：（唐）实叉难陀译，北京：中华书局《中华大藏经》本，1984 年版。

［47］东观汉记校注：（东汉）刘珍等撰，吴树平校注，北京：中华书局，2008 年版。

［48］独断：（汉）蔡邕撰，北京：直隶书局影印《抱经堂丛书》本，1923 年版。

［49］杜工部诗集辑注：（清）朱鹤龄辑注，韩成武等点校，保定：河北大学出版社，2009 年版。

【E】

［50］尔雅义疏：（清）郝懿行撰，王其和、吴庆峰、张金霞点校，北京：中华书局，2018 年版。

［51］尔雅正义：（清）邵晋涵撰，李嘉翼、祝鸿杰点校，北京：中华书局，2017 年版，2018 年重印。

【F】

［52］法华经：王彬译注，北京：中华书局，2010 年版。

［53］法门名义集：（唐）李师政撰，东京：大正一切经刊行会刊《大正新修大藏经》本，大正十三年至昭和九年（1924-1934）。

［54］法言：韩敬译注，北京：中华书局，2012 年版。

［55］法苑珠林校注：（唐）释道世撰，周叔迦、苏晋仁校注，北京：中华书局，2003 年版。

［56］翻译名义集：（宋）法云编，北京：中华书局《中华大藏经》本，1994 年版。

［57］方广大庄严经：（唐）地婆诃罗译，北京：中华书局《中华大藏经》本，1985 年版。

［58］方言：（西汉）扬雄撰，（晋）郭璞注，北京：中华书局，2016 年版。

［59］风俗通义校释：（东汉）应劭撰，吴树平校释，天津：天津人民出版社，1980 年版。

［60］佛本行集经：（隋）阇那崛多译，北京：中华书局《中华大藏经》本，1989 年版。

［61］佛国记注译：（晋）僧法显著，郭鹏等注译，吉林：长春出版社，1995 年版。

［62］佛经释词：李维琦著，长沙：岳麓书社，1993 年版。

［63］佛教道德经典：蒲正信注，成都：巴蜀书社，2001 年版。

［64］佛说八大人觉经：（后汉）安世高译，北京：中华书局《中华大藏经》本，1987 年版。

［65］佛说弥勒大成佛经：（后秦）鸠摩罗什译，北京：中华书局《中华大藏经》本，1986 年版。

［66］佛说无量寿经：（三国）康僧铠译，弘学注，成都：巴蜀书社，2001 年版。

［67］佛为首迦长者说业报差别经：（隋）法智译，北京：中华书局《中华大藏经》本，1989 年版。

［68］佛学大辞典：丁佛宝编，上海：上海书店出版社，1991 年版。

【G】

［69］干禄字书：（唐）颜元孙撰，上海：商务印书馆《丛书集成初编》排印本，1936 年版。

［70］公孙龙子集解：陈柱撰，上海：商务印书馆，1937 年版。

[71] 古今韵会举要：（元）黄公绍、熊忠著，宁忌浮整理，北京：中华书局影印明刊本，2000 年版。

[72] 古今注校笺：（晋）崔豹撰，牟华林校笺，北京：线装书局，2014 年版。

[73] 古汉语虚词：杨伯峻著，北京：中华书局，1981 年版。

[74] 古欢堂集：（清）田雯撰，上海：上海古籍出版社影印文渊阁《四库全书》本，1987 年版。

[75] 古诗评选：（清）王夫之评选，张国星点校，保定：河北大学出版社，2008 年版。

[76] 古诗赏析：（清）张玉毂著，许逸民点校，上海：上海古籍出版社，2000 年版。

[77] 古诗源：（清）沈德潜选，北京：中华书局，1998 年版，2006 年重印。

[78] 古微书：（明）孙毂著录，济南：山东友谊书社，1990 年版。

[79] 古文苑：（宋）章樵注，北京：中华书局影印《丛书集成初编》本，1985 年版。

[80] 古乐府：（元）左克明辑，上海：上海古籍出版社影印文渊阁《四库全书》本，1987 年版。

[81] 管子校释：颜昌峣著，长沙：岳麓书社，1996 年版。

[82] 广释词：徐仁甫著，成都：四川人民出版社，1981 年版。

[83] 广雅疏证：（清）王念孙撰，张靖伟等校点，上海：上海古籍出版社 2016。

[84] 广韵校释：（宋）陈彭年撰，蔡梦麒校释，长沙：岳麓书社，2007 年版。

[85] 鬼谷子集校集注：许富宏撰，北京：中华书局，2008 年版，2010 年重印。

[86] 国语集解：徐元诰撰，王树民、沈长云点校，北京：中华书局，2002 年版。

【H】

[87] 韩非子新校注：（战国）韩非著，陈奇猷校注，上海：上海古籍出版社，2000 年版。

[88] 寒山诗注（附拾得诗注）：（唐）寒山著，项楚注，北京：中华书局，2000 年版。

［89］韩愈全集校注：屈守元、常思春主编，成都：四川大学出版社，1996年版。

［90］韩子浅解：梁启雄著，北京：中华书局，1960年版，2009年重印。

［91］汉书补注：（东汉）班固撰，（清）王先谦补注，上海师范大学古籍整理研究所整理，上海：上海古籍出版社，2008年版。

［92］汉书新证：陈直著，北京：中华书局，2008年版。

［93］汉魏六朝百三名家集：（明）张溥编，清光绪三年（1877）滇南唐氏寿考堂刊本。

［94］汉魏六朝百三家集题辞注：（明）张溥著，殷孟伦注，北京：中华书局，2007年版。

［95］汉武帝内传：（东汉）班固撰，（清）钱熙祚校勘，《守山阁丛书》本。

［96］鹖冠子校注：黄怀信撰，北京：中华书局，2014年版。

［97］河朔访古记：（元）郭啰罗纳新撰，上海：上海古籍出版社影印文渊阁《四库全书》本，1987年版。

［98］何逊集校注（修订本）：（梁）何逊著，李伯齐校注，北京：中华书局，2010年版。

［99］弘明集 广弘明集：（梁）僧佑、（唐）道宣撰，上海：上海古籍出版社影印宋碛砂藏版大藏经，1991年版。

［100］弘明集校笺：（南朝·梁）释僧祐撰，李小荣点校，上海：上海古籍出版社，2013年版。

［101］洪武正韵：（明）乐韶凤、宋濂等编，哈佛大学汉和图书馆藏明嘉靖四十年（1561）刘以节刊本。

［102］后汉书：（宋）范晔撰，（唐）李贤等注，北京：中华书局，2012年版。

［103］淮南子集释：何宁撰，北京中华书局，1989年版。

【J】

［104］嵇康集校注：戴明扬校注，北京：人民文学出版社，1962年版。

［105］集义轩咏史诗钞校证：（清）罗惇衍著，西安：三秦出版社，2014年版。

［106］集韵校本：赵振铎校，上海：上海辞书出版社，2012年版。

［107］嘉庆重修一统志：（清）穆彰阿、潘锡恩等纂修，上海：商务印书馆《四部丛刊续编》本，1934年版。

[108] 贾谊集校注：（西汉）贾谊著，王洲明、徐超校注，北京：人民文学出版社，1996 年版。

[109] 江淹集校注：俞绍初、张亚新校注，郑州：中州古籍出版社，1994年版。

[110] 江文通集汇注：（明）胡之骥注，北京：中华书局，1984 年版。

[111] 姜斋文集　姜斋诗集：（明）王夫之撰，长沙：岳麓书社，2011年版。

[112] 蒋薰评本《陶渊明诗集》校正：（清）蒋薰评点，牟华林、钟桂玲校正，北京：中国社会出版社，2020 年版。

[113] 焦氏易林注：（西汉）焦延寿著，尚秉和注，北京：九州出版社，2010 年版。

[114] 今本竹书纪年疏证：（民国）王国维撰，黄永年校点，沈阳：辽宁教育出版社，1997 年版。

[115] 锦绣万花谷：（宋）佚名编，上海：上海辞书出版社影印秦汏绣石书堂刊本，1992 年版。

[116] 晋书：（唐）房玄龄等撰，北京：中华书局，2012 年版。

[117] 经词衍释：（清）吴昌莹著，北京：中华书局，2003 年版。

[118] 经传释词：（清）王引之撰，黄侃、杨树达批本，长沙：岳麓书社，1985 年版。

[119] 京氏易传解读：（汉）京房原著，卢央著，北京：九州出版社，2010年版。

[120] 景德传灯录（点校本）：（宋）道元辑，朱俊红点校，海口：海南出版社，2011 年版。

[121] 九歌解诂：闻一多著，上海：上海古籍出版社，1985 年版。

[122] 旧唐书：（后晋）刘昫等撰，北京：中华书局，2013 年版。

【K】

[123] 孔丛子：王钧林、周海生译注，北京：中华书局，2009 年版。

[124] 孔子家语：杨朝明注说，郑州：河南大学出版社，2008 年版。

[125] 孔子家语通解：杨朝明、宋立林主编，济南：齐鲁书社，2009 年版。

[126] 困学纪闻：（宋）王应麟著，黄怀信、巩宝平整理，南京：凤凰出版社，2018 年版。

【L】

[127] 老子道德经：（汉）河上公章句，唐子恒点校，南京：凤凰出版社，

2017 年版。

［128］楞严经：赖永海、杨维中译注，北京：中华书局，2010 年版。

［129］历代职官表：（清）黄本骥编，北京：中华书局，1965 年版。

［130］礼记正义：（汉）郑玄注，（唐）孔颖达正义，吕友仁整理，上海：上海古籍出版社，2008 年版。

［131］梁书：（唐）姚思廉撰，北京：中华书局，2013 年版。

［132］两汉纪：（汉）荀悦、（晋）袁宏著，张烈点校，北京：中华书局，2002 年版。

［133］两汉文举要：高步瀛选注，陈新点校，北京：中华书局，1990 年版，2000 重印。

［134］列女传译注：张涛著，济南：山东大学出版社，1990 年版。

［135］列子：叶蓓卿译注，北京：中华书局，2011 年版。

［136］列子集释：杨伯峻撰，北京：中华书局，2012 年版。

［137］刘孝标集校注（修订本）：（南朝·梁）刘峻著，罗国威校注，北京：学苑出版社，2003 年版。

［138］刘长卿集编年校注：杨世明校注，北京：人民文学出版社，1999 年版。

［139］六朝别字记新编：马向欣编著，北京：书目文献出版社，1995 年版。

［140］刘禹锡集笺证：（唐）刘禹锡著，瞿蜕园笺证，上海：上海古籍出版社，1989 年版。

［141］六韬：陈曦译注，北京：中华书局，2016 年版，2018 年重印。

［142］龙龛手镜（高丽本）：（辽）释行均编，北京：中华书局影印本，1985 年版。

［143］陆机集：金声涛点校，北京：中华书局，1982 年版。

［144］陆机集校笺：（西晋）陆机著，杨明校笺，上海：上海古籍出版社，2016 年版。

［145］路史：（宋）罗泌撰，上海：上海古籍出版社影印文渊阁《四库全书》本，1987 年版。

［146］陆云集：（晋）陆云撰，黄葵点校，北京：中华书局，1988 年版。

［147］论衡校释（附刘盼遂集解）：黄晖撰，北京：中华书局，1990 年版。

［148］论语译注（3 版）：杨伯峻译注，北京：中华书局，2009 年版。

［149］论语正义：（清）刘宝楠撰，高流水点校，北京：中华书局，1990 年版。

［150］论语注疏：（三国）何晏等注，（北宋）邢昺疏，北京：中国致公出版社，2016 年版。

［151］洛阳伽蓝记校释（2 版）：（魏）杨衒之撰，周祖谟校释，北京：中华书局，2010 年版。

［152］吕氏春秋注疏：王利器著，成都：巴蜀书社，2002 年版。

【M】

［153］毛诗正义：（汉）毛亨传，（汉）郑玄笺，（唐）孔颖达疏，龚抗云等整理，刘家和审定，北京：北京大学出版社，1999 年版。

［154］孟子正义：（清）焦循撰，沈文倬点校，北京：中华书局，2017 年版。

［155］孟子注疏：（汉）赵岐注，（宋）孙奭疏，廖名春、刘佑平整理，北京：北京大学出版社，2000 年版。

［156］摩诃止观：（隋）智顗说，灌顶录，高雄：佛光出版社《佛光大藏经》本，2009 年版。

［157］墨子集诂：王焕镳撰，上海：上海古籍出版社，2005 年版。

［158］穆天子传通解：郑杰文著，济南：山东文艺出版社，1992 年版。

［159］牧斋有学集：（清）钱谦益着，（清）钱曾笺注，钱仲联标校，上海：上海古籍出版社，1996 年版。

【N】

［160］南北朝文举要：高步瀛选注，孙通海点校，北京：中华书局，1998 年版。

［161］南丰先生元丰类稿：（宋）曾巩撰，上海：商务印书馆《四部丛刊初编》影元刊黑口本，1922 年版。

［162］南朝文学与北朝文学研究：曹道衡著，南京：江苏古籍出版社，1998 年版。

［163］南村辍耕录：（元）陶宗仪著，武克忠、尹贵友校点，济南：齐鲁书社，2007 年版。

［164］南齐书：（梁）萧子显撰，北京：中华书局，2013 年版。

【P】

［165］篇海类编：（明）宋濂编，刻本。

［166］骈体文钞：（清）李兆洛选辑，长沙：岳麓书社，1992 年版。

［167］菩萨璎珞本业经：（明）竺佛念译，北京：中华书局《中华大藏经》本，1987 年版。

【Q】

［168］七十二家集·温侍读集：（明）张燮辑，上海：上海古籍出版社《续修四库全书》本，2002年版。

［169］七十二家集题辞笺注：（明）张燮著，王京州笺注，上海：上海古籍出版社，2016年版。

［170］潜夫论笺校正：（汉）王符著，（清）汪继培笺，彭铎校正，北京：中华书局，1985年版。

［171］潜夫论校注：（汉）王符著，张觉校注，长沙：岳麓书社，2008年版。

［172］全北魏东魏西魏文补遗：韩理洲等辑校编年，西安：三秦出版社，2010年版。

［173］《全后魏文》编年补正：胡全银著，西安：西北大学硕士论文，2008年。

［174］全上古三代秦汉三国六朝文·全后魏文：（清）严可均校辑，北京：中华书局，1958年版，1985年重印。

［175］全唐诗（增订本）：中华书局编辑部点校，北京：中华书局，1999年版，2013年重印。

［176］群书治要：（唐）魏征等编撰，吕效祖点校，厦门：鹭江出版社，2004年版。

【R】

［177］仁王护国经：（唐）不空译，东京：大正一切经刊行会刊《大正新修大藏经》本，大正十三年至昭和九年（1924-1934）。

［178］《人物志》校笺：李崇智校笺，成都：巴蜀书社，2001年版。

［189］日藏弘仁本《文馆词林》校正：罗国威校正，北京：中华书局，2001年版。

［180］阮籍集校注：（三国魏）阮籍著，陈伯君校注，北京：中华书局，2015年版。

【S】

［181］三辅黄图校证：陈直校证，西安：陕西人民出版社出版，1981年版。

［182］三国志集解：（晋）陈寿撰，（南朝·宋）裴松之注，卢弼集解，钱剑夫整理，上海：上海古籍出版社，2009年版。

［183］三国志校笺：赵幼文校笺，赵振铎等整理，成都：巴蜀书社，2001年版。

［184］山海经校注（最终修订版）：袁珂校注，北京：北京联合出版公司，2014 年版。

［185］山堂肆考：（明）彭大翼编，明万历二十三年金陵书林周显刊本。

［186］商君书评注：长治撰，武汉：武汉大学出版社，2019 年版。

［187］商子汇校汇注：周立升等编著，南京：凤凰出版社，2017 年版。

［188］尚书大传注：（汉）郑玄撰注，（清）袁钧辑，浙江书局刊《郑氏佚书》本，光绪十四年（1888）。

［189］尚书正读：曾运乾著，北京：中华书局，1964 年版。

［190］尚书正义：（汉）孔安国传，（唐）孔颖达正义，黄怀信整理，上海：上海古籍出版社，2008 年版。

［191］沈佺期宋之问集校注：（唐）沈佺期、宋之问撰，陶敏、易淑琼校注，北京：中华书局，2001 年版。

［192］升庵集：（明）杨慎撰，上海：上海古籍出版社影印《四库》本，1993 年版。

［193］诗归：（明）钟惺、谭元春选评，张国光等点校，武汉：湖北人民出版社，1985 年版。

［194］诗集传：（宋）朱熹集注，赵长征点校，北京：中华书局，2011 年版。

［195］诗纪：（明）冯惟讷辑，《中华再造善本·明清编》影印明嘉靖三十九年甄敬刻本，北京：国家图书馆出版社，2013 年版。

［196］诗薮：（明）胡应麟撰，北京：中华书局，1958 年版，1962 年重印。

［197］尸子疏证：（清）汪继培辑，魏代富疏证，南京：凤凰出版社，2018 年版。

［198］史记：（汉）司马迁撰，（宋）裴骃集解，（唐）司马贞索隐，（唐）张守节正义，北京：中华书局，2014 年版。

［199］史通通释：（唐）刘知己注，（清）浦起龙通释，王煦华整理，上海：上海古籍出版社，2009 年版。

［200］释迦方志：（唐）道宣撰，范祥雍点校，上海，上海古籍出版社，2011 年版。

［201］释名疏证补：（东汉）刘熙撰，（清）毕沅疏证，（清）王先谦补，祝敏彻、孙玉文点校，北京：中华书局，2008 年版。

［202］世说新语笺疏：余嘉锡撰，周祖谟、余淑宜整理，北京：中华书局，1983 年版。

［203］世说新语新注：李毓芙注，济南：山东教育出版社，1989 年版。

［204］事物纪原：（宋）高承撰，（明）李果订，金圆、许沛藻点校，北京：中华书局，1989 年版。

［205］事物异名录：（清）厉荃原辑，（清）关槐增纂，吴潇恒、张春龙点校，长沙：岳麓书社，1991 年版。

［206］书集传：（宋）蔡沈注，钱宗武、钱忠弼整理，南京：凤凰出版社，2010 年版。

［207］水经注：（北魏）郦道元著，谭属春、陈爱平点校，长沙：岳麓书社，1995 年版。

［208］水经注校证：（北魏）郦道元著，陈桥驿校证，北京：中华书局，2007 年版。

［209］说文解字注：（汉）许慎撰，（清）段玉裁注，许惟贤整理，南京：凤凰出版社，2007 年版。

［210］说文通训定声（2 版）：（清）朱骏声撰，北京：中华书局，2016 年版。

［211］说苑校证：（汉）刘向撰，向宗鲁校证，北京：中华书局，1987 年版。

［212］司马法集释：王震撰，北京：中华书局，2018 年版。

［213］四书章句集注：（宋）朱熹撰，北京：中华书局，1983 年版。

［214］宋本艺文类聚：（唐）欧阳询撰，上海：上海古籍出版社影印本，2013 年版。

［215］《宋本玉篇》标点整理本：王平、刘元春、李建廷编著，上海：上海书店出版社，2017 年版。

［216］宋书：（梁）沈约撰，北京：中华书局，2013 年版。

［217］苏轼文集：孔凡礼点校，北京：中华书局，1986 年版。

［218］隋书：（唐）魏征等撰，北京：中华书局，2011 年版。

［219］孙子兵法：陈曦译注，北京：中华书局，2011 年版。

［220］《孙子兵法》选评：黄朴民撰，上海：上海古籍出版社，2004 年版。

【T】

［221］太平御览：（宋）李昉等撰，北京：中华书局，1960 年版，1998 年重印。

［222］太平寰宇记：（宋）乐史撰，王文楚等点校，北京：中华书局，2007 年版。

［223］太玄集注：（汉）扬雄撰，（宋）司马光集注，刘韶军点校，北京：中华书局，1998 年版。

［224］坛经校释：（唐）慧能著，郭朋校释，北京：中华书局，2012 年版。

［225］唐诗纪事校笺：王仲镛著，成都：巴蜀书社，1989 年版。

［226］陶渊明集：（晋）陶渊明著，逯钦立校注，北京：中华书局，2018 年版。

［227］苕溪渔隐丛话：胡仔纂集，廖德明校点，北京：人民文学出版社，1962 年版。

［228］通典：（唐）杜佑撰，王文锦等点校，北京：中华书局 1988 年版，1992 年重印。

［229］通志：（宋）郑樵撰，杭州：浙江古籍出版社，2000 年版。

【W】

［230］王弼道德经注：（魏）王弼注，边家珍点校，南京：凤凰出版社，2017 年版。

［231］王粲集校注：（汉）王粲撰，张蕾校注，石家庄：河北教育出版社，2013 年版。

［232］王子安集注：（唐）王勃著，（清）蒋清翊注，上海：上海古籍出版社，1995 年版。

［233］王子年拾遗记：（苻秦）王嘉撰，（梁）萧绮录，林嵩点校，济南：山东人民出版社，2018 年版。

［234］维摩诘所说经：刘建国注，长春：时代文艺出版社，2001 年版。

［235］纬书集成：［日］安居香山、中村璋八辑，吕宗力、栾保群等译，河北人民出版社，1994 年版。

［236］魏晋南北朝史札记（补订本）：周一良著，北京：中华书局，2015 年版。

［237］魏晋文举要：高步瀛选注，陈新点校，北京：中华书局，1989 年版，2000 年重印。

［238］魏书：（北齐）魏收撰，北京：中华书局，2013 年版。

［239］温子昇年谱：罗国威撰，载《辽宁大学学报》（社会科学版），1998 年第 3 期、第 4 期。

［240］温子昇集笺校全译：康金声著，太原：山西古籍出版社，2000 年版。

［241］文镜秘府论：［日］弘法大师原撰，王利器校注，中国社会科学出版社，1983 年版。

［242］文体明辨序说：（明）徐师曾著，罗根泽校点，北京：人民文学出版社，1998 年版。

［243］文选：（梁）萧统编，（唐）李善注，上海：上海古籍出版社，1986 年版。

［244］文苑英华：（宋）李昉等编，北京：中华书局，1966 年版。

［245］文中子中说：（隋）王通著，（宋）阮逸注，秦跃宇点校，南京：凤凰出版社，2017 年版。

［246］五灯会元：（宋）释普济辑，张恩富、钱发平、吴德新编译，重庆：重庆出版社，2008 年版。

［247］五经文字：（唐）张参撰，上海：商务印书馆《丛书集成初编》排印本，1936 年版。

【X】

［248］习学记言：（宋）叶适撰，王廷洽整理，郑州：大象出版社，2018 年版。

［249］先秦汉魏晋南北朝诗：逯钦立辑校，北京：中华书局，1983 年版。

［250］小尔雅集释：迟铎集释，北京：中华书局，2008 年版。

［251］孝经注疏：（唐）李隆基注，（宋）邢昺疏，金良年整理，上海：上海古籍出版社，2009 年版。

［252］谢灵运集：李运富编注，长沙：岳麓书社，1999 年版。

［253］谢灵运集校注：顾绍柏校注，郑州：中州古籍出版社，1987 年版。

［254］谢宣城集校注：（南朝·齐）谢朓著，曹融南校注集说，上海：上海古籍出版社 1991 年版，2001 年重印。

［255］新辑搜神记 新辑搜神后记：（晋）干宝撰、（宋）陶潜撰，李剑国辑校，北京：中华书局，2007 年版。

［256］新唐书：（宋）欧阳修、宋祁撰，北京：中华书局，2013 年版。

［257］新书校注：（汉）贾谊撰，阎振益、钟夏校注，北京：中华书局，2000 年版。

［258］新序校释：（汉）刘向编著，石光瑛校释，陈新整理，北京：中华书局，2001 年版。

［259］新序详注：（汉）刘向编著，赵仲邑注，北京：中华书局，2017 年版。

［260］新语校注：王利器撰，北京：中华书局，1986 年版。

［261］徐陵集校笺：（陈）徐陵著，许逸民校笺，北京：中华书局，2008

年版。

　　[262] 荀子新注：楼宇烈主撰，北京：中华书局，2018 年版。

　　[263] 训诂丛稿：郭在贻著，上海：上海古籍出版社，1985 年版。

【Y】

　　[264] 颜氏家训：檀作文译注，北京：中华书局，2011 年版。

　　[265] 颜氏家训集解（增补本）：王利器撰，北京：中华书局，2013 年版。

　　[266] 盐铁论集解：聂济冬著，南京：凤凰出版社，2018 年版。

　　[267] 盐铁论校注：（汉）桓宽撰，王利器校注，北京：中华书局，1992 年版。

　　[268] 盐铁论译注：王贞珉注译，王利器审订，长春：吉林文史出版社，1995 年版。

　　[269] 晏子春秋校注：张纯一撰，梁运华点校，北京：中华书局，2019 年版。

　　[270] 扬雄集校注：（汉）扬雄著，张震泽校注，上海：上海古籍出版社，1993 年版。

　　[271] 一切经音义三种校本合刊：徐时仪校注，上海：上海古籍出版社，2010 年版。

　　[272] 仪礼正义：（清）胡培翚撰，段熙仲点校，南京：江苏古籍出版社，1993 年版。

　　[273] 艺文类聚：（唐）欧阳询撰，汪绍楹校，上海：上海古籍出版社，1999 年版。

　　[274] 异苑：（南朝·宋）刘敬叔撰，范宁校点，北京：中华书局，1996 年版。

　　[275] 艺苑卮言：（明）王世贞著，陆洁栋、周明初批注，南京：凤凰出版社，2009 年版。

　　[276] 《逸周书》考释：周宝宏著，北京：社会科学文献出版社，2001 年版。

　　[277] 酉阳杂俎校释：（唐）段成式撰，曾雪梅校释，济南：山东人民出版社，2018 年版。

　　[278] 庾子山集注：（北周）庾信撰，（清）倪璠注，许逸民校点，北京：中华书局，1980 年版。

　　[279] 玉台新咏笺注：（陈）徐陵编，（清）吴兆宜注，（清）程琰删补，穆克宏点校，北京：中华书局，1999 年版。

［280］渊鉴类函：（清）张英、王世桢等纂，北京：北京市中国书店影 1887 年同文书局石印本，1985 年版。

［281］袁宏《后汉纪》集校：（晋）袁宏撰，李兴和点校，昆明：云南大学出版社，2008 年版。

［282］乐府诗集：（宋）郭茂倩，北京：中华书局，1979 年版。

［283］乐府诗集：（宋）郭茂倩编撰，聂世美、仓阳卿校点，上海：上海古籍出版社，1998 年版。

［284］云笈七签：（宋）张君房编，李永晟点校，北京：中华书局，2003 年版。

［285］云麓漫钞：（宋）赵彦卫撰，傅根清点校，北京：中华书局，1996 年版。

【Z】

［286］杂阿含经：恒强校注，北京：线装书局，2012 年版。

［287］增订文心雕龙校注：黄叔琳注，李详补注，杨明照校注拾遗，北京：中华书局，2000 年版。

［288］增广笺注简斋诗集：（宋）陈与义撰，（宋）胡稚笺注，北京：北京图书馆出版社影印本，2005 年版。

［289］战国策注释：何建章注释，北京：中华书局，2019 年版。

［290］张衡诗文集校注：（东汉）张衡著，张震泽校注，上海：上海古籍出版社，1986 年版。

［291］张九龄集校注：（唐）张九龄撰，熊飞校注，北京：中华书局，2008 年版。

［292］昭明太子集校注：（南朝·梁）萧统著，俞绍初校注，郑州：中州古籍出版社，2011 年版。

［293］贞观政要：（唐）吴兢撰，骈宇骞译注，北京：中华书局，2011 年版。

［294］政论　昌言：（汉）崔寔、仲长统撰，孙启治译注，北京：中华书局，2014 年版。

［295］中阿含经：恒强校注，北京：线装书局，2012 年版。

［296］中国古代文学史：郭预衡，上海：上海古籍出版社，1998 年版，第二册。

［297］中论解诂：（魏）徐干撰，孙启治解诂，北京：中华书局，2014 年版。

［298］中阴经：（后秦）竺佛念译，东京：大正一切经刊行会刊《大正新修大藏经》本，大正十三年至昭和九年（1924-1934）。

［299］周礼注疏：（汉）郑玄注，（唐）贾公彦疏，赵伯雄整理，王文锦审定，北京：北京大学出版社，1999年版。

［300］周书：（唐）令狐德棻撰，北京：中华书局，1971年版。

［301］周易大传今注：高亨著，北京：清华大学出版社，2004年版。

［302］周易集解：（唐）李鼎祚撰，陈德述整理，成都：巴蜀书社，1991年版。

［303］周易注校释：（魏）王弼撰，楼宇烈校释，北京：中华书局，2012年版。

［304］诸葛亮集校注：（三国）诸葛亮著，张连科、管淑珍校注，天津：天津古籍出版社，2008年版。

［305］庄子注疏：（晋）郭象注，（唐）成玄英疏，曹础基、黄兰发整理，北京：中华书局，2011年版。

［306］资治通鉴：（宋）司马光编著，（元）胡三省音注，北京：古籍出版社，1956年版。

［307］字诂义府合按：（清）黄生撰，（清）黄承吉合按，刘宗汉点校，北京：中华书局，1984年版，2006年重印。

［308］字汇　字汇补：（明）梅膺祚撰，（清）吴任臣编纂，上海辞书出版社影印清康熙刻本，1991年版。

后　记

　　《温子昇集系年校注》是在《温子昇集校注》这本小书的基础上进行全面修订而成的。

　　一九九八年九月，我进入四川大学中文系攻读中国古典文献学专业的硕士研究生，师从著名古典文献学家、《文选》学家罗国威教授问学。在罗师的建议下，我遂以"北地三才"之首的温子昇作为研究对象，研究成果即我的硕士学位论文《北朝文学家温子昇研究》。这篇学位论文，不仅倾注了罗师大量的心血，还包含着当时一些前辈学者（如著名语言学家赵振铎教授、著名学者张振德教授、刘文刚教授、张勇教授等）对我走进古典文献学研究领域的鼓励、扶持及爱护。可以说，这篇学位论文凝聚着上述诸位前辈的厚爱，也凝聚着我对诸位前辈的无限感激之情。

　　二〇〇三年，《北朝文学家温子昇研究》有幸纳入罗国威师主编的"汉魏六朝别集丛刊"之中，易名为《温子昇集校注》，由新疆人民出版社出版。

　　在罗师鼓励下，我曾冒昧将《温子昇集校注》寄呈四川大学、西北大学、复旦大学、南开大学、四川师范大学等多所高校的多位专家学者讨教，得到了他们鼓励性的好评和十分宝贵的修改意见。这些鼓励和意见，对我的学术成长有着重要意义，更加坚定了我沿着古典文献学研究道路走下去的决心。所以，后来的求学、治学生涯中，研治古典文献学一直是我不变的初心。时光荏苒，《温子昇集校注》出版至今已历整整二十年时间。在此期间，有关温子昇的研究成果亦时时间出。在阅读这些成果的时候，我感觉到《温子昇集校注》存在的一些不足，加之上述专家学者的修改意见一直深留脑海，我也多次产生过要重新修订《温子昇集校注》的想法，但终因研究领域转移，加上杂事太多，故终未遂愿。

　　四年前的一天，罗国威师来电相告，罗门的师弟师妹的硕博士学位论文已经在花木兰文化出版社免费出版或再版。罗师说："我想起你的《温子昇集校注》出版也这么久了，也该考虑修订再版的事情。我已跟花木兰文化出版社的总编辑杨家骆先生商量好了，你修改好《温子昇集校注》后，就与杨先生联系，放到花木兰文化出版社出版吧。"我是二〇〇一年离开罗门的，距罗师告知此事已近二十年，但这二十年的时间里，我始终得到罗师如舐犊般的厚爱，这让我倍感温暖，倍觉幸运。

罗师的电话，终于让我下定了修订《温子昇集校注》的决心。于是在烦琐工作之余，我认真审读《温子昇集校注》旧稿并检寻其他相关研究资料，发现《温子昇集校注》主要存在如下几方面不足：一是参校本不全。如明人张燮所编《七十二家集》中有《温侍读集》，当时未见，故未能据以参校。二是未能见到可参阅的今注本（其时已有康金声于二〇〇〇年出版的《温子昇集笺校全译》，但未有机会寓目），加之对温子昇集原文理解不够深刻，导致注释中存在当注未注、注而未全、注而未当、注释繁琐等情况。三是对有关温子昇的史料阅读不够，未能对温子昇的诗文作出全面系年。四是在搜检史料时，未对其中有关温子昇的研究资料进行汇辑，无法给温子昇的后续研究提供更多方便。

针对上述不足，《温子昇集校注》的修订主要从如下方面展开：

一是张燮《七十二家集·温侍读集》是温子昇诗文在明代的首次汇集，对温子昇诗文有重要校勘价值，故本次用以对《温子昇集校注》进行补校。

二是对《温子昇集校注》中存在的注释问题，在翻查大量文献材料的基础上，进行了力所能及地纠正。例如"当注未注"的问题，《从驾幸金墉城诗》中"细草缘玉阶，高枝荫桐井"二句，原只对"细草"进行注释，本次修订则增加了对"缘""玉阶""荫""桐井"的注释，更有助于对这两句诗的理解。又如"注而未全"的问题，《为广阳王渊上书言边事》中"配以高门子弟"一句，仅对"高门"释义，并引《说苑·贵德》为证。然"高门子弟"为何，则未深究。本次修订则据《资治通鉴·梁纪六·武帝普通四年》胡三省注和康金声之注，对"高门子弟"予以补充完善，使文中"高门子弟"的含义更加具体、清晰。又如"注而未当"的问题，《为广阳王渊上书言边事》中"一生推迁，不过军主"中的"推迁"，原仅释义为"推移变迁"，无书证。在细究原文的基础上，本次修订则释义为"推迟官职的升迁变动"，并从《晋书·王羲之传》中补充一条书证。又如"注释烦琐"的问题，《印山寺碑》"涉波澜而濡足"中的"涉波澜"，释义为"渡越波涛"，又释其引申义为"涉猎学业"，并从褚亮《金刚般若经注序》中引一条书证。实际上，这句话中"涉波澜"仅释其句中义即可有助于文句理解，没必要再释其引申义，故本次修订时对其引申义及相应书证予以删除。

三是在细读罗国威师《温子昇年谱》的基础上，参考其他有关温子昇诗文的系年材料，对温子昇的诗文进行了全面系年。弥补了《温子昇集校注》未曾对诗歌予以系年的缺憾。此外，温子昇的某些散文，在多种系年材料中还存在分歧，对这种情况，本次修订时不主一家，而是并列这些意见，以给进一步讨论留下空间。

四是进一步翻查史料，从中搜寻有关温子昇的研究资料，整理后题作"温子昇研究资料选辑"，列入附录之中，有助于对温子昇的进一步研究。

此外，还对《温子昇集校注》中的参考文献进行了全面修改，原所列参考文献中有一些版本，普通读者难以见到，现已撤换为更高质量、更易见到的今人整理本。本次修订还吸收了很多学者的其他研究成果，故在参考文献中予以增补。

整体来看，本次修订工作量极大，耗费的时间也较长，与其说是对《温子昇集校注》的进一步完善，还不如说是对《温子昇集》重新做了一次编年校注。尽管修订后的《温子昇集校注》仍不免存在这样那样的问题，但较之原来的《温子昇集校注》则有着如下特点：一是尽可能呈现出了校勘理据；二是注释条目更完善、释义更准确、内容更丰富、引证更合理；三是诗文系年更全面，创作的时间线索更清晰；四是有关温子昇的研究资料更充足。因此，修订后的《温子昇集校注》有着更丰富的学术内涵，其对温子昇的后续研究也更有参考价值。

特别需要说明的是：在开展《温子昇集校注》修订工作期间，我的爱人钟桂玲女士除了要承担家务、完成她的行政事务工作，还独立完成了如下两项工作：一是完成了温子昇诗歌的系年工作；二是完成了附录中"温子昇研究资料选辑"的资料搜集与整理工作。在此，我应该向她的辛苦付出表示真诚的感谢！

牟华林
二〇二三年十二月于贺州学院